Zille

Nino Haratischwili

DIE KATZE UND DER GENERAL

Roman

FRANKFURTER VERLAGSANSTALT

Schlafe, schlaf mein schönes Kindchen,
Bajuschki-baju.
Schaut der Mond durch stille Wipfel
Deinem Schlummer zu.
Märchen will ich dir erzählen,
Summ ein Lied dazu;
Du, mein Lieb, magst Schäfchen strählen,
Bajuschki-baju.

Über Felsen braust der Terek,
Schwappt der Wogenkamm;
Ein Tschetschene schlüpft ans Ufer,
Wetzt den Dolch am Klamm.
Hart sind deines Vaters Narben,
Die der Kampf ihm schlug:
Schlafe, schlaf in deinem Nachen,
Bajuschki-baju.

Selber wirst du eines Tages
In das Schlachten ziehn;
Kühn besteigen deinen Rappen,
Das Gewehr am Knie.
Bald bereite ich dir einen
Seidnen Sattel zu ...
Schlafe, schlaf mein liebes Kindchen,
Bajuschki-baju.

Michail Lermontow, »Kosakisches Wiegenlied«

PROLOG: NURA

1994/Nura

Sie sah in den Himmel. Durch die dichte Wolkendecke erkannte sie einen schmerzlich grellen Kreis. Sie hatte das Gefühl, dass sie durch das blendende Weiß hindurch die glühenden Knochen sehen könnte, würde sie nur lange genug hinstarren, würde sie nur aushalten, wenn ihre Netzhaut Feuer fing. Aber sie wandte den Blick ab, der Himmel hatte sich in Sekundenschnelle zugezogen, und die Wolken trieben den Nebel in die Schlucht.

Wieder gab es verächtliche Blicke, als sie den Marktplatz betrat, sie wurde vom Geflüster verfolgt. Auch die klebrigen gelben Eidechsenblicke der alten Weiber spürte sie auf ihrer Haut brennen. Bestimmt zerrissen sie sich die Mäuler, weil sie mit unbedecktem Kopf durch das Dorf lief.

Der Nebel zog sich in Windeseile über der Schlucht zusammen. Schwer und leise war er in die Dörfer gekrochen und hatte mit seinem endlosen Maul alle und alles verschluckt. Es bedurfte größter Anstrengung, um das Nächste zu erkennen.

Der Nebel und die feuchte Kälte machten die Menschen angespannter, dünnhäutiger, die ohnehin frostige Stimmung im Dorf war kaum zu ertragen. Auf leisen Sohlen schlichen die Frauen umher, gingen still ihren Alltagsbeschäftigungen nach, während sich die Männer in kleinen Gruppen nachdenklich und geheimnistuerisch in die Hinterzimmer zurückzogen.

Der Winter würde bald mit seiner für diese Gegend gewohnten Schonungslosigkeit über die Schlucht hereinbrechen. Die Bewohner wappneten sich und stellten sich

auf die frostigen, sternenklaren Nächte und eisigen Morgenwinde ein. Aber es war auch noch etwas anderes, das in der Luft lag, nein, vielmehr lauerte es dort, und sie konnte es nicht in Worte fassen, sie kannte diese Stimmung nicht, sie wusste nur, dass sie nichts Gutes bedeutete. Aber anders als alle anderen wollte sie sich nicht von Sorgen und Ängsten lähmen lassen. Sie wollte sich auf den ersten Schnee freuen, wie sie es jedes Jahr tat. Sie wollte mit der kleinen Asma Schneeballschlachten veranstalten und Schlitten fahren – trotz Mutters Gejammer, dieses Verhalten schicke sich nicht mehr für eine junge Frau ihres Alters. Sie wollte das Knirschen unter ihren Füßen spüren, wollte die weiße Decke von den dünnen Ästen der moosgrünen Tannen schütteln und dabei lachen, sinnlos, einfach so, wie sie es schon immer getan hatte und auch immer noch tun wollte.
Schließlich war es nichts Neues, dass die Alten ihr hinterherzischelten, sie mit ihren Blicken verdammten, sie kannte das, sie war daran gewöhnt, und auch jetzt, trotz der eisigen Stimmung, trotz der schwer in Worte zu fassenden Bedrohung, die in der Luft lag, würde sie sich davon nicht abschrecken lassen, würde keinen Umweg nehmen, um zur Mühle zu gelangen und dort das vorbestellte Mehl abzuholen. Sie würde nicht den Kopf senken. Sie musste nur kurz die Augen schließen und sich Natalia Iwanownas dünne, hauchige Stimme vorstellen, die ihr in ihrem feinen Russisch zuflüsterte: »Was ist das für eine Haltung? Geht so eine stolze Kaukasierin? Mach den Rücken gerade! Eine Frau mit krummem Rücken, mit geduckter Haltung wird sich niemals durchsetzen können! Gut so, wie eine Bolschoi-Ballerina, jawohl! Geht doch! Gut gemacht, Madame! Und nun müssen wir an deiner *Osanka* arbeiten!« Nura hatte schon immer ge-

liebt, wie sie dieses Wort sagte, jede Silbe einzeln betont, und obwohl es nichts anderes hieß als Körperhaltung, bekam es dadurch einen weiteren, einen tieferen Sinn. Es war leicht, sich Natalia Iwanownas Stimme ins Gedächtnis zu rufen, schließlich hatte sie ihr die magische Formel beigebracht, die jede Widrigkeit, jeden lästigen Umstand, jede Zumutung des Lebens erträglicher machte. Ihre Stimme war nach wie vor so lebendig, als hätten sie sich erst gestern voneinander getrennt, und irgendetwas sagte ihr, dass es ihr ganzes Leben lang so bleiben würde. Mit ihren Worten im Ohr umarmte Nura ihren Stolz umso fester und überquerte erhobenen Haupts und mit kerzengerader Osanka den Marktplatz.

»Du musst dich konzentrieren! Die Fantasie verträgt keine Beliebigkeit und schon gar keine Nachlässigkeit. Du musst sehr präzise sein in dem, was du dir vorstellst!«

Der Nebel umhüllte sie jetzt dicht wie eine Pelzstola, und für einen Augenblick glaubte sie, es wäre Natalia Iwanownas Werk, ihre Zauberei, um sie vor den missgünstigen Blicken und vor dem Geflüster zu schützen, das ganz sicher für ihre Ohren verletzend war.

Die Schlucht schlummerte, ließ sich vom Nebel in den Armen wiegen, und die Berge schienen den Atem angehalten zu haben. Immer wieder malte sie sich aus, wie sie eines Tages das Dorf verlassen würde, vielleicht sogar für immer, eine Erkenntnis wie eine Unvermeidbarkeit, diese Gewissheit schien sich in ihren Körper und in ihre Gedanken eingeschrieben zu haben, es war anders nicht denkbar, aber dennoch, wenn sie sich die Szene genau vergegenwärtigte, dann zog sich etwas in ihr zusammen. Und das nicht wegen der Menschen, nein, vielmehr wegen dieser Berge, wegen der Nähe zum Himmel. Hier schien sie nur eine Hand ausstrecken zu müssen, und

schon konnte sie die Wolken streifen, nur eine Armbewegung, und schon konnte sie den Himmel ertasten, und wenn nicht ertasten, so doch zumindest einatmen.
Das erste und bisher einzige Mal, dass sie in einer Stadt gewesen war – und zwar in einer richtigen Stadt und nicht in einem dieser umliegenden Provinznester –, war sie von dieser Feststellung überwältigt worden, dass dort weder die Sterne noch der Himmel sichtbar waren, oder vielmehr war ihr der Himmel wie eine Attrappe vorgekommen, er hatte so gewirkt, als hätte ihn ein schlechter Maler nachzuahmen versucht und wäre dabei kläglich gescheitert. Damals war sie zehn gewesen und an der Hand ihres Vaters durch breite Straßen gelaufen und hatte Autos an ihnen vorbeijagen gehört, und obwohl sie sich merkwürdig gefühlt hatte, fremd und ungewohnt, war es ein wunderbares, ein aufregendes Gefühl gewesen, sie hatte etwas auf ihrer Zunge schmecken können, das sie bis dahin noch nie geschmeckt hatte und das für sie mittlerweile auch einen Namen hatte: Freiheit. Aber vielleicht war dieser Geschmack auch von der Tatsache intensiviert worden, dass sie dort mit ihrem Vater gewesen war, nur sie allein, ohne die Mutter mitsamt ihren Regeln und Verboten, und dass Vater ein anderer schien, so locker und gut gelaunt, so kindlich verspielt und so leicht, als wäre eine tonnenschwere Last von seinen Schultern gefallen. Lange war es her ... Und auch die Erinnerung an ihn als einen frohen und zufriedenen Mann kam ihr mittlerweile fast unwirklich vor.
Der Mühlenbesitzer Avlan wischte die Hände an seiner Schürze ab und grinste über beide Ohren. Dann fragte er nach der Gesundheit der Mutter und erkundigte sich nach den Schwestern. Eigentlich interessierte er sich nur für Malika, die Älteste von den dreien. Aber es war ein

hoffnungsloser Fall. Malika war schon längst eines anderen Mannes Frau, und auch er wusste um die Hoffnungslosigkeit seines Verlangens, wollte aber nicht ganz aufgeben, konnte sich noch nicht mit seinem Schicksal abfinden. Schon immer hatte Nura ihn bemitleidet. Es war von Anfang an eine törichte Sehnsucht, niemals hätte Malika ihn zum Mann genommen, und vor allem hätte sich die Gelajew-Familie niemals mit der seinen verschwägert. Er galt als zu weich und zu weibisch für die Berge, eine Art Kollateralschaden für den Taip, unvermeidbar und von minimalem Nutzen, nicht der Hauch eines Kriegers war in seinem Blut, und somit war er auch kein richtiger Nochtscho. Malika aber, die es liebte, gesagt zu bekommen, wo es langging, empfand eine fast erotische Verzückung dabei, sich unterzuordnen. So wäre diese Bindung schon allein aus diesem Grund zum Scheitern verurteilt gewesen.

– Sehr gutes, sehr fein gemahlenes Mehl wie von deiner Mutter bestellt, ganz hervorragend geeignet für Chepalgaschi. Sie ist ja eine wahre Meisterin darin. Ich habe einmal beim Geburtstag deines Großvaters die Chepalgaschi deiner Mutter gekostet und habe den Geschmack immer noch im Mund, himmlisch!

Sie fragte sich, ob er übertrieb, weil er sie für sich einnehmen wollte, oder ob er davon wirklich überzeugt war. Mutter kochte wirklich gut, aber das taten die meisten Frauen im Dorf. Sie lächelte ihm zu und warf einen Blick nach draußen. Der Nebel war noch dichter geworden, graue Mauern hatte er in den Straßen des Auls errichtet.

– Wirklich gemein, dieser Nebel, nicht?

Avlan täuschte eine Art Schüttelfrost vor und grinste dämlich. Am liebsten hätte sie ihn umarmt, aber sie wusste, dass die beiden Männer, die sich vor dem Eingang unterhielten, sie ununterbrochen beäugten, und da sie kein zusätzliches Ärgernis auf sich ziehen wollte, unterließ sie es und ärgerte sich im gleichen Augenblick über ihre Selbstbeherrschung.

– Und die gute Malika, geht es ihr gut? Besucht sie euch ab und zu?

Avlan konnte sich weitaus weniger beherrschen.

– Spätestens zum Opferfest wird sie kommen, da bin ich mir sicher. Ansonsten ... also, ich hoffe, dass es ihr gutgeht.

Sie hoffte es wirklich. Malika hatte vor fast einem Jahr geheiratet und war nach Urus-Martan gezogen. Ob sie glücklich war, wusste man nicht, Mutter jedenfalls hatte sie mit ihrer Heirat sehr glücklich gemacht. Es war ein starker Clan, dem Vater des Bräutigams gehörte eine Seifenfabrik in Urus-Martan, sie galten zwar als *assimiliert*, aber auch nicht als *Speichellecker*, und so war es die Erfüllung eines Traums und gleichzeitig eine Rangerhöhung, die Malika und der ganzen Familie zuteilwurde; nach der Schande, die Vater über die Familie gebracht hatte, eine regelrechte Wiedergutmachung, ein Friedensvertrag. Mutter hatte schon immer auf Malikas Karte gesetzt. Erstens war sie die Gehorsamste, zweitens war sie ein »richtiges« Mädchen mit »richtigen« Mädchenträumen, die sich alle um einen starken und mächtigen Mann drehten, und drittens war sie die Hübscheste. Asma war noch zu klein, und man wusste nicht, in welche Fußstapfen sie einmal treten würde. Und sie selbst, die Zweitgeborene, nun ja, darüber sollte man gar nicht erst reden. Also blieb die Karte Malika, und sie erwies sich als Trumpf. Der Plan ging auf und ließ Mutter einen Moment lang versöhnlich werden. Gegenüber sich, der Welt

und vor allem gegenüber der Vergangenheit, aber dieser Moment sollte nicht lang währen.
Eine Kupplerin aus dem Nachbardorf hatte die Heirat eingefädelt, und Mutter wiederholte immer wieder, was für ein Glück es gewesen sei, dass Malika ein so hübsches Gesicht hatte und darüber hinaus Urus-Martan zu weit entfernt lag, um sich dort ernsthaft um das beschämende Verschwinden ihres Mannes zu kümmern. Malika willigte schon ein, bevor sie ihren Bräutigam überhaupt gesehen hatte, denn sie würde in die Stadt ziehen und einen Ehemann mit einem deutschen Auto bekommen. Es wurde geheiratet. Sie zog weg. Seitdem hatte sie ihre Schwester nur ein einziges Mal gesehen, Malika war mit ihren Schwiegereltern im Hochsommer in das Aul gekommen, weil die Nihaloyskie-Wasserfälle angeblich gut für die Fruchtbarkeit waren, und auf dem Weg dorthin hatten sie einen Abstecher ins Dorf gemacht. Sie trug nun ein Tuch auf dem Kopf, wie es sich für eine verheiratete Frau gehörte, und ein knöchellanges Kleid.
Jetzt aber fragte sich Nura, ob ihre Schwester glücklich war. Und wie Malikas Glück überhaupt aussehen könnte. Würde man es erkennen? Würde man es ihr ansehen? Oder war Malikas Glück farb- und geruchlos, still und unauffällig, verschwommen wie dieser Nebel? Damals war sie sehr still gewesen, stiller als sonst, und hatte etwas verschreckt gewirkt, verunsichert, als hätte sie es verlernt, hier zu sein, in der Nähe ihrer Mutter und Schwestern, im Dorf und nicht in der Stadt, als hätte sie es verlernt, sie selbst zu sein oder vielmehr, als hätte sie sich eine Fassade gebaut und fürchtete nun, dass jemand dahinterblicken könnte.
– Ihre Familie versteht sich gut mit den Russen, nicht?
Diese Frage erstaunte sie. Avlan schien nie sonderlich am

Weltgeschehen interessiert zu sein. Er würde auch niemals diesen Ort, dieses Dorf verlassen, wenn man ihn nicht regelrecht verjagen würde, dessen war sie sich sicher.

– Ich weiß nicht. Wieso fragst du mich das?

– Nun ja, geht ihr nicht zu den Gasujews fernsehen?

– Manchmal.

– Es hat einen Putsch gegeben, die Russen wollten ihre Vasallen bei uns an die Spitze setzen. Wir haben deren Kampfhubschrauber abgeschossen.

– Wir?

– Ja, die Unseren.

Seine Wortwahl verwunderte sie. Sicherlich verbrachte er viel Zeit im ehemaligen Komsomolclub, dort versammelten sich in letzter Zeit immer mehr junge Männer und besprachen unentwegt irgendwelche »wichtigen Angelegenheiten«, wie Mutter es nannte, was Diskussionen über Politik bedeutete. Wahrscheinlich war auch Avlan dort zugegen und hatte die fremden Worte übernommen, um Eindruck zu schinden.

– Ja, und viele von den Speichelleckern sind festgenommen worden.

Man kam nicht umhin, einen gewissen Stolz in seiner Stimme zu bemerken, sein eifernder Patriotismus erstaunte sie, und das Glühen in seinen Augen, als er das sagte, stufte ihn auf ihrer Sympathieskala auf Anhieb herab.

– Ich muss jetzt wirklich los, Mutter und Asma warten …

Es war ihr zum ersten Mal in seiner Nähe unbehaglich geworden, und sie wollte schnell wieder los. Als wäre er aus einem Halbschlaf erwacht, schüttelte er den Kopf, lachte wieder auf seine einnehmende Art auf und überreichte ihr den Mehlsack. Sie verabschiedete sich mit

einem Kopfnicken und trat hinaus. Der Nebel umhüllte sie augenblicklich wie ein warmer Mantel.
Ein paar Schritte weiter wäre sie um ein Haar mit der dicken Gülnaz und ihrem unförmigen Sohn zusammengestoßen. Die Gülnaz war eine richtige Dorfmatrone, und da ihr Ehemann ein paar Rinder hatte und genauso viele Ehefrauen – was ihr wiederum etwas weniger gefiel, auch wenn sie es sich nicht anmerken ließ –, glaubte sie, viele Gemeinschaftsfragen entscheiden und sich überall einmischen zu dürfen. Würde man vom Tratschen zunehmen, müsste sie längst eine Tonne wiegen, hatte Nura einmal zu Asma gesagt und selbst über ihre bildhafte Vorstellung lachen müssen.
Das Kind, das kein richtiges Kind mehr war, aber noch lange nicht erwachsen, hielt Gülnaz' Hand fest und stampfte mit schweren und trägen Schritten hinter ihr her.
– Ach, Nura, du bist es! Hast du mir einen Schrecken eingejagt!, schrie sie auf, und sogar der dichte Nebel konnte nicht verhindern, dass man das viele Gold in ihrem Mund aufblitzen sah.
– Ja, ich bin es, Tante Gülnaz, Verzeihung! Der Nebel ist heute aber auch besonders dicht …
– Mein Bruder hat gesagt, dass es die Russen sind. Ja, ja, sieh mich nicht so an, man sagt, sie würden jetzt irgendwelche Gase einsetzen, um sich an uns zu rächen und uns, ohne dass wir es bemerken, langsam vergiften …
– Das glaube ich kaum, Tante Gülnaz!
Sie versuchte, mit einem kleinen Schritt nach vorne anzudeuten, dass sie weiterwollte, aber Gülnaz boykottierte ihr Vorhaben. Sie hatte nämlich noch Dinge loszuwerden, und vor allem wollte sie sichergehen, dass sie auch ja nichts verpasst hatte.

– Was macht deine arme Mutter nun?
– Wie meinen Sie das, Tante Gülnaz?
Sie hatte keine Ahnung, worauf die falsche Schlange hinauswollte.
– Nun ja, so alleine mit zwei Mädchen zu Hause, und das in diesen wirren Zeiten ...
Alles in ihr zog sich zusammen. Am liebsten hätte sie aufgeschrien, hätte ihr ins Gesicht gespuckt und wäre weitergerannt. So viel Schadenfreude, so viel Gier nach dem Leid der anderen war kaum auszuhalten. Wie konnte man mit so viel Frust überhaupt leben, fragte sie sich und zwang sich zu einem Lächeln.
– Alles in Ordnung, Tante Gülnaz. Machen Sie sich wegen uns keine Gedanken.
– Mach deiner Mutter keine Sorgen, hörst du?, sagte sie mit fast drohendem Unterton und beugte sich ganz nah zu ihr, so dass Nura ihren unangenehmen Atem riechen konnte, ein Geruch nach hartgekochten Eiern und nach etwas Fettigem. – Sie hat bereits genug durchgestanden.
Wie gerne hätte Nura ihr eine Ohrfeige verpasst. Und in dem Moment spürte sie die Abwesenheit von Natalia Iwanowna am schmerzlichsten. Normalerweise wäre sie nach solch einem Vorfall zu ihr gerannt und hätte sich wie ein Donner bei ihr entladen, hätte dort gewütet und alles zum Teufel geschickt, bis sie sich wieder beruhigt und ihre Zuversicht wiedergewonnen hätte. Aber jetzt, ja, jetzt musste sie die Bitterkeit, den Zorn herunterwürgen, sich dabei sogar zu einem Lächeln zwingen.
– Auf Wiedersehen!, murmelte sie nur und setzte ihren Weg durch den Nebel fort, als der Junge, der vorher apathisch neben seiner Mutter gestanden hatte, ihr plötzlich die Zunge rausstreckte und spuckend etwas ausstieß. Zuerst verstand sie nicht, was es war, aber nachdem sie

sich etwas entfernt hatte, konnte sie die Laute besser deuten. »Hure« hatte er ihr hinterhergerufen. Gülnaz muss ihm den Mund zugehalten haben, denn er verstummte abrupt und wieder herrschte die alles umfassende Stille.

Sie durfte nicht die Kontrolle verlieren. Sie durfte diesen Hinterwäldlern nicht noch einen Grund mehr liefern, über sie und die Ihren zu tratschen. »Einfach weiteratmen, tief und gleichmäßig weiteratmen«, hörte sie wieder Natalia Iwanowna in ihr Ohr hauchen. Wie furchtbar sie sie doch vermisste! »Atmen und dann den Filter auswechseln!«

Das tat sie, wenn die Welt um sie herum zu fest wurde, zu hart, zu unbehaglich, dann schaltete sie einfach die Realität aus, wechselte sie aus wie einen Farbfilter. Das war gar nicht schwer, nur die Augen schließen und sich in eine andere Realität versetzen, mit jedem ihrer Sinne, mit der allerhöchsten Konzentration, und dann war schon alles anders, sie wurde zu einer anderen, austauschbaren Person, eben zu dem, was sie sich vorzustellen vermochte, was ihre Vorstellungskraft bereit war zuzulassen. Und mit jedem Tag, jedem Monat, jedem Jahr wurde sie darin kühner und waghalsiger. Früher, da wagte sie in ihrer Vorstellung höchstens ein Szenario, in dem sie eine Ärztin war, irgendwo in einer großen Stadt voller schöner Parks und Attraktionen. Einer Stadt, die einer Kirmes glich. Bunt und grell und voller Musik, voller Vergnügen, und sie mittendrin, von der Arbeit eilend, die sinnvoll und wichtig war, am besten in der Chirurgie, am besten da, wo es mindestens um Leben und Tod ging, und selbstverständlich würde sie dem Leben immer zum Sieg verhelfen und danach an den Buden mit Zuckerwatte und den schönen Karussells vorbeimarschieren und lachen und Eis essen, in einem wunderschönen Kleid, mit offenen Haaren. Sie entdeckte, wie sie ihre Fantasie trainieren konnte, dressieren wie ein gehorsames Pferd. Und so lernte sie, immer tollkühnere und schrillere, immer abenteuerlichere Geschichten zu erfinden. Wenn sie sich zum Beispiel nicht allzu sehr anstrengen wollte, dann war sie einfach eine Prinzessin, das kostete gar keine Mühe. Aber auch nicht irgendeine beliebige, sondern eine japanische. (Sie hatte einmal in der alten Dorfbibliothek, die voller sozialistischer Propagandabücher war, eine zerfledderte Zeitschrift entdeckt, eine alte Modezeitschrift, in der alles in lateinischer Schrift geschrieben stand, in einer fremden und schön anmutenden Sprache, und in der schöne, gut gekleidete Frauen abgebildet waren. Und dort gab es eine adrette junge Dame, die sich als eine japanische Prinzessin erwies, mit dem exotischen und Fernweh weckenden Namen Michiko – so viel hatte sie entziffern können.) Sie trug schicke Kostüme und winkte dem Volk von einem kaiserlichen Palast aus zu, der vollständig vergoldet war.

Aber in letzter Zeit war sie meist María. Die wunderschöne María aus der mexikanischen Telenovela *Simplemente María,* die sie zusammen mit den anderen Dorffrauen allabendlich bei den Gasujews im Fernsehen sah – man hatte den Fernseher wegen des großen Andrangs mithilfe eines mit Klebestreifen zusammengefügten Verlängerungskabels in den Hof gestellt, damit alle Platz finden konnten. Dort ging es um das einfache Bauernmädchen, die titelgebende María, die es trotz aller Widrigkeiten und Hindernisse zu einer ruhmreichen Modedesignerin schaffte, die alle sozialen Hürden überwand, obwohl sie ihre Liebe zum reichen Juan Carlos del Villar Montenegro nicht leben durfte. Es war schön, María zu sein.

Und es war auch einfach, sich Marías Wirklichkeit auszuleihen, da die russisch synchronisierte, farbenfrohe mexikanische Realität so prall und detailreich war. Sie hatte genaue Vorstellungen, wie die Räume aussahen, durch die María schritt, von den Kleidern, die sie anhatte, den Gegenständen, die sie berührte, und den Rest, ja, den Rest vervollständigte sie in ihrem Kopf. Zum Beispiel den Geschmack der Lippen von Juan Carlos del Villar Montenegro. Auch wenn ihre Liebe unglücklich war, auch wenn es ihnen nicht vergönnt war, zueinanderzufinden (noch konnte sie dies aber nicht mit Gewissheit sagen, noch durfte sie hoffen, immerhin hatte sie noch einhundertzweiundzwanzig Folgen vor sich), so war sie wunderschön, geheimnisvoll, aufregend, so wie sie sich vorstellte, dass sie sein sollte, und nicht die, die ihr die Realität aufzwang. Sie hatte in Erfahrung gebracht, dass die Schauspielerin, die María verkörperte, Maria Victoria Eugenia Guadalupe Martínez del Río Moreno-Ruffo hieß, und hatte sich den Namen eingeprägt wie eines der vielen patriotischen Gedichte, die man ihr in der Schule eingetrichtert hatte. Wie magisch und verlockend dieser Name klang! Maria Victoria Eugenia Guadalupe Martínez del Río Moreno-Ruffo, wie Zuckerwatte schmolz dieser Name auf der Zunge und hinterließ einen Geschmack, der Sehnsucht nach mehr weckte. Die Welt von Maria Victoria Eugenia Guadalupe Martínez del Río Moreno-Ruffo war eine, wie sie sich vorstellte, dass die Welt zu sein hatte, wenn man schon das Glück hatte zu leben, dann mussten das Leben und die Umgebung doch mitspielen, das war ja wohl nicht zu viel verlangt. Oder doch? War es denn so falsch, sich mehr zu wünschen? Mehr als das, was einer Frau zustünde, wie ihre Mutter meinte? Was diese alten Frauen meinten, die auf dem

Marktplatz saßen und sie mit ihren gelben Eidechsenaugen auffraßen, tadelnd, schmähend; sie fanden es schon unverschämt genug, dass sie so jung war, jung und voller geheimer Versprechen, die ihr Körper machte, ohne sich dessen bewusst zu sein. Musste sie sich dafür entschuldigen, so geschmeidig und anmutig zu sein wie ein freilebendes Tier?! Musste sie sich dafür entschuldigen, sich fortzuträumen? Dass ihr das Dorf nicht genug war? Und die Dorfbewohner noch viel weniger! Hinter diesen Bergen, hinter der gewaltigen Schlucht, hinter dem zornigen Fluss lag eine Welt, die so viel beinhaltete, so vielfältig war, so bunt. Dort wollte sie hin. Sie musste dorthin. Sie musste es schaffen. Die Vorstellung, sie könnte eines Tages ihre Zauberkraft einbüßen und sich nicht mehr in eine andere Realität versetzen, weil die gegenwärtige, die reale sich durch alle Fantasieschichten hindurchfressen würde wie eine ätzende Säure, versetzte sie in Schockstarre. Das Furchtbarste, was passieren könnte, wäre der Verlust ihrer magischen Fähigkeit. Diese Fähigkeit hielt sie am Leben, sie schenkte ihr Zuversicht, ließ sie alles erdulden, was das Gegenteil von Glück und trotzdem kein Unglück war, für das sie bisher aber keinen Namen gefunden hatte.

»Ist das nicht endlos traurig, Nura, dass die meisten Menschen sich nichts sehnlicher wünschen als das Mittelmaß? Das Mittelmaß an Leben, das Mittelmaß an allem, und dass ich mich vor nichts so sehr fürchte wie genau davor?«

Plötzlich sah sie Natalia Iwanowna vor sich stehen, am Fenster, mit dem Rücken zu ihr, in der linken Hand eine Zigarette. Sie war Linkshänderin und hatte immer gesagt, es liege daran, dass die linke Hand nun mal näher am Herzen sei und sie nichts machen könne, was nicht in direkter Verbindung mit ihrem Herzen stehe. Es war Winter – fast immer, wenn sie an Natalia Iwanowna dachte, war es Winter, als wäre ihre gemeinsame Zeit ein endloser, schneebedeckter weißer Winter gewesen, als hätte es in der Zeit mit ihr keinen Sommer gegeben –, und im Blechofen brannte Holz, das Knistern hatte etwas Einschläferndes, das Geräusch lud zum Träumen ein. Draußen war es kalt, und durch das Fenster wirkte die Welt so unbarmherzig, so unfreundlich, während es in diesem kleinen Zimmer so warm und gemütlich war. Nura konnte ihr Gesicht nicht sehen, als sie diesen Satz sagte, aber sie bekam auf einmal Gänsehaut. Ob ihr der Satz so vertraut vorkam, sie eher abstieß oder ihr Angst machte, das konnte sie nicht festmachen – aber er zog sie in seinen Bann, und sie erstarrte.

»Immerzu haben wir dagegen angekämpft, mein Mann und ich, wir beide haben nichts anderes getan. Und jetzt nach so vielen Jahren frage ich mich, ob das ein Fehler war, ob wir nicht kläglich gescheitert sind. Ja, wenn du mich fragst, dann ist das Mittelmaß der Fluch des Menschen, nicht die Schlange brachte die Sünde in den Garten Eden, es war das Mittelmaß ...«

Natalia Iwanowna zog an ihrer Zigarette (in der Welt, in der Nura lebte, eine für eine Frau unerhörte, verbotene Tat), und sie überlegte sich, ob sie sich von hinten an sie heranschleichen und sich an sie drücken, sie trösten, ihr sagen sollte, dass sie der außergewöhnlichste Mensch war, den sie je getroffen hatte.

»Aber manchen Menschen, nur sehr wenigen, gelingt es ... Sie können diesen Fluch durchbrechen ...« Wieder verstummte sie abrupt, wartete auf etwas, irgendein Urteil musste sie noch fällen, und das tat sie auch, nachdem sie die Zigarette auf einer zu einem Aschenbecher umfunktionierten Untertasse ausgedrückt hatte: »Vielleicht, ja, vielleicht ... könntest du es schaffen, Nura ...«

Ein größeres »Ja« hatte sie in ihrem ganzen Leben noch nie bekommen. Aber für dieses »Ja« galt es zu kämpfen, wie eine Löwin musste sie kämpfen, auch das hatte sie von Natalia Iwanowna gelernt. Andernfalls würde auch sie eines Tages wie diese alten Frauen auf dem Marktplatz enden, mit einem Wolltuch um den Kopf, mit auf dem Schoß zusammengefalteten Händen, mit gelben, klebrigen Augen und mit galligen Worten, die den Mund giftig machten – wenn sie nicht fortginge, wenn sie nicht diesen Bergen und diesem Fluss entkäme, dieser Natur, die so trügerisch schön war. Oder es würde noch schlimmer kommen, und sie würde werden wie Mutter, triefend vor Selbstmitleid, mit jeder Faser des Körpers um den Schutz des Auls bangend, um die penible Berechtigung jeder Handlung, jeder Entscheidung bemüht – seit Vater fort war und sie wie ein hilfloses Wesen durch die Galaxie schwebte, ängstlich und unsicher, verschüchtert bis ins Mark, und sich in sinnloser Tüchtigkeit verlor.

Nein, sie würde ihren Lebenssinn niemals an einen Mann koppeln, nicht einmal an einen wie Juan Carlos del Villar Montenegro. Sie würde die Sonne ihres eigenen Planetensystems sein. Sie würde nichts verbergen, sie würde die allerschönsten, allerbuntesten Kleider tragen und sowohl ihre Knöchel zeigen als auch die Linie, die sich erst seit zwei Jahren zwischen den so runden und festen Brüsten abzeichnete. Und wie schön würde sie die Wohnung einrichten, die sie einmal beziehen würde! Mit geblümten Tischdecken und Porzellanvasen, mit handgeknüpften Teppichen und mit weichen Sofas. Ähnlich wie die Haziendas aus der Telenovela. Vielleicht aber – und dieser Traum war der aufregendste, tollkühnste, verrückteste und daher vielleicht der innigste aller ihrer Träume – würde sie eine Schauspielerin werden, eine, zu der man aufsah, in die sich alle reihenweise verliebten, die lauter Preise abräumte und in edelsten Roben herumstolzierte und die mit feuchten Augen von der Bühne Handküsse verteilte. Eine wie Maria Victoria Eugenia Guadalupe Martínez del Río Moreno-Ruffo!

Aber diesen Traum wagte sie nicht so richtig in jeder Konsequenz zu durchdenken. Die Vorstellung, nicht nur die ganze Familie, sondern auch Asma könnte sie verachten und sich von ihr abwenden, war zu schmerzlich. Aber vielleicht würde sie es schaffen, und dieser Ort würde Asma nicht in seinen Bann ziehen und mit seinen stahlharten Regeln und Doktrinen infizieren, vielleicht würde sie es schaffen, für ihre Schwester das zu werden, was einst Natalia Iwanowna für sie gewesen war: ein Anker. Ja, vielleicht, wenn es ihr gelungen wäre, wenn sie erst nach Grosny, später nach Moskau, später nach ... Ja, wohin eigentlich? Ja, vielleicht nach Mexiko gegangen wäre, ja warum nicht nach Mexiko, schließlich wurden da ja solch fabelhafte Serien gedreht wie *Simplemente María*, und sie würde in einer dieser Serien mitspielen, und wenn sie endlich dort angekommen wäre und eine bunte Hazienda bewohnte mit Papageien und überdimensionalen Kakteen im Garten, würde sie Asma zu sich holen und mit ihr die Freiheit üben, täglich, mit eiserner Disziplin, so wie es einst Natalia Iwanowna mit ihr getan hatte, und Asma würde begreifen, dass ihre Welt nur eine der endlos vielen Varianten der großen Welt war und keineswegs die absolute und einzig richtige, und dann würde vielleicht auch Mutters Herz erweichen, denn immerhin wären sie zu zweit, und die Mutter würde sie besuchen kommen und staunen, in welchen Technicolorfarben sich das mexikanische Leben ihrer Töchter abspielte. So stur, wie Mutter war, würde sie dennoch niemals ihr Land, ihr Aul, gänzlich verlassen wollen, aber vielleicht würde sie ein paarmal im Jahr den Ozean überqueren und mit ihren Töchtern Ausflüge zu den schönsten Orten Mexikos machen.

Natalia Iwanowna war vor etwa vier Jahren ins Dorf gekommen, eine Russin, die einen Tschetschenen geheiratet hatte und mit ihm nach Grosny gezogen war. Beide waren ehemals Lehrer, die es sich aus irgendeinem für Nura nicht nachvollziehbaren Grund zur Aufgabe gemacht hatten, durch die abgelegensten Dörfer des Nordkaukasus zu ziehen und dort Kinder zu unterrichten. Sie gingen nicht in die Dorfschulen, sie boten ihren ganz eigenen Unterricht an, in improvisierten Klassenräumen ihrer Privatunterkünfte. Sie lebten von den Gaben und Almosen, die ihnen die Eltern aus Dankbarkeit für ihre begeisterten Kinder zukommen ließen, und sahen ihren Auftrag darin, »Denkanstöße jenseits der herrschenden Normen« zu vermitteln. Sie brachten einen ganzen Kofferraum voller Bücher und etwas ebenfalls ganz Wunderbares mit: ein Fernsehgerät mit einem integrierten Videorekorder und eine Vielzahl an Videokassetten, die sie mit der Hand beschriftet hatten. Eine magische Welt wurde dort offenbar und zog die Kinder scharenweise an. Von alten Chaplinfilmen in raubkopierter, schlechter Qualität über Visconti bis zu knalligen Actionstreifen aus Hollywood – alles war dabei, sogar Bollywoodfilme. Vor jeder Vorführung wurde ein Vortrag über den jeweiligen Film gehalten und im Anschluss fand eine Diskussion darüber statt. In der Stunde vor der Filmvorführung erzählten sie den Kindern etwas über die Entstehungsgeschichte und die Schauspieler, über die jeweilige Epoche

und die weltgeschichtlichen Ereignisse zu der Zeit. Nach der Vorführung mussten die Kinder ihre Eindrücke mitteilen. Und da reichte es nicht zu sagen, ob der Film ihnen gefallen hatte oder nicht, sie mussten argumentieren und miteinander debattieren. Es gab keine Kriterien, keine Doktrin eines guten Geschmacks, alles konnte gedacht und gesagt werden. Viele der Anwesenden fühlten sich von dieser Übung überfordert. Niemals zuvor war es ihnen erlaubt worden, ihre eigene Meinung zu äußern. Stets waren es die Adat-Gesetze, die ihr Leben regelten, stets waren es die Eltern und Großeltern, die Dorfältesten, die Partei und die Imame, die ihnen sagten, was sie zu tun und zu lassen hatten. Und nun waren da auf einmal zwei Zauberer, die sie in eine magische Wirklichkeit entführten, in der so viel erlaubt schien. Nicht alle kamen mit dem Freiraum klar, viele blieben nach ein paar Sitzungen weg oder die Eltern witterten Unheil und verboten es ihren Kindern, zu dem schrägen Paar zu gehen. Aber andere waren froh über die Begeisterung in den Gesichtern ihrer Sprösslinge und kümmerten sich nicht weiter um die Inhalte, die das Paar ihnen vermittelte. So oder so, die beiden würden wieder fortziehen, und ihre Kinder würden wortlos zu ihrem kargen und streng reglementierten Alltag zurückkehren, denn das war das Gesetz der Berge, das Gesetz der Ahnen, hier herrschte das jahrhundertealte Gesetz der Wainachen.
Aber in ihrem Fall war alles anders. Die Saat traf auf einen mehr als fruchtbaren Boden. Ein Unglück sollte sich für sie als pures Glück herausstellen. Natalia Iwanownas Mann starb plötzlich an einem Herzinfarkt, als sie gerade einmal ein paar Wochen in der Argun-Schlucht waren. Sie hatten eine kleine leerstehende Holzscheune am Rand des Hauptweges gemietet, und eines Abends

fiel der bärtige, gutmütige Mann um, bevor Nura sich seinen Namen überhaupt hatte merken können. Natalia Iwanowna trauerte lange. Sie trauerte anders als die Frauen im Aul. Sie trauerte stumm und ohne feste Riten. Sie trauerte für sich allein. Die Dorfbewohner redeten darüber, aber keiner mischte sich ein, sie war keine Nochtscho, sie war eine Fremde, eine gottlose Sozialistin aus dem Norden, woher sollte sie schon wissen, wie man richtig trauerte, wie man einen Mann gebührend beweinte? Ja, ja, die Städter waren verkommen, sie waren vom Weg abgekommen, die Kommunisten hatten sie korrumpiert, aber es bestand Hoffnung – so flüsterten es die Alten –, seit kurzem gab es sie wieder, diese quälende Hoffnung, seit der Riese wie ein kranker Elefant umgekippt war, seit die Wainachische Demokratische Partei gegründet, seit die Unabhängigkeit ausgerufen worden war! Es gab Hoffnung, dass Allah dem Land erneut seinen Segen schenken würde!
Erst nach und nach wagte sich die fremde Frau ohne Kopfbedeckung wieder auf die staubigen Dorfstraßen, wie ein vom Rest der Schar abgekommenes Vögelchen irrte sie ziellos umher, kaufte ein paar Lebensmittel ein. Nura beobachtete sie aus dem Fenster, wie sie an ihrem Hof vorbeiging, und hatte ein Gefühl im Herzen, als würde es von innen zerreißen. Damals wusste sie so wenig über diese fremde Frau, die aus einer anderen Welt gekommen war, und doch fühlte sie sich so vertraut an, etwas an ihrer Art zu gehen, an ihrer Art, in die ungewisse Ferne zu gucken, etwas an ihrer Verlorenheit erinnerte sie an sich selbst, als hätte sie ihr Leben lang nach Wurzeln gesucht, ganz anderen Wurzeln, nicht denen, die in die Erde gingen, fest und hart, nein, nach solchen aus Gedanken und Empfindungen.

Einmal lief sie ihr heimlich hinterher, durch den alle Geräusche verschluckenden, hohen, provozierend weißen Schnee, fasziniert von dem, was diese Frau ausstrahlte und für das sie selbst keine Worte fand, etwas, das sie später als selbstgenügsam bezeichnen sollte. Diese Frau schien nichts und niemanden zu brauchen, sie war voll von etwas, ein Etwas, das man nicht sehen, aber spüren konnte, nur traurig war sie, weil sie einen geliebten Menschen verloren hatte, und zu gern hätte Nura erfahren, wie ihre Liebe gewesen war, ob ihr Mann auch einer war, der alles hatte, was er brauchte, und in ihr keine Notwendigkeit sah, sondern eine Bereicherung? In all den Monaten an der Seite von Natalia Iwanowna sollte es ihr nicht gelingen, ihr Geheimnis zu lüften, es war ihr nicht vergönnt, zu begreifen, wie sie so leben konnte, so ohne jede Bedürftigkeit. Wie alles, was sie tat, alles, was sie war, auf Freiwilligkeit basieren konnte. Aber irgendwann spielte es keine Rolle mehr ...

Natalia Iwanowna blieb lange in der Schlucht, länger, als sie je zuvor irgendwo geblieben war, und genau das erwies sich für Nura als Glücksfall, als Rettung. Der Tod ihres Mannes stürzte Natalia Iwanowna in eine Krise. Als wäre ihr alles einerlei geworden, als hätte sie nur mit ihm zusammen den Sinn in dem finden können, was sie tat. Kinder gab es keine, feste Bindungen auch nicht. Ein Nomadenleben hatten sie gelebt, sich ergänzt, niemanden außer ihren Schülern gebraucht. Sie hätte nach Grosny gehen können oder nach Machatschkala, vielleicht nach Tbilissi oder Jerewan, irgendwie schien sie an den Kaukasus gekettet zu sein wie einst Prometheus, von dem sie Nura eines Tages erzählt hatte, bei einem Tee mit Honig und einer dünn geschnittenen Zitronenscheibe. Zu Leningrad, das mittlerweile wieder St. Petersburg hieß, wo

sie geboren und aufgewachsen war, hatte sie keine Beziehung mehr, nichts lockte sie zurück. Die Berge waren ihr Zuhause geworden. Mit dem hellblauen Lada Niva waren sie einer vagen Sehnsucht folgend durch den Kaukasus gefahren, hatten die Heerstraße bereist, einem Gefühl oder vielleicht einer Hoffnung auf der Spur. Und nun gab es keinen Ort für Natalia Iwanowna, keine Sehnsucht, die stark genug wäre, um sich erneut auf den Weg zu machen durch die endlosen Weiten, denn das Ziel schien trüb, unscharf.
Und noch etwas brachte sie dazu, dass sie immer mehr den Rückzug suchte und sich immer weniger in die Berge traute – der mit der Ausrufung der Tschetschenischen Republik Itschkerien einhergehende Nationalismus. Seit Inguschetien der Russischen Föderation beigetreten war, Tschetschenien diesen Schritt aber verweigerte, wurde die Luft für sie immer dünner. Überall im Kaukasus wurden Stimmen laut, die die Welt in zwei Lager spalteten, in das der Freunde und das der Feinde, und zu Feinden wurden alle, die nicht das Gleiche wollten und forderten, überall wollte man nun für sich und unter sich sein, lange genug waren die ungebetenen Gäste da gewesen, jetzt, da die Sowjetunion zu Staub zerfiel und das gigantische Russland blind und wirr durch die Dunkelheit tapste, wollte man den Zeitpunkt nutzen und die ungebetenen Gäste endlich verabschieden.
Natalia Iwanowna hatte zeit ihres Lebens nirgendwo dazugehört, und nun konnte ihr dieser Umstand zum Verhängnis werden. Im Süden war schon Blut geflossen – in Georgien hatte es begonnen, in Armenien und Aserbaidschan hatte es sich fortgesetzt, und nun konnte man diesen metallenen Geruch auch hier im Norden riechen. Sie verkroch sich in der Scheune und fing an zu zaubern.

Nun zauberte sie nicht mehr für die anderen, Kinder und Jugendliche, sondern für sich. Sie fantasierte, sie reiste durch das antike Griechenland und schwebte in pompösen Kleidern und mit turmhohen Perücken durch Versailles und Fontainebleau. Sie war Herrin über ganze Welten, die sie in ihrer Vorstellung erschuf. Da sie keine unnötige Aufmerksamkeit auf sich ziehen wollte, unterrichtete sie die Kinder nur noch gelegentlich in Russisch, da Russisch im letzten Jahr vom Lehrplan der Schulen gestrichen worden war, manche Eltern aber weiterhin darauf beharrten, dass ihre Kinder die Sprache beherrschen sollten. Ihre »Denkanstöße« und Vorträge ließ sie von diesem Zeitpunkt an sein. Bis sie aufeinandertrafen und Natalia Iwanowna, als wäre sie vom Leben geküsst worden, aus ihrem Winterschlaf erwachte.

Das erste Treffen war eines der knappen, leisen Worte, passend zu dem kniehohen Schnee und doch gleich einer Initiation, die Einweihung in eine Zauberei. Nura war wieder einmal zu der Scheune geschlichen und wie eine streunende Katze um das Haus herumgelaufen, in der Hoffnung, aufgespürt, entdeckt zu werden. Und sie wurde entdeckt.

– Komm doch rein, meine spärliche Behausung scheint dich ja regelrecht anzuziehen!

Das war das Einzige, was sie zu ihr sagte, als sie die Tür öffnete. Natalia Iwanowna saß bei einer dampfenden Tasse Tee an einem kleinen Beistelltisch, den sie als Esstisch nutzte, und starrte mit ihren hellblauen Augen und dem Ausdruck höchster Konzentration durch die auf ihrer Nasenspitze sitzende Brille auf einen bunten Würfel, wie ihn Nura noch nie gesehen hatte. Er wirkte wie ein Spielzeug für Erwachsene.

– Was ist das?

– Das ist ein Kubik-Rubik, ein sogenannter Zauberwürfel, kurzum: ein Drehpuzzle. Kennst du ihn nicht?
– Nein.
– Ja, vielleicht ist es besser so, ich beiße mir an diesem dummen Ding die ganze Zeit die Zähne aus.
– Wieso?
– Ich kriege es einfach nicht hin, egal was ich tue, es will mir nicht gelingen. Mein Mann hat mich deswegen schon so oft ausgelacht, er meinte, ich würde aussehen, als müsste ich das Geheimnis des Lebens lösen, aber irgendwie habe ich an diesem Ding einen Narren gefressen, aber es klappt und klappt nicht. Vielleicht gelingt es dir ja, sagte sie und reichte ihr den bunten Würfel.
Es war wie nach Hause kommen. Es war vertraut, auch wenn auf eine unbegreifliche, unlogische Weise. Der Zauber war allgegenwärtig. Und jeden Abend, wenn sie heimkam und sich die zornigen Blicke ihrer Cousins und die vorwurfsvollen Sätze ihrer Mutter wie eine Lawine über sie ergossen, fragte sie sich, wie sie ohne all dieses Wissen, ohne all dieses Können bisher hatte leben können. Es war Glück, pures Glück, das sie in dieser einfachen Scheune antraf. Und das Aufregendste war, dass sie auch das Vertraute und teils Verhasste durch Natalia Iwanownas Augen anders zu begreifen und sogar schätzen lernte. Dank ihr verliebte sie sich in die Schlucht und in den unzähmbaren Fluss. Sie wurde versöhnlich gegenüber der Vergangenheit und übte sich in Vergebung.
Ja, sie musste ihm vergeben, Vater, eine Bezeichnung, die sie seit seinem Fortgang nicht mehr in den Mund genommen hatte, als würde sich ihre Zunge an den Buchstaben verbrennen. Das Wort war gelöscht worden, aus der Wirklichkeit, aus der Gegenwart, als hätte es nie einen gegeben, auch wenn Mutter nichts anderes tat, als ihm

nachzutrauern, auch wenn das ganze Dorf nichts anderes tat, als sich monatelang die Mäuler über ihn zu zerreißen.
Und manchmal, da hasste sie ihre Sehnsucht, weil sie Angst hatte, es könnte sein Erbe sein, das in ihren Adern floss. Und dann würde es sich eines Tages vielleicht gar nicht als Sehnsucht entpuppen, sondern als ein Fluch. Wäre sie demnach auch dazu verdammt, stets die Suchende zu bleiben, getrieben und nie zufrieden, unfähig zum Glück? Er hatte nicht anders gekonnt, das ahnte sie und hasste sich, dass sie jetzt noch versuchte, eine Entschuldigung für ihn zu finden. Er hatte es hingenommen, seine Familie durch sein Handeln zu Aussätzigen zu machen. Wie stark musste der Fluch sein, dass er nicht anders konnte, als zu tun, was er getan hatte? Ja, Schande hatte er über die Seinen gebracht und blieb verschwunden, hatte sich aus jeder Verantwortung gezogen.
Die Jahre davor waren eine einzige Aneinanderreihung von Peinlichkeiten gewesen. Und dieses Desaster mit den Schafen! Als Mutter feststellte, dass seine »Verrücktheiten« wiedergekommen waren, beschloss sie, ihm unendlich viele Aufgaben aufzuladen, damit ihm keine Zeit für seine »Absonderlichkeiten« blieb. Sie hatten nie Schafe besessen, Pferde ja, Hühner sowieso, aber nie Schafe. Also beschloss sie, er solle eine Schafherde beaufsichtigen und sie in die Hochebene treiben, wo es wenig Ablenkung gab, wenig, was er kaputt machen konnte. Er erwiderte zu Beginn nichts, was sie als Erfolg verbuchte, aber keine zwei Wochen später hatten sich die meisten Schafe in der Hochebene verirrt und manche waren gar in Schluchten gestürzt. Auf die allgemeine Empörung hatte er nur erwidert, dass es der freie Wille der Tiere gewesen sei. Es war der Anfang vom Ende gewesen. Bis zu

seinem Verschwinden folgte für Mutter eine unerhörte Peinlichkeit nach der anderen. Und sie überlegte zwischendurch sogar, ihm eine jüngere Frau zu suchen, eine inoffizielle, aber geduldete Mitgestalterin seines Glücks, aber es sollte nicht mehr dazu kommen. Er ging fort und ließ sie mit ihren Erinnerungen und ihrer Pein allein. Und diese Erinnerungen waren nicht so leicht zu löschen, die Jahre, die sie an seiner Seite verbracht, und drei Kinder, die sie von ihm bekommen hatte, nichts davon konnte sie ungeschehen machen. Immerzu musste sie in Sorge leben, dass ihre Kinder etwas von ihm abbekommen, dass sie auch »verrückt« werden, tagelang schweigen oder wochenlang in einer Berghöhle übernachten würden. Sie selbst war schon immer eine Frau, die nach den Adat-Gesetzen lebte, die auch im Sozialismus und in der Kolchosära beten gegangen war. Ja, sie war eine, die sich am meisten vor dem fürchtete, was ihre mittlere Tochter sich am meisten ersehnte: anders zu sein, auch wenn man dadurch bei der Gemeinschaft in Ungnade fiel.

Der erste Skandal, so erzählte man sich, hatte sich gleich in den ersten Monaten ihrer Ehe, als ihre Mutter mit Malika schwanger gewesen war, ereignet – als er eines Tages splitterfasernackt im Fluss baden ging und bei der Dorfmiliz landete. Die Geschichte, wie er auf dem Geburtstag seines Schwiegervaters vom Onkel seiner Frau verprügelt worden war, erzählte man sich noch immer als lustige Anekdote. Es hatte eine hitzige Diskussion mit dem engstirnigen Onkel gegeben – und da hatte jeder eine andere Version gehabt, um welches Thema es damals gegangen war, von Völkerumsiedelung bis Breschnew bis zu einer bestimmten Schafzüchtung war alles dabei gewesen –, und da hatte er auf einmal begonnen, den Onkel mit Essen zu bewerfen, Brot und Käse, alles flog dem alten Mann an den Kopf. Was sich für Mutter als am schlimmsten erwies, war die Tatsache, dass sie all das und noch viel mehr erduldet hatte, nur um am Ende zur Aussätzigen des Auls zu werden und mit leeren Händen dazustehen, und doch nicht sagen konnte, ihre Opfergaben, ihre Engelsgeduld, ihre schier unmenschliche Ausdauer hätten sich ausgezahlt. Diese Ungerechtigkeit raubte ihr seit seinem urplötzlichen und wortlosen Fortgang den Schlaf, kanalisierte ihre über die Jahre so zerstreute und hilflose Wut.

Der Nebel sank tiefer hinab. Wie eine Schlange wand er sich durch die Felsen der Schlucht. Hoffentlich würde sie es vor Einbruch der Dunkelheit nach Hause schaffen. Die Nacht versprach eisig zu werden. Der Frost würde nach dem Nebel kommen, aber er würde kommen und gnadenlos sein. Vor dem Haus der Osmajews blieb sie stehen, sie hörte hinter sich Geraschel und drehte sich erschrocken um.

– Du bist doch sonst immer so mutig, jetzt machst du dir in die Hose, was?

Es war Musa, der Störenfried. Sie atmete erleichtert auf, und zugleich spannte sich ihr ganzer Körper an. Er kam ihr nah, näher, als es der von den Ahnen festgelegte Abstand zuließ, es war der Nebel, der ihn übermütig machte. Sie waren zusammen zur Schule gegangen. Und irgendwie hatte er es auf sie abgesehen. Jeder Papierball, den er warf, galt ihr, jedes Ziehen musste das Ziehen an ihrem Zopf sein, jeder Witz über die Mädchen musste in ihrer Abwesenheit gesprochen, jeder Streich vor ihren Augen ausgeführt werden. Seit sie ganz klein waren und auf Familienfesten im Hof zusammen gespielt hatten, konnte er es nicht lassen. Er war flink und redegewandt, sicherlich galt er als ein vielversprechender Bräutigam, zumal sein Vater die größte Molkerei der ganzen Schlucht besaß und seit der Privatisierung viel Geld angehäuft hatte. Musa war in die Höhe geschossen, nahezu einen Kopf größer stand er vor ihr, kräftig und voller Tatendrang, mit einer zittrigen Unruhe in den Gliedern, als wäre es ihm unmöglich, still zu stehen, als wäre die ständige Bewegung sein natürlicher Zustand, er wippte mit dem Oberkörper hin und her und trat von einem Fuß auf den anderen und machte sie ganz unruhig und wirr.

– Wegen dir mache ich mir ganz bestimmt nicht in die Hose. Was treibst du dich hier rum? Hast du nichts Besseres zu tun, als Mädchen aufzulauern?

– Ich lauere niemandem auf. Du stehst vor meinem Haus, ich kann hier machen, was ich will, das ist mein Bereich. Er zog eine Zigarettenpackung aus der Tasche und nahm sich gleich zwei Zigaretten heraus. Auch das traute er sich nur, weil keine Erwachsenen in der Nähe waren und ihn der Nebel von ungebetenen Blicken abschirmte. Die eine steckte er sich hinters Ohr und die andere zwischen die Lippen. Das Aufleuchten der Feuerzeugflamme erzeugte eine kurze Illusion von Geborgenheit und Wärme, die ihr gut gefiel.

– Ich muss nach Hause, sagte sie mehr zu sich selbst als zu Musa. Sie hatte noch eine weite Strecke vor sich, und der Himmel war bereits vom Nebel verschluckt worden.

– So ängstlich bist du, soll ich dich begleiten, was? Nicht dass dich einer klaut, erwiderte er und lachte laut und dreckig, wie es seit eh und je seine Art war. Ein Lachen, als hätte er etwas Verbotenes im Kopf.

– Nein, nicht nötig, danke.

– Komm schon, es sind keine guten Zeiten für ein Mädchen, um so spät am Abend umherzulaufen.

– Wieso das denn?

Einerseits fand sie den Gedanken angenehm, sich den Weg nicht alleine durch die Dunkelheit bahnen zu müssen, andererseits war ihr Musas Nähe nicht ganz geheuer. Erst beim Glühen der Zigarette erkannte sie, dass er sich einen Bart wachsen ließ, der noch nicht so dicht gelingen wollte wie erwünscht. Sie musste schmunzeln.
– Na ja, es treibt sich in letzter Zeit alles Mögliche an Gesindel in unserer Gegend herum. Ungläubige und Gotteslästerer.
Diese Worte klangen aus seinem Mund etwas befremdlich; ihr fiel ein, dass Mutter und ihre Cousins erzählt hatten, dass Musa sich im Gemeindezentrum sehr stark für den Bau der neuen Moschee einsetzte und sein Vater den Großteil des Baus finanzieren wollte. Sie konnte den leichtsinnigen, albernen, zappeligen Musa nicht mit einem gottesfürchtigen und streng gläubigen Moslem in Verbindung bringen. Sie setzte sich in Bewegung und ärgerte sich darüber, dass sie nicht auf Mutter gehört hatte und keine Taschenlampe dabeihatte. Sterne waren nicht da, um ihr den Weg auszuleuchten, überhaupt schien alles verschwunden, verschluckt von dem dichten Nebel und der so urplötzlich hereingebrochenen Dunkelheit. Irgendwo in der Ferne bellte ein Hund. Eine ungewohnte Spannung lag in der Luft, die sie sich nicht anders erklären konnte als durch das Wetter. Musa folgte ihr stumm.
– Wirklich, vielen Dank, aber ich laufe lieber alleine …
– Ich muss dich nach Hause bringen, ich bin es deiner Mutter schuldig.
– Warum das jetzt?
– Ihr ist schon genug Unglück geschehen!
Der Satz hatte einen bitteren und frostigen Beigeschmack. Sie wollte etwas erwidern, aber sie hatte keine Kraft. Sie

wollte nichts mehr rechtfertigen, erklären, niemanden in Schutz nehmen. Es war ihr egal, was in der Vergangenheit gewesen war, es war ihr egal, was Vater für Probleme hatte, es war ihr egal, wohin er gegangen war, es war ihr egal, wie beschämend all das für Mutter war, sie wollte nicht mehr zurückschauen müssen, sie wollte nach vorne blicken, sie wollte ihren Blick über die Ränder dieser Welt richten. Schweigend liefen sie am Gemeindezentrum und an dem ehemaligen Gastronom vorbei, es herrschte gespenstische Stille, die Laute, die Geräusche, sogar das Atmen schien dieser verdammte Nebel zu fressen, als wäre er nicht satt, bis er die ganze Welt aufgegessen hätte.

– Du solltest dir langsam ein Tuch zulegen, sagte er, immer noch ein paar Schritte hinter ihr, und sie fühlte sich auf eine merkwürdige Art ertappt, als hätte er etwas gesehen, was nicht für seine Augen bestimmt war. Sie zupfte aus Verlegenheit an ihrem Mantel.

– Was ist mit dir los?

Sie konnte sich nicht weiter beherrschen, der Vorwurf, der lauter geriet als gewollt, huschte ihr einfach so über die Lippen.

– Was soll denn das heißen, was mit mir los ist ... ich ... ich ...

Plötzlich fing er an zu stammeln, als hätte er sich an seinem eigenen Gedanken verschluckt. Sie drehte sich zu ihm um und sah ihm ins Gesicht. Sie erriet mehr, als sie sah, und dennoch konnte sie seine Angst spüren, oder war es etwas anderes, das man fast riechen konnte, war es Scham? Und er beugte seinen Kopf, brachte sein Gesicht plötzlich so nah an ihres, dass sie vor Schreck erstarrte, kein Junge, kein Mann war ihr bislang so nahe gekommen, auch dies verboten die Ahnen, und sie wusste nicht, was er vorhatte, und war hin- und hergerissen zwischen Neugier und Abscheu. Würde er sich trauen? Würde

er seinen feuchten Mund, seine vollen Lippen auf die ihren legen, und würde er genauso schmecken wie Juan Carlos del Villar Montenegro? Wollte sie es überhaupt? Wollte sie ihren ersten Kuss von Musa Osmajew erhalten? Hatte sie nicht stets von etwas Aufregendem geträumt? Aber irgendwie fing ja jeder an, auch María hatte irgendwie angefangen. Sie verharrte so, in Erwartung, ihr drehte sich der Magen um, es fühlte sich so an, als führe sie Karussell. Aber im gleichen Augenblick hörte sie die schweren Flügel eines großen Vogels die Luft durchschneiden und schreckte zurück. Musa hatte den Kopf nach oben gerichtet, und sie wusste bereits, dass er seinen sehnlichsten Wunsch in die Knie gezwungen und gezähmt hatte, jetzt würden sie wieder wortlos den Weg fortsetzen. Vielleicht war es ein Gänsegeier. Vielleicht auch ein fremder schwarzer Vogel, der Unglück witterte, wie in den Geschichten, die manchmal die Alten erzählten. Da gab es immer einen schwarzen Vogel, der herbeigeflogen kam, wenn etwas Unheilvolles im Gange war, eine Art Warnsignal, das dann aber niemand hörte und niemand sah, außer der zur Tatenlosigkeit verdammte Erzähler.
– Musa ..., sie sprach seinen Namen aus, und plötzlich hatte er einen ganz anderen, einen bedrohlichen Klang. Die vier Buchstaben sprangen ihr nicht mehr so locker von der Zunge.
– Also ..., setzte er an und entfernte sich schlagartig von ihr, als gelte es von nun an, immer eine vorgegebene Distanz zwischen ihren Körpern einzuhalten. Also, wenn die Moschee fertig ist, dann fang ich mit dem Hausbau an.
– Welchem Hausbau?
Sie setzte sich wieder in Bewegung, es war leichter so, er lief hinter ihr.

– Meinem.
– Ach so?
– Ja, unten am Fluss, direkt am Hang, dort ist die fruchtbarste Erde. Dort, wo früher der alte Pankow lebte.
– Wo ist der denn hin?
– Ist doch egal.
– Nein, ich würde es gerne wissen; wo du seinen Namen erwähnst, fällt er mir wieder ein, ich habe so lange nicht mehr an ihn gedacht. Wie oft wir damals in seinen Garten geklettert sind und die Birnen geklaut haben, erinnerst du dich?
– Ja, natürlich.
– Völlig idiotisch, ich meine, auch bei uns im Garten gab es Birnen, aber seine schmeckten besonders gut, zumindest bildeten wir es uns ein, stimmt's?
– Ja. Irgendwie schon.
Plötzlich war die Leichtigkeit jener Tage wieder da, sie konnte sie in ihrem Körper spüren, wie gerne sie auch Musa davon etwas abgegeben hätte, wie gerne sie ihm die Zunge rausgestreckt, ihn geschubst, mit ihm um die Wette gerannt wäre. Aber sie hatte in den letzten Jahren gelernt, der Welt mit Misstrauen zu begegnen. Sie konnte nicht mehr unüberlegt handeln, das war wohl der Preis des Erwachsenwerdens.
– Und wie gut er mit den Tieren war. Er konnte alle Tierkrankheiten heilen.
– Na ja.
– Nein, wirklich, er war der beste Tierarzt der Region. Und erinnerst du dich, wie gerne er die Lesginka tanzen wollte und es nie richtig hingekriegt hat?
– Russen können keine Lesginka tanzen, sie haben es nicht im Blut.
– Wieso sagst du das?

– Was?
– Ich meine, er war so nett zu uns, wieso machst du ihn schlecht?
– Ist doch egal. Ich wollte was anderes ...
– Nein, ist nicht egal! Du sollst ihn nicht schlechtmachen.
– Tue ich doch gar nicht. Ist ja gut.
– Nein, machst du sehr wohl. Und genau aus dem Grund ist auch Natalia Iwanowna weggegangen. Weil sie alle nur noch angestarrt haben, als hätte sie die Pest.
– Du meinst die verrückte Russin aus der Scheune?
– Sie war keine verrückte Russin, sie war meine Freundin!
– Sie war komisch.
– Du kanntest sie überhaupt nicht.
– Ist ja gut, jetzt beruhige dich.
– Nein, ich will mich nicht beruhigen, ich bin es leid ... Woher weißt du das immer? Woher willst du immer wissen, was richtig und falsch ist, was gut und was schlecht ist? Zweifelst du nie, dass du vielleicht im Unrecht sein könntest?
– Wieso sollte ich?
– Weil du auch nur ein Mensch bist.
– Ist dir eigentlich klar, was die Russen mit uns gemacht haben? Ist dir klar, dass deine Großmutter und mein Großvater 1944 mit einer halben Million Nachtschi nach Kasachstan deportiert wurden und erst nach Stalins Tod zurückkehren durften? Ich meine *alle*, er wollte sie *alle* weghaben, das musst du dir mal vorstellen! Seit Jahrhunderten wollen sie uns am liebsten ausrotten, sie haben uns unserem Gott abschwören lassen, sie ...
– Musa, aber das haben doch nicht Pankow oder Natalia Iwanowna gemacht?

– Das spielt keine Rolle. Sie sind zu uns gekommen, haben sich genommen, was uns gehörte, haben sich hier breitgemacht, haben uns eingeredet, wir wären Menschen zweiter Klasse, aber jetzt sind wir dran. Wir lassen uns nicht mehr unterjochen. Wir sind ein Kriegervolk, darauf müssen wir uns wieder besinnen, müssen uns erinnern, wer wir sind und woher wir kommen und dann ...
– Und dann?
– Dann sind wir an der Reihe.
Wie zwei Blinde bahnten sie sich den Weg durch die Dunkelheit, sie erreichten die Metzgerei und bogen nach links ab, Richtung Bushaltestelle, die seit Jahren nicht mehr benutzt worden war, passierten dann die Wehrturmruinen, von da aus würden sie auf die Hauptstraße gelangen, dort gab es ein paar Laternen, die aller Wahrscheinlichkeit nach funktionierten, und ab da, hoffte sie, würde sie alleine weitergehen können. Er hatte wieder abrupt aufgehört zu reden, als hätte er den Faden verloren, aber ihr war es nur recht, sie verstand ihn nicht, sie wollte ihn nicht verstehen, sie wollte nicht schon wieder alles der Vergangenheit unterordnen, sie wollte nichts von Taips und Adat hören.
– Ich werde dort mein Haus bauen. Und dann ...
Sie brauchte einen Moment, bis sie verstand, wovon er sprach, bis sie sich daran erinnerte, dass er etwas von fruchtbarem Boden erzählt hatte. Sie drückte den Stoffsack mit dem Mehl gegen die Brust und beschleunigte den Schritt.
– Wieso willst du denn ausziehen? Ich meine, euer Haus ist doch groß genug, fragte sie eher aus Höflichkeit, nicht weil es sie wirklich interessierte.
– Weil ich heiraten werde und meine Brüder im Haus bleiben sollen.

– Heiraten? Du?
Irgendwie wirkte dieser Gedanke absurd, sie sah den stets unruhigen, zappeligen kleinen Jungen, der zufällig in den Körper eines Mannes geraten war, der immer Blödsinn im Kopf hatte, alle Jungs aus dem Dorf zu verschiedenen Streichen anstiftete und alle Mädchen ärgerte, und ausgerechnet der wollte nun eine Familie gründen? Das erschien ihr vollkommen unpassend, und sie lachte auf. Er blieb stehen. Sie hatte ihn gekränkt.
– Ist ja gut, sei doch nicht gleich beleidigt. So habe ich das nicht gemeint. Und wer soll die Glückliche sein?
– Du.
Zuerst entfuhr ihr ein weiteres Lachen, aber bevor sie zu Ende lachen konnte, verstummte sie und machte ein Gesicht wie ein Fisch an Land, mit offenem Mund, nach Luft schnappend. Zum Glück war es dunkel, zum Glück war er einen Schritt vorausgegangen.
– Mein Vater wird nächste Woche mit deiner Mutter reden.
Er sprach leise, aber klar, bedacht, als hätte er all die Worte bereits oft genug geübt.
– Das ist vollkommen unnötig, unterbrach sie ihn und eilte voran, überholte ihn und beschleunigte immer mehr den Schritt, bis sie fast rannte.
– Hey, warte ... Was heißt denn unnötig?
– Ich werde dich nicht heiraten. Ich werde überhaupt nicht heiraten. Ich ziehe weg.
– Wie? Wohin?
– Erst mal vielleicht nach Grosny. Ich muss nur ein paar Wochen warten, bis ich achtzehn werde, und dann ...
– Aber, aber ..., stammelte er. – Das geht nicht.
– Wieso geht das nicht?
– Das gehört sich nicht. Außerdem wird deine Familie ...

– Das spielt keine Rolle.
Sie lief weiter, und plötzlich schien die Dunkelheit gar nicht mehr so gefährlich, im Gegenteil, sie bot ihr Schutz und nahm sie in ihre Obhut. Sie rannte und rannte in Richtung Hauptstraße und hörte Musa schnaufend hinter sich herrennen.
– Nura, warte, Nura!
Früher war er schneller gewesen, dass er sich jetzt schwer damit tat, sie einzuholen, zauberte ihr ein Lächeln auf die Lippen, das er nicht sehen konnte. Entweder er war langsamer geworden, oder sie hatte gelernt, mit dem Wind Schritt zu halten.
– Aber ich liebe dich!, hörte sie ihn auf einmal nahezu schreien, und die Worte hallten noch lange nach.
Sie blieb stehen. Etwas in ihr zog sich zusammen. Etwas riss ab. Er tat ihr leid, und zugleich freute sie sich über das Geschenk, das er ihr machte, auch wenn sie es nicht annehmen konnte und wollte. Sie war froh, dass er etwas sagte, das von ihm kam und nicht angelernt war, das nicht vorbestimmt und durch die Ahnen diktiert wurde. Sie empfand so etwas wie Dankbarkeit und hätte ihm um ein Haar einen Kuss auf die Wange gedrückt, aber nein, das könnte falsch gedeutet werden. Das Schwierigste im Leben, so verriet es ihr einmal Natalia Iwanowna, sei die große Mühe, die man aufwenden müsse, um im Alltag nicht man selbst zu sein.
– Danke.
Sie wusste nicht, wieso sie sich bedankte, auch begriff sie, dass das Wort zu dieser Situation überhaupt nicht passte und Musa sich darüber ärgern würde, aber ihr war nichts Besseres eingefallen.
– Hast du mir zugehört?
Jetzt mischte sich Wut in seine Stimme.

– Ja, habe ich, und das ist schön, aber ich werde dich trotzdem nicht heiraten. Ich muss jetzt wirklich heim, meine Mutter wird sich Sorgen machen, und ich will nicht, dass sie einen meiner idiotischen Cousins losschickt, um mich zu suchen.
– Du solltest nicht so reden ...
– Wie *so*?
– So arrogant.
– Das ist nicht arrogant. Das ist ehrlich.
Auf der Hauptstraße war es tatsächlich heller, obwohl das Laternenlicht nur wenige Meter weit reichte, aber immerhin sah sie plötzlich wieder, wo sie war, erkannte die Umgebung, den Boden unter ihren Füßen. Die Umrisse der Wehrturmruinen waren ebenfalls zu erahnen. Sobald sie sich ihnen näherte, hörte sie ihre Klassenlehrerin mit der piepsigen Stimme sprechen: »Die Kaukasischen Wehrtürme dienten in den Bergregionen des Nordkaukasus als Wachtürme und zur Verteidigung von Familienverbänden sowie als Zuflucht im Angriffsfall, Mynaev, die Hand aus der Nase, sofort ...«
Der Nebel begann sich zu lichten.
– Das gehört sich so nicht, sagte er, und seine Stimme zitterte, er beherrschte sich, seine Wut war der Enttäuschung entwachsen.
– Ich weiß. Alles, was glücklich macht, gehört sich nicht. Ich aber, Musa, ich will ... Ach, egal.
Sie wollte nichts mehr sagen, es war eh einerlei, er würde sie nicht verstehen. Er war ein guter Junge, ein kleiner Draufgänger, einer, der nicht zweifelte, einer, der seine Welt nicht hinterfragte, einer, der sich mit allem, was er im Leben vorfand, zufriedengab, außer ... außer vielleicht mit den Russen und der Gottlosigkeit, die sie ins Land gebracht hatten, wie es sein Vater immer predigte.

Aber es gab nichts zwischen ihnen zu klären, zu sagen. Sie wünschte ihm alles Gute, sie wünschte sogar seinem grimmigen Vater alles Gute, der vorhatte, mit ihrer Mutter zu sprechen, um die Ehe seines Sohnes zu arrangieren, und wahrscheinlich würde sich Mutter darüber sogar freuen, immerhin galten die Osmajews als wohlhabend und Musa als eine gute Partie, aber ... Ja, es gab dem nichts mehr hinzuzufügen.
– Bitte kehr jetzt um. Es ist nicht mehr weit. Ich möchte den Weg alleine gehen.
Plötzlich, wie ein beleidigtes Kind, widersetzte sich Musa nicht mehr, er widersprach ihr nicht einmal, er blieb an der Hauptstraße im schummrigen Laternenlicht einfach stehen. In seiner Lammfelljacke, die er bestimmt gemeinsam mit seinem Vater in Grosny oder Machatschkala auf dem Schwarzmarkt für viel Geld ersteigert hatte, denn schließlich waren diese Jacken in letzter Zeit zum Symbol des Wohlstands und des Ansehens geworden.
Sie setzte ihren Weg fort, immer weiter, dem Flussrauschen nach, die Kieselsteine mit den Füßen zur Seite kickend.
– Mach's gut, Musa, und sei mir nicht böse!, rief sie in die Dunkelheit, ohne sich noch einmal umzudrehen, und als sie schon fast aus seinem Blickfeld verschwunden sein musste, hörte sie ihn etwas rufen. Den Anfang hatte sie nicht mehr hören können, aber die letzten Worte lauteten: – ... Frau werden.
Vielleicht stimmte es, und vielleicht hatte Natalia Iwanowna doch recht, als sie einen Grund für Vaters Verschwinden suchte und eine Theorie entwickelte. Das einzige Mal, dass sie ihr nicht zu Ende zugehört hatte, sondern aus der Scheune gestürmt war, ohne ihr Tschüs zu sagen, das war am gleichen Tag, an dem Vater ver-

schwunden war und sie Natalia Iwanowna tränenüberströmt aufgesucht hatte:
– Ich … ich … Er ist einfach verschwunden. Er ist weg. Er kommt nicht wieder, ich weiß, er ist weg … alle Sachen mitgenommen, wir haben alles abgesucht und …
Sie stammelte und schluchzte.
– Wer? Was ist los? Beruhige dich bitte, setz dich, ich mache dir einen Tee.
Immer dieser Tee, als liege in dem heißen Getränk die magische Kraft, alles erdulden zu können.
– Mein Vater … er hat uns verlassen.
– Was ist passiert?
– Er sollte nach Gudermes fahren, er hatte einen entzündeten Zahn und sollte dort zu einem Spezialisten … und er ist nicht wiedergekommen. Und dann haben wir nachgeschaut, und alle Sachen von ihm waren weg. Und mein Onkel und meine Cousins sind ihn suchen gefahren, aber er ist überhaupt nicht nach Gudermes … er ist dort nie angekommen …
Nachdem sie sich lange genug die Seele aus dem Leib geweint und drei Tassen Tee getrunken hatte, nachdem sie alles doppelt und dreifach gesagt hatte, was es zu sagen gab, und wie eine Detektivin alles über den Morgen seines Verschwindens genauestens rekonstruiert hatte, ergriff Natalia Iwanowna das Wort und begann, nach Gründen für seinen Fortgang zu suchen. Das erschien Nura in dem Augenblick als eine Verhöhnung, sie wollte nichts von einem oder mehreren Gründen wissen, es könnte schlichtweg keinen Grund geben, dachte sie, der sein Verhalten rechtfertigen würde. Es gab keine Entschuldigung. Es sollte keine geben. Und so wollte sie auch nichts von Natalia Iwanownas kruden Theorien wissen. Die Nachsicht, das Akzeptieren der Leerstelle, die

der Vater hinterließ, kam erst später, in den Wochen und Monaten danach, aber an jenem Tag wollte sie ihn einfach nur hassen. Und dass Natalia Iwanowna das nicht einsehen wollte, kam ihr unverzeihlich vor.

– Vielleicht ist es manchen Menschen nur vergönnt, im Widerstand glücklich zu werden, sagte Natalia, und noch vieles anderes, vieles hatte sie zu erklären versucht, die Motive für seine Unfähigkeit, Teil seiner Umgebung und der Gemeinschaft zu werden, in die er hineingeboren worden war. Aber damals hatte sie von all dem nichts wissen wollen. Jetzt aber, wo sie die Schritte verlangsamend der Einladung des Flusses folgte und sich dem Rauschen hingab, sich fallen ließ, die Gedanken abschüttelte, überlegte sie sich, ob es ebenfalls ihr Erbe war, Widerstand zu leisten, immer und überall. Etwas an diesem Gedanken machte sie traurig, aber sie würde nicht nachgeben, der Traurigkeit keinen Raum geben, sie würde mit jedem Schritt, den sie auf dem Nachhauseweg tat, alle lästigen und unnützen Gedanken abschütteln und leer und leicht ankommen.

Im gleichen Augenblick hörte sie ein Auto hupen, aus der Ferne ertönte ein Ruf, eine Männerstimme. Sie sah sich um, aus der Richtung des Auls kam ein Auto angefahren, nein, es waren zwei, plötzlich ging das Hupen in einen ununterbrochenen und enervierenden Lärm über, dann wieder Rufe. Sie blieb stehen und versuchte, in der Ferne etwas zu erkennen, um den Grund für die unangenehme Unruhe zu erraten, aber leider war es ihr nicht möglich, das Gedränge und der Lärm ergaben keinen Zusammenhang, keinen Sinn. Sie versuchte, weiterzugehen, aber jetzt näherte sich auch von der anderen Seite ein Wagen mit übertriebener Geschwindigkeit, ein schmutziger Geländewagen raste an ihr vorbei. Aus dem Fenster ragten

Fahnen der Tschetschenischen Republik Itschkerien, und junge Männer in Armeejacken grölten irgendwas von den Rücksitzen. Zwei weitere Autos, diesmal alte Ladas, folgten, auch sie hupten ununterbrochen, und die Männer, die darin saßen, schrien irgendwelche Parolen und patriotische Slogans. In wenigen Sekunden war die gewohnte Ruhe der Schlucht durch einen undurchdringlichen, fremdartigen Lärm und einen hektischen Aufruhr durchbrochen.

Sie versuchte, die Gesichter zu erkennen, aber ohne Erfolg, es war zu dunkel, auch blendeten sie die Autoscheinwerfer. Sie trat zur Seite und hoffte, die irritierende Karawane möge schnell vorbeiziehen. Aber das Gegenteil war der Fall: Wie eine Ameisenarmee tauchten von überallher immer mehr Autos auf und rasten durch die Schlucht. Sie fragte sich, ob irgendwo ein Fest stattfand, eine opulente Hochzeit im Nachbardorf vielleicht, aber die Fahnen, das Gegröle und die Überzahl an jungen Männern – all das war verdächtig, nichts davon erinnerte an ein Fest. Aber die Stimmung, die aufkam, hatte etwas Elektrisierendes, Rauschhaftes, für einen Augenblick ließ sie ihren Blick umherschweifen: Das Spiel der Scheinwerfer, das Auf- und Abtauchen der Lichter hatte etwas Unwirkliches an sich, begleitet von dem immerwährenden, gleichstarken Rauschen des Flusses.

Plötzlich hörte sie jemanden ihren Namen rufen, sie schreckte zusammen und begann, nach dem Rufenden Ausschau zu halten, aber es waren mittlerweile so viele Autos, fast eine Kolonne hatte sich gebildet, eine Kolonne, die um die Wette raste. Sie kniff die Augen fest zusammen und drehte ihren Kopf hin und her, hielt den Mehlsack immer fester an sich gedrückt.

– Nura, Nura!, brüllte es durch das Meer aus Motoren

und Reifengeräuschen, durch das Hupen, das Geschrei und sogar den Gesang. Zuerst dachte sie an Musa, dass er mit dem Wagen seines Vaters zurückgekehrt war, um sie nach Hause zu begleiten, dann aber erkannte sie die kratzige Stimme Rustams, ihres ältesten Cousins, und wusste nicht, ob sie Erleichterung oder Enttäuschung empfinden sollte. Er war im gelben und klapprigen 06 seines Vaters unterwegs und hatte die Fensterscheibe heruntergekurbelt. Erstaunlicherweise war er ohne seine idiotische Gefolgschaft an testosterongesteuerten Brüdern und Freunden unterwegs.

– Steig ein, steig schnell ein!, schrie er durch das offene Wagenfenster und kam quietschend am Straßenrand zum Stehen. Sie hüpfte schnell auf den Beifahrersitz, und bevor sie die Tür zugemacht hatte, fuhr er davon.

– Ich suche dich schon seit über einer halben Stunde! Bist du irre, wieso nimmst du die Hauptstraße?

Er wirkte aufgewühlt, er zündete sich eine Zigarette an, obwohl er vor seinem Vater nicht rauchte und es das Auto seines Vaters war. Typisch Rustam, einfach nicht nachdenken, schoss es ihr durch den Kopf, und sie freute sich über die Wärme, die sie im Wagen vorfand.

– Was ist denn los? Warum suchst du mich? Nana wusste doch, wo ich bin ...

– Hast du denn nichts mitbekommen?

Sie schüttelte den Kopf, im gleichen Augenblick schaltete er das Autoradio ein. Erst kam das bekannte Rauschen, hier in der Schlucht war es gar nicht so einfach, eine saubere Frequenz zu finden, nicht selten sah man improvisierte, verbogene, zusammengeklebte Antennen, die man mühevoll bei der ewigen Suche nach einem gut hörbaren Sender zusammenmontiert hatte.

Zwei Geländewagen kamen ihnen mit hoher Geschwin-

digkeit entgegen, Rustam verlangsamte und lehnte sich aus dem Fenster.
– Salam alaikum, Bruder!, schrie einer.
– Maschallah, entgegnete Rustam.
– Freiheit dem tschetschenischen Volk!, grölten die Männer, deren Gesichter sie im anderen Wagen nicht erkennen konnte.
– Freiheit!, antwortete Rustam etwas verhaltener.
Sie gaben noch weitere Parolen von sich, aber sie hörte nicht mehr hin, denn für einen Augenblick war der Empfang da, und sie vernahm einzelne Worte aus dem Radio, wie »Einmarsch«, »Wehrpflicht«, »militärische Intervention«, »Präsident der Russischen Föderation«. Ihre Knie wurden weich. Sie traute sich nicht, den Gedanken, der sich ihr die ganze Zeit aufdrängte, zuzulassen. Erst nachdem Rustam wieder auf das Gaspedal trat und sie von der Hauptstraße in die kleine Abzweigung linker Hand abbogen, die zu ihrem Hof führte und die erfreulicherweise menschenleer war und vollständig im Dunkeln versunken, wagte sie, die Frage zu stellen:
– Haben wir Krieg?
– Ja.
Sie war froh, dass Rustam keine Fragen stellte und ihr auch nicht wie gewohnt die Leviten las. Schweigend fuhr er sie nach Hause. Vor der Tür lagen unzählige Paar Schuhe. Im Wohnzimmer tummelten sich die Nachbarsfrauen, auch ihre Tante, Rustams Mutter, war da und drückte die verwirrte Asma an sich. Die alte Rabyat, die Königin der Imker, wie sie scherzhaft genannt wurde, ging auf und ab, die Arme auf dem Rücken, und murmelte irgendwelche Glücks- und Friedensformeln. Sogar die Gasujews waren gekommen.
Die Männer waren fort, wahrscheinlich hatten sie sich

bei dem Mufti zusammengefunden, oder vielleicht war der Ältestenrat einberufen worden.
Sie entledigte sich ihrer Schuhe, ging hinein, nickte den Damen zu, neigte respektvoll den Kopf vor Rabyat. Rabyat lächelte ihr zu, sie schien sichtlich erleichtert, dass sie aufgetaucht war, aber die Missbilligung in ihrem Blick, dass sie mit siebzehn Jahren immer noch kein Tuch auf dem Kopf trug, war Nura nicht entgangen. Wahrscheinlich tröstete sie sich damit, dass spätestens nach der Heirat ihr unbedeckter Kopf der Vergangenheit angehören würde.
– Wo hast du bloß gesteckt? Wir sind hier vor Sorge fast umgekommen, kam ihre Mutter ihr klagend entgegen.
– Ich habe es nicht gewusst, ich habe es nicht mitbekommen, woher sollte ich es wissen ...
Leise wiederholte sie die Sätze, wie unter Betäubung. Und vielleicht war sie auch betäubt, vielleicht war ihr Körper klüger, vielleicht schützte er sie damit. Sie fühlte nichts, sie spürte nichts, schlagartig gab es eine Distanz zwischen ihr und dem Außen, dem Geschehen um sie herum.
– Gott sei Dank, du bist wieder zu Hause!, rief nun auch ihre Tante und drückte ihr einen Kuss auf die Stirn. Es war ungewohnt, dass all diese Frauen pure Freude bei ihrem Anblick empfanden, meist waren die Reaktionen, die sie hervorrief, widersprüchlicher Natur.
Die Einzige, die in ihr ein klares, ein lebendiges und keineswegs taubes Gefühl wachrief, war ihre zehnjährige Schwester Asma, der sie, wie immer, wenn sie sich sahen, zuzwinkerte. Gerade jetzt war es wichtig, ihr vor allen zuzuzwinkern, die Kleine hatte Angst, das sah sie an ihren weit aufgerissenen Augen, auch wenn sie es mit viel Mühe zu kaschieren versuchte, aber Nura konnte ihre Anspannung erkennen und ihre Unsicherheit. Sie musste

ihr Mut zusprechen, musste ihr mit kleinen Gesten zu verstehen geben, dass alles in Ordnung war, dass sie nichts zu befürchten hatte.
Ihre schöne kleine Schwester – wie sehr sie doch wollte, dass die Welt sich ihr von der besten Seite zeigen möge. Wie schade es war, dass Asma zu klein gewesen war, als Natalia Iwanowna mit ihren Videokassetten, mit ihren Zauberkräften in die Schlucht gekommen war. Wie gerne sie all das, was sie gelernt hatte, an die Kleine weitergeben würde; ihr all die Filme zeigen und ihr von all den Orten erzählen. Sie verdiente so viel, sie verdiente so viel Lachen und so viele Tänze, so viele Torten und so viele Kirschen und so viele Blumen und luftige Kleider, so viele Reisen und so viele Aussichten, so viele Erkenntnisse und so viel Freude.
Sie ging in die Küche, wo die Ältere der Gasujew-Schwestern Hüttenkäse für die Chepalgaschi zubereitete.
– Ah, das gute Mehl ..., sagte sie nur und nahm Nura den Mehlsack ab. In der Ferne bellte ein Hund. Die Stimmung, die im Haus herrschte, drückte auf die Köpfe, als hätte man sich eine Metallhaube aufgesetzt. Das Autohupen von der Hauptstraße war vollständig abgeklungen, und wieder wurde die Gegend von der mächtigen Stille erfasst, die nur vom Flussrauschen durchbrochen wurde und die so typisch war für diese Uhrzeit.
Die Gasujew-Schwester setzte zu einem Gespräch mit ihr an, was bedeutete, sie würde meist selbst reden und von Nura ab zu ein Kopfnicken oder ein »Ja, ja, schrecklich, das alles« einfordern, aber sie nutzte die Gelegenheit, drehte sich zum Händewaschen um und ging hinaus. Sie schlüpfte in die Gummistiefel und nahm den Hinterausgang. Der Hof lag friedlich da. Als stünde das, was im Hof war, in keinerlei Verbindung zu dem, was im Haus

stattfand. Als wären es zwei vollkommen verschiedene Welten.
Natalia Iwanowna hatte die letzten Wochen vor ihrer Abreise unentwegt vom Krieg gesprochen. Nura war sogar genervt von ihrer Besessenheit, und sie ertappte sich dabei, dass sie immer weniger gerne zur Scheune ging. Anstatt sich einen Film anzusehen, lief Natalia Iwanowna besorgt auf und ab, trank ununterbrochen ihren Tee, sah mit wässrigen Augen in die Ferne und prophezeite Ungutes, Besorgniserregendes. Sie wirkte wirr, nicht mehr ganz bei Sinnen, und Nura fiel es zunehmend schwerer, ihr mit lachender Heiterkeit etwas entgegenzusetzen, ihr und ihrem Wahn. Aber nun, im dunklen Garten stehend, dachte sie, dass es kein Wahn gewesen war, und etwas schmerzte brennend, weil sie ihr nicht besser zugehört hatte und ihrem Wahn nicht zur Wahrheit gefolgt war, die sich jetzt, in dieser Nacht, offenbarte. Sie hatte sie nicht gestützt, ihr keinen Halt gegeben, und Natalia Iwanowna musste es gespürt haben, war sie doch in den letzten Wochen und Tagen in ihre Einsamkeit zurückgekehrt, in diesen Zustand der Selbstgenügsamkeit und der Tagträumerei, sie kehrte dorthin zurück, wo sie gewesen war, nachdem sie ohne ihren Mann in dieser Abgeschiedenheit alleine zurückgeblieben war, als Nura das erste Mal in die Scheune gekommen war und mit ihr versucht hatte, das Geheimnis des Zauberwürfels zu lösen. Doch eines Abends hatte Natalia Iwanowna einen Nachbarsjungen nach ihr schicken lassen – etwas, was bisher nie nötig gewesen war, denn sie war immer freiwillig gekommen. Aber an jenem Abend hatte sie es tun müssen, und so ging Nura hin, trotz Mutters Geschimpfe und der Dunkelheit ging sie zu ihrer Lehrerin und Freundin und traf Natalia dort mit gepackten Taschen und Koffern an.

Sie hatte milde gelächelt und einen merkwürdigen Glanz in den Augen gehabt.

– Ich werde dich verlassen müssen, meine Schöne!, sagte Natalia Iwanowna und legte den Kopf auf mädchenhafte Art zur Seite.

– Wie verlassen? Wo gehst du hin?

– Ich kann nicht länger bleiben. Ich habe meine Aufgabe hier erfüllt. Ich muss weiterziehen.

– Aber was soll werden ...

– Es ist nicht mehr sicher für mich hier.

– Wieso denn das?

– Ich habe dir alles aufgeschrieben, was ich noch zu sagen habe. Lies den Brief bitte erst, wenn ich fort bin. Ich breche morgen früh mit dem Auto auf.

– Aber wohin gehst du?

– Das weiß ich noch nicht. Sobald ich irgendwo einen Platz für mich gefunden habe, werde ich dir eine Nachricht zukommen lassen, versprochen.

Drei Koffer mit Kassetten und vier Taschen – das war ihr ganzes Hab und Gut. Ihr ganzes Werk, ihr zusammengepresstes, zusammengefaltetes Leben. Nura war überfordert gewesen, überfordert, aber vor allem verärgert, und auch wenn sie sich in den letzten Wochen von ihrer Lehrerin distanziert hatte, so hieß das noch lange nicht, dass sie auf sie verzichten wollte oder konnte, und dass Natalias Iwanowna ihr Fortgehen einfach so beschloss, ohne mit ihr Rücksprache zu halten, schien ihr unbegreiflich, nahezu frech. Sie stand da, hölzern, unsicher, wie sie sich verhalten sollte. Vieles ging ihr durch den Kopf, doch ihre Lippen blieben verschlossen, sie konnte nichts sagen, keinen geraden und klaren Satz formulieren.

– Das ist ungerecht, stammelte sie irgendwann und

knackte ihre Finger, etwas, was Natalia Iwanowna nicht ausstehen konnte.
– Ich weiß, du bist wütend auf mich, aber ich hoffe, dass du nach dem Lesen dieses Briefes versöhnlicher sein wirst, und ich wünsche mir inständig, dass du mich verstehen wirst, wenn eine Weile verstrichen und … Sie brach den Satz ab und kam auf sie zu. Sie nahm Nura in den Arm, drückte ihren Kopf an sich, küsste ihre Wangen und ihre Stirn und sagte dann knapp, sachlich, als wäre es eine Formalität: – Geh jetzt bitte. Ich bin keine Frau der langen Abschiede.
Sie hatte vom Krieg gesprochen in ihrem zweiseitigen Abschiedsbrief, in ihrer feinen, aristokratischen Schreibschrift, und ihn mit »Liebste Nura« begonnen. Vom Krieg und von ihrer Rastlosigkeit und ihrem Unbehagen angesichts der Zukunft und von ihrer Sehnsucht nach Frieden und einem Ort des Ankommens hatte sie geschrieben. Sie dankte Nura für die Monate und Wochen ihrer Zweisamkeit, ihrer gegenseitigen Bereicherung und sprach ihr Mut zu – sie solle unbeirrt ihrem Selbst folgen, ihr Ich nicht außer Acht lassen, sich nicht verraten. Das sei nun mal das Wichtigste, und dann fügte sie hinzu, in der kleinen Speisekammer hinter der grünen Tür, in der Metalldose, auf der »Zucker« oder »Salz« stehe, sie wisse es nicht mehr genau, würde etwas für sie versteckt sein, ein kleines Andenken, eine Aufgabe vielleicht. Sosehr sie hoffe, dass sie sich wiedersähen, würde sie sie niemals vergessen und immer in besonderer Liebe in ihrem Herzen behalten. »Deine Natalia«, so war der Brief unterschrieben.
Und als Nura den Brief las, kullerten ihr Tränen die Wangen herunter, und gleichzeitig empfand sie Groll, sie hätte nicht so einfach abreisen, nicht so einfach fortgehen dür-

fen. Unwillig, widerstrebend ging sie in die Scheune, der Schlüssel lag unverändert unter der Fußmatte, und trat ein. Die wenigen Möbel standen noch da, aber etwas Wesentliches, das Wesentlichste überhaupt, fehlte, und sogar der Geruch hatte sich schlagartig verändert. Es roch dort verlassen, menschenleer, es roch dort nach einem Ort, der über Nacht entzaubert worden war. Leise schlich sie in die Speisekammer, als fürchtete sie, alte Erinnerungen zu wecken, und entdeckte dort drei Metalldosen, staubig und bereits mit Rost überzogen. In der Zuckerdose wurde sie fündig: Dort lag der bunte Kubik-Rubik, der Zauberwürfel, dessen Rätsel sie anfangs zu lösen versucht hatte, bis sie ihn ungeduldig und entnervt an die Besitzerin zurückgegeben hatte. In Wahrheit aber war es aus Angst geschehen, ihre Lehrerin zu enttäuschen, falls sie der Aufgabe nicht würde gerecht werden können. Unter dem bunten Würfel entdeckte sie einen kleinen Zettel, der mit einem Klebestreifen an ihm befestigt war: »Ich habe es nicht geschafft, Du aber, Du wirst es ganz sicher schaffen.« Sie drehte die bunten Flächen des Würfels hin und her, und Tränen schossen ihr in die Augen. Es war gemein. Natalia hätte nicht einfach so verschwinden dürfen, das war feige, das war ungerecht. Sie warf den Würfel wieder in die Dose, nein, sie würde es ihr nicht so einfach machen, sie würde ihren Erwartungen nicht entsprechen. Hätte sie es sich wirklich gewünscht, wäre sie sicherlich geblieben und hätte ihr dabei zugesehen, aber so, aus der Ferne, nein, das würde sie nicht tun. Sie knallte die Tür hinter sich zu und lief hinaus, der Zauberwürfel blieb in der rostigen Dose zurück.

Der Garten war in eine verschlafene Ruhe versunken, und sie nahm ein paar tiefe Atemzüge, bevor sie ihre Runde um das Haus drehte und vor dem Fenster des

Wohnzimmers stehen blieb, in dem sich alle Frauen um das Radiogerät versammelt hatten. Zum Glück konnte sie nichts Genaues hören, sie konnte sich gänzlich auf die Gesichter der Frauen konzentrieren, die etwas zwischen Besorgnis, Ungläubigkeit, Überforderung und übertriebenem Eifer verrieten. Es wunderte sie, dass sie nicht zu den Gasujews gelaufen waren und sich vor ihrem Farbfernseher versammelt hatten – dem einzigen in der unmittelbaren Nachbarschaft. Aber wahrscheinlich war das Gerät von den Männern in Beschlag genommen worden, und so mussten sie sich mit dem Radio zufriedengeben. Vielleicht war es auch besser so. In der Mitte dieser hektischen Frauen entdeckte sie Asma, wie eine Gazelle, die sich zufälligerweise in eine Hirschhorde verirrt hatte, deplatziert und bemüht ernst. Sie drückte ihr Gesicht gegen das Fensterglas, aber es würde für die Kleine unmöglich sein, sie hier am Fenster zu sehen, in dieser vollkommenen Dunkelheit, während ihre Schwester selbst unter dem Lampenschirm saß.

Sie selbst aber stand da, als hätte sie sich aus ihrem eigenen Leben davongestohlen, und sah dem Treiben drinnen zu. Sah, wie die Mutter sich immer wieder nervös die Hände an der Schürze abwischte, wie die Jüngere der Gasujew-Schwestern sich auf die Unterlippe biss, wie ihre Tante die Fäuste zusammenballte, in der Hoffnung, die Geste möge ihre Aufmerksamkeit von ihrem übermächtigen Wunsch nach Nikotin auf etwas anderes umlenken (auf ihrer Toilette stank es dauernd nach Zigarettenrauch, den sie mit widerlichem Parfum zu überdecken versuchte). Sah, wie die Königin der Imker, die alte Rabyat, mit dem Oberkörper hin- und herwippte, als wäre sie in Trance, ein armseliger Versuch, sich zu beruhigen.

Rabyat gehörte damals, kurz vor Kriegsende 1944, zu der halben Million Tschetschenen und Inguschen, die wegen angeblichen Ungehorsams und vermeintlicher Kollaboration mit den Nazis von Stalin gewaltsam nach Kasachstan und Kirgisistan deportiert wurden. Wie eine Fackel, die nicht verlöschen durfte, gab sie die Erinnerung an die elende und endlose Fahrt in den Viehwaggons an ihre Töchter, Söhne und Enkelkinder weiter. Unentwegt erzählte sie ihnen von den quälenden Erlebnissen im Exil, und als würde von diesen Geschichten eine grausame Magie ausgehen, hörten ihr alle wie gebannt zu, auch die, die diese Geschichten schon längst in- und auswendig kannten, keiner konnte sich abwenden, keiner konnte weggehen, sobald sie zu erzählen begann. Und auch sie gaben später die Geschichten Rabyats weiter, erzählten sie ihren Kindern und Kindeskindern, ihren Freunden, ihren Klassenkameraden. Und so waren ihre Erzählungen allgegenwärtig, schrieben sich in das kollektive Gedächtnis der Schluchtbewohner ein.

Es gab viele Geschichten von der Fahrt und vom Hunger, von den Arbeitslagern in Kasachstan, von der Sehnsucht nach den Bergen und den leise gesungenen Heimatliedern, aber eine der Geschichten war Nura am stärksten in Erinnerung geblieben und hatte sie ihre gesamte Kindheit lang verfolgt. Heute noch, wenn sie Rabyat ansah, wenn sie ihr lang genug zuhörte, egal von welchen Banalitäten sie auch sprechen mochte, welche Nichtigkeiten sie auch von sich gab, irgendwann tauchte unvermeidlich diese eine Geschichte in ihrem Gedächtnis auf. Wieder sah sie die kleine Rabyat vor ihrem inneren Auge. Sah sie vor sich, wie sie mit ihrer Mutter und ihren vier älteren Geschwistern im Viehwaggon durch die endlose Steppe abtransportiert wurde. Wo eine unerträgliche

Hitze herrschte und es wenig Wasser gab, es unmöglich war, sich auszustrecken, in vollkommener Ungewissheit weggezerrt aus der Heimat, aus dem Vertrauten. Aber sie hielten zusammen, und da Rabyat die Jüngste der Geschwister war, passten die anderen auf sie auf, und sie bekam sogar von ihren Essensrationen etwas ab, und die Mutter achtete darauf, dass sie nicht in die anderen Waggons kam, wo es dem Gerücht nach mehrere Kranke gab, die Blut husteten. Nirgendwo hielt der Zug lange, nirgendwo gab es Rast. Nirgendwo gab es genügend frische Luft zum Atmen und Wasser, um sich ordentlich zu waschen. Aber ihre Mutter tat ihr Bestes. Mit feuchten Lappen zwang sie die Kinder, sich sauber zu halten, rettete ihnen dadurch womöglich das Leben. Außer ihrer Mutter – der Vater kämpfte im Krieg – waren auch ihre wunderschöne Tante Hava und deren zwei kleine Kinder im Waggon. Ihr Mann war beschuldigt worden, am Israilow-Aufstand teilgenommen und mit den Nazis kollaboriert zu haben, und war sofort nach der Verhaftung hingerichtet worden. Hava blieb mit einem vierjährigen Jungen und einem Säugling zurück. Die ganze Fahrt über weinte sie, und Rabyats Mutter sah sich gezwungen, sie immer wieder anzuschreien, manchmal gab sie ihr sogar eine Ohrfeige, sie müsse sich zusammenreißen, der Kinder wegen, sie bringe sich und die ganze Familie mit ihren Gefühlsausbrüchen in Gefahr. Aber Hava hatte ihren Mann geliebt, es hatte im ganzen Aul und darüber hinaus Legenden über ihre große Liebe gegeben, fügte Rabyat meist an dieser Stelle hinzu, und nachdem man ihren geliebten Mann getötet hatte, habe sie nicht gewusst, wie sie weiterleben sollte. Aber ihre Schwester kümmerte sich auch um Havas Kinder, so gut es ging, und zwang Hava dazu, das Mindeste an Nahrung und an Flüssigkeit zu sich zu nehmen. Die Krankheit aber – deren Namen Rabyat niemals nannte, als bringe das bloße Aussprechen Unglück – griff um sich, und auch Havas vierjähriger Sohn begann, Blut zu spucken. Das Kind wurde fiebrig und erbrach alles, was es aß. Rabyats Mutter flehte die Wachen an, einen Arzt zu holen oder bei der nächstbesten Station haltzumachen, damit man dem Jungen helfen konnte, aber wie mechanisch wiederholten sie, der Befehl von oben sehe keinen zusätzlichen Halt vor. Und so fuhren sie immer weiter und weiter, und der Junge wurde immer kränker, bis er eines Tages nicht mehr aufwachte und in fiebriger Agonie in den Armen seiner schönen Mutter starb.

Wie versteinert saß Hava da und regte sich nicht mehr, während Rabyats Mutter und andere Frauen Totengesänge anstimmten und das Schicksal verfluchten. Die Hitze ließ das Beweinen nicht viel länger zu, man musste den Jungen bestatten. Nur wiederholten die Wachen stumpfsinnig, der Befehl von oben sehe keinen zusätzlichen Halt vor. Rabyats Mutter schrie, die anderen Frauen schrien auch, sie warfen den Wachen vor, Unmenschen zu sein, dafür in die Hölle zu kommen, nur die schöne Hava – ein wahrer Filmstar, so sah Hava in Nuras Vorstellung aus, da Rabyat ihre Schönheit rühmte, mit sumpfgrünen Augen und einer milchweißen Haut, mit dichtem kupferrotem Haar und einer gebrechlichen Trauer im Gesicht – regte sich nicht, ließ das Kind nicht mehr aus den Armen und starrte durch sie alle hindurch, als sähe sie in der Ferne etwas, was den anderen verborgen blieb und das eine Lösung für all ihre Probleme bereithielt. Und so war es auch ...

Sie müsse das Kind aus dem Zug werfen, lautete schließlich der Befehl. Es gebe leider keine andere Möglichkeit.

Bei den Todesfällen in den anderen Waggons sei man ebenfalls so verfahren, eine Ausnahme könne man daher nicht machen. Ja, wo würde man denn bitte hinkommen, würde man für jeden, der darum bitte, eine Ausnahme machen, nein, nein! Man gab Hava noch eine Stunde, dann würde man die Tür öffnen und den kleinen reglosen Körper der gnadenlos durstigen Erde der Steppe überlassen.
Rabyats Mutter weinte und drückte den Säugling ihrer Schwester an die Brust, und Rabyats Geschwister weinten, all die anderen Frauen weinten, nur Hava saß stumm mit dem toten Jungen auf dem Arm da und starrte vor sich hin, in die Erlösung. Und als der Augenblick kam und die schwere Metalltür aufgerissen wurde, die sandige, hitzige Luft hineinwirbelte und jeder voller Schrecken sein Gesicht abwandte, trat die schöne Frau an die Türschwelle, ruhig, gelassen, drehte sich noch einmal um, lächelte den anderen zu, sah ihrer Schwester in die Augen, als nehme sie ihr ein Versprechen ab – und Rabyat sagte, dass ihre Mutter es gewusst habe, in dem Augenblick habe sie es spüren müssen und verstanden, dass es keinen Sinn haben würde, Hava davon abzuhalten, und sie habe ihr zugenickt, das Versprechen würde sie halten, komme, was wolle, ja, dem Säugling würde nichts passieren –, und so drehte Hava sich wieder um, und als der Wachmann ihr zurief, sie solle sich beeilen, sprang die junge Frau mit ihrem toten Sohn in den Armen ins blendende Licht.
Sie warf Asma noch ein Lächeln zu, das die Kleine nicht sah, aber hoffentlich spürte, und ging davon. Im Geflügelhof herrschte Ruhe. Die Hühner schliefen. Wie sehr Mutter es doch hasste, diese »abscheulichen Tiere« hüten zu müssen. Nura hatte niemals verstanden, warum sie

diese harmlosen Vögel so schrecklich fand. Dabei waren sie nützlich, und alle drei Töchter hatten die Küken so sehr geliebt und sie als Kinder oft mit ins Haus genommen, heimlich ihre Lippen gegen ihr weiches Gefieder gedrückt. Außerdem hatte sich die Geflügelzucht als sehr profitabel erwiesen, da in der Schlucht überwiegend Schafe und Ziegen gehalten wurden. Aber wahrscheinlich hätte sie alles gehasst, egal welches Tier oder welche Beschäftigung, solange es sich um Vaters Hinterlassenschaft handelte. Die Hühner mussten sie an ihn erinnern und somit an ihre Schande. Jeden Morgen in der Früh, wenn sie das Gehege betrat, um es zu reinigen, verfluchte sie ihn. Jedes Mal, wenn sie mit ihr und Asma die Eier einsammelte, versank sie in ein tiefes und bedrücktes Schweigen, und ihre Töchter wussten sofort, dass sie wieder an ihren Mann dachte. Daran, dass *er* hier stehen müsste, dass *er* diese Tiere versorgen und sie schlachten sollte, *er* sich um die Sauberhaltung des Geheges und um die Fütterung kümmern müsste, dass *er* hier zu sein hätte, hier bei ihnen, bei seiner Frau und seinen Töchtern. Und dass er nicht krank im Kopf hätte sein dürfen, dass er andere Wünsche und Träume hätte hegen sollen und ihre Ehe einen anderen Verlauf hätte nehmen und ihre Zukunft eine andere hätte werden sollen als die, die er ihr hinterlassen hatte.

Sie umrundete das Gehege und folgte blind dem so vertrauten Pfad, der um den ganzen Hof führte. Rabyats Mutter hat ihr Versprechen gehalten, den Säugling mit Ziegenmilch gefüttert, bis ein gesunder Junge aus ihm geworden war. Und Ende der fünfziger Jahre kehrten sie dann endlich zurück in ihre Schlucht, in ihre Berge, nach Hause, in das Aul, in dem man, wie überall im Land, inzwischen Fremde aus dem Westen angesiedelt hatte, Slawen mit hellen Haaren und kaum Bartwuchs, wie Pankow einer war, der geschickte Tierarzt, der bunte Bonbons an die Kinder verteilte. Aus dem Kind wurde ein Mann, und Rabyat und ihre Geschwister waren zeit ihrer Kindheit eifersüchtig auf ihren Cousin, denn die Hingabe, mit der ihre Mutter sich um ihn kümmerte, überhaupt ihre ganze Liebe, schien nur ihm zu gehören, als verdiente er eine besondere Zuwendung, eine, die man stets betonen und unterstreichen musste. Der Mann, auf dessen Schultern das Gewicht seiner Familiengeschichte tonnenschwer lastete, sollte Großes vollbringen. Und er wurde diesen Erwartungen gerecht. Als Einziger aus Rabyats Familie zog er aus der Schlucht fort. Er studierte in Moskau, arbeitete im diplomatischen Dienst und kehrte später in seine Heimat zurück, um bei Grosneftegas einzusteigen und binnen kurzer Zeit zu einem sehr reichen Mann zu werden.

Ein einziges Mal sah sie diesen zu einem grimmigen und groß gewachsenen Mann gereiften Säugling auf der Hochzeit von Rabyats ältestem Sohn, und sie war enttäuscht gewesen und hatte sogar gegen Tränen der Entrüstung kämpfen müssen, hatte sie ihn sich doch so klar und deutlich vorgestellt, ausgemalt in den buntesten Farben und in den nuanciertesten Schattierungen. Aber nun, wo er einige Meter von ihr entfernt am Tisch saß und Reden hielt, zerschellte ihre Fantasie an der Wirklichkeit wie ein kleines Boot an mauerhohen Klippen. Da saß ein bärtiger Mann, der bei seinen Trinksprüchen für ihren Geschmack zu oft Gottes Segen einforderte, als wäre sein Überleben nicht Segen, als wäre seine Geschichte nicht Wunder genug. Alle himmelten ihn an, aber nicht, weil er als Einziger aus seiner Familie der Hölle entkommen war, und das dank der wild entschlossenen

Liebe seiner Tante, sondern weil er es zu *etwas gebracht* hatte. Aber was war dieses *Etwas*? War es das, was seine schöne Mutter für ihn vorgesehen hatte, als sie aus dem Zug gesprungen war, mit dem toten Körper seines Bruders in den Armen? War es folgerichtig, was er tat und was er wurde? Wie hätte er denn sein müssen, wenn seine Biografie, wenn sein Leben eine gerade Linie gewesen wäre? Wie naiv es von ihr war, anzunehmen, dass er eine Art Hadschi Murad hätte werden müssen. War das Leben an sich nicht Grund genug, um am Leben bleiben zu wollen, oder rechtfertigte seine Existenz den Tod seiner Familie nur dann, wenn er es zu *etwas* brachte?

Den ganzen Abend, während sie und ihre Mutter Rabyat und ihren Töchtern und den Schwägerinnen beim Kochen und bei der Bewirtung aushalfen, hatte sie darüber nachgedacht. Warum schmerzte sie der Anblick dieses Mannes so? Was irritierte sie? Irgendwann hatte sie sich, wie sie es so oft tat, davongeschlichen, wie ein Dieb hatte sie sich davongemacht, zum großen Zorn ihrer Mutter und ihrer älteren Schwester Malika, und sich in Rabyats Gewächshaus versteckt. Es hatte geregnet, und das Gewächshaus war in einen warmen Dunst eingehüllt. Sie fühlte sich auf Anhieb geborgen. Sie hatte dort gesessen und hinaus in den Regen gestarrt, in das Leben, das so viele Fragen aufwarf und das sie so überforderte und gleichzeitig so anzog. Und da hatte sie auf einmal seine Schritte gehört und dann ihren Namen. Sie war verwirrt, es war Mutters Aufgabe, nach ihr zu suchen, er hatte es niemals getan, zumal er doch mit den anderen Männern am Tisch gesessen und nach dem »offiziellen Teil«, nachdem die »wichtigen« Gäste gegangen waren, mit den Nachbarsmännern selbst gebrannten Schnaps aus der Teekanne getrunken hatte.

– Bist du hier, Nura?
Seine Stimme war stets ruhig, bedacht, niemals wurde er laut, niemals übte er mit seiner Stimme Druck aus. Er ging so geizig mit seinen Worten um, dass dadurch jedes seiner Worte ein besonderes Gewicht bekam. Ohne zu zögern, rief sie »Ja!« und rannte ihrem Vater entgegen.
– Was machst du hier?
– Ich wollte meine Ruhe haben.
– Ja, verstehe. Aber irgendwas hat dich traurig gemacht, ich habe dich beobachtet, sagte er nach einer Weile. Er hatte sich zu ihr gestellt und sah in den Regen hinaus.
– Dieser Mann, Rabyats Cousin ...
– Was ist mit ihm?
– Ich hatte ihn mir anders vorgestellt.
– Ja, er ist eben ein wichtiger Mann.
– Aber seine Geschichte, du weißt doch, die ist doch genauso wichtig? Das, was seinen Eltern und seinem Bruder passiert ist, und dass ... Plötzlich schossen ihr die Tränen in die Augen, und obwohl sie es selbst albern fand, ohne einen wirklichen Grund zu weinen, konnte sie nichts dagegen tun. – Ich meine ...
Ihr gingen die Worte aus. Sie konnte nicht klar benennen, was sie so störte, was sie so aufregte. Etwas stimmte nicht, etwas war falsch, etwas passte nicht zusammen, aber sie wusste nicht, was genau es war, als fehle in einem Puzzle das zentrale Teil, als sei es unmöglich, ohne dieses Teil das Gesamtbild zu erkennen. Ihr Vater legte seinen Arm um sie und drückte sie fest an sich, ohne sie dabei anzusehen. Sie legte ihren Kopf auf seine Schulter. Es tat gut, es war ein sicheres, ein geborgenes Gefühl, das unerschütterlich schien.
– Er muss so sein, er musste so werden, um zu überleben, sagte er auf einmal und zog aus seiner Jacketttasche eine

Packung Papirossy, die er so gerne rauchte, alle westlichen Zigarettenmarken, die man auf einmal kaufen konnte, verschmähte er. – Er musste unverwundbar werden, sonst würde ihm seine Vergangenheit die Luft abschnüren, er würde ersticken, sagte er gewohnt ruhig, fast leise. – Er musste überleben, er hatte keine andere Wahl.
Ihr Vater machte eine längere Pause, in der er sich seine Papirossa anzündete und einen tiefen Zug nahm. Die Spitze glühte im regnerischen Abendlicht. – Manchmal, da ist das Licht nur eine Tarnung für die Dunkelheit, sagte er dann und verstummte.
Merkwürdigerweise fiel ihr auf, dass sie, ohne sich dessen bewusst zu sein, gleich als das Wort »Krieg« gefallen war, an diesen Mann und an den Viehwaggon hatte denken müssen. War das der Krieg? Abgerissene Leben, zerschnittene und aus der Zeit gefallene, nicht mehr folgerichtige Biografien? Oder gab es sowieso keine Folgerichtigkeit im Leben, weder im Frieden noch im Krieg? Wieso musste sie schon wieder an diesen bärtigen Mann denken, der einst ein ahnungsloser Säugling gewesen war? Worauf musste sie sich gefasst machen? Worauf mussten sie sich alle gefasst machen?
War der Krieg ein Viehwaggon mit Männern, die über Leben und Tod bestimmten? Waren es Frauen, die zu Säulen erstarrten, und Männer, die ihre Geschichten vergaßen, weil sie zum Überleben verpflichtet worden waren, durch ein vor Jahren gegebenes Versprechen? Aber überleben um welchen Preis? Oder spielte der Preis bei derlei keine Rolle?
Sie musste weg. Nein, sie mussten alle weg. Sie durfte nicht zulassen, dass das Leben ihrer Mutter, ihr Leben und das Leben von Asma von irgendwelchen Befehlen ab-

hingen, dass ihre Leben nicht nach ihren eigenen Gesetzmäßigkeiten verliefen. Dass die Folgerichtigkeit aus ihrem Dasein verschwände. Sie brauchte einen Plan. Es galt, gleich in den nächsten Tagen eine Karte des Überlebens zu zeichnen.

Wieder bellte der Hund in der Ferne. Sie sah zum Himmel, vom Mond fehlte jede Spur. Die Dunkelheit war allumfassend, aber sie fühlte sich in ihr sicher, sie spendete Schutz und Trost. Ja, ihr Vater hatte recht gehabt, manchmal, da war das Licht nur eine Tarnung für die Dunkelheit. Und daraus zog sie eine Schlussfolgerung, die sie für einen Augenblick zuversichtlich stimmte: Die Dunkelheit war demnach vielleicht nur eine Tarnung für das Licht.

EINS: SPLITTER

1995/Malisch

Heiß wallt dein Herz bei schauerlichem Werk. Er wiederholte den Satz lautlos, lutschte die Worte auf seiner Zunge wie ein Sauerdornbonbon, sauer und köstlich zugleich. Er hatte das dünne, bald auseinanderfallende Büchlein mit anderen, solider wirkenden Büchern in den moosgrünen Seesack gepackt, den seine Mutter ihm für seine Abreise aus Moskau bereitgelegt hatte.

Sie hatte ihm den Sack kommentarlos auf das Sofa im Wohnzimmer gelegt, mit allerlei Leckereien und sentimentalem Zeugs, die Hälfte hatte er heimlich nachts in seinem Zimmer, nur wenige Stunden vor der Abreise, wieder herausgenommen, um sich nicht den Anfeindungen auszusetzen, die solche mütterlichen Geschenke unweigerlich nach sich ziehen. Und Anfeindungen gäbe es ohnehin.

Aber er konnte sich nicht verkneifen, ein paar Bücher aus seinem Bücherregal mitzunehmen, ohne auf die Auswahl zu achten, sich dem Zufall überlassend. Hauptsache, ein paar Bücher begleiteten ihn in diese ungewisse und erschreckende Dimension, die den Namen »Krieg« trug und von der er niemals angenommen hätte, dass sie jemals mit seinem Leben zu tun haben würde. Diese beiläufig getroffene Auswahl im abgenutzten Seesack seines toten Übervaters war der einzig erprobte Gefährte auf seinem gefährlichen Weg. Klar, Bücher zählten in dieser Dimension nichts, im Gegenteil, sie stellten einen bloß, markierten einen als Schwächling, in dieser Dimension galten andere Gesetze, das hatte er während seiner abgebrochenen Militärausbildung gelernt, sie würden seine

ohnehin wenig beneidenswerte Position noch lächerlicher machen, aber er konnte Moskau nicht ohne sie verlassen, wenigstens ein paar von ihnen mussten mit.
Er hatte nichts zu dem Seesack gesagt, und auch seine Mutter hatte geschwiegen, Worte wären in dem Augenblick sinnlos gewesen. Natürlich beabsichtigte sie, damit ein Zeichen zu setzen. Er konnte es förmlich spüren, welche Aufforderungen und Erwartungen auf dessen Boden lagerten und ihn um viele Kilos schwerer machten.
Er sah sie vor sich, wie sie den alten Seesack seines Vaters aus dem hintersten Winkel des schweren, nach abgestandener Luft und nach etwas anderem, Unaussprechlichem riechenden Eichenschrank ihres Schlafzimmers hervorholte, wo auch Vaters Armeeabzeichen, seine Medaillen, das Bündel seiner Briefe an sie aus der Zeit in Afghanistan und seine Pfeife aufbewahrt wurden, und wie sie ihre Gebete und ihre Hoffnungen in ihn hineinlegte, die mindestens genauso schwer wogen wie die Bücher. Für sie waren diese Reliquien aus dem wuchtigen Eichenschrank heilig. Und der Seesack war vermutlich der Heilige Gral. Dieser Sack hatte seinen Vater überallhin begleitet, durch karge Berge und staubtrockene Wüstenlandschaften, durch Stürme und Kugelhagel, durch Bombardements und Schreie, begleitet auf dem langen, nach Eisen riechenden Weg. Sie hatte immer diesen bestimmten Gesichtsausdruck, wenn sie von seinen Heldentaten berichtete, was sie in seiner Kindheit nahezu unermüdlich getan hatte, als hätte sie einen Eid abgelegt, nach seinem Tod nur noch dafür zu leben, den Hinterbliebenen und vor allem dem einzigen Sohn zu erzählen, welch ein Titan er war, auf die Welt gekommen, um mindestens die Menschheit zu retten, die in Afghanistan aber gar nicht gerettet werden wollte.

Zunächst hatte er all diese Geschichten geliebt, als kleiner Junge immer wieder nachgefragt, jedes Detail wissen wollen. Ob Papa auch die Strelka-2 ausprobieren durfte, ob Papa seinen Tapferkeitsorden im Tajbeg-Palast überreicht bekommen hatte? Ob Gorbatschow damals auch dort war oder ihm erst in Moskau gratuliert hatte? Besessen sog er jedes Detail dieser vergangenen, geheimnisvollen Welt in sich auf. Aber mit den Jahren wurde dieses Bedürfnis von einer nahezu unerträglichen Sehnsucht abgelöst: diese Welt so fern wie möglich von sich zu halten, nichts mehr über Afghanistan zu hören, nichts von der Operation Storm-333, über Mohammed Nadschibullāh, über das Genfer Abkommen und die fiesen US-Propagandabücher über den Heiligen Krieg, die an die afghanischen Kinder verteilt wurden und in deren Illustrationen den Feinden die Gesichter fehlten.

Aber zum Glück verblassten die Geschichten im Laufe der Zeit, auch der Krieg mit der Sowjetunion fand ein Ende, beziehungsweise die ganze Sowjetunion fiel eines Tages wie ein todkranker und uralter Elefant einfach um und hörte auf zu existieren, wie auch ihre glorreiche sowjetische Armee, für die er als kleiner Junge Tapferkeitsmedaillen verdienen und sein Leben opfern wollte.

Seine Bewunderung für seinen verstorbenen Heldenvater war umgeschlagen in eine unterdrückte Aggression. Er fing an, für die Welt, in der er so heimisch gewesen war und die seine Mutter tagein, tagaus lobpries, eine frostige Verachtung zu empfinden, vor allem, als ihm immer deutlicher bewusst wurde, welchen Preis seine Mutter dafür zu zahlen hatte als Witwe eines Helden. Des Mannes, »dem sogar Gorbatschow persönlich gedankt hat«. Wie es war, mit einem Geist verheiratet zu bleiben und das eigene Zuhause, in dem sie mit ihrem einzigen Kind zusammen lebte, zu einem Mausoleum umzugestalten, in dem die Uhren rückwärtszulaufen schienen. In dem die Ikonen in einem schweren Eichenschrank lagen, der nach Mottenpapier roch, nach einer Spur Kindheit, die irgendwo auf einem Baum hängen geblieben war, wie eine Plastiktüte vom Wind verweht, nach vielen ungesagten Worten und nach unerwartet erstickter Liebe. Ikonen in Form von Erinnerungsstücken, Bruchstücken von etwas zu früh zu Ende Gegangenem, Spuren eines toten Mannes, dem er als Vater und Götze zu huldigen hatte und den er das letzte Mal mit zwölf Jahren gesehen hatte. Und auch in den zwölf Jahren zuvor hatte er den Namen des Vaters eher mit Abwesenheit und mit Krieg assoziiert als mit einem echten Menschen aus Fleisch und Blut.

Er fing an, diese Welt mit einer brennenden inneren Glut zu verachten, ja, so fühlte sich diese Verachtung an, als würde man ihm heiße Lava in die Innereien gießen, und die er immer dann spürte, wenn sich seine Mutter in die längst vergangene und nicht mehr existierende Zeit zurückwünschte und nicht mehr mit der Realität Schritt hielt; die Realität, in der sie als wissenschaftliche Mitarbeiterin im Staatlichen Forschungsinstitut für Virologie arbeitete, in der sie kaum noch Freunde hatte und in der es seit Jahren keinen Mann mehr gab. Sie zog sich immer mehr in sich zurück, und ihre frühere Zärtlichkeit wie auch ihre Sanftmut wichen unabwendbar der Verbitterung und Galligkeit. Zwar trat ihr übereifriger, ambitionierter, stets mit ihrem Mann konkurrierender, zweimal geschiedener, kinderloser älterer Bruder Leonid Nikolaewitsch wieder stärker in ihr Leben, mit dem sie vor ihrer Heirat eine merkwürdige, für alle befremdliche symbiotische Beziehung geführt hatte, in der er die Rollen von Vater, Mutter, Bruder und Kind in einem übernommen und darauf geachtet hatte, ihr möglichst viele Probleme vom Hals zu schaffen und sie vor allem finanziell zu unterstützen. Doch auch dies änderte nichts an ihrer unaufhaltsamen Verwandlung.

Die enge Beziehung zu Leonid Nikolaewitsch hatte durch ihre Heirat ein jähes Ende gefunden; die Männer hatten sich gar nicht gut vertragen – beides Alphatiere, beides Angeber, beide karriereorientiert bis ins Mark und auf Anerkennung der Frauen aus. Leonid Nikolaewitsch hatte es sich auf der Beerdigung seines Schwagers nicht verkneifen können, nahezu frohlockend seiner Schwester zuzuflüstern: »Jetzt kann ich mich endlich wieder anständig um dich kümmern, Lydenka, ganz wie du es verdienst, ganz wie Mama und Papa das von mir erwarten würden, wären sie noch bei uns.«

Leonid Nikolaewitsch arbeitete beim Goskom, dem Städtischen Komitee für Wohnungsbau, und seit neuestem war er in die Aufsichtskommission für die seit 1988 legalen und wie Pilze aus dem Boden schießenden Kooperativen berufen worden – was wiederum viele *svjazy*, Kontakte, und ziemliche Bestechungssummen garantierte, und somit auch seiner Mutter und ihm das Leben zumindest finanziell wesentlich erleichterte, denn Mutters Gehalt und die Kriegswitwenrente reichten seit der Perestroika nicht mehr zum Überleben. Die Schattenökonomie, die seit der Breschnew-Ära herrschte und in den achtziger Jahren zu ungekannter Größe aufgeblüht war, erforderte ganz anderes Geschick, das weder Lydia Nikolaewna noch er selbst besaß.

Aber die einstige Nähe zwischen den Geschwistern hatte sich verflüchtigt wie ein Rauchfaden aus lauwarmer Asche. Und vielleicht war der Riss durch ihre Beziehung nicht nur den Jahren geschuldet, in denen Lydia mit ihrem Mann ein gänzlich anderes, von ihrem Bruder unabhängiges Leben gelebt hatte, sondern war auch eine Folge davon, dass er von ihrer Militärbesessenheit nichts wissen wollte und auch ihren Wunsch, ihr Sohn möge den Pfad seines Vaters einschlagen, nicht guthieß. Aber auch der mächtige Leonid Nikolaewitsch konnte ihm nicht helfen, und so nahm das Brennen immer mehr zu, verbrannte ihm den Rachen und die Kehle, immer dann, wenn er sich der Rolle bewusst wurde, die ihm als Sohn seines Vaters zugeteilt worden war. Wie sehr er doch wünschte, es hätte diesen Vater nicht gegeben, nie, nie, nie, er wäre lieber der Sohn eines *bomjen*, eines Penners, oder gar eines Anonymen, gerne hätte er den Nachnamen seiner Mutter getragen und in der Schule hinter seinem Rücken das Wort »Bastard« zugeflüstert bekommen, er hätte sich wenig drum geschert. Hätte nicht ständig aufgesetzt grinsen müssen, wenn Leute ihn nur deswegen anhielten, um sich zu vergewissern, ob er wirklich der einzige offizielle Thronfolger des berühmten Sergei Alexandrowitsch war.

Oder zumindest jemanden zu haben, mit dem er sich das Leid hätte teilen können – wie oft er sich das gewünscht hatte. Wenigstens einen Bruder oder eine Schwester hätte dieser Held mit seiner Mutter zeugen können in den wenigen Monaten, die er zu Hause an der Seite seiner angebeteten Frau verbracht hatte. Und mit etwas mehr Mühe hätte er seiner Frau und seinem Sohn mehr Bedeutung beimessen können als dem Kampf gegen den Mudschahed.

Aber so, so war er gefangen in der Festung aus Andenken und Anbetung, in einer anderen Zeit, und dazu verdammt, dabei zuzusehen, wie seine Mutter die Gegenwart, wie auch immer sie aussehen mochte, mit ihren eigenen Händen im Keim erstickte, ertränkte wie ein Kätzchen, dem es nicht bestimmt ist zu leben, weil es zu schwach geraten ist für die Welt. Vielleicht war sie selbst das arme, missratene Tierchen, das zu schwach war für die Zeit, in der es nun mal zu leben hatte. Zu schwach, ohne irgendwelche Medaillen und Heldentaten, die ihr als Schutzschild vor der Wirklichkeit hätten dienen können. Zu schwach für all die Änderungen, die seit dem Tod ihres Mannes erst über sie und dann über das ganze Land hereingebrochen waren. Es war auch nicht weiter verwunderlich. Schließlich war das ganze Königreich, dem ihr Mann sein Leben geopfert hatte, zusammengebrochen, was würde schon der Zusammenbruch einer gewissen Lydia Nikolaewna ausmachen, einer ehemals passionierten Biologin und mittlerweile nur noch Witwe, der Mutter eines Jungen, der es nicht einmal schaffte, seiner Mutter die Wahrheit ins Gesicht zu brüllen und sich und somit auch ihr dadurch ein Stück Erlösung zu verschaffen. Endlich das Unaussprechliche aussprechen, obwohl beide längst Bescheid wussten, dass die einzige Wahrheit, die sie hätte ein Stück heilen, ein Stück lebensfähiger machen können, lauten musste, dass er niemals zum Militär gehen, dass er niemals den Spuren eines Toten hätte folgen dürfen. Dass sein Scheitern – und er wusste, dass sie es als solches empfand, denn egal, was er tat, zählte nicht, wenn es nicht der Entzündung und der Erhaltung des ewigen Feuers auf dem Grabe seines Vaters galt – seiner Unfähigkeit entsprang, seinen eigenen Wünschen zu folgen und zu erkennen, dass der Weg, den sie für ihn vorsah, über dieses Schattenreich direkt in die Hölle führte. Er hätte diesen Totenkult zerschlagen, sie dazu zwingen müssen, dem Leben endlich die Stirn zu bieten, und ihr diesen ins Ungewisse gerich-

teten, leeren Blick abgewöhnen müssen, wenn sie abends im Dunkeln in eine Decke oder einen Schal gehüllt versunken im Sessel saß wie eine Grabfigur aus Stein auf einem verwilderten, von allen vergessenen Friedhof.
Wie oft hatte er nachts wach gelegen und sich vorgenommen, ihr das alles zu sagen, und war dann erschöpft zurück auf sein Kissen gefallen und hatte sich in die zusammengeballte Faust gebissen, um nicht loszubrüllen. Denn vor seinem inneren Auge erschien ihr enttäuschtes Gesicht, die große Enttäuschung, als er ihr mitteilte, dass er nicht zur Aufnahmeprüfung für die Militärakademie gegangen war, wo er doch dank ihres großen Einsatzes und ihrer unzähligen Anrufe bei den »höchsten Männern der sowjetischen Armee« – noch waren es keine russischen Streitkräfte – mit »ausgebreiteten Armen« erwartet wurde, um in die Fußstapfen des großen Sergei Alexandrowitsch zu treten und eine Offiziersausbildung zu beginnen, die er natürlich mit Bravour abschließen würde.
Er sah ihr entsetztes Gesicht vor sich, die schreckliche Art, wie sie ihn ansah, als hätte er ihr einen Messerstich in die Mutterbrust versetzt. Monate habe sie darauf verwandt, um wegen der Empfehlungen ehemalige Kollegen seines Vaters ausfindig zu machen, um das für die älteste Militärakademie in Moskau nötige Gesundheitszeugnis zu beschaffen. Aber er dachte nur daran, wie er aus diesem maroden Land, das nach Fäulnis stank, herauskommen, ins Ausland ziehen könnte, oder etwas studieren, etwas lernen, was mit ihm zu tun hatte, was ihn im besten Fall vervollständigen, seine Umtriebigkeit ein wenig stillen, ihm eine Richtung weisen könnte. Für das eine Mal hatte er es geschafft, Zeit zu schinden, die ekelerregende Zukunft um einige Monate zu vertagen – denn

die Zulassung für die nächste Prüfung würde er erst wieder im kommenden Jahr erhalten.
Er erhielt Aufschub, hatte damals gerade die Schule absolviert und sich als Gaststudent für Kunst- und Literaturwissenschaften bei einer Universität eingeschrieben, nebenbei noch Literaturseminare belegt, wo er zum ersten Mal den Geschmack der Selbstbestimmung mit der Zungenspitze zu ertasten begann, doch die Mutter malträtierte ihn mit lästigen Fragen: Wann er sich auf die Prüfung vorbereiten, sich »in Form« bringen wolle, er vernachlässige ja seinen Körper, sie könne nicht mehr so viele wichtige Leute belästigen, er müsse sich auch Mühe geben, sie könne ja nicht stellvertretend für ihn ...
Im nächsten Jahr wiederholte er die gleiche Prozedur, indem er vorgab, ernsthaft krank zu sein, und behauptete, es sei eine Lungenentzündung, was zu einem heftigen Streit mit seiner Mutter führte, nachdem sie einen Arzt geholt und dieser ihn für kerngesund erklärt hatte.
Er verlängerte sein Gaststudium um ein Jahr, und als die Zeit der nächsten Aufnahmeprüfung näher rückte, fuhr er einfach mit einigen Kommilitonen auf »Bildungsreise« nach Leningrad. Daraufhin weigerte sich Lydia Nikolaewna zwei Wochen lang, mit ihrem Sohn auch nur ein Wort zu wechseln, und kommunizierte mit ihm mittels kleiner Zettel, die sie an den Kühlschrank heftete. (Etwas, was er keineswegs als eine Strafe empfand, wie von ihr beabsichtigt, im Gegenteil, er war endlich sein eigener Herr und genoss das Fehlen von Vorwürfen und Drohungen.)
Im kommenden Mai meldete er sich, nachdem seine Mutter aufs Neue ein paar hektische Telefonate getätigt und ihm ein falsches Attest besorgt hatte, erneut zur Aufnahmeprüfung in der auf Lenins Anordnung hin ge-

gründeten Allgemeinen Militärakademie in Moskau an und fiel durch. Und Lydia Nikolaewna schloss sich vierundzwanzig Stunden in ihrem Schlafzimmer ein und hielt eine makabre Totenmesse, bei der sie sich mit ihrem verstorbenen Gatten unterhielt und ihm ihr Leid klagte, ihn um Rat fragte.
Diesmal erschütterte ihn ihr entsetztes Gesicht schon weniger. Er rannte erleichtert in den strömenden Regen hinaus, Grund für seine Euphorie war sein Herz, das Purzelbäume schlug, seine zittrigen Knie und sein trockener Mund, und all das wegen Sonja – er war zum ersten Mal in seinem Leben bis zur Atemlosigkeit verliebt! Verliebt in ein verwunschenes und wunderliches Mädchen, das in keine Schablone passte und das keinerlei Regeln zu kennen schien, dafür einem Feuerwerk an Grobheit und Direktheit glich, in ihrer Impulsivität, in ihrer Verachtung jedweder Feingeistigkeit, auf die seine Mutter so viel Wert legte. In ihrem unstillbaren Wunsch, das Leben in all seiner Derbheit und Schönheit feiern zu wollen, hätte sie ihn allen Naturgesetzen und sozialen Regeln gemäß niemals beachten, nicht einmal in ihre Nähe lassen dürfen. Aber sie tat es und sorgte für die größte und freudigste Wendung seines Lebens.

Sonja wohnte im dritten Stock des Nachbarwohnblocks und verbrachte die meiste Zeit im Hof, dem Dvor. Malisch und Sonja kannten sich seit Kindertagen, aber wie für die meisten Kinder des Hofes war er für sie viele Jahre lang unsichtbar, jemand, durch den man bestenfalls hindurchsah und über den man schlimmstenfalls lachte.
Wie sie die Schalen der Sonnenblumenkerne ausspuckte, konnte man nur als vulgär bezeichnen, und immer hatte sie einen derben Spruch parat, den sie ihm hinterher-

schicken konnte. Aber niemals war dieser Spruch verletzend, niemals war er mit derselben Verachtung hinausposaunt, wie es die anderen im Hof taten, vor allem die »Kassiererbande«, die seit Jahren keine Gelegenheit ausließ, ihn zu beleidigen, zu demütigen oder zu erpressen.
Sonjas Sprüche waren trotz der heftigen Wortwahl, die jeden Seemann beeindruckt hätte, auf eine ihr sehr eigene Art und Weise liebevoll. Manchmal hatte er das Gefühl, als streichelte sie ihn mit Sätzen wie »Na, du kleiner Pimmel, wie geht's dir so heute?« oder »Oh, der Bettnässer ist heute ohne Mama unterwegs, mutig, mutig!«.
Aber eines Tages änderte sich etwas. Aus irgendeinem Grund sprach sie ihn an jenem Tag am Eingang zu seinem Treppenhaus an, sie war mit ihrem typisch schleppenden Gang, mit eingefallenen Schultern und sturen Schritten um ihn herumgeschlichen, dann am Treppenabsatz stehen geblieben, als hinderte eine unsichtbare Macht sie daran, weiterzugehen. Und er hatte sich zu ihr umgedreht. Seit seiner Kindheit war er es gewöhnt, so zu tun, als wäre er durchsichtig, wenn er an Gleichaltrigen im Dvor vorbeilief, wenn er vom Schachspiel, vom Literaturzirkel oder vom Deutschunterricht der Jugendförderung kam, den er freiwillig belegt hatte, um möglichst wenig Zeit zu Hause zu verbringen. Er blieb nicht stehen, egal, was sie ihm nachriefen.
Aber an jenem Tag im Treppenhaus, da blieb er stehen, dieser Impuls war physisch spürbar, etwas zog ihn zu ihr hin, obwohl er bereits im Begriff war, die Stufen möglichst schnell hinter sich zu bringen, um ihr und ihrem Zigarettenqualm zu entkommen, den sie unverschämt demonstrativ ausblies, seit sie vierzehn war. Und dann

sagte sie, er habe ziemlich »geile« Augen und solle sie nicht verstecken. Und er spürte, wie dieser Satz ihm Gänsehaut bereitete.
In der Folge hielt er nach ihr Ausschau, wenn er in den Hof kam. Seit ihrer Begegnung im Treppenhaus schienen sie ein Geheimnis miteinander zu teilen. Wenn sie von anderen Jugendlichen der Nachbarschaft umringt war – denn sie alle schienen ihre Autorität zu akzeptieren –, dann gab es nur einen kurzen Blick zu ihm, einen vorsichtigen, kaum merklichen, den er jedoch auf der Haut spürte wie ein Kribbeln oder den Flügelschlag eines Schmetterlings, aber keine Kommentare mehr, keine Witze auf seine Kosten. Und als der mächtige Petja, der selbst ernannte Zar des Hofs, den man nur den Kassierer nannte, weil er seit frühster Kindheit die anderen Kinder im Hof um beeindruckende Beträge erpresste – eine Fähigkeit, die er später erfolgreich auf professioneller Ebene einsetzen sollte –, ihm einmal etwas Widerliches zurief, hörte er nur noch Sonjas lauten Aufschrei und dann einen dumpfen Schlag.
Sie behielt nur noch wenige Wochen das Exklusivrecht auf neckende Beleidigungen auf seine Kosten. Danach war es zumindest auf dem Hof vorbei mit »Kleinpimmel« oder »Tittennuckler«. Seiner jahrelangen Pein hatte sie auf solch eine kurze und schmerzlose Weise ein Ende bereitet. Aber das war bereits zu einer Zeit, in der sie, die Sonderschulabgängerin, und er, der mit dem »roten Diplom« ausgestattete Gaststudent, anfingen, sich heimlich zu verabreden, und kurz bevor sie ihre vollen, nach Tabak und nach der Bonbonmarke »Mischka im Norden« und nach etwas sündig Begehrenswertem schmeckenden Lippen auf seine drückte.
Er begab sich bereitwillig in ihre Hände, die gleichzeitig

zärtlich und brutal sein konnten. Er stürzte kopfüber in sie hinein wie in einen Wasserfall. Sie nahm ihn in Beschlag, als hätte sie einen Zauber über ihn verhängt. Nichts mehr zählte, nur noch die allabendlichen Streifzüge durch die düsteren Gassen und versteckten Höfe, durch die sie ihn führte wie durch ein geheimes Labyrinth. Durch sie lernte er sein Viertel völlig neu kennen. Es gab geheime Küsse in den Treppenhäusern und Autowracks, denen sie allen einen Namen verliehen. Endlich war da eine, die stark genug war, seine Wünsche aufzufangen, ohne unter deren Last zusammenzubrechen. Jemand, der ihm durch die endlosen Weiten seiner Fantasie folgte, die keine Grenzen anerkennen wollte. Jemand, der verrückt genug war, ihn noch mehr anzufeuern.
Sonja, die nichts hatte und nichts fürchtete. Ihr Vater trank Wodka wie ein Baby Muttermilch, und wenn die klare Flüssigkeit sein Hirn in einen Matschhaufen verwandelt hatte, ging er auf seine Familie los. Und ihre Mutter, die die Nase gestrichen voll hatte von diesem Leben und der ununterbrochenen Arbeit, blieb oft tagelang verschwunden – wie man munkelte, ging sie zu einem verheirateten Direktor eines Gastronoms. Nur ihre ältere Schwester Olga versuchte inmitten dieses Trümmerhaufens ein einigermaßen geordnetes Leben für sich und ihre kleine Schwester zu organisieren, was ihr hin und wieder gelang.
Wahrscheinlich wäre er in einem dieser Autowracks namens Artjom oder Maria mit seiner wilden Freundin für immer sitzen geblieben, mit der ersten und einzigen, mit dem Wirbelsturm, der in ihm wütete und den Sonja etwas mitleidsvoll als »ziemliches Verknalltsein« diagnostizierte, bis sie eine vollständige Skizze ihrer gemeinsamen Zukunft entworfen hätten, bis er jede Stelle

ihres Körper ausgekundschaftet hätte – aber seine Mutter schaffte es, ihm auch dieses Glück zu entreißen. Nachdem er eines Nachts in die Wohnung zurückkam, entdeckte er sie, ein Häufchen Elend zitternd auf dem Boden liegend, apathisch, mit leerem Blick. Der herbeigerufene junge Notfallarzt bescheinigte einen Nervenzusammenbruch, sie musste für einige Tage ins Krankenhaus, wo Malisch täglich mit frischem Obst und einer von Sonjas Schwester zubereiteten Rinderbrühe ausgestattet für einige Stunden an ihrem Bett Wache hielt.

Jede Aufregung wäre fatal für sie und äußerst gefährlich, warnte ihn Mutters einzig noch verbliebene Freundin Zina Matveevna, die gefürchtete Zahnärztin von der Bezirksklinik für Zahnmedizin. Mit Tränen in den Augen drang sie auf ihn ein, dass es nun an ihm liege, ein »Mustersohn« zu sein, weil in dieser Situation jedes nicht ihrem Willen entsprechende Handeln dazu führen würde, dass sich in ihrem Kopf ein Blutgerinnsel bilde, und was das für Folgen haben könne, nun, daran wolle man jetzt gar nicht erst denken.

Beim vierten Anlauf blieb ihm nichts mehr anderes übrig, als die Aufnahmeprüfung für die Militärakademie zu bestehen – dank leerer Worte und Fürsprachen ihm vollkommen fremder Männer in Uniform, die seinem Vater wohl noch einen Gefallen schuldeten. Begleitet vom Jubelgeschrei Lydia Nikolaewnas, Krimsektschaum auf seinen Hosenbeinen und einem Loch im Herzen hatte er seine Ausbildung angetreten, um sie anderthalb Jahre später, ohne jeglichen Rang und Titel mitten im Strategieunterricht abzubrechen, indem er einfach aufstand und hinausspazierte, weil er plötzlich mit erschreckender Klarheit begriff, dass er vor Selbsthass auf der Stelle tot umfallen würde, würde er auch nur eine Sekunde weiter hier sitzen bleiben und so tun, als wäre er jemand, der er nicht war. Dass er außerdem auf den Fähnrich einschlug, der ihm nachrannte und ihn zur Umkehr aufforderte, und allen ein »Fickt euch!« entgegenbrüllte, machte die Sache keineswegs besser. Als Schwächling und Beschmutzer der Ehre Sergei Alexandrowitschs verließ er die Akademie und kehrte zu seiner ihn nun mit blankem Horror im Gesicht anstarrenden Mutter zurück.

Und jetzt, da er den Seesack seines Vaters packen musste, wurde ihm vor Grauen übel bei dem Gedanken, was ihm bevorstand, denn dieses Mal war das Grauen real, er wusste, wie es aussah, wie es sich anfühlte, wie allumfassend es sein konnte und dass er dagegen nicht gewappnet war.

Den Armeesack, den man ihm im Kommissariat bei der Anmeldung ausgehändigt hatte, hatte sie ihm kommentarlos abgenommen. Bei der Anmeldung hatte sie hinter ihm gestanden und über seine Schulter geschaut; dieses Mal gab es keinen Stolz in ihrem Gesicht, es gab nur noch stoische Leere, denn was er da tat, war nur eine Wiedergutmachung, eine logische Fortsetzung dessen, was er vor ein paar Jahren so würdelos abgebrochen hatte, seine einzige Chance auf Wiederherstellung der Familienehre, die er so unverzeihlich beschmutzt hatte.

Jetzt bekam er eine letzte Chance für die Aussöhnung mit der Vergangenheit, und es schien einerlei, wie hoch der Preis dafür sein würde: als Sohn seines Vaters hatte er ihn nun mal zu zahlen. Diese *freiwillige* Meldung zum militärischen Dienst in den – nun mittlerweile – russischen Streitkräften war seine letzte Möglichkeit, und das hatte sie ihm unmissverständlich klargemacht, in-

dem sie ihm eines Tages eine Bescheinigung auf den Tisch legte, eine erbettelte Bestätigung der Militärakademie, dass er seine Grundausbildung zum Soldaten erfolgreich abgeleistet hatte.
– Und was soll ich jetzt damit?, hatte er sie gefragt, hatte größte Lust, den Zettel vor ihren Augen in kleine Fetzen zu zerreißen, oder noch besser, ihn sich in den Mund zu stopfen, ihn zu zerkauen und die Reste schlussendlich als Papierklumpen vor ihre Füße zu kotzen.
Damals gab sie ihm keine Antwort. Als er einige Tage danach von der russischen »Intervention in Tschetschenien« las, gefror ihm das Blut in den Adern. Fünf Wochen nach Kriegsbeginn stand er mit ihr im Militärkommissariat und meldete sich als einfacher Soldat zur Aufnahme in die Armee – natürlich mit der Aussicht auf Heldentaten und darauffolgende Orden und militärische Ränge – und somit für die Front im Nordkaukasus.
Was seine Mutter nicht ahnte – seine Mutter, die in diesem Krieg eine Chance für ihren Sohn sah, genauso wie sie nicht begriff, dass ihr Sohn mehr als alles andere ein Mädchen liebte, das er trotz seiner Anstrengungen nicht vor sich selbst zu retten vermochte –, war die Tatsache, dass er ihr nur aus einem einzigen Grund nicht widersprach und sich erneut in ihre nach Mottenschutzmitteln riechende Schattenwelt begab: weil eben dieses Mädchen aus seinem Leben verschwunden war und seine letzte Hoffnung darin bestand, dass der Krieg und die Sorge um ihn ihr Herz erweichen würden und sie dazu bringen könnten, zu ihm zurückzukehren, denn die Aussicht auf ein Leben ohne Sonja kam für ihn ewiger Finsternis gleich.

Den Seesack musste er gut hüten, denn mit seinen Büchern beherbergte er einen Schatz. In diesem Moment, den Inhalt des Sacks erneut prüfend, wunderte er sich, wie der Sophokles in seiner Bücherauswahl gelandet war. Das Büchlein musste irgendwo zwischen den anderen Büchern gesteckt haben, die er hastig aus dem Regal gezogen hatte. Er blätterte das Drama über die aufmüpfige und rebellische Königstochter durch. Und nun klebte dieser Satz an seinen Lippen, wie die Reste des Kakaos, den er als Kind so gern getrunken hatte und den er noch lange danach in den Mundwinkeln schmecken konnte.

2016/Die Katze

Heiß wallt dein Herz bei schauerlichem Werk, dreimal hintereinander wiederholte sie den Satz in ihren Gedanken, ihre Lippen bewegten sich intuitiv, aber lautlos, wie ein geräuschloses Tier schlichen die Sätze nach außen. Sie presste ihren Oberkörper mit voller Wucht gegen die schwere Metalltür und fiel fast in den Hinterhof hinaus, konnte gerade noch das Gleichgewicht halten. Schon immer drückte sie schwere Türen mit einem Schwung ihres Oberkörpers auf, als gälte es, Mauern zu durchbrechen, als würden alle Türen der Welt ihr Widerstand leisten. Das Licht einer einsamen Laterne auf der gegenüberliegenden Straßenseite fiel auf ihr nicht vollständig abgeschminktes Gesicht.
Die Laterne stand am Eingang des Hofes und sah aus, als

wartete sie seit Jahren auf jemanden, der ein Versprechen nicht eingelöst hatte, und strahlte mit ihrem kalten bläulichen Licht erbarmungslos auf den menschenleeren Gewerbepark, damit er noch trostloser erschien, als er ohnehin schon war.
Sie fühlte sich wohl hier. Schon beim ersten Mal, als sie in dieser zum Theater umfunktionierten Fabrik die Bühne betreten und diesen Satz mit dem Blick halb ins Publikum und halb zu ihrer übermächtigen Schwesterfigur ausgesprochen hatte, hatte sie diesen Ort ins Herz geschlossen. Ihr gefiel die Anonymität, das Raue der Gegend. Auch sah man auf den Straßen kaum Menschen – außer an den Abenden, an denen sie spielten und sich eine kleine, aber immerhin konstante Zahl von Zuschauern am Vordereingang drängte.
Vor allem aber schätzte sie den Hinterhof. Bei gutem Wetter nutzte sie ihn als Garderobe. Die anderen Kollegen verirrten sich kaum hierher, ganz zu schweigen von dem übersensiblen Assistenten, der die Abende betreute und mit seiner Aufgabe vollkommen überfordert war, und wenn der wortkarge Techniker einmal nach einer Vorstellung mit seiner Bierflasche kam, um eine Zigarette zu rauchen, so bot sie ihm kommentarlos ihr Feuerzeug an, sie standen dann schweigend für die Länge einer Zigarette auf dem Hof und sahen in die graue Betonwelt hinaus.
Heiß wallt dein Herz bei schauerlichem Werk, dieser Satz verfolgte sie auch nach der heutigen Vorstellung. Es gelang ihr nicht, ihn von der Zunge zu kratzen, als hätte sie ihn sich aus Ismenes Wortschatz einverleibt.
Im Spiel auf der Bühne liebte sie ganz besonders den Moment, wenn sie den Satz endlich sagte, halb klagend, halb vorwurfsvoll, und doch – viel mehr als an das Publi-

kum oder an ihre Schwesterfigur, die so unbedingt eine Heldin sein wollte – richtete sie diesen Satz an sich selbst, so als gestehe sie sich etwas nicht ein, sie, die eben nicht an blindes Heldentum glaubte und die Einzige aus ihrer vom namenlosen Wahn befallenen Bühnenfamilie war, die jeglichen Fanatismus ablehnte.

Sie sagte es nicht mehr in der Rolle, nicht als Ismene, der Schwester Antigones, für einen Moment verschwand Ismene hinter ihrem Rücken und überließ ihr den schicksalhaften Satz.

Aus dem Inneren des Gebäudes drangen Gesprächsfetzen und das Klirren der Gläser zu ihr hinaus. Das Ganze verschmolz zu einem einlullenden, sanften Geräusch im Hintergrund. Bestimmt unterhielt man sich gerade über das Spiel der Akteure, bestimmt hatten die Kollegen ihre Freunde und Familienmitglieder dabei, weil der Weg von Berlin bis hier in die Walachei nicht sehr weit war. Manche kamen vielleicht schon zum dritten oder vierten Mal, um ihre Liebsten zu unterstützen, da sie alle nicht gerade mit Angeboten überschüttet wurden. Dieses vertraute Treiben hatte etwas äußerst Beruhigendes für sie. Alles Alltägliche, alles Sorgenvolle verschwamm, sobald sie das Gebäude betrat. Der Kündigungsbrief ihres Hausverwalters, der heute Morgen in ihrem Briefkasten lag, der ihr mitteilte, dass sie in drei Monaten die Wohnung räumen müsse, da der Eigentümer Eigenbedarf angemeldet habe. Der Streit mit Natalia, ihrer Schwester. Die Trennung von R., die sie nicht länger hinauszögern durfte und die ein endloser, wie in Zeitlupe ablaufender Schmerz war. Die Geldsorgen, die Frage, ob sie zu diesem idiotischen Casting gehen sollte, von dem sie sich nichts erhoffte – all das verschwand, sobald sie sich in diesem Treiben auflöste.

Sie schloss die Augen und zog an ihrer Zigarette, schirmte sie gleichzeitig mit der anderen Hand vor dem Regen ab.

Es war ihr immer wieder ein Rätsel, wieso sie dieses Lampenfieber, das sich sofort nach dem Aufwachen einstellte, wenn sie abends eine Vorstellung hatte, diese Hektik, überhaupt diese merkwürdige, staubige, abgeschaute Welt so sehr liebte. Wieso sie sich an einem solch weltfernen Ort so sehr als sie selbst fühlte. Es war doch paradox: Nie war sie weiter von sich selbst entfernt, als wenn sie spielte, und gleichzeitig so sehr bei sich. Bereits als kleines Mädchen, wenn sie an der Hand ihrer Großmutter, die ihr ihren Vornamen vererbt hatte, durch die Straßen des Bäderviertels gelaufen war und in die Hinterhöfe mit den Pawlatschen und den bunten Holzbalkonen geschaut hatte, in all die Wohnungen, in denen Lichter brannten, hatte sie sich ausgemalt, was für ein Mensch dort lebte, welchen Beruf er ausübte, was ihn schmerzte oder freute, welche Verluste er erlitten hatte und welches Glück ihm noch bevorstünde. Später hatte sie gelernt, die Stimmen der anderen zu imitieren, und sich mit ihrer Schwester einen Heidenspaß daraus gemacht, mit Telefonstreichen Menschen in die Irre zu führen. Theater wurde früh ihr Lebenswunsch. Hielt sie es mit sich selbst so wenig aus oder reichte ihr ein Leben nicht, oder traf gar beides zu? Welche geheime Kraft trieb sie als kleines Mädchen im farbenfrohen und lauten Haus ihrer Großmutter dazu an, Vorführungen und Konzerte zu veranstalten, wo alle Kinder der Hinterhöfe nach ihren Möglichkeiten etwas darbieten konnten? Die Erwachsenen spendeten den Kindern danach etwas Geld, damit sie Süßigkeiten und Limonade kaufen konnten. Für sie jedoch ging es um etwas anderes, für sie ging es darum, Publikum zu haben, die Möglichkeit, vor ihm zu spielen, seine Erwartungen zu brechen, es zu überraschen. Natürlich konnte sie es damals nicht in Worte fassen, sie ahnte nur, dass dieser Wunsch, der in ihr brannte, groß, ja stärker war als sie selbst.

Als dann die »Schwarzen Zeiten« kamen, wie ihre Großmutter das Jahrzehnt nach der Perestroika nannte, als die Kindheit plötzlich einen rostigen Beigeschmack bekam und die Stadt tagelang in Finsternis versank, die Straßen nach Petroleum rochen und die Schlangen vor den Brotgeschäften immer länger wurden und aussahen wie eine Ziehharmonika, als die Erwachsenen ihre Stimmen senkten und ständig über Politik redeten, als Vater und Mutter sich nicht mehr auf den Mund küssten und ihre Großmutter das mühsam ersparte Ferienhaus verkaufen musste, als viele der Nachbarn aus dem Judenviertel nach Israel auswanderten und das bunte Treiben in der Silberstraße gar nicht mehr so bunt war, da, ja da wurden ihre Veranstaltungen zu einer Notwendigkeit. Sie fühlte sich verantwortlich für die Menschen, die ihr wichtig waren, die ihre Welt bildeten, musste sie ablenken, erheitern, sie auf andere Gedanken bringen.

Und erst recht zur Notwendigkeit wurde dieser Wunsch, als Vater vom Krieg eingesogen und dann als Riese wieder ausgespuckt wurde. »Du kannst uns nicht einfach so zurücklassen. Ich weiß nicht, wie ich das durchstehen soll. Das ist unfair!«, hatte ihre Mutter in der Nacht vor seiner Abreise gejault. Ja, es war ein Jaulen gewesen, als wäre sie ein Wolf.

Doch ihrer Mutter war klar, dass es vollkommen sinnlos war zu diskutieren. Und wahrscheinlich hatte sie recht. Er hatte seine Entscheidung längst getroffen und war nicht mehr davon abzubringen. Zwei seiner Kollegen waren kürzlich nach Gagra gefahren, nachdem Gerüchte kursierten, dass sich die abchasischen Ärzte angeblich weigern würden, georgische Verwundete zu behandeln. Und nun fühlte Vater sich berufen, zu helfen. Selbst die Tatsache, dass man täglich Schreckensnachrichten von der Einnahme der Stadt hörte, im Fernsehen die Bilder der über die Berge ziehenden Flüchtlingskarawane sah, immer mehr schwarz gekleidete Frauen auf den Straßen umhergingen, die Fotos ihrer gefallenen Angehörigen als Brosche auf der Brust trugen, konnte seine Überzeugung nicht erschüttern. Er war Arzt, und es war seine Aufgabe, dorthin zu fahren und zu helfen, wo er gebraucht wurde. »Was wäre ich für ein Arzt, wenn ich bleiben würde?«, sagte er nur.

In dem KAMAZ-Laster, mit dem er davonfuhr, befanden sich zwei weitere Ärzte und einige sehr jung aussehende Männer, ein Journalist, der unermüdlich irgendwelche Witze machte, als wollte er krampfhaft seine Angst überspielen, und ein Mann, von dem keiner wusste, was er auf den Schlachtfeldern zu suchen hatte, wen er retten oder wen er töten wollte. Sie hatten sich am Treffpunkt eingefunden, und Natalia, ihre kleine Schwester, der das Wort Krieg noch nichts als Gleichgültigkeit entlocken konnte, saß auf Vaters Schultern und spielte mit seinen Ohren. Diese Beschäftigung schien sie so zu vergnügen, dass sie ab und zu laut auflachte, und dieses fröhliche Lachen bildete einen absurden Kontrast zu der ansonsten so bedrückten und schweigsamen Stimmung.
Sie erinnerte sich an diese Szene, so klar, als hätte sie erst vor einigen Tagen stattgefunden. Und sie erinnerte sich ebenso, dass auch sie in dieser traurigen Konstellation die Heitere und Spaßige zu sein versuchte. Sie lächelte

unnatürlich viel, war freundlich, gab die unkomplizierte und hilfsbereite Tochter und schnitt für den zu einer mechanischen Puppe gewordenen Vater lustige Grimassen, der es vermied, seinen Familienmitgliedern direkt in die Augen zu blicken.
Aber kurz bevor er in den Frachtraum des Lasters stieg, zu den Gütern, die dort verstaut waren, lächelte er sie noch einmal an. Und er tat es, weil es ein Spiel war, weil sie ihm dieses Lächeln entlockte, es war ein beliebtes Spiel zwischen den beiden gewesen, das Wetteifern um den größten Gesichtsgulasch. Und tatsächlich öffnete er den Mund, die Lippen, befreit aus der Gefangenschaft der Reglosigkeit, verzogen sich zu einem Lächeln.
Ja, sie hatte ihm dieses kostbare Lächeln entlockt, an das sie so oft noch würde zurückdenken müssen, bevor der KAMAZ davonfuhr und Mutters Hände zu zittern begannen und Natalia, ohne selbst zu wissen, warum, vielleicht stellvertretend für die Erwachsenen, anfing, lauthals zu weinen. Ja, der Wunsch erwachte an jenem Tag, aber vor allem begann er ab dem Zeitpunkt in ihr zu pochen, als Vater als Riese nach Hause zurückkehrte.

Sie genoss die Ruhe, die sich nach jeder Vorstellung hier in ihrem Hinterhof einstellte. Der Nieselregen wusch die Reste der Schminke und alle Gedanken von ihr ab, verwandelte sie in farblose Tropfen und dann in bräunliche Pfützen im löchrigen Asphalt. Es tat gut, nichts zu denken, nichts zu wollen, einfach nur dazustehen, noch nicht ganz sie selbst, aber auch nicht mehr die in sich brütende, in sich zusammenfallende Ismene, der es nicht vergönnt war, ihr Unglück laut hinauszuschreien.
Vielleicht war genau das der Zustand, in dem sie dem Glück am nächsten kam. In dem sie frei war. Frei von

Vorherbestimmungen und Erinnerungen, frei von Erwartungen und von Zwängen. Deshalb fühlte sie sich so wohl an diesem Ort, gerade nach den Vorstellungen, noch Ismenes Gesicht über ihres gemalt, mit den Fetzen fremder Sätze in sich.
Doch der Schmerz im Bauch kehrte wieder, sobald sie anfing, an *ihn* zu denken, von dem sie lange angenommen hatte, er wäre ihr Zuhause, und wurde im gleichen Moment abrupt unterbrochen, weil jemand die schwere Tür aufriss, sicherlich Juri, dachte sie und drehte sich nicht um.
– Hey Katze, da sucht dich einer, echt komischer Kerl, meinte, er müsse dich dringend sprechen, etwas Persönliches oder so, soll ich ihn zu dir rausschicken?
Es war Anton, der Produktionsassistent, der in Sekundenbruchteilen ihre hart erkämpfte Ruhe zerstört hatte. Ein Rätsel, wie man einerseits so überempfindlich und gleichzeitig so grobschlächtig sein konnte wie Anton.
– Wer soll das sein?, fragte sie gelangweilt nach, eher mechanisch, ohne den Blick von der gegenüberliegenden Betonwand abzuwenden.
– Keine Ahnung, wollte mir nichts verraten. Könnte irgendein Werbefuzzi sein, sieht so geschniegelt aus, fügte er kurz angebunden hinzu. – Ich schick ihn dann raus, ich habe anderes zu tun, als mich um deine freakigen Verehrer zu kümmern.
Der letzte Satz sollte wohl als Mischung aus einem verqueren Kompliment und einem Witz verstanden werden. Er hatte diese schwierige Gewohnheit, Menschen Nettigkeiten in Form von genervten Beschwerden mitzuteilen. Wenn er sich vom Spiel eines Kollegen beeindrucken ließ, beklagte er sich anschließend bei dem Schauspieler mit etwas Derartigem wie: »Musst du mich denn so auf-

regen? Meinst du, ich selbst habe nicht Drama genug?« Oder wenn er sich von jemandes Komik mitreißen ließ, sagte er übertrieben leidvoll: »Na toll, jetzt habe ich wegen dir Muskelkater.«
Er schlug die Tür mit lautem Knall hinter sich zu. Sie versuchte, wieder die gewohnte Stille heraufzubeschwören, kniff die Augen zusammen und streckte ihre Nasenspitze in den nachlassenden Regen.

Seit sie denken konnte, war sie dem Instinkt gefolgt, sich in andere Köpfe, Körper und Leben hineinzufantasieren, und war früh zu dem Entschluss gelangt, die Schauspielerei zu ihrem Leben zu machen. Sie hatte sich die Möglichkeit erarbeitet, eine Ausbildung zu machen, die sie das Handwerk lehren würde. Mit jedem Regisseur, dem sie seither über den Weg gelaufen war, der mit ihr arbeiten wollte, ergab sich über kurz oder lang eine Konfliktsituation. Manche glaubten, ihr stehe ein falscher Stolz im Weg, der in der Schauspielerei nichts zu suchen hätte, andere wiederum warfen ihr vor, sie bilde sich ein, klüger zu sein als die anderen, oder hielten sie einfach nur für exzentrisch. Das Problem war nicht, dass sie sich für etwas zu schade war, noch viel weniger lag es daran, dass sie die jeweils eigene Interpretation ihrer Rolle für besser hielt als die des Regisseurs oder der Regisseurin – es lag vielmehr an ihrem eigenen, krankhaft übertriebenen Anspruch, den sie an sich und die Welt stellte. Sie wollte sich häuten und über sich selbst hinauswachsen, und sie zeigte sich unversöhnlich angesichts jeder Mittelmäßigkeit, mit der man sich nur allzu häufig zufriedenzugeben schien. Nein, sie wollte sich alles abverlangen, über jede Grenze hinwegschreiten. Sie wollte in dieser staubigen, schwarzen, fensterlosen Galaxie jeden Abgrund erkunden und erforschen und wie ein Phönix aus der Asche aufsteigen und leer sein, vollkommen leer.

Seit dem Ende ihrer Kindheit, seit dem Verlassen des Landes ihres ersten Lebens, seit dem Abschied vom Hof in der Silberstraße sah sie sich damit konfrontiert, sich in Anpassung zu üben, und doch konnte sie sich an diesem Punkt nicht weniger abverlangen, sich nicht verraten. Sie klammerte sich an die wenigen Begegnungen mit Gleichgesinnten und Seelenverwandten. Immer wieder gelang es ihr für flüchtige Momente, einzelne Menschen zu streifen, die unbeugsam durch die Welt liefen, unbelehrbar waren, unrettbar verstrickt in ihren Sehnsüchten und Utopien. Und dann, in solchen selbstvergessenen Augenblicken in mit schwarzem Molton abgehängten Probenräumen oder verrauchten Eckkneipen, gelang ihr etwas, das sich wie Glück anfühlte.

Der Gedanke an *ihn* war stechend scharf, als hätte sie sich an einer Rasierklinge geschnitten. Sie sah ihn vor sich, ihn, der es geschafft hatte, sie an ihre Grenzen zu führen, der ihr zum ersten Mal das Gefühl gegeben hatte, sie würde nicht genügen, an seine Vorstellungen nicht heranreichen, da sie nicht weit genug ging. Der Mensch, der sie bis dahin vielleicht am meisten verblüfft hatte. Der Mann mit den besessenen Augen, dem weißen Hemd und dem schwarzen Anzug, der mit seiner Haut verwachsen zu sein schien, der Mann, der anstelle von Wörtern Noten benutzte.
Ihr letztes Ausbildungsjahr verbrachte sie in Wien. Sie hatte gelernt, sich besser zu verkaufen, ihre Nöte und Ansprüche besser zu kaschieren. Sie war gut darin, Fügsamkeit vorzutäuschen, und so blieb sie dort. Es war leichter so. Sie hatte ein schönes Zimmer in der Josefstadt

und ein Stipendium ergattert, das ihr ein einigermaßen sorgenfreies Jahr ermöglichte, und sich mit der Bequemlichkeit angefreundet, mit ihr einen Pakt geschlossen.
Vor ihrem Diplom hatte sich ein Zeitfenster ergeben, und sie hatte eine Statistenrolle bei einer skandalumwitterten Produktion an der Wiener Oper angenommen. Sie zahlten gut, Oper interessierte sie zwar nicht sonderlich, aber es fiel ihr dort leichter als im Theater, den Mund zu halten. Es war eine moderne Oper, ein Auftragswerk eines Wiener Komponisten, von dem sie nie etwas gehört hatte und den alle nur R. nannten, als berge der Buchstabe eine ganze Biografie.
Sie besorgte sich ein paar Platten von ihm, befand die Musik für schräg und beschloss, keinerlei Ehrfurcht vor ihm an den Tag zu legen, schon allein, weil es der Rest der Produktion tat.
Als er dann auf einer Probe auftauchte, fand sie ihn arrogant und selbstverliebt und wollte unfreundlich zu ihm sein, falls es dazu kommen sollte, dass dem großen Maestro ihre Existenz überhaupt auffiel. Es kam dazu.
Die Premiere spaltete das Publikum in Hasser und glühende Anhänger, doch auf der Premierenfeier berauschte sich jeder aus Erleichterung an sich selbst und am Alkohol. Man tanzte und sang, der Maestro aber saß die meiste Zeit neben dem Regisseur in der Ecke, hatte seinen Arm um ihn gelegt, dem armen Mann somit jede Fluchtmöglichkeit genommen, und redete wie in Rage auf ihn ein. Immer wieder wanderte ihr Blick zu den beiden Männern in der Ecke, und die anfängliche Gereiztheit und das Mitleid mit dem Regisseur wichen einer gewissen Bewunderung für die Besessenheit des Komponisten. Die offensichtliche Kompromisslosigkeit und Unnachgiebigkeit, mit der er sprach, hatten etwas Faszinierendes.

Auch fand sie es bemerkenswert, keinen einzigen Menschen zu treffen, der etwas Neutrales über ihn sagte. Entweder war er ein »widerliches Schwein« oder ein »epochaler Musiker«, aber nichts dazwischen.
Später ging sie vor die Tür, zündete sich eine Zigarette an und bemerkte ihn mit einem Rotweinglas neben sich stehen.
– Du warst im Chor, oder?, fragte er, und sie war mehr als erstaunt, dass sie ihm überhaupt aufgefallen war.
– Ja. Das war ich.
Er sah sie kurz an, seinem Gesicht konnte sie nichts entnehmen, konnte ihn nicht deuten. Die dunklen Augen, der dunkle Bart mit wenigen grauen Haaren darin, die hohe Stirn, all das schien eine Tarnung zu sein, eine Tarnung für irgendwas, das im Verborgenen bleiben sollte. Es war schwer, sein Alter zu schätzen, er hätte zwei, zehn oder auch zwanzig Jahre älter sein können als sie.
– Du warst sehr präsent, fügte er hinzu, als hätte er ihre Gedanken erraten. Sie fragte sich, ob er sich über sie lustig machte, aber er wirkte nicht wie jemand, der sonderlich humorvoll war.
Sie kamen ins Gespräch. Zuerst tauschte man Belanglosigkeiten aus. Dann wollte er ihre Eindrücke von der Produktion erfahren, als Außenstehende hätte sie einen unvoreingenommenen Blick für diesen ganzen »Wahnsinn«. Sie schilderte ihre Eindrücke, sie mussten lachen.
Als ihnen der Wein ausging, fragte er, ob sie von hier verschwinden wollten.
– Man wird einen Suchtrupp nach dir schicken, du bist schließlich der Ehrengast schlechthin!, erwiderte sie.
– Umso besser. Das Versteckspiel war schon als Kind mein liebstes Spiel. Überhaupt spiele ich gerne.
– Aha. Was denn so?

– Alles Mögliche. Spielst du mit?
– Kommt drauf an, was.
Sie fragte sich, ob sie ihn anziehend oder abstoßend fand, und konnte sich nicht entscheiden.
– Du versteckst dich. Ich finde dich.
– Wie das?
– Du gehst irgendwohin, wo du denkst, dass ich dich nicht aufspüren werde.
– Und was soll das für ein Ort sein?
– Keine Ahnung. Die Stadt ist groß genug und bietet genug Verstecke.
Sie musste laut auflachen.
– Ich meine es ernst. Du gibst mir drei Hinweise. Genau drei, nicht mehr, nicht weniger.
– Ich soll mich also irgendwo verstecken. Irgendwo in der Stadt?
– Ja, in einer Wohnung, einem öffentlichen Gebäude, einem Lokal, ganz egal. Nur die drei Hinweise brauche ich.
– Und dann?
– Dann finde ich dich.
– Und solltest du es nicht tun?
– Dann war es den Versuch wert.
– Und solltest du mich finden?
– Dann vögeln wir bis zum Morgengrauen.

Sie hörte jemanden die Klinke herunterdrücken, wobei mehr als zwei Versuche nötig waren, da die Tür sich als schwerer als erwartet erwies, und dann vorsichtige, zaghafte Schritte, wie die eines Fremden, der unbekanntes Terrain betritt und dem Boden unter seinen Füßen nicht traut.
– Hier sind Sie also. Darf ich?

Ein hochgewachsener Mann, ziemlich schlaksig, mit dem Gesichtsausdruck eines äußerst reizbaren Menschen, trat aus der Tür und kam direkt auf sie zu. Er trug ein gut sitzendes Sakko und eine dunkelblaue Jeans. Sie hatte ihn noch nie zuvor gesehen. Gesichter vergaß sie nie, eigentlich vergaß sie auch keine Namen, es war vielmehr so, dass manche Namen auf gar keinen Fall zu bestimmten Menschen zu gehören schienen, und so erfand sie welche für sie, die ihr viel passender zu ihren Körpern und Geschichten vorkamen. Vor allem, wenn Menschen eine auffallende Ähnlichkeit mit Tieren hatten, dann gab sie ihnen Tiernamen. Auch ihr eigener Name war irgendwann verblasst wie eine alte Fotografie im Wandschrank und fand einzig bei offiziellen Anlässen Erwähnung. Ihr wirklicher Name bot ihr keinen Schutz, aber der Name, auf den sie hörte, der ihr gehörte, ihr allein und Millionen anderer dieser geheimnisvollen Tiergattung, war stets eine Höhle, eine warme Decke, ein Rückzugsraum und gleichzeitig eine Erinnerung, eine Erinnerung, dass sie einmal überlebt hatte und es nun auch weiterhin tun würde.
Diesen Mann musste sie sofort Vogel nennen. Er war groß, dünn, ungelenkig und hatte die runden, dunklen Augen eines Storchs.
– Bitte, sagte sie, bemüht, einen freundlichen Ton anzuschlagen, der ihre Enttäuschung überdecken würde, gestört worden zu sein.
– Mein Kompliment. Große Schauspielkunst, kann man nicht anders sagen. Sie haben Ihre Schwester eindeutig in den Schatten gestellt.
Sie hasste solche Floskeln. Nie konnte man wissen, ob der Mensch es ernst meinte. Hinter diesen »Fabelhaft«, »Bezaubernd«, »Entzückend«, »Intensiv« verbargen sich

Abgründe von Möglichkeiten, die man erst entschlüsseln konnte, wenn man dem Menschen selbst nahekam. Aber jetzt verspürte sie keinerlei Lust nachzufragen, was den Vogelmann dazu bewogen hatte, sich an sie zu wenden.
– Danke, murmelte sie halbherzig und warf ihm ein leicht erzwungenes Lächeln zu. Er starrte sie an, als könnte er sich von ihrem Lächeln nicht lösen, und so war sie gezwungen, seinem Blick länger als beabsichtigt standzuhalten, mit geringfügig nach oben gebogenen Mundwinkeln harrte sie aus, bis er seinen durchdringenden Blick von ihr abwendete. Er kniff die Augen fest zusammen, für einen Augenblick drang ihr sein fremder Geruch in die Nase. Eine Mischung aus herbem Rasierwasser und etwas Dinglichem, als wäre er ein Gegenstand und kein Mensch.
– Oh, entschuldigen Sie bitte. Ich habe mich gar nicht vorgestellt und überfalle Sie stattdessen mit meinen Meinungen. Ich will Sie nicht weiter stören, es handelt sich um eine sehr dringende Angelegenheit, die sich hoffentlich in wenigen Augenblicken lösen lässt.
Jetzt lächelte er zurück und entblößte zwei unnatürlich perfekte Zahnreihen.
– Schapiro, Anatoli Schapiro, aber meine Eltern hätten sich wohl in meinem Fall den Vornamen sparen können, alle reden mich bloß mit meinem Nachnamen an, das ist seit meiner Kindheit unverändert. Da kann ich machen, was ich will.
– Klingt wie ein Spitzname, und ich mag Spitznamen.
– So habe ich das bisher noch nicht betrachtet, richtig.
Sein Deutsch hatte einen kaum merklichen Akzent, aber sie konnte ihn nicht zuordnen, mochte ihn aber, es war das Einzige bisher, was ihr an diesem Vogelmann einladend erschien.

– Sie sollten mehr spielen, sagte er auf einmal, als folge er einer nur ihm erkennbaren Logik. Der Satz ließ sie aufhorchen. Er bedeutete, dass dieser Mensch über sie informiert war, also keineswegs ein bloßer Zuschauer, und sie mochte es nicht, wenn man sie überrumpelte.
– Sie scheinen ja auf dem Laufenden zu sein …, ihr Ton wurde etwas bissiger.
– Nun ja, ich mache meine Arbeit stets gründlich.
Der Vogelmann wirkte plötzlich gar nicht mehr so harmlos, so wie er den Satz sagte, in seinem heimatlosen Akzent, als wäre er nie in einer Sprache zu Hause gewesen.
– Mein Vorgesetzter duldet keine Fehler, fügte er konspirativ hinzu. Diese Wendung der Unterhaltung gefiel ihr gar nicht.
– Und worum geht's denn eigentlich?, fiel sie ihm hart ins Wort. – Werbung mache ich keine, damit Sie das gleich wissen, fügte sie noch etwas milder hinzu. – Das werden Sie aber schon herausgefunden haben, wenn Sie Ihre Arbeit gründlich machen.
– Aber nicht doch, lachte er auf, ein etwas unnatürliches, übertriebenes Lachen. – Natürlich nicht. So etwas Profanes würde ich einer guten Schauspielerin wie Ihnen niemals anbieten, und glauben Sie mir, mein Vorgesetzter, ich versuche, das Wort Chef zu vermeiden, das hört er nämlich nicht gern, verurteilt jede Form der Anbiederung zutiefst.
– Eine Rolle dann also?
– Nun ja. So kann man das auch formulieren, wobei … Das ist schwer in knappen Sätzen zusammenzufassen, dabei hatte ich mich auf das Gespräch vorbereitet, aber nach der Vorstellung bin ich ein wenig, nun ja, aufgewühlt, was in erster Linie Ihrer großartigen Schauspielkunst zu verdanken ist. Es geht um einen etwas eigenwilligen Auf-

trag, den er Ihnen äußerst gern erteilen würde und der sicherlich Ihre finanziellen Erwartungen übertreffen wird.
– Oh Gott, ich hätte gleich darauf kommen sollen, dabei sehen Sie nicht unbedingt wie einer aus der Erotikbranche aus, sagte sie und trat die Zigarette mit der Spitze des Turnschuhs aus.
– Wie bitte? Oh nein, nein, bitte, solch etwas Abwegiges dürfen Sie nicht annehmen! Verzeihen Sie, wenn ich so ein Missverständnis habe aufkommen lassen.
Sie amüsierte sich über seine Ausdrucksweise und ließ ihn noch eine Weile mit den Worten ringen.
– Es geht um eine kurze Aufzeichnung. Ein Video, maximal zehn Minuten. Sie müssen ein paar Informationen übermitteln. Wir können alles vertraglich festhalten, das versteht sich von selbst.
– Ich verstehe nicht ganz ... Was für ein Video soll es denn sein?
– Mein Vorgesetzter hat ein Plakat Ihres aktuellen Stücks gesehen, er hat einen erschreckend wachen Blick, wissen Sie. Sogar wenn er hinter den verdunkelten Fenstern seines Wagens sitzt, entgeht ihm nichts von dem, was draußen vor sich geht. Nun, er sah dieses Plakat, auf dem zum Glück nicht nur die Hauptdarstellerin abgebildet ist, und ließ den Wagen anhalten. Sie weisen eine einmalige Ähnlichkeit mit einem Menschen auf, der in seinem Leben eine entscheidende Rolle gespielt hat. Leider lebt dieser Mensch nicht mehr. Und mit dem Video möchte er eine kleine *Wiedergutmachung* leisten, das kann er Ihnen persönlich aber viel besser erklären.
Er wollte fortfahren, doch sie unterbrach ihn mit einer schroffen Handbewegung, bemühte sich aber um einen möglichst höflichen Ton:

– Ich will Ihre Zeit nicht weiter beanspruchen, außerdem ist es nicht besonders gemütlich hier, und daher lehne ich das Angebot gleich dankend ab. Das klingt nach einer ziemlich verrückten und für meinen Geschmack zu persönlichen Geschichte, und ich bin zwar eine Schauspielerin, deren Job es ist, fremde Geschichten so zu erzählen, als wären sie meine, aber diese Geschichten kann ich nur erzählen, wenn ich eine Rolle habe. Die zufällige Ähnlichkeit mit einer Verstorbenen, so leid es mir auch tut, bietet mir diese Möglichkeit nicht.
– Ich verstehe durchaus Ihre ablehnende und skeptische Haltung meinem Angebot gegenüber, aber ich kann leider nicht nach Hause fahren, ehe ich Sie nicht überzeugt habe. Mein Vorgesetzter duldet kein Nein.
– Dann tut es mir leid, aber Ihr Vorgesetzter klingt nicht sonderlich sympathisch nach all dem, was Sie über ihn berichten. Lassen Sie uns reingehen, mir wird langsam kalt ...
– Sehr gerne. Erlauben Sie mir, Sie zu einem Restaurant Ihrer Wahl mitzunehmen und Ihnen weitere Details zu berichten, die Ihnen dabei behilflich sein werden, Ihre Meinung zu ändern. Zum Beispiel haben wir ja über das Finanzielle, das mein Vorgesetzter ... *Vorgesetzter* klingt sicherlich etwas unschön, sehr unpersönlich, Pardon, er hat natürlich einen Namen: Alexander Orlow. Vielleicht haben Sie den Namen bereits gehört.
– Sollte ich?
– Nein, nicht zwingend.
– Also, vielen Dank für das Angebot, aber ...
Sie machte einen Schritt in Richtung der schweren Tür.
– Lassen Sie Sie mich wenigstens nach Hause fahren, wenigstens die fünfundvierzig Minuten Fahrtzeit können Sie mir opfern, oder?

Fünfundvierzig Minuten? Das wurde ihr langsam unheimlich. Woher konnte er wissen, wo sie wohnte und wie lange sie von hier bis zu ihrer Wohnung brauchte? War er ihr gefolgt? Hatte er Leute über sie ausgefragt?
– Da, wo ich herkomme, lernen die Enkelinnen früh von ihren Großmüttern, niemals zu einem Fremden in den Wagen zu steigen. Und meiner Großmutter habe ich schon immer geglaubt, sagte sie lachend und riss die Tür mit voller Wucht auf. Er grinste spöttisch, als glaube er ihr kein Wort, und folgte ihr wortlos ins Gebäude.
Sie sah Sesilias Gesicht vor sich, ihre schönen, mit Altersflecken überzogenen Hände, ihre krumme Armhaltung, ihren schiefen Körper, den zu bezwingen sie täglich so viel Mühe kostete. Etwas zog sich in ihr zusammen. Ja, sie sollte noch einmal mit ihrer Agentin reden, sie musste irgendwas tun, irgendwas ändern. Sie musste ihre Ansprüche herunterschrauben, musste sie bitten, ihr neue Aufträge zu verschaffen, musste sich lieb und pflegeleicht geben. Sie sollte ihre Familie besser unterstützen, ihrer Großmutter helfen, wieder auf die Beine zu kommen, und die Sache mit Natalia wieder ins Lot bringen. Ihrer Mutter unter die Arme greifen, damit sie anfangen konnte, den Schuldenberg abzuzahlen. Sie sollte sich überlegen, was sie in drei Monaten machen, wohin sie gehen würde, welche Kompromisslosigkeit sie sich noch leisten könnte, wenn sie kein Dach mehr über dem Kopf hätte. Sie sollte die Trennung nicht mehr in kleinen Häppchen runterschlucken, sie sollte sie erbrechen oder sich nötigen, alles auf einmal hinunterzuwürgen.
Sie sollte, sollte, sollte ... vielleicht doch zum Casting dieser internationalen Produktion gehen, von der Vera so geschwärmt hatte. In höchsten Tönen hatte sie von dieser neuen Serie gesprochen, kommerziell und doch

anspruchsvoll, für ein Publikum, das »mitdenken« wolle, mit einigen europäischen Stars besetzt. Aus irgendeinem Grund hatte ihre Agentin tagelang auf sie eingeredet, das, was sie suchen würden, komme ihrem Typ ziemlich nahe, sie solle unbedingt zum Casting fahren. Eine tolle Rolle einer ziemlich kaputten Ermittlerin mit Alkoholproblem in einem europaweiten Kampf gegen ein Drogennetzwerk. Der Regisseur sei ein aufsteigender Stern am Arthouse-Himmel. Sie hatte sie abgewimmelt, hatte gesagt, sie wisse doch, wie die meisten Castings bisher ausgegangen seien ...

Aber vielleicht war es noch nicht zu spät. Vielleicht musste sie Vera doch anrufen und sich zum Vorsprechen anmelden.

– Ich verstehe Ihre Skepsis vollkommen. Ihre Haltung zeugt von gesundem Menschenverstand und von Ihrer Seriosität, mit der Sie an Ihren Beruf herangehen. Das ist lobenswert, aber leider erlaubt es mir mein Auftrag nicht, Ihre Antwort zu akzeptieren. Ich sehe aber ein, dass ich unser Angebot bis zu unserer nächsten Begegnung *persönlicher* und vor allem für Sie ansprechender werde gestalten müssen.

Diesen Satz warf er ihr hinterher fast wie eine Münze, die jemandem zufällig aus der Tasche fällt und die einem mit einem leisen Klingeln vor die Füße rollt, genau so rollte dieser Satz auf sie zu. Bei den Garderoben angekommen, wähnte sie sich sicher, wollte gleich Anton rufen, um mit ihm in die Stadt zurückzufahren, sie glaubte sich schon als Siegerin in diesem albernen Duell, als ihr mit einer entsetzlichen Klarheit bewusst wurde, dass dieses Gefühl, das sie seit einigen Minuten fest umschlossen hielt, dieses Unbehagen, vollkommen real war, denn die Frage, die der Mann ihr gestellt hatte, das ver-

meintliche Angebot, das er ihr gemacht hatte, waren bloßes Geplänkel, denn jemand hatte ihr bereits in einem äußerst makabren Schauspiel eine Rolle zugewiesen, und ihre Weigerung, diese Rolle anzunehmen, hatte keinerlei Bedeutung mehr.
Nachts fand sie keine Ruhe, sie gab den Namen Alexander Orlow in die Suchmaschine ein. Vielleicht existierte dieser Kerl gar nicht, und es war einfach ein dummer Streich, den man ihr spielte? Aber nein, er existierte und stand auf irgendeiner absurden Liste der reichsten Russen weltweit. Mit Immobilienhandel zu Geld gekommen, mittlerweile in Berlin lebend. Und anscheinend hütete er sein Leben und Treiben wie seinen Augapfel, denn für einen Mann mit solch einem beeindruckenden Geldbeutel gab es über ihn im Netz erstaunlich wenige Informationen.

2016/Die Krähe

Ich erwachte auf einer Bank, mitten im Viktoriapark. Ich befand mich in einem Vakuum. Ich fror. Ich fühlte mich wie aus Eis und Beton gegossen. Nur mein Hirn war weich und matschig. Ich wusste nicht mehr, wie ich dort hingekommen war. Dass ich die Nacht auf der Parkbank verbracht hatte, realisierte ich erst weitaus später. Mein Rücken war steinhart und verkrampft. Nach und nach kehrte die Erinnerung an das israelische Pärchen zurück, das ich an der U-Bahn-Station Yorckstraße kennengelernt hatte, in einem Kebab-Laden, wo unsere Odyssee begonnen hatte. Sie führte durch die Bars am Mehringdamm, mit Unmengen von bunten alkoholischen Getränken, die wir gierig durcheinandertranken, die gelbliche Pille, die mir Arie oder Ariel anbot, ich erinnere mich nicht mehr genau, wie der Mann hieß. Die anmutige, grazile Frau hatte ich deutlicher vor Augen. Auch den Kuss, den sie mir kichernd und aufgeregt auf die Lippen gedrückt hatte, als ihr Freund für eine riskante Weile auf der Toilette verschwunden war.

Es war kalt. Ich sollte nach Hause. Auch wenn mich dort nichts und niemand erwartete. Auch nicht die Reste meines eigenen Ichs, das ich so eifrig stückchenweise über Städte und Orte, Bars und Bänke verteilt hatte, dass ich mich nicht mehr zusammensetzen konnte. Trotzdem sollte ich ... ich hatte heute Abend Schicht.

Ich zwang mich auf die Füße, sie pochten, ich konnte kaum gerade stehen, mir war schwindelig. Wieso dieser Park? Wieso diese Bank? Wo war meine grazile Sarah oder Rachel oder gar Salome geblieben? Und wo war ihr ganz und gar nicht biblischer Begleiter, der sich an bunte Pillen klammerte, da er Angst hatte vor einer Welt ohne Rausch? Meine Jacke war heil, ich begutachtete mich. Die Jeans hatte dunkle Flecken an den Knien.

Ich lief weiter, setzte mühsam einen Fuß vor den anderen, ließ mich bereitwillig von dem mir feindlich gesinnten Oktoberwind auspeitschen. Ein paar vereinzelte, genervte Menschen kamen mir entgegen. Ich humpelte weiter und versuchte den Rost an meinen Knochen zu ignorieren.

In der U-Bahn fiel mir ihr Name ein: Tova. Gab es eine biblische Tova? Und wenn ja, war sie fügsam und schicksalsergeben oder trotzig und rebellisch? Hatte sie die Männer zu ihrem Glück geführt oder in schwindelerregendes Unglück gestürzt? Und hätte mir jene Tova, die mir einen unschuldigen und für sie doch so mutigen Kuss auf die Lippen gedrückt hatte, auch Unglück gebracht, wäre ich bei ihr geblieben, länger als für den Kuss, länger als für die Nacht? Oder hatte sie sich von mir Rettung erhofft, einen Blick in eine vielversprechendere Kristallkugel, als ihr ihr Mitstreiter bieten konnte? Hatte sie mich hierhingeführt und als Strafe auf die Bank gelegt, sollte ich ein Opfer werden für ihren zornigen Gott? Ich schmunzelte bei der Vorstellung, etwas an diesem Bild erschien mir amüsant. An irgendjemanden hatte mich die elegante Tova erinnert, fiel mir jetzt wieder ein, bloß an wen?

Ich taute nach und nach auf. Es war ein schönes Gefühl, dass mich keiner beachtete, dieses In-Ruhe-gelassen-Werden. Das hielt mich hier, das hatte mich so lange nach *ihr* hier gehalten, hier, in dieser Stadt, hatte mir die einzige mir zustehende, einzige unbefleckte Verbundenheit mit Asphalt, Beton, mit muffigen U-Bahn-Zügen gegeben, eine ehrliche, eine unschuldige Verbundenheit.

Der Tag war noch frisch, zu frisch für meinen Geschmack, und versprach sich unnötig gemein in die Länge zu ziehen. Meine Schicht begann erst um Mitternacht. Also lief es darauf hinaus, mich zu verkriechen und den Tag über tot zu stellen. Ich wollte niemanden treffen und sprechen noch viel weniger. Ich wollte mich weiterhin so zerstreut und uneinheitlich fühlen, so nebulös und so unkonkret. Ich könnte weiterschlafen oder eine Runde *World of Warcraft* spielen, sollte beides nicht richtig funktionieren, würde ich einfach Zopiclon einwerfen und ins Delirium fallen.

Kurz vor dem Aussteigen aus der Bahn dachte ich an meine Mutter, daran, dass ich sie anrufen sollte, aber mir

erschien diese Vorstellung so unzumutbar, dass ich die Idee sofort verwarf.
Ganz sicher: Tova hatte mich sentimental gemacht. Sie und ihre archaische Selbstverständlichkeit, oder zumindest glaubte ich diese in ihr zu erkennen, als ihre Lippen sich auf meine legten. In ihrer ganzen Fügsamkeit spürte ich die Sehnsucht nach mehr, mehr als das, was ihr das Leben versprach, was ihr ihr Freund bieten konnte, ihr Schicksal. Dieser winzige Riss in ihrer fröhlichen, fügsamen Welt, durch den ich hindurchgeblickt hatte letzte Nacht, hatte mich sentimental gestimmt, hatte mich berauscht, hatte mich ihr durch die Nacht und die Kälte folgen lassen. Dieser Riss hatte mich an eine Tür geführt, durch die ich seit Monaten nicht mehr gegangen war, eine Tür, die mich zu *ihr* führte. Ich aber wollte nicht mehr zurück, nicht wieder zu dem Felsen, an dem ich zerschellt war. Aber Tovas Sehnsucht hatte mich verführt, ich hatte mich mitreißen lassen, und ja, ich hatte mich wieder umgedreht, hatte nach meiner Eurydike geblickt ... Aber dort war nur Dunkelheit.
Ich kaufte mir an einem Kiosk einen säuerlichen Kaffee aus der Thermoskanne und bog in die Wiener Straße ein. Ich beschloss, etwas zu essen und gleich darauf ins Bett zu fallen. Erstens würde die Zeit so schneller vergehen, und zweitens hätte ich weniger Möglichkeiten, die letzte Nacht und somit die damit verbundenen Empfindungen zu rekapitulieren.
Genau in dem Moment, als ich den Schlüssel aus der Jackentasche holen wollte, trafen sich unsere Blicke. Er hatte wohl schon die ganze Zeit am Straßenrand gestanden, und ich hatte seiner Silhouette nicht allzu viel Beachtung geschenkt, aber nun drehte er sich zu mir und fixierte mich mit seinen dunklen Augen. Ich hatte keine

Möglichkeit mehr, ihm auszuweichen. Seine markante Nase und seine hagere, in die Länge gezogene Gestalt, sein schütteres blondes Haar, das auf eine baldige Glatze hinwies. Schon damals, in diesem anderen Jahrhundert, in dem ich wie Tova an eine gewisse Ordnung und an Gesetzmäßigkeiten geglaubt hatte, in jenem Leben, in dem auch dieser Mann eine Rolle gespielt hatte, erinnerte er mich an jemanden, dessen Lebensaufgabe darin besteht, Geheimnisse zu hüten, dunkle Mysterien zu bewahren. Auch jetzt weckte seine Erscheinung diese Assoziation in mir, wobei ich dieses Mal vielmehr an Charon denken musste, den alten, düsteren Fährmann, der die Toten in seinem Binsenboot über den Styx zu seinem allmächtigen Herrscher Hades brachte.

Ich hatte niemals verstanden, wieso *sie* solch warme Gefühle für diesen merkwürdigen und undurchschaubaren Mann hatte hegen können. Aber von der gesamten »Armada« ihres Vaters, wie sie seine Gefolgschaft zu nennen pflegte, hatte sie, neben ihrer Ziehmutter Asja, ausgerechnet ihn auserkoren, hatte es ausschließlich ihm gestattet, ihr nahezukommen. Sie hatte mit ihm keine Spiele gespielt, hatte ihn nicht an der Nase herumgeführt, sonst ihre Lieblingsbeschäftigung, wenn sie in die Welt ihres Vaters eintauchte. Ich hatte immer danach gesucht, nach diesem gewissen Etwas, das sie an ihm hätte interessieren, berühren können, aber nichts gefunden, ganz im Gegenteil: Aus seiner ganzen Entourage schien gerade dieser Mann mir am zwielichtigsten, derjenige, bei dem es einem am schwersten fiel, ihm Sympathie entgegenzubringen. Denn er bedurfte keiner Sympathie, dachte überhaupt nicht in solchen Kategorien.

Ich ging auf ihn zu. Seinen kalten Augen ausgesetzt, spürte ich erneut meinen Widerwillen, den ich schon frü-

her empfunden hatte, immer wenn er in meine Nähe gekommen war.
– Hallo Onno, sagte er in seinem leicht süßlichen Deutsch. – Ich habe auf dich gewartet.
Ich versuchte, den Schauer, den mir seine Stimme über den Rücken jagte, zu überspielen, grinste unpassend und zuckte mit den Achseln, ohne zu wissen, warum. Seine eisblockkalte Höflichkeit war seit unserem letzten Aufeinandertreffen kein bisschen getaut.
– Hallo Schapiro, sagte ich und begann, mit der freien Hand nach meinem Schlüsselbund in der Jackentasche zu suchen. – Lange nicht gesehen, fügte ich ziemlich ungelenk hinzu.
Ich wusste nicht, mit welchen Worten ich mich an ihn zu wenden hatte. Nach all dem, was passiert war, tauchte er plötzlich aus der Versenkung auf, wie ein Relikt, ein Untoter aus einer anderen Ära, und seine Existenz in dieser neuen Zeitrechnung verstörte mich zutiefst.
– Ich würde dich, wenn du nichts dagegen hast, in die Wohnung begleiten und dir dort mein Anliegen unterbreiten.
Ich dachte an die ungewaschenen Teller in meiner Küche, an die Mausefalle im Flur, an die dreckige Wäsche im Bad, an die staubigen Bücherstapel im Schlafzimmer, an die Armeen leerer Flaschen in allen Räumen. Aber bevor ich verneinen konnte, wurde mir die Lächerlichkeit meines Widerstands klar: Ich hatte längst keine Geheimnisse mehr, schon gar nicht vor diesem Fährmann und seinem mächtigen Befehlshaber. Es war lächerlich, etwas von mir nicht preisgeben zu wollen, was sie längst in Erfahrung gebracht hatten. Da er bereits hier war, konnte ich davon ausgehen, dass er alles hatte, was er wissen musste, und ich nickte ihm zu. Er machte daraufhin ein

kaum merkliches Handzeichen in Richtung der gegenüberliegenden Straßenseite, wo zwei Sicherheitsmänner in dunklen Anzügen vor einem schwarzen gepanzerten Audi auf ihren Chef warteten, die mir erst auffielen, als ich seiner Handbewegung mit dem Blick folgte.

Über den Hinterhof gelangten wir ins vollgesprayte Treppenhaus und dann in den vierten Stock, in dem meine Wohnung lag, die ich seit einem knappen Jahr gemietet hatte, nachdem mir die letzte unerträglich geworden war. Aber wahrscheinlich war ihm dieses Detail ebenfalls bekannt.

Der leicht modrige Geruch stieg einem in die Nase, sobald ich die Tür aufsperrte, aber er beherrschte die Regeln zu gut, um sich etwas anmerken zu lassen.

In der Küche fand ich noch eine saubere Tasse und bot ihm das einzige Getränk an, das ich zu Hause hatte und das er zufälligerweise auch als einziges literweise zu sich nahm: schwarzen Tee. Er bedankte sich höflich und bemühte sich, seinen starren, dennoch immer neugierigen Blick nicht umherschweifen zu lassen.

– Ich werde nicht viel von deiner Zeit beanspruchen. Ich komme gleich zur Sache und erläutere dir den Grund für meinen unerwarteten Besuch.

Manchmal, erinnerte ich mich plötzlich, hatte er mich durch seine merkwürdig umständliche Art zu reden und seine unerwartete Wortwahl überrascht, ja gar amüsiert, auch jetzt entlockte er mir ein unmerkliches Lächeln, ich merkte, wie sich die Anspannung in meinem Körper langsam löste.

– Alexander schickt mich, aber ich nehme an, das wirst du dir denken, begann er und beobachtete meine Hand ziemlich genau, wie sie den Teebeutel in die Tasse sinken ließ.

– Ja, das habe ich vermutet, sagte ich und unternahm einen Versuch zu lächeln. Auch dass er seinen Kommandeur als Einziger »Alexander« nannte und nicht, wie alle anderen um ihn herum, »General«, hatte mich schon damals vergnügt.
– Er möchte, dass ich dir ausrichte, er sei nun bereit, fuhr er fort und verharrte in einer abwartenden Stellung, wie ein Raubtier, das seine Beute fixiert.
– Bereit zu was?
Ich kippte ziemlich hastig das heiße Wasser in die Tasse.
– Er ist bereit, deinem Wunsch nachzukommen.
Ich war wirklich verwirrt, ich war keine Sekunde versucht anzunehmen, dass er sich bereit erklären würde, die Zeit zurückzudrehen, denn wenn er meinem Buch zustimmen würde, als dessen Hauptfigur er einst vorgesehen war, in dem die *Wahrheit* enthalten sein sollte, würde dies nichts weniger bedeuten, als: ein Zurückdrehen der unsichtbaren Uhrzeiger. Und das war nicht einmal dem allmächtigen General vergönnt. Ich sah Schapiro verwundert an, während er mit gespitzten Lippen auf die heiße Flüssigkeit blies.
– Ja, ja, setzte er erneut an, als hätte er meine Zweifel erraten. – Es geht um das Buch, um *dein* Buch.
– Aber ...
– Lass mich ausreden!, schnitt er mir abrupt das Wort ab. – Du musst zuerst eine Person dazu bringen, Alexanders Wunsch zu erfüllen. Deine Überzeugungsgabe wirst du hoffentlich nicht verloren haben, fuhr er in sachlichem Ton fort und ließ dabei seinen starren Blick auf meinem Gesicht ruhen, und ich konnte das unausgesprochene »noch« durch seine Gedanken huschen sehen.
– Was für eine Person und bei welchem Wunsch?, versuchte ich ebenso sachlich zu antworten.

Und in ein paar nüchternen Sätzen, dabei fast geräuschlos seinen Tee trinkend, erläuterte er mir, dass der mächtige, unerschütterliche Alexander Orlow, von allen nur der General genannt oder in der westlichen Presse auch »der schwarze Papst« – dass der Mann, der mein Leben in Trümmer gelegt hatte, die »Wiederherstellung der Gerechtigkeit« in einer persönlichen Geschichte aus seiner sagenumwobenen Vergangenheit anstrebe, nein, nicht anstrebe, ersehne, ja, sogar unbeirrbar verfolge und diesbezüglich einen Plan habe, in dem für mich ebenfalls eine Rolle vorgesehen sei. Die des Beobachters, des Berichterstatters, diese Rolle habe ich doch stets gewollt, und, nun ja, damals habe mein Plan ja nicht funktioniert, aber diesmal gebe es einen Weg zur Erfüllung all meiner damaligen und hoffentlich auch jetzt noch bestehenden Träume, aber dafür müsse ich eben etwas tun, ich müsse für die Geschichte eine wichtige Figur *aktivieren*, deren Rolle für das ganze Vorhaben leider, oder zum Glück, äußerst wichtig sei, ohne die der Plan nicht aufgehen könne, und ohne den Plan würde es keine Geschichte geben, und ohne diese Geschichte wiederum sei mein Buch nicht denkbar. Das, wovon ich die Person überzeugen sollte, sei nichts Großes, überzeugen sei sogar falsch in diesem Zusammenhang, es sei vielmehr eine Motivation, eine Schauspielerin, ein junges Ding, talentiert zwar, aber eine mit »Osthintergrund«, ich wisse schon. Sie sei nun mal einer Frau aus Alexanders Vergangenheit, die in dieser sehr persönlichen Geschichte eine zentrale Rolle spiele, zum Verwechseln ähnlich und deswegen von solcher Wichtigkeit. Sie müsse nur zustimmen, in einem Video mitzuwirken, das dann an alle Beteiligten verschickt werde, um sie ebenfalls zu *aktivieren*, wenn ich die Metapher richtig verstünde.

Ich verstand ehrlich gesagt kaum etwas. Ich begriff nur, dass Begriffe wie »Plan« und »aktivieren« und »Figur« und »persönliche Geschichte« und »dein Buch« in Kombination mit Orlow nichts Gutes verhießen und schon gar nichts Einfaches. Ich begriff ebenfalls, dass dies nur die erste Bedingung war, die er mir stellen würde, um mir nur eine Halbwahrheit oder eine mehrdeutige Antwort vor die Füße zu werfen, auf die weitere folgen würden, aber ich konnte nicht anders, als eine gewisse Erregung zu verspüren, die meinen Körper in Beschlag nahm, mir ein paar Schweißtropfen auf die Stirn jagte und mir zum ersten Mal seit Jahrzehnten, so kam es mir vor, das Gefühl gab, wieder Teil von etwas Sinnvollem zu sein. Und dieses Gefühl wiederum erzeugte ein fernes Echo eines anderen Gefühls: das Gefühl, noch am Leben zu sein.

Er zeigte sich ein wenig gereizt, dass ich ihm nicht gleich dankbar um den Hals fiel. Ich fand es naiv, nahezu ärgerlich und seinen Kenntnissen der menschlichen Natur unangemessen, dass er ausgerechnet von mir Dankbarkeit zu erwarten schien.

Nach all dem, was zwischen dem Gestern und dem Heute lag – ein Abgrund ohne jegliche Aussicht auf eine Brücke. Als erwarte er ausgerechnet von mir die Demut eines aufgegriffenen Straßenköters, dem man kurz vor dem Ende eine zweite Chance und ein warmes, sättigendes Heim anbietet; das beleidigte mich nahezu.

Wie konnte er sich sicher sein, dass meine Träume noch immer dieselben waren, nachdem sie mich einmal so unwiderruflich in die Irre geführt hatten?

– Ich bin nicht mehr der, der ich einmal war, sagte ich und wunderte mich über meine Wortwahl. Er stellte die leere Tasse auf den Tisch und erhob sich.

– Davon bin ich ausgegangen, ja.
– Wenn es so ist, dann kannst du auch nicht erwarten, dass ich deinem Wunsch so leichtfertig entsprechen werde?
– Leichtfertig. Nein, daran habe ich keineswegs gedacht. Es gibt keinen Grund, *leichtfertig* zuzustimmen.
– Ich meine, überhaupt etwas zu machen, egal ob leichtfertig oder nicht. Ich bin draußen. Ich schreibe nicht mehr, das wird euch doch bekannt sein, ich möchte mich nicht wiederholen und deine kostbare Zeit damit stehlen, dir von meinem absolut banalen Leben zu erzählen …
– Dann stiehl nicht meine Zeit mit deinem Gerede. Wir alle ändern uns, zerstreuen uns in alle Himmelsrichtungen, fallen auseinander und setzen uns neu zusammen, ja, ja, das ist mir alles bekannt, aber unsere Träume, sie verfolgen uns, so hartnäckig und lästig sie auch sein mögen, sie lassen uns keine Ruhe.
– Ich bin nicht mehr erpressbar, ich habe, wie du selbst sehen kannst, ziemlich wenig zu verlieren.
– Hast du das Gefühl, dass ich diese Absicht habe?
– Ich weiß nicht, welche Absicht ihr mit mir verfolgt, Schapiro, aber ich bezweifele sehr, dass ich der Richtige dafür bin. Es gibt Hunderte von guten Autoren, die sich die Finger danach lecken würden, das Buch zu schreiben, wenn an dem Angebot wirklich etwas dran sein sollte. Ich könnte euch sogar welche empfehlen …
– Er will dich.
Er kam einen Schritt näher, er hielt die Diskussion für beendet und wollte mir dies deutlich zu verstehen geben. Ich spürte eine zähe, klebrige Wut in mir aufkommen, eine Art von Wut, die ich lange nicht mehr gespürt hatte, eine Wut, die Kraft erforderte. Ich staunte über mich selbst, aber ich erhob mich, nahm mir vor, seinen Besuch

einfach zu vergessen, eine bessere Waffe gegen ihn besaß ich eh nicht. Vergessen, ignorieren, als wäre er nie da gewesen. Dort anknüpfen, wo ich aufgehört hatte: durchgefroren auf der Bank im Park, mit den Erinnerungsfetzen der vergangenen Nacht. Ich würde gegen dreiundzwanzig Uhr das Bett wieder verlassen, mir auf dem Weg zur U-Bahn etwas Fettiges holen, mir den Magen vollstopfen und dann zur Baustelle fahren, dort meine sinnlose Kontrollroute abgehen und mich später mit ein paar Zigaretten und einem Buch in mein Kabuff zurückziehen – den mir liebsten Ort auf Erden, wie mir jetzt schien.
Im dunklen Flur drehte sich Schapiro noch einmal zu mir um, sein Gesicht unangenehm nah an meinem, und sagte leise, fast flüsternd:
– Wenn der Plan aufgeht, wenn alles so läuft, wie er es möchte, bekommst du am Ende die Exklusivrechte. Nur du. Alle Informationen, die du willst, jedes Detail seines Lebens, alles wird dir zur Verfügung gestellt werden. Nur dir. Aber dafür hältst du dich an die verdammten Regeln.
Das Wort »verdammt« zischte er mir ins Gesicht, so dass ich zurückweichen musste.
– Er erwartet dich morgen. In der Gemäldegalerie, in der Skulpturensammlung, kurz nach der Schließung, und sei bitte pünktlich.
Ohne meine Antwort abzuwarten, verließ er die Wohnung. Ich blieb in der fleckig-feuchten Dunkelheit meines Flurs stehen. Als die Tür ins Schloss fiel, spürte ich meine Knie weich werden, ich rutschte an der Wand entlang zu Boden, suchte Halt auf den Holzdielen. Ich hatte auf einmal das Bild vor Augen, dieses Bild von *ihr*, das so sehr einem Traum glich, in ihrem italienischen Palazzo, lange nachdem ihre Kindlichkeit und Leichtigkeit verflogen waren.

Ich hatte dieses Bild vor Augen, schwankte, ob es eine sichere Erinnerung war oder eine Zusammensetzung verschiedener Realitätsausschnitte, die mein Bewusstsein mit den surrealen Bildern meiner Ängste und meiner Vorstellungen gepaart hatte.
Aber das Bild war da, so deutlich wie eine Szene aus einem Film: ihr Rücken vor einer Wand, oder war es ein Gemälde? Etwas Großflächiges, eine Wandmalerei. Die Grazilität, die sie immer ausgestrahlt hatte, das leicht Nervöse und Unruhige an ihr, was mich von Beginn an so irritiert hatte. Ihr Rücken im schummrigen Licht und er neben ihr, der General, sein wuchtiger Rumpf, seine starre Statur, die kerzengerade Haltung. Die Ähnlichkeit ihrer Glieder, nur dass sie die Selbstbeherrschung nicht besaß, die sein Körper so verinnerlicht hatte, ihre langen Hälse und wohlgeformten Köpfe, beide Schulter an Schulter nebeneinanderstehend und sich in der Malerei verlierend.
Ich wunderte mich über die *Wirklichkeit* des Bildes, schloss die Augen und vergrub meinen Kopf in den Händen. Es war falsch, die Vergangenheit so nah an sich herankommen zu lassen. Es war falsch, zurückzublicken, denn nicht nur Orpheus war es nicht vergönnt gewesen, mit dem Blick zurück sein Glück zu finden.
Ich wünschte mir in meinem Tagtraum, dass *sie* sich umdrehte, ich ihr Gesicht sehen könnte, aber da stellte sie sich auf die Zehenspitzen und flüsterte ihrem Vater etwas ins Ohr. Er tätschelte leicht ihre Schulter, beugte seinen Kopf herunter und sagte etwas zu ihr, das ich nicht hören konnte, das aber eine beängstigende Endgültigkeit zu besitzen schien.
Ich schüttelte den Kopf und erhob mich vom Boden, schleppte mich ins Bad, wo ich unter einem heißen Was-

serstrahl die Kälte der vergangenen Stunden und die Tagträume von mir abwusch.
Nach dem Aufwachen musste ich mich zunächst darauf konzentrieren, die Ereignisse der letzten vierundzwanzig Stunden zu rekonstruieren, aus irgendeinem Grund schien mir Schapiros Besuch bloße Einbildung zu sein und Tova eine Figur aus meinen wirren Träumen. Und plötzlich war die Brücke da, plötzlich wusste ich, an wen sie mich erinnert hatte ... Ivana!

Ivana führte mich in Sekundenschnelle nach Grömitz, meinen Geburtsort, und zu dem salzigen Geschmack der Ostsee auf meiner Zunge, dem aufregendsten Geschmack meiner Kindheit, der mir eine Ahnung davon gab, dass irgendwo da, wo das Wasser in den Horizont schnitt, die Welt auf mich wartete. Dass diese idyllische Einöde, in die ich hineingeboren war, nichts, aber auch gar nichts mit dem richtigen Leben zu tun hatte. Ja, ich ahnte damals nicht einmal ansatzweise, was das richtige Leben sein könnte, hatte aber dennoch die Gewissheit, dass es nicht im einstigen Fischerdorf Grömitz stattfand. Dort gab es meine Eltern, ein ehrliches, fleißiges Paar mit einer Pension mit Meerblick, mit viel Disziplin und Geduld aufgebaut und der ganze Stolz der beiden – natürlich neben meinem Bruder und mir, beide ebenfalls mit viel Disziplin und Geduld großgezogen. Es waren Männer und Frauen über fünfzig, die zu uns in die Pension kamen und sich nach etwas Aufregung und Abwechslung sehnten, am Ende doch in ihrer albtraumhaften Routine gefangen blieben. Paare, die sich weiterhin anschwiegen und mit leeren Blicken in die Ferne sahen, nur diesmal nicht in ihren Wohnzimmern, sondern auf der Terrasse des pensionseigenen Restaurants oder beim Wandern über den Lensterstrand oder auf dem Fahrrad auf dem Küstenradweg. Es gab die Schule, die keinerlei große Herausforderungen bereithielt und in der sowohl ich als auch mein Bruder ganz passable, absolut durchschnittliche Schüler abgaben; denn nichts war an diesem Ort verpönter, nichts wurde mehr verachtet, nichts mehr geschmäht als der Wunsch nach Andersartigkeit. Eine Doktrin, an die ich mich zumindest den Großteil meiner Kindheit hielt. Es gab Sportvereine und sogar Musikunterricht, auf den meine Mutter bestand, es gab Kinobesuche, Abende mit *Risiko* und *Spiel des Lebens*, Geburtstagsfeiern mit lauthals gesungenen Liedern und den Apfeltorten meiner Mutter, und es gab fast nie Urlaube – denn wir waren quasi im Dauerurlaub, nur dass wir tagein, tagaus den anderen beim Urlaub zusahen –, gelegentlich ein Ferienlager für mich und meinen Bruder. Es gab Bücher und Comic-Hefte und keinen Fernseher, es gab Schneeballschlachten und Weihnachtsmärkte, auf denen wir unseren hauseigenen Punsch verkauften. Es gab die Pflichtaushilfsstunden in der Pension und bei schlecht verrichteter Arbeit böse Blicke unseres Vaters und viel Tadel unserer Mutter. Die Eintönigkeit war groß und die Emotionen gedämpft, als befände sich unser ganzer Ort unter einer Glasglocke, als lebte man hier in Watte gepackt und in Sand eingebuddelt. Das Aufregendste, was meine Kindheit zu bieten hatte, waren ein, zwei Schlägereien auf dem Schulhof, die nach nur wenigen Minuten von den Lehrern beendet worden waren, und ein Feuer in der Bäckerei nebenan, das keinerlei tragische Folgen hatte; die Versicherung deckte den Schaden, und eine prächtig renovierte Bäckerei machte kurz danach wieder auf.

Da war aber noch dieser Wurm, wie ich das brennende,

an mir nagende Gefühl nannte, ein Gedanke, der sich in meinen Kopf eingegraben hatte und mir keine Ruhe ließ; dieser Wurm, der von Jahr zu Jahr größer wurde, der mich dauernd daran denken ließ, dass alles, was mich hier umgab, eine Illusion war, eine Fassade – dieser Ferienort, diese herumspazierenden Menschen, diese idyllische Ruhe und diese putzigen Ferienhäuser, diese schläfrigen Urlauber in ihren Korbstühlen – all das war aus Seifenblasen gemacht, alles, bis auf das mächtige Meer. Der Wurm raubte mir bisweilen den Schlaf und ließ mich mitten in der Nacht, mit einer Taschenlampe ausgestattet, die Seekarten meines Vaters studieren und sehnsüchtig den Schiffen hinterherstarren. Ich malte mir aus, wie es andernorts aussah – nämlich da, wo alles real und wirklich war, bunt, laut und schmutzig, wo es *echte* Probleme gab und wo ich etwas weitaus Nützlicheres tun konnte, als die Frühstückstische der Urlauber abzuräumen.

Ivana, ihr Name löst heute noch ein Glücksgefühl in mir aus, denn sie und ihr Bruder waren es, die dieses Gefühl zum ersten Mal in mir wachriefen, nicht zu verwechseln mit Zufriedenheit oder mit Wohlbefinden; nein, das Glück, das sie mich spüren ließen, war etwas ganz anderes, nahezu schmerzlich war es, mit einer dunklen Färbung.

Ich war siebzehn, als die Geschwister Koncic zu uns in die Klasse kamen. Ein Zwillingspaar, auch wenn sie äußerlich keine Ähnlichkeiten aufwiesen, aber die tief verwurzelte Verbindung konnte man aus jeder Geste, jedem Blick und jedem Wort der beiden erraten. Sie kämen aus Kroatien, klärte uns unsere Klassenlehrerin auf, dort herrsche gerade Krieg, wie wir vielleicht wüssten, und wir sollten hilfsbereit und entgegenkommend zu den beiden sein, sie hätten viel Furchtbares erleiden müssen.

Sie waren scheu und argwöhnisch, hinter jeder freundlichen Geste vermuteten sie eine Hinterlist, sie taten sich schwer, zu anderen Jugendlichen Kontakt aufzubauen, und schämten sich ihres holprigen Deutschs. Stanko, der kleine und flinke, grimmig dreinschauende Bruder mit den spitzen Vampirzähnen und einem durchdringenden Blick, hatte die Rolle des Beschützers übernommen und beäugte jeden misstrauisch, der seiner Schwester zu nahe kam. Ivana dagegen war auf den ersten Blick freundlicher und zugewandter, ab und zu stellte sie eine Frage oder bemühte sich zumindest, den Anschein zu erwecken, sie interessiere sich für andere Jugendliche. Aber nach einer Weile erkannte ich, dass sie diejenige war, die das Zweiergespann lenkte und den Ton angab.

Ich machte es zu meiner Aufgabe, mich mit ihnen anzufreunden. Ein langer, zum Teil frustrierender und anstrengender Weg, aber Schritt für Schritt gelang es mir, ihr Vertrauen zu gewinnen. Ich interessierte mich aufrichtig für ihre Andersartigkeit, sie rochen nach einer anderen Welt, auch wenn diese Welt brutal und qualvoll gewesen war, so war sie doch anders, eine Welt, die mich magisch anzog und über die ich mehr erfahren wollte.

Ich las alles, was ich über den Balkankrieg in die Hände bekommen konnte, überzeugte meinen Bruder von einer gemeinsamen Protestaktion gegen unsere Eltern, damit sie ein Fernsehgerät kauften und wir die Erlaubnis bekämen, die täglichen Nachrichten im Fernsehen zu verfolgen.

Stanko und Ivana wohnten in einem Mehrfamilienhaus am Ortsrand, umgeben von Supermärkten und Getränkehallen. Dort hatte man sie und ihre zwei Geschwister mit den Eltern und dem Großvater einquartiert. Ich erinnere mich an meine Aufregung, als ich das erste Mal in die

Wohnung eingeladen wurde – der größte Vertrauensbeweis bisher. Die Enge der kleinen Wohnung, die unbekannten Essensdüfte, der Großvater mit Goldzahn und einer Brille mit einem Gummiband. Ich war fasziniert und schämte mich zugleich, denn tief in meinem Inneren wusste ich, dass diese Menschen, die alles verloren hatten, nicht *anders* sein wollten, sie wollten angenommen werden, so sein wie alle.

Mit Stanko spielte ich Fußball, mit Ivana ging ich ins Kino. Ich versuchte zu erraten, was hinter ihren Augen verborgen lag, was das Geheimnis war, das sie mit niemandem teilen wollten und vielleicht gar zu vergessen versuchten. Insgeheim wünschte ich mir, derjenige zu sein, dem das alles widerfahren war, was auch immer *das* sein mochte, ich fantasierte, wie ich mit meiner Familie vor dem Feind flüchtete, wie ich meine Schwester beschützte. Ich ahnte damals noch nicht, was diese Sehnsucht war, welchen Namen sie trug, woher sie kam, ich spürte aber, dass sie merkwürdig war und keiner sie nachvollziehen können würde, zumindest keiner in Grömitz. Ich beneidete die beiden Geschwister um ihre Geschichte, obwohl sie eine grausame war, denn sie hatten etwas zu erzählen, besaßen ein Anrecht auf Besonderheit, hatten das Leben in seiner brutalsten Form und all seiner Nacktheit erlebt.

Ivana war es, die mir die Tür aufschloss zu dem, was hinter ihrem Blick verborgen lag. Wir hatten uns im Kino bei *Alien 3* geküsst, und nun war das Band, das uns zusammenhielt, deutlich stärker, wir hatten ein Geheimnis, vor allem war es das erste Geheimnis, das sie vor ihrem Bruder hatte. Wir zogen uns in unsere Welt zurück, wanderten durch den feuchten Sand und sahen sehnsüchtig in die Ferne, wir kicherten und tauschten Albernheiten aus, küssten uns an jeder Straßenecke.

Im Nachhinein weiß ich bis heute nicht, wer im Recht und wer im Unrecht war, wenn ich an den Vorfall denke, der uns auseinanderriss, ob man mein Verhalten, wie Stanko es getan hatte, als »Verrat« abtun kann oder ob es nicht doch auf eine eigentümliche, vielleicht etwas krude Art richtig war.

Während ich mich anzog, dachte ich an Ivanas schmale Lippen, die großen, immer strengen und zugleich unsicher schauenden Augen. Ich erinnerte mich an den lauen Sommerabend, als wir im Auto, verborgen hinter den Dünen und dem Bootsankerplatz, unsere Ängste überlisteten und uns entkleideten. Wir küssten uns, und meine Hände tasteten sich vor zu ihren kleinen Brüsten, die so perfekt in meine Hände passten, meine Lippen wanderten zu ihren Brustwarzen, meine Zunge erkundete ihren Bauchnabel, und sie kicherte, auch daran erinnere ich mich – an ihr Kichern, das mich kurz aus dem Konzept brachte, da ich glaubte, etwas Falsches getan zu haben. Es war unbequem auf dem Rücksitz im Wagen meines Vaters, aber es störte uns nicht, wir waren erfinderisch, wir waren unermüdlich. Sie öffnete meine Hose, und ich glaubte, ohnmächtig zu werden vor Aufregung, vor Erwartung. Ich sah ihr in die Augen, als ich mich auf sie legte, sie passte sich mir an, sie war geschmeidig und gelenkig, als wäre sie aus Knetmasse.

Danach lag ich mit meinem Kopf auf ihrem Schoß, es war dunkel, wir konnten kaum unsere Umrisse erkennen, aber das Wissen um unsere Nacktheit machte den Moment zu etwas ganz Besonderem. Und da erzählte sie mir von den Männern, die in ihr Haus eingedrungen waren, von den Gewehrkolben, mit denen sie den Hund erschlagen hatten, erzählte von den Schreien aus den Nachbarhäusern, dem Feuer, das sie legten, sie erzählte von ihrer

Cousine, die man an den Haaren aus dem Haus gezerrt und irgendwohin gebracht hatte, weil sie so schön und jung war, und die dann als alte, verbitterte Frau zurückgekehrt war, auch wenn nur einige Stunden verstrichen waren. Sie erzählte davon, wie sich Stanko eingenässt hatte, wie ihre Mutter geschrien hatte, man solle die Kinder nicht anrühren, wie die Oma drei Tage nach dem Überfall an einem Herzinfarkt gestorben war und sie dann hastig alles zusammengepackt hatten und beim Verlassen des Dorfes die Häuser brennen sahen, kleine rote Punkte am Horizont, wie Weihnachtsschmuck, ja, nahezu schön hatten sie in der Ferne ausgesehen, als sie aus dem Laster die Landschaft betrachtet hatte.

Ich schwieg, vor Ehrfurcht erstarrt oder vor etwas anderem, wofür ich noch kein Wort kannte und vielleicht auch nie eines kennen werde, egal wie oft ich seither solche brennenden Todeslandschaften beschrieben bekommen habe, egal wie oft ich solche Landschaften selbst gesehen habe. Die Faszination des Grauens ließ es nicht zu, den Blick abzuwenden. Genau dieses winzige Gefühl brachte mich in jenem Augenblick auf die Idee, dass ich so leben und solchen Geschichten folgen wollte. Dass ich sie erzählen wollte, auch wenn sie nicht meine waren. Ich lauschte Ivanas leiser, zögerlicher Stimme und sah mich bereits mit einem schweren Rucksack durchs Leben stolzieren, einem Rucksack voller Geschichten, die ich auf der ganzen Welt gesammelt hätte: angsteinflößende, furchtbare, blutige und doch zutiefst menschliche und wahre Geschichten.

Am Jahresende landete ich im Praktikumsmonat als Einziger aus meiner Klasse bei den *Lübecker Nachrichten*, die für Grömitzer Verhältnisse mindestens der *New York Times* gleichkam. Ich fuhr jeden Tag mit dem Zug nach

Lübeck und beschnupperte die Redaktion. Ich kochte Kaffee und durfte kleine Archivarbeiten verrichten, ein paarmal nahm man mich zu einem Interview mit. Und eines Tages verkündete mir der Redakteur, man wolle einen Artikel von mir. Etwas »Persönliches, etwas Emotionales«, etwas, was die Leserherzen berühre. Ich musste nicht lange überlegen. Ich schrieb über die Koncics. Ich setzte mich an meinen Schreibtisch und konnte mich die ganze Nacht nicht vom Fleck rühren, wie angekettet an die alte Schreibmaschine meiner Mutter. Ich tippte und tippte und hatte das Gefühl, dass ich derjenige war, der damals dagestanden hatte, als die Uniformierten kamen und die Häuser in Brand setzten, dass ich mich eingenässt hatte, ich war derjenige, in dessen Netzhaut sich das lodernde Feuer eingebrannt hatte. Zum ersten Mal in meinem Leben fühlte ich mich wie ein Protagonist. Ich war kein Nebendarsteller mehr.

Die geänderten Namen halfen nichts: Jedem war klar, um wen es sich handeln musste. Mein Artikel erwies sich als so erfolgreich, dass die Zeitung sich gezwungen sah, ein Spendenkonto einzurichten, da die Leser der betroffenen Familie unbedingt helfen wollten. Die gesamte Redaktion, meine Lehrer, die Nachbarn, meine Eltern, sogar mein pubertärer Bruder lobten mich und mein *Einfühlungsvermögen*. Nur Ivanas Augen drückten pures Entsetzen aus, als ich auf dem Pausenhof auf sie zuging. Entsetzen, sich so in mir getäuscht zu haben. Und ihre Augen füllten sich mit Tränen, während ihre Unterlippe beleidigt nach vorne rutschte und zu zittern anfing.

– Du bist ein *svinja*! Ein gemeines Schwein!, schrie sie mich wütend an. Im gleichen Moment tauchte Stanko auf, und seine knallharte Faust traf mich in die Magengrube.

Kein Brief – und ich schrieb einige –, kein Versuch eines klärenden Gesprächs, keine Bitten halfen; Ivana brach den Kontakt zu mir ab, und ein Jahr später zog die Familie nach Kiel. Durch die Popularität der Koncic-Familie, die der Artikel hervorgerufen hatte, und die wachsende Sympathie in der Gemeinde sahen sich auch die Behörden zum Handeln gezwungen, und so erhielten die Eltern auf dem schnellsten Wege eine Aufenthaltsgenehmigung und eine Arbeitserlaubnis, der Vater bekam in Kiel eine Stelle als Kfz-Mechaniker angeboten. Ich jedoch sah sie nie wieder.

War es wirklich so falsch, was ich getan habe? War es nicht konsequent, die Geschichte ihres Leids den Menschen zugänglich zu machen, inmitten derer sie wohnten und die nichts über sie wussten? Der Erfolg des Artikels bestärkte mich jedenfalls, mich nach dem Schulabschluss an der Universität Bremen für Politikwissenschaften und Slawistik einzuschreiben, und ich machte auf Empfehlung des mir zugewandten Redakteurs aus Lübeck einige Praktika bei namhaften Zeitungen und Magazinen von Hamburg bis Frankfurt.
Ich bereiste das ehemalige Jugoslawien, folgte der unsichtbaren Fluchtroute Ivanas, ich berichtete über den omnipräsenten Krieg, der in den Köpfen und Körpern der Menschen weiterging, und jedes Mal, wenn ich darüber schrieb, sah ich alles um mich herum durch ihre Augen. Aber hier war ich mittendrin, ich musste nichts erfinden, was mein Dasein in ein hochkomplexes, unabdingbares, existenzielles Leben verwandelt hätte, ein Filmheld in einem schwarzweißen Epos, und als Soundtrack dazu die wütenden Streicher aus Vivaldis *Winter*. Ich war freier Mitarbeiter für einige Zeitungen, man be-

zahlte mich dafür, dass ich durch Krisengebiete wanderte und meinen Rucksack volllud mit den Tragödien und Tränen anderer. Ich hatte meine Existenzberechtigung: Ich war ein Geschichtenerzähler, eine männliche Scheherazade, die leben durfte, solange sie weiter berichtete.
Die Monate, die ich wegen der Hausarbeiten in meinem friedlichen Studentenwohnheim verbringen musste, erschienen mir elender als die Purgatorien, die ich im ehemaligen Jugoslawien hinter mir gelassen hatte.
Ich fühlte mich unendlich fremd, sobald ich auf diesen alternativen Partys mit einem ökologisch einwandfrei gebrauten Bier in der Hand herumstand und mich gezwungen sah, an dem Smalltalk teilzunehmen. Es war so beschämend, wenn die Leute wegen einer Trennung nach einer viermonatigen Beziehung zum Therapeuten rannten, um dort noch mehr in ihren eigenen Lebenslügen bekräftigt zu werden. Ich schämte mich für den peaciglinken Kulturclub, wo man über Politik und Kriege diskutierte und von einer Demonstration gegen die Waffenlobby sprach, und ich dabei den Geschmack im Mund nicht loswurde, den dieses Gespräch hinterließ: süßlich zum Erbrechen.
Ich lernte engagierte Männer kennen, die alle »irgendwas tun« wollten, etwas ändern, etwas machen, etwas in Gang setzen, lernte Frauen kennen, die so unbedingt couragiert sein wollten, so unbedingt anders, ich ging mit ihnen trinken, hörte mir ihre Thesen zur Verbesserung der Welt an, mit einigen von ihnen fing ich kurzweilige Liebschaften an, vermisste bei allen diesen grimmigen, misstrauischen und zugleich scheuen, alles durchdringenden Blick. Am Ende stand stets eine Enttäuschung, ich konnte ihre Verbitterung und ihren höflichen Zorn förmlich auf meiner Haut kribbeln spüren,

in den Augenblicken, wo wir uns das Ende der Liaison eingestanden und ich aus der Tür ging, meine Sachen packte und weiterzog.

1998 kam ich das erste Mal nach Russland, kurz nachdem sich das Land für zahlungsunfähig erklärte, kurz nachdem die »Sieben Reiter« den zunehmend wirren Präsidenten mit seiner übermäßigen Passion für Wodka zur Wiederwahl verholfen hatten, um ihr unglaubliches Vermögen nun auch noch mit dem Besitz der Macht zu krönen.
Ein faszinierendes, gesetzloses El Dorado: Das sich über elf Zeitzonen erstreckende Urmonster war von einigen wenigen Männern aufgeteilt und verkauft worden. 1994 wurde die gesamte sowjetische Industrie mit gerade mal zwölf Milliarden bewertet – von der Gas- über die Metall- bis zur Ölindustrie –, während einzelne Unternehmen wie die US-Firma Kellogg's einen weitaus höheren Marktwert besaßen.
Das Staatsvermögen wurde in Privatisierungen verschleudert und in Obligationen und Vouchers umgewandelt, auf mickrigen Auktionen an jeden verkauft, der ein paar Rubel aufzubringen imstande war. Diese Menschen, die vorher nichts besitzen durften, für die jegliches Kapital Teufelszeug war, verscherbelten diese Vouchers teilweise für eine Wodkaflasche auf dem Schwarzmarkt. Aber die Schlauen und Erfinderischen, jene, die jung genug waren, mit den gravierenden Änderungen Schritt zu halten, wussten, was für Schätze es zu heben gab. Man hatte noch keine Bezeichnung, kein Wort für all die Möglichkeiten, die jene Zeit in sich barg. Man überblickte nicht, was hinter den vielen Türen lag, die sich plötzlich öffneten. Aber einige waren überzeugt, dass es sich lohnte:

Der Homo sovieticus wurde durch den Homo oligarchus abgelöst. Das russische Chaos wurde zu meiner Sucht, zu meinem Goldfieber, und der durchaus lebensgefährliche Drang, diese neue Gattung Mensch zu erforschen, ergriff in einem ungeahnten Ausmaß von mir Besitz.

Unten auf der Straße hatte ich meine Klarheit immer noch nicht wiedergewonnen. Ich aß einen Kebab an der Straßenecke und stieg in die U-Bahn. Es war kalt, und ich wunderte mich, dass ich mir letzte Nacht auf der Parkbank keine Lungenentzündung geholt hatte.
Mit schweren Schritten absolvierte ich meinen Rundgang auf der Baustelle. Zum Glück musste ich nur das Gelände um das Baumonster herum ablaufen und nicht in den hohlen Bauch des Dinosauriers vordringen. Mit der Taschenlampe leuchtete ich die Baumaschinen an, das Lager mit dem Material, sah nach dem Rechten, und als mir nichts Ungewöhnliches ins Auge sprang – wie nicht anders erwartet, denn die Baustelle war durch mehrere Kameras gesichert und meine Stelle eher eine Formalität, da es vor einem Jahr einen Einbruch durch eine Jugendbande gegeben hatte, die auf dem Gelände getrunken, randaliert und dann wild herumgetanzt hatte, und man hatte einen *echten* Wachmann zur Abschreckung eingestellt –, zog ich mich in mein enges, mit einem kleinen Heizlüfter notdürftig warmgehaltenes Kabuff zurück, in dem ich mich an guten Tagen wie ein Embryo im Uterus fühlte.
Den Job hatte ich seit sechs Monaten. Ich fühlte mich hier wohl, ich war der einsame König über ein einsames und nächtliches Königreich, ich regierte über Kräne und Betonmischer, über Metall und Zement, ich war der Herr über das monströse Skelett eines künftigen Hotels, das

eines von vielen gesichtslosen, hässlichen, anonymen Großstadtdinosauriern werden würde. Vielleicht hing ich sogar auch etwas an diesem hässlichen Monstrum, weil es das Einzige war, wofür ich mich verantwortlich fühlte.

Ich las einen seichten Krimi, Anspruchsvolleres mied ich seit geraumer Zeit, trank den in einer Colaflasche heimlich reingeschmuggelten Wein, aber nichts half, ich fand nicht in die Gegenwart zurück. Ich hatte weiter Schapiros Worte im Ohr, erneut tauchte das Bild von *ihr* vor meinem inneren Auge auf, von ihr und ihrem Vater vor dem Gemälde. Konnte man einer Toten etwas schuldig bleiben? Reichte die Schuld über das Leben hinaus? Wem sollte es nutzen, diese Geschichte erneut aufzurollen?
Auf der Suche nach meiner Rolle in dieser Geschichte hatte ich viele Varianten durchprobiert, und die, die mir am ehrlichsten erschien, war die, die mir am wenigsten gefiel. Vielleicht hätte ich es auch jetzt stillschweigend hinnehmen müssen wie schon damals, bloß der Bote zu sein, die Krähe und nichts weiter.
An der säuerlich riechenden Plastikflasche nippend, musste ich an die Geschichte von Koronis denken. Daran, wie der allmächtige Apoll die Königstochter Koronis beim Baden erblickte und sich in der Liebe zu ihr verlor. Wie sie zusammenkamen und wie sie von ihm schwanger wurde, und da er als vielbeschäftigter Gott seinen göttlichen Geschäften nachgehen musste und es ihm nicht möglich war, immer in der Nähe seiner irdischen Geliebten zu weilen, stellte er ihr einen wunderschönen weißen Singvogel zur Seite. Der Vogel sollte über Koronis wachen und dem bis zum Wahnsinn verliebten Gott Bericht erstatten, was seine schwangere Geliebte in seiner Abwesenheit trieb. Aber der schönen Koronis wurde es auf

Dauer zu langweilig, die göttliche Liebe allein war dann doch nicht ausreichend, und so zeigte sie sich nicht abgeneigt, als der Arkadier Ischys ihr Avancen machte. Sie betrog den allmächtigen Gott mit dem sterblichen Jüngling, denn er war da, er war echt, er war aus Fleisch und Blut. Und im Unterschied zu dem goldenen Käfig, in den die Liebe Apolls sie gesteckt hatte, machte die Liebe zu Ischys sie frei, leicht und unbekümmert. Apoll, geblendet von seinem Zorn und seinem Schmerz, verwandelte den Überbringer der schlechten Botschaft in ein schwarzes, hässliches Tier und verdammte es dazu, zu krächzen, statt zu singen, und fortan bevorstehendes Unheil anzuzeigen. Seither trägt dieser Vogel auch den Namen der Untreuen: *Corvus corone corone* – die Rabenkrähe.

2016/Der General

Die Skulptur, die er betrachtete, war klein, nicht einmal vierzig Zentimeter maß sie, aber in ihrer Wirkung erschien sie ihm weitaus größer und gewaltiger.
Das Museum hatte gerade geschlossen, vor dem Eingang standen noch vereinzelt Gruppen, die meisten Touristen, unschlüssig, wie sie den Berliner Abend fortsetzen sollten. Er schickte eine junge Mitarbeiterin, die den Schreiberling, wie er ihn in Gedanken nannte, in Empfang nehmen und zu ihm führen sollte. Der General bedachte das Museum mit großzügigen Spenden, und so konnte er einiges an Entgegenkommen beanspruchen, wie zum

Beispiel nach der offiziellen Schließung des Museums einen ganzen Ausstellungssaal für sich zu haben.
Der Schreiberling wurde in den Raum geführt, wo der General auf einer Bank vor dem Marienkopf aus Holz saß, dem gläserne Tränen die Wangen herunterliefen. Der General war allein gekommen, ohne Leibwächter. Die Mitarbeiterin überließ den Besucher seinem Schicksal und entfernte sich mit leisen Schritten. Der General spürte den Blick auf seinem Rücken und seinem kahlen Kopf. Wie ein Stück Traum in die Realität montiert, dachte er in dem Augenblick.
– In der zweiten Hälfte des 17. Jahrhunderts wurden Büsten der trauernden Gottesmutter zu einem der beliebtesten Motive privater Andacht in Spanien und vor allem in Andalusien. Und dieses Prachtexemplar gehört aufgrund seines ausgeprägten Verismus zu den wohl Beeindruckendsten dieser Gattung. Pedro Roldán, so hieß der Schöpfer des Kunstwerks.
Er sprach ruhig, als richtete er seine Worte nicht an jemand Bestimmten. Er machte sich keine Mühe mehr, es seinem Gegenüber zu erleichtern, seinen Gedankengang mitzuverfolgen. Früher hatte ihm seine Tochter unterstellt, seine Liebe zu Metaphern sei eine Form von Wichtigtuerei, das komme wohl daher, dass er einfach gewohnt sei, dass die Menschen mit ihm Schritt hielten und nicht andersherum.
– Diese Mater dolorosa zeigt nicht unbedingt eine tatsächliche Station im Leben Marias, keinen Punkt auf der biografischen Zeitachse, es ist vielmehr dieser über der Zeit stehende Zustand der Trauer. Maria scheint physisch anwesend, man kann sie berühren, die gläsernen Tränen sind erschütternd echt, ihre Trauer ist omnipräsent.

Unvermittelt verstummte er und drehte sich zu dem Schreiberling um. Onno stand inzwischen direkt hinter ihm. Bestimmt fiel ihm eine Veränderung an seinem Äußeren auf. Das gealterte Gesicht, die dunkler gewordenen Augenringe, die fahler wirkende Haut und die grauen Haare in seinen Augenbrauen. Vielleicht aber auch nicht. Es spielte so oder so keine Rolle, was der Schreiberling dachte oder von ihm hielt.
– Hallo, sagte Onno und nickte ihm unmerklich zu. Er beugte sich zu dem Marienkopf und sah sich ihr kummervolles Gesicht genau an. Ihre Trauer war allumfassend, ihr Gesicht erschreckend naturalistisch.
– Setz dich, ich beiße nicht!, sagte der General und klopfte mit der flachen Hand auf die Lederbank, auf der er Platz genommen hatte. Der Schreiberling gehorchte, wenn auch darauf bedacht, eine gewisse Distanz zu seinem drahtigen und stets angespannten Körper zu wahren. Einen Moment lang vertieften sich die beiden Männer in das wunderschöne und zugleich so schmerzverzerrte Antlitz der Maria. Nahm der Schreiberling an, sie würden durch die *gleiche* Trauer vereint, zu Komplizen gemacht werden? Aber das einzige, gleichzeitig konstanteste, stärkste Band, das sie miteinander verknüpfte, war gegenseitiger Hass, keineswegs schwächer als das Band der Liebe.
– Du hast mich sprechen wollen. Wieso jetzt? Und um was geht es überhaupt?, kam es aus dem Schreiberling herausgeschossen.
– Schau dich an, du hast dich gehenlassen, das ist nicht gut, ganz und gar nicht gut. Kein Mann, der von der Welt auch nur ein Fünkchen Respekt einfordert, darf das tun, sagte der General und fixierte ihn mit seinem Blick. Dem Schreiberling war unwohl, es gefiel ihm nicht,

hier wie ein kleiner, abgestrafter Junge einbestellt worden zu sein.
– Dann scheiße ich eben auf den Respekt.
Er sagte den Satz provokant, im Wissen, wie sehr der General jede Form der Obszönität verachtete. Aber er fühlte sich auch frei, da das Band zwischen ihnen so unwiderruflich durchtrennt worden war, vielleicht machte ihn sein Selbstmitleid auch mutiger, er besaß ja nichts mehr, was ihn verletzlich und erpressbar machte.
– Worum geht es? Was genau verlangst du?
Zum ersten Mal drehte Onno sich mit dem ganzen Oberkörper zum General und sah ihm direkt ins Gesicht, was ihn sichtlich große Überwindung kostete. – Und wer ist das Mädchen, das ich so zwingend überzeugen soll?
– Du bist doch ein Mann der *Wahrheit*, richtig?, sagte der General mit deutlicher Ironie in der Stimme. – Unentwegt hast du davon gesprochen, hast meiner Tochter damit in den Ohren gelegen, hast immerzu danach gesucht. So, nun gebe ich dir die Möglichkeit. Suche sie, deine Wahrheit, bitte sehr, ich öffne dir alle Türen, ich lasse dich in jeden dreckigen Keller, wenn du es so willst. Du kannst dein verfluchtes Buch über mich schreiben, kannst groß Karriere machen. Ich werde es dir schriftlich zusichern ...
– Wo ist der Haken?
– Kein Haken. Seit Ada ... Also seit einem Jahr denke ich darüber nach ..., sagte der General und erhob sich auf einmal. – ... denke ich darüber nach, wie ich all dem, was geschehen ist, irgendeinen Sinn geben kann. Warum sie so fordernd war. Sowohl bei dir als auch bei mir. Sie war so verdammt moralisch ... so verdammt moralisch. Von mir verlangte sie ein Eingeständnis. Sie wollte, dass ich etwas wiedergutmache. Und jetzt würde ich sagen, gebe

ich uns die Chance, ihren letzten Willen in die Tat umzusetzen. Nennen wir das Ganze einen Versuch ...
Die Erwähnung ihres Namens ließ den Schreiberling zusammenzucken. Ja, natürlich, er hatte diesen Namen aus seinem Leben verbannt, er existierte nicht mehr, und das unerwartete Aussprechen dieser drei Buchstaben hatte eine unvorstellbare Wirkung: Es lähmte ihn.
– Wie meinst du das?, fragte er mit leiser, brüchiger Stimme und wandte sich an den General, unternahm den Versuch, sich zu erheben, was ihm erst beim zweiten Anlauf gelang.
– Sie wollte, dass ich der Wahrheit ins Gesicht blicke, das Problem ist nur, dass ich nicht an die Wahrheit glaube. Genauso wenig, wie ich an irgendeine Moral glaube. Aber Ada, Ada erwies sich als hartnäckiger und kompromissloser als jeder andere Mensch, dem ich im Leben begegnet bin. Ich bin es ihr schuldig. Ich bin es ihr schuldig, in *ihrem* Sinne zu handeln. Und das Gleiche könnte man auch von dir verlangen. Nicht wahr?
– Ich verstehe immer noch nicht ...
– Du verstehst mich sehr wohl. Stell dich nicht so blöd an! Vielleicht willst du mich einfach nicht verstehen. Was hast du all die Jahre versucht herauszufinden? Du hast doch mit ihr darüber gesprochen? Du hast sie mit diesem Irrsinn angesteckt! Und du hast sie dazu gebracht ...
Der General spürte, wie er die Kontrolle verlor, wie die Wut wieder überhandnahm, aber er ermahnte sich, schluckte, atmete durch, er musste kühl bleiben, er durfte keine Sekunde lang von seinem Plan abweichen.
– Wir reden von Nura Gelajewa, Tschetschenien 1995.
Der Schreiberling blieb gefasst. Er versuchte ebenfalls, sich in Selbstbeherrschung zu üben.

– Und was haben ich oder diese Schauspielerin mit Nura Gelajewa zu tun?
– Das weißt du nicht, du im Selbstmitleid ertränkter Parasit, der meine Tochter an den Abgrund geführt und sie dort hinabgestoßen hat? Du willst mir erzählen, dass du nicht weißt, was du mit Nura Gelajewa zu tun haben sollst?
Er war sich nicht sicher, ob es Angst oder Verachtung war, die sich im Gesicht des Schreiberlings abzuzeichnen begann. Mit leicht geöffneten Lippen starrte er ihn an.
– Das wollte ich damit nicht sagen …
– Richtig so. Sei wenigstens Manns genug, ehrlich zu sein. Ehrlich zu dir selbst.
– Ich hasse mich stark genug, danke, ich brauche dich nicht, um mich daran zu erinnern.
– Nein, glaub mir, du kannst dich gar nicht genug hassen für das, was du getan hast.
– Ich habe sie geliebt, verdammt noch mal!, protestierte er, seine Hände zitterten wie die eines Alkoholikers.
– Geliebt. Ja, natürlich hast du sie geliebt.
Seine Stimme wurde eisig, als wäre seine Körpertemperatur in Sekundenschnelle in den Minusbereich gefallen. Einen Augenblick lang schien Onno unentschlossen, ob er sich gleich umdrehen und aus dem Saal stürmen, ihm an die Gurgel springen oder einfach resigniert zu einer reglosen Säule erstarren sollte.
– Du hast mein Leben zerstört, und das allein wegen deines irrsinnigen Vorsatzes, irgendeine verdammte *Wahrheit* zu finden, von der du glaubtest, sie der Welt schuldig zu sein. Und diesem Vorsatz wurde alles geopfert, das Heiligste und Wertvollste, was ich besaß. Und ich habe trotzdem Gnade gezeigt, habe dich am Leben gelassen! Das Mindeste, mein Freund, nach all dem, wäre wohl, mir *blindlings* zu folgen und aufrichtig zu sein!

Die Augen des Schreiberlings wurden von einem nebligen Film überzogen. War es ein Anflug von Schuld? Hatte er sich die letzten Monate eingeredet, er hätte es nicht verhindern können, dass *ihre* Entscheidung nichts mit ihm zu tun hatte, sie einzig und allein gegen ihren Vater vorgegangen war? Aber irgendwann musste es doch Minuten, Sekunden gegeben haben, in denen er anerkennen musste, dass diese Wahrheit mit endlos vielen Lügen gewürzt war.
– Also habe ich keine Wahl, wenn ich das richtig sehe?, fragte er und sah in Richtung Ausgang, zum weiß leuchtenden Männchen auf dem grünen EXIT-Schild. – Wozu dann dieser Besuch, diese Überzeugungsarbeit, dieses Treffen hier? Warum nicht gleich der Befehl, und sich diese Mühe sparen?
– Es ist deine Wahl, hier zu sein, es ist deine Wahl, am Leben zu sein, es ist deine Wahl, dir mein Anliegen anzuhören. Ich will nur wissen, ob meine Geschichte für dich weiterhin interessant ist, ob du sie immer noch erzählen willst. Und wenn nicht, dann kannst du dieses Gebäude sofort verlassen, ich werde alles tun, um dich nie wieder zu Gesicht zu bekommen, etwas, was mir keineswegs schwerfallen wird.
Er drehte dem Schreiberling den Rücken zu und verharrte so, schenkte ihm ein paar Sekunden zum Überlegen. Dann erhob er sich und ging einige Schritte durch den Raum. Der Schreiberling holte ihn ein, stellte sich zu ihm, fast berührte er ihn mit der Schulter, anscheinend gab es ihm ein gutes Gefühl, dass sie fast gleich groß waren, es wäre zu demütigend gewesen, sich jetzt auch noch physisch unterlegen zu fühlen.
– Du möchtest diese Geschichte also wieder aufrollen? Einen zweiten Gerichtsprozess? Geständnisse erzwingen? Ist es so?

– Wenn du es so nennen willst. Ja, ich möchte *meinen ganz eigenen* Gerichtsprozess. Ich werde die Männer ausfindig machen, die beteiligt waren. Ich werde sie zusammenbringen, und ich werde uns allen ein Urteil fällen. Ganz wie meine Tochter es wollte. Und du wirst mir dabei helfen. Und danach, wenn alles vorbei ist, gehört sie dir, die große Story. Vorher brauche ich aber dieses Mädchen. Und es ist kein Zufall, dass sie mir ausgerechnet jetzt über den Weg gelaufen ist. Du wirst sie dazu bringen, meinem Angebot zuzustimmen.
Er machte eine leichte Kopfdrehung.
– Auf der Bank liegt ein Umschlag. Darin sind Informationen über sie. Der Preis spielt keine Rolle, fügte er noch hinzu. Bevor er den Saal verließ, strich er sein Jackett glatt und fuhr sich mit der Hand über den kahlen Kopf.
– Bleib ruhig noch eine Weile bei Maria, warf er dem Schreiberling aus der Dunkelheit des Korridors zu.
Onno gehorchte und ging zurück zu der Bank. Die Stadt drang nicht bis hierhin durch. Es gab nur ihn und die Muttergottes mit ihrer unendlichen Trauer. Währenddessen schritt der General über den Marmorboden aus dem Saal und sah ihn vor sich, wie er den braunen Umschlag aufriss und sich die beiden Fotos anschaute. Wie er beim Anblick ihres Gesichts genauso zusammenschreckte wie er selbst, als er im Auto an diesem Theaterplakat vorbeigefahren und ihm ihr geschminktes Gesicht in die Augen gesprungen war. Natürlich hatte der Schreiberling Nura nie selbst gesehen, aber er kannte ihr Gesicht von den grobkörnigen Zeitungsausschnitten. Der General sah vor sich, wie Onno sich das Foto anschaute, das junge Mädchen mit dem kupferroten Haar, das an der Stirn einen kleinen weißen Fleck aufwies, das Mäd-

chen mit den sumpfgrünen Augen, das gerade mit hektischen Schritten irgendeine Berliner Straße überquerte. Dann würde er sich dem anderen Bild widmen. Wie sie sich verausgabt und verschwitzt und doch glücklich und erleichtert vor dem Publikum irgendeines kleinen Provinztheaters verbeugt. Er würde in ihrem »östlichen« Hintergrund irgendeine geografische Zuordnung suchen und würde scheitern. Er würde sich in ihren feinen Gesichtszügen verlieren, würde dann entdecken, dass unter der feinporigen Haut etwas Unheilverkündendes brodelt. Anders als bei Nura, die stets ihrer selbst so sicher gewirkt hatte, fast schon unnatürlich entschieden, war das Mädchen auf den Fotos keine, die geradlinig und kerzengrade durchs Leben lief, nein, sie wirkte eher wie eine, die von Widersprüchen zerfressen war.
Fragen würden in seinem Kopf auftauchen, anfangen, dort zu pochen. Und zugleich würde er staunen über seine schlagartige Wiederauferstehung, das Erwachen seiner verloren geglaubten Sinne, das Nervöse, das Manische, das Neugierige, blitzschnell wären sie wieder da.
... es ist vielmehr dieser über der Zeit stehende Zustand der Trauer ... über der Zeit stehende Zustand der Trauer ...
Dann würde der Schreiberling erneut einen Blick auf die Mater dolorosa werfen. Sie würde ihm das Gefühl geben, ihn in ihre Trauer mit einzuschließen. Und während er auf die von den Straßenlaternen beschienene, vom Novembermatsch nasse Straße taumeln würde, würde er selbst bereits seine Villa in Grunewald betreten, von seinen Hunden begrüßt werden. Würde dann, in der Hoffnung, dass Evgenia noch nicht zu Hause wäre, in seinem Kabinett verschwinden, dort in einem Ledersessel versinken und sich einen Drink bringen lassen. Und vielleicht würde es ihm gelingen, sich für einen Moment fal-

len zu lassen, seine Rüstung aus Stahl abzulegen. Und dann würde er die Augen schließen und sie spüren, wie sie mit ihrer Schulter seinen Arm berührt, wie sie gemeinsam mit ihm die Wandmalerei betrachtet, seine Tochter, zu diesem Zeitpunkt bereits von einer unbändigen Trauer festgehalten und in Misstrauen ertrinkend. Würde spüren, wie sie sich auf die Zehenspitzen stellt, um ihm diese letzte, endgültige Frage zu stellen, die ihn jetzt noch zusammenzucken ließ, und dann, dann würde er sich wünschen, er hätte ihr eine andere Antwort gegeben.

2016/Die Katze

Die Welt war traurig und überfressen, und so musste diese minimalistische Musik sie retten und neu erschaffen: sanft, schwebend, blutlos und unmerklich nach Vanille duftend. Sie verlor sich in den Klängen, dehnte und streckte sich wie in Zeitlupe und versuchte, den vor ihren geschlossenen Lidern auftauchenden Bildern keine Bedeutung zu schenken. Wieder fing die Leerstelle irgendwo zwischen den Rippen an, sich wie eine Pfütze auszudehnen, auszuweiten, ihr ganzes Inneres zu überschwemmen. Sie musste dagegen ankämpfen, deswegen war sie tanzen gegangen, hatte sich kopfüber ins Leben gestürzt, in die Lichter und die Beats, wollte sich selbst abhandenkommen, als wäre das Leben, das sie geführt hatte, ein Kleid, aus dem sie herausgewachsen war. Sie hatte bloß kein anderes ...

Die Wohnungskündigung auf dem Küchentisch erinnerte sie jeden Tag an die Frist, die sie einhalten musste. Aber wohin? Sie verdrängte die Frage. Sie musste suchen, organisieren, stattdessen war sie tanzen gegangen, um sich zu entfliehen, und vor allem, um eine Brücke zu Natalia zu schlagen – sie legte heute in diesem Club auf.
Sie wollte sich spüren, sie wollte wieder *ganz* werden, sich in der Nacht auflösen, als wäre sie die aufgeschäumte Milch und diese Musik, diese Menschen und diese Tanzfläche ein verführerisch duftender pechschwarzer Kaffee. Wann hatte sich die Leerstelle gebildet? Wann hatte sie den Anschluss an sich selbst verloren? Sie schwebte umher, als wäre sie gewichtslos, haltlos. Sie hatte keinen Plan. Schon lange nicht mehr. Auch wenn sie es mit einiger Mühe vor der Welt verborgen hielt. Noch. Aber das Einzige, was sie spürte, war eine umfassende Müdigkeit und eine Trotzhaltung, als wäre sie wieder fünfzehn und als wollte sie nicht nach den Regeln leben, die ihr die Welt vorschrieb.
Nur an den Wochenenden, wenn sie spielte, auf der Bühne stand, fühlte sie sich ihrer selbst sicher, da zerbrach sie sich nicht den Kopf. Sogar die Stadtführungen – ihre kleine Einnahmequelle in den Zeiten finanzieller Dürre – sagte sie ab, sie hatte keine Kraft mehr, aufgeregten Touristen Mauerreste und die Siegessäule zu zeigen. Sie fragte sich, was diese Unruhe auslöste, welche Ängste an ihrer Haut kratzten, welche Hebel waren umgelegt worden, und vor allem, durch wen?
Das Wort »Trennung« passte nicht und erklärte auch nichts. Denn das, was sie miteinander hatten und hinter das sie nun einen Punkt zu setzen versuchte, verdiente dieses Wort nicht. Man musste sich zueinander bekannt haben, um sich gegeneinander entscheiden zu dürfen.

War dieses Auseinanderfallen der Grund für ihre Ratlosigkeit? Hatte sie tatsächlich so wenig über sich gewusst, bevor sie ihm begegnete? Nein, es erklärte nichts. Sie hatte es damals besser gewusst, war sich ihrer viel sicherer gewesen und hatte ihre Überzeugungen zum Teil übertrieben teuer bezahlt.

Wie oft hatte sie diesen Schnitt, dieses Ende in ihrem Kopf durchgespielt, wie gut hatte sie sich darauf vorbereitet. Als der Sommer in die Stadt kam, hatte sie den ersten Schnitt gemacht und das unpassende Wort ausgesprochen, vollkommen ruhig und unaufgeregt. Sie war zu ihm gegangen, nachdem er aus Wien zurückgekehrt war, wie sie es immer getan hatte, die Stufen hinauf ohne eine Umarmung, ohne einen Kuss an ihm vorbei, auch eigentlich wie immer, und hatte sich in die Küche gesetzt, er hatte ihr Tee gemacht und versucht, ihren Nacken zu massieren, sie hatte sich aus seinem festen Griff befreit und ihn gebeten, sich ihr gegenüberzusetzen und sie nicht mehr zu berühren. Dann hatte sie gesagt:

– Ich gehe.

Er hatte die Augen verdreht und gestöhnt, und diese Gesten hatten sie so zornig gemacht, dass sie für einen Augenblick dachte, ihn gleich schlagen zu müssen.

– Weißt du, wieso ich das auf einmal beschlossen habe?

– Du hast es nicht auf einmal beschlossen, lüg dich nicht an. Du haderst schon lange mit dir. Und warum? Nicht weil es dir auf einmal aufgefallen ist, dass ich in Wien eine Familie habe und ich, ja, ich zitiere dich: ein Feigling bin und keineswegs nur der Wahnsinnige, für den mich die ganze Welt hält, nein, ich bin kein Unschuldslamm.

– Du verstehst wohl gar nichts, was?

– Doch, ich verstehe das alles fabelhaft. Und mehr noch:

Ich habe dich niemals belogen, und du hast dich darauf eingelassen, du hast das alles aufregend gefunden.
Sie sah ihn fassungslos an. Es war so sinnlos, diese Diskussion zu führen. Er hatte seine Wahrheit und seine Sicht auf die Dinge, und niemals würde er das Ganze mit ihren Augen sehen können. Aber all das spielte keine Rolle mehr, sie war aus seiner Welt hinausgewachsen, und sie würde schon einen Weg finden, sich zu verzeihen dafür, dass sie sich selbst belogen hatte, indem sie sich über Jahre eingeredet hatte, er wäre derjenige, der sie so sah, wie sie wirklich war, dass sein Blick auf sie der einzig wahre wäre.
Was sie sich aber nicht verzeihen konnte und noch weniger ihm, diesem Menschen, der gerade seine Beine auf den Tisch legte, stolz am Wein nippend, mit den Fingern durch seinen Bart fahrend, und sie mit diesen gleichgültigen Fischaugen ansah, war die Tatsache, dass er sie als Künstlerin belogen und ausgenutzt hatte, und alle Voraussetzungen, die er geschaffen hatte, damit sie vier lange Jahre bei ihm blieb, sich im Nachhinein als Scheinkonstruktionen und Lügengerüste erwiesen hatten.
Sie spürte die Tränen in ihrer Kehle. Komischerweise spürte sie die Tränen zuerst immer im Mund, bevor sie aus ihren Augen herauskullerten und sich auf ihrem Gesicht verteilten wie eine gerissene Perlenkette. Aber sie würde nicht weinen, das hatte sie sich verboten, sie würde ihm mit ebendieser Gleichgültigkeit begegnen, die er sich aufzwang.
– Auf Wiedersehen, Reto.
Sie ging hastig an ihm vorbei, sie wollte keine Möglichkeiten für zufällige Blicke, unerwartete Wendungen und ungeplante Sätze schaffen. Und sie spürte eine Erleichterung darüber, dass er ihr nicht gefolgt war.

Die elektronischen Beats drangen in ihren Körper, ließen die Nerven vibrieren und die Wirbelsäule geschmeidig werden. Sie wollte sich verlieren, heute Nacht wollte sie das, Erinnerungsfetzen, Bilderausschnitte geisterten ihr durch den Kopf, und die Gegenwart schien rissig, dünnhäutig, wie ein Kokon.

Irrationalerweise waren es Bilder aus ihrer Kindheit. Granatapfelkerne in einem kleinen Emaillebehälter, den ihr die Großmutter ans Bett brachte, wenn sie krank war, und ihr jeden einzelnen Kern in den Mund schob und sie wegen der Säure das Gesicht verzog. Kratzige Wollstrumpfhosen, die sie und ihre Schwester im Winter tragen mussten. Der Gymnastikunterricht im Jugendsportpalast und der Wettkampf im Seilklettern, den sie so gern gewonnen hätte und den sie nie gewonnen hatte. Die Katzen aus der Silberstraße, der Hof voller bunter, flatternder Wäsche und die Holzbalkone, die keinen Anfang und kein Ende zu nehmen schienen. Die weichen, flauschigen Tiere, die sich in der Abendsonne wärmten, während im Hintergrund der behaarte Mechaniker, an dessen Gesicht und Namen sie sich nicht mehr erinnern konnte, einen Teppich wusch. Der Geruch nach Mandelgebäck, der freitags durch den Hof zog ... Wer bereitete das Gebäck zu? Oma? Jemand von den Nachbarsfrauen? Die Anglerausrüstung ihres Vaters in der Wohnung ihrer Eltern in der Neustadt, die auch ihr Zuhause war, wobei sie sich bei ihrer Großmutter und ihrem komischen Onkel in der Silberstraße heimischer gefühlt hatte als dort.

Dann wieder dachte sie an das Casting. Sie hatte sich am Vortag überwunden und alle ihre Vorbehalte zum Schweigen gebracht, sich in eines der Studios in Babelsberg geschleppt, wo sie in einer leeren Halle Kameras und Tische mit Gebäck und Getränken aufgestellt hatten. Sie

hatte den Text, den man ihr zugemailt hatte, auswendig gelernt und ihn vor dem Spiegel in ihrer Wohnung geübt, die bald nicht mehr ihre sein würde. Die depressive, dem Alkohol keineswegs abgeneigte Kommissarin mit einer düsteren Vergangenheit und einem begnadeten Talent, schlimme Jungs und Mädchen aufzuspüren. Wider Erwarten hatte ihr diese Figur Spaß gemacht, sie hatte sich den ganzen Tag den Kopf zerbrochen, wie sie sich bewegen, wie sie sich kleiden, wie sie sprechen könnte, und sich aus unzähligen Ideen die, wie es ihr schien, passendsten herausgesucht. Aber diese Lagerhallenstimmung, das Gewusel, die lange Wartezeit und die Nummerierung der Schauspielerinnen (man wies ihr die Nummer einundvierzig zu), die unkonzentrierte Stimmung, die herablassende Castingfrau, das Flackern der Kameras und Rechner hatten sie aus der Fassung gebracht, sie hatte die Abgeschiedenheit, die Einsamkeit der Figur nicht so zeigen können, wie sie es sollte. Man hatte sie jedoch gebeten, zwei weitere Szenen zu improvisieren, einmal mit einem französischen Kollegen, von dem ihr unklar war, wie sicher seine Beteiligung an der Serie war. Man nahm ihre Daten auf wie die einer Ware, von der man noch nicht wusste, ob man sie bestellen oder lieber auf die Wunschliste setzen wollte, und verabschiedete sie. Sie solle sich auf eine lange Wartezeit gefasst machen und nicht jeden Tag anrufen, wurde ihr noch anschließend von einer zickigen Assistentin mit Headset mitgeteilt – es sei schließlich ein internationales Casting.
Ja, vielleicht hatte Vera richtiggelegen, vielleicht war diese Rolle etwas, was sie sich anziehen könnte wie ein Kleid, das maßgeschneidert war? Und es könnte auch eine Möglichkeit sein, ihrer Mutter und vor allem Sesilia zu helfen, wieder nach Hause zu kommen.

Sie wollte die Nacht und die Welt feiern, wollte sich vom Leben schwängern lassen, wollte mit der Musik und den anderen im Club verschmelzen, aber sie blieb außen vor, es gelang ihr nicht, ein Teil vom Ganzen zu werden. Die Bilderflut in ihrem Kopf wollte nicht enden. Wann hatte diese Ruhelosigkeit angefangen? Was hielt sie fest, was zog sie zurück, und vor allem wohin? Wann hatte es begonnen? Doch nicht mit dem Vogelmann, dem mysteriösen Boten, der ein unheimliches Gefühl bei ihr hinterlassen hatte und den sie seitdem zwei weitere Male wiedergesehen hatte. Das eine Mal, als er sie vor ihrer Wohnungstür abgefangen und ihr einen enormen Schreck eingejagt hatte, und das zweite Mal, als sie aus der Agentur gekommen war und gerade auf ihr Fahrrad hatte steigen wollen. Er verhielt sich stets freundlich, obwohl ihr Ton deutlich schroffer und ihre Körperhaltung abweisender geworden war, sie kurz davor war, ihm mit einer Anzeige zu drohen. Aber er wiederholte stoisch immer wieder das Gleiche – sein Vorgesetzter akzeptiere keine Absagen und sie solle sich ihren Preis überlegen.
Sie spürte die Mauer aus unbekannten Körpern um sich herum, sie ließ sich von ihnen umzingeln, sie wollte so gerne verlorengehen. Frei von sich und den Erwartungen an sich selbst. Vielleicht war die größtmögliche Freiheit, erwartungslos zu werden, wunschlos. Als wäre man ein Papierdrache an einem dünnen Faden in den Händen eines Kindes, das losrannte, immer schneller wurde und schließlich den Faden aus der Hand gleiten ließ.
In der Ferne erhaschte sie einen Blick auf Natalia, ihre Schwester, wie sie sich an der männlichen Aufmerksamkeit, die ihr gerade in Form von endlosen Huldigungen und Bemühungen zweier Briten dargeboten wurde, ergötzte, sich gleichzeitig darüber lustig machte. Sie war

gerade in den Laden gekommen, mit ihrem silbernen Koffer voller rarer elektronischer Schätze. Natalia, ihr kleiner Gefolgsmann, ihr einziger Musketier seit Kindertagen, die sich aber gerade weigerte, auch nur ein Wort mit ihr zu wechseln.

Direkt nach dem Umzug ins neue Leben setzte Natalia, anders als ihre große Schwester, die sich so viel Mühe gab, in ihrem neuen Leben nicht aufzufallen, als dazugehörig durchzugehen, alles daran, aus der Reihe zu tanzen. Während Katze in schwindelerregendem Tempo die neue Sprache lernte, weigerte sich Natalia monatelang, auch nur ein Wort Deutsch zu sprechen. Während Katze gute Noten nach Hause brachte und in der AG des Schultheaters der aufgehende Stern war, wechselte Natalia mehrfach die Schule und schaffte nur mit Mühe die mittlere Reife. Während Katze sich zielstrebig auf ihr Studium vorbereitete, Monologe paukte und nebenher alle möglichen Jobs annahm, um zu den Aufnahmeprüfungen in die verschiedenen Städte reisen zu können (es glückte ihr so unerwartet schnell und unverdient leicht, die Aufnahmekommission mit ihrer Penthesilea zu überzeugen), wurde Natalia zweimal in Gewahrsam genommen – wegen Trunkenheit am Steuer und wegen Sachbeschädigung auf einer Feier, die zu einer Massenschlägerei ausgeartet war.
Während Katze ihr Studium aufnahm und ihre Kriege mit sich selbst ausfocht, suchte sich Natalia ihre Schlachtfelder immer in der Außenwelt. Ihre Ausbildung zur Goldschmiedin brach sie zwei Monate nach Beginn ab und trat einem geheimen Party-Netzwerk bei, das sich »Guerilla Parties« nannte und sich darauf spezialisiert hatte, vorübergehend leerstehende Gebäude zu kapern

und dort illegale Rauschorgien zu veranstalten. Diese Tätigkeit schien Natalia im Blut zu liegen. Bald war sie schon zur »Atamanin«, wie sie ihren Posten nannte, aufgestiegen und legte nebenher auch selbst auf. Wahrscheinlich wäre sie, zum Schrecken ihrer Mutter, bald zur Königin der Berliner Underground-Partyszene geworden, hätte sie nicht auf einem ihrer nächtlichen Streifzüge einen gut aussehenden, für Natalias Verhältnisse erschreckend charmanten und wenig tätowierten DJ kennengelernt, der aus Chile nach Berlin gekommen war, um die Berliner Electroszene zu erobern.

Katze war sich sicher, dass Natalia einen Bombenentschärfer an ihrer Seite brauchte, jemanden, der ihr mit endloser Ruhe und blindem Vertrauen die Normalität beibringen könnte – und dass es sich dabei nicht um Mateo, den DJ, handeln konnte, war Katze von Anfang an klar.

Ihre Beziehung fing laut und elektrifizierend an wie ein Feuerwerk, ging über in eine aggressive Gereiztheit und wäre wahrscheinlich ebenfalls laut und mit viel Zorn auseinandergebrochen, mit vielen Vorwürfen, die aneinander kleben bleiben würden wie schwarze, fette Fliegen an einer Fliegenfalle, wäre nicht Natalias ungeplante Schwangerschaft dazwischengekommen. Obwohl die Beziehung bereits vor der Schwangerschaft gewaltige Risse bekommen hatte, unternahm Natalia während der neun Monate einen entschiedenen Versuch, ein Familienleben zu führen. Aber an einem Familienleben war ihr DJ wenig interessiert. Natalia riss der Geduldsfaden endgültig, als er zu spät zur Geburt kam. Er hatte sein Handy irgendwo liegen lassen, und man hatte ihn erst erreicht, als der kleine Nico schon auf der Welt war.

Zwei Wochen später, nachdem sie etwas zu Kräften gekommen war, warf sie seine Sachen aus dem Fenster – wenigstens der Abgang musste auf ihrer Höhe sein – und wechselte das Schloss aus.
Natalia konnte ihre Wohnung nicht mehr alleine halten und zog zu ihrer Mutter in den Wedding, bei der sie eh schon die meiste Zeit mit dem Baby verbracht hatte. Wie ein kleines Kind, das Laufen lernt, so lernte sie Schritt für Schritt das Muttersein, auch wenn sie immer wieder mit der Rolle haderte. Aber ihre Liebe zu ihrem Sohn – so unvernünftig, überbordend, teilweise überfordernd sie auch sein mochte – glich einem wahren Fest, das nie endete, als hätte sie eine feste Location für ihre ewigen Partys gefunden.
Katzes Sorge um die kleine Schwester war ein ewiger Gefährte. Sie konnte nicht anders, als sorgenvoll an Natalia zu denken, als müsse sie dauerhaft damit rechnen, dass die Schwester, die sich immerzu aufs Glatteis begab, schließlich in ein Eisloch einbrechen würde, als sei die Frage nicht ob, sondern wann.
Manchmal, wenn Katze die Gedanken an sie zu sehr mitnahmen, fragte sie sich, ob Natalias Weigerung, irgendeine Leistung zu erbringen, irgendwas Solides anzustreben, nicht auf den Tag zurückzuführen war, als sie in den Lada 07 stiegen. Auch wenn sie niemals darüber sprachen und Katze es bequem fand, zu denken, dass Natalia damals zu klein gewesen war, um sich daran zu erinnern. Aber sicher gab es den Zusammenhang zwischen Natalias Lebenswandel und dem Ausflug an den Lisi-See.
Vater hatte beschlossen, mit seiner Frau und den beiden Töchtern einen Ausflug zu machen, und küsste die Mädchen euphorisch am Morgen aus dem Schlaf, versicherte,

sie würden zum Lisi-See fahren und dort alle gemeinsam baden. Es war ein unausgesprochenes Versprechen, sich wieder wie eine heile Familie zu fühlen.

Katze, auch wenn es keiner ahnte, außer vielleicht ihrer Mutter und ihrer Schwester, verdankte ihren Namen diesem Tag – und keineswegs irgendwelchen Abenteuern, bei denen sie ihre körperliche Geschicklichkeit unter Beweis gestellt hatte, wie man sie mit diesem geschmeidigen und geheimnisvollen Tier in Verbindung brachte. Ihre Geschicklichkeit, die hohen Wände der Hinterhöfe im Viertel zu erklimmen, war der Grund gewesen, aus dem die Kinder des Hofes in der Silberstraße ihr eben diesen Namen verliehen hatten – sie konnten nicht wissen, wie sehr sie damit ins Schwarze trafen. Katze wurde zu einer Katze, die aus einer gefährlichen Höhe geworfen wird, um sicher auf allen vieren zu landen, mit der Fähigkeit ausgestattet, auch bedrohliche Situationen zu überleben.

Natalia jedoch wurde zu einem Vagabunden, der durch das Leben streunt, sich in dunklen und schmutzigen Ecken herumtreibt, überall dort hineinblickt, wo keiner hinschauen will. Natalia wurde süchtig nach Extremen, als könnte sie das Leben nur in maßloser Übertreibung spüren. Sie wurde zu einem Felsakrobaten, unter sich die endlose Tiefe.

Als hätte Natalia an jenem Tag begriffen, dass alles, einfach alles – jeder Grundstein, jede Absprache, jedes Urvertrauen, jede Gesetzmäßigkeit, ja, gar die als ein Naturgesetz angenommene Elternliebe – sich in Sekundenschnelle in nichts auflösen kann. Dass im Leben auf nichts Verlass war. So schien es ihr naheliegend, sich zu weigern, etwas aus ihrem Leben zu machen. Würde sie sich etwas aufbauen, würde sie für etwas kämpfen, würde es schon im nächsten Augenblick zu Staub zerfallen.

Vor einigen Wochen, entsetzt über den Erschöpfungszustand ihrer Mutter, platzte Katze der Kragen.

– Du musst etwas machen! Beweg endlich deinen Arsch.

– Hat sich Mama wieder bei dir ausgeheult?

– Ausgeheult? Was soll dieser Mist, Natalia? Schau sie dir an. Sie ackert sich zu Tode. Ich meine ... Und dann muss sie nebenher noch den Kleinen ...

– Du bist doch nicht da. Also kann es dir auch egal sein.

– Wirfst du mir ernsthaft vor, dass ich nicht mit euch zusammen in einer Wohnung lebe? Ich fasse es nicht.

– Ich werfe dir gar nichts vor. Aber ständig tanzt du hier an, liest mir die Leviten, und du selbst ...

– Ich? Ja, was ist mit mir?

– Kümmere dich doch um dein Leben! Wir kommen hier gut klar ...

– Ach so, ihr kommt also klar. Irgendwie habe ich nicht das Gefühl, wenn ich mich umsehe.

– Und du meinst, du bist in der Position, das bewerten zu können?

– Was ist bloß mit dir passiert, du bist meine Schwester!

– Du vögelst mit irgendeinem Arsch, der sich nicht zu dir bekennt, machst so Independentscheiße, und dann kommst du daher und erzählst mir, wie ich leben soll, als wärst du irgendein verdammter Hollywoodstar! Ich meine ...

In der Tür stand Tina und sah ihre beiden Töchter verdutzt an. Da Katze ihr bisher nichts von ihrer Affäre erzählt hatte, war es das erste Mal, dass sie davon hörte, und etwas daran schien sie zu verletzen, sie verzog das Gesicht, als hätte sie etwas Saures gegessen. Sie versuchte zwar, sich nichts anmerken zu lassen, aber beide wussten,

dass sie genug gehört hatte, um sich zusätzliche Sorgen zu machen.
– Warum streitet ihr euch? Warum schreit ihr rum? Nico ist gerade eingeschlafen, etwas Rücksicht wäre wohl angemessen, oder?
– Sie soll endlich etwas aus sich machen!
– Natalia gibt sich doch Mühe, was ist mit dir los, Katze? Sie geht arbeiten und bringt Nico in die Kita und …
– Er ist ja auch ihr Sohn! Wann kapiert ihr das endlich? Ihr tut so, als wäre es ein Riesending, dass sie etwas Zeit mit ihrem Sohn verbringt.
Katze merkte, dass sie überreagierte, ihre Stimme war zittrig, und ihre Wangen glühten vor Zorn.
– Was geht dich das an? Ich meine, bist du diejenige, die sich um meinen Sohn kümmern muss? Nehme ich dir etwas weg? Warum hältst du dich nicht einfach raus und lässt uns unser Leben leben?
Jetzt sah Natalia ihr mit ihren dunklen und stolzen Augen direkt ins Gesicht und versprühte puren Hass.
– Sei nicht so streng mit ihr, Natalia versucht ihr Bestes, es waren keine leichten Monate für sie, setzte Tina an, und Katze fiel ihr schreiend ins Wort:
– Hör auf, sie ständig in Schutz zu nehmen, du hast sie so verzogen, sieh sie dir an, mein Gott, sie ist doch nicht mehr zwölf, hör auf, sie unentwegt zu beschützen, sonst endet sie noch wie du.
Dieser Satz war der Schlussakkord, er wirkte wie ein Dolchstoß. Tina drehte sich wortlos um und ging aus der Küche. Natalia, völlig fassungslos, näherte sich ihr mit dem Küchenmesser in der Hand.
– Du bist ein widerliches Arschloch geworden! Lass uns in Ruhe, lass uns einfach in Ruhe!
Seitdem hatte sich Katze mehrfach bei Tina entschuldigt,

Tina, so wenig nachtragend sie war, verzieh ihr gleich beim ersten Telefonat, aber Natalia, der stolzeste Mensch, den Katze kannte, weigerte sich nach wie vor, mit ihr zu sprechen.

Nun trafen sich ihre Blicke.
Die vergangene Woche tropfte mit dem Schweiß von ihrer Stirn herunter und wurde belanglos, nichtig, sie schwand dahin, denn sie enthielt nichts, woran es sich zu klammern gelohnt hätte. Natalia, die als DJ bald das Pult übernehmen würde, flirtete noch mit den Briten, aber ihr Blick schweifte immer wieder in Richtung ihrer älteren Schwester. Katze winkte ihr zu, aber Natalia winkte nicht zurück. Katze würde auf sie zugehen müssen, das war ihr klar.
Sie tobte sich aus, der Körper wurde durch die Überhitzung immer weicher, geschmeidiger, und sie erinnerte sich an die verschieden hohen Wände der Hinterhöfe in dem Viertel ihrer Kindheit, die sie alle erklommen und bezwungen hatte, was ihr schließlich eben jenen Spitznamen eingebracht hatte.
Die Musik zog ihre Schlinge um sie immer enger. Katze machte unmerkliche Schritte in Natalias Richtung, sie musste sie abfangen, bevor sie das DJ-Pult bestieg. Sie schnappte nach Luft, tanzte immer schneller und verjagte ein weiteres Bild in ihrem Kopf. Das Bild von der weinenden Natalia, die sich hinter dem schweren Sofa verkrochen hatte und sich vor dem Riesen fürchtete, als der ihr Vater aus dem Krieg zurückgekommen war, und wie sie und ihre Schwester ihn nach seiner Rückkehr nannten. Der Name war so vollkommen zutreffend, denn nichts, was er in die Hand nahm, blieb heil. Bei einer Tasse brach der Henkel ab, Gläser zersprangen unter dem

enormen Druck seiner Hand, bei dem Stuhl, den er zurechtrückte, löste sich die Lehne. Und das bei seinen Arzthänden, die einst meisterlich mit dem Skalpell hantiert hatten. Aber das war, bevor er den KAMAZ-Laster bestiegen hatte und mit ihm davongefahren war, ans Meer, zu den Schlachtfeldern. Zurück kam er als der Riese, der an einen unsichtbaren Hochspannungsmast angeschlossen war, der seine Kraft nicht länger unter Kontrolle halten konnte, der alles zerquetschte, was er zu fassen bekam.

Wieso musste sie gerade jetzt an ihn denken? Lag es an den Klängen, die Assoziationsketten auslösen, wie Stufen in geheime Welten? Aber sie wollte doch nirgendwohin, sie wollte hierbleiben, genau hier, ein Teil dieser Masse sein. Sie brauchte eine Pause, frische Lust, Klarheit. Sie nahm ihren Mut zusammen und schritt schnurstracks auf ihre Schwester zu, der anzusehen war, dass sie sich mittlerweile mit den Briten langweilte.

– Entschuldigt uns bitte, sagte sie zu den Jungs und zog Natalia mit sich.

Vor der Frauentoilette fand sie eine ruhige Ecke und blieb stehen. Zum Glück hatte sich Natalia nicht geweigert mitzukommen, mit einem aufgesetzt gelangweilten Gesichtsausdruck sah sie sie an.

– Wie geht es dir?

– Ganz gut. Ich lege ja gleich auf.

– Ich weiß. Deswegen bin ich ja gekommen.

– Dann viel Spaß.

– Bitte hör auf … ich ertrage das nicht mehr. Es tut mir leid … Ich meine es ernst, ich habe die Fassung verloren … ich hatte nicht das Recht.

– Katze, du musst endlich loslassen. Du wolltest diesen Weg gehen, dann geh ihn. Wir sind für dich da, wenn du

uns brauchst, aber du kannst nicht alles lenken und steuern.
Natalia klang ungewöhnlich bedacht, als hätte sie die Worte bereits mehrfach in ihrem Kopf durchgekaut.
– Geh, such dein Glück. Lauf los. Ich bin nicht diejenige, die unglücklich ist, auch Tina ist auf ihre Art glücklich, jetzt vor allem, mit dem Idioten ... Und Großmutter findet sich langsam in Deutschland zurecht, wir müssen nicht von dir zurechtgebogen werden, okay?
Katze wusste, dass jedes Wort ihrerseits deplatziert und lächerlich sein würde. Sie spürte, wie sich ihre Augen mit Tränen füllten.
– Komm einfach die Tage vorbei. Tina fragt schon nach dir ... und Großmutter vermisst dich auch. Sorry, muss jetzt los, bin gleich dran.
– Ja, mach ich. Ich geh nur kurz an die frische Luft, okay? Ich komme nachher und bestaune deine Kunst.
– Ist schon okay, und lass dir den Stempel noch einmal aufdrücken, nicht, dass du nicht mehr reinkommst.
Katze eilte die Stufen hinauf, am Türsteher und der Menge vorbei, die im Eingangsbereich wartete. Gleich darauf bog sie um eine Ecke und fand sich in einem Hinterhof wieder, der außer ein paar dort parkenden Autos leer war. Sie setzte sich auf den Boden und freute sich, dass sie eine halbleere Tabakpackung in ihrer Hemdtasche fand, in der auch die Blättchen waren, sie begann sich sofort eine zu drehen. Die kalte Herbstluft tat gut, dieser Herbst war ein wunderschöner Prolog zu einem weißen Winter, den sie in ihrer Hand sammeln wollte, bis er dort gänzlich zerrann, zu Wasser wurde, und während dies geschah, wollte sie ein neues Leben für sich suchen.
Die Luft machte ihren Kopf in Sekundenschnelle klar, und die Nüchternheit tat ihr gut. Sie stützte sich auf ihre

Handinnenflächen und streckte den Rücken durch. Im grauen Nachthimmel konnte man ein paar Sterne erahnen, die an zu winzig geratene Muttermale erinnerten.
– Katze?
Sie schreckte auf und sah sich um. Ein etwas untersetzter Typ kam auf sie zu, den sie mit Sicherheit zum ersten Mal sah. Er hatte etwas von einem Wikinger, den man wegen sittenwidrigen Verhaltens von Bord geworfen hatte und der nun in der Hoffnung vor sich hinlebte, ein neues Schiff würde ihn wieder aufnehmen. Sein dunkler Bart ließ auf eine gewisse Gemütlichkeit schließen, seine wuscheligen, welligen Haare standen wie elektrisch geladen vom Kopf ab.
– Ja?
Er wirkte nicht sonderlich gefährlich, dennoch erhob sie sich. Es war ein Instinkt, den sie seit ihrer Kindheit hatte – sich sofort gegen alle denkbaren Katastrophen und Angriffe zu wappnen, als wäre jeder Mensch, der auf sie zukam, ein potenzieller Feind. Als wäre jeder, der ihre Nähe suchte, auf Zerstörung aus. Wie ein Wachhund stellte sie sich auf, erwartungsvoll, auf jede mögliche Wendung gefasst.
– Ich bin Onno. Onno Bender.
Was dieser Spielzeugname sollte, fragte sie sich. Aber auf eine bestimmte Weise passte er. Der einsame Wikinger mit seinem Fischernetz.
– Kennen wir uns?, fragte sie abwartend und trat ein wenig zurück. Im schwachen Licht des Hofs konnte sie seine Augen nicht erkennen, weder die Farbe noch die Geschichten, die sich in seiner Iris verbargen.
– Nein, wir kennen uns nicht, und verzeih, wenn ich dich hier so überfalle, aber ich habe schon im Club nach einer

Möglichkeit gesucht, dich anzusprechen, und bin dir hierher gefolgt …

Er starrte sie ununterbrochen an, es war ihr unangenehm.

Natürlich wusste sie nicht, dass der einsame Wikinger ein Foto vor Augen hatte, das er wenige Stunden zuvor in einer Kiste mit der kryptischen Aufschrift »A. O.« gefunden hatte. Sie wusste nicht, dass er, nachdem er im Morgengrauen von seiner Schicht nach Hause gekommen war und an Schlaf nicht mehr zu denken war, im Keller nach den Kisten gesucht hatte, die – so hoffte er – seinem Zerstörungswahn getrotzt hatten, dem vor einem Jahr sein bis dato gelebtes Leben zum Opfer gefallen war. Drei Kisten hatten tatsächlich überlebt, in zweien davon befand sich wahllos zusammengeworfenes Material zu möglichen Stoffen, die er später hätte in Reportagen oder Essays verarbeiten wollen. In der dritten Kiste mit den zwei Buchstaben »A. O.« stieß er auf das Foto, eine unglaubliche Rarität! Eine Schwarzweißaufnahme – ein Ausschnitt aus einer russischen Zeitung, grob gerastert und in schlechter Qualität – war der einzige Beweis, der seinen Verdacht schlagartig bestätigen konnte. Er hielt die Aufnahme von der Schauspielerin neben den Zeitungsausschnitt mit dem Bild des Mädchens, dessen Vornamen er am Bildrand notiert hatte: »Nura«. Ein in die Kamera strahlendes Mädchen, das tatsächlich die Zwillingsschwester der Georgierin hätte sein können. Die Tschetschenin hatte etwas Aufgewecktes, fast Euphorisches, eine verschwommene Fototapete im Hintergrund ließ den Ort der Aufnahme erahnen.

– Mir gefolgt? Darauf stehe ich so gar nicht, weißt du.

Sie zündete sich ihre Zigarette an und setzte sich wieder auf den Boden. Sie hatte ihn intensiv genug angesehen, um festzustellen, dass von ihm keine Gefahr ausging, vielleicht spürte sie ja, dass sein Körper ermattet war, auf seinen Gliedern eine klebrige Schwere lastete und in seiner Kehle eine Leere herrschte.

– Ja, das kann ich verstehen, aber wenn du mir eine Sekunde gibst, kann ich mich erklären ...

Sie sah ihn von unten an, hielt den Kopf leicht schräg. Und als wäre ihm schlagartig klar geworden, dass seine Zeit begrenzt war, begann er hastig zu sprechen, als wäre jemand hinter ihm her.

– Sie werden dich nicht in Ruhe lassen, bis du einwilligst. Und wenn sein Angebot für dich nicht attraktiv genug ist, wird er dich erpressen, und ich will nicht warten, bis es so weit kommt. Ich will, dass du den Moment zu deinen Gunsten nutzt.

Atemlos hatte er die Worte heruntergerattert und sah, wie sich ihre Augenbrauen misstrauisch zusammenzogen. Aus der Tiefe des Innenhofs drangen die mit starken Beats durchsetzten Bässe zu ihnen durch.

– Na toll. Du sprichst also von dieser Russenmafiascheiße, oder?, fragte sie und schüttelte angewidert den Kopf. – Was soll das? Langsam wird mir das Ganze doch zu ungemütlich ... Ich meine, was für ein Spiel ist das? Lasst mich doch in Ruhe, ihr Irren!

Sie sprang auf, binnen Sekunden war das sanftmütige Mädchen zu einem Tier geworden, das seine Krallen zeigte und die Zähne fletschte.

– Hey, lass mich eine Sache klarstellen: Ich gehöre nicht zu denen, aber ich kenne sie, ich kenne diesen Mann und seine Gefolgschaft. Gib mir fünf Minuten, ich erzähle dir alles, was du wissen musst. Schapiro, es war doch Schapiro, der dich aufgesucht hat, oder?

– Ja, der Vogelmann. Der hat mich nicht nur aufgesucht,

er hat mich belästigt, und ich habe jetzt langsam echt keine Lust mehr …

Sie war irritiert und unschlüssig, was sie als Nächstes tun sollte. Ein Fünkchen Neugier hatte er in ihr doch entfacht.

– Was hat er dir erzählt?

– Irgendwas von einem Video. Und dass ich eine Tote spielen soll. Eine bestimmte Tote. Er hat mich nach einer meiner Aufführungen besucht, mir danach noch zweimal aufgelauert und mir was von einem gewissen Orlow erzählt. Ich habe diesen Kerl gegoogelt. Und ich dachte, ich sehe nicht richtig: so ein richtiger Oligarch, der Typ, für den der Vogelmann arbeitet, oder?

– Ja, das kann man so sagen.

– Das ist absurd, echt! Ich weiß nicht einmal … Ich bin Schauspielerin, ich arbeite doch nicht für irgendeine investigative Firma …

– Gib mir die fünf Minuten, okay? Gib mir eine Chance, dir zu erklären, warum ich hier bin.

Einen Moment wog sie die Entscheidung ab, stand reglos da, warf dann die Zigarette auf den Boden, drückte sie mit dem Fuß aus und nickte ihm zu. Der Typ hatte etwas Dringliches an sich, und dieses beklemmende Gefühl kam ihr für einen Augenblick vertraut vor.

– Bitte sehr. Du hast fünf Minuten. Dann muss ich rein. Mir wird langsam kalt.

– Darf ich dir meine Jacke anbieten?

– Nein, danke. Also jetzt nur noch vier Minuten und neunundfünfzig Sekunden.

Sie lachte ihr dreckiges, raues Lachen, das in ein albernes Grunzen mündete, so dass daraufhin beide auflachen mussten.

– Wovon träumst du?

– Wie bitte?
– Ja, wovon träumst du? Was wünschst du dir? Was würdest du jetzt auf der Stelle tun, wenn du die Möglichkeit dazu hättest?
– Keine Ahnung. Einiges.
– Egal was. Sag, was dir als Erstes in den Sinn kommt.
– Meiner Familie helfen. Also meiner Mutter, die hat ganz schön viele Baustellen, aber vor allem meiner Großmutter, dass sie geheilt wird und wieder in die Heimat zurückkann.
– Na also. Weiter, was noch?
– Eine Rolle kriegen. Also eine Rolle bei einer Serie, ich habe gestern dort vorgesprochen.
– Weiter.
– Reisen. Ich wollte schon immer nach Polynesien, das klingt so schön. Hey, aber was soll die Fragerei ...
– Ich könnte dir jetzt sagen, dass du all das machen kannst, wenn du sein Angebot annimmst.
– Aber ...
– Nein, warte, unterbrich mich hier nicht, ich verliere so leicht den Faden, ich weiß nicht, wo ich anfangen soll, ich will es dir *anders* erklären, ich will nicht mit Geld kommen, irgendwie habe ich das Gefühl, dass ich dir das erklären *muss.*
Ich bin Journalist. Genauer gesagt, ich war es. Mein Spezialgebiet war schon immer Osteuropa. Ich habe über die Balkankriege geschrieben und viel Zeit in Russland verbracht. Mein Fokus lag auf den Selfmade-Millionären aus der Perestroika-Ära. Ich habe Recherchen über einen dieser Oligarchen angestellt, Belyi heißt er, vielleicht sagt dir der Name was, muss aber nicht, ist vielleicht besser so. Nun ja, ich habe ein Buch über ihn geschrieben, Juri Belyi, ein ziemlich heftiger Typ aus der Moskauer Unter-

welt, der zeitweise zu den reichsten Männern Russlands zählte. Er fing mit dem Schwermetallhandel an und kaufte nach und nach alles auf, was Geld abwarf. Mittlerweile lebt er in England, ab einem gewissen Punkt hat er es sich mit dem Kreml verscherzt und musste sich absetzen.

Auf jeden Fall wurde dieses Buch ein richtiger Bestseller. Damals begann man sich in Deutschland zu fragen, was diese reichen Typen aus dem Osten eigentlich wollen, wer sie sind, wie sie ticken, und vor allem: Woher sie so viel Kohle haben, dass sie den halben Westen aufkaufen können. Nun ja, ich war zur richtigen Zeit am richtigen Ort, und irgendwie ging dieses Buch durch die Decke. Lesetouren durch halb Europa, Vorträge, ich war der Aufklärer dieses Phänomens. Mein Erfolg beflügelte mich, und ich wollte mehr, eine noch größere Story, eine weitere Enthüllung. So fing ich an, immer tiefer in diesem Sumpf zu graben, ich habe den Bogen dabei überspannt und die Gefahren nicht mehr gesehen, ich hielt mich für unverwundbar, der Erfolg war ja meine Bestätigung. Nun ja, ich schweife ab ... Im Zuge meiner neuen Recherchen lernte ich einen fantastischen Kollegen kennen, einen mutigen russischen Journalisten, Nikita, Nikita Pasternak, ja so hieß er, einer der wenigen, die es sich trotz aller Widerstände – und er hätte Gründe genug gehabt, dies nicht zu tun – nicht nehmen ließen, über den zweiten Tschetschenien-Krieg zu schreiben, und zwar Fakten und keine Propagandamärchen. Er war es, der mich auf Alexander Orlow brachte. Sein verstorbener Bruder Stanislaw hatte gegen Orlow und drei weitere Militärs während des ersten Tschetschenien-Kriegs einen Vergewaltigungs- und Mordprozess geführt, der beinahe einen Skandal hervorgerufen hätte.

Nun ja, ich hatte, wie man so schön sagt, Blut geleckt, ich war besessen von diesem Thema, ich wollte alles über diesen widersprüchlichen Typen in Erfahrung bringen, er war nicht so leicht kategorisierbar wie viele seiner Sorte, die in den neunziger Jahren zu unverschämt viel Geld gekommen waren und nun eine ganz eigene Kaste bildeten. Eigentlich ein Intellektueller, einer, der vier oder fünf Sprachen spricht, ein belesener Bastard, mit den perfidesten Machenschaften und Tricks, nach dem, was man so hörte, und um den sich die absurdesten Legenden rankten. Er schien eine uneinnehmbare Festung zu sein, er glich keinem seiner Artgenossen – weder in seinem Werdegang noch in seinem Machtbestreben noch in den Arbeitsmethoden, auch seine Ziele blieben immer schleierhaft. Er gab keine Interviews, äußerte sich fast nie in der Öffentlichkeit, er hielt genug Abstand zur großen Politik, um weiterhin unbehelligt seinen Geschäften nachgehen zu können, und schaffte es gleichzeitig, seine Machtsphäre immer mehr auszuweiten. Längst besaß er Firmen und Immobilienobjekte im Westen, unter anderem auch in Deutschland, war der Herr etlicher Bauprojekte hierzulande und liebäugelte, als ich anfing, über ihn zu recherchieren, mit dem Kauf einer Werft.

Orlow hatte als junger Mann im ersten Tschetschenien-Krieg gedient. Im Sommer 1995 suspendierte er sich selbst vom Kriegsdienst. Kurze Zeit später wurde er mit drei weiteren Männern angeklagt, bei einer sogenannten »Anti-Terror-Operation« ein junges Mädchen verschleppt, vergewaltigt und getötet zu haben. Eine ungewöhnliche Anklage, dieser Prozess wäre normalerweise niemals zustande gekommen, denn das hatte es in der russischen Militärgeschichte noch nie gegeben; niemand wurde von

der russischen Seite wegen Kriegsverbrechen angeklagt, und vor allem nicht wegen eines Kriegsverbrechens in Tschetschenien. Wäre da nicht Nikitas Bruder, Stanislaw, Stas, ein fabelhafter, engagierter, aufstrebender Anwalt gewesen, der sich für Menschenrechte eingesetzt und einige recht spektakuläre Prozesse geführt hatte. Absurderweise war es Orlow, der das Ganze ins Rollen gebracht und auch Stas Informationen zugesteckt hatte. Er zeigte sich quasi selbst an. Auch das ist höchst ungewöhnlich. Auslöser für diese spektakuläre und grausame Geschichte, die damals ihren Anfang nahm und der eine endlose, blutige Spur folgen sollte ... Stas jedenfalls ging der Information nach. Er fuhr nach Tschetschenien, suchte die Familie des Opfers, begann, sie offiziell zu vertreten, und fand einen Richter, der noch nicht gänzlich korrumpiert war.
Ich weiß bis heute nicht, warum man es überhaupt zuließ, dass es zu einem Verfahren kam. Aber es wurde Anklage erhoben und in Windeseile ein Prozess vorbereitet. Man befürchtete, dass, sollte sich der Beginn des Prozesses noch hinziehen, sich einige Leute von oben einschalten und das Ganze unter den Teppich kehren würden. Ein ziemlich skandalöser Fall, man bedenke, Mitte der neunziger Jahre in Russland war eine Ära der vollkommenen Anarchie. Der islamistische Terror war gerade im Begriff, sich zu formieren, die Feindbilder waren noch vage und daher ziemlich leicht zu manipulieren.
Ja, es war eine Sensation, nahezu ein Wunder. Auch wenn der Tatbestand der Vergewaltigung von den Anwälten dauernd bestritten wurde und man stattdessen auf Tötung aus Selbstschutz plädierte, das Opfer wäre nun mal eine Scharfschützin mit unbestreitbar terroristischen Absichten gewesen, die Soldaten hätten im Sinne ihres

Vaterlandes gehandelt, wenn auch mit einem bedauerlichen Ausgang.

Aber bevor es zum entscheidenden Punkt im Prozess kam, wurde Stas ermordet. Der einzige Mensch, der noch einen Hauch Moral besaß und für die Aufklärung dieser Unmenschlichkeit kämpfte, fiel selbst einer Unmenschlichkeit zum Opfer. Wobei dieses Wort, nun, ich benutze es eigentlich nicht mehr. Was ist schon unmenschlich? Ist nicht vielmehr *menschlich*, unentwegt *Unmenschliches* zu tun? Verzeih, ich schweife schon wieder ab, und du frierst ...

Die Männer wurden zwar aus dem Dienst entlassen, aber nach einer gewissen Zeit hatten sie schon andere, nicht minder wichtige Posten inne.

Nach diesem kurzen Prozess, der gar keiner war, kommt die Geschichte erst in Fahrt. Nach dem Prozess begann der unaufhaltsame Aufstieg des *Generals*, wie Orlow genannt wird. Wie durch ein Wunder stieg Orlow in die schmutzigen und vor allem hoch begehrten Geschäfte des Amtes für Sonderbauvorhaben ein, was heißt, dass er sich an allen Konfliktzonen, die Russland *brüderlich überwachte*, und vor allem später, am zweiten Tschetschenien-Krieg, bereichert hat. Denn dieses Amt in den Händen der Militärs finanziert und überwacht alle Bauprojekte in den Frontzonen: Garnisonen, Truppenunterkünfte, Raketenschächte, Militärstützpunkte. Dieses Amt verlässt Orlow bereits als Millionär. Das weitere Vermehren seines Reichtums ist danach nur noch eine Frage der Zeit. Er weitet seine Geschäfte in verschiedene Bereiche und Regionen aus, und binnen sieben Jahren schafft er es, sich in die Riege der reichsten und einflussreichsten Russen einzureihen. Er ...

– Du, entschuldige, aber ich weiß wirklich nicht, ob ich

mir das alles noch weiter anhören will. Alles, was du hier erzählst, macht diesen Orlow in meinen Augen nicht gerade sympathisch, und falls es dein Ziel war, mich für sein Angebot zu interessieren, sorry, da muss ich dich enttäuschen, leider hast du gerade das Gegenteil bewirkt. Wenn du dich im Kaukasus auskennst, wenn du so viel über diese Region weißt, dann muss ich dir nicht erklären, dass ich, eine Georgierin, genug habe von Kriegen und dem darauffolgenden Mist und dementsprechend auf solche Jungs, vor allem solche russischen Jungs, gar nicht gut zu sprechen bin. Bitte geh jetzt, es ist echt kalt, und ich möchte rein. Richte ihnen bitte aus, mein Nein ist auch zum vierten Mal ein Nein. Ich brauche keine Probleme, echt nicht ... Was ist das?
Er hielt ihr den verblichenen Zeitungsausschnitt hin.
– Sieh es dir an. Dann lasse ich dich in Ruhe.
Sie nahm das Bild widerstrebend und wollte es ihm gleich zurückgeben, blieb im letzten Moment doch daran haften. Eine schnelle Abfolge von Irritation, Verwunderung und Schrecken wechselte sich auf ihrem Gesicht ab.
– Wer ist das?
Sie räusperte sich.
– Das ist Nura Gelajewa. Das tschetschenische Mädchen, das 1995 vergewaltigt und umgebracht wurde. Sie war damals achtzehn.
Er wartete, bis seine Worte die nötige Wirkung zeigten, bis sich deren Wirkung in ihrem Kopf vollständig entfaltete, bis sie sich dort einnisten, sich dort ausbreiten konnten wie dunkles und dichtes Moos. Dann fügte er hinzu:
– Und fällt dir etwas auf, die Ähnlichkeit? Die ist doch verblüffend?!

Sie versuchte, es sich nicht anmerken zu lassen, aber die Ähnlichkeit war wirklich frappierend und machte sie ratlos. Nur, dass ihre Haut etwas heller war und das Haar des Mädchens dunkel, ohne den kleinen leuchtend weißen Fleck auf der rechten Seite in ihren wirren roten Locken am Übergang zur Stirn, der daumengroße Kreis, perfekt in seiner Form, als habe man sie mit dem Prädikat »Besonders wertvoll« auszeichnen wollen. Dabei war es eine Zäsur, denn mit dem Auftauchen der weißen Stelle in ihrem Haar hatte eine andere Zeitrechnung begonnen, sie markierte das Auseinanderbrechen des Lebens in zwei Teile, in davor und danach.
Das Gesicht des Mädchens war vielleicht eine Spur weniger fein, malerischer, mit verträumten Gesichtszügen, und doch hatte es auch etwas Verbrauchtes, auf eine zeitlose Art Gelebtes, und der Körper war drahtig und angespannt. Sie wirkte wie jemand, der mit kräftigen Beinen fest auf dem Boden steht und gleichzeitig im Begriff ist, jede Sekunde die Arme auszubreiten und zum Flug abzuheben.
Plötzlich warf sie ihm den Papierfetzen zurück, als handele es sich um eine giftige Frucht. Sie sah ihn mit weit aufgerissenen Augen an:
– Was soll das? Was soll ich jetzt machen? Das Mädchen ist tot!
– Es ist noch nicht klar, was er vorhat. Ich glaube, er will einen Teil seines Lebens, diese Geschichte, erneut aufrollen. Und dieses Video wird, davon gehe ich aus, eine Art Lockvogelfunktion haben. So oder so ist es nur ein Mittel zum Zweck. Er will seine ehemaligen Mitstreiter ausfindig machen. Dieses Video soll an sie gehen. Denn richtig abgeschlossen wurde diese Sache ja nie. Und ich glaube, an der These Nikitas, Orlow habe einen gerech-

ten Prozess gewollt, ist etwas dran. Nach dem Mord an seinem Bruder Stas habe er aber geahnt, dass er keine Chance haben würde, das System zu besiegen, und deswegen habe er einen anderen Weg eingeschlagen, indem er anfing, das System zu bedienen und auszubeuten – auch eine Art Rache, ja, langsam glaube ich, dass es so gewesen sein könnte, so absurd es auch klingen mag. Orlow hat nie wieder über den Prozess gesprochen und jedem, der danach versucht hat, ihn darauf anzusprechen, mit Konsequenzen gedroht. Ich habe über ihn schreiben wollen. Ich war besessen von seinem Leben, von dessen Ungereimtheiten, ich wollte darüber schreiben und den Wendepunkt in Orlows Leben ausleuchten, die Wahrheit finden. Jedenfalls habe ich mich über seine Forderung, dies sein zu lassen, hinweggesetzt, und mein Leben ist mir um die Ohren geflogen. Ich will nicht, dass dir das Gleiche widerfährt, wenn ...
Er hielt inne. Sie fragte sich, welches Wort er sich gerade abschnitt, was er sich gerade verbot. Sie wusste nichts von der Übelkeit, die die bevorstehende Panikattacke ankündigte, das Weichwerden der Knie, das folgen würde, die Schwärze vor Augen – all das wegen eines Namens, der aus drei Buchstaben bestand und den er nicht aussprechen konnte.
– Noch kannst du Forderungen stellen, kannst das Ganze zu deinen Gunsten wenden. Wie viel sind all deine Träume wert? Wie viel kosten sie, na komm schon, sag es mir?!
Seine Stimme wurde brüchiger, er wirkte nervöser.
– Keine Ahnung, die meisten Dinge sind nicht von materiellem Wert ...
– Oh, da irrst du dich aber gewaltig. Wie man bei uns Videospielern sagt: Auf dem höchsten Level angekom-

men, ist alles von materiellem Wert. Stelle Forderungen, lass es dir schriftlich geben, er hält sein Wort, ich kenne ihn, und ich unterstütze dich bei allem, wo ich kann, und lass ihn dir deine Träume bezahlen.
Plötzlich begann sie zu lachen. Sie war Teil von etwas völlig Irrealem geworden. Sie schüttelte sich nahezu hysterisch, er machte sich keine Mühe, sie zu fragen, warum sie lachte, als wäre es eine vollkommen natürliche Reaktion.
– Auf der Rückseite des Bilds steht meine Nummer. Ich werde auf deinen Anruf warten, fügte er noch hinzu und entfernte sich mit einem respektvollen Nicken. Den Zeitungsfetzen hielt sie immer noch in der Hand.
Sie blieb zurück und ahnte nicht, dass er mit jedem Schritt, den er machte, seine Lungen mit Sauerstoff füllte, dem eine Art Rauschmittel beigemischt zu sein schien, dass er spürte, wie etwas losging, wie das Bleierne, das Träge der vergangenen Monate von ihm wich, als verlöre er an Gewicht. Woher sollte sie wissen, dass er seit über einem Jahr nichts dergleichen mehr empfunden hatte, sich deswegen fragte, ob es das Leben war, das nach langer Ohnmacht gerade in seine Adern zurückfloss.

Katze starrte das Bild lange und intensiv an. Die Ähnlichkeit war erschreckend. Wie konnte das sein? Hatte sie Verwandte in Tschetschenien, war es eine Laune der Natur, ein absurder Zufall, der hier aufgedeckt worden war?
Sie dachte an den Wikinger und hatte wieder den Impuls loszuprusten. Es war keineswegs ein Lachen der Erleichterung. Es war vielmehr ein Gedanke, der, während sie dem Wikinger aufmerksam zugehört hatte, ganz plötzlich aufgetaucht war: »Wie viel sind all deine Träume

wert?«, hatte er gefragt. Und sie hatte geantwortet, dass nicht alle Träume in Geld umzurechnen seien.
War sie käuflich, war sie bereit, für ihre Chance diesen Preis zu zahlen? Wie hoch war denn ihr Preis? Ging es dabei wirklich nur um ein banales Video? Wieso nicht, ja, warum sollte sie nicht das Ganze nüchtern betrachten, eine unverschämt hohe Gage verlangen und zustimmen? Oder war das alles völliger Unfug und sie dabei, verrückt zu werden? Unruhig sah sie sich mehrmals um, das Gefühl, beobachtet zu werden, wurde sie seit dem Auftauchen des Vogelmannes nicht richtig los.
Sie musste mit jemandem darüber reden. Ihre Freunde würden sich einfach kopfschüttelnd sorgen, wenn sie anfinge, von einem Oligarchen zu schwafeln, der auf einer dubiosen Liste der »einflussreichsten Russen« stehe.
Sie lief die Straße hinunter, in den Trubel der Ausgehmeile hinein. Die nach Rausch gierenden Menschenscharen passierend, dachte sie an das tote Mädchen und an den Vogelmann, dachte an den Wikinger und die Tatsache, dass sich alle Träume in einem Geldwert ausdrücken ließen. Es erschien ihr nahezu undenkbar, dass die Lebenswege so unterschiedlicher Menschen – dieser reiche Mann und sie – sich kreuzten. Umso lachhafter kam ihr die Tatsache vor, dass der Zufall in Form eines Theaterplakats dafür gesorgt hatte, dass sie auf dem Radar dieses Milliardärs gelandet war. Und wenn man dem verlorenen Wikinger glaubte, war der obendrein auch noch ein Vergewaltiger und Mörder.
Sie wollte nicht nach Hause, in den Wedding würde sie jetzt aber keinesfalls fahren. Sie musste sowieso die Tage dort vorbeigehen und Tina und Sesilia wiedersehen, aber nicht jetzt ...
Sie war erschöpft und gleichzeitig voller Energie, als

könnte sich ihr Körper nicht entscheiden, was für ihn im Moment besser war – die totale Verausgabung oder die völlige Ruhe. Ziellos ließ sie sich in der herbstlichen Nacht treiben und doch, tief im Inneren, wusste sie seit dem Augenblick, in dem sie den Club verlassen hatte, wohin sie ihre Beine führten. Sie wollte sich das Ziel nicht eingestehen, sie wollte ihre Schwäche nicht zugeben, wollte es nicht nötig haben, schon wieder dorthin zu eilen, wollte nicht in dieser Wortlosigkeit verloren gehen. Eine erneute Etappe des Abschieds.

Wenn sie es sich genau überlegte, war ihre Beziehung von der ersten Begegnung an eine in Zeit und Raum ausgedehnte Trennung. Ein Abschied in Etappen. Aber die wievielte war diese? Auf welcher Stufe befand sie sich gerade? Und wie lange würde sich diese Zeit noch ausdehnen lassen? Und dann? Was dann? Würde sie dann einfach reißen wie ein zu schlaff gewordenes Gummiband?

Die letzte Stufe hatte sie vor drei Monaten erreicht, aber hatte sie sie überwunden? Vor drei Monaten war sie aus seiner Wohnung und seinem Leben hinausspaziert, in dem sie eh nur ein Schattendasein gefristet hatte. Seitdem hatte sich die Stille konstant gehalten: keine Anrufe, keine E-Mails. Seine vagen und eher hilflosen Versuche, mit ihr in Kontakt zu treten – er hatte zwei Postkarten von seinen »musikalischen Forschungsreisen« geschickt, wie er seine einsamen Trips nannte, die er zwei- bis dreimal im Jahr unternahm und die ihn an die abgelegensten Orte der Welt führten –, hatten bei ihr nur einen faden Geschmack hinterlassen.

Sie hatte nicht reagiert.

»Bist du es denn nicht leid? Ich meine, immer wieder mit diesen banalen Begriffen zu hantieren. Trennung, bla bla,

ich meine, du stehst darüber, wir stehen darüber, wann begreifst du es denn endlich?« Wie sie ihn für diese verlogenen Sätze verachtete. Und trotzdem kam sie nicht umhin, daran zu zweifeln, ob er nicht doch ein klitzekleines bisschen recht haben könnte. Ja, vielleicht gab es für sie und ihresgleichen keine Normalität. Sie, die Rastlose, die sogar unter Vertrauten fremd blieb, wenig sagte, auf der Bühne bis zur Selbstauflösung spielte und die Zuschauer spaltete – vollständige Ablehnung oder grenzenlose Begeisterung –, die zu düster und leise war, um im nächsten Augenblick zu laut und pathetisch zu werden, die so viel vom Leben wollte, dass sie unter der Last dieses Wollens immer wieder zusammenbrach; sie, in deren Haar der Tod ein unverkennbares Zeichen hinterlassen hatte, sie, die nicht wusste, wohin sie gehörte, sobald sie die Bühne verließ, sie, die immer hungrig war und den Hunger oft vergaß, sie, die geküsst werden wollte, bis die Lungen schmerzten, und die nichts so sehr liebte wie Einsamkeit, die sich ständig mit Menschen umgab, die sich selten so unwohl fühlte wie in Gesellschaft von Menschen, die Zuversicht und Klarheit ausstrahlten und Geradlinigkeit und die ihre Gefühle portionierten.
Manchmal, da hatte sie sich gefragt, ob es nicht *folgerichtig* war, er und sie. Vielleicht war es egal, sie waren eh außerhalb von Zeit und Raum zusammen, dass in Wien eine Frau auf ihn wartete und ein Sohn und ein Haus und Bademäntel und Pantoffeln und seine Lieblingsmarmelade und seine Platten und sein Duschgel und sein Nackenkissen – der bürgerliche Albtraum, den er öffentlich so sehr kritisierte, so sehr belächelte, erwies sich als ein durchaus bequemes Auffanglager für seine Neurosen und seine Attitüden. Vielleicht sollte es ihr egal sein, dass er sich in jeder Stadt, in der er sich beruf-

lich über einen längeren Zeitraum aufhielt, ein Mädchen suchte, das ihn bestaunte und bewunderte und ihm auf den Schoß sprang, sobald er anfing, seine Klischees übers Komponieren auszubreiten. (Die Einsamkeit, zu der das Komponieren einen verdammte, die Verlorenheit, in die er eindringen musste, wenn er Musik schreiben wollte, und so weiter und so fort ...)

Das Bild des ihr zum Verwechseln ähnlich sehenden Mädchens pochte in ihrer Tasche, als wäre es ein herausgeschnittenes und noch lebendiges Herz. Sie beschleunigte den Schritt. An dem Fahrradstand bei der U-Bahn-Station entdeckte sie ihr Rad, das sie vor einigen Tagen hier abgestellt hatte, und freute sich darüber, sie schloss es auf, schwang sich darauf und radelte davon, durchquerte die Lichter und den Lärm, durchquerte die quietschbunte Kraterlandschaft, der die Stadt in jener Nacht glich.
Bei dem schönen Eichentor angekommen, klingelte sie, in der Hoffnung, er sei nicht da.
– Ja?, erklang seine belegte Stimme durch die Anlage.
– Ich bin's.
Während sie die Treppen hinaufrannte, wusste sie bereits, dass es ein Fehler war und sie sich für ihre Schwäche hassen würde.
Sie wünschte, dass ihr Zusammensein nicht von Anfang an eine Trennung in sich getragen hätte. Sie wünschte sich, eine andere zu sein, eine, für die die banale Normalität etwas Angeborenes wäre, sie wünschte sich, dass sie sich niemals begegnet wären, sie wünschte sich, dass sie das Bild des toten Mädchens nicht verfolgen würde, sie wünschte sich, dass die Vergangenheit nicht immer einen verzerrten Schatten auf ihre Gegenwart warf, sie

wünschte sich, dass den Frauen ihrer Familie etwas mehr Vernunft und etwas weniger Verschrobenheit eigen wären und sie nicht dauernd das Gefühl zu haben bräuchte, ihr Verhalten den Menschen hierzulande erklären und übersetzen zu müssen. Sie wünschte, sie würde sich selbst nicht so rasend entkommen wollen. Und vor allem wünschte sie sich, sich niemals in dieses Auto gesetzt zu haben ...

Er stand im Halbdunkel des Flurs, mit zerzausten Haaren, barfuß, mit einem Weinglas in der Hand, und sah sie an. Sie sagte nichts. Er wollte auch nichts hören, die benötigte selbstverherrlichende Bestätigung, die ihm ihr Auftritt verschaffte, war ihm allemal willkommen.

Sie wollte das Foto des toten Mädchens herausholen. Wollte ihm irgendetwas erzählen, wollte Beistand, Rat, Trost, aber all das würde er nur mit seinen Händen, seinem Körper, seiner Zunge geben können. Dabei wollte sie alles andere, nur nicht das, wollte nicht berührt, nicht noch mehr aufgewirbelt werden, als sie es ohnehin schon war: Dass er ihr Halt geben würde, das konnte sie nicht von ihm verlangen. Trost von seiner Seite klang wie ein auswendig gelerntes, schlechtes Gedicht.

Alles, was er ihr anbot, tat weh, und doch war kein anderer genug, um sie von dieser Leere fortzureißen, die er in ihr hinterließ, in der Magengrube, auf den Handinnenflächen, am Schlüsselbein, immer, wenn er für ungewisse Stunden, Tage, Wochen aus ihrem Leben verschwand, mit der Behauptung, sie hätte es nicht nötig, ihn zu brauchen, sie stünde darüber. Aber worüber?

Seit das tote Mädchen aufgetaucht war, fing auch das Licht wieder an sie zu blenden. Das Licht der Autoscheinwerfer. So lange schon hatte sie geglaubt, ein für alle Mal aus dem Wagen entkommen zu sein, aber nun, so unver-

mittelt, schien sie wieder darin zu sitzen und an der verriegelten Tür zu rütteln.
Ihr war nach Weinen zumute. Und sie hätte ihm so gern erzählt, wie es sich anfühlte, von der eigenen Kindheit verfolgt zu werden, die nichts anderes war als eine tickende Zeitbombe, wie es sich anfühlte, die Last der Verantwortung für all die wahnsinnigen, verlorenen, nach einem Ankommen süchtigen und mit solcher Verzweiflung liebenden Frauen ihrer Familie täglich auf den eigenen Schultern zu spüren.
Sie hätte ihm so gern von dem Vogelmann erzählt und so gern gefragt, ob er auch daran glaubte, dass man Träume in einen Geldwert umrechnen kann, aber stattdessen folgte sie ihm wie eine Schlafwandlerin in das dunkle Arbeitszimmer, wo er zwischen einem Flügel und vielen Rechnern und Pulten versank; sein magisches Reich, in dem er melodische Formeln produzierte, Formeln fürs Glück.
Er setzte sich wortlos an ein Mischpult, das an einen Laptop angeschlossen war, eine Brille baumelte an einer schwarzen Kette auf seiner Brust, das bläuliche Licht des Bildschirms ließ sein Gesicht ungesund scheinen. Sie blieb im Türrahmen stehen, lehnte sich an die Wand und dachte darüber nach, wie oft sie sich in diesem Raum geliebt hatten. Wie oft er ihr hier von Dingen erzählt hatte, die ihre Sehnsucht geweckt hatten, Dinge, die alle so anders waren als das, was sie normalerweise zu hören bekam. Wie er ihr von seiner Reise in die Antarktis erzählte, vom Klang der Stille, den er später für sein Album nachkomponieren wollte, wie er daran verzweifelt war.
Eine schräge, atonale Melodie erklang. Das letzte Album hieß *Darkwood*, etwas zwischen Klassik und Electro, und hatte die Kenner begeistert, man hatte es als »gewohnt kompromisslos« gepriesen, und selbstverständlich kam

es nicht einmal in die Nähe des Mainstreams. Wie blind sie ihm gefolgt war, wie fest ihr Glaube damals gewesen war – ihr Glaube an seine Gebote, die er ihr mit seiner Nähe auferlegt und dafür sklavische Ergebenheit von ihr gefordert hatte. Und die er, eines nach dem anderen, allesamt selbst gebrochen hatte. Hier, in dieser Wohnung, in diesem Zimmer, in diesem Reich, in dieser Parallelwelt hatte sie geliebt und gelebt und gehofft und sich Momente ersehnt, die niemals eingetreten waren und niemals kommen würden – ja was wollte sie eigentlich hier? Die Melodie war wirklich schräg, aber sie hatte etwas Verlockendes, aus irgendeinem Grund musste sie an das Wort »Höhle« denken.

– Und? Was sagst du?, fragte er sie plötzlich, ohne den Blick vom Bildschirm abzuwenden. Sie zuckte mit den Achseln. Sie wusste, dass sie ihn mit dieser Geste provozierte, er duldete kein Ausweichen.

– Du willst also nicht reden? Ich dachte, deswegen bist du hier ...

Er sah sie nicht an, tippte stattdessen konzentriert auf der Tastatur.

– Nein. Deswegen nicht.

Aber dennoch eine gute Frage: Warum war sie hier? Um sich von ihm die Kleider vom Leib reißen zu lassen, sich in seine Schulterblätter zu verkrallen, seine Lippen einzusaugen, mit den Beinen seine Hüften zu umschließen, wie ein Affe an ihm zu hängen, sich von ihm davontragen zu lassen, ins andere Zimmer, in ein anderes Land, das Lichtermeer von außen zu vergessen, zu schwitzen und zu küssen und zu keuchen und zu schmatzen, zu schmecken und seine Küsse auf ihrem Körper zu spüren, Trostküsse dafür, dass er nicht bereit war, ihr mehr zu geben als den Augenblick?

Sie begann umherzuwandern, wie eine streunende Katze lief sie die Zimmerwände ab, mit der Hand ihre Beschaffenheit ertastend, als suche sie nach etwas, das ihr während der ganzen Zeit ihres zerstückelten und wieder zusammengeflickten Zusammenseins entgangen war. Der Raum war groß, die Decke hoch, der Ausblick atemberaubend – er legte das ganze nächtliche Wochenendleben dieser rastlosen Stadt frei –, und genau das brauchte er, auf Distanz bleiben und doch mittendrin sein, nicht hineingehen, aber alles stets im Blick behalten, bloß nicht zu nah kommen, aber auch nicht das Gefühl haben, man sei außen vor. Ja, er war der Alleinherrscher in diesem Reich, das einem Beobachtungsposten glich.

Sie blieb vor dem Bücherregal stehen. Auf der zweiten Ablage sah sie den Plastikhasen – ein billiges Souvenir, das sie für ihn auf der Kirmes bei einer Schießbude erkämpft hatte. Sie hatten viel gelacht, er hatte sich von ihr roten Lippenstift aufmalen lassen und so getan, als wäre er ihre weibliche Begleitung, fügsam und schreckhaft, während sie mit tiefer, verstellter Stimme den Rowdy gab, der seiner Geliebten die Welt zu Füßen legte. Sie nahm das weiße Ding mit blauen Glupschaugen in die Hand und trat ans Fenster, das Teil in der Hand hin und her bewegend. Dann riss sie das Fenster auf und warf es hinaus. Sie wusste selbst nicht, warum sie es tat, es war einfach ein Impuls, dem sie folgte.

Er tat so, als würde er es nicht bemerken, drehte stattdessen die Melodie lauter. Sie wanderte weiter durchs Zimmer. In der Ecke, wo einige Jeans über eine Stuhllehne hingen, entdeckte sie das Shirt, das sie ihm gekauft hatte, ein Mitbringsel als eine geheime Botschaft. Darauf gedruckt eine Aussicht ins Endlose, ein Meer ohne Anfang und ohne Ende, das Gefühl, das sie einst für ihn gehegt hatte. Sie nahm das Shirt in die Hand, roch daran, der unverkennbare Geruch nach Deo und Wald, ein Geruch, den sie immerzu in sich eingesogen hatte, wenn sie von ihm fortging, für die Zeit der Abschiede und der Abwesenheit. Dann trat sie erneut ans Fenster und warf es hinaus. Weich, schwerelos verschwand es in der Nacht. Im Rücken spürte sie seinen zornigen Blick und seine Selbstbeherrschung.

Die Melodie wurde forscher, unbequemer, als kratzte ein Gegenstand auf einer glatten Oberfläche. Als Nächstes fand sie die Schallplatte *Surfing on Sine Waves* von Polygon Window. Auf einer Fähre – wohin fuhren sie, woher kamen sie? – hatte er ihr über diese Platte einen Vortrag gehalten, und sie hatte so getan, als lausche sie ihm aufmerksam, hatte dabei nur seine Mundwinkel beobachtet und die Lachfalten um die Augen und die bebenden Nasenflügel und die zittrige, ansteckende Leidenschaft, mit der er ihr von irgendwelchen musikalischen Wagnissen berichtet hatte.

– Was soll das? Leg die Platte sofort hin, Katze!

Immerhin bekam sein emotionsloser Panzer also Risse. Aber es war schon zu spät, die Platte segelte aus dem Fenster, sie flog schnell, verschwand in Sekundenschnelle in der Dunkelheit.

– Was soll die Scheiße?!, brüllte er.

Als Nächstes war ein Foto an der Reihe. Der einzige bildliche Beweis ihrer Existenz in seiner Welt. Sie in der Abschlussinszenierung eines Regiestudenten als Hedda in *Hedda Gabler*, mit einem Blick, der zugleich Erlösung und Niedergang herbeisehnte – so hatte er es beschrieben, so hatte er das Foto betitelt –, ihren Ejlert anblickend, der mit dem Rücken zur Kamera stand. Wegen dieses Blickes habe er sich für das Bild entschieden. Jetzt mutmaßte sie,

er hatte es getan, weil sie auf dem Bild weit genug weg stand, um nichts Verbindliches zu verraten.
– Hör auf!
Jetzt erhob er sich von seinem Thron.
Seit ihr Körper die Unschuld abgelegt und die Merkmale einer Frau bekommen hatte, seit er anfing, Signale in die Welt auszusenden, seit er anfing, Sehnsüchte zu hegen, versuchte sie zu begreifen, wie die Nähe zu einem anderen Menschen, zu einem anderen Körper aufgebaut und vor allem erhalten werden konnte, ohne daran zugrunde zu gehen, und das durchaus wörtlich. Sie hatte nicht gelernt, selbstgenügsam zu sein, und nach einem heißen Liebesspiel den Geliebten mit einem Weinglas in der Hand zu verabschieden, am besten in einem Morgenmantel aus Seide, barfuß und selbstverständlich auf den lackierten Holzdielen einer inszeniert chaotischen Altbauwohnung. Sie hatte es nicht gelernt zu lieben, ohne dass die Liebe wie ein Luftballon immer mehr anschwoll.
Und dann er. Dieser eine Buchstabe, hinter dem sich eine uneinnehmbare Festung verbarg. Er, der sie jetzt mit wutverzerrter Fratze anstarrte, mit Mühe versuchte, seine Aggression zu unterdrücken.
Sie musste sich von ihm befreien. Sich seiner entledigen. Alle Spuren von ihm abkratzen. Ihr fiel ein, der BH, den sie trug, der schwarze, schlichte mit etwas Spitze, stellte auch eine Brücke zu ihm dar, er war genauer gesagt auf sein Geheiß hin geklaut worden.

Er hatte sie damals gefunden. In der schwülen Premierennacht hatte er sie tatsächlich in ihrer Lieblingsbar aufgetrieben. Drei Hinweise hatte sie gegeben, wie von ihm verlangt. »Liechtensteinpark, Votivkirche, gegenüber eine Änderungsschneiderei.« Als sie in der Bar an einem

Gin Tonic nippte, fragte sie sich, was sie besser finden würde – von ihm gefunden zu werden oder nicht.
Er hatte sich in jener Nacht in ihren Körper eingeschrieben, sie hatte sich in seinem festgekrallt, sie hatte Fassungslosigkeit empfunden angesichts seiner Fähigkeit, ihrem Leib so blind zu vertrauen, ihm so sklavisch ergeben zu sein. Und sie, der das Misstrauen durch die zweigeteilte Biografie anerzogen war, ließ sich von dieser Eigenschaft mitreißen. Und er riss sie mit, mit voller Wucht, die seinen Noten und seinen Küssen eigen war. Sie durfte keine Fragen stellen, sie würde die falschen Antworten erhalten, das wusste sie bereits von Anfang an. Aber das Spiel, das er eröffnet hatte, war zu reizend, zu verlockend, zu besonders, als dass sie so ohne Weiteres hätte aussteigen können. Er spielte für sein Leben gern, genauso wie sie, nur dass sie dafür die Bühne hatte und für ihn das Leben diese Bühne darstellte.
Das nächste Rendezvous war ebenfalls eine Provokation, aber sie gefiel ihr. Sie war herausgefordert, endlich war sie das.
»Du nimmst das Ticket bestimmt nicht an, das ich dir kaufen will, und du wirst sicherlich nicht in den nächsten Flieger nach Málaga steigen, wo ich im Mesón Ibérico auf dich warten werde? Mit dem besten Tapasteller deines Lebens?« »Nur wenn du mich dort in einem weißen Hotelbademantel in Empfang nimmst!«, lautete ihre Antwort.
Sie nahm den Flieger. Er saß da. In einem weißen Hotelbademantel, auf dem »Soho« stand. Sie schwitzten die Laken nass, krallten sich ineinander fest, saugten sich aneinander, atmeten sich ein. Später sprang er nackt vom Bett und spielte ihr die neue Melodie vor, die ihm am Tag zuvor geglückt war, und in dem Moment, in dem er ihr

von irgendwelchen musikalischen Feinheiten erzählte, die sie ganz und gar nicht verstand und die sie nichts angingen, begriff sie, dass sie ihn halten wollte, ganz nah bei sich, am Herzen, bei den Lungen, dass sie ihn anstecken wollte, mit sich, mit allem, was sie war.
»Du schaffst es nie, zu diesem Mann zu gehen und ihm dein Höschen in die Anzugtasche zu stecken!« Dieser Satz war der erste, den er in Berlin an sie gerichtet hatte, nachdem sie nach dem Studium wieder hierher zurückgekommen war, mit zweihundert Euro in der Tasche und viel, viel Hoffnung. Die Tatsache, dass er in Berlin eine Wohnung unterhielt, hatte ihr die Entscheidung durchaus leichter gemacht.
Das war die Spieleröffnung. Die olympische Fackel. Sie erinnerte sich noch, wie sie im »Madame Wong« saßen und sie gerade Frühlingsrollen serviert bekommen hatte und er zu dem Ehepaar am Nachbartisch schielte und ihr über den Tisch gebeugt diese spitzbübische und alberne Aufforderung ins Ohr geflüstert hatte. Sie schaffte es und verlangte im Gegenzug, dass er den Nachhauseweg unbekleidet, nur in Socken und Schuhen bestritt. Er fügte sich. Es war zum Glück dunkel, das Partyvolk belagerte die Gegend, und er schritt durch die Feierwütigen hindurch, als wäre es das Normalste der Welt, splitterfasernackt durch die Nacht zu ziehen. Sie hatten es nicht so weit bis zu ihm.
Diese Spiele besaßen einen regelrechten Suchtfaktor.
»Du schaffst es nie, dem Regisseur zu sagen, dass er ein Wichser ist.« »Du schaffst es nie, Aufnahmen von unserem Sex auf deine CD zu schmuggeln.« »Du schaffst es niemals, bei einem Karaoke-Battle mitzumachen und zu gewinnen.« »Du schaffst es nie, deinem ehemaligen Klassenlehrer einen Liebesbrief zu schreiben.« »Du schaffst es

nie und nimmer, zwölf Stunden durchgehend mit mir Sex zu haben.« »Du schaffst es nie, bei dem Wetter in den Schlachtensee zu springen.« »Du schaffst es nie, deine Höhenangst zu überwinden und mit mir einen Fallschirmsprung zu wagen.« »Und du schaffst es bestimmt nicht, deiner Frau von mir zu erzählen.« Stille.
Und eine solche Aufforderung war auch das Klauen des BHs aus einer Nobelboutique am Züricher Flughafen gewesen. (Was hatten sie dort gemacht? Ein Theaterstück besucht, für das er die Musik geschrieben hatte?)

Sie zog den Pullover aus. Er würde nicht fragen, was sie vorhatte, denn er wollte so unbedingt jemand sein, den nichts überraschte, da er alles Überraschende bereits in sich trug. Und wie schwer doch diese Sehnsucht auf ihm lastete, diese Pflicht, zu der er sich nötigte, dieses Unbedingt-anders-sein-Müssen und zugleich so dermaßen gefangen zu sein in einem Kerker aus selbst auferlegten Zwängen. Und unter all dem lag ein Kern verborgen, etwas, das er nicht zugab, vor sich nicht, vor der Welt nicht, vor seiner stets schweigenden und im Hintergrund wartenden Gattin nicht, dieser Kern war schutzlos und verängstigt und hatte etwas Ohnmächtiges an sich, dieser Kern schien nicht überlebensfähig – zu ihm hatte sie vordringen wollen.
Sie begann, sich im Kreis zu drehen, die Arme wedelnd, als wären sie zwei separate Gegenstände, gummiartige Gebilde, keineswegs mit ihr verbunden. Das durchgeschwitzte T-Shirt flog auf den Boden. Sie blieb im schwarzen BH stehen.
Die Melodie schoss nach oben in eine schwindelerregende Höhe, und sie passte sich ihrem Rhythmus an.
In ihrer Hose steckte ein schwarzweißes, grob gerastertes

Bild einer Toten, die ihr zum Verwechseln ähnlich sah und von der er nichts wusste, von der auch sie bis vor wenigen Stunden nichts gewusst hatte.
War das ein Anfang? Oder steckte sie schon mittendrin in einer fremden Geschichte? Lag in diesem abstrusen Besuch des Vogelmannes, in dieser merkwürdigen Begegnung hinter dem Club mit diesem ungeschickt wirkenden Wikinger ein Hinweis verborgen?
Jetzt sah er sie an. Sein Blick brannte auf ihren Wangen. Sie schloss die Augen und drehte und drehte sich, bis die Zeit stillstand oder wie Sand verrann, bis die Gedanken leise wurden, bis es nur noch diesen Körper gab und diese Blicke. Dann öffnete sie den Verschluss ihres BHs und trat erneut ans Fenster. Die Melodie wurde schneller und wilder, aber auch freier und kindischer, als wollte sie spielen und keineswegs ernst und anspruchsvoll sein.
Er erhob sich. Er kam auf sie zu, als wartete er auf ein Signal von ihr, als wollte er das Richtige tun, das Richtige für sie. Aber das konnte er nicht. Das war ihm nicht möglich. Sie hatten ausgespielt. Sie hatten alles verspielt. Auch sich selbst.
Der schwarze Stoff flog langsam, wie eine Feder in die Nacht.
– Was tust du da?
– Weißt du noch? Ich habe ihn in dieser Boutique geklaut. Am Flughafen. Ich weiß bloß nicht, was wir dort gemacht haben …
– Willst du mich nicht auch gleich aus dem Fenster werfen?
– Vielleicht will ich das.
– Dann versuch es.
– Bitte fass mich nicht an!
Sie trat zurück. Er würde ihr bestimmt gern einen Kuss

auf die Lippen drücken, und sie würde ihn so gern annehmen. Ihren müden Körper in seine Arme betten und nichts mehr müssen. Sein Kuss wäre forscher, und in ihm würde sich seine Wut entladen – die Wut, dass sie es gewagt hatte zu gehen. Es wäre so schön, in das dunkle Schlafzimmer zu taumeln, trunken und gedankenlos und sich die Rippen weiten zu lassen. Mehr als ein Liebhaber war er schon immer ein Chirurg gewesen, der sie bei vollem Bewusstsein unter lokaler Betäubung operierte und ihr dabei die ganze Zeit in die Augen sah, neugierig auf jeden Gedanken, den er in ihr hervorrief.
Jetzt aber wollte sie ihm nicht zugestehen, ihre Gedanken zu lesen.
Schon immer hatte sie von ihm lernen wollen, wie man so liebte, so selbstvergessen und begierig und am nächsten Morgen davon nichts mehr wissen wollte, wie man so viel verlangen und dabei so wenig geben konnte.
Wie lange konnte solch ein Abschied dauern? Tage, Wochen, Monate, gar Jahre?
Sie wollte nicht mit seinem Geruch am Körper in die Nacht hinausmüssen. Während er ruhig und zufrieden schlafen würde. Er schlief selten gut. Seit sie ihn kannte, quälten ihn Albträume, oder er litt unter Schlaflosigkeit, manchmal schreckte er mitten in der Nacht schweißgebadet hoch und schaute sie einige Sekunden verwirrt an, wenn sie versuchte, ihn zu beruhigen. Selten, äußerst selten, schliefen sie Arm in Arm ein, er mochte es nicht, im Schlaf berührt zu werden. Die grenzenlose Gier nach Nähe verbrauchte er meist beim Sex, danach war sein Appetit auf Kommunikation, auf Berührungen gestillt.
Sie stand da und dachte, dass sich Abschiede manchmal gar nicht anfühlten wie Abschiede. Dass Natalia viel-

leicht recht hatte und man die Liebe einfach zerlutschen konnte wie ein Bonbon.

Sie nahm ihre Kleider vom Boden auf und ging auf Zehenspitzen in die Küche und dann in den Flur. Ohne das Licht einzuschalten, zog sie sich das Shirt und den Pullover wieder an.

Sie wollte sich diesen Abend genauestens einprägen, sie wollte sich auch Jahre später noch daran erinnern, wie die Schuhe im Flur aufgereiht waren, welche Teetasse benutzt in der Spüle stand, wie der Rotwein hieß, der halb ausgetrunken auf dem Tisch zurückgelassen worden war, an den Geruch, den Abschiedsgeruch auf ihrer Haut. Von der Straße drangen einzelne Gesprächsfetzen zu ihr. Er blieb im Zimmer mit seiner Musik, als hielte sie ihn dort fest, als wäre er ihre Geisel.

Sie zog ein Taschentuch aus der Jackentasche und fand in der hässlichen Souvenirtasse auf der Kommode im Flur mit der Aufschrift »Prag« und einer billig gemachten Skizze der Karlsbrücke, die seit Jahren dort stand und die sie schon immer irritiert hatte wegen ihrer absoluten geschmacklosen Andersartigkeit, den gesuchten Kugelschreiber. Sie breitete das Taschentuch aus und schrieb zwei Sätze darauf: »Du wirst für immer mein liebstes Arschloch bleiben. Auf Wiedersehen.«

In jener Nacht träumte sie von dem toten Mädchen. Das Mädchen war voller Lachen und tanzte in der Dämmerung an einem surrealen Ort. Irgendwann aber war sie selbst das Mädchen mit den dunklen Haaren und rannte über die Straßen eines verlassenen Dorfes, das wie von Potemkin gebaut aussah. Selbstsicher steuerte sie ein ihr unbekanntes Ziel an. Sie hatte sich lange nicht mehr so gut gefühlt wie in diesem Traum, so dass ihr das Aufwachen wie eine nahezu unerhörte Beleidigung vorkam.

1995/Malisch

Der Mond war eine Sichel und ritzte die Sterne in die Himmelshaut. Die Luft war staubig und schwer, er hatte das Gefühl, als verstopfe sie seine Lungen, das Schnarchen der anderen Soldaten, mit denen er den Container teilte, verfolgte ihn sogar in den tiefsten Schlaf wie ein besonders kakophonisches Orchester. Er zog die Hose an und schlich aus dem Wohncontainer, er musste sich vergewissern, dass es außer diesen kahlen Wänden, auf die Juritsch drei Nacktfotos von Frauen geklebt hatte, außer den Metallschränken, den kleinen aufklappbaren Tischen, außer dieser verpesteten Luft und dem endlosen Warten, das dem unaufhörlichen Ticken einer Bombe glich, außer dieser auf der Haut juckenden Sehnsucht auch etwas anderes gab. Zum Beispiel die Schlucht, die das Aul umgab, in das sie im Mai 1995 verlegt worden waren, und natürlich den atemlosen Argun-Fluss, der trotz seines launischen Charakters eine beruhigende Wirkung auf ihn ausübte.

Er ließ den Containerblock hinter sich, die Armeelaster, die nebeneinander aufgereiht parkten, lief am Panzer des Obersts vorbei, der direkt vor der Lagereinfahrt stand wie eine überdimensionale Trophäe der gesamten Truppeneinheit 6952, und bog in den Schotterweg ein, der hinunter zum Dorfzentrum führte.

An einer Kreuzung wandte er sich nach links, beleuchtete den Weg, der immer finsterer wurde, mit einer kleinen Taschenlampe, stieg einen Abhang hoch, weiter, immer weiter, bis zu dem kleinen versteckten Hügel, der ihm seit einigen Tagen eine hervorragende Zuflucht bot. Nach und nach gewöhnten sich seine Augen an die Dunkelheit, die hier im Kaukasus eine ganz andere war als in seiner nördlichen Heimat, eine Dunkelheit voller Geheimnisse. Der von Sternen übersäte Himmel wirkte wie ein Gesicht mit Tausenden von Sommersprossen und hatte etwas Tröstliches. Er hörte den Kies unter seinen Schuhen knirschen, er folgte dem schmalen Pfad immer weiter in die Höhe. Wäre es hell, würde er den Fluss entlanglaufen, den Hügel hinter sich lassen und den kleinen Berg erklimmen und dort in *seine* Höhle kriechen, um die Aussicht auf die Schlucht zu bestaunen, dem Rauschen des Wassers zuzuhören, beim leisesten Flügelschlag eines rätselhaften Nachtvogels den Atem anzuhalten, kleine Kiessteine in die Tiefe zu werfen und sich wegzuträumen – das vor allen anderen Dingen seine Lieblingsbeschäftigung, seit sie ihr Lager hier aufgeschlagen hatten.

In Grosny gab es keine Luft zum Atmen, keine Zeit zum Träumen, keinen Schlaf und keine Gedanken. In Grosny herrschte Krieg, es gab Schüsse, Explosionen und den puren Überlebenswillen, den Wunsch, lebend von A nach B zu kommen. Der Hass war allgegenwärtig, die fliehenden Menschen, die Sperrstunden und die Kälte zerrten an den Nerven, die Toten im matschigen Schnee waren zum Teil so verunstaltet, dass sie nicht einmal mehr wie Tote aussahen, als würde dieser Krieg eine neue Kategorie erfinden, eine Abart von Mensch.

Umgeben von der klebrigen, nach Schweiß riechenden Angst und umklammert von dieser inneren Dumpfheit, der Leere, war die einzige Möglichkeit, nicht verrückt zu werden, auf nichts zu reagieren und jede moralische Instanz zu vergessen. Hätte er die Realität aus dem Blick verloren, hätte es ihn das Leben kosten können. Aber der ewige ohrenbetäubende Lärm bei den Luftangriffen ließ

ihm ohnehin keine Zeit, die widerliche Wirklichkeit auszublenden.
Durch die Verlegung seiner Einheit in die Schlucht veränderte sich diese Wirklichkeit auf radikale Weise. In dieser atemberaubenden Schlucht, die völlig vom Rest der Welt abgeschnitten war und in der es eine eigene Zeitrechnung zu geben schien, wo alles verlangsamt vonstattenging, es viele alte Männer in langen Gewändern und schweigsame, finster dreinblickende Schönheiten gab, regierten weder die Föderalen, wie die Einheimischen die Russen nannten, noch die Sondereinheiten der tschetschenischen Bojewiken oder die Kontraktniks, also die Zeit- und Berufssoldaten, sondern lediglich die ungezähmte Natur, gleichermaßen gleichgültig Lebenden wie Toten gegenüber.
In diesem abgelegenen Aul wurde das Leben immer noch von den traditionellen Adat-Gesetzen der Bergvölker bestimmt, diesen uralten Gesetzen, die das Gemeinschaftsleben regelten. Im Vergleich zu den vergangenen Monaten in Grosny war dieser Ort das reinste Paradies. Zwar hielten ihnen auf der Fahrt dorthin der Oberst und sein Adjutant Petruschow einen Vortrag über die Gefahren, die auch jene Schlucht in sich barg – sie sei ein beliebtes Versteck der tschetschenischen Bojewiken und neuerdings der »sich wie die Pest ausbreitenden« Wahhabiten, die den religiösen Terror predigten, aber alles schien besser und vielversprechender als der nie enden wollende Albtraum von Grosny, der ihn, da war er sich sicher, sein Leben lang verfolgen würde.
Äußerste Vorsicht sei angebracht, die Dorfbewohner müssten im Auge behalten werden, jeder Einzelne, ob klein, groß, männlich, weiblich, jung oder alt. Aber bislang lag das frühsommerliche Umland in einer be-

eindruckenden Ruhe versunken, und so glich ihr Aufenthalt an jenem idyllischen Ort einem Wunder, dem Kriegsgott auf eine unerklärliche Weise abgetrotzt.
Die Truppeneinheit 6952, zu der ihn der Zufall geführt hatte, war beim Sturm auf Grosny dabei gewesen und hatte schwerste Gefechte überstanden und entsprechend hohe Verluste erlitten. Oberst Schujew, der Kommandeur seines Trupps, ein cholerischer, angsteinflößender, kriegsgezeichneter Mann mit einem Alkoholproblem, erreichte aus diesem Grund und mithilfe seiner guten Kontakte zum Verteidigungsministerium nach der vorübergehenden Einnahme von Grosny im April, dass die Verlegung seines Trupps genehmigt wurde. Sie konnten die Kampfzone um die Hauptstadt verlassen und in diesen abgelegenen Militärbezirk, in die Argun-Schlucht, wechseln – offiziell für eine Anti-Terror-Operation, tatsächlich war es eine »Atempause«, bis die Hölle sie wieder zurückrufen würde.

Bei einem solchen Anti-Terror-Einsatz war der Auftrag, ab und zu ein paar Bojewiken festzunehmen, um solch eine Operation überhaupt rechtfertigen zu können, und so galt es, ein paar freiheitsliebende »böse Jungs« aus ihren Bergverstecken herauszuholen. Ansonsten war es ein regelrechter Urlaub. Vor allem im Vergleich mit den vergangenen Monaten in der Hauptstadt.
Zuvor hatte Schujew »seinen Jungs«, wie er den inneren Kreis seiner Untergebenen nannte, sobald nach ein paar Gläschen seine sentimentale Ader zum Vorschein kam, eine luxuriöse und vollkommen unerwartete Überraschung bereitet: Dank eines befreundeten Armeepiloten, der ihm anscheinend einen Gefallen schuldete, standen zwei Hubschrauber zur Verfügung, die gerade nicht

im Einsatz waren und die die kleine Gruppe der Männer für ein Wochenende nach Wladikawkas ausflogen.
Auch Malisch wurde diese besondere Ehre zuteil, auch wenn Schujew bis dahin kaum ein Wort mit ihm gewechselt hatte und er auch während der Einsätze ein besserer Handlanger geblieben war, ein von den härtesten Kampfeinsätzen verschonter Laufbursche.
Manchmal mutmaßte er, Schujew habe seinen Vater gekannt und seine Mutter könnte dahinterstecken. Was bedeuten würde, dass seine Mutter es befürwortete, dass man ihn gleich beim ersten Einsatz als einen der am wenigsten Erfahrenen und Erprobten in diese Kämpfe schickte. Oder hatte man ihn bloß als Kanonenfutter nach Grosny mitgenommen und es war sowieso egal, was er tat, weil er draufgehen würde und – der Kriegslogik folgend – seine Mutter endlich den ersehnten Status als doppelte Kriegswitwe erhalten würde?
In Wladikawkas brauchte er ein paar Stunden, um sich an die Normalität zu gewöhnen, die ihm als Falle erschien, die jeden Augenblick zuschnappen könnte, und er ergriff die erste Möglichkeit beim Schopf, um sich von den feiernden Jungs, die sich auf den Weg in die Bordelle der Stadt machten, abzusetzen. Er blieb in dem nach Fett und Urin riechenden Wirtshaus, in dem sie Unterkunft gefunden hatten, und rief in Moskau an. Automatisch wählte er die vor Jahren auswendig gelernte Nummer. Er wusste selbst nicht, wieso er so viele Monate nach ihrem Verschwinden immer noch Kontakt zu Olga hielt, aber irgendwie erschien ihm dieser Draht ungemein wichtig, lebensnotwendig. Als würde der banale Austausch mit Sonjas stiller und mit dem Leben ringenden Schwester ihm immer wieder eine kleine Portion Hoffnung geben, eine Hoffnung, die er an diesem Ort viel dringender

brauchte als je zuvor. In all den Monaten nach Sonjas Verschwinden hatte er Olga regelmäßig angerufen oder, wenn sich die Gelegenheit geboten hatte, gar besucht. Sie hatten einander nie viel zu sagen, meist tranken sie Tee und sprachen über ihren Alltag, aber irgendwann im Laufe ihres Gesprächs kam unweigerlich die Frage nach Sonja: »Und, schon was Neues gehört?« So setzte er meist an. Auch wenn Olga fast nie etwas Neues zu verkünden hatte, tat es ihm gut, ihr diese Frage stellen zu dürfen. Als würde er, solange er sie stellte, an etwas festhalten, was nicht abreißen durfte, unter keinen Umständen, auf gar keinen Fall. Auch diesmal wählte er ihre Nummer fast automatisch, und so fiel ihm fast der Hörer aus der Hand, als er anstelle von Olgas leise hingehauchten Worten plötzlich Sonjas geliebte kratzige Stimme vernahm.

– Sonja, Sonja, ich bin's, kannst du mich hören?

– Malisch, bist du es?

– Ja, ich bin's, Sonetschka! Oh Gott, ich kann es nicht glauben ...

– Wo steckst du?

– Ich bin in Wladikawkas.

– Du lebst, es geht dir gut, oh Malisch, es tut mir so leid ... Ich muss dir so viel erzählen, es war so dumm von mir, ich war so ...

– Du bist wieder in Moskau? Du bist zurück?

– Ja, das bin ich. Seit zwei Monaten. Ich hätte niemals gehen dürfen, ich hätte mich niemals auf ihn einlassen dürfen, diese ganze Reise war ein riesengroßer Fehler. Aber ich war so wütend auf dich, Malisch, ich habe dich nicht mehr verstanden. Dennoch: Ich hätte niemals weggehen dürfen. Wann kommst du zurück? Ich muss dir alles erklären, ich habe so viel nachgedacht und dich ein paarmal anzurufen versucht, aber dann sagte mir deine

Mutter, du seist an der Front. Ich dachte zuerst, sie macht Scherze, aber dann ... Ich bin fast wahnsinnig geworden! Ich muss dich wiedersehen!
– Ich dich auch. Die Hoffnung, dass du zurückkommst, hat mich all das überstehen lassen. Ich habe nicht mit dir gerechnet, aber jetzt ... das ist ein Zeichen, ein Wink des Schicksals ...
– Oh, es tut mir so leid. Ich war so geschockt, als ich hörte, dass du im Krieg ... ich meine ...
– Ist eine lange Geschichte, ich will nicht über den Krieg reden, nicht jetzt. Das ist ein Zeichen! Ich will dich sehen. Du musst hierherkommen. Heute, morgen ...
– Aber wie, Malisch?
– Geh in die Stadtverwaltung in Pervomaisky und frage dort nach Leonid Nikolaewitsch Voloschin, meinem Onkel. Lass dich nicht abwimmeln, lass ihm ausrichten, dass ich dich schicke, sag ihm, dass du meine Freundin bist – wenn du willst, kannst du auch Verlobte sagen ...
Er hielt kurz inne, ängstlich, ob sie darauf in irgendeiner unerwarteten oder gar unangenehmen Weise reagieren würde, aber sie schwieg, er hörte sie nur leise und gleichmäßig atmen, dann fuhr er hastig fort:
– Sag ihm, dass ich drei Tage Urlaub genehmigt bekommen habe und dich sehen muss. Er wird dir das Ticket nach Wladikawkas kaufen. Und sag ihm, dass er gefälligst seine Schwester aus der Sache raushalten soll!
– Aber ...
– Jetzt tu einfach, was ich sage. Ich weiß nicht, wann sich eine solche Möglichkeit erneut für uns ergibt. Du musst es tun, wenn du uns noch eine Chance geben willst. Ich weiß, dass ich Fehler gemacht habe, ich mache sie wieder gut, Sonja, ich verspreche es dir. Tu es mir zuliebe, uns zuliebe!

– Bin ich denn das?
– Was meinst du?
– Bin ich noch deine Freundin?
Sie machte eine Pause und fragte ängstlich nach:
– Deine Verlobte?
– Wenn du es willst …

Zwölf Stunden später stieg Sonja auf dem winzigen Flugplatz von Wladikawkas, der eher einer improvisierten Landepiste glich, aus einer kleinen Propellermaschine und stand starr vor ihm, die großen Augen gefüllt mit salzigen Tränen, die ihr wie in Zeitlupe das Gesicht herunterkullerten. Zu diesem Zeitpunkt hatten sie sich über drei Jahre nicht mehr gesehen, sich nicht einmal gesprochen.

Zu Beginn, als die Truppeneinheit in das Dorf im Gebirge verlegt worden war, war er von dem unfassbaren Glück, am Leben zu sein, überlebt zu haben, überwältigt worden. Erst nach und nach, und zuerst in seinen Träumen, kamen die Erinnerungen zurück: die abgesperrten Straßen, das Vorrücken, Zentimeter um Zentimeter, die ausgehöhlten Gebäude, die aussahen wie augenlose Gesichter, das vor Abscheu verzerrte Gesicht einer alten Frau, der man ins Bein geschossen hatte, nur weil sie geschrien hatte, dass ihr Enkel in dem Gebäude sei und sie zu ihm müsse, die verheulten Gesichter der Zwillingsschwestern, die das Unglück hatten, im falschen Stadtteil zu wohnen, der in jeder Nacht stundenlangen Luftangriffen ausgesetzt war, das ungläubige Gesicht des Jungen, den Petruschow in den sogenannten Hühnerstall zerrte, als könnte er nicht glauben, dass all das, was um ihn herum geschah, Wirklichkeit sein konnte. An dem

Tag hatte er zum ersten Mal das Wort »Hühnerstall« gehört – denn die offizielle Bezeichnung lautete »operativer Filtrationspunkt« und war nichts anderes als ein inoffizieller Verschleppungs- und Inhaftierungsort, wo man foltern und schlimmstenfalls »beseitigen« konnte, ohne dass diese Taten juristische Konsequenzen nach sich zogen. Meist wurden solche Hühnerställe spontan in verlassenen Gebäuden und teilweise sogar unter freiem Himmel eingerichtet und nach Beendigung der Operation schnellstmöglich wieder verlassen, alle Spuren verwischt. Wie oft man ihn dazu genötigt hatte, solche Spuren zu beseitigen, und wie er zu Beginn noch Rotz und Wasser geheult hatte, um später nur noch dumpf und reglos den Befehl auszuführen. An jenem Tag hatte er das erste Mal solch einen Ort gesehen, den Lagerraum eines leerstehenden Warenhauses, und in das Gesicht des Jungen geblickt, der ihn seit seiner Ankunft in der Schlucht im Schlaf verfolgte. Der Junge, dem das Blut aus dem Mund lief, weil man ihm mehrfach ins Gesicht geschlagen hatte, und dessen Finger man mit schweren Stiefeln zerquetscht hatte, weil er angeblich Informationen über irgendeine geheime Operation besaß. Sein ungläubiger Blick, sein Unvermögen zu glauben, dass man ihm wirklich antun würde, was er nicht einmal zu ahnen wagte, schwand mit jedem Schlag ins Gesicht, in die Magengrube, mit jeder Beleidigung, mit jedem von Stiefeln zermalmten Finger, und am Ende war sein Gesicht eine einzige Leerstelle – nichts konnte man ihr entnehmen, nicht einmal Schmerz.

Diese Gesichter, die Gesichter der Toten und manchmal auch der Lebenden, die sich wünschten, tot zu sein, ließen ihn nachts aufschrecken und das Weite suchen.

Er kletterte auf den Felsen, vorsichtig einen Fuß vor den anderen setzend. Die Stille war magisch und wurde nur vom Fluss durchbrochen, der den umliegenden Felsen unermüdliche Ohrfeigen zu verpassen schien. Von der steilen und kargen Felswand gelangte er auf das satte Grün des kleinen Hügels, der von fremden Blicken abgeschirmt zwischen zwei großen Felsbrocken lag und auf dem ein paar Schafe der Dorfbewohner weideten. Malisch legte sich ins Gras und atmete tief ein. Sein Atem beruhigte sich, wurde gleichmäßiger. Die Junihitze klebte an der Nacht wie verendete Insekten an einem mit Honig beschmierten Gitter. Nach wenigen Minuten gelang es ihm, die Toten in sich zu verjagen und stattdessen in das helle, erwartungsvolle, hungrige Gesicht Sonjas zu blicken.

Ihre dicken weizenblonden Haare zu einer formlosen Frisur auf ihrem Kopf drapiert, die großen graublauen Augen, die Himmelfahrtsnase, die vollen Lippen und die rosigen Wangen: Ihr Gesicht war wie ein Amulett, die Gedanken an sie waren unsichtbare Schutzengelflügel auf seinen Schultern, das Wissen, dass sie wieder bei ihm war, machte ihn unverwundbar, ja sogar dieser Krieg war nebensächlich geworden. Seit ihrer Begegnung in Wladikawkas war er sich sicher, dass er es überstehen und wieder zurückkehren würde, zu ihr. Er hatte es ihr versprochen, er musste am Leben bleiben. Sie war die Brücke über all die Abgründe unter ihm.

Und natürlich würde er dieses Mal alles anders machen. Ihr nie wieder die Möglichkeit geben, von ihrem gemeinsamen Weg abzukommen.

Er würde mit ihr zusammen eine schöne Bleibe suchen, egal wie viele Nervenzusammenbrüche seine Mutter erleiden würde, in den alten Stadtkern von Moskau ziehen, vielleicht in die Nähe der Bolshaya Nikitskaya, in ein altes dreistöckiges Haus, auf keinen Fall in ein Hochhaus, mit hohen Decken, hellen Zimmern, undichten Fenstern wahrscheinlich, aber das würde ihnen nichts ausmachen, sie würden sich gegenseitig wärmen, und sie wären froh, dem Dvor in Schukino entkommen zu sein.

Einst war die Gegend um Oktjabrskoje Pole in Schukino ein begehrter Wohnbezirk für jeden vorbildlichen Sowjetmenschen gewesen, und die wissenschaftlichen Mitarbeiter, Forscher und Ärzte, die dort nach der Metroeröffnung 1975 Wohnflächen zugeteilt bekamen, konnten sich als stolze Genossen schätzen, die der Staat zu ehren wusste. Mit der zunehmenden Sowjetisierung hatte sich in den zwanziger Jahren das Stadtgebiet bis zu den Oktoberfeldern ausgeweitet; in den dreißiger Jahren waren dort etliche Kolchosen in Betrieb, und man baute eine Straßenbahnverbindung bis zum Dorf Schukino. Zu der Zeit begann man mit dem Wohnungsbau, damals allerdings zwei- bis dreistöckige Wohnhäuser, oftmals Komunalkas für die Kolchosmitarbeiter und zugezogenen Bauern. Ende der dreißiger Jahre eröffnete dort das Institut für Experimentelle Medizin, später ein Krankenhaus, und ab den vierziger Jahren wurde eine große Fläche für die Einrichtung eines Forschungslabors an ein Forschungsinstitut übergeben, den Vorläufer des Kurtschatow-Instituts für Atomenergie, das geheime Projekte für die Entwicklung von Nuklearwaffen beaufsichtigte und in dem später die Mehrzahl der sowjetischen Kernreaktoren entworfen wurde.
Nach dem Zweiten Weltkrieg wurden in Schukino der Wohnungsbau sowie der Ausbau der wissenschaftlichen Einrichtungen eilig vorangetrieben. Mehrere und auch

weitaus höhere Wohnblocks entstanden, ein für das Nuklearinstitut zuständiges Krankenhaus sowie die Institute für Epidemiologie und Virologie. Die Wohnbezirke wurden in den siebziger Jahren weiter ausgebaut, und dann folgte auch die Metrostation. Als man seiner Mutter, die damals eine junge Biologin am Institut für Virologie war, glücklich verheiratet mit einem Major – und noch kein Held –, der Mutter eines sechsjährigen Sohnes, dem man bei der Einschulung ein »überdurchschnittlich helles Köpfchen« bescheinigt hatte, für ihre überaus beachtlichen Leistungen in der Laborarbeit und vor allem wegen der regen Fürsprache ihres Bruders, der über Goskom Druck auf die Hausverwaltung ausübte, eine Wohnung mit sechzig Quadratmetern Wohnfläche in jenem für verdiente Wissenschaftler neu entstandenen Wohnblock anbot, nahm sie das einmalige Angebot dankend an.

Nicht einmal ihrem verdienstvollen Mann war bisher solch ein Glück zuteilgeworden, sie hatten zuvor in einer Zweizimmerwohnung am Kursker Bahnhof mehr gehaust als gewohnt. Das durch Wissenschaftler und Ärzte erblühte Viertel versprach eine vitale und anregende Umgebung für ihr Kind, die Grundschule war nicht weit, er konnte zu Fuß zur Schule laufen, der Komsomolclub war ums Eck, der Junge begann mit großer Begeisterung, Schach zu lernen.

Die frisch fertiggestellte Wohnung lag im achten Stockwerk des insgesamt zwölfstöckigen Wohnkomplexes, der aus mehreren Wohnblocks bestand und über einen weitläufigen, verschachtelten Innenhof zu einem Quartier zusammengefügt worden war. Natürlich waren es keineswegs nur die Vertreter der kultivierten Intelligenzija, wie von Lydia Nikolaewna erwartet, die Ende des Jahres die

Neubauwohnungen bezogen. Die meisten Wohnungen waren unter dem Tisch weggegangen. Die vermeintliche Ruhe der Breschnew-Ära befand sich auf ihrem Höhepunkt und damit auch die erst durch seinen Tod beendete und achtzehn Jahre andauernde Stagnation, der wirtschaftliche Zerfall und die Korruption. Die Schattenwirtschaft florierte.

Man hatte die Wohnungen an diejenigen verteilt, die bereit waren, den einflussreichen Mitarbeitern des Goskom und des Ospolkom einiges an Geschenken zu machen. Ob Geld oder Gefallen aller Art: Ärzte versprachen den Beamten lebenslang kostenlose und vor allem terminfreie Untersuchungen und, wenn es sein musste, schwer erhältliche Medikation. Lehrer versprachen gute Noten für ihre Kinder. Mitarbeiter des übermächtigen Intourist-Büros versprachen Sonderurlaube auf der Krim oder in Georgien. Fabrikdirektoren boten im Tausch JunOst-Fernseher, Saratow-Kühlschränke, Minsk-Waschmaschinen oder gar einen Lada – und das alles ohne große Wartezeiten, wenn man als Gegenleistung einen Dringlichkeitsschein für den Bezug eines der neu entstandenen Wohnblocks in Oktjabrskoje Pole erhielt.

Manche aber, vor allem Nachkommen der Kolchosmitarbeiter, die seit Generationen in Schukino wohnten und keiner Elitegruppe angehörten, wurden übergangen, wurden zum Teil an die Stadtränder verdrängt und versuchten nun, als sie hörten, es gebe neue Wohnflächen in ihrem Gebiet, mit allen Mitteln auf eine Rückkehr zu drängen. Da Goskom der Druck zu groß wurde und man Angst bekam, die offensichtlich ungerechte Wohnungszuteilung könne zu hohe Wellen schlagen und zu viele Gemüter erhitzen, fand man einen Kompromiss und vergab ein Fünftel der Wohnungen an Arbeiter und ihre

Nachkommen. Meist waren das Vertreter des Proletariats: einfache Fabrikarbeiter, Angestellte im Öffentlichen Dienst, Handwerker, und Lydia Nikolaewna sah sich gezwungen, das »Pack« in ihrer Nachbarschaft zu dulden, wenngleich diese Leute in ihren Augen einer anderen Kaste angehörten, auch wenn sie genauso stundenlang für Lebensmittel oder sonstige Güter anstanden und mit ihr gemeinsam den 1. Mai oder den 7. November bei den Paraden verbrachten, Seite an Seite mit ihr auf den Holzbänken der Elektrischka-Züge saßen auf dem Weg zu ihren bescheidenen Hütten in den Gartenkolonien. Auch wenn sie ihre Geburtstage ebenfalls mit Lachs, Kondensmilchtorten und Wodka feierten, blieben diese Menschen einer anderen Gattung zugehörig. Sie waren grob und nicht feingeistig genug für Lydia Nikolaewna, sie muffelten und waren laut, sie tranken zu viel, hatten keine Manieren, und sie warfen einem manchmal recht vulgäre Blicke zu, auch ihr Vokabular ließ einen nicht selten zusammenzucken. Und so war es konsequent, dass der Hof, der Dvor, die eigentliche Brücke zwischen den Bewohnern, sich bald in zwei Welten spaltete: in die Welt der »Kultivierten« und die Welt der »Proleten«. Und niemand spiegelte diese Spaltung so gut wider wie die Kinder dieses Hofs.

Im Dvor galten eigene Gesetze: Man hatte keine andere Wahl, als Teil einer dieser Gruppen zu werden, und die Zugehörigkeit wurde ausschließlich durch die Herkunft bestimmt. Auch aus diesem Grund hatte Malisch seine Familie verflucht, hatte sich eine »Dahergelaufene« als Mutter gewünscht, wie Lydia Nikolaewna alle Frauen nannte, die keine Akademikerinnen oder ehrbaren Gattinnen waren. Denn die »Proletarier« hielten zusammen. Er aber war nicht einmal seiner Kaste zugehörig, auch

dort fand er keinen Anschluss. Die Kinder der Intelligenzija hielten nicht im gleichen Maße zusammen wie die der Arbeiterklasse. Sie waren alle zu sehr mit ihren Hausaufgaben, Förderzirkeln und ihrer Freizeitgestaltung beschäftigt, als dass ihnen Zeit geblieben wäre, im Dvor groß Freundschaften zu pflegen.
Er war Klassenbester, was die Missgunst seiner Mitschüler nach sich zog, er war flink und sehr neugierig. Alles, was er nicht kannte, interessierte ihn. Die Lehrerin empfahl ihn für eine Nachmittagsgruppe einer benachbarten Schule, wo er neben seiner Schulpflichtfremdsprache Englisch auch schnell Deutsch lernen konnte. Seine heimliche Leidenschaft galt den Büchern: Jede freie Minute ging er dieser Leidenschaft nach. Bücher boten die beste Zuflucht vor der Einsamkeit seiner Kindheitstage.
Als kleines Kind war ihm die Tragweite seiner Isolation nicht bewusst. Er wünschte sich zu jedem Silvester ein Geschwisterchen von Großväterchen Frost, er wusste nicht, wie es in anderen Familien zuging, wie andere Kinder empfanden, er wusste nicht, dass es zu seiner seriösen, oftmals kränklichen und überbemutterten Welt noch Alternativen gab. Er war der Musterschüler, und Kinder solcher Vorzeigebürger, wie Lydia Nikolaewna oder Sergei Alexandrowitsch es waren, wurden in der Schule bevorzugt. Aber im Dvor gab es keine Lehrer, und nach dem Tod seines Vaters wurde jeder Heimweg zur wahren Folter. Bald konnte er den Hof nicht mehr überqueren, ohne dass man ihm Schimpfwörter nachrief.
In solchen Momenten versuchte er, unsichtbar zu sein, bloß niemanden von den Peinigern anzusehen, möglichst schnell vorbeizuhuschen.
Ein einziges Mal verlor er die Fassung, als einer der ekelerregend spuckenden Jungs, die alle zu der Kassierer-

Bande gehörten und auf sonderliche Spitznamen hörten wie »der Kautschuk«, »die Schnecke«, »der Parasit«, »der Großkopf«, »Laika« oder eben »der Kassierer«, ihm seinen Schulranzen entriss, die Bücher herauszog und in den Matsch schleuderte; da hatte er sich nicht mehr zusammenreißen können, und zum ersten Mal in seinem Leben erwies sich der Zorn stärker als die Angst, das wohl dominanteste Gefühl seines Lebens: die Angst, jemanden zu enttäuschen, die Angst, etwas Falsches zu sagen, die Angst, nicht zu genügen, die Angst, sich nicht richtig zu entscheiden, die Angst, jemanden zu verletzen, die Angst, verletzt zu werden, die Angst vor einem Konflikt, die Angst, sich zu verrennen, die Angst, nicht der sein zu können, der zu werden ihm bestimmt war. Eine unendliche Varianz an Ängsten, die ihn ständig daran hinderte, Dinge zu tun, Dinge zu sagen, ohne sich vorher den Kopf darüber zu zerbrechen. Als wäre ihm das Leben nicht angeboren, als müsste er alles mit größter Mühe erlernen, was den meisten auf selbstverständliche Weise mitgegeben worden war.

Aber in dem Augenblick schwand diese Angst, und er rannte hinter seinem Widersacher her, holte ihn ein und stieß ihn mit seiner ganzen Kraft zu Boden. Der Junge verlor das Gleichgewicht und schlug mit voller Wucht auf den harten Asphalt. Sein Gesicht verriet einen unsagbaren Schrecken, der Malisch eine beruhigende Selbstzufriedenheit spendete. Während er auf dem Boden lag und winselnde Geräusche von sich gab, sammelte Malisch seelenruhig seine Bücher auf und ging nach Hause.

Die Rache ließ sich nicht lange auf sich warten. Nur drei Tage später war es so weit.

Er hatte zwar mit ihr gerechnet, aber dass sie so brutal ausfallen würde, das war ihm nicht klar gewesen. Fünf der Jungen aus der Bande passten ihn in der Dämmerung ab, als er vom Schachspiel im Jugendförderclub zurückkehrte, zerrten ihn hinter sich her, trieben ihn mit Schlägen und Drohungen über den Hof, durch einen aufgerissenen Maschendrahtzaun hindurch weiter zu einer leerstehenden Baracke mit feuchten Wänden, auf denen anzügliche Sprüche standen, wo Zigarettenstummel und Wodkaflaschen auf dem Boden verstreut lagen.

Der Kassierer, ihr Anführer, ein groß gewachsener, knochiger Halbstarker mit schlechten Zähnen, abstehenden Ohren und kahlrasiertem Kopf, der an einen verwahrlosten Heimjungen erinnerte, forderte ihn auf, sich zu entschuldigen, was Malisch verweigerte. Er wurde geschubst, fiel hin, wurde getreten, hörte, wie sie im Chor zu grölen begannen: »Malisch hat einen kleinen Pimmel und glaubt sich doch im Himmel, weil sein Papa Muskeln hat und seine Mama Rubel!«

Komischerweise ließ seine Angst nach, obwohl sie ihn umzingelten und so enthusiastisch vor sich hin sangen, und um ein Haar hätte er losgeprustet, er fragte sich, wer der Autor dieses glorreichen Reims war. Und er fing an, darüber nachzudenken, dass zwischen Mut und Angst letztlich nur eine Entscheidung lag, eine klitzekleine Entscheidung, die nur eines Sekundenbruchteils bedurfte, eines Kurzschlusses, eines Impulses, der den Anstoß gab, und er wünschte sich in dem Augenblick nichts so sehr, wie diesen Impuls in sich zu haben. Aber der Kassierer machte in dem Moment eine Handbewegung, und alle hörten auf der Stelle auf zu singen. Er trat ganz nah an ihn heran, beugte sich zu ihm herunter und sah ihn mit seinem ausdruckslosen Gesicht an.

– Tja, du hast deine Chance verpasst: Du wolltest dich ja nicht entschuldigen. Jetzt wirst du wohl lernen müssen,

dass Papa und Mama nicht immer helfen können. Außerdem schuldest du uns zwanzig Rubel. Als Entschädigung dafür, dass mein Freund deinetwegen Schmerzen hatte.
– Er hat meine Bücher in den Dreck geworfen, murmelte Malisch.
– Was? Was? Hat er was gesagt, Jungs? Hat dieses Muttersöhnchen es wirklich gewagt, zu widersprechen?
Auf einmal traf ihn etwas Hartes ins Gesicht. Es ging so schnell, dass sein Kopf der Bewegung nicht folgen konnte. In seinen Ohren begann es zu summen. Diesmal sah er den Kassierer ausholen und ihn mit der geballten Faust erneut auf den Wangenknochen schlagen. Er verlor das Gleichgewicht, Übelkeit stieg in ihm auf. Die restlichen Schläge trafen ihn über seinen ganzen Körper verteilt.
– Du tust, was man dir sagt. Du besorgst das Geld. Hast du mich gehört, du Zecke?, brüllte der Kassierer, und er wunderte sich, wie schnell sich sein nichtssagendes Gesicht in eine wutverzerrte Fratze verwandelt hatte. – Das ist mein Hof, und dort hält sich jeder an meine Gesetze!, schrie er, und Speichel flog ihm aus dem Mund.
Malisch wusste, dass er keinen Vater hatte und seine Mutter, eine Schneiderin in einer Textilfabrik in Ostankino, ununterbrochen arbeiten war. Der Kassierer lebte von klein auf auf der Straße oder im Dvor. Der letzte Schlag, dieses Mal in die Magengrube, war so heftig, dass er keine Luft mehr bekam und rückwärts zu Boden kippte, er ruderte mit den Händen und schnappte nach Luft wie ein Fisch, den man an Land geworfen hatte. Der Kassierer wich einen Schritt zurück und beobachtete ihn neugierig, als führe er ein Experiment mit ihm durch.
– Ich glaube, er hat uns verstanden, was meint ihr, Jungs? Die Stimme des Kassierers drang nur noch gedämpft zu

ihm durch. Benebelt vom Schmerz konnte er an nichts anderes mehr denken als an diesen Punkt, der zwischen Mut und Angst lag und für den es doch, verdammt noch mal, einen Schlüssel geben musste, einen Schalter, den man umlegen konnte.
– Ich habe es mir anders überlegt, fünfundzwanzig Rubel, und das bis zum Wochenende. Sind wir uns einig, du Schlappschwanz?
Der Kassierer hatte sich schon umgedreht, auch seine Armee war im Aufbruch, aber plötzlich hielt er inne, kam erneut auf ihn zu, kniff die Augen fest zusammen, als denke er angestrengt über etwas nach, öffnete den Hosenschlitz, holte seinen dünnen weißen Penis heraus und begann zu urinieren.
Der warme Strahl traf ihn zuerst auf die Brust, so schnell er konnte, rollte er sich ein, wie ein Embryo zog er die Beine an und bedeckte sein Gesicht mit beiden Händen. Im Hintergrund erklang lautes Gelächter.
Gleich darauf hörte er, wie der Kassierer den Reißverschluss hochzog und sich Schritte entfernten. Langsam richtete er sich auf, sah sich um, sah auf die beschmierten Wände, sah auf das Blut auf seinen Händen und die nassen Flecken auf seiner Hose, und er konnte sich nicht mehr zurückhalten, er begann zu schluchzen. Es war die nackte, schiere Verzweiflung, die er spürte, die Ohnmacht gepaart mit der Demütigung und obendrein noch Ekel. Sein ganzer Körper bebte, seine Hände zitterten, und hätte er in dem Augenblick die Waffe seines Vaters griffbereit gehabt, wäre er sicherlich bereit gewesen abzudrücken. Wieso konnten sie das mit ihm machen, und wieso konnte er nichts dagegen tun? Lag es an diesem einen winzigen Punkt, dieser klitzekleinen Entscheidung, die im Nachhinein solch eine große Tragweite

hatte? Würde er sein Leben lang diese Rolle spielen müssen, in die ihn diese ekelerregenden, nutzlosen Parasiten hineinzwangen? Gab es denn wirklich nichts, was er dagegen unternehmen konnte? War er dazu verdammt, derjenige zu sein, den man schlug, demütigte, erniedrigte und erpresste, und das nur, weil er diese Grenze, diese lächerlich winzige Grenze nicht übertreten konnte?

In den folgenden Jahren fand er keine andere Lösung, als den Kassierer und seine Halsabschneider mithilfe der von seiner Mutter oder seinem Onkel stibitzten Rubelscheine fernzuhalten. Er ließ die Beleidigungen weiterhin über sich ergehen, aber sie taten ihm nicht mehr weh.

Und dann, von heute auf morgen, hörte die Folter auf, als Sonja beschloss, ihm ihre Gnade zu erteilen, als sie ihn im Treppenhaus abfing und ihm offenbarte, er habe schöne Augen. Jahrelang hatte sie ihn ignoriert. Sie war eine Einzelgängerin, aber respektiert, gefürchtet und deswegen unantastbar. Es gab nicht viele Mädchen im Dvor, die, die dort wohnten, waren selten draußen. Man sah sie nur in ihren braunen Schuluniformen und ihren weißen Schürzen zur Schule gehen oder von der Schule zurückkehren. Sonja gehörte nicht zu diesen Mädchen mit Schleifen im Haar und mit schüchternen Blicken, mit den in Alufolie eingepackten Butterbroten und Keksen, den weißen Strümpfen und Lackschuhen, mit ihrem ständigen Gekicher und Getuschel. Sie besuchte eine Sonderschule, saß umgeben von ein paar Hofkatzen nachmittags auf dem verrosteten Metalltisch und kaute an ihren Fingernägeln. Ihre Autorität war wie selbstverständlich, sie war zu keiner Zeit den Anfeindungen der Banden ausgesetzt. Sonjas Welt erschien Malisch trist und rau, dort gab es keine Zärtlichkeit und keine Unterstützung der mächtigen Verwandtschaft, es gab dort keine *svjazy*, jenes überlebenswichtige, mächtige Netz an Kontakten, das einem im sowjetischen Alltag den Boden unter den Füßen sicherte, nur alkoholsüchtige, gewalttätige Väter und überforderte Mütter, zwischen Erwachsenenleben und hinausgezögerter Kindheit gefangene Schwestern und eine stinkende Anderthalbzimmerwohnung mit einem löchrigen, von Motten zerfressenen Gobelin mit Hirschen an der Wand. Zugleich aber gab es in ihrer Welt alle Möglichkeiten, alle Optionen und keine in Stein gemeißelten Schicksale, keine bleiernen Testamente, die man zu befolgen hatte; es gab dort die Aussicht, man selbst sein zu dürfen.

Er wagte es, Sonja ein Stück seiner Welt zu offenbaren, er genoss es, ihr das Beste daraus wie auf einem Porzellanteller zu präsentieren, leistete sich teure Kaffeehausbesuche, ging mit ihr Eis essen oder ins Kino, besorgte ihr auf dem Schwarzmarkt neue Stiefel und zeigte ihr, wie man Zugang zum Spezhkran, dem geheimen Lager der indizierten Bücher der Lenin-Bibliothek, bekam. Er nahm sie mit zum Debattierzirkel, wohl um sie mit seinem Wissen und seinem Diskussionstalent zu beeindrucken, was ihm auch gelang. Später kamen die halboffiziellen Konzerte der Leningrader Punkbands Avia oder Televizor dazu – die abgefahrenen Shows und die provokanten und politischen Songtexte versetzten Sonja in einen unvorstellbaren Freudentaumel.
Sonja empfand ihre Erziehung als so lückenhaft, ihre Bildung als so gering, dass sie wie ein Schwamm alles in sich aufsog, was man ihr anbot. Er liebte ihre Neugier, er liebte sich in der Rolle, ihr Dinge zu erklären und zu deu-

ten. Er fühlte sich gebraucht, wenn Sonja ihn mit weit aufgerissenen Augen ansah und ihm andächtig zunickte, während er über die verschiedenen Planeten des Sonnensystems oder über die russische Avantgarde dozierte.
Mit ihr zusammen würde es ihm gelingen, Lydia Nikolaewnas Mausoleum ein für alle Mal zu entkommen, und wenn sie wieder in einem ihrer Autowracks saßen, auf den unzähligen verlassenen Brachfeldern, die Sonja so gut kannte, wo sie ungestört sein konnten, wo sie ungebremst ihre Liebe feiern konnten, dann ergriff er ihre Hand und bedeckte sie mit Küssen. Dann wanderten seine Lippen über ihre Arme und Schultern, und er küsste ihre hohen Wangenknochen und vollen Lippen.
So war Sonjas junge Liebe, in die sie ihn einweihte wie in ein urzeitliches Mysterium, zu dem sie als einzige Tempelpriesterin Zugang besaß. Und nichts fiel ihm leichter, nichts flog ihm mehr zu, als sich ihr zu ergeben, aber nach und nach griff die Realität mit ihren scharfen Klauen auch in diese abgeschottete Welt der Autowracks, der Parkbänke und der Traumburgen ein. Natürlich hatte sie über die Monate ihre wachsende Enttäuschung darüber, dass er sie nie offiziell nach Hause eingeladen und nicht seiner Mutter und seinem Onkel vorgestellt hatte, nicht verheimlichen können, nicht vor ihm und nicht vor sich selbst. Und er war nicht imstande, diese Brücke zur Mutter und zu seinem anderen Leben zu bauen.
Als sich Sonja nach der Schule gezwungen sah, Geld zu verdienen und ihre Familie zu unterstützen – der Vater war arbeitsunfähig, die Mutter fast ununterbrochen fort, und ihre Schwester, die gerade ihre Ausbildung zur Krankenschwester absolviert hatte, schaffte es nicht, all die Bedürfnisse der Familie zu befriedigen –, wurde sie als Kantinenfachkraft einer Druckerei zugeteilt. Ihr Traum,

ein Fachabitur zu machen und eine Abendschule zu besuchen, die Hoffnung auf eine bessere und interessantere Zukunft, waren zerstört. Das stupide und eintönige Zuarbeiten, zu dem man sie in diesem trostlosen Ambiente verpflichtet hatte, wo es ununterbrochen nach schlechter Nahrung roch und der Küchenchef die besten Zutaten unterm Tisch verkaufte, war frustrierend.
Sie wartete schon so lange darauf, dass er ihre ausgestreckte Hand ergriff, aber Malisch blieb in seinen Gedankenkonstruktionen gefangen, er war zwar bereit, in seinem Kopf ganze Welten zu erschaffen, bereit, sie durch schönste Worte zum Leben zu erwecken, aber nicht bereit genug, sie in die Wirklichkeit hinauszubrüllen.
Hinzu kam die Situation im Land: Die Erdplatten hatten zu rutschen begonnen, der marode Boden wackelte bedenklich, die Erosion war nicht mehr aufzuhalten, die Gemüter waren erhitzt und in Aufruhr. Die Perestroika hatte nicht nur das ganze Land erfasst, sie grub sich tief in die Psyche der Menschen ein. Die Dezentralisierung der Wirtschaft eröffnete andererseits ungeahnte neue Möglichkeiten für jene, die die Goldgräberstimmung im endlosen Reich spürten, eine düstere, fiebrige, unberechenbare Stimmung. Diese Stimmung stieß Malisch ab, während Sonja in ihr ihre Chance witterte.

Ein Vetter von Sonja, Vadim, hatte, sofort als das Gesetz erlassen wurde, eine Kooperative gegründet, mit dem Verkauf von Zement angefangen, dann kam weiteres Baumaterial hinzu. Drei Jahre später war er so reich, dass er eine eigene Bank aufmachte, weil er befürchtete, das Geld sei in der Gosbank nicht sicher, die Jungs von der Lubjanka würden nur auf ihn aufmerksam werden und

sein privates Eigentum konfiszieren. Sonja war begeistert, während Malisch sie leicht angewidert ansah und sie zu beruhigen versuchte:
– Solche Typen wie dein Vetter sind nicht unbedingt ein Vorbild an Moral und Arbeitsethos, oder? Hast du nicht erzählt, dass er schon als Jugendlicher Sachen geklaut und sie auf dem Schwarzmarkt verscherbelt hat?
– Na und? Jetzt macht er doch nichts Illegales!, empörte sich Sonja. – Er nutzt die Gunst der Stunde, was ist daran bitte verkehrt? Oder meinst du, es ist besser, mit zusammengefalteten Händen dazusitzen und sich weiterhin diktieren zu lassen, wo man arbeiten und wie man leben soll, wie ich zum Beispiel?
Natürlich verstand er den Seitenhieb in seine Richtung, den leisen Vorwurf, dass er es zuließ, dass man so mit ihr umging, dass er, obwohl mit allen Möglichkeiten eines Privilegierten ausgestattet, es zuließ, dass der Staat seiner Geliebten seinen Willen aufzwang, sie irgendwo zuteilte, wo sie nichts verloren hatte, an einen Ort schickte, den sie hasste.
– Wie meinst du, wie wollen wir sein? Versklavt, passiv, gehorsam? Wieso liest du mir all deine klugen Bücher vor, wieso hältst du mir deine kultivierten Vorträge, wieso nimmst du mich zu den Konzerten mit, wenn du nur rumsitzen und zusehen willst, wie die anderen für dich leben? Es passiert draußen so viel, Sascha, so, so viel, sieh dich doch nur einmal um!
Sie sah ihn mit ihren runden, weit aufgerissenen Augen an, die ihn immer ans Meer entführten, dorthin, wo das Meer sein schönes Blau gegen die bedrohliche Farbe der endlosen Tiefe eintauschte, wo diese Tiefe lockte, als dringe der Sirenengesang zu ihm durch und rufe ihn dazu auf, gedankenverloren in ihn einzutauchen.

– Jetzt beruhige dich. Die da oben werden die Schlinge bald wieder enger ziehen. Sie können all das nur bis zu einem gewissen Grad zulassen, dann müssen sie wieder einschreiten, sonst fliegt ihnen das alles um die Ohren. Sie können nicht das ganze Staatskapital in private Hände geben, dann kracht doch alles zusammen, und das ist keine Chance, sondern eine Katastrophe, Sonja!
Sie erwiderte nichts mehr, aber er wusste, dass ihre Nähe einen Riss bekommen hatte, und dieser Riss machte ihm Angst.

Während er zu Hause einen weiteren und den bis dahin heftigsten Angriff seiner Mutter überstand, die ihn aufforderte, sich auf die Aufnahmeprüfung in der Akademie »gebührend« vorzubereiten, und die fast täglich Besuch empfing oder telefonierte, um ihrem großen Traum einen Schritt näher zu kommen, brachen bei Sonja die Dämme.
Es kam zu einer Auseinandersetzung mit ihrem Vorgesetzten, einem korrupten und vulgären Mann, der nicht nur klaute, was das Zeug hielt, sondern auch seinen Mitarbeiterinnen gewisse Privilegien zugestand, wenn sie sich von ihm begrapschen ließen. Es gab Handgreiflichkeiten, man setzte Sonja mit einer Verwarnung auf die Straße. Um nicht auf die Liste der »Arbeitsverweigerer« zu kommen, was fatale Folgen nach sich ziehen konnte, musste sie dringend etwas unternehmen. Dank der Fürsprache ihrer Schwester bei den Behörden, die als eine konforme Person und als die beliebteste Krankenschwester auf ihrer Station galt, wurde Sonja eine weitere Chance zugestanden, und sie bekam die Aufforderung, für mehrere Monate nach Kislowodsk in den nördlichen Kaukasus zu gehen, in die Mineralwasserkurstadt in der

Stawropoler Region, wo sie in einer der Kurhauskantinen als Küchenhilfe arbeiten sollte.
Sie nahm den Beschluss, ohne zu klagen, mit einer beunruhigenden Ruhe auf, als hätte sie resigniert, als hätte sie sich abgefunden. Er versuchte, ein Gespräch mit ihr zu führen, ihr Mut zuzusprechen, zu sagen, dass es nur vorübergehend sei. Und wenn er bei der Aufnahmeprüfung zur Militärakademie gescheitert wäre, könne er sie bei jeder Gelegenheit besuchen kommen, in Kislowodsk sei es doch schön, scherzte er, es herrsche dort ein fabelhaftes Klima, gut für den Teint. Aber sie blieb kalt, abweisend, wortkarg und ließ sich nicht mehr berühren. Als er sie mit Olga zum Bahnhof brachte, wo sie sich mit zwei großen Koffern auf die Reise machte, da sah sie ihn so ernüchtert an, so enttäuscht, dass er erschauderte.

Er hatte sich ein weiteres Jahr in der Freiheit erschwindelt, indem er die Aufnahmeprüfung nicht bestanden hatte, und so schrieb er ihr fast täglich glühende Briefe nach Kislowodsk, aber ihre Antworten, die ihn mit erheblicher Verspätung erreichten, blieben verhalten, distanziert, kalt. Diese Reaktionen ließen seinen Selbsthass, der alle anderen Empfindungen, alle anderen Gefühle lahmzulegen schien, ins Unermessliche wachsen.
Vom Land brachen immer größere Stücke ab, überall roch es jetzt nach verfaultem Obst und nach Mottenpapier. Einer Schocktherapie gleich sollten innerhalb eines Jahres, so bestimmte es der erste in der russischen Geschichte vom Volk gewählte Präsident, das Staatskapital privatisiert und die Preise (außer für Energie, Milch und Wodka) freigegeben werden. Die Teuerung lag nach einem Bericht der *Iswestija*-Tageszeitung bei mehr als zweihundert Prozent. Das Angebot in den Warenhäusern

und Gastronomien, auch zuvor nicht gerade üppig, war in kürzester Zeit in einem desolaten Zustand, und falls es einmal etwas zu kaufen gab, war es sofort weg, denn die Bürger machten in ihrer Panik Hamsterkäufe. Der Brotpreis versechsfachte sich.
Man händigte den Moskauern Essensgutscheine aus, einzulösen in den knapp fünftausend Einzelhandelsgeschäften, die allesamt in private Hände übergegangen waren. In anderen Städten begannen bereits Hungernde mit der Plünderung der Lebensmittelgeschäfte und Güterwagen.
Er nutzte die erste sich ihm bietende Gelegenheit, Sonja zu besuchen. Sie nahm ihn zwar höflich in Empfang und öffnete ihm die Tür zu ihrer kleinen Komunalka-Wohnung in der Nähe des alten Kurhauses, stellte ihm Tee und Gebäck auf den Tisch, wich ihm aber in den folgenden Tagen so gut es ging aus. Meist unter dem Vorwand, sie habe viel zu tun und bekomme nicht frei. Und abends vertröstete sie ihn auf den nächsten Morgen, nun sei sie zu müde für ernsthafte Gespräche. Als er vorsichtig anfing, von seinem Alltag an der Universität zu berichten, konnte sie sich nicht mehr zurückhalten und schleuderte ihm wutentbrannt ins Gesicht:
– Das freut mich sehr für dich! Verzeih mir, aber ich habe nicht die Wahl gehabt, mich zwischen Literatur und schönen Künsten zu entscheiden, und kann jetzt nicht mithalten. Tut mir leid!
Sein vorsichtiger Versuch, die einstige körperliche Nähe wiederherzustellen, erwies sich als ein entblößendes und deprimierendes Vorhaben. Er spürte die Distanz, die wie ein klaffender Abgrund zwischen ihnen lag. Von Sonjas ursprünglicher Leidenschaft fehlte jede Spur, seine Berührungen ließ sie mit leeren Augen und in die Ferne

starrend über sich ergehen, und als er in sie eindrang, verkrampfte sie sich so sehr, dass der Schmerz ihr Gesicht verzerrte.
Für den Winter sagte man Hungersnöte und Pogrome voraus. Man munkelte, dass die für die Auffüllung der Staatsvorräte notwendigen Kredite aus dem Westen ausbleiben würden, Moskau müsse dazu erst seine Zahlungsunfähigkeit erklären. Niemand kannte den tatsächlichen Schuldenberg der Sowjetunion. Gorbatschow warnte, die »Auflösung des Staates« habe ein derart gefährliches Ausmaß erreicht, dass sie unweigerlich die Beziehungen zwischen den Menschen zerreißen würde. Doch keiner hatte Zeit und Lust, ihm zuzuhören, man musste zusehen, wie man zurechtkam und den Winter überstand. Das Ganze hätte vielleicht anders ausgesehen, hätte er nicht selbst Angst vor dem bekommen, was er in Gang gesetzt hatte. Wenn bis zum Sommer die Reformen nicht gelängen, so sprach nun der Präsident, »sind wir dem Elend ausgeliefert, und der Staat mit seiner jahrhundertealten Geschichte wird dem Untergang geweiht sein«. Und er lieferte als Erklärung mit, dass seine Reformen »zugunsten einer Demokratie, nicht zur Erschaffung eines neuen Imperiums« hätten dienen sollen.

Malisch quälte sich durch die Tage und Wochen seiner Ohnmacht, durch Herbstlaub und Schnee. Die größte Lücke klaffte, wo sie einmal gewesen war. Er hatte zugelassen, dass sie fortgeschickt wurde; er ließ es tagtäglich zu, dass ihm die Dinge widerfuhren, die ihm widerfuhren.
Aber er zählte die Tage, Sonjas »Verbannung«, wie sie ihren Kislowodsker Aufenthalt bezeichnete, würde bald enden, und sie würde nach Moskau, zu ihm, zurück-

kehren. Und so malte er sich aus, was er alles tun würde, um ihr Herz zurückzugewinnen.
Leider erwies sich die Einnahme von Sonjas Festung als weitaus schwieriger als angenommen. Die Enttäuschung über ihn war einer tiefgehenden Verletzung gewichen, und sie pochte in ihr wie eine frische Wunde. Die Zeit, der Abstand, die Ferne, all das hatte überhaupt nicht dazu beigetragen, sie gnädiger oder milder zu stimmen – ganz im Gegenteil, das Alleinsein hatte sie härter und gnadenloser werden lassen.
Nach ihrer Rückkehr bezirzte er sie, erbettelte sich Geld von seinem Onkel, um sie in eines der privaten Restaurants der Stadt auszuführen, in denen man angesichts der üppigen Preise die allgemeinen Lebensmitteldefizite wunderbar ausblenden konnte, nahm sie anschließend mit nach Hause – seine Mutter war übers Wochenende zu Zina auf die Datscha gefahren –, bewirtete sie dort mit Krimsekt und Schokolade, die er zu einem horrenden Preis hatte ergattern können.
Aber Sonja war eine andere geworden. Und er fragte sich, ob sie sich überhaupt noch etwas von ihm erhoffte.
Die Tage darauf versuchte er, ein offenes Gespräch mit Sonja zu führen, ging sogar so weit, in aller Offenheit über seine Ängste und die Probleme mit seiner Mutter zu sprechen, über den Druck, der auf seinen Schultern lastete und den einzugestehen er sich schämte. Aber sie blieb wie versteinert, unempfänglich für seine Nöte, sie sah durch ihn hindurch, jedes Wort, das er an sie richtete, auch das ergreifendste, prallte an ihr ab wie ein Stein an einem Felsen.

Der Präsident schien immer überforderter bei dem Versuch, nach dem Auseinanderfallen der Sowjetunion

wenigstens die Auflösung des Reiches aufzuhalten. Und in diesem tosenden Meer von Problemen und Nöten interessierte sich auch keiner für die Schlagzeilen, die sich in jenen Tagen häuften und in denen es stets um das kleine muslimische Bergvolk der Tschetschenen ging – früher vom Zaren unterworfen, von Stalin in Eisenbahnwaggons fast vollständig nach Kasachstan deportiert und angeblich so kampffreudig, dass der Präsident bei der Zusammenstellung seiner Leibgarde fast ausschließlich Tschetschenen wählte. Tschetschenien, das nach einem Putsch gegen die lokale partei- und KGB-treue Regierung einen Präsidenten gewählt hatte, der bei seiner Amtseinführung von Delegierten aus Syrien und dem Iran gefeiert wurde und die Unabhängigkeit der Tschetschenischen Republik Itschkerien ausrief. Also sagte sich das kleine Fleckchen Erde von den unendlichen Weiten Russlands los, woraufhin der Präsident den Ausnahmezustand über die Außenprovinz verhängte und Elitetruppen in die Hauptstadt schickte. Die Tschetschenen bewaffneten sich und töteten einen KGB-Major.
In Moskau diskutierte man über die neue Großmachtpolitik und hinterfragte die Rechte der Minderheiten, man schien sich uneinig, wo die Grenze verlief: Wenn sie das Recht besaßen, aus der UdSSR auszutreten, wieso dann nicht aus der neu proklamierten Russischen Föderation? Oder war das alles mit den Reformen ein doch zu voreiliges Gedankenspiel gewesen, das fatale Folgen haben würde?

Aber Malisch interessierte sich damals weder für die Rechte der Minderheiten noch für die Interessen des tschetschenischen Volkes. Er war noch Lichtjahre davon entfernt, anzunehmen, dass er eines Tages mitten in dem blutigen Szenario landen sollte. Denn Sonja war fort. Und anders als erwartet ging sie, ohne das Wort »Trennung« ausgesprochen zu haben. Als wäre eine solche Formalität gar nicht nötig, denn diesen Schritt schien sie schon längst vollzogen zu haben. Vielleicht an dem Tag, als sie in den Zug nach Kislowodsk gestiegen war und er ihr vom Bahnsteig aus zugewinkt hatte. Vielleicht.

Sein Erdball hörte endgültig auf, sich zu drehen. Alle Probleme prasselten zeitgleich auf seinen Kopf nieder: die finanziellen Nöte – auch Leonid Nikolaewitsch kam trotz seines hohen Postens nicht mehr so leicht an Banknoten –, die desaströse Enttäuschung seiner Mutter, die zentnerschwer jeden Raum füllte, die Perspektivlosigkeit, die Angst, seine eigene Ohnmacht zu bezwingen, sein Leben endlich in die Hand zu nehmen, sein Selbsthass wegen der eigenen Unzulänglichkeit.

Albträume begannen ihn zu verfolgen, als würden sie jede Nacht aus seinem Kopfkissen hervorkriechen und seinen Schädel mit dünnen, giftigen Drähten umwickeln, sich Nacht für Nacht fester zuziehen und in sein Fleisch schneiden.

Er suchte verzweifelt nach ihr, aber sie schien spurlos verschwunden. Sie hatte ihrer Schwester ein kariertes Blatt aus einem Schulheft hinterlassen, auf dem stand, sie gehe nach Tadschikistan. Aber tausendfach schlimmer als die bloße Tatsache, dass sie fortgegangen war, war die beiläufige Mitteilung in ihrer Abschiedsnotiz, die Olga ihm jedoch erst nach langem Betteln verriet: Sie war mit dem Kassierer auf und davon. Er habe in Tadschikistan einen »hohen Posten« angeboten bekommen.

Er war fassungslos: Seine Sorge verwandelte sich schlagartig in glühende Rage, er konnte es nicht glauben, dass sie zurückgegangen war in diese widerliche Welt der Kassierer und der Kautschuks, der Kriminalität, der sie so verzweifelt zu entkommen versucht hatte. Er hatte geglaubt, sie dieser Welt ein für alle Mal entrissen zu haben, und tief im Inneren war er stolz darauf gewesen, hatte es für sein eigenes Verdienst gehalten. All die Debattierabende und Vorlesestunden, all die Kino- und Konzertbesuche, all die Gespräche in den Autowracks – all das schien mit nur einer Handbewegung ausgelöscht.

Wie konnte es sein? Warum hatte sie es getan? Wie oft hatte sie über die jungen Männer vom Dvor geklagt, die nichts aus ihrem Leben machten und schnurstracks in sowjetische Besserungsanstalten und Gefängnisse schlitterten. Wie oft hatte sie den Kopf geschüttelt, immer wenn sie an dem alkoholisierten Kassierer vorbeigelaufen waren, den sie konsequent bei seinem offiziellen Namen, Petja, nannte, als weigere sie sich, ihn über seine Tätigkeiten zu definieren, und der sie verächtlich und zugleich vulgär musterte.

Der Kassierer war zu einer besonders unerträglichen Sorte Mann herangereift. Nicht sonderlich groß, aber sportlich und mit vielen Muskeln bepackt, die er sich im Sportverein des Krankenhausgeländes versessen antrainierte, mit einem kahlrasierten Schädel, einigen Tattoos auf den Oberarmen und einem verächtlichen Blick aus den nichtssagenden Hamsteraugen hatte er im Laufe seiner Adoleszenz alles eingebüßt, was in ihm noch an »humanem Potenzial« geschlummert haben mochte. Offiziell in einer Schlosserlehre, kontrollierte er seit geraumer Zeit alle kleinen Kioskbesitzer, Kooperativenmitarbeiter und Schwarzhändler, die Geschäfte in Schukino betrieben. Es gab ein Gerücht, er arbeite für die wirklich harten *vors*, für die »Diebe im Gesetz« und Emporkömmlinge der Gefangenenhierarchie von sowje-

tischen Lager- und Gefängnissystemen, die sich dort zu kriminellen Autoritäten ausgebildet hatten, teilweise vom Staat geduldet und manchmal gar für seine eigenen Zwecke ausgenutzt, mitsamt ihren kriminellen Machenschaften und ihren eigenen Gesetzen und Verhaltenskodexen, die in diesen wirren Zeiten ihre einst unangefochtene Stellung in der Schattenwelt in Gefahr sahen und umso harscher und brutaler auf die umfallenden Dominosteine der Perestroika reagierten.
Der Kassierer trieb Schutzgelder ein und riss sich alles unter den Nagel, worüber der von innen verfaulende Staat nach und nach die Kontrolle verlor. Was hatte Sonja in den letzten Jahren noch mit ihm zu tun gehabt? Man sah ihn im Dvor, grüßte sich stumm nickend, ertrug die hinterhergeworfenen, auf der Haut brennenden Blicke, das Gekichere seiner Marodeure, wenn Sonja und er Händchen haltend vorbeizogen, aber mehr auch nicht. Oder doch? Ja, Malisch wusste, dass er es selbst verschuldet hatte. Sogar die wortkarge, meist so freundliche, zurückhaltende Olga, die so ganz anders war als ihre jüngere Schwester, gab es ihm zu verstehen, als er, zu Beginn allabendlich, ihre Nähe suchte, in der Illusion, Sonja auf diese Weise nah zu sein:
– Ach, Sascha, sie hat lang genug gewartet, aber du kennst sie doch, sie muss die Dinge in Angriff nehmen, sie muss anpacken, sie kann nicht einfach nichts tun und warten. Sie hat es dir nicht verzeihen können, dass du sie einfach gehen lassen hast ... Und in Kislowodsk ist es ihr nicht gut ergangen, ganz und gar nicht gut.
Diese Sätze trafen ihn. Selten in seinem Leben hatte er sich schäbiger gefühlt, nutzloser, selten war er ein größerer Verlierer gewesen.
Er hatte verloren, aber gegen wen? Wer war in diesem

Kampf sein Gegner gewesen? War das wirklich dieser unterentwickelte, brutale Typ, dem Sonja so bar jeder Vernunft ans andere Ende der Welt gefolgt war (falls sie wirklich nach Tadschikistan gereist waren und es sich dabei nicht um irgendeine Lüge handelte, die von etwas weitaus Fatalerem ablenken sollte). Lag es an Sonja, die ihm sein Zaudern nicht mehr verzeihen konnte? Lag es an seiner Mutter, die nicht akzeptieren wollte, dass ihr Mann, seine Lebensvorstellungen, die ganze sozialistische Welt zugrunde gegangen waren, und die ihn in die Fußstapfen eines Gespenstes gezwungen hatte? Oder lag es an ihm selbst und an seinem unsichtbaren Feind, dem hässlichen, gnadenlosen, blutrünstigen Tier, genannt Angst?

Die Gastvorlesungen, die er seitdem besuchte, die Bücher, die er las, die Schachspiele, die er gewann, die Ideen, die ihm kamen, und sogar alle Worte, die er sprach, dienten nur noch einem einzigen Ziel: diese Erkenntnis, die schärfste, die unbequemste, auszublenden. Auch als sich seine Ängste auf eine fürchterliche Art und Weise bestätigten, als es ihm endlich gelang herauszufinden, wer die Auftraggeber des Kassierers waren – nämlich die berüchtigten Primakov-Brüder, zwei über die lokale Szene hinaus bekannte kriminelle Autoritäten, die gerade dabei waren, den neu erblühenden Markt an sich zu reißen –, auch da hörte er nicht auf, vor sich selbst zu fliehen.

Der Wunsch, sich die westliche Lebensweise anzueignen, die Freiheit zu feiern, und die Perspektivlosigkeit der taumelnden Zeiten trieb immer mehr Menschen, vor allem Jugendliche, in den Drogenkonsum, und die Lockerung der Zügel seitens der Staatsmacht hatte auch auf diesem Gebiet Früchte getragen, und viele neue Türen waren aufgegangen.

Das absolute Chaos der Nach-Perestroika-Phase, die Öffnung zum Westen, das Verschieben der Grenzen und die Korruption erleichterten den Transport und Import von Rauschmitteln. Die Primakovs waren, wie man munkelte, am Heroinschmuggel beteiligt. Den Rest konnte sich Malisch leicht zusammenreimen: Das Heroin, das in die ehemaligen Sowjetländer und nach Russland kam, stammte aus Afghanistan, die mittelasiatischen Länder waren die Durchgangsschleusen für die Schmuggler, insbesondere Tadschikistan, wo die Grenzsicherung nach Afghanistan durch russische Truppen erfolgte. Dies war also der »hohe Posten«, den der Kassierer bekleidete: den eines Heroinschmugglers.
Es jagte ihm Schauer über den Rücken, was dies für Sonja bedeuten könnte. Und als sie kurz und sachlich an Olga schrieb, dass es ihr gutgehe und sie ein »spannendes Leben« führe, und ihre Schwester aufforderte, zu einer Moskauer Adresse zu gehen, wo ihr ein Kuvert mit einer bestimmten Summe ausgehändigt werden würde, biss er sich auf die Zunge, um Olgas Freude nicht unnötig zu trüben.
Am nächsten Tag gab er sich geschlagen und bat seine Mutter, erneut ihre Kontakte spielen zu lassen, damit er die Zulassung zur Aufnahmeprüfung an dem ihm verhasstesten Ort der Welt erhielt. Nun gab es kein Entkommen mehr, er war zu Lydia Nikolaewnas größter Freude endlich in die Fußstapfen seines Vaters getreten, er hatte es zugelassen, genauso wie er alles Weitere, was darauf folgte, zuließ.
Er ließ es zu, dass man ihm gleich zur Begrüßung mit einer Rasierklinge ein Kreuz in die Haut schnitt und ihn »Hündchen« nannte, ihm ins Gesicht spuckte und ein Lederhalsband mit seinen Initialen als Geburtstags-

geschenk überreichte. Ja, er hatte all das zugelassen, bis er eines Tages wie ferngesteuert, von einer unbeirrbaren inneren Kraft angetrieben, im Strategieunterricht von seiner Bank aufstand und, ohne ein Wort zu sagen, hinausspazierte. Als der nach Nikotin stinkende, grobschlächtige Fähnrich ihn einholte und am Ärmel packte, schlug er ihm mit voller Wucht ins Gesicht, so dass der fassungslose Fähnrich mit aufgeplatzter Unterlippe zu Boden ging.

– Fickt euch! Fickt euch, fickt euch alle, ihr Schweine!, brüllte er, und brüllte es noch, als er bereits auf der Straße stand. Er konnte sich einfach nicht beruhigen. Hätte man ihn Monate später gefragt, welche Momente zu den glücklichsten in seinem Leben gehörten, hätte er das fassungslose Gesicht des Fähnrichs eindeutig dazugezählt.

Natürlich flog er von der Akademie und setzte – zumindest hoffte er das damals – dem Traum seiner Mutter ein für alle Mal ein Ende, er war plötzlich wieder Herr über sein Schicksal.

Malisch ging weiterhin regelmäßig zu Olga, half ihr im Haushalt und bei der Pflege der mittlerweile bettlägerigen Mutter, unterhielt sich mit ihr auf dem schäbigen Balkon, immer vorsichtig nachfragend, ob Sonja sich auch nach ihm erkundigt hätte. Er machte sich keine Mühe mehr, sich der Universität zu nähern, stattdessen verbrachte er die Tage eingeschlossen in seinem Zimmer, in dem er wahllos alle Bücher las, die er in die Hände bekam, und genauso wahl- und anspruchslos durch das Fernsehprogramm zappte. Immer seltener verließ er die Wohnung, um Olga zu besuchen oder spazieren zu gehen. Alle Versuche Lydia Nikolaewnas, ihn »zur Vernunft zu bringen«, scheiterten hoffnungslos, und sogar ihr Wei-

nen, das nachts durch die Zimmerwand zu ihm drang, ließ ihn vollkommen kalt.
All das endete abrupt, als ihm Lydia Nikolaewna eines Morgens die erbettelte Bescheinigung der Militärakademie auf den Tisch legte. Da wusste er, dass das Leben einmal mehr für ihn entschieden hatte. Das Leben entschied sich, ihn auf das Schlachtfeld zu schicken. Seine Mutter hatte diesen Pfad so lange in den Himmel geritzt, in die Sterne eingraviert, bis er zu seinem Schicksal geworden war.

Und dann, in dem quietschenden Metallbett des nach Hammelfett riechenden Wirtshauses von Wladikawkas mit Sonja in seinen Armen, war er nahezu dankbar für diesen Krieg.
Ihr Wiedersehen war vorsichtig, zaghaft verlaufen, er behandelte sie, als wäre sie aus Porzellan. Die ehemalige Vertrautheit ließ sich nicht so mühelos und selbstverständlich wiederherstellen. Man musste sich annähern, vorsichtig die Balance wahren, als wären sie beide kunstfertige Akrobaten, er durfte sich keinen Fehler mehr leisten – jeder Fehler hätte einen lebensgefährlichen Fall aus endloser Höhe bedeutet. Jedes Wort musste abgewogen werden und jede Berührung erst errungen.
Sie war knochiger geworden, irgendwie drahtiger, und ihr Geruch war metallischer, strenger, wenn auch keineswegs weniger begehrenswert für ihn. Er wollte nichts wissen. Er stellte keine Fragen. Noch nicht. Diese Gelegenheit, dieser Augenblick war ihm vom Zufallsgott persönlich zugespielt worden, und er würde ihn sich nicht durch trübsinnige Gedanken, verpestete Erinnerungen und schweißbenetzte Wut verderben lassen. Was zählte, war dieses Wunder, auf das er nicht mehr zu hoffen gewagt

hatte und das er doch erhofft hatte. Und Sonja hatte seinen Onkel tatsächlich dazu überreden können, ihr zu helfen, zu ihm zu kommen. Was jetzt zählte, waren feste Anhaltspunkte, konkrete Vorstellungen, Pläne, die die beiden schmieden und an denen sie sich festhalten mussten, um *das hier* zu überstehen.

Er küsste ihren nackten, sich nach innen wölbenden Bauch und legte seinen Kopf darauf. Dann begann er zu sprechen, wie sie, sobald er diesen verdammten Krieg hinter sich gelassen hatte, leben würden. Er würde sich endlich am Fremdspracheninstitut einschreiben, nicht als Gast, sondern als richtiger Student, und nebenbei wissenschaftliche Übersetzungen machen, die brachten ganz gut Geld ein – seine Sprachkenntnisse seien vorzüglich, hatte ihm die Dozentin vor dem Krieg bescheinigt, neben Deutsch und Englisch könnte er vielleicht noch Französisch in Angriff nehmen und sich später aufs Simultanübersetzen spezialisieren, damit wäre das Einkommen gesichert. Und nebenbei, ohne Druck und ohne Hast, könne er seiner Literatur- und Kunstleidenschaft nachgehen, Kurse besuchen, sich in Homer, Shakespeare, Dante und Vergil vertiefen, die Nibelungensage und Minnesang studieren, aber vor allem das Gilgamesch-Epos, das ihn so fasziniere. Und sie, was wolle sie machen, was sei ihr Wunsch, es müsse da doch etwas geben, wo sie sich am liebsten sehen würde, bohrte er nach.

– Goldschmied. Das Handwerk eines Goldschmieds, ja, das wäre etwas, murmelte sie leise und versteckte ihr Gesicht im Kissen, als wäre ihr das Geständnis peinlich.

Er wunderte sich, wie sie darauf komme, er habe sie niemals mit diesem Beruf in Zusammenhang gebracht.

– Mein Großvater hatte eine kleine Werkstatt, eher eine Art Reparaturwerkstatt für Schmuck und Uhren. Und diese Miniaturwelt, die sich einem nur mit Vergrößerungsgläsern und rostigen Lampen offenbart, hat mich schon immer fasziniert. Dieser Geruch, diese Werkzeuge, sogar sein mickriger Laden, dessen Wände mit billigen Zeitungsausschnitten westlicher Schauspielerinnen behängt waren, versetzten mich als kleines Mädchen in eine unbeschreibliche Aufregung. Und vielleicht waren diese Stunden allein mit Großvater die glücklichsten meiner Kindheit. Dort gab es nur ihn und mich und keine verdammten Probleme meiner Eltern. Dort erzählte er mir unermüdlich von diesen kleinen Schrauben und von der Beschaffenheit der Steine. Und eines Tages ist er dort einfach vom Stuhl gefallen. Einfach so, von einer Sekunde auf die andere, mit seiner Uhrmacherlupe auf dem Kopf und einem Goldring in der Hand. Ich finde, das ist ein schöner Tod, schloss sie und versank in ein vieldeutiges Schweigen.

– Dann musst du es machen, Sonja. Du wirst es lernen, du bist handwerklich begabt, nicht wie ich mit zwei linken Händen, du bist flink und genau, du musst eine Lehre machen, wir müssen uns erkundigen, und dann kannst du vielleicht eine eigene kleine Firma gründen, wer weiß ..., hatte er ihr zugeredet und ihr einen Kuss auf den stolz gereckten Hals gedrückt. Sie hatte gekichert und ihn abzuwimmeln versucht:

– Ach was, wer würde mich schon nehmen? Neun Schulklassen nur, und das auch nur auf dem Papier, ab der achten habe ich mich in der Schule nur alle paar Wochen blicken lassen. Ich hatte nur Blödsinn im Kopf, weißt du doch.

– Du hast keinen gehabt, der dich an die Hand genommen hätte, du bist so neugierig, Sonja, das ist das Wichtigste. Ich werde mit meiner Mutter und meinem Onkel reden, sie kennen Gott und die Welt, und dann wirst du diese Ausbildung machen können, und was du sonst noch dafür brauchst, was auch immer du nachzuholen hast, schaffen wir gemeinsam.

Aufgeregt, als würde das neue Leben gleich morgen beginnen, fiel sie ihm um den Hals und verteilte feuchte und warme Küsse überall auf seinem Gesicht. Wie er diese Kindlichkeit an ihr liebte, die sie trotz der rauen Umgebung, in der sie aufgewachsen war, trotz der Brutalität, die sie umgab, und der Enttäuschungen, die für ein ganzes Leben gereicht hätten, trotz der Zeit in der Ferne, die sie sicherlich verändert und gezeichnet hatte, bewahrt hatte. Und wie dankbar er in jenem Augenblick dafür war!

Und jetzt, in diesem der Realität abgetrotzten Augenblick, war er einfach nur glücklich, dass die Zeit, die zwischen ihren Anfängen und dem Jetzt lag, die ihn vorsichtig machte, die sie sicherlich härter und zynischer hatte werden lassen, ihr die Lebensfreude nicht hatte nehmen können, denn er brauchte sie, er brauchte sie, er brauchte sie wie die Luft zum Atmen. Er würde das hier überstehen, um endlich ein Leben mit ihr zu beginnen, das er ihr, sich selbst und den vielen über die Jahre angestauten Träumen schuldig war. Ja, das würde er, dachte er und sah zu den Felsen über ihm, die ihn schützten, die ihn hier von der Außenwelt abschirmten und die sich gerade rot färbten – über den Bergen ging die Sonne auf, und die Schlucht wurde erst in ein rosiges und dann in ein pudrig-goldenes Licht getaucht. Er müsste gleich zurück, in der Containerküche Wasser aufsetzen, dem Oberst sein Frühstück zubereiten, die Essensvorräte überprüfen, die Böden wischen, die Stiefel polieren, die toten Mäuse aus den Mausefallen holen ... Der Tag brach an. Er hielt den Atem an.

2016/Die Krähe

Sie hatte sich Zeit gelassen. Aber sie kam. Ich wusste von Anfang an, dass auch sie *Gründe* finden würde und ihr keine Wahl blieb. In den letzten Tagen hatte dennoch eine gewisse Nervosität von mir Besitz ergriffen. Außer zu meinen nächtlichen Schichten auf der Baustelle hatte ich die Wohnung kaum noch verlassen. Ich hatte mich mit Büchern eingedeckt, mir die Augen vom Starren auf den Computerbildschirm verdorben, meine Finger wund getippt. An Schlaf war so gut wie nicht zu denken. Auch wenn mir vor Müdigkeit die Augen zufielen und ich mich, ohne mich auszuziehen, aufs Bett legte, verfolgten mich meine Theorien, meine Vermutungen über *seinen Plan* wie lästige Moskitos.

Ich suchte nach Anhaltspunkten, ich durfte nicht zulassen, dass er mir auch dieses Mal die entscheidenden Schritte voraus war. Den natürlichen Vorsprung, den er hatte, konnte ich leider nicht ausradieren, aber alles Unbedachte, alles Unerwartete, alles Überraschende, was er einzusetzen pflegte, um mich zu verunsichern und seinen Spaß zu steigern, musste ich bedenken, zumindest als Möglichkeit in Betracht ziehen. Parallel dazu begleitete mich der Gedanke an das Mädchen wie ein Refrain, das Mädchen, das der neue Schlüssel zu einer alten Geschichte geworden war und das mit sich und allem rang, was ihr bevorstand, weil ihr die Geschichte schon über den Kopf gewachsen war, bevor sie richtig angefangen hatte.

Anders als ich damals, geblendet von der eigenen Selbstüberschätzung und einem nagenden Eifer, spürte sie bereits, dass sie mit ihrem Einverständnis die Zügel über

ihr Leben aus der Hand geben würde. Und natürlich machte ihr das Angst.
Am Abend bevor sie anrief, überkam mich eine unerwartete Unruhe, ich wusste nicht mehr, ob ich meinem Gefühl, dass sie auftauchen würde, trauen durfte. Die Unruhe wurde von Panik verdrängt: Was würde geschehen, wenn sie ablehnte, welche Konsequenzen würde der General aus ihrer Absage ziehen? Ich saß auf der Fensterbank, trank Bier und starrte in die Nacht hinaus, mein Herz pochte wie wild, und meine Muskeln verkrampften sich vor lauter Anspannung. Ich spürte wieder die Flügel der Schuld auf meinem Rücken wachsen, schwarz und schwer, ich spürte, wie sie meine Rippen durchbrachen, unter der Last, die ihren Namen trug, diese drei leichtfüßigen Buchstaben, die mein Leben in ein Davor und Danach einteilten. Könnte ich doch bloß wieder in dieses Davor zurückkehren, in mein Vakuum – und die Dinge unberührt lassen, auch mit der Gewissheit, dass wir uns nie begegnen würden, mich von all dem fernhalten, einen Bogen um die Geschichte und ihre Protagonisten machen, aber ... ja, aber dieser Wunsch war nichts weiter als ein schwaches Echo meines Selbstmitleides und vollkommen sinnlos.
Und während ich unter der Last der schwarzen Flügel zusammensank, wunderte ich mich dennoch über diese merkwürdige Euphorie, die seit Schapiros Auftauchen von mir Besitz ergriffen hatte, und diese Euphorie konnte nur durch die Möglichkeit hervorgerufen worden sein, diese verfluchte, nicht beendete Geschichte fortsetzen, zu ihrem Ende bringen zu können. Dieser Mechanismus machte mich misstrauisch, fragte ich mich doch, wieso Schapiros Erscheinen, das erneute Verwickeltwerden in etwas, das nicht meiner Kontrolle unterlag, das solche Opfer von mir verlangte und mein Leben zerstört hatte,

in mir keine Fluchtimpulse auslöste, warum ich nicht, anders als die überforderte Schauspielerin, der Vernunft folgte und dem ein kategorisches Nein entgegenstemmte, den Riegel vor die Tür schob und nichts und niemanden in meine Nähe ließ, der mich hätte in diese dunkle Vergangenheit zurückziehen können.
Vor einem Jahr war ich mir doch so sicher gewesen, dass ich niemals, nie, nie wieder in Orlows Fänge geriete, dass ich in meinem Leben zukünftig alles verhindern würde, das mich auch nur in seine Nähe bringen könnte. Aber vielleicht hatte ich es tief im Inneren schon immer gewusst, dass es unmöglich war, ihm auszuweichen, er schon so lange Gott spielte, dass Menschen tatsächlich angefangen hatten, ihm zu huldigen, ihm zu folgen und seinen Zorn als gerechte Strafe anzunehmen. Vielleicht war ich doch nichts anderes als einer seiner Jünger? Vielleicht hatte ich bereits in dem Augenblick, als ich mich in sein Leben gewagt hatte, verstanden, dass meine Geschichte nur in diesem, in seinem, Zusammenhang erzählt werden konnte?
Die ganze Nacht überlegte ich krampfhaft, was ich machen würde, wenn sie sich doch nicht meldete. Aber zugleich hatte ich keinen Zweifel, dass es unmöglich wäre, das, was bereits ins Rollen gekommen war, noch aufzuhalten.
Ich träumte in jener Nacht. Seit *sie* fort war, seit ihr Leben unerzählt, ungelebt, unerfüllt eingebrochen war wie eine morsche Stufe, war es das erste Mal, dass ich von ihr träumte, sie so lebendig vor mir sah. Sie trug ein smaragdgrünes Kleid, das ihre hochgewachsene, androgyne Figur umschmeichelte, die mich immer so verzückt hatte in ihrer Grenzenlosigkeit, als erkenne ihr Körper keine Gesetze an: weder die der Schwerkraft noch irgendwelche

geschlechtlichen Rollenmuster, als wäre sie dazu da, zu schweben und zu fliegen und sich wie ein Schmetterling alle paar Wochen zu verwandeln. Ihre Jugend gab ihr alle dafür nötigen Mittel in die Hände.

Das Klingeln des Telefons riss mich aus dem Schlaf. Sobald ich die Stimme der Schauspielerin hörte, stellte sich eine merkwürdige Ruhe bei mir ein, die ich seit einer Ewigkeit so nicht mehr erlebt hatte, wie eine Folgerichtigkeit der Dinge, als liefe alles nach einem vorbestimmten Plan. Ich bot ihr an, sich in einem nahe liegenden Café zu treffen. Sie schlug den Görlitzer Park vor. Wir gingen, mit ihrem großen roten Regenschirm ausgestattet, der uns vor dem grauen Wind und dem Regen schützte, durch den leeren Park.

Sie schien aufgebracht. Sie versuchte, sich zu erklären, als wollte sie ihr erwachtes Interesse rechtfertigen.

– Ich ... ich bin einfach ... ach was: Ich brauche Geld, meine Familie braucht es ... Es ist kompliziert, und überhaupt: Mein Leben ist gerade ein ziemliches Chaos. Ich kriege die Dinge nicht auf die Reihe. Du kennst ihn und seine Gefolgsleute – ich meine, das ist doch kein harmloser Kerl?

Sie blieb stehen und sah mich fragend an. Ihre Hände steckten in den Taschen eines moosfarbenen Parkas, die schwarze Wollmütze trug sie tief in die Stirn gezogen. Sie sah aus wie ein kleines Kind, hatte etwas Nacktes und Ungeschütztes, ganz anders als die junge, selbstbewusste Frau vor dem Club neulich, die mit ihrer Zigarette im Mund auf dem kahlen Boden vor mir gesessen und mir das Gefühl von Überlegenheit vermittelt hatte. Ich blieb ebenfalls stehen, ging einen Schritt auf sie zu und versuchte, sie aufzumuntern:

– Hey, Katze, ich kann dich doch so nennen, ja? Du musst dich nicht entschuldigen. Ich sagte es dir doch: Du kannst diese ganze Situation zu deinen Gunsten nutzen. Lass dir einen Vertrag geben, du kannst verdammt viel Geld fordern.
– Ich habe die letzten Tage im Internet recherchiert. Versucht, etwas über die Geschichte in Erfahrung zu bringen. Und fast nichts gefunden ... Ich weiß nicht, ob ich das kann. Meine Mutter ... meine Familie darf das auf keinen Fall erfahren. Ich weiß nicht, mit wem ich darüber reden soll, wen ich um Rat fragen kann. Klar, Freunde würden sagen: Mach doch, falls der Typ – also du in diesem Fall – recht hat, kannst du viel Kohle machen und dir das Leben erleichtern. Aber ... wieso? Wieso sollte er so viel Geld auf den Tisch legen, wenn es keine Bedeutung hat? Ich fürchte, mit dem Video ist es noch nicht getan, und deine Rolle in dem Ganzen, sorry, ist mir schleierhaft ...
Ich stellte mich vor sie hin. Ich konnte ihr nicht sagen, dass meine Besessenheit weiter ging, als mir lieb war, dass sie mir wichtiger war als mein eigenes Wohl, wichtiger als ihres, dass ich ihr wie ein Spielsüchtiger dem Spieltisch alles geopfert hatte und mich trotzdem nicht in der Lage sah, jetzt der erneuten Versuchung zu widerstehen.
– Er wird dich über das Video hinaus beanspruchen, das mag sein, ja, sagte ich etwas kleinlaut und hielt ihr den Regenschirm über den Kopf. – Aber es muss auch nicht sein. Er ist keiner, der sich nicht an Absprachen hält, das kannst du mir glauben. Ich habe da eine Theorie, ich weiß nicht, ob sie stimmt, aber ich habe eine, und sollte sie stimmen, dann wird es für dich keine großen Herausforderungen geben, du wirst nur etwas Zeit und Flexibili-

tät benötigen. Natürlich sind deine Sorgen berechtigt. Orlow ist kein netter Onkel, der einem etwas einfach so schenkt. Aber er will was von dir, also wird er deinen Wünschen so weit entgegenkommen, wie es für die Sache erforderlich ist. So dumm, etwas zu gefährden, was ihm derart wichtig ist, ist er nicht. Und ja, ich will diese Chance, die ich so ganz ohne Vorwarnung erhalten habe, nutzen, auch das stimmt. Aber ich bin dieses Mal gewappnet, ich weiß, worauf ich mich einlasse, ich weiß, wie weit ich gehen kann, ich kann dich schützen.

– Ich habe auch über dich Nachforschungen angestellt, so ist es nicht, sagte sie und setzte sich wieder in Bewegung. Der Regen hatte aufgehört, sie verließ unseren gemeinsamen roten Schutz und eilte mit entschiedenen Schritten voran. Sie hatte sich sichtlich wieder unter Kontrolle, die Zweifel von vorhin schienen wie vom Regen abgewaschen.

– So?

Ich wusste nicht, worauf sie hinauswollte.

– Du hast mir gegenüber den persönlichen, besser gesagt: den *privaten* Kontakt zu seiner Familie nicht erwähnt, sagte sie spitz und fing an, sich eine Zigarette zu drehen. Ich wunderte mich, woher sie das wusste.

– Ja, da hast du wohl recht.

– Also ist das eine Art Privatangelegenheit für dich, ja? Ihre Stimme war plötzlich sehr hart und misstrauisch, diese Stimmungswechsel schien sie nicht nur auf der Bühne zu beherrschen, diese schnellen Temperaturschwankungen waren wahrlich beeindruckend.

– In gewisser Hinsicht schon, ja. Aber ich bin seit Jahren hinter ihm her, seit Jahren bin ich an meiner Story dran.

– Und *sie*? Was für eine unerwartete Wendung bei der Vervollständigung *deiner Story* war sie?

Ihre Stimme war jetzt sarkastisch und eisig. Ich spürte eine ungebremste Wut in mir aufsteigen. Wer war sie überhaupt, über mich zu urteilen? Was wusste sie über mich?
– Ich glaube, du maßt dir da etwas an, wovon du keinerlei Vorstellung hast, murmelte ich und holte sie ein. Ich musste mich zügeln, wollte ich nicht ausfallend werden, noch war unsere Verbindung nicht stark genug, noch war sie jederzeit bereit, kehrtzumachen, und ich musste akzeptieren, in den kommenden Wochen und vielleicht Monaten auf sie angewiesen zu sein. Ich musste mich zusammenreißen und ihr das Gefühl geben, dass ich in Ordnung war.
– Okay, mich geht es ja nichts an. Aber wie würde es dir gehen an meiner Stelle? Ich meine, ich recherchiere und sehe: Seine Tochter ist tot, und das Mädchen, das tschetschenische Mädchen, deren Foto du mir in die Hand gedrückt hast, ist brutal vergewaltigt und umgebracht worden. Ich meine, was soll ich mir dabei denken? Ich werde das Ganze abbrechen, wenn da was faul sein sollte, egal wie, egal wo, hast du das verstanden?
Ihre Stimme bebte, sie war wieder aufgewühlt und unbeherrscht.
– Und ich will, dass du ihm das klarmachst. Dir kann ich auch nicht nur deshalb vertrauen, weil du mir sympathischer bist als er und deinen Weg keine Leichen pflastern ... zumindest findet man nichts dergleichen im Internet und ..., plötzlich brach sie ab, hielt inne, als sei ihr die Luft ausgegangen, als sei es auf einmal sinnlos weiterzusprechen, irgendetwas zu erklären. Sie zog an ihrer Zigarette, sah in den Himmel und fragte ruhig:
– Und wie lautet deine Theorie?
Ich ließ sie nicht lange damit warten, schließlich hatte

ich die letzten Tage und Nächte nichts anderes getan, als darüber nachzudenken und die verschiedenen Eventualitäten in Betracht zu ziehen, die verschiedenen Puzzleteile zusammenzufügen.

– Ich glaube, dass er einen Schlusspunkt unter das setzen will, was sich damals in Tschetschenien ereignet hat, denn – und das hat er oft angedeutet – das war der Wendepunkt seines Lebens, sozusagen sein archimedischer Punkt, von dem alle weiteren Ereignisse, Handlungen, Entscheidungen ausgingen. Er hat seit dem im Sande verlaufenen Prozess nie wieder darüber geredet, alle Anläufe, ihn zu dem Thema zum Reden zu bringen, sind gescheitert, nein, das ist noch zu milde ausgedrückt: Sie alle haben ein missliches Ende gefunden, und ich bin das beste Beispiel dafür. Aber er selbst hat nie einen Schlusspunkt setzen können, so viel steht fest.

Und Ada, seine Tochter, hat irgendwann Wind von der Sache bekommen und fast manisch versucht, Informationen über die Ermordung und den Prozess in Erfahrung zu bringen, sie wollte die Wahrheit über ihren Vater erfahren, ihn zum Sprechen bringen, aber er weigerte sich, natürlich. Und natürlich wünschte sich die Tochter nichts mehr, als dass er unschuldig gewesen sein möge, immerhin hatte er sich ja selbst angeklagt, also konnte er nicht das Monster sein, für das ihn seitdem nicht wenige hielten. Sie wollte, dass er seine Unschuld vor ihr und der ganzen Welt bewies. Schließlich war er ihr Vater, den sie vergötterte.

Ich wunderte mich selbst über meine Art, die Vergangenheit unter Auslassung eines gewichtigen Details wiederzugeben, aber ich war zu feige zuzugeben, dass ich derjenige war, der die Tochter auf die Geschichte gebracht, der diese Besessenheit in ihr entfacht, sie mit dieser

Krankheit angesteckt hatte, die bei ihr am Ende einen hässlichen Ausgang genommen hatte, während ich dabei war, eine andere, eine *neue* Figur in dieses gefährliche Spiel zu locken.

Ich sah *sie* vor mir. Ada. Mit einer erschreckenden Klarheit. Ich sah ihre pudrig-pink gefärbten Haare und das karierte Flanellhemd von mir, das ihr zu groß war und das sie hastig über ihren nackten Körper geworfen hatte. Das war beim ersten Mal gewesen, als sie über Nacht bei mir blieb in meinem schäbigen Appartement, meine staubige Bücher- und Notizenhöhle als Kontrast zu ihrem stilsicheren Penthouse, zum Luxus, in dem sie zu Hause war. Ich war nervös, weil ich fürchtete, dass mich diese Umgebung in ihren Augen degradieren könnte. Aber sie schien entzückt, sie fühlte sich frei, tapste mit ihren schmalen Füßen über den kalten Flurboden und kicherte ununterbrochen, als wäre sie in ihre Kindheit zurückgekehrt.

Unsere Nähe war noch verspielt, albern, hatte noch nichts von dem späteren Seriösen und Schweren. Vor allem galt es, unsere Beziehung geheim zu halten, wir beide wussten – jeder auf seine Art –, mit welchen Konsequenzen zu rechnen wäre, wenn der General uns auf die Schliche käme.

Und ich, himmelhoch jauchzend, zu Tode betrübt, war so glücklich und zerbrach mir doch ununterbrochen den Kopf darüber, wie ich mich ihr erklären, wie ich das alles rückwirkend zurechtbiegen könnte, ohne dass sie mich auf der Stelle wegjagen würde. Ich hatte keine Sekunde damit gerechnet, als ich ihre Nähe gesucht und gefunden hatte, dass sie zu meinem persönlichen Glück werden würde.

Und mit jedem Tag, der verging, wurde es mir immer unmöglicher, ihr zu erklären, dass unsere Begegnung keinesfalls dem Zufall, sondern ausschließlich meinem professionellen Interesse geschuldet war. Es war mir unmöglich, die Karten auf den Tisch zu legen und ihr ins Gesicht zu sagen, dass sie anfangs ein Mittel zum Zweck gewesen war, ein Schlüssel zu der Hochsicherheitswelt ihres Vaters, vor die man mir einen tonnenschweren Riegel geschoben hatte. Es war mir unmöglich, ihr zu gestehen, dass ich damals Gott und die Welt bezirzt und mit dem Versprechen verschiedenster Gefallen erwirkt hatte, dass man mir verriet, dass sie an jenem Abend in der Berliner Philharmonie Benjamin Brittens *Nocturne op. 60* und Schumanns *Sinfonie Nr. 3, Es-Dur* lauschen würde, und zwar nicht in der von ihrem Vater abonnierten Loge, sondern im Parkett, in dem ich, nach vielen weiteren Mühen und etlichen Telefonaten, eine für mich fast unbezahlbare Karte neben ihr ergattern konnte. Zu ihrer rechten Seite, denn die linke war bereits besetzt von ihrer Begleitung, einem jungen Kavalier, einem Landsmann, so viel gelang es mir in Erfahrung zu bringen, aber mehr auch nicht.

Ich wusste nicht, wie ich ihr erklären sollte, dass ich mich erst am Tag zuvor über Britten informiert hatte, von dem ich bis dahin noch nie eine Komposition bewusst gehört hatte, und dass ich auch bei Schumann einiges nachsehen musste, um auf das von mir angestrebte Gespräch mit ihr vorbereitet zu sein – ich wusste, sie war ebenso wie ihr Vater extrem kulturaffin und bestens in allen möglichen Kunstgattungen bewandert. Wie hätte ich ihr gestehen sollen, dass ich unser Gespräch damals minutiös geplant und durchdacht hatte und wochenlang nichts anders getan hatte, als alle Informationen über sie,

die ich in die Hände kriegen konnte, zu sammeln und zu studieren? Noch viel weniger konnte ich eingestehen, dass ich sie damals in der Philharmonie noch für ein junges, reiches, oberflächliches Mädchen hielt, das das Glück oder Unglück hatte, Alexander Orlows Erbin zu sein, die Eisprinzessin seines Reichs, seine kleine Porzellanpuppe, herangezogen, um zu entzücken, um bewundert zu werden, dazu, den Kopf keck in den Nacken zu legen, um hauchend zu sprechen, um in Klassikkonzertsälen mit feuchten Augen dazusitzen, um in teuren Restaurants beeindruckende Tischmanieren vorzuweisen, mit Brillanten behangen, auf Rosen gebettet und nach Vanille duftend, von allen zärtlich umgarnt – für ein Leben, das ihr Vater für sie vorsah.
Ich konnte ihr nicht sagen, dass ich eines Besseren belehrt wurde, dass sie meine Vorstellungen und meine Urteile auf den Kopf stellte, dass sie mich dazu zwang, alles über Bord zu werfen, was ich bis dahin von ihr zu wissen glaubte. Und ich konnte ihr nicht sagen, dass sie mir Angst machte – dass sie das erste wirklich *große* Abenteuer meines Lebens war. Dass ich überfordert war, als sie so unvermittelt, so unkompliziert, so ohne jedwedes Misstrauen die zwei Schränke von Leibwächtern mit nur einem einzigen Blick zur Seite schickte und mich in ihre Welt einlud.

Der Begleiter, ein junger, gut aussehender Russe à la Lermontow, war ein Kavalier, der die Maßstäbe ihres Vaters bestmöglich hätte erfüllen können. Er wirkte kultiviert, höflich, gut erzogen. Er trug einen perfekt sitzenden, überteuerten Anzug und hatte, wahrscheinlich eher aus Rücksichtnahme, nur einen einzigen Leibwächter dabei. Sein Gesicht kam mir bekannt vor, aber trotz höchster

Konzentration gelang es mir nicht, ihn zuzuordnen. Ich wusste nicht, *wessen Sohn* er war, aber ich war mir sicher, dass sein Vater dem ihren in nichts nachstand und dass dieses Treffen arrangiert und demnach ein Treffen der künftigen Regenten war, dem idealerweise eine mächtige Fusion der beiden Imperien, viele majestätische Nachkommen und eine glorreiche Zukunft folgen sollten.

Er umgarnte Ada, war aufmerksam und flüsterte ihr charmante Worte ins Ohr, sie lächelte und reagierte auf seine Schmeicheleien ebenfalls höflich, aber es war kaum zu übersehen, dass ihr Interesse sich in Grenzen hielt.

Ich wartete während des ganzen Konzerts auf eine passende Gelegenheit, um ihr ein paar Worte zuzuwerfen, sie auf mich aufmerksam zu machen, aber es gelang mir nicht. Mein Gegner mit seinem blassen Teint, seinen dunklen, dichten Haaren, seinen zarten, langen Fingern und seinem dandyhaften Auftreten – er hätte tatsächlich in einer Hollywoodverfilmung des Lermontow'schen *Ein Held unserer Zeit* gut den Petschorin verkörpern können – war zu dicht an ihr dran. Jede Aufdringlichkeit meinerseits hätte Folgen für mich haben können. Aber das Glück war mir an jenem Abend gnädig: Sie nahm von sich aus Kontakt zu mir auf. Offensichtlich von ihrem Begleiter gelangweilt, wandte sie sich mitten im Konzert an mich und wollte wissen, wie lange es noch bis zur Pause dauere. Ich ergriff die Gelegenheit und ließ einen albernen Spruch auf den anderen folgen, so dass sie nach wenigen Sekunden zu kichern begann.

Als Petschorin in der Pause auf der Toilette verschwand, zwinkerte sie mir zu und fragte unverblümt, ob ich sie nachher »retten« und »aus den Fängen ihres Gefängniswärters« befreien wolle. Sie suche sich schon eine Ausrede, ich müsse ihr nur versprechen, nach dem Konzert

hinter der Philharmonie auf dem großen Parkplatz auf sie zu warten.
– Versprochen? Aber ich warne Sie: Ich sterbe hier vor Langweile, Sie müssen mich aufheitern!
Meine Handinnenflächen wurden feucht und meine Knie weich. Ich hätte alle Überredungskünste angewandt, keine Konversation gescheut, um das begonnene Gespräch mit ihr fortzusetzen, aber nicht damit gerechnet, dass sie mich so mühelos, so freudig in Empfang nehmen würde. Denn in meiner Vorstellung hatte ich es hier mit einem verzogenen Teenagermädchen zu tun, erst kürzlich volljährig geworden, das gerade das makaber teure Institut Le Rosey, ein Eliteinternat am Genfer See, absolviert hatte, anscheinend mit guten Noten, denn ihre Volljährigkeit wurde anständig belohnt: zuallererst mit der neu gewonnenen Freiheit und Selbstbestimmung, darüber hinaus mit dem Recht auf eigene vier Wände, in dem Fall ein knapp dreihundert Quadratmeter großes Berliner Loft mit Bädern aus Carrara-Marmor und mit handgefertigten Kronleuchtern aus St. Petersburg und restaurierten alten Kastenfenstern.
Ich hatte erwartet, sie würde mich herablassend mustern, blasiert sein, mich mit ihrem Desinteresse strafen und nach kurzer Begutachtung hochmütig fortschicken. Stattdessen schenkte sie mir die fast frivole Aussicht, mich mit ihr mitten in der Nacht davonzustehlen, mit diesem herrlich strahlenden Mädchen mit pinken Haaren, der ich vorgaukeln musste, nicht zu wissen, wessen Tochter sie war.
Ja, auch noch Wochen später ging ich vor ihrer Unvoreingenommenheit in die Knie, wurde dazu genötigt, über mich und meine Ängste hinauszuwachsen, ihr ungläubig zuzusehen, wie sie mir ihre Gefühle auf einem Silber-

tablett servierte. Wie um alles in der Welt hätte ich ihr die Wahrheit sagen können? Ich konnte es nicht. Es hätte bedeutet, das wertvollste Gut, das ich plötzlich besaß – ihr Vertrauen –, aufs Spiel zu setzen. Die Verrenkungen, derer es bedurfte, um mein Lügennetz aufrechtzuerhalten, wurden von Woche zu Woche, von Monat zu Monat akrobatischer, meine Rhetorik dünner, wackeliger, unglaubwürdiger, aber vielleicht wollte sie mir so unbedingt glauben, wollte blind daran festhalten, nicht lediglich ein Kollateralschaden zu sein, von mir auf meinem Weg zu ihrem übermächtigen Vater verursacht, wollte daran glauben, dass ein Wir möglich war.

Fast eine Stunde lang wartete ich auf dem sich immer weiter leerenden Parkplatz, nervös auf und ab tigernd und eine Zigarette nach der anderen rauchend. Und als ich die Hoffnung schon fast aufgegeben hatte und mich auf den Heimweg machen wollte, hörte ich die klackenden Geräusche hoher Absätze auf dem Asphalt und sah ihre große und zarte Elfensilhouette auf mich zulaufen. Von Petschorin und dem Leibwächter keine Spur.

Meine Stunde war gekommen. Ich musste diese Gelegenheit beim Schopf packen. Aber gleichzeitig merkte ich, wie sehr ich ihrer ansteckenden Leichtigkeit und Aufregung auf Gedeih und Verderb ausgeliefert war und nichts dagegen tun konnte (und vielleicht vor allem nicht wollte).

Wir nahmen ein Taxi, das uns zuerst in eine Kellerbar in der Leipziger Straße brachte, die mir zum Glück als erste und nächstliegende Station in den Sinn kam, um kurze Zeit später mit einem anderen Taxi in einen Electroschuppen weiterzuziehen, in dem sie sich die Schuhe auszog und barfuß die Tanzfläche eroberte und wir Cocktails mit wahnwitzigen Namen durchprobierten. Die Musik war laut und die Bässe hart, ich fühlte mich jung und gelöst; ich konnte mich nicht erinnern, wann ich das letzte Mal getanzt hatte, aber als sie mich zu sich auf die Tanzfläche zog, gehorchte ich, ließ mich fallen und vom Voodoorhythmus der Musik tragen. Ich merkte es erst nicht, aber der General und meine nicht erzählte Geschichte rückten in immer weitere Ferne, lösten sich in Luft auf, und auch mein Plan, den ich mir auf dem Parkplatz für diese Nacht zurechtgelegt hatte und der vor allem dazu diente, ihr Vertrauen zu gewinnen und dank dieses Vertrauens die Brücke zu ihrem Vater zu schlagen, war plötzlich vergessen. Ihr Lachen im Ohr und ihre wilden Bewegungen vor mir, ihre funkelnden Augen, ihre jugendliche Bedingungslosigkeit ließen mich spüren, dass es keine Karte gab, die mich sicher durch diese Nacht hätte führen können.

Wir lösten uns in der Nacht auf, wir schwebten und lachten grundlos, fielen uns um den Hals, schnitten Grimassen und malten uns mit einem Filzstift gegenseitig Fantasiefiguren auf die Arme. Und irgendwann saßen wir auf einer Bank, aßen Falafel und starrten in die Stadtlichter, die die Sterne unsichtbar machten. Ich wunderte mich, wie es möglich war, dass wir zwei – zwei Menschen aus unterschiedlichen Jahrhunderten, wie es mir erschien, aus zwei unterschiedlichen Welten – hier sitzen konnten, Seite an Seite, während ihre spitze Schulter die meine berührte, und dass wir die Abgründe, die zwischen uns lagen, gar nicht wahrnahmen, als wären wir zwei alte Vertraute, Freunde aus Kindertagen.
Es begann hell zu werden, sie fror, wollte aber die Nacht noch nicht für beendet erklären, sie focht noch mit ihr.

Wir zogen tänzelnd davon, und mein Herz schlug immer schneller und immer lauter, ich musste mich zusammenreißen, mir drohte alles aus der Hand zu gleiten. Immerhin hatte ich Stunden, Tage, Wochen damit verbracht, um unterirdische Wege zu *ihm* zu graben, wenn mir schon die direkten abgeschnitten worden waren, und jetzt setzte ich mit meinem törichten Verhalten alles aufs Spiel. Was würde passieren, wenn ihr Vater erfahren würde, wie gefährlich nah ich ihr gekommen war?
Schließlich konnte ich ihren magischen Fängen durch das Versprechen auf ein baldiges Wiedersehen entkommen; sie notierte sich meine Handynummer. Noch eine Weile standen wir im grellen Licht einer Laterne, das ihre Haare purpurn aufleuchten ließ, und lachten uns an. Sie weigerte sich, sich von mir im Taxi nach Hause begleiten zu lassen, und erlaubte nur, dass ich eines für sie heranwinkte. Bevor sie einstieg, stellte sie sich auf die Zehenspitzen und drückte mir einen Kuss auf den Mund. Dann verschwand sie in den letzten Fetzen der Nacht.
Zu Hause angekommen, konnte ich kein Auge mehr zumachen. Es war meine letzte Chance, ich durfte sie nicht vermasseln.

Jahrelang verfolgte ich Orlow, oder er verfolgte mich, ich wusste es nicht, und vielleicht spielte es auch keine Rolle mehr. All die verlorenen Kämpfe, diese niederschmetternde Ohnmacht angesichts der schier übermenschlichen Kräfte meines Gegners, diese Aussichtslosigkeit und die Unfähigkeit, meinerseits loszulassen – all das hatte mich geformt, hatte mich zu einem anderen Menschen gemacht, dem das Leben in den normalen Strukturen einer funktionierenden Gesellschaft nahezu unmöglich geworden war; wie ein Pitbull hatte ich mich an

meiner Story festgebissen und war unfähig, wieder loszulassen. Egal wie bezaubernd das Mädchen sein sollte, ermahnte ich mich in jener Nacht, ich durfte das große Ziel nicht aus den Augen verlieren.
Wenige Stunden später rief sie an und schlug vor, spazieren zu gehen. Es wurde der absurdeste Spaziergang meines bisherigen Lebens. Wir liefen das Maybachufer entlang und taten so, als würden uns die beiden Gorillas hinter uns nichts angehen, die uns, ausgestattet mit Headsets und dunklen Sonnenbrillen, wie zwei Klischees von roboterhaften Bodyguards, in nur wenigen Metern Abstand folgten. Irgendwann blieb sie stehen und sagte:
– Na komm schon, frag mich, wer ich bin, wieso mich diese Kerle hier beschatten. Du willst es doch wissen, ich sehe es dir doch an ... Trotzdem, es ist rührend, wie du versuchst, es dir nicht anmerken zu lassen.
– Ich muss dir etwas gestehen: Ich habe gestern, nachdem ich heimgekommen bin, Nachforschungen angestellt; ich war einfach zu neugierig. Eine Berufskrankheit, verzeih, ich bin ja so ein blöder Spürhund, das gehört zu meinem Job. Ich weiß, wieso diese Kerle dich beschützen.
– Gut. Gut, dass du das sagst. Das habe ich nämlich auch getan. Ich weiß, wer du bist.
Für einen Augenblick wirkte sie ganz ernst, nachdenklich, sogar ihre ansonsten so gelöste Körpersprache veränderte sich, sie wurde ruhiger, angespannter, ich straffte mich ebenfalls in Erwartung der Lawine, die über mich hereinbrechen und meine Hoffnungen zunichtemachen würde. Natürlich, sie war ein schlaues Mädchen, sie würde es sich schon zusammenreimen können: ich, ein auf Osteuropa spezialisierter Journalist mit einer Schwäche für die inoffiziellen Zaren der Jahrhundertwende, deren verzwickte Machenschaften und endlose

Möglichkeiten jenseits jeder Gesetze und jeder Moral – und ich treffe zufällig auf sie.
Wahrscheinlich galt dieser Spaziergang nichts anderem, als mir zu verkünden, dass mein letztes Stündlein geschlagen hätte und dass dieses Mal die Rache ihres Herrn Papa vernichtend sein würde.
Aber nein, sie schüttelte ihre pinken Haare, als wollte sie jeden Zweifel, jeden trübsinnigen Gedanken aus ihrem Köpfchen verjagen, und sagte:
– Es ist schon okay, du kannst es mir sagen, ich kann es dir nicht verübeln. Ich weiß, warum du gestern neben uns gesessen hast.
Mir stockte der Atem, ich räusperte mich.
– Es ist wegen Arkadi, ist schon okay, ich verrate dich nicht. Und jetzt habe ich ein schlechtes Gewissen, ich bin dir dazwischengekommen und habe deine Pläne durchkreuzt. Du hast während des Konzerts ständig zu uns herübergeschielt, ich habe mir schon gedacht, dass du ihn ansprechen wolltest.
Ihn? Ich verstand die Welt nicht mehr. Spielte sie irgendein Spiel mit mir? Aber so schätzte ich sie nicht ein. Ihr Gesicht hellte sich wieder auf, und mit munteren Schritten setzte sie den Spaziergang fort.
– Ich lasse mir was einfallen, versprochen, ich versuche, dir eine Gelegenheit zu verschaffen, wo du ihn alleine treffen kannst, fügte sie hinzu. – Die Belyis sind oft bei uns, Freunde der Familie, und Arkadi kenne ich von klein auf, aber er ist so ein Langweiler, so öde, dass ich einschlafe, sobald er nur den Mund aufmacht.
Und sie ahmte mit einer übertriebenen Geste ein Gähnen nach und gab ein knurrendes Geräusch von sich.
– Du willst ein Interview, nehme ich an, und am besten so, dass sein Vater keinen Wind davon bekommt, richtig?

Es durfte nicht wahr sein. So viel Glück konnte ich unmöglich haben. Wie zwei vollkommen verschiedene Bauklötze aus zwei unterschiedlichen Konstruktionen, die durch Zufall perfekt zusammenpassten. Das war ebenso unwahrscheinlich wie in seiner Unwahrscheinlichkeit logisch: Deshalb war mir dieser Petschorin so bekannt vorgekommen, mit seinem unschuldig-reglosen Gesicht, den dunklen Augenbrauen und der blassen Haut, natürlich! Er war der Sohn von Juri Belyi, dem Kupfer- und Nickelkönig, der mir zu meinem schriftstellerischen Ruhm verholfen hatte, der Grund für meinen investigativen Eifer, meinen Hang zu den Neunzigern, dem Wilden Westen des Ostens.

Damals, als ich mein Buch schrieb, war Arkadi noch ein kleiner Junge und verdiente meiner Einschätzung nach keine Beachtung. Natürlich hatte er nichts mit den Machenschaften seines Vaters zu tun, außer einer einmaligen Erwähnung seiner Existenz hatte er keinen Eingang in das Buch gefunden. Hätte ich damals geahnt, dass er mir eines Tages diese vollkommen ungeahnte Perspektive eröffnen würde, hätte ich ihm glatt das ganze Buch gewidmet.

Und doch, innerlich über diesen irrsinnigen Zufall frohlockend, spürte ich ein wachsendes Unbehagen, mir war nicht wohl in meiner Haut. Ich tröstete mich damals mit der Ausrede, dass sie ein junges Mädchen war und ich doppelt so alt wie sie und jede Aussicht auf eine ernsthafte Freundschaft schon alleine aus diesem Grund ausgeschlossen war; außerdem, wer wusste schon, ob sie mich nicht doch nur als kurzfristigen Zeitvertreib benutzte und im nächstbesten Moment fallenlassen würde? Sie war einfach ein junges Ding mit rosa Haaren und weltfremden Ansichten, mit einem verantwortungslos

großen Vermögen, das sicherlich von Anwälten und Vermögensverwaltern ihres Vaters noch vermehrt wurde, eine Prinzessin mit einem leichten Hang zur Rebellion, die am Ende doch noch ihren Petschorin heiraten und mit ihm die Grundlage für die Expansion des versumpften Imperiums schaffen würde.
Ich ermahnte mich, diese unbekannte Sentimentalität von mir zu weisen und wieder zur alten Zielstrebigkeit zurückzukehren, aber als ich wieder zu Hause war, noch nicht ganz nüchtern von der letzten Nacht und somnambul vom merkwürdigsten Spaziergang der Welt, da fühlte ich mich auf einmal so jung wie nicht einmal mit sechzehn und hatte das brennende Gefühl in der Brust, ein aufrüttelndes und gefährliches Geheimnis zu hüten, das mein Leben gleich in einem ganz anderen Glanz erstrahlen ließ.

– Sie wollte ihn also rehabilitieren, ja?
Wir hatten den Park durchquert und bogen in die Skalitzer Straße ein. Der Regen hatte aufgehört, und sie hatte ihren roten Schirm zugeklappt, trug ihn wie eine Aktentasche unter ihren Arm geklemmt. Bei dem Gedanken, die Tochter wolle die Unschuld ihres Vaters beweisen, schien sie anzudocken, es schien sie zu ärgern. Mehrfach fragte sie nach, ob ich denn daran glauben würde, dass Orlow unschuldig sei. Ich konnte keine klare Antwort geben, ich hatte die entscheidende Antwort nie gefunden. Aber ich merkte, welche Schiene bei ihr am vielversprechendsten zu sein schien, und versuchte, ihr zu folgen.
– Ihr Tod hat alles ins Wanken gebracht. Er glaubt, dass sie eine Art Wiedergutmachung verlangte, falls es so etwas in solchen Dingen geben kann. Ich habe zwar keinerlei Vorstellung, was er sich unter diesem Begriff vor-

stellt, aber dass er etwas in der Richtung beabsichtigt, scheint mir sicher.

Unermüdlich sprach ich weiter, leistete Überzeugungsarbeit, versuchte, ihr das Gefühl zu geben, dass der Boden unter ihren Füßen fest war, dass ich, die Bulldogge an ihrer Seite, keinerlei Grenzüberschreitungen zulassen würde; Wort für Wort versuchte ich, ihr eine klarere Sicht auf die Dinge zu verschaffen und auch den finanziellen Aspekt nicht zu kurz kommen zu lassen, zu bekräftigen, welche Möglichkeiten Orlow hatte und welchen Nutzen sie daraus ziehen könnte.

Und als wir dann an einem Kiosk haltmachten, uns eine Tasse säuerlichen Kaffee aus der Thermoskanne holten und ich mir einen Schokoriegel in den Mund schob, wurde sie immer stiller, tiefer in sich versunken, nachdenklicher. Ich fragte mich, welches Recht ich hatte, ihr irgendwelche Sicherheiten in dieser Geschichte zu versprechen. Lücken, Leerstellen, fehlende Verbindungsteile, wohin ich auch sah. Ich hatte die vergangenen zwölf Monate ein Leben geführt, in dem Trauer jede andere Aktivität ersetzte und auch die Zeit überlistete, das Morgen nichtig und unbedeutend war, weil es ja auch kein Jetzt gab, das irgendetwas wert war. Aber nun stand ich vor diesem Kiosk und redete voller Eifer auf ein Mädchen ein, das gar kein Mädchen mehr war, aber erwachsen eben auch nicht richtig; ich redete auf sie ein in der Hoffnung, sie würde mit mir etwas voranbringen, was ich beendet geglaubt hatte. Auch sie schien zwischen den Zeiten zu stecken, zwischen dem Gewesenen und dem noch Kommenden, als wäre sie von da, wo sie herkam, nie wirklich fortgegangen oder hier nie wirklich angekommen. Und so war unser beider Gegenwart löchrig, durchsichtig, ganz und gar nicht stabil.

Ich sah Katze an. Diesen fremden Menschen, der der Schlüssel zu meiner Vergangenheit und zugleich zu meiner Zukunft werden sollte, und hatte das Gefühl, als stünden wir beide im Türrahmen als Gefangene unserer selbst, unfähig, einen Schritt nach vorne oder nach hinten zu machen.

– Und dann sah er dich, beziehungsweise dein Gesicht, auf dem Plakat, und da muss er plötzlich alles ganz klar vor sich gesehen haben. Das war das Zeichen: Jetzt ist die Zeit gekommen, Adas Willen zu erfüllen! Er will die Männer aufsuchen, die mit ihm bei dem Einsatz dabei gewesen waren, er will die offenen Rechnungen von damals begleichen, und aus irgendeinem Grund glaubt er, dies nicht ohne dich tun zu können.

Gleich, gleich würde ihr die Luft ausgehen, sie würde nachgeben, ich spürte es, sie würde sich ergeben – aus Neugier oder aus der Überzeugung heraus, dass sie plötzlich in etwas total Abgefahrenes hineingeraten war, das sie sich, egal wie gefährlich, wie verdächtig, wie schmutzig das Ganze auch sein sollte, nicht entgehen lassen durfte, das auch ihr ziellos dahintreibendes Leben schlagartig verändern könnte. Natürlich lockte auch das Geld. Ich setzte mich auf die regenfeuchte Bank vor dem Kiosk, wartete auf ihre Antwort, die über mein Schicksal entscheiden würde. Denn, wenn ich ehrlich war, niemals, nicht einmal nach Ada, hatte ich aufgehört, irgendwo tief in mir verborgen daran zu glauben, dass diese Geschichte, die auch mich mit einschloss, ja zu meiner eigenen geworden war, von mir zu Ende erzählt werden musste.

2016/Die Katze

Sie hatte vom Hof ihrer Kindheit in der Silberstraße geträumt. Vom Hof ihrer Großmutter. Schlagartig setzte sie sich im Bett auf und schaltete die kleine Nachttischlampe ein, es hatte keinen Sinn, an Schlaf war nicht mehr zu denken. Der Tag würde bald anbrechen, der Himmel färbte sich bereits, als hätte jemand ungerührt Farben über ihn verschüttet. Sie kroch unter der Decke hervor, die Augen brannten, die Rastlosigkeit der letzten Tage hatte sich in ihren Gliedern eingenistet, in ihr Gesicht eingeschrieben.

Ihr Kopf war merkwürdig benebelt. Dann fiel ihr wieder der Traum ein. Das tote Mädchen war dort gewesen, das in ihren Träumen stets lebendiger wirkte als viele der Lebenden, die sie tagtäglich umgaben. Sie erinnerte sich nicht mehr an den ganzen Traum. Wovon hatte das tschetschenische Mädchen geträumt? Welcher Weg war der ihre gewesen? War sie glücklich gewesen?

Wir sind nicht diejenigen, die unglücklich sind, hatte ihre Schwester gesagt ... Und natürlich sagen wollen, dass sie diejenige war, die ihr Glück selbst suchen sollte. Aber ging es ums Glück? Bevor man das Glück suchte, musste man wissen, was man darunter verstand, und dafür musste man wissen, wer man war. Sie hatte all die Jahre gedacht, sie wüsste es ... Vielleicht musste sie erst Schicht für Schicht alles Falsche in sich abtragen, sich entblättern, in ihrem Kopflabyrinth immer und immer den gleichen Weg ablaufen, um das Leck zu finden, das seit einigen Wochen entstanden war und durch das etwas Wesentliches abhandengekommen zu sein schien.

Mit der Großmutter teilte sie ihren offiziellen Vornamen, nur dass ihr Name einen Buchstaben weniger hatte, »unterwegs verlorengegangen«, wie es die Großmutter zu sagen pflegte; der Gedanke an sie entlockte ihr wie immer ein Lächeln, auch wenn es durch den Schlafmangel bedingt noch nicht ganz so kraftvoll war.
Tina, ihre Mutter, ließ den Namen ihrer Mutter in die Geburtsurkunde eintragen, aber der Beamte im bereits auf wackeligen Beinen stehenden Sowjetreich hatte andere Sorgen gehabt, als achtsam zu sein, oder hatte den Namen gar merkwürdig gefunden und daher einen Buchstaben weggelassen, und so wurde aus Sesilia Sesili. Den Fehler stellte man erst Wochen später fest und wollte ihn prompt korrigieren lassen, aber die Großmutter überredete ihre Tochter, es nicht zu tun, denn offenbar habe es so sein sollen, das Mädchen habe sich seinen eigenen Namen gewünscht und ihn auch bekommen.
Sesilia, ja, als Kind war sie die ganze Welt für sie gewesen, und auch später, wenn sie nicht weiterwusste, ging sie zu ihr.
Ihre Strenge war stets mit herzerwärmender Liebe und Fürsorge unterfüttert, ihre Geradlinigkeit und ihr Pragmatismus immer mit einer Prise Poesie und Sentimentalität vermischt. Ihre Regeln beruhten auf Vernunft und Gerechtigkeit, und sie war so dermaßen anders als ihre Kinder, dass man kaum glaubte, dass diese Frau solch eine Tochter und solch einen Sohn auf die Welt gebracht hatte.
Sesilia war bodenständig mit jeder Faser ihres Körpers, sachlich und fast schon unnatürlich pragmatisch. Zeit ihres Lebens hatte sie als Physik- und Chemielehrerin gearbeitet und war viele Jahre die Stellvertreterin der Direktorin an einer Tbilisser Gesamtschule gewesen, wo man

sie auch noch lange nach ihrer Verabschiedung in die Rente verehrte.

Sie galt als gewissenhaft und drückte bei der Benotung ihrer Schüler niemals ein Auge zu. Alle Versuche seitens der Eltern, eine gute Note in Chemie oder Physik mit teuren Pralinen oder gar französischen Parfums zu erkaufen, waren zum Scheitern verurteilt.

Alles im Leben nahm sie mit einer gewissen Gelassenheit hin. Vielleicht lag es daran, dass sie als leidenschaftliche Wissenschaftlerin für fast alles im Leben eine Erklärung hatte. Ihr Vater, ein bekannter Archäologe, war in den dreißiger Jahren den stalinistischen Säuberungen zum Opfer gefallen, und so war es ihr als Tochter eines »Volksfeindes« nicht vergönnt gewesen, eine universitäre wissenschaftliche Laufbahn einzuschlagen, denn eine Doktorarbeit sei von ihr »nicht erwünscht«, wie ihr die Fakultät mehr oder minder direkt zu verstehen gegeben hatte. Und ohne einen akademischen Titel war es sinnlos, in die Forschung zu gehen. Aber auch angesichts dieser Ungerechtigkeit weinte sie der verlorenen Karriere nicht lange nach. Dafür machte sie es sich zur Lebensaufgabe, Kinder für ihre Lieblingsfächer zu begeistern.

Sie heiratete einen fünfzehn Jahre älteren Mann, einen Illustrator und Karikaturisten, einen Träumer und Vagabunden, der, sobald er ein oder zwei Gläser Wein getrunken hatte – und das tat er regelmäßig und mit großer Begeisterung –, mit wilden Gebärden Gedichte rezitierte und dabei feuchte Augen bekam. Sie liebte ihn, auch wenn es niemand nachvollziehen konnte, was diese abgrundtief verschiedenen Menschen zusammenhielt. Denn er war in allem das absolute Gegenteil seiner Frau. Er pflegte einen katastrophalen Umgang mit Geld, liebte die hedonistischen Seiten des Lebens und teilte nicht unbedingt die sozialistische Auffassung von einem musterhaften sozialistischen Menschen. Dafür konnte er hervorragend kochen, einmalige Komplimente machen, war ein Pionier im Witzeerzählen, Meister im tagelangen Feiern und ein stadtbekannter *tamada* und als solcher Tischanführer auf etlichen Hochzeiten und Geburtstagsfeiern.

Sesilia nahm ihren Nodar so, wie er war, versuchte ihn nicht zu ändern, nur manchmal, wenn ihr die alleinige Verantwortung für die Kinder, ihr Beruf und der Haushalt über den Kopf wuchsen, forderte sie ihn geradeheraus auf, seinen Pflichten als Ehemann und Vater nachzukommen. Und das tat Nodar, er tat es gewissenhaft und voller Elan. Er ging mit den Kindern in den Zoo, kaufte seiner Frau Blumen, er überschüttete sie mit Komplimenten und Liebkosungen, er kochte und putzte, dass jede noch so vorbildliche Hausfrau vor Neid erblasst wäre, und holte seine Frau sogar von der Arbeit ab. Aber all das währte nur bis zur nächsten Feier, zu der er eingeladen wurde, woraufhin eine erneute lange »Zeit der Dürre« anbrach, wie Sesilia diese Phasen zu nennen pflegte, in denen Nodar nie vor vier Uhr morgens nach Hause kam – nicht selten laut singend, begleitet von Protesten und Drohungen der Nachbarn –, seiner Frau dann lallend seine Liebe erklärte und sich dafür entschuldigte, dass er sein Gehalt leider, leider fast bis auf die letzte Kopeke ausgegeben hatte, mit dem heiligen Versprechen, dass ab dem nächsten Monat alles ganz anders würde; aber dieser Monat brach nie an.

Trotzdem liebte Sesilia ihn und hielt ihm auch nach seinem Tod die Treue. Als hätte sie sich bei der Heirat damit abgefunden, dass ihre Rolle in dieser Beziehung nun mal die eines Motors war, der das ganze Räderwerk am Laufen hielt, während ihr saumseliger Mann den Brennstoff lieferte. Ja, genauso wie er sie, schien auch sie ihn und sein ganzes Chaos zu brauchen, sie hielten sich gegenseitig in Gang. So verärgert sie über ihn und sein verantwortungsloses Verhalten auch sein mochte, er schaffte es jedes Mal, ihr ein Lächeln zu entlocken, weil er ein herzzerreißendes Liebesgeständnis ablegte oder sich zum Narren machte, um sie wieder mit guter Laune anzustecken.

Auch wenn er ständig wegen mangelnder Disziplin seine Arbeit verlor und Sesilia tonnenweise Bettelbriefe schreiben musste, damit man ihm »eine allerletzte« Chance gab, führten sie eine glückliche Ehe, und niemals, nicht einmal in den Stunden ihrer größten Enttäuschung, stellte sie ihre Beziehung infrage, geschweige denn, dass sie über eine Trennung nachdachte; als wäre es wissenschaftlich erwiesen, dass die beiden nur gemeinsam glücklich sein konnten.

Und sie feierten ihr in die Sterne geschriebenes Glück, solange das Leben ihnen wohlgesonnen war. Nodars Feierlust hinterließ Spuren, und kurz vor seiner Rente erlitt er einen Herzinfarkt, den er zum großen Erstaunen der Ärzte überlebte und der ihm als Lehre hätte dienen sollen. Man verordnete ihm eine Kur und schickte ihn nach Gagra an die abchasische Küste – wie viele Telefonate, Bettelbriefe und Geschenke das seine Frau kostete, sollte er nie erfahren. Da Sesilia arbeiten musste und sich keinen Urlaub leisten konnte, schickte sie ihn schweren Herzens alleine fort und rang ihm das Versprechen ab, sich von Alkohol und Zigaretten fernzuhalten, kein gebratenes Fleisch zu essen, dafür aber die ärztlich verordneten Obstsäfte und den Grießbrei zu sich zu nehmen. Mit vielen Zärtlichkeiten und aus dem Auto zugeworfe-

nen Handküssen verabschiedete sich Nodar nach Gagra und kehrte nie mehr zurück.
Er hatte die ärztlich verordnete Kur genau vier Tage durchgehalten, dann trieb er alte Kollegen auf, die in einem benachbarten Kurhotel mit ihren Familien Urlaub machten und sich zu Tode langweilten, ließ in einem bekannten Fischrestaurant eine endlose Tafel decken und eine Gitarre bringen und schmiss dort eine legendäre Feier, die man angeblich bis weit nach dem Krieg in Erinnerung behielt, die ihn aber das Leben kostete. Er hatte dem Leben noch ein letztes Fest abgetrotzt und es bis zur letzten Sekunde genossen.
Sein Todeszeitpunkt war im Nachhinein klug gewählt, wie es seine Witwe später resümieren sollte, als hätte Nodar vorhergesehen, welch schlimme Zeiten dem Land bevorstanden, und sich rechtzeitig verabschiedet.
Nodar ging, die Freiheit kam, und sie war blutig, roch rostig und war etwas, was die Menschen überforderte. Denn sie war teuer erkauft und kostete die meisten alles, was sie besaßen, und nicht wenige auch das Leben.
Russische Panzer rollten über die Straßen der Hauptstadt, und nachts bellten die hungrigen Straßenhunde, weil an jeder Ecke Schüsse fielen. Alles zerrann wie eine Sandburg in einer unerwarteten Welle, und jedwede zuvor funktionierende Struktur wurde durch Anarchie, Auflösung und tagelange Dunkelheit und Kälte ersetzt.
Es gab USAID-Milchpulver und Demonstrationen und Hungerstreiks vor dem Parlament. Unzählige Politiker stritten sich und behaupteten, sie seien das Nonplusultra für das Land, die Schlauesten und Erfahrensten im Umgang mit der hart erkämpften Unabhängigkeit.
Sesilia war nicht mehr die Jüngste und wusste, dass ihre besten Zeiten vorbei waren und man sie und viele ihres-

gleichen aussortieren würde, weil man der Meinung war, man müsse die Vergangenheit auslöschen, um in die Zukunft zu sehen. Jeder predigte die Andersartigkeit, und doch wusste keiner zu sagen, wie diese zu erreichen sei. Nun waren ihre Kinder an der Reihe, und es schmerzte sie, es war unerträglich für sie, dass sie sie nicht so unterstützen konnte, wie sie es für nötig befand. Ihre Tochter war die Kämpferischere der beiden, Ilo, der Ältere, war der Schwächste im Wurf, der kränkliche Welpe, als hätte man ihm bereits im Bauch der Mutter alles an Willen und Kraft geraubt.
Tina, die Jüngere, war schon von klein auf kreativ und voller Ideen, sie kam mehr nach ihrem Vater, und obwohl diese Erkenntnis Sesilia Angst machte, erfüllte sie sie doch mit einem gewissen Stolz. Tina war freiheitsliebend, lebenshungrig, kommunikativ, sie betrat das Leben, als wäre es ihre Bühne, auf der sie glänzen und viel Applaus ernten wollte; was ihr, genauso wie ihrem Vater, zum Verhängnis werden konnte. Sie begann, an Kunstaktionen teilzunehmen, die Ende der achtziger Jahre in Tbilissi immer öfter organisiert wurden, und verliebte sich dort prompt in einen jungen, musikverrückten Assistenzarzt, der mehr einem schrägen Künstler glich als einem seriösen Doktor. Doch sie verlor den Kopf und war sofort Feuer und Flamme für ihn, war wie ein Schwamm, der alles aufsog, was ihr Angebeteter von sich gab. Er war politisch interessiert, er ging ständig demonstrieren und leitete verschiedene Debattierklubs, organisierte Kunstveranstaltungen und träumte von einem freien, demokratischen Georgien, wo man Cola trinken, Levis tragen und Bukowski lesen durfte, wo man Pasolini unzensiert schauen und Brodsky zitieren würde; ein Land, das er und seine Generation aufbauen wollten. Er und die junge

und naive Tina gingen ständig demonstrieren, als wären die Unabhängigkeitsdemos der romantischste Ort für ein frisch verliebtes Pärchen.
So war es nur folgerichtig, dass Tina ihrer Mutter eines Tages verkündete, sie wolle Malerin werden, und ein paar Monate später tatsächlich die Aufnahmeprüfung an der Kunstakademie bestand. Sie hatte schon immer gerne gemalt (ihr Vater hatte ihr als kleines Mädchen ein paar grundlegende Maltechniken beigebracht und sie ermutigt, sich auszuprobieren), und auch wenn ihr jegliche Disziplin fehlte, schlummerte in ihr durchaus ein Talent, das, wie Sesilia hoffte, ihr Glück bringen würde, oder, wie sie befürchtete, zu ihrem Verderben werden würde.
Während Tina und ihr Geliebter demonstrierten, an einen Neuanfang, an westliche Musik und an die Kraft der Kunst glaubten, verkroch sich ihr Sohn Ilo in der elterlichen Wohnung und sah sich stundenlang mit dem für teures Geld auf dem Schwarzmarkt ergatterten Videorekorder Hollywoodschinken in schlechter Qualität und miserabler Synchronisation an und wollte nichts mehr mit der Außenwelt zu tun haben. Er studierte am Technischen Institut Ingenieurswissenschaften, aber Sesilia wurde das Gefühl nicht los, dass er es fast aus Höflichkeit tat, als müsse er anstandshalber vorgeben, einen seriösen Beruf ergreifen zu wollen. Und als die Vorlesungen immer öfter wegen Hungerstreiks ausfielen oder wegen der Panzer, der Stromausfälle, wegen der sich blutig bekämpfenden Parteien oder des nicht funktionierenden Verkehrs, wegen der Lähmung, die die meisten Menschen befallen hatte, und der allgegenwärtigen Gewalt, schien Ilo das entgegenzukommen, als wäre er eine Last los und müsste nichts mehr vorgeben.

Tina und ihr idealistischer Arzt Rezo heirateten und bekamen ein Mädchen, dem man, zu Sesilias großer Freude, ihren Namen – abgesehen von dem einen verlorengegangenen Buchstaben – gab.
Die Inflation kam, dann kamen Essensmarken, elende, endlose Schlangen für das rationierte Brot, dann hieß es, man hätte den Ausnahmezustand verhängt, weil man nun nicht mehr die Russen, sondern sich gegenseitig bekämpfe. Hotels, Schulen, Theater brannten, man beschoss sich auf offener Straße.
Die von ihrem Gehalt mühsam zusammengesparte Datscha in Kojori wurde verkauft, um zu überleben. Silberbesteck, ein Plattenspieler, zwei Fotoapparate und eine 16-mm-Filmkamera, ein Paar neue Lederstiefel und eine antike Vase aus tschechischem Kristall wanderten auf den Schwarzmarkt.
Und auch in Tinas und Rezos Gesichtern erlosch von Tag zu Tag mehr die Hoffnung auf einen Neubeginn, auf ein Land, das sie mitaufbauen und -formen würden, als wäre es aus Lehm. Immer öfter saß Tina tränenüberströmt in der Küche an die Brust ihrer Mutter gedrückt und wiederholte, wie erschöpft sie von diesem ganzen »Wahnsinn« sei.
Sesilia begann, Privatstunden zu geben, aber keiner war in jenen irren Zeiten noch bereit, für die Bildung seiner Kinder zu zahlen, keiner hatte genug Geld, um sie halbwegs ordentlich zu entschädigen. Es waren ein paar lächerliche Kopeken, aber besser als diese Nutzlosigkeit, ein langsames Gift.
Ilo weigerte sich, aus seiner Starre zu erwachen, es gab immer wieder Streit zwischen Mutter und Sohn, zwischen Schwester und Bruder, und als die beiden ihn energisch aufforderten, sich eine Beschäftigung zu suchen,

endlich sein abgedunkeltes Zimmer zu verlassen, sich zu rasieren und aus diesem Dämmerzustand herauszukommen – schließlich sei die Situation für niemanden leicht, er solle sich zusammenreißen, er solle Mutter unterstützen, er sei jung und voller Energie –, fiel ihm nichts Besseres ein, als schnurstracks aus der Wohnung zu marschieren und in die Arme einer jungen Frau zu fallen, die sich nur wenige Wochen später bereit erklärte, ihn zu heiraten. Somit kehrte Ilo in Begleitung einer jungen, verschreckten Person in die Wohnung zurück, die als Philologiestudentin über keinerlei Einkommen verfügte und auch sonst keinen Plan fürs Leben hatte. Aber binnen kurzer Zeit gelang es Ilo, sie davon zu überzeugen, eine Stelle als Verkäuferin in einer der vielen neu eröffneten Kooperativen anzunehmen, die gerade wie Pilze aus dem Boden schossen. Er selbst blieb mit seinen Videokassetten zu Hause.

Rezos Gehalt reichte hinten und vorne nicht, und für die Malerei hatte in jener Zeit keiner Muße. Man musste ans Überleben denken, zumal Tina ein zweites Mädchen auf die Welt gebracht hatte. (»Während eines Stromausfalls im Kreißsaal, wohlgemerkt«, wie Tina stets zu betonen pflegte.) Ja, man musste vorankommen, man durfte nicht stehen bleiben, sich nicht umschauen, man durfte keine Fragen stellen, nicht nachdenken, einfach vorwärts, immer weiter, dem Überlebenswillen folgen, und so konnte man sich an alles gewöhnen, sich mit allem abfinden. Kein Problem, in der düstersten Finsternis, wenn die ganze Stadt bei Stromausfall in eine blind machende Dunkelheit versunken war, nach Hause zurückzufinden, kein Problem, aus Bohnen und Mehl täglich ein neues Gericht zu zaubern – man konnte ja auch lachen, wenn man von marodierenden Banden ausgeraubt wurde, man konnte den Weihnachtsbaum mit Papierschnipseln schmücken und wunderbar die dicksten Bücher im Schein einer Petroleumlampe lesen. Und dennoch, immer wenn Sesilia später zurückblicken und an diese Zeit denken sollte, war es ihr ein Rätsel, wie sie und viele ihresgleichen es damals geschafft hatten, am Leben zu bleiben.

Und dann, als es vorbei zu sein schien, als die Unabhängigkeit da war, ganz offiziell und feierlich, da wurde alles Nationale auf ein Podest gehoben und heiliggesprochen. Nach siebzig Jahren wollte man nicht mehr die *Internationale* singen, sondern *nationale* Interessen verteidigen.

Als jeder dachte, es könnte nicht mehr schlimmer werden, wurde es schlimmer: Der Krieg kam und legte sich wie ein schwarzer Schatten, wie ein Drache über das ganze Land; man roch schon seinen Schwefelatem, man fürchtete schon die Macht des Feuers, die das Vieh auszuspucken drohte, aber kannte noch nicht die Folgen.

Schließlich kam der Krieg auch in ihre Familie, als Rezo eines Tages seelenruhig erklärte, es sei seine Pflicht als Arzt, an die Front zu fahren. Und nichts half dagegen, keine Tränen von Tina, keine Appelle der Eltern oder der Freunde. Er reiste an die Front. Der Hubschrauber, den er hätte nehmen sollen und den er aus Zeitgründen verpasste, weil seine Frau ihn bekniet hatte, erst ein paar Tage später zu fahren, wurde abgeschossen, bevor er die Front erreichte.

Er fuhr mit dem Laster ans Meer, zum Strand und auf die Schlachtfelder. Fünf Monate dauerte sein persönlicher Krieg, fünf Monate, die ausreichten, um ihn zu einem anderen Menschen zu machen. An seiner Netzhaut klebten Gespenster und an seinen Händen das Blut derer, die er nicht hatte retten können.

Auch sich hatte er nicht retten können, er ging selbst verloren.
Und so kam es, dass er nicht als Mann, sondern als Riese zurückkehrte. Die kleine Natalia konnte in diesem fremden Mann ihren Vater nicht mehr wiedererkennen, sie fing an, sich vor ihm zu fürchten, als er mehr und mehr die Kontrolle über seine übermäßige Kraft verlor, Blechdosen sich in seiner Hand zu Blechklumpen verwandelten, er Buchseiten herausriss, anstatt sie umzublättern, das Sofa, auf das er sich schwer und träge fallen ließ, unter seiner Last zusammenbrach, als beherberge sein Körper ein unsichtbares Gewicht, das er im Krieg angesammelt hatte, ein steinhartes, eisiges, tonnenschweres Gewicht, dem nichts und niemand standhalten konnte.
Dann hörte der Riese, der alles umstieß und alles zerbrach, auf zu sprechen. Saß nur noch stumm in der Ecke und starrte aus dem Fenster. Katze erinnerte sich mit erschreckender Klarheit an die Nachmittage, an denen er wie zu einem merkwürdigen Gemälde erstarrt dasaß und durch alles hindurchsah, was zwischen ihm und dem Meer lag, das er zurückgelassen hatte.
Tina lieh sich Geld und trieb Lammfleisch auf, auch an diesen Geruch erinnerte Katze sich (und wie ihr seitdem dieses Fleisch verhasst war), und kochte ein Chaqapuli, Lamm in Estragon, sein Lieblingsessen, wirbelte ihm die Haare durcheinander, schminkte sich für ihn, zog das gepunktete Kleid an, das ihr so gut stand, trug Parfum auf, und als der Strom wiederkam, suchte sie einen Musiksender im Radio. Sie hatte ihm den Krieg aus dem Kopf jagen wollen. Hatte ihm Liebesschwüre ins Ohr geflüstert und ihm immer wieder versichert, dass es solch ein Glück sei, dass er zurück sei, zurück bei ihr und den Mädchen. Sie steckte ihm Nougatbonbons in den Mund,

Gott weiß, wo sie die herhatte, war albern – und diese Albernheit kostete sie so viel Mühe, ließ ihn aber von ihren Sorgen verschont (Womit heizen wir diesen Winter, womit kaufe ich der Kleinen neue Stiefel, wie komme ich an Mehl und Zucker, wer reserviert heute für mich acht Stunden in der Brotschlange einen Platz ...). Nein, ihr Mann war dem Tod entkommen, und mit solchen Banalitäten durfte man ihn jetzt nicht behelligen.

Die Erwachsenen spielten das schlechte Theater mit, taten so, als würden sie die Veränderung an ihm nicht bemerken, sie lachten falsch und machten falsche Witze, immer wenn er neben ihnen saß und den Anschein erweckte, er hätte etwas mit diesen Menschen zu tun. Tina kaufte Spielsachen für die Mädchen und sagte, sie seien von Papa. Und jedes Mal, wenn er weg war, angeblich bei Freunden, sagte sie, dass der Papa seine Mädchen grüßen ließe. Und Großmutter spielte das Spiel ebenfalls mit und sagte Sätze wie: »Ach, euer Vater braucht Zeit, er wird sich schon wieder einkriegen.« Oder: »Solche Erlebnisse müssen erst mal verarbeitet werden, das dauert.« Oder: »Ihr müsst nur geduldig sein, dann wird es Papa wieder gutgehen.« Eigentlich war sie hin- und hergerissen zwischen der Sorge um die Mädchen und um ihren Enkel, Ilos Sohn, der in einer merkwürdigen Zweckehe gezeugt worden war und, seit er auf die Welt gekommen war, inmitten eines Ehekriegs aufwuchs.

Die Philologiestudentin hatte ihr Studium geschmissen, in der Kooperative tüchtige Geschäftsleute kennengelernt und wollte mit ihrem Sohn nach Rostow, wo die Geschäftsleute – zeitgemäße, aktive, Chancen witternde Männer und nicht solche Waschlappen wie ihr Mann, der tagein, tagaus nichts tat, als Filme zu gucken, mit seinen Verliererkumpels Haschisch zu rauchen und seiner Mutter und seiner Frau auf der Tasche zu liegen – ihr ein lukratives Angebot gemacht hatten. Das war Ilo selbstverständlich nicht recht, und so reichte seine Frau schließlich die Scheidung ein.

Tina versuchte ihr Bestmögliches, um die Kinder vor Rezos Dämonen zu schützen, die er von den mit Leichen gepflasterten Stränden mitgebracht hatte, aber natürlich war das ein sinnloses Vorhaben. Sie hatte letztlich genauso wenig Erfahrungen im Umgang mit jemandem, der am Töten erkrankt war, wie alle anderen um ihn herum.

Aber das Meer und die Toten hielten Rezo gefangen, auch mit ihren aufreizenden Hüftbewegungen und ihren weichen Küssen schaffte Tina es nicht, ihn wieder zu dem zu machen, der er gewesen war, bevor er in den KAMAZ-Laster gestiegen war, der ihn zu den Palmen und zu den Leichen gebracht hatte, die er nicht mehr wiederbeleben konnte.

Bis der Tag kam, an dem er den Wagen von seiner grauen Abdeckplane befreite, den alten Lada 07, den man wegen des Benzinmangels nicht mehr nutzte, und seine Familie zu einem Ausflug ins Grüne überredete, »wie in den guten alten Zeiten ...«.

Die Katastrophe, die in allerletzter Sekunde abgewendet werden konnte – aber war sie wirklich abgewendet worden, fragte sich Katze, wenn sie es sich erlaubte, sich zu erinnern, ein Luxus, den sie sich nicht immer leistete – und die den weißen Fleck im Haar von Katze hinterlassen hatte, öffnete Tina die Augen.

Diese Katastrophe machte ihr klar, dass der KAMAZ-Laster ihren Mann für immer mitgenommen hatte und dass derjenige, mit dem sie das Dach über dem Kopf und das Bett teilte, ein fremder, in tausend Stücke zersprungener und wieder zusammengeklebter Mann war,

der eine Gefahr für sie und vor allem die Kinder darstellte.
Gleich am nächsten Tag packte sie ihre Sachen und zog mit den beiden Mädchen in die Silberstraße zu ihrer Mutter und zu ihrem mittlerweile von Frau und Kind verlassenen Bruder. Und von da an gab es für sie nur noch ein Ziel: Sie musste fort. Ja, sie musste fort, nur so könnte sie dem Riesen entkommen, denn er würde nicht lange Ruhe geben, er würde sich seine Familie zurückholen, der einzige Halt seines zu Scherben zerfallenen Lebens.
Und da war es ein Glück, solch ein unerwartetes Glück, auf das weder Sesilia noch Tina jemals zu hoffen gewagt hätten, dass Tinas ehemaliger Kunstprofessor ihr anbot, an einer Gruppenausstellung teilzunehmen, von deutschen Fördergeldern finanziert, und nach Berlin zu fahren.
Tina fuhr und – blieb. Damals, als die Grenzen noch nicht allzu lange offen waren, als der Westen noch neugierig auf die Länder war, die hinter dem Eisernen Vorhang lagen, war es einfacher, aufgenommen oder zumindest *geduldet* zu werden. In Berlin schrieb sie sich am Institut für Slawistik ein, denn das schien am leichtesten zu sein, dort wurde Russisch und weniger Deutsch verlangt, so bekam sie am schnellsten ein Visum, und sie begann bis zur völligen Verausgabung zu jobben – von Putzen bis zu Burger King war alles dabei –, um schnellstmöglich das Geld zusammenzukratzen, das nötig war, um die Mädchen nachzuholen, mit denen sie jeden Freitag um sieben von einer Telefonzelle aus telefonierte, was sie ihren halben Tageslohn kostete und wonach sie stets in Tränen ausbrach und zu ihrer ersten und bis dahin einzigen Freundin, der kecken Katja aus Moskau, zurück

ins Studentenwohnheim eilte, Katja, eine der wenigen Slawistikstudentinnen an der Universität, die tatsächlich Slawistin werden wollten und diesem Studium nicht aus Visumsgründen nachgingen, um sich dann zusammen mit ihr mit billigem Wodka zu betrinken.

Bei ihren Telefonaten erwähnte Sesilia nichts von der ständigen Angst und der unmenschlichen Mühe, die es sie kostete, ihren meist betrunkenen Schwiegersohn von den Mädchen fernzuhalten. Nicht selten tauchte er nachts, bis zur Bewusstlosigkeit alkoholisiert, vor ihrer Tür auf und verlangte nach seinen Kindern, die er mitnehmen wolle und die deren »Nutte von Mutter« wie »zwei Straßenköter« zurückgelassen habe. Selbst der ansonsten dem Leben und seinen Mitmenschen gegenüber eher gleichgültige Ilo drohte ihm, ihn »umzubringen«, wenn er nicht sofort verschwände. Es gab Prügeleien mit Nachbarn, denen irgendwann der Geduldsfaden riss, woraufhin die Polizei gerufen werden musste, die wiederum der Meinung war, dass man nicht viel tun könne, er sei nun mal der Vater der Kinder und er habe eben Sehnsucht nach ihnen. Sesilia kaufte sich daraufhin ein Pfefferspray und beschloss, dass ihr die staatlichen Helfer gestohlen bleiben könnten und sie ihre Mädchen selbst verteidigen würde.

Über ein Jahr dauerte es, bis Tina ihre Kinder nach Berlin holen konnte. Sie hatte jetzt eine Einzimmerwohnung in Neukölln mit einem großen Doppelbett, das sie von Katjas deutschem Freund geschenkt bekommen hatte, die drei Schlafsäcke verkaufte sie ihren Kindern als »die viel coolere Bettwäsche«. Auf den Kopfkissen der Mädchen lagen die deutschen Kinderüberraschungseier, mit denen die beiden nichts richtig anzufangen wussten. Und auch sonst fiel das große Wiedersehen, das Tina so lange und so zittrig herbeigesehnt hatte, anders aus als erwartet. Die Mädchen waren von der neuen Welt überfordert, auch waren sie die Mutter und ihr überdrehtes Temperament und ihre unermüdlichen Versuche, Heiterkeit walten zu lassen, nicht mehr gewohnt. Die vielbeschworene Aussicht, ihr Zuhause, ihre Freunde, ihren Hof und die Großmutter gegen einen Ort einzutauschen, wo sie die Sprache nicht verstanden und niemanden kannten, nur weil er angeblich »Perspektiven« bot, wirkte auf sie nicht sonderlich verlockend.

Bis heute hatte Katze ihrer Mutter nie erzählt, dass sie sie die ersten Tage nach ihrer Ankunft in Deutschland jede Nacht im Bett weinen gehört hatte, nachdem sie ihre Kinder schlafend glaubte.

Und Sesilia, dem Leben, dem Chaos, den Politikern, dem Alter trotzend, lebte und kämpfte weiter. Sie lebte und kümmerte sich, solange sie noch konnte, um ihren lebensunfähigen Sohn, der in der Zwischenzeit eine neue Frau gefunden hatte, dieses Mal eine umtriebige Cafébetreiberin, die für einen gewissen Zeitraum bereit war, für ihn aufzukommen, bis auch ihr eines Tages der Kragen platzte und sie ihn vor die Tür setzte.

Sesilia schüttelte den Kopf und nahm zwei weitere Schüler an. Sie wusste, dass es sinnlos war, einen Menschen nach eigenen Wunschvorstellungen ändern zu wollen. Sie wusste, sosehr es sie auch schmerzte, dass er sich schon vor langer Zeit entschieden hatte, sich vor dem Leben zu verstecken, und dass weder sie noch sonst jemand ihm die Angst vor dem Leben nehmen konnte, die Angst, sein Verlies zu verlassen und ans Tageslicht zu treten, es sei denn, er selbst würde diesen Entschluss fassen.

Das Alter, das sie so lange zu ignorieren versucht hatte, hatte dann doch seinen Preis gefordert, den Sesilia zwar in Raten, aber dennoch zahlen musste. Auch wenn das Leben leichter wurde und die Finsternis der düsteren Zeiten nach und nach verschwand, auch wenn die Stadt nun funkelte und sich selbst feierte, auch wenn die Fassaden wieder bunt waren und die Jugend wieder voller Glauben an einen Neuanfang – ihre Zeit war unwiderruflich vorbei. So viele Jahre hatte sie es sich nicht leisten können, wie andere Rentner Tee zu trinken und an den Wochenenden ihre Freundinnen zu besuchen, um mit ihnen Patiencen zu legen und sich über ihre Kinder und die steigenden Lebensmittelpreise auszutauschen, ihren alten Schmuck zu polieren und Apfelkuchen zu backen. Sie musste für zwei und manchmal gar mehr leben. Sie musste die Wohnung instand halten, auch wenn das Haus, in dem sie wohnte, langsam zusammenbrach. Sie musste verhindern, dass ihr das Korsett abhandenkam, das Korsett, das sie zum Zusammenreißen, zum Starksein zwang, denn das würde das Ende bedeuten. Es waren andere Zeiten angebrochen, in denen sie keine Rolle mehr spielte, und das machte ihr nichts aus. Aber dass ihr Sohn, der sein Leben so mutwillig verpfuschte, ebenfalls keine Rolle spielen sollte, das schmerzte sie sehr, aber ihm das Gefühl zu geben, dass sie schon längst verstanden hatte, dass er nicht mehr dazugehörte, das verbot sie sich, und verbot es ihrer Tochter, die immer wieder durch das Telefon schimpfte und sie ermahnte, anflehte, ihren Sohn vor die Tür zu setzen, damit er endlich etwas aus seinem Leben machte. Doch am Ende gab sie doch wieder nach, wurde weich und half ihm ein ums andere Mal aus der Klemme, in die er sich, kaum dass er mal die Wohnung verließ, allzu gern hineinmanövrierte.

– Das sind halt die Gene seines Vaters, er hatte einen

miserablen Umgang mit Geld, dafür kann er nichts!, sagte Sesilia zu ihrer Tochter und schämte sich gleichzeitig dafür, dass sie ihrem einen Kind etwas nahm, um es dem anderen in die Hand zu drücken.

Aber auch Sesilia schaffte es trotz ihres eisernen Willens nicht, die Zeit zu überlisten. Irgendwann ließen ihr der hohe Blutdruck, Gelenkschmerzen und Schwerhörigkeit keine andere Wahl, als ihre Schülerzahl auf zwei Fünftklässler zu reduzieren. Und die Wohnung begann bei jedem Schritt zu stöhnen und zu ächzen. Aus Angst, dass der Verfall nun unaufhaltsam voranschreiten würde, forderte sie ihren Sohn auf, etwas zu unternehmen, diese Wohnung dürfe nicht auseinanderbrechen, ihr Leben nicht auseinanderdriften, nun sei er an der Reihe.

Und Ilo erwachte tatsächlich aus seinem jahrelangen Winterschlaf, wenn auch nicht auf die Art, wie Mutter und Schwester dies von ihm erhofft hatten. Er wurde erfinderisch und präsentierte der Familie einen neuen Plan: Seine erste Gattin, die Philologiestudentin, sei ja in Russland zu einem soliden Vermögen gekommen, habe dann einen Griechen geheiratet, der ein Hotel und ein Restaurant auf der Halbinsel Chalkidiki betreibe, habe sich von ihm scheiden lassen, aber die Geschäfte übernommen und dort ihren gemeinsamen Sohn aufgezogen, den er nun über die sozialen Medien ausfindig gemacht habe. Er spreche zwar kaum Georgisch, sei aber ein prächtiger Kerl und habe sich unmäßig gefreut, dass ihn sein leiblicher Vater, zu dem die Mutter den Kontakt so entschieden abgebrochen hatte, ausfindig gemacht habe und Interesse an ihm zeige. In den letzten Monaten sei eine echte Vater-Sohn-Beziehung zwischen den beiden entstanden, so Ilo, und sie würden sich nun regelmäßig schreiben und sogar telefonieren, das sei doch wunderbar.

– Du hast doch immer zu mir gesagt, ich müsse ihn finden. Exfrauen hast du genügend, aber nur ein einziges Kind, das hast du doch zu mir gesagt?
Ilo hatte wohl etwas mehr Euphorie von seiner Mutter erwartet. Sie aber saß auf dem alten, löchrigen Diwan und fixierte ihn skeptisch mit ihren wachen Augen.
– Doch, doch, natürlich freue ich mich, aber was hat das jetzt damit zu tun, dass du endlich was aus dir machen sollst?
– Ich fahre zu ihm.
– Wohin?
– Nach Griechenland.
– Aber was hast du dort verloren?
– Wie? Das habe ich dir doch gerade gesagt! Gigi, mein Sohn, dein Enkel, lebt da!
– Aber wie willst du diese Reise finanzieren?
– Das ist es ja. Sie wird sich selbst finanzieren. Gigi meinte, dass es während der Hochsaison immer an Arbeitskräften mangelt und dass ich im Familienrestaurant Anstellung finden kann, dass seine Mutter ihm diesen Wunsch sicherlich nicht abschlagen wird.
– Aber ...
– Nein, fang jetzt nicht wieder mit deinem Aber an. Das ist ein wasserdichter Plan. Wir haben schon alles besprochen. Ich werde Geld sparen. Werde bei Gigi unterkommen und keine Miete zahlen müssen. Er hat nämlich ein eigenes Appartement und ist Hotelmanager, verkündete Ilo so stolz, als wäre es sein alleiniges Verdienst, dass sein Sohn so gut geraten war. – Und das Allerbeste dabei: In der Zeit, wo ich weg bin, kannst du deine Tochter besuchen.
Das Wort »besuchen« gefiel Sesilia in diesem Zusammenhang ganz und gar nicht, aber Ilo fuhr nach Griechen-

land. Er wollte er ein halbes Jahr auf der Halbinsel bleiben, dort im Familienrestaurant so viel Geld ansparen wie benötigt, um die geräumige, aber unsanierte Wohnung mit den bunten Holzbalkonen im heruntergekommenen Hof in der Silberstraße auf Vordermann zu bringen. In Tbilissi fielen regelrechte Touristenscharen ein, der Wohnungsmarkt boome und gerade in der Altstadt sei eine Eigentumswohnung Gold wert, man könne die Wohnung an Touristen vermieten, und sie selbst würden in eine günstigere Mietwohnung in einen anderen Stadtteil mit etwas weniger »Lokalkolorit« ziehen. Und natürlich würde es außerdem seine arme kleine Schwester, »die Heldin«, entlasten – das sei doch eine fabelhafte Geschäftsidee?!
Der Plan wurde telefonisch nach Deutschland durchgegeben. Auch da hielt sich die Begeisterung in Grenzen. Dass Sesilia nicht alleine in Tbilissi zurückbleiben könnte, darüber waren sich die Geschwister dann doch schnell einig. Katze erinnerte sich an die endlosen Telefonate, in denen Tina auf ihre Mutter einredete und ihr klarzumachen versuchte, dass allein in der Tbilisser Wohnung zurückzubleiben nicht zur Debatte stände.
Schließlich überzeugte Sesilia das Argument, dass es nur vorübergehend wäre, länger als für die Dauer eines Visums würde man sie eh nicht in den Westen entführen können, sobald ihr Visum auslaufe, ginge es für sie wieder zurück. Und so kaufte Tina ihrem Bruder ein Ticket nach Thessaloniki und ihrer Mutter eins nach Berlin.
So kam es, dass Sesilia zu Besuch kam ... und blieb.

Sesilia war seit einer Ewigkeit nicht mehr verreist, ihre Tochter und ihre Enkelinnen hatten sie besucht, sobald das möglich war, aber sie selbst war noch nie im Westen gewesen, und bereits im Flieger fragte sie sich, was es mit dem Unterschied zwischen Ost und West auf sich habe, ob es da heute noch eine klar definierte Grenze gebe, und wenn ja, wo genau sie verlaufe.

Seit ihrer Jugend waren Staaten geboren worden und wieder zu Staub zerfallen, Grenzen waren gezogen worden, um dann auf Kosten vieler Menschenleben verschoben zu werden, Menschen waren millionenfach ausgewandert, die ganze Welt durchgerüttelt worden wie die Würfel im Kniffelbecher, und nun wusste keiner mehr, wie die Würfel fallen würden, wer sich als Gewinner und wer sich als Verlierer erweisen würde.

Dem sozialistischen System, das keineswegs die Meinung teilte, Reisen erweitere den Horizont, das vielmehr seinen Bürgern gewisse Orte vorschrieb, die für sie *zumutbar* wären, hatte sie trotzdem ein paar Gelegenheiten abgetrotzt. Sie war in Taschkent gewesen, in Samarkand, in Jerewan, in Baku, in Leningrad und in Moskau natürlich, und sogar *fast* im Westen, denn nach Krakau hatte sie es mit ihrem Mann auch mal geschafft. Aber *fast* zählte ja nicht ganz. Und nun, in einem anderen System, in einer Welt, wo der Übergang von Ost zu West zum Übergang von Orient zu Okzident geworden war, ließ sie im Flieger ihre Heimatstadt unter sich, die jetzt funkelte und strahlte wie ein im Sommer aufgestellter Weihnachtsbaum. Die Mittsiebzigerin fragte sich, wie ihr Leben wohl verlaufen wäre, wäre sie nicht in einem blutigen Imperium geboren worden, im Reich eines gefräßigen Behemoths, der nie satt wurde, der alles auffraß, was ihm in den Weg kam, und der sich jetzt, noch über den eigenen Tod hinaus, nicht mit seinem Ableben abfinden konnte. Sie fragte sich, ob alles anders geworden wäre, wäre sie ein Kind der Demokratie, vielleicht auch der Mo-

narchie, der Republik oder gar einer erfolgreichen Revolution gewesen. Aber gab es so etwas überhaupt? Und wenn ja, wie wäre ihr Leben verlaufen? Wäre sie glücklicher, erfüllter, sorgenloser und hätte nicht mit diesem furchtbaren schlechten Gewissen zu kämpfen, dass sie ihren ebenfalls wenig erfüllten Kindern zur Last fiel? Hätte sie eine Karriere als Wissenschaftlerin machen können, hätten ihre Entdeckungen der gesamten Menschheit Nutzen bringen können, hätte sie dann noch geheiratet? Einen anderen Mann vielleicht, hätte sie gar andere Kinder bekommen? Aber es schien ihr unvorstellbar.
Wie schmeckte das Glück andernorts? Wie schmeckte das westliche Glück?
Und als sie über den Kaukasus flog, dessen Spitzen die Wolken berührten, musste sie an Prometheus denken, von dem ihr ihr Vater als Kind erzählt hatte. Das war eine der wenigen Erinnerungen an ihn, die sie besaß, bevor er an jenem Tag im Morgengrauen von den schwarz gekleideten Männern abgeholt worden war wie Millionen seinesgleichen. Wie Millionen, die das große Unglück hatten, ein Monster vor der Nase zu haben, das irgendwann, als sein Hunger unstillbar wurde, anfing, die eigenen Kinder zu fressen.
Sie dachte an das chemische Element Promethium, das nach dem Vorausdenkenden benannt war, denn genau das bedeutete Prometheus, dieses spät entdeckte Element, das durch die Spaltung des Urans entstand, ein Element, über das sie so gern eine Doktorarbeit geschrieben hätte, ein Element, das sie stets fasziniert hatte und das sie an ihren Vater erinnerte.
Vielleicht war alles folgerichtig, wie es war. Vielleicht war es einfach das Los des Menschen, niemals *ungestraft* davonkommen zu können, egal, ob man schuldig war oder

nicht. Vielleicht war es unvermeidbar, dass man am Ende doch irgendwo angekettet zurückblieb, mit einem Adler, der von der Leber fraß, mit dem Unterschied, dass sie anders als beim Titan nicht nachwuchs und somit für immer verloren war.
Oder war dies nur das Los der Menschen jenseits dieser majestätischen Gebirgskette? Waren die Menschen auf der westlichen Seite ungestraft und frei, befugt, so zu leben, wie sie wollten, ohne zornige Götter und ohne tückische fleischfressende Raubvögel?!
Sie wusste es nicht, sie wusste es nicht mehr, sie starrte so lange in die weichen Wolken, bis ihre trüben Gedanken sich aufzulösen begannen.
Der Westen (für Sesilia war natürlich auch das ehemalige Ost-Berlin irgendwie Westen, als wäre die Existenz der DDR nichts als ein bloßer Irrtum gewesen, als wären Deutschland und Sozialismus zwei Begriffe, die unmöglich miteinander kombinierbar waren) empfing Sesilia mehr als freundlich. »Die menschenfreundliche Gestaltung der Stadt«, wie sie es nannte, nahm sie sofort für sich ein – Radwege und Behindertenaufzüge, Ampeln für Blinde und Fußgängerzonen ließen sie immer wieder den Kopf schütteln und zu dem Schluss kommen, dass das Los der Menschen doch nicht überall das gleiche war.
Die sonst so pragmatische und nüchterne Sesilia wurde im Laufe ihres Besuchs bei ihrer Tochter und ihren mittlerweile erwachsenen Enkelinnen regelrecht sentimental, melancholisch und grüblerisch. Während die anderen studierten oder arbeiteten, ging sie spazieren und sah die Welt zunehmend mit anderen Augen.
Sie besuchte die Sehenswürdigkeiten und machte Ausflüge. Versuchte, sich in die hiesigen Gleichaltrigen hin-

einzuversetzen, nachzuempfinden, was die Oma mit den lila Haaren und dem Königspudel empfinden könnte oder die alte Dame auf dem Fahrrad mit der Capri-Hose. Aber es wollte ihr nicht so recht gelingen. Sie blieb an ihre Welt, an ihre Wahrheit, an ihr Gebirge gekettet, sie kam nicht davon los, sosehr sie auch wollte. Die Stadt war gut und freundlich, der Komfort war unglaublich, die Menschen waren trotz ihrer Tüchtigkeit nett und halfen ihr, wenn sie sich wieder einmal im Dickicht der vielen Straßen verlaufen hatte, aber die meisten dieser Privilegien blieben für sie unerreichbar, als wäre das alles nur dazu da, dass sie es sah, sich vergewisserte, dass all das existierte, aber eben nicht für sie, nicht für ihresgleichen.

Sie würde in der Unterführung immer die Treppe nehmen und nicht den Fahrstuhl oder die Rolltreppe, weil sie sich wie eine Heuchlerin vorkommen würde. Sie würde einem Auto immer die Vorfahrt lassen und nicht denken, sie hätte als Fußgängerin irgendwelche Rechte, sie würde die von Natalia angebotenen »Rentneraktivitäten« nicht nutzen, da sie solche Angebote nicht gewohnt war und sich davon überfordert fühlte, nein, sie würde es nicht schaffen, dem Kaukasus zu entfliehen, den Ketten, dem Adler. Und diese Erkenntnis traf sie schwer, nagte an ihr, raubte ihr den Schlaf, aber noch folgeschwerer, noch verstörender war eine zweite Feststellung: Nicht nur sie allein, eine alte Besucherin von einem anderen Planeten, war von diesem Komfort, diesen unzähligen Möglichkeiten ausgeschlossen, sondern ihre gesamte Nachkommenschaft. Sowohl ihre energische und alles weglächelnde Tochter als auch ihre innig geliebten Enkelinnen, die kämpferische Sesilia ohne A und die störrische Natalia – ja, auch sie blieben auf eine gewisse Weise

Besucher, auch sie blieben aus einem ihr unerklärlichen Grund außen vor, als stünden sie mit ihren Nasen an ein Schaufenster gepresst, unfähig, eine Tür zu finden.
Weder Tinas Versuche noch die Aufforderungen an die Mädchen, sie aufzuheitern, zeigten Erfolg. Es blieb ihnen allen ein Rätsel, was so plötzlich in die ansonsten so tüchtige und unsentimentale Sesilia gefahren war, und man schob es auf das Heimweh. Älteren Leuten falle es besonders schwer, ihre gewohnten Abläufe und Strukturen zu ändern, meinte Tina.
Irgendwann begann Sesilia jeden Tag damit, nach ihrem Sohn zu fragen, sie wollte wissen, ob man etwas von ihm gehört habe. Sie klammerte sich an die Hoffnung, dass er genügend gespart haben würde, dass sie selbst nach Hause zurückkehren könnte, gefolgt von ihm, der hoffentlich genügend Geld in der Tasche hätte, um die von den Touristen angeblich heiß begehrte »exotische« Wohnung in der Silberstraße zu sanieren und ein Gästehaus daraus zu machen.
Aber Ilo meldete sich nicht, und wenn er es äußerst selten doch tat, wich er allen Nachfragen aus, sagte keinen geraden Satz, sprach in Andeutungen und beließ alles bei vagen Aussagen, die überhaupt nichts Gutes verhießen. Sesilias dreimonatiges Touristenvisum würde bald auslaufen, und von Ilo fehlte immer noch eine klare Ansage. Und Sesilia, die vielleicht nicht unbedingt ihren Sohn brauchte, um heimzukehren, Geld aber schon, durchlitt Höllenqualen des schlechten Gewissens, dass sie sich auf diesen törichten Plan eingelassen hatte und in die Ungewissheit gefahren war und obendrein dabei noch ihrer Tochter auf der Tasche lag.
Alle Versuche ihrer Tochter und Enkelinnen, sie vom Gegenteil zu überzeugen, ihr zu versichern, dass sie

ihnen keineswegs zur Last fiel, ganz im Gegenteil – mit ihren Kochkünsten und ihrer stoischen Art einen Mittelpunkt und Ruhepol der Familie bildete –, scheiterten kläglich.

Erst zehn Tage vor Ablauf des Visums gelang es Tina, brauchbare beziehungsweise vollkommen unbrauchbare Informationen aus ihrem Bruder herauszuholen.

Ilo war es auch in Griechenland nicht geglückt, ein musterhafter Vater und ein wohlhabender Bürger zu werden. Sein Sohn hatte ihn zwar bei sich aufgenommen, aber nach einem Monat die Schnauze voll gehabt, da der Vater mit ihm lieber Ouzo trinken, Hasch rauchen, aufs Meer hinausschauen und über das Leben schwadronieren wollte, als in der Restaurantküche zu schuften, zu der ihm seine Mutter und somit Ilos erste Exfrau mit viel Mühe und Überredungskunst Zutritt verschafft hatte.

Irgendwann landete Ilo da, wo er immer landete, zumindest, bis die bittere Ernüchterung kam: in den Armen einer Frau, in dem Fall einer Griechin, die zu Beginn seine »poetische Ader« durchaus zu schätzen wusste und sich mit ihm gerne über die Filme von Angelopoulos austauschte. Noch duldete sie ihn, von Schmetterlingen oder anderen flatterigen Wesen in ihrem Bauch befallen, noch hatte sie ihn nicht auf die Straße gesetzt, aber es konnte nicht mehr lange dauern. Dann würde er die Heimreise antreten müssen und wahrscheinlich nicht einmal das Geld für eine Rückfahrkarte aufbringen können.

Obwohl Tina ihrer Mutter diese Informationen nur stückweise und in schonender Form überbrachte, war Sesilia als Frau des Verstandes klug genug, sich den Rest über die griechischen Abenteuer ihres Sohnes zu denken.

Vier Tage vor ihrer geplanten Rückreise – das Geld für

das Ticket musste Tina sich von der Arbeit als Kellnerin in einem russischen Restaurant, das kaukasische Küche servierte, als Vorschuss auszahlen lassen, den sie mit Überstunden abzuarbeiten versprach - erlitt Sesilia einen Schlaganfall. Tina hatte zwar eine Reisekrankenversicherung für ihre Mutter abgeschlossen, in ihrem ungebremsten Optimismus und vor allem aus Geldmangel - die Ausgaben der letzten Monate hatten ihr Budget vollkommen überstiegen - jedoch eine, die nur ein Minimum an Notfällen deckte, und so beliefen sich die Schulden nach dem Krankenhausaufenthalt und den ersten Therapien ihrer Mutter, die anfangs rechtsseitig vollständig gelähmt war, auf zweiundvierzigtausend Euro.

Katze legte den Kopf in die Hände und verharrte einen Augenblick so. Die Umrisse des Gesichts ihrer Großmutter schmolzen dahin.

Es begann zu dämmern, aber der graue Herbst ließ die Sonnenstrahlen nicht durch die Wolkendecke hindurch. Das Licht war porös und schmerzte in den Augen.

Sie musste an etwas anderes denken, an jemand anderes. Bloß nicht wieder das Bild anschauen, bloß nicht wieder auf den grob gerasterten Zeitungsausschnitt starren. Aber er lag da, direkt neben dem Bett, auf dem Boden, das Gesicht, ihr Gesicht. Sie rieb sich die Augen. Dann sah sie wieder hin, es hatte keinen Sinn. Sie sah auf das Gesicht, und in dem Augenblick wurde ihr klar, was die Irritation ausgelöst hatte, die von dem Gesicht des Mädchens ausging (und somit auch von ihrem?). Es war nicht, wie zuvor angenommen, das Robuste, das einen Kontrast zu ihrer ansonsten feingeistigen Erscheinung bildete - eine Erscheinung, die gut zu einer elegischen Frauenfigur aus einem russischen oder französischen Gesellschaftsroman des 19. Jahrhunderts gepasst hätte –, sondern etwas Ungezähmtes, so ganz und gar Unzivilisiertes, das so sehr im Widerspruch zum Rest zu stehen schien. (Oder war es vielleicht andersherum, und es war dieses Unbezwingbare, das den Kern ihres Wesens bildete, und der Rest nur ein Versuch, diesen Kern zu kaschieren?)

Vielleicht sollte sie einfach anfangen, ihre Sachen zusammenzupacken, um gewappnet zu sein, sich im Gefühl der Heimatlosigkeit zu üben. Es erschien ihr zumindest als eine sinnvolle Tätigkeit, als könnte sie sie von diesem Zeitungsausschnitt und all dem, was auf ihm nicht zu sehen war, ablenken. Dann fiel ihr ein, dass sie erst Umzugskartons brauchte und dafür die Wohnung verlassen musste.

Was hatte man mit ihr gemacht? Warum? Und warum kratzte diese Geschichte an ihren Lidern? Warum dachte sie ausgerechnet jetzt an Sesilia? Welcher Zusammenhang bestand zwischen ihrer halbseitig gelähmten Großmutter und dem toten Mädchen?

Sie ekelte sich vor der Antwort, aber sie schien naheliegend. Zweiundvierzigtausend Euro waren eine Ansage. Ja, eine absurde Summe – sie könnte es riskieren, der Typ war krankhaft reich, der Wikinger hatte behauptet, dass sie alles verlangen konnte, und vielleicht stimmte es und jeder Traum war in einen Geldwert umzurechnen? Zweiundvierzigtausend Euro für ein Video. Warum nicht? Auf der Welt wurden weitaus absurdere Beträge für weitaus folgenlosere Arbeiten verlangt.

Der Berliner Tag versprach grau zu werden. Der Herbst war feucht und kroch in die Kleidung. Sie zwang sich raus, ging ins Bad, drehte das Wasser auf, besprenkelte ihr Gesicht, putzte sich die Zähne.

Der Erste, der ihr eine Sanduhr beim Zähneputzen hingestellt hatte, war Jonathan gewesen, es war tatsächlich ihre erste westliche Errungenschaft. Wie idiotisch von ihr, auf dieses lächerliche Ding damals stolz gewesen zu sein.
Jonathan war blond und drahtig, schon sein Körper war so fremd und so anders als jene Körper, die sie in ihrer Kindheit umgeben hatten, sein Körper war neutral, glatt, gesund, er würde noch mit sechzig sportlich und jungenhaft sein, als wäre ihm jeder Zerfall, jede Wunde, jede schlechte Erfahrung unbekannt, als würde das Leben an ihm spurlos vorbeiziehen. Sie würde mit sechzig verlebt sein, wie die meisten Frauen aus ihrem Land, in ihren Körper würde das Leben eingeritzt sein wie Reliefs in einer Landkarte.
Sie war damals sechzehn und hatte geglaubt, ihrem kaukasischen Erbe dank Jonathan entfliehen zu können. (Ja, damals glaubte sie durchaus, dass es wunderbar sein müsse, einen Mann namens Jonathan an der Seite zu haben, mit ihm in einer Wohnung oder, noch besser, in einem Haus zu leben, wo es nicht einmal Staub gab, dafür aber einen Elektrokamin und einen Hightech-Mixer, Urlaube im Schwarzwald oder in Dänemark, begleitet von einem Labrador, den man Lilly nennen würde, und dazu das Schönste überhaupt: blonde Kinder, die weich und anschmiegsam wären und die Marie und Charlotte heißen würden, so schön international, so schön westlich, und sie würden alle zusammen Familientherapie machen und sich gegenseitig immer zuhören und bei Konflikten ihre Sätze immer mit: »Du gibst mir das Gefühl …« beginnen.)
Ja, sie hoffte, dass Jonathan ihr beibringen würde, wie man deutsch war oder besser gesagt: *westlich*. Wie man

logisch dachte und wie man Selbstdisziplin übte, wie man sich gepflegt über Politik unterhielt und dabei selbstverständlich niemanden beleidigte, wie man strikt gegen jede Gewalt war, auch gegen die, die man gegen sich selbst richtete, dafür aber jeden Konflikt selbstverständlich mit klug abgewogenen Worten löste, wie man Apfelkuchen mit Schlagsahne machte und wie man professionell schwamm, immer im Takt bleibend, immer wie nach Regelwerk atmend, wie man schöne Grillfeste veranstaltete und an den Wochenenden Ausflüge an Seen unternahm, wie man leckere Butterbrote schmierte und in Tupperdosen packte, wie man seine Leidenschaften kastrierte, weil sie nicht salonfähig waren, wie man so aufrichtig war, fleißig, geradeaus, ohne Abweichungen, ohne Ausschweifungen, wie man dem Wochenende entgegenlebte, an dem man all die Vorzüge und Vorhaben über Bord werfen und sich selbst vergessen musste, wie man danach aber umso enthemmter Sport trieb und wie man mit dem dauernden schlechten Gewissen lebte, das man hatte, sobald man das Leben etwas zu dicht an sich herangelassen hatte, ohne vorher irgendeine Versicherung abzuschließen, wie man mäßig und gesund aß und behauptete, ein Apfel mache genauso glücklich wie eine Baisertorte, wie man mit jemandem schlief, ohne ihm vorher sein ganzes Leben zu versprechen.
Jonathans Küsse waren mild, er war verständnisvoll und nachsichtig, und außerdem liebte er es, Dinge zu analysieren, immerzu erklärte er ihr ihr eigenes Verhalten.
»Du bist so hastig, weil bei euch kein Wert auf Gründlichkeit gelegt wurde.«
Sie gab sich die allergrößte Mühe, sie hatte sich schließlich vorgenommen, sich ihm anzupassen. Sie wollte es schaffen. Aber sie schaffte es nicht. Als sie sich das erste

Mal stritten und sie laut wurde, sagte er, dass es hierfür keinen Grund gebe und sie ihre negativen Gefühle besser »in den Griff« bekommen müsse. Sie brüllte zurück, dass sie das nicht könne, weil *er* nun mal ihr negatives Gefühl sei. Er sah sie entsetzt an und fügte noch hinzu, dass sie eine Therapie machen müsse. Sie brüllte noch lauter, dass sie es hasse, wie er mit ihr rede, und dass er so beherrscht sei und im Schlaf schmatze und immer so wenig Trinkgeld gebe, und dass sie das Gefühl habe, sich immer kleiner machen zu müssen, damit er sich gut fühle. Dann fauchte sie ihn an, dass er doch bitte irgendetwas tun solle, zurückbrüllen, sie anspucken, schütteln, die Tür zuknallen, irgendetwas, bloß nicht nur so rumstehen und sie so ansehen, sonst würde sie gehen. Er sagte nichts, sah sie weiterhin peinlich berührt an. Sie ging. Natürlich hielt er sie nicht zurück.

Was sollte das Ganze? Wozu diese ganze Erinnerungsflut? Vielleicht war ihr etwas entgangen, aber wo ließ es sich finden, aufspüren, wo genau, an welcher Stelle war sie verrutscht? Aber anstelle ihres Gesichts kam wieder ein anderes zum Vorschein. Das Gesicht des toten Mädchens. Ihr eigenes verschwamm.
Ob der Vogelmann noch unten an der Ecke herumstand, mit seinem schicken Audi, und selbstsicher zum Erbrechen darauf wartete, dass sie Ja sagte? Würde sie das? Würde sie Ja sagen? Sie wusste, dass sie sich überhaupt keine Vorstellung davon machen konnte, was dieses Ja nach sich ziehen würde. Irgendwie schien es ihr gewiss, dass das Video nur der Anfang wäre. Und das gar nicht mal aus Angst, aus dem Druck heraus, dass der reiche Russe sie ohnehin dazu nötigen würde, sondern weil sie mit irgendwas angesteckt, infiziert werden würde, wie es

dem einsamen Wikinger mit dem lustigen Namen geschehen war.
Sie zog sich hastig an. Die Jeans vom Vortag, die im Flur lag, ein schwarzes Unterhemd, einen schwarzen Pullover, sie strich sich die Haare aus dem Gesicht und rannte aus der Wohnung. Sie fuhr zum nächsten Baumarkt und lud so viele gefaltete Kartons auf den Gepäckträger ihres Fahrrads, wie sich befestigen ließen. Dann machte sie sich wieder auf den Heimweg – und plötzlich blieb sie vor einer Drogerie stehen. Sie stieg ab, ließ die Kartons auf dem Gepäckträger und marschierte wie ferngesteuert hinein. Sie glaubte es selbst nicht, was sie da tat, aber während sie durch die Gänge lief, wusste sie bereits, dass sie mittendrin war, dass sie nicht mehr kehrtmachen würde. Sie stand lange vor den Regalen mit den Packungen, auf denen meist pseudosexy in die Kamera blickende oder auf eine nachbarschaftlich nette Art lächelnde Frauen abgebildet waren und auf denen »Kastanienbraun« oder »Herbstblond« stand. Sie hatte niemals eine andere Haarfarbe besessen als ihre eigene rostrote, zu der in ihrem Fall unzählige Sommersprossen im Gesicht und auf den Schultern mitgeliefert worden waren. Und der weiße Fleck am Haaransatz, die stärkste Markierung ihres Lebens.
Sie griff nach »Dunkelbraun«, das erschien ihr am ehrlichsten und irgendwie passendsten. Da sie keine Tasche dabeihatte, hielt sie die Tönung die ganze Zeit in der einen Hand wie eine Trophäe, lenkte das Rad mit der anderen.
Schnell war sie wieder zu Hause, ließ die Kartons im Flur liegen und vertiefte sich, auf der Badewannenkante sitzend, in die Packungsbeilage.
Eine Zeit lang saß sie mit der weißen schmierigen Masse

im Haar am Küchenfenster, rauchte eine Zigarette und sah in den Himmel. Die Sehnsucht nach R. war wieder da, spürbar, ertastbar, wenn sie sich die Hand auf den Bauch legte, aber sie würde sie rausschneiden können. Nur zwischendurch hätte sie ihn gern gefragt, was er zu ihrem absurden Vorhaben sagen würde, zu dem Schritt, den sie gerade im Begriff war zu gehen, aber sie kannte die Antwort bereits. Er, besessen von Umwegen und abwegigen Pfaden, würde sie anfeuern.
Die Kopfhaut brannte und zwickte. Was würde das werden? Seit wann praktizierte sie Method Acting? Für einen kurzen Augenblick wollte sie die Haarfarbe schon wieder ausspülen, aber der Gedanke an Max, an den sie lange nicht mehr gedacht hatte, lenkte sie ab. Max, ihr zweiter Versuch nach Jonathan, im Westen anzukommen.
Ja, der gute, alte Max, der alles gelassen sah, Reggae hörte, sich gerne den einen oder anderen Joint drehte und vom Sozialismus schwärmte. Er küsste forscher als Jonathan und sagte ihr zwar nicht, dass sie eine Therapie machen müsse, wenn sie sich aufregte, aber verstand nicht, warum man sich überhaupt aufregen sollte, die Welt war eh ein Scheißhaufen. Ihr Ehrgeiz, erklärte er ihr, sei ein Produkt des Kapitalismus und es sei so schade, dass sie nicht den Sozialismus ihrer Kindheit in sich hatte bewahren können. Sie hörte ihm zu und dachte daran, wie schön es doch wäre, wenn er damals für ein paar Monate in den Ruinen des licht- und heizungslosen real existierenden Sowjetreichs gelebt hätte, ohne seine Festivals und seine Wasserpfeifen und seine heiß geliebten Burger. Wie es gewesen wäre, wenn er anstatt Toffifee Kaugummi aus Harz hätte kauen müssen, um seinen Zuckerhaushalt nach dem Kiffen aufzufüllen. Wie es gewesen wäre, wenn

er auf dem Weg zu seinen Freunden durch drei militärisch bewachte Absperrungen, Panzerkolonnen und eine Armee von Kalaschnikows hätte gehen müssen. Sie sagte nichts, holte aber am nächsten Tag ihre Sachen aus der fertig gepackten Sporttasche heraus – sie hatten geplant, am nächsten Tag nach Spanien zu trampen.
Danach kam nichts mehr, eigentlich. Oder vielleicht war es eine Entscheidung. Eine Entscheidung, ihren Beruf ins Leben auszuweiten und für eine Nacht, für eine Woche, gar für ein paar Monate eine Rolle auszufüllen wie ein Kleidungsstück, in dem sie sich wohlfühlte. Eine Rolle zu spielen, in der sie die unkomplizierte und leichtfüßige zeitgemäße Großstädterin zum Besten gab. Die Tarnung war gut, und das Spiel machte ihr Spaß, das Spiel ermöglichte ihr, freudig zu sein, leicht, unbesorgt, sich selbst für eine gewisse Zeit überlistend, hinter sich lassend, auflösend.
Mit der schmierigen Paste im Haar tapste sie ins Wohn- und Schlafzimmer und begann als Allererstes, die Bücher aus den Regalen zu räumen und sie übereinanderzustapeln.
Nach einer Weile ging sie wieder zurück ins Bad.
Das Wasser färbte sich braun. Die Kopfhaut juckte. Sie traute sich nicht, in den Spiegel zu sehen, griff stattdessen zum Föhn, den sie selten benutzte und der verstaubt auf dem Holzregal lag. Erst nachdem sie die Haare trockengeföhnt hatte – sie sah danach immer aus, als wäre ihr eine Löwenmähne gewachsen –, warf sie einen Blick in den Spiegel. Und dort stand es, das tote Mädchen, das seine Geschichte zu Ende erzählen wollte.

2016/Der General

Die Villa lag direkt am See auf einem uneinsehbaren Grundstück hinter einer herrschaftlichen Auffahrt, inmitten einer herbstlich bunten, privaten Parklandschaft. Vor dem schmucklosen Gebäude saßen zwei Wachmänner in ihrem bescheidenen Häuschen. Die Glasfassaden schufen eine Illusion von Transparenz und Leichtigkeit. Eine Leichtigkeit, die einen großen Kontrast zum Hochsicherheitssystem erahnen ließ, mit dem das Haus und vermutlich auch das ganze Gelände ringsum ausgestattet war. Etwas weiter unten erkannte man den eigenen Seezugang mit einem schmalen Holzsteg, der schwerelos über dem Wasser zu schweben schien.

Gleich im Entrée wurden sie von Schapiro in Empfang genommen und in ein weitläufiges und tagsüber höchstwahrscheinlich lichtdurchflutetes Zimmer geführt, das als Wohn- und Essbereich zu dienen schien und einen einmaligen Ausblick aufs Wasser bot.

Das Design und die Einrichtung der Villa zeugten von einem raffinierten Geschmack. Das Erdgeschoss wurde von einer großflächigen, mit Holzdielen belegten Terrasse umrandet. In der Tiefe des herbstlichen Parks erkannte man einen Glaspavillon, in dem ein türkises Bassin wunderschöne Lichtmuster an die Wände spiegelte.

Die Möbel waren schlicht und ausschließlich aus hochwertigen Materialien. Das Haus hätte auch einem Stardirigenten oder einem Sammlerehepaar gehören können. Evgenia hatte bei der Gestaltung der Villa freie Hand gehabt. Sogar ihre rebellische Stieftochter hatte Evgenias Stilsicherheit und ihren einwandfreien Geschmack anerkennen müssen. Er hatte sich oft gefragt, ob Ada dieses

Haus auch gefallen hätte, aber die Antwort war nur die Stille, und irgendwann war es ihm einerlei. Wie das meiste, das ihn umgab. Das neue Domizil besaß in ihrem zerrütteten Familienleben vor allem eine symbolische Bedeutung und sollte die Markierung eines Neuanfangs darstellen. Sowohl Evgenia als auch er wussten, dass es sich dabei um eine Illusion handelte, erbaut aus Marmor und Trauer, aus stahlharten Glasfassaden, die die unsichtbaren Risse kaschieren sollten.

Die Schauspielerin versuchte offenbar, sich ihre Anspannung nicht anmerken zu lassen. Schapiro flößte ihr sichtlich Unbehagen ein, sobald er auf sie zukam, veränderte sich unwillentlich ihre gesamte Körperhaltung: Sie spannte sich an, zog die Schultern ein, als ducke sie sich oder mache sich klein, und legte den Kopf leicht seitlich, als wolle sie ihn auf diese Weise ununterbrochen im Blick behalten.

Man nahm vor dem Kamin auf einer cremefarbenen Ecksitzgruppe Platz. Kurz darauf servierte Asja, die treue Seele des Hauses, Kaffee und Gebäckvariationen, die alle köstlich dufteten, aber ihr selbst sichtlich suspekt vorkamen. (Alles, was nicht aus der Vergangenheit und somit nicht aus Russland stammte, erweckte grundsätzlich ihr Misstrauen.)

Sie grüßte alle kurz mit ihrem unverwechselbaren russischen Akzent, und wenn sie die Anwesenheit Onnos überraschte, ließ sie sich ihr Erstaunen nicht anmerken.

Die ältere, korpulente Dame arbeitete seit Adas Kindheit für den General und hatte nicht unerheblich zur Adas Erziehung beigetragen, nun kümmerte sie sich um den Haushalt und war die Befehlshaberin über ein ganzes Heer von Angestellten.

Man konnte sich sicher sein, dass sie alle Geheimnisse

dieses im Dämmerlicht liegenden Reichs kannte, ebenso, dass sie ihre Loyalität bereits unter allen möglichen Umständen unter Beweis gestellt hatte und somit ein rares Gut war und das blinde Vertrauen des Generals genießen durfte. Sogar Schapiro legte in ihrer Anwesenheit eine ihm selbst nicht ganz geheuer scheinende Zurückhaltung an den Tag.

Man schwieg eine Weile und nippte an den Kaffeetassen. Die Schauspielerin saß neben Onno, ihr Blick war fokussiert, und ihr Körper schien vor Konzentration zu knistern. Plötzlich hörte man ein Funktelefon rauschen, gefolgt von dem Geräusch von Hundepfoten auf dem Marmor des Eingangsbereichs, und der General, begleitet von einem breitschultrigen Leibwächter und den Hunden Schalamow und Bucharin, betrat den Raum. Er trug einen langen grauen Mantel und hatte einen dunkelblauen Schal um den kräftigen Hals gewickelt. Die beiden eleganten, kurzhaarigen Hunde – der eine weiß, der andere gräulich getüpfelt – rannten euphorisch auf die Gäste zu, um sie schwanzwedelnd zu beschnuppern.

Onno spürte einen Augenblick lang Schwindel aufkommen, etwas, was einer Panikattacke nahekam. Die Hunde zerrten unerwartete Erinnerungen an die Oberfläche, er fühlte sich von einer Bilderflut überschwemmt und für einen Augenblick aus der Zeit gerissen.

Ada und die beiden Hunde spielend auf einer sonnigen Wiese, irgendwo, er erinnerte sich nicht mehr genau. Ada, wie sie ihn über die rare Rasse aufklärte, wie er sich die Zunge brach beim Versuch, den Namen richtig auszusprechen: Braque d'Auvergne, ihr Lachen dabei. Sie beide auf einem Waldgrundstück, diskutierend, worüber, wusste er nicht mehr, umringt von den beiden Gefährten, der eine mit dem Namen eines Schriftstellers und Dissidenten und der andere mit dem eines marxistischen Politikers und Philosophen, denen beiden kein sonderlich glücklicher Lebensweg bestimmt gewesen war: Der Erste verbrachte die meiste Zeit seines Lebens in Gefängnissen, in Gulags und in der Verbannung und beendete sein Leben in einer Nervenheilanstalt, und der andere fiel den stalinistischen Säuberungen zum Opfer, aber zum Glück hatten diese beiden anmutigen Tiere keinerlei Ahnung von all dem.

Der General riss Onno aus seinem Erinnerungskaleidoskop. Er hatte gerade die Hand der Schauspielerin geschüttelt und sie für einen Moment länger als angebracht in seiner gehalten. Er sah sie genau an, musterte sie von allen Seiten, sein Blick schien von ihrem Gesicht magisch angezogen zu werden, Onno sah seine Mundwinkel ganz leicht, fast unmerklich zucken.

Ihr war es sichtlich unangenehm, aber sie hielt es aus, machte keine Anstalten, ihm und seiner Gefangenschaft zu entkommen, als hätte sie ihre Rolle in diesem merkwürdigen, undurchschaubaren Spektakel akzeptiert, ohne selbst zu wissen, worin genau sie bestand.

– Entschuldigt mich, Verzeihung, wie unhöflich von mir!

Der General schüttelte den Kopf, als wollte er eine Last von sich abwerfen und wandte sich an die Gäste:

– Seid ihr versorgt? Habt ihr anderweitige Wünsche? Möchten Sie vielleicht einen Wein, Sesili?, fragte er sie, und Onno riss sich zusammen, um nicht unpassend schmunzeln zu müssen: Er hatte vollkommen vergessen, wie charmant und zugewandt der General manchmal sein konnte und welch starken Eindruck das auf Frauen machte. Sie verneinte höflich, sie wollte sich nicht in die Karten gucken lassen, nutzte ihren Körper und ihren konzentrierten Gesichtsausdruck als Schutzschild, aber trotzdem konnte man eine gewisse, wenn auch minimale Entspannung erahnen, als hätte Orlows Auftritt etwas in ihr gelockert, ihr vielleicht gar ein wenig die Angst genommen.

– Es ist wirklich frappierend ...

Der General sah zu Schapiro, der nur stumm nickte, dann wieder zur Schauspielerin.

– Verzeihung, Verzeihung, ich hasse es, angestarrt zu werden, und nun tue ich es selbst, aber Sie müssen ... Schapiro, bring uns bitte einen guten Wein aus dem Keller. Mögen alle rot, ja?

Ohne die Antwort abzuwarten, fuhr er fort:

– Gut, dann nehmen wir vielleicht direkt den Sassicaia, der könnte zu diesem besonderen Abend gut passen.

Schapiro erwiderte nichts, gab stattdessen dem Sicherheitsmann ein Zeichen, ebenfalls den Raum zu verlassen, und überließ die Gäste dem Hausherrn, der sich daranmachte, das Kaminholz anzuzünden.

– Es ist schon recht winterlich, nicht?

Plötzlich wirkte dieser große Mann, der wie aus Eisen geschmiedet schien, regelrecht fürsorglich. Er erinnerte an einen besorgten Großvater, der mit allen Mitteln verhindern will, dass sich seine Enkelkinder erkälten.

Über der Couch hing ein abstraktes und ziemlich buntes Bild, dem sie nichts abgewinnen konnte und das höchstwahrscheinlich ein Vermögen gekostet hatte. Onno suchte mit den Augen nach ganz anderen Spuren; er suchte nach Fotos, die ihn zu der Tochter führen könnten, aber er hätte es sich denken können, dass er niemals so offen mit seiner Trauer umgehen würde.

– Ich weiß es durchaus zu schätzen, dass Sie meiner nicht ganz so gewöhnlichen Einladung gefolgt sind, sagte der General, nachdem das Feuer aufloderte. Und zum ersten

Mal, seit er diesen Raum betreten hatte, blickte er Onno an, wohl zustimmend und so etwas wie dankbar dafür, dass er sie zu ihm geführt hatte.
– Sorgen Sie sich nicht! Wir werden all Ihren Wünschen nachkommen.
Er wollte nicht übers Geschäftliche reden, noch nicht. Er wollte seinen Charme ausspielen, eine Vertrauensbasis schaffen, in der sie sich wohl und sicher fühlen würde, in der ihre Bedenken und ihre Ängste mit jeder Minute weiter schwinden würden, so dass sie, wenn er dann das Gespräch auf das eigentliche Thema lenken würde, keine Einwände vorzubringen hätte.
Schapiro war mit dem Wein zurückgekehrt, der General goss allen dreien eigenhändig ein – Schapiro war im Laufe seiner Dienstzeit beim General nie mit einem alkoholischen Getränk gesichtet worden. Plötzlich wurde die Glasfassade von zwei grell leuchtenden Scheinwerfern angestrahlt, man hörte ein Auto vorfahren, daraufhin Türen schlagen und eine leise Frauenstimme, kurz darauf betrat Evgenia den Raum.
Die Hunde stürmten bellend auf sie zu, sie tätschelte ihnen die Köpfe und ließ den Blick umherschweifen. Onno erhob sich, machte einen zögerlichen Schritt auf sie zu. Sie blieb sichtlich überrascht vor ihm stehen, schaute den weiblichen Gast an, dann kehrte ihr undurchdringlicher Blick zu ihrem Mann zurück, als erwarte sie von ihm eine wortlose, aber sofortige Aufklärung, was dieser Mann, den sie einst aus seinen Fängen gerissen und ihm dadurch vielleicht das Leben gerettet hatte, hier zu suchen hatte.
Von ihr ging ein bestimmter süßlicher Duft aus, von dem man nicht wusste, ob es ihr eigener war oder ein rares Parfum. Dieser Duft hatte etwas äußerst Anziehendes

und Erotisierendes. Aber die Anziehung, die von ihr ausging, war nicht nur einer Duftnote geschuldet. Onno erinnerte sich noch an Adas Worte, wie sie über ihre Stiefmutter gesagt hatte, sie würde jeden Menschen unabhängig von seinem Geschlecht auf lüsterne Gedanken bringen. Evgenia wirkte auf den ersten Blick eher weich, verzeihend, feminin, behutsam, so dass man sich in ihrer Nähe in ein kleines Kind verwandeln wollte, das sie zu sich auf den Schoß nehmen und dessen Kopf sie an ihre Brust drücken würde. Aber dieser Eindruck war trügerisch. Ihre hingehauchten Worte – man fragte sich, ob ihre Stimme überhaupt zu einer anderen Tonlage fähig war –, ihr leichter Silberblick, der etwas Hypnotisierendes hatte wie jener von Kaa aus dem *Dschungelbuch*, deren Augen einen die Lebensgefahr nur zu gut ahnen ließen und in denen man trotzdem oder gerade deswegen versinken wollte. Evgenias geschmeidige Art, sich zu bewegen, die fast unmerklichen, geräuschlosen Schritte, egal, wie hoch ihre Absätze waren, ihr stolzes Dekolleté, das sie unabhängig vom Wetter generös zur Schau stellte, ihre einfühlsame, empathische Art – all das zog die Menschen magisch an, als besäße sie einen unsichtbaren Magneten. Aber das waren nur äußerliche Merkmale. Es wäre falsch anzunehmen, es handele sich bei Evgenia um eine harmlose, sinnliche, verführerische und ihrem Mann untergeordnete Person. Bei genauerer Betrachtung allerdings würde einem eine unter dieser weichen und verführerischen Oberfläche schlummernde Seite an ihr auffallen, etwas, das man mit geschärften Sinnen bereits brodeln spürte, etwas, das genau das Gegenteil von zahm und sanft darstellte. Als wäre ihre Hülle weich wie aus Kaschmir und Mohair und ihr Innerstes scharf wie eine Messerschneide.

Wie sonst hätte sie solch einen Mann lieben können, wie sonst hätte sie ihm auf seinem turbulenten Lebensweg folgen, sich von ihm so sehnlichst ein Kind wünschen können, das sie trotz aller Bemühungen nicht bekamen – diese Fragen hatte sich Onno oft genug gestellt. Denn sie war keine Frau, die wegen des Geldes bei einem Mann blieb, sie entstammte selbst einer reichen Familie und hatte alle Möglichkeiten, ihre Herkunft und ihre Fähigkeiten sinnvoll zu nutzen.

Dass sie ihn liebte, auf eine tiefgehende, für Außenstehende verborgene Weise, als gelte es, ihre Liebe vor allen fremden Blicken zu schützen, das spürte man in jeder Bewegung, in jedem Wort, das sie an ihn richtete. Seine Liebe zu ihr hatte etwas Beschützendes und zugleich Natürliches, als brauche sie keinerlei Erklärungen oder äußere Beweise, sie war in den kleinen Gesten, den Details sichtbar, die man erst entdeckte, wenn man das Paar eine Weile lang ungestört beobachten konnte; etwas, was in der Abgeschiedenheit, in der sie lebten, wohl so gut wie unmöglich war.

»Und sie ist wie ein Raubtier, allerdings eines, das sein Opfer, bevor es zuschlägt, bezirzt, umgarnt und berauscht. Aber die Drecksarbeit lässt sie ihn erledigen.«

Damals hielt Onno Adas Beschreibung ihrer Stiefmutter für übertrieben und schob dieses drastische Bild einer unreflektierten Eifersucht zu, aber je genauer er Evgenia nun musterte, desto mehr musste er Ada recht geben. Evgenia erschien zwar nach außen hin ruhig und ausgeglichen, nahezu meditativ in ihrer schlummernd-weichen Art, aber etwas in ihr brannte, verzehrte sich, ja da war etwas Raubtierhaftes zwischen all den flauschigen Schichten versteckt und wartete nur auf den passenden Moment, um auszubrechen.

Evgenia war keine Schönheit im klassischen Sinne, keine, die man vielleicht an der Seite eines solch mächtigen Mannes erwartet hätte. Ganz im Gegenteil: Sie war weit davon entfernt, eine langbeinige, ihr Äußeres stets optimierende Blondine zu sein – wenn sie auch um einiges jünger war als ihr Mann –, sie war nicht sonderlich groß, hatte eine recht kurvige, auf eine elegante Art altmodische Figur, einen wunderschönen mediterranen Teint, der ihr ein wetterunabhängiges, sommerlich-frisches Aussehen verlieh, lange, dichte kastanienbraune Haare, die sie zu meisterlichen Dutts oder Flechtfrisuren zusammengebunden trug, hellbraune Augen, eine längliche, ziemlich markante Nase und einen wunderschönen, wie gemalt aussehenden Mund, der einer Geisha alle Ehre gemacht hätte.
Sie war bereits zu einer Zeit Kosmopolitin gewesen, in der der Begriff noch nicht salonfähig gewesen war, und verkörperte diese Einstellung und diesen Lebensstil mit jeder Faser ihres Körpers. Und doch strahlte sie manchmal eine große Sehnsucht aus, gerade dann, wenn sie sich allein oder unbeobachtet wähnte, als fehle ihr ein fester Halt, ein Anhaltspunkt, ein Ort vielleicht, zu dem sie sich vollkommen zugehörig fühlte, ohne Wenn und Aber. Denn diese Ungebundenheit, diese Freiheit, die sie wie Goldstaub um sich streute, schien einen hohen Preis zu haben.
Sie war als Diplomatentochter eines Deutschen und einer Amerikanerin mit griechischen Wurzeln in Athen geboren worden, in Istanbul aufgewachsen und hatte ihre Jugendzeit in Moskau verbracht, die letzte Station ihres Vaters im Außendienst, weshalb sie auch fließend Russisch sprach; nach weiteren Aufenthalten in Bonn und Paris war sie zum Studium in die USA gegangen und

hatte anschließend in München bei einer luxuriösen Interior-Design-Firma gearbeitet. Dort hatte sie dann auch ihren künftigen Mann kennengelernt, damals Witwer und Vater einer pubertären Tochter, der gerade dabei war, seinen endgültigen Umzug in den Westen zu planen, und der ihre Firma mit der Ausstattung seines ersten westlichen Domizils beauftragt hatte.

Dem General kam das unerwartete Auftauchen seiner Frau bei seinem Ansinnen, der Schauspielerin die Anspannung zu nehmen, gelegen. Die Stimmung lockerte sich tatsächlich in Sekundenschnelle auf. Evgenia überspielte die Irritation, die Onnos Erscheinen und das seiner ihr fremden Begleiterin in ihr unweigerlich ausgelöst haben musste. Die Erinnerung an ihre letzte Begegnung war bereits wie ein verzerrtes Fernsehbild, rauschend und unscharf, auch vor Onnos innerem Auge. Er hatte es damals versäumt, sich bei ihr zu bedanken, aber er wusste nicht, was ein angemessenes Äquivalent für die Rettung des eigenen Lebens gewesen wäre. Denn immerhin, da war er sich sicher, verdankte er ihr sein Leben oder das, was davon übrig geblieben war.

Sie ließ sich von ihrem Mann ein Glas Wein einschenken und erzählte ungezwungen von ihrem Tag und einem schrägen Kunden. Onno dachte daran, dass die Tatsache, dass Evgenia es sich nicht hatte nehmen lassen, ihren eigenen Interessen nachzugehen, sie in Adas Augen wohl geadelt hätte, sie, die sonst nicht sonderlich versöhnlich gegenüber den engen Vertrauten ihres Vaters gewesen war, vor allem, wenn diese Menschen dem weiblichen Geschlecht angehörten.

Evgenia betrieb ein erfolgreiches Auktionshaus für antiken Schmuck und sündhaft teure Designermöbel und

verfügte über eine imposante internationale Kundenkartei, der die Kontakte ihres Mannes sicherlich ebenfalls zugutekamen. Evgenia schwebte durch den Raum und gab die perfekte Gastgeberin:
– Die Gäste haben doch sicherlich Hunger, Alexander, ich jedenfalls sterbe vor Hunger, wollen wir vielleicht gemeinsam zu Abend essen?, fragte sie und eilte, ohne die Antwort abzuwarten, aus dem Raum.
Kurz darauf kehrte sie in Begleitung von Asja zurück, die das Menü des Abendessens aufsagte, allerdings in einem derart leiernden, nüchternen Ton, als handele es sich nicht ums Menü, sondern um die Lottozahlen.
Man wurde an den endlosen Holztisch gebeten, wo zwei junge Angestellte in weißen Hemden Gang für Gang servierten.
– Heute haben wir Fischtag, ich hoffe, ihr mögt alle Fisch, aber es gibt zum Glück auch eine Alternative!, rief Evgenia und warf ihre hochhackigen Schuhe polternd von sich. Sie saßen am riesigen Tisch, tranken den kostbaren Wein und verloren sich in dem Genuss des erlesenen Essens. Sie vergaßen für einen Augenblick, wer sie waren, welch vollkommen verschiedene und gegensätzliche Wege sie hierhergeführt hatten, vergaßen, dass die gegenwärtige Gemeinsamkeit zum Teil auf keinerlei Freiwilligkeit beruhte, vergaßen die Angst, die sie alle – jeden auf seine eigene Art und Weise – antrieb, vergaßen die Ungewissheit, welche Worte danach ausgesprochen werden würden, Worte, die die noch bevorstehenden Schritte besiegeln würden, vergaßen die gegenseitigen Abneigungen und Sehnsüchte, und gaben vor, in diesem Moment an einem ganz normalen Abendessen teilzunehmen, wie es alle Menschen tun, wenn sie sich spontan entschließen, das Zusammensein zu feiern. Nur zwischen-

durch spürte Katze ein leises Jucken auf der Haut und sie wusste, dass dieser fremde Mann daran schuld war, der immer wieder in ihre Richtung sah, als sei es ihm unmöglich, seinen Blick von ihr abzuwenden.

– Das wäre zunächst das Dokument, das euch zur Geheimhaltung verpflichtet. Bis ich die Sache für abgeschlossen erklärt habe, darf keiner von euch auch nur ein Wort darüber an Nichteingeweihte verlieren, ganz zu schweigen von der Presse. Dieses Dokument muss ich dich ebenfalls bitten zu unterschreiben, Onno, verkündete der General, ohne ihn dabei eines Blickes zu würdigen. – Sollte diese Absprache nicht eingehalten werden, wird der Vertrag, den ich mit dir schließen werde, mit sofortiger Wirkung ungültig, außerdem hätte die Nichteinhaltung neben der Rückerstattung aller von mir vorgelegten Kosten ziemlich unerfreuliche Konsequenzen. Also daher meine Bitte, sich die Papiere genau durchzulesen und bei Einwänden Herrn Altmann zu kontaktieren.

Weder Onno noch Katze trauten sich nachzufragen, was genau unter »unerfreuliche Konsequenzen« zu verstehen wäre. Nach dem Essen und einer weiteren Flasche Rotwein waren alle in den Keller, in eine Art Herrenclub, umgezogen. Dort stand ein alter, wunderschöner Billardtisch, eine edle Bartheke aus Holz mit einer beeindruckenden Auswahl an Spirituosen und dunkelbraune Ledersessel mit goldenen, in die Sitze eingearbeiteten Knöpfen.

Der General hatte sich eine Zigarre angezündet und trank nun einen Whisky. Katze, die Wangen vom Wein gerötet, mit unbändigen, zerzausten und – mittlerweile – dunkelbraunen Locken, kaute an ihren Fingernägeln.

Ein älterer, gedrungener und ziemlich ernst wirkender Herr, Herr Altmann, der sich der Runde kurzfristig angeschlossen hatte und sich als einer von »Herrn Orlows juristischen Beratern« vorgestellt hatte, hatte einen Stapel Papiere auf dem Billardtisch ausgebreitet.
– Dies hier ist das Dokument, laut dem Sie sich bereit erklären, *dem Projekt* bis Jahresende zur Verfügung zu stehen, fuhr der General fort und zog an seiner Zigarre.
– Was bedeutet, dass Sie stets *einsatzbereit* sein müssen, ergänzte der bebrillte Anwalt und fixierte die beiden Besucher mit seinen zu einem Schlitz zusammengekniffenen Augen.
– Und was genau bedeutet das?, wollte Katze wissen, Onno unschlüssig mit dem Blick streifend.
– Das bedeutet im Wesentlichen, dass wir nicht genau wissen, wie sich die Ereignisse entwickeln werden. Es kann zu Nachdrehs kommen oder eben auch zu einem Liveauftritt, sozusagen, erklärte Altmann.
Katze verstand nicht recht, genauso wenig wie Onno.
– Aber was heißt in dem Fall ein *Liveauftritt*?, bohrte sie nach.
– Ich glaube, verehrte Sesili, setzte der General an, dass man Sie unnötig verwirrt und mein Vorhaben in seiner Gesamtheit hinter einem Schleier verborgen gehalten hat.
Er warf einen selbstzufriedenen, zynischen Blick zu Onno. Er war aufgestanden und näherte sich der Schauspielerin. Fast Schulter an Schulter blieb er neben ihr stehen und lehnte sich an den Billardtisch.
– Nennen Sie mich ... nein, nennen Sie mich bitte Katze!, murmelte sie.
– Katze? Wirklich, Katze? So nennt man Sie? Wieso, haben Sie neun Leben?

Der General blies Qualm aus, und seine Mundwinkel zogen sich ganz leicht in die Breite, und ohne eine Antwort abzuwarten, fuhr er fort:
– Nun ja, es tut mir leid, falls Schapiro mein Vorhaben unnötig verkompliziert haben sollte. Im Grunde ist es ganz einfach: Ich möchte drei Herren ausfindig machen. Mit diesen drei Herren verbindet mich eine nicht sonderlich erfreuliche Lebensepisode, man könnte sagen, wir haben da noch eine Rechnung offen.
Auf einmal wurde seine Stimme weich und samtig, der sanfte Akzent machte sie noch geschmeidiger, erneut wurde deutlich, wie charmant und einladend er sein konnte, wie leicht es manchmal schien, ihm zu vertrauen. Mit den Fingerspitzen klimperte er gegen sein Whiskyglas:
– Ich nehme an, dass man Sie über diese Episode in Grundzügen aufgeklärt hat, zumindest so weit man über etwas Derartiges aufgeklärt werden kann, ja? Onno wird das nicht versäumt haben, da bin ich mir sicher, nicht wahr, Onno? Nun ja, diese Herren werden mich nicht sehen wollen, für sie ist dieses Kapitel seit langer Zeit abgeschlossen, und sie möchten es auch dabei belassen. Aber ich werde ihnen dank Ihrer Hilfe, Katze, eine Botschaft zukommen lassen. Sie werden ihnen meine Grüße ausrichten, wenn man es so will. Ich will sie nämlich alle wiedersehen. Sie sollen sich am Jahresende an einem bestimmten Treffpunkt einfinden. Ich möchte mich mit ihnen unterhalten. Warum ich das mache? Warum ich sie nicht alle einfach *zu mir hole*, nun ja, auch das kann ich Ihnen sagen. Ich will sehen, wie sie meine Grüße aufnehmen. Wenn sie nicht angemessen oder vielleicht gar nicht reagieren, dann werde ich sie ... ich, verzeihen Sie mir, die Ähnlichkeit, die Ähnlichkeit ist frappierend. Ich,

ja, es ist nicht leicht für mich … wo waren wir stehengeblieben? Wenn sie mir also keine andere Wahl lassen, werde ich etwas nachhelfen müssen, damit sie mir einen Besuch abstatten. Aber auf ihre Reaktion kommt es mir an. Ich will wissen, ob sie in der Zwischenzeit ihre Haltung zur Vergangenheit überdacht haben. Bei diesem Treffen, das ich den dreien vorschlagen werde, kann Ihre Anwesenheit ebenfalls hilfreich sein, aber die Option halten wir noch offen. Und glauben Sie mir, Sie werden nichts tun müssen, was Ihnen nicht behagt. Mein Ehrenwort. Wir halten alles vertraglich fest. Ich muss nur sicher sein, dass ich über Ihre Zeit verfügen darf, bis zum Jahresende sind es nur noch wenige Wochen.
– Was passiert da, bei diesem Treffen?, hakte Katze nach.
– Das hat Sie nicht mehr zu interessieren. Sie werden die Herren vielleicht noch einmal zu Gesicht bekommen, und danach werden meine Männer Sie sicher nach Hause bringen.
– Und wo wird dieses Treffen stattfinden?
Katzes Stimme verlor an Selbstsicherheit.
– In Tschetschenien.
– Wie bitte?
– Wir reisen mit meinem Privatjet. Sie werden in Begleitung meiner Sicherheitsmänner und zusammen mit Onno – er warf einen Blick in Onnos Richtung, einen Blick voller Verachtung und Schwärze – sicher zurückgebracht werden. Auch das ist vertraglich festgehalten. Für Ihre Sicherheit, Katze, bürge ich persönlich.
Katze räusperte sich. Einen Augenblick lang herrschte Grabesstille im Keller, ihre Augen folgten dem Rauch, den der General in die Luft blies.
– Wo leben diese Leute?, wollte sie wissen.

– Zwei in Russland, einer ganz woanders. Onno wird ihnen allen einen Besuch abstatten, nicht wahr, Onno? Katzes Blick blieb mürrisch. Er spürte ihre Verunsicherung, und da ihr Gesicht sich trotz seines sanften Tones und seiner Aufklärung nicht unbedingt aufhellte, fügte er noch besonders behutsam hinzu:
– Sobald Sie das Gefühl haben, etwas tun zu müssen, was Ihnen oder Ihren Prinzipien widerspricht, können Sie jederzeit abbrechen.
– Natürlich können Sie die Dokumente auch erst einmal mitnehmen, sie sich in Ruhe anschauen und vielleicht eine eigene juristische Beratung in Anspruch nehmen, fügte Altmann hinzu.
– Darauf würde ich sogar bestehen!, ergänzte der General, und Onno erinnerte sich, wie Ada sich immerzu über seine Penibilität lustig gemacht hatte, die sie für »so unrussisch« befunden hatte.
Onno ließ sich ebenfalls Whisky einschenken und spürte, wie die betäubende Wärme von ihm Besitz ergriff. Auf einmal hörte man Katze mit einer verblüffenden Entschiedenheit in der Stimme sagen:
– Zweiundvierzigtausend, das ist mein Preis!
Die Männer schwiegen. Man hörte irgendwo in der Nähe eine Uhr ticken. Die Hunde waren mit Evgenia oben geblieben, nur ab und zu hörte man einen von ihnen, aber meist beide im Duett bellen. Dennoch drang der Lärm nur wie betäubt und auf eine merkwürdige Art verzerrt zu ihnen nach unten, als führten diese Wände in eine andere Welt, als würden sie die Realität, die außerhalb dieses Raumes stattfand, in eine ungreifbare Ferne rücken.
– Zweiundvierzigtausend, eine merkwürdige Summe. Wieso ausgerechnet die?, fragte der General mit einem

kaum merklichen Schmunzeln um die Lippen und sah Katze direkt in die Augen, etwas, was er im Laufe des Abends sichtlich vermieden hatte, da es ihm anscheinend noch nicht möglich war, Katze als einen selbstständigen und unabhängig von seinen eigenen Erinnerungen und Albträumen existenten Menschen zu betrachten.
– Diese konkrete Summe ist nötig, um bestimmte Dinge wieder ins Lot zu bringen, falls man das so sagen kann, antwortete sie knapp und lehnte sich gegen den Billardtisch, mit den Fingerspitzen auf den grünen Stoffbezug tippend, ein rührender Versuch, ihren Wagemut nicht als solchen erkennen zu lassen.
– Die Ähnlichkeit ist wirklich frappierend, murmelte der General wieder und erhob sich plötzlich.
– Ich verstehe nicht ... Heißt das nun Ja?
Nun, da sie ihre Forderung verkündet hatte, gab es kein Zurück mehr.
– Aus Georgien also. Welch ein schönes Land ... Das Lebenshungrigste im ganzen Kaukasus, würde ich sagen, fügte er leicht melancholisch hinzu. – Ist schon länger her, dass ich es besucht habe. Man hört aber, dass es dort sehr schön ist. Wieder.
– Kommt darauf an, für wen, sagte sie beiläufig.
– Ja, für wen ... alles ist wohl letztlich eine Frage der Perspektive, oder was sagt unser Herr Schriftsteller dazu?
Er sah Onno sarkastisch schmunzelnd an und prostete ihm mit seinem halbleeren Glas zu.
– Herr Altmann, was meinen Sie, können wir unserer Sesili die Summe zahlen?
Herr Altmann hatte im Sessel Platz genommen, kramte in seinen Unterlagen.
– Sicherlich, sicherlich können wir das, sagte er abwesend und versuchte, sich zu einem Lächeln zu motivieren.

Katzes Gesicht hellte sich auf, als könnte sie es selbst nicht glauben, dass es ihr gelungen war, solch einen Deal zu machen. Es müsste doch viel schwieriger sein, verriet ihr Gesicht, es kann doch gar nicht so mühelos gelingen. Onno war dieses Gefühl vertraut, er konnte sich nur zu gut an diese Fassungslosigkeit erinnern, die man empfindet, sobald man diese Welt betritt, die die meisten nur vom Hörensagen kennen, dieses Vorrücken in eine bis dato undenkbare, surreale Dimension, die für jene, die in dieser Dimension heimisch sind, jedoch bereits eine Lächerlichkeit, eine Lappalie ist.

– Und selbstverständlich bekommen Sie Spesen für alles Vorhergesehene und Unvorhergesehene, fügte der General sichtlich zufrieden hinzu.

Später standen alle gemeinsam einige Minuten auf der Terrasse, schauten auf das Wasser, während sie auf den Wagen warteten, der erst bereitgestellt werden musste, um Katze und Onno fortzubringen.

Katze schien gelöst, als wäre von ihr eine zentnerschwere Last abgefallen, sie wirkte aufgekratzt und drehte sich eine Zigarette. Sie entfernte sich einige Schritte von der Gruppe, zu der Schapiro wieder dazugestoßen war, und studierte mit ihren wachen Augen das schwach beleuchtete Grundstück.

Der General beobachtete sie aus den Augenwinkeln, Onno führte einen sinnlosen Smalltalk mit Altmann. Der General war noch immer fasziniert davon, dass sie wirklich *existierte*, eine Schrecken einjagende Kopie aus seiner Vergangenheit, ein Symbol, ein Zeichen, dem er zu folgen bereit war. Immer wieder musste er sie ansehen, sich vergewissern, dass sie da war und dieser unglaubliche Zufall nicht nur ein Produkt seiner Fantasie war, eine menschliche Fata Morgana. Eine leichte Brise kam

auf und wirbelte das ockerfarbene Laub auf. Er näherte sich ihr. Ihre Zigarette glühte im schummrigen Licht.
– Wussten Sie, dass in den Wüstenländern die Winde Namen tragen und ihnen Persönlichkeiten zugeschrieben werden?, fragte er sie. Er wandte sich distanziert und höflich an sie, so wie es seine Art war, wenn er mit einem Menschen sympathisierte oder etwas von ihm erwartete. Sie ließ sich nichts anmerken, sie erwiderte nichts, gab nur zu verstehen, dass sie aufmerksam zuhörte.
– Ja, Chamsin zum Beispiel, wie man ihn im arabischen Sprachraum nennt, was nichts anderes als fünfzig bedeutet, denn so viele Chamsin-Tage gibt es im Jahr. Seine Stimme war die eines Märchenerzählers, einlullend, verführerisch, schlafwandlerisch geradezu, man wollte die Augen schließen und die ganze Nacht dieser Stimme lauschen.
– Oder Sharav, wie er in Israel genannt wird, ein heißer Wüstenwind aus Afrika, er bringt den feinen Wüstensand aus der Sahara bis ans östliche Mittelmeer, er ist unerträglich heiß, und die Leute bekommen Atemnot. Ja, Chamsin sei ein launischer Wind, hat mir einmal ein Beduine erklärt, einer, der die Schläfen streichelt und verführt, er sei wie eine launische Jungfrau unberechenbar. Im Juni, wenn der Chamsin wütet, ist es besonders ratsam, sanft und beherrscht zu sein, sonst kann man den Wüstenwind erzürnen, und dann könnten eine lange Dürre und Trockenheit folgen.
Er verstummte abrupt. Katze wusste überhaupt nicht, worauf er hinauswollte, aber es spielte keine Rolle. Hinter der Fassade aus Stein und Geld, aus Macht und Unnahbarkeit, aus Verachtung und Beherrschung lag etwas Krankes und Bedürftiges. Sie spürte Mitleid in sich aufkommen. Er war sehr groß und hielt sich gerade, fast un-

natürlich gerade für einen Menschen, als hätte er sich in seinem Leben noch nie beugen müssen. Sie verharrte in seinem Blick, ließ ihn das Bild, das sie in ihm wachrief, vor seinem inneren Auge betrachten. Es war ein unerwartet angenehmes Gefühl, ein Gefühl, das ihr für den Bruchteil eines Moments Angst einjagte.

Die Geräusche aus dem Haus, die anderen – alles verschwamm zu einem matschigen Hintergrund. Es gab nur diesen Mann, das Mädchen, das er in ihr sah, und den See. Sie spürte, dass es ihr zunehmend leichter fiel, dieses Bild auszufüllen. Auch wenn es mehr war, als eine Rolle zu spielen. Auch wenn es ihre Vorstellungskraft überstieg, wollte sie doch alles sehen, was er sah. Wollte in diese Tiefen ebenso eintauchen, wollte wissen, was sich auf dem Grund verbarg.

Sie würde diesem Bild folgen. Sie würde ihren dunklen Haaren folgen. Dem schwarzweißen Foto.

Auch wenn sie es sich nicht eingestehen wollte, hatte sie, seit sie sich die Haare gefärbt hatte, eine Erleichterung gespürt. Es schien auf einmal so leicht, nicht sie selbst sein zu müssen. Die Brücke, die in die Dunkelheit führte, erwies sich als kurz und einfach zu betreten. Und sie war eine dankbare Alternative zu allem, was sie gerade umgab und vor allem nicht mehr umgab. Sie wünschte sich, dass er noch etwas sagte, sie wollte ihm zuhören, sich immer wieder fragend, ob solch ein kultivierter, feingeistiger Mensch tatsächlich imstande, war zu vergewaltigen, einen Mord zu verüben. Aber in dem Moment winkte Onno, der Robotermann mit dem übernatürlich breiten Kreuz, zu ihnen herüber und machte ein Zeichen, dass der Wagen nun bereitstand und sie den Heimweg antreten konnten. In ihrem ziemlich ramponierten Lederrucksack steckte eine transparente Mappe mit den Unterlagen, die sie mit ihren Unterschriften versehen hatte, um das Spiel offiziell zu eröffnen. Ein Spiel, dessen Regeln sie nicht kannte.

2016/Die Katze

Tina hatte den Tisch vollkommen überfrachtet, natürlich hatte sie zu viel gemacht und ihre Erschöpfung mit einer Tonne Make-up überschminkt. Die Lippen grellrot und die Haselnussaugen mit schwarzem Kajal umrandet, strahlte sie über beide Ohren, als sie ihre ältere Tochter in den Arm nahm. Alle waren da, all die Exilanten und Vertriebenen, all die Glückssuchenden aus dem Osten, die letzten Exemplare ihrer Gattung, zwischen den Zeiten und Welten Steckengebliebene, ganz so wie Tina selbst.

Sie hatte sich um zwei Jahre jünger gemacht, und Katze fand das so albern, dass sie sich beherrschen musste, um ihr nicht ins Gesicht zu lachen, als ihre Mutter ihr in der Küche ins Ohr flüsterte, sie solle nachher beim Zählen der Kerzen auf der Geburtstagstorte keine Grimasse machen, es sei nun mal »nötig«.

Natürlich machte sie es für den Neuen, irgendeinen arbeitslosen Gigolo mit dem albernen Namen Pako, der wie selbstverständlich, als wäre er schon immer der Hausherr gewesen, am Kopfende des Tisches Platz genommen hatte.

Sie drückte ihrer Mutter einen in rotes Geschenkpapier

eingepackten Krimi in die Hand, Tina liebte Krimis, und gratulierte ihr auf Georgisch.
– Was hast du mit deinen Haaren gemacht!?, rief sie auf einmal, nachdem sie, zuvor von ihrer Geschäftigkeit abgelenkt, ihre Tochter zum ersten Mal richtig ansah.
– Für eine Rolle. Sie wachsen schon nach.
– Das steht dir nicht. Du bist rot, und das ist dein Markenzeichen, das sollten die da in deinem Theater auch kapieren.
Katze wollte etwas erwidern, aber Tina huschte schon weg, und sie ging in die Küche, wo Natalia mit einem genervten Gesichtsausdruck, Kaugummi kauend und mit grün lackierten Fingernägeln stand und sich mit einer Teigmasse abmühte. Katze drückte ihr einen zarten Kuss auf die Wange und stellte sich zu ihr. Katze fühlte sich entspannter, der Groll ihres letzten Streites schien nicht mehr in der Luft zu liegen.
Sie setzten sich zusammen an den kleinen Tisch und fingen an, wie von Tina aufgetragen, den Teig für das Käsebrot auszurollen.
– Ein Georgier. Ich fasse es nicht!, seufzte Natalia und blies eine überdimensionale pinke Kaugummiblase auf.
– Hast du ihn dir genau angeschaut? So ein schmieriger Sack, ein Gigolo wie aus dem Bilderbuch, man sieht es ihm aus zehn Meilen an, dass er ein Loser ist, ich verstehe nicht, wo sie immer solche Kerle auftreibt, das ist doch so was von zum Scheitern verurteilt, das kann jeder Idiot erkennen, nur sie nicht. Pako, was ist das überhaupt für ein Name, Pako? Ist er Fußballer oder was?
Wie aus einer Kalaschnikow kamen die Worte aus ihr herausgeschossen. Anders als ihr Georgisch, das im Laufe der Jahre eine Färbung der Fremde angenommen hatte und das sie in der Regel ablegte, sobald ihre Mutter

oder Großmutter den Raum verließ, war ihr Wedding-Deutsch zielsicherer und vor allem das Tempo, in dem sie sprach, das eines Turbokampfjets. Nur drei Jahre Altersunterschied trennten sie voneinander, aber manchmal kam es Katze vor, als wäre es mindestens ein Jahrzehnt, das zwischen ihnen beiden lag. Zwischen der Wut, der Fassungslosigkeit angesichts ihrer Entscheidungen, der Empörung über ihre Taten, zwischen den heftigen Auseinandersetzungen, die sie so häufig führten, zwischen den Beleidigungen, die sie sich an den Kopf warfen, lag irgendwo eine blinde, unantastbare Liebe, die sie aneinanderkettete, die sie nicht voneinander loskommen ließ und die ihnen den festesten Halt gab, den sie im Leben besaßen.

Katze saß da, hörte ihre Schwester über den neuen Typen ihrer Mutter schimpfen und fühlte sich seit Wochen zum ersten Mal ein wenig sicher, als wisse sie nur hier an diesem Ort, wohin sie gehörte. Aber sie konnte nicht ewig hierbleiben, der Außenwelt ununterbrochen den Mittelfinger zeigen, wie Natalia es tat.

So unterschiedlich, wie sie in ihren Entscheidungen, in ihren Handlungen, in ihrem Denken waren, gab es im tiefsten Kern ihres Wesens eine Verbindung, die stärker war als all die Differenzen. Denn sie waren sich gegenseitig die wahrhaftigsten Spiegel, in denen sie sich ansehen und erkennen konnten, ohne Wenn und Aber, unverblümt, bloßstellend, unverkennbar, ohne jede Möglichkeit, sich zu verstellen. Wie zwei wilde Tiere aus dem Dschungel, die es gelernt hatten, in einer Zirkuswelt zu überleben, sich in der Arena gezähmt und dressiert zu geben, Befehlen zu folgen und die erwünschten Tricks vor dem lachenden Publikum auszuführen, standen sie sich gegenüber und wussten zugleich beide um diese

Tarnung. Wie wilde Tiere, die tief im Inneren doch stets in der Angst leben, eines Tages die Beherrschung zu verlieren und dem Dompteur die Halsschlagader durchzubeißen, um auszubrechen aus dem bunten Käfig und der grellen Arena, zurückzukehren in den dunklen, geheimnisvollen Dschungel, den zu vermissen sie nie aufgehört hatten.

Aber anders als ihre Mutter, anders als die Großmutter, anders als diese zur Geburtstagsfeier geladene wilde Bande der ewig Suchenden und nie Ankommenden wussten die beiden Schwestern nur zu gut Bescheid, dass man, den Blick zurückwerfend, nicht vorwärtskommen würde, und doch, auch sie schienen nicht frei von diesem Wunsch.

Und trotz dieser fast physisch spürbaren Nähe zwischen Natalia und ihr konnte Katze es nicht übers Herz bringen, ihr von dem toten Mädchen zu erzählen, von ihren Träumen, in denen die Grenze zwischen ihr und ihrem neuen Zwilling so fließend verschwamm, konnte ihr nicht von ihrem mittlerweile fast vollständig in Kisten verpackten Leben erzählen, von der verstörenden Begegnung mit dem Russen, von dem vielen Geld, das sie für das dubiose Video erhalten würde. Sie konnte nicht davon erzählen, dass sie seit der Trennung, die keine war, nicht mehr wusste, wo ihr Platz war. Dass sie durch die Welt taumelte und immer gewichtsloser wurde. Sie konnte nicht erzählen, dass sie den Wikinger-Journalisten gebeten hatte, ihr alles über das tote Mädchen und den Prozess zuzusenden, dass sie aus diesen Zetteln eine Mauer um ihr Bett gebaut hatte und sich immer mehr hinter diese Mauer zurückzog und die Außenwelt immer weiter in die Ferne rückte und sie immer seltener auf die Straße ging. Sie konnte nicht erzählen, dass auch sie das

Gefühl nicht los wurde, in ihrer Welt hätten die Uhren angefangen rückwärtszugehen, wie bei all diesen Gästen der Geburtstagsfeier, die in ihrer selbst erschaffenen Parallelwelt lebten, in die so wenig Wirklichkeit eindrang wie nur möglich; in einer Welt der Uhren eben, deren Zeiger rückwärtsgingen. Sie konnte ihr nicht davon erzählen, dass sie anfing, den Träumen des toten Mädchens nachzuspüren, dass sie in ihrer Vorstellung bereits wusste, welche Lieblingsfarbe die ihre war, welche Vorlieben und Abneigungen sie gehegt, welche Filme und Bücher sie gemocht, welches Essen sie verabscheut, welche Lebensträume sie besessen hatte, mit welchen Eigenschaften ausgestattet sie durch ihr kurzes Leben gekommen war. Sie konnte Natalia nichts davon erzählen, dass ihr Leben sich so viel leichter und besser aushalten ließ, wenn sie das Areal dem toten Mädchen überließ und selbst in ihrem Schatten verschwand. Dass sie ja Katze war, mit neun Leben, von denen sie eines bereits eingebüßt hatte und von denen sie gerne ein weiteres an einen Geist abgeben würde.

– Was für eine Rolle denn, dass du dir gleich die Haare färbst?, riss Natalia sie aus den Gedanken.

– Ach, so ein Casting, ein großes Ding, aber ich glaube nicht, dass ich sie kriege ...

– Aha. Fernsehen?

– Ja. Aber richtig fett produziert.

Immerhin war das nicht ganz eine Lüge, eher eine Halbwahrheit, mit der es ihr besserging.

Aus dem Wohnzimmer drang ein lauter Wirrwarr an Stimmen und verschiedenen Sprachen. Fast alle dort Anwesenden waren eines Tages aufgebrochen, fortgegangen, auf der Suche nach einer besseren Welt, weil sie glaubten, die, in der sie gefangen waren, zu hassen. Sie verfluchten

sie, sie wollten nie wieder etwas mit ihr zu tun haben, waren felsenfest davon überzeugt, sie für immer hinter sich zu lassen. Und doch, einmal angekommen an neuen Ufern, in neuen Realitäten, fleißig am neuen Leben bauend, einen Ziegelstein mühevoll auf den anderen legend, merkten sie, dass sie sich wieder nach der *Hölle* sehnten, die sie bei ihrem Aufbruch so entschlossen zurückgelassen hatten. Denn diese Hölle stank zwar weiterhin nach Schwefel, aber immerhin war es ihre Hölle, dort kannten sie jeden Winkel, hatten Mitstreiter und Leidensgenossen, waren die Könige in ihrem verkommenen Reich. In ihrem neuen Leben aber, so weit weg von ihrem Zuhause, waren sie bloß Fremde, Exilanten, Migranten, Kinder des verhassten Sozialismus, die in ihrer Jugend auf dem Schwarzmarkt mit westlichen Platten gehandelt und den Kapitalismus als die rettende Ideologie, als den Ausweg ersehnt hatten, den plötzlich aus heiterem Himmel aufgetauchten VHS-Videorekorder als Revolution gefeiert und illegale Videoabende veranstaltet hatten, wie konspirative Philosophiedebatten der zwanziger Jahre, bei denen man jedoch weder über Marx noch über Hegel stritt, sondern sich *Rambo* und *Tango und Cash* ansah und sich mit dem uramerikanischen Mythos des Ein-Mann-gegen-die-ganze-Welt identifizierte.
Und dann, als ihre Träume wahr wurden und sie ihr Glück ergriffen – damals waren sie noch jung und voller Elan, glaubten an das kapitalistische Glück – und scharenweise gen Westen zogen, weil es zu Hause nicht einmal mehr den Anschein einer Normalität gab, weil das Chaos lebensgefährlich wurde, da wurden sie schnell eines Besseren belehrt, die Ernüchterung ließ nicht lange auf sich warten und stellte ihre verträumte und büchertrunkene Weltanschauung vollkommen auf den Kopf.

Ja, sie waren in Sicherheit, nachdem sie einen gewissen Erfindungsreichtum an den Tag gelegt hatten, was die bürokratischen Anforderungen, den schier unmenschlichen Papierkram betraf. (Einige hatten das Glück, eine jüdische Großmutter gehabt zu haben, einige erfanden sich deutsche Vorfahren, einige heirateten Exilosteuropäer oder waren von der Generation der Dissidenten oder beriefen sich sogar auf die Vorrevolutionszeit, aber nur die wenigsten, die Fähigsten und Zähesten, konnten im Westen Fuß fassen.) Sie kamen in das *gelobte Land* und fanden Gelegenheitsjobs, man warf ihnen kleine Brotkrumen hin, aber gewährte ihnen keine *realen* Chancen, man schickte sie zu Sprach- und Fortbildungskursen, man legte ihnen nahe, *handfeste* Jobs anzunehmen, weil sich ihre ätherischen und merkwürdigen Berufe (wie Linguistin für Altgriechisch, Spezialistin für Kunst- und Kulturgeschichte der italienischen Renaissance, Kinderbuchillustratorin oder Solfeggio-Lehrerin) für den Alltag im Westen als nicht brauchbar erwiesen. Und so gehorchten sie, besuchten Kurse für Kauffrau für Büromanagement, beschafften sich Taxilizenzen, machten Ausbildungen zur Krankenpflegerin oder Hebamme (aus irgendeinem Grund waren Hebammen mit slawischem Akzent bei jungen, dynamischen, kulturell aufgeschlossenen Müttern immer sehr beliebt) oder wurden Gärtner. Sie verfügten im Gegenzug über ein endloses Supermarktangebot, konnten sich ganz legal Jeans kaufen, sogar Busreisen zu früher so unerreichbaren Orten machen wie Florenz oder San Sebastián, sie mussten nicht einmal unter den schlechten Vorstadthotelbetten leiden oder über die endlosen Stunden im Bus klagen, denn sie waren Schlimmeres gewohnt, weitaus Schlimmeres. Aber sie blieben auch auf diesen Reisen Fremde, schossen zu

viele Fotos, führten ihre Unterhaltungen zu laut, waren eine Spur zu gut über sämtliche Baudenkmäler informiert (besser als der Reiseleiter selbst, dem die vielen heiklen Fragen bald auf die Nerven gingen).
Sie waren immer eine Spur entrückt, eine Spur zu vorauseilend oder einen Schritt zu spät, nie schafften sie es, in die Menge einzutauchen, so dass sie nicht mehr auffielen, nie.
Egal wie lange sie schon im Westen lebten, sie blieben stets die merkwürdig gekleideten Geschöpfe mit lustigen Akzenten. Und ihre weltfremden Lebenseinstellungen und Überzeugungen zerschellten eine nach der anderen an kapitalistischen Gesetzmäßigkeiten, sie brachen auseinander wie Holzboote in einem biblischen Sturm, und doch weigerten sie sich, die auf der Oberfläche treibenden Reste loszulassen.
Und nach und nach fanden sie sich alle in irgendwelchen Hinterhöfen oder Wohnungen wieder, mit Freunden, die allesamt aus dem Osten kamen, bei starkem schwarzen Tee oder bei Mokka, von Wodka oder Cognac gefolgt, Marmeladen und Kompotte einkochend, mit einem aufgeschlagenen Lyrikband in einer sowjetischen Ausgabe von 1964 auf dem Tisch (manchmal waren es sogar Kinderbücher oder Fabeln von Puschkin oder Tschukowski) und über die Welt und das Leben diskutierend. Und dann wurde ein Thema immer zentraler, und immer deutlicher zeichnete es sich als das Leitmotiv solcher Abende ab, ein Thema, das man in einem Wort zusammenfassen konnte: Vergangenheit.
Immer weniger erzählte man sich vom eigenen Alltag, der sich meist so anfühlte, als würde man seit Jahren auf dem Times Square stehen, in dieser Welt voller Glitzer und Neonreklamen, in der das kapitalistische Leben ge-

feiert wurde, und würde selbst keinen Schritt vorwärts machen, keinen Schritt rückwärts, einfach nur da stehen, staunend, etwas überfordert, aber vor allem verloren und mit dem alles dominierenden Gefühl, fehl am Platz zu sein.

Immer weniger sprach man über seine ungeliebten Jobs, erzählte immer weniger von den Sorgen um die Kinder, die zwar auf den ersten Blick angepasster, westlicher, tüchtiger, ja: kapitalistischer wirkten, da die meisten hier groß geworden waren, die auch keine lustigen Akzente mehr hatten und auch keine unpassende Kleidung trugen, die aber in dieser Gesellschaft nicht so funktionierten, wie von ihren Eltern erträumt; als ob ein elterlicher Fluch auf ihnen lastete, der Fluch des Nieankommens. Kinder, die zu Jugendlichen herangereift waren, oftmals ihre Ausbildungs- oder Studienplätze verloren, entweder weil sie ein »auffälliges Verhalten« an den Tag legten oder weil sie als »unbelehrbar« galten, die in alkoholisierte Schlägereien gerieten und manchmal gar in die Kriminalität abrutschten.

Natürlich gab es auch da Ausnahmen, Kinder, die es zu etwas brachten: strebsame Musiker, die eine Festanstellung im Orchester des Theaters Heilbronn fanden, Ärzte, die mit drei *Einheimischen* eine eigene Kinderarztpraxis aufmachten, IT-Fachkräfte in großen westeuropäischen Unternehmen oder Tüftler mit innovativen Ideen, die zum Beispiel eine App für Modeblogger erfanden oder eine spezielle Verschweißtechnik, für die sie dann ein Patent anmeldeten. Aber diese Menschen waren eine rare Spezies, waren wiederum schon so angepasst, so verwestlicht, dass sie ihre Eltern (entgegen jedem östlichen Vorstellungsvermögen!) nur noch an Feiertagen besuchten, ihnen nicht mehr in ihrer Muttersprache antworteten,

keine Lust auf die Rezepte ihrer Mütter und Großmütter hatten und dazu noch Lichtjahre davon entfernt waren, ihren Eltern süßen Nachwuchs zu gebären.
Immer weniger beklagten sich die Nichtangekommenen über die merkwürdigen Eigenschaften der *Einheimischen*, ihren Umgang mit Geld, ihre Ordentlichkeit, ihre Borniertheit, immer seltener machten sie sich über sie lustig, über ihre Verklemmtheit, immer seltener empörten sie sich über das zu schlicht geratene Menü bei Festmahlen und Geburtstagsfeiern, zu denen sie sich hintrauten.
Dafür sprachen sie immer enthusiastischer über ihre Kindheit und Jugend, über die Orte, die sie damals aufgesucht hatten, über die damaligen Freunde, die Liebschaften, die Reisen, sie fingen an, das Vergangene zu glorifizieren, es schönzureden, zu verklären; auf einmal erschien ihnen alles in einem ganz anderen Licht; Sätze wie: »Wenn ich es mir recht überlege, war das sowjetische Bildungssystem großartig« oder »Wir sind damals vielleicht nicht nach Mallorca und nach Ibiza gefahren, aber wir haben aus dem Wenigen das Beste gemacht und haben den Wert der Dinge zu schätzen gewusst, ganz anders als die Generation heutzutage, der alles hinterhergeworfen wird und die nicht einmal danke sagen kann.« Solche Sätze fielen dann immer öfter. Und immer öfter wurden diese Diskussionen mit Musik aus ihrer alten Heimat untermalt, alte Schallplatten wurden herumgereicht, und man sang gemeinsam, laut lachend, aber voller Inbrunst ein Pionierlied, während man sich einen zweiten oder dritten Wodka oder Cognac genehmigte. Und vergaß dabei immer mehr, dass man damals zu Hause für eine Originalplatte von The Supremes alles gegeben hätte, man vergaß, dass man jeden beneidet hatte, der den sich über elf Zeitzonen erstreckenden Kerker we-

nigstens einmal verlassen und die Glitzerwelt erblickt hatte, dass man nichts so sehr gewollt hatte, wie »frei« zu sein, über sein Leben zu bestimmen, ein Auto zu haben, die Welt zu erkunden. Man vergaß, dass man sich als Rambo gewähnt hatte und die ganze östliche Hemisphäre zum Teufel hatte schicken wollen.

So auch Tina, die gerade dabei war, der Zeit zwei Jahre abzutrotzen, um angesichts ihres neuen Verehrers ihre Chancen auf ewige Liebe zu erhöhen. Auch sie war fortgegangen, obwohl sie die schlimmsten Hungersnotjahre ausgesessen, sich an die letzten Reste Hoffnung geklammert hatte, anders als viele ihrer Freunde patriotisch geblieben war und nach der blutig erlangten Unabhängigkeit ihres Landes immer wieder beteuert hatte, dass sich »bald, bald, ganz bestimmt« alles normalisieren würde und es an ihrer Generation sei, das Land »ganz anders und ganz neu« aufzubauen. Aber ihre Hoffnungen waren abgeblättert wie alte Farbe von den Wänden, nachdem sie realisiert hatte, dass sich kein Mensch für sie und ihre Generation interessierte und es weiterhin einer, wenn vielleicht auch anders gestalteten, Elite vorbehalten blieb, das Land nach eigenen Wünschen zu lenken (und manchmal in die Katastrophe zu führen, nachdem sich das ganze Land in einen einzigen Flohmarkt verwandelt hatte), und vor allem, nachdem sie den härtesten und schlimmsten Kampf ihres Lebens verloren hatte: den Kampf gegen den Psychopathen, zu dem ihr einst geliebter Mann und Vater ihrer beider Kinder als Kriegsheimkehrer geworden war. Erst nachdem ihr die Aussichtslosigkeit keine andere Wahl mehr gelassen hatte und sie alleine geblieben war mit zwei Töchtern, sah sie sich zum ersten Mal in ihrem Leben gezwungen, erwachsen zu

handeln, und ihre Leichtsinnigkeit, ihre enervierend sinnlose und naive Lebensfreude war der Verantwortung gewichen.
Bis heute aber klammerte auch sie sich wie eine Schiffbrüchige an ihre Bootsreste, auch sie wollte nicht, dass die Emigration ihr ihre zentralen Wesenszüge nahm; auf Biegen und Brechen wollte sie sich den westlichen Gesetzen widersetzen, wollte ihre irrationale Flatterhaftigkeit, Leichtgläubigkeit, ihren Optimismus bewahren, gegen die Vernunft handeln, wollte sich nicht das große östliche Pathos, das unendliche Gerede und die nahezu infantile, idiotische Hoffnung auf eine irreale Form der Liebe nehmen lassen.
Auch sie hatte Zähigkeit und einen gewissen Erfindungsreichtum an den Tag gelegt, als sie als junge, vielversprechende und vor allem *exotische* Malerin eine Gruppenausstellung in Berlin genutzt hatte, um ihre Heimat zu verlassen, um nun als Kellnerin im Restaurant »Kaukasus« zu arbeiten, das einem Aserbaidschaner mit einer Schwäche für georgische Frauen gehörte.
Und wenn eine ihrer Töchter ihr vorwarf, nicht mehr der Malerei nachzugehen, nichts mehr für ihren »Seelenfrieden« zu tun, fing sie lauthals an zu protestieren, sie seien solch egoistische Geschöpfe, ihnen fehle jegliche Empathie, sie seien verzogen, sonst würden sie es nicht wagen, solche Sachen von sich zu geben; wie solle sie an die Malerei denken, sie sollten sich doch einmal umschauen. Aber die Ausreden hatte es schon immer gegeben, in den schlechten wie in den besseren Tagen. Meist fügte sie dann noch mit nach vorne geschobener Unterlippe hinzu, wie ein beleidigtes Kind mit einem übertriebenen Stolz in der Stimme: »Dazu sage ich einfach nichts mehr, nein, das tue ich nicht!« und verließ den Raum.

Aber Tina blieb allen Schicksalsschlägen zum Trotz eine beneidenswert lebensfrohe Frau, manchmal zu lebensfroh, zu leichtsinnig für den Geschmack ihrer Töchter. Sie wollte geliebt werden, als ginge sie ein wie eine Primel, sobald sie nicht bewundert, bestaunt wurde, sobald man nicht mit ihr flirtete und ihr Komplimente zuwarf. Und für dieses Gefühl war sie bereit, sich zu belügen und sich ausnutzen zu lassen, Hauptsache, die Illusion stimmte, Hauptsache, sie musste sich nicht mit der Leere konfrontieren, die sich sofort einstellte, wenn dieses Gefühl fehlte. Sie nahm jeden Idioten, der sich anbot, die Männer schienen geradezu austauschbar, Hauptsache, Tina bekam genügend Bewunderung und Anerkennung. Dafür zahlte sie einen sehr hohen Preis.

Warum sie stets bei den Versagern hängen blieb, dazu hatten die beiden Töchter einst eine Theorie entwickelt. Sie glaubten, dass Tina sich unbewusst von vornherein Idioten aussuchte und somit den Ausgang der Beziehungen von Anfang an bestimmte, um nicht in etwas Seriöses hineinzugeraten. Als hätte ihr Vater alles Ernste und Entschiedene, alles Festgelegte und Verantwortungsvolle für Tina in Synonyme für Leid und Schrecken verwandelt, und nun suchte sie eben Unverbindlichkeit und Leichtsinn, auch wenn sie das selbst niemals zugeben würde, es ihr höchstwahrscheinlich nicht einmal bewusst war und sie nach jedem Ende ihrer aussichtslosen Beziehungen am Boden zerstört schien.

Die Mädchen lernten mit der Zeit, den Mund zu halten, sobald sie von einer »sich anbahnenden, interessanten Geschichte« zu sprechen anfing, genauso wie sie es lernten, still zu sein, wenn es wieder einmal hieß, jemand von zu Hause (der Cousin des Vetters von Papa, Omas Taufpatin, der Sohn von einem Kinderfreund und so weiter)

sei auf der Durchreise und brauche für ein paar Tage eine Bleibe, und sich in ihrer Zweizimmerwohnung plötzlich ein Fremder einquartierte. Zuweilen dauerte der Besuch mehrere Wochen, und so gewöhnten sich die Mädchen auch daran, dass ihre Mutter das Zimmer, das ihnen tagsüber als Wohnzimmer diente und in dem nachts Tina schlief, für mehrere Wochen räumte und zu ihnen zog.
Zu gewaltigen Protesten und zu heftigen Drohungen seitens der Kinder kam es, als eines Tages ein gewisser Mischa vor ihrer Haustür stand, ein Freund einer Freundin oder etwas in der Art, wer genau er war, diese Frage stellten die beiden schon längst nicht mehr, und Tina eines Abends gleich im Wohnschlafzimmer blieb und nicht mehr zu ihren Töchtern kam. Am nächsten Morgen stand sie selig lächelnd in der Küche und bereitete dem nur mit Boxershorts bekleideten Mischa und ihren »Goldmädchen« Pfannkuchen zu.
Mischa blieb, nein, es war ein zu schwaches Wort für das, was er tat, er nistete sich bei ihnen ein und saugte Tina wie eine Zecke das Blut aus. Das sahen und erkannten alle bis auf Tina selbst, sie behauptete felsenfest und blieb bis zum Schluss bei ihrer Version, dass Mischa ein wunderbarer Mann sei, dem das Leben ungerechterweise noch keine einzige Chance geboten hatte, um all seine Qualitäten entfalten zu können. Dabei war Mischa ein Nichtsnutz, der halbseidenen Handel mit gebrauchten Autos trieb, die er aus Deutschland nach Georgien verschickte (und, wie sich später herausstellte, dabei nicht wenige über den Tisch zog). Tina aber sah in seiner wortkargen Art, die schlicht daraus resultierte, dass er nicht viel zu sagen hatte, eine »hohe Sensibilität«, in seiner ausbeuterischen Ader »Großzügigkeit« und in seiner Grobschlächtigkeit eine »ungehemmte Leidenschaft«.

Sie wollte so unbedingt wieder geliebt werden, und das am besten von einem Landsmann, der sie an die Tina erinnern würde, die sie einst gewesen war, unvernünftig und wild, kindisch, albern, schlichtweg bis zur Ohnmacht in das Leben verliebt, sie war so süchtig nach diesem Gefühl, dass sie bereit war, dafür alles andere auszublenden, alles andere, was jeder um sie herum sehen und erkennen konnte. Es brachte nichts, dass ihre Freunde sie warnten, es brachte nicht einmal etwas, als Katze Mischas Sachen eines Tages vor die Tür stellte, nachdem er ihrer Aufforderung, er möge doch bitte für die gemeinsamen Ausgaben etwas beisteuern und nicht alles von ihrer Mutter erwarten, nicht nachgekommen war. Es gab viele Tränen und großes Selbstmitleid, es war einfach unmöglich, mit Tina einen Konflikt auf Augenhöhe auszutragen, am Ende sah man sich gezwungen, egal wie überzeugt man von seinem Recht war, sich bei ihr zu entschuldigen. Denn sie verhielt sich wie ein Kind, das man beleidigt und gekränkt hatte; ständig schob sie alles darauf, dass man sie nicht verstand, weil man ja so »egoistisch« war und ständig nur an sich selbst denken würde, ohne ihr auch nur einen Funken Glück zu gönnen.
Schlussendlich musste ihr gesamtes Umfeld einsehen, dass es nichts brachte, ihr ihre Illusionen zu nehmen, denn ohne sie schien sie nicht überleben zu können. Und auch wenn der Aufprall vorhersehbar und vermeidbar war, blieb einem nichts anderes übrig, als dazustehen und zuzusehen, wie sie stürzte. Immerhin schaffte sie es fast zwei Jahre, in dieser Seifenblase zu leben, wobei das gesamte letzte Jahr ein einziges Indiz dafür war, dass Mischa sie ausnutzte. Seine Ansprüche wurden immer größer, die Forderungen an seine Freundin immer dreister, und um ein Haar wäre Tina aus ihrer Blindheit her-

aus, ohne sich dessen bewusst zu sein, in seine kriminellen Machenschaften hineingezogen worden. Doch zum Glück haute er vorher ab, aber nicht, ohne davor ihr ganzes Erspartes, von dem sie sich eine dreimonatige Reise in die Heimat und eine Auszeit von der Gastronomie hatte gönnen wollen, mitzunehmen.
Natürlich war Tina untröstlich, natürlich war ihr Liebeskummer übermenschlich groß, natürlich hatte ihre Tragödie antike Ausmaße, natürlich sah sie einen erbost und empört an, wenn man ihr zu sagen wagte, man habe sie ja gewarnt. Das einzig Gute, hofften ihre Töchter, wäre vielleicht, wenn sich nach dieser demütigenden Erfahrung folgender Effekt einstellen würde: Dass sie nicht mehr so leichtsinnig und so gutgläubig irgendwelche Fremde in ihre Wohnung, in ihr Leben und in ihr Bett lassen würde. Aber leider blieb dieser Effekt aus.
Die Leichtigkeit und Heiterkeit kehrten recht schnell wieder zurück, als wäre ihr Trauer als Dauerzustand so dermaßen fremd, dass sogar ihr Körper dagegen aufbegehrte und entweder an Übelkeit oder an Schwindelanfällen litt, sobald sie zu trauern beschloss. Sie nahm nur noch weiblichen Besuch aus der Heimat bei sich auf, und auch das selten länger als eine Woche, die Liebschaften, meist mit Männern mit osteuropäischem Hintergrund und Löchern in den Taschen, die sie im »Kaukasus« kennenlernte, währten auch nicht wesentlich länger.

Natalia rollte mit dem Nudelholz über die weiße Fläche und ließ ihre ältere Schwester den Käse drüberstreuen. Im Zehnminutentakt klingelte es an der Tür. Ein bunter Mischmasch aus Deutsch, Georgisch und Russisch drang in die Küche.
– Hast du dir den Kerl angesehen? Ich meine, im Ernst …

Natalia konnte sich gar nicht einkriegen, das neue Objekt der Begierde ihrer Mutter schien ihr heftiges Kopfzerbrechen zu bereiten.
– Wo hat sie den denn aufgetrieben?, fragte Katze und kräuselte den Teig zusammen, um die erste Portion Käsebrot aufs Blech zu legen.
– Im Restaurant, nehme ich an, wo denn sonst.
Natalia schien geladen, ihre Geschwindigkeit beim Sprechen war die eines Kometen. Katze fiel es schwer, sich auf ihre Bedenken und auf die Gesprächsfetzen der Gäste zu konzentrieren.
Immer wieder dachte sie über die Papiere nach, die sie am Abend zuvor unterschrieben hatte. Und es lähmte sie, zu wissen, dass sie heute früh in ihrem Briefkasten einen Umschlag mit fünftausend Euro in bar gefunden hatte, auf dem »Für Ihre Spesen« stand. Vernünftig wäre es gewesen, sich mit dem Geld auf der Stelle auf Wohnungssuche zu machen, aber sie konnte sich nicht aufraffen. Das Geld zuckte, juckte, es wollte ausgegeben werden, es wollte genutzt werden, aber ganz eindeutig nicht für eine Kaution.
Es fiel ihr schwer, im Hier und Jetzt zu bleiben, auch wenn das Jetzt eine einlullende, warme, besänftigende Wirkung auf sie hatte und sie sich wohlfühlte. Ständig sah sie das Haus vor sich, die Marmorplatten im Eingang und den endlosen Tisch, das bizarre bunte Gemälde und den Clubraum im Keller, den Billardtisch und die Lichter, die auf dem See funkelten. Aber vor allem spürte sie nach wie vor die juckenden Blicke auf der Haut, sie hatte es nicht in Worte fassen können, an jenem Abend war es ihr unmöglich, erst als sie nachts in ihrem Bett gelegen hatte, hatte sie es verstanden, hatte sie das Gefühl benennen können, das sie die ganze Zeit gespürt hatte, als sie in

seiner Nähe war – es war Macht, ihre Macht über ihn, ja sie schien diesen angsteinflößenden Mann eingeschüchtert zu haben, und irgendetwas an diesem Gefühl gefiel ihr.
Wieder klingelte es an der Tür. Es war die unverwechselbare Stimme von Rusiko.
Ein paar Sekunden später stürmte sie schon in die Küche, erkundete mit ihren neugierigen Blicken den ganzen Raum, drückte den Schwestern ein paar luftige Küsse auf die Wangen und riss Nico, den Sohn von Natalia, an sich, der sofort lauthals dagegen protestierte.
Sie hatte ein unerträglich süßliches Parfum aufgetragen und die Haare auf eine lächerliche Weise toupiert, die unweigerlich die Assoziation eines Vogelnests hervorrief.
Der kleine Nico riss sie aus ihren Gedanken, er sprang plötzlich auf den Schoß seiner Mutter. Katze gab ihm einen Kuss auf die Stirn. Er hatte es geschafft, in den wenigen Wochen, die sie ihn nicht gesehen hatte, beeindruckend zu wachsen.
Er war gerade vier geworden und konnte mit seinen schwarzen Locken, seinen Kulleraugen, seinen rosa Backen und seinem ansteckenden Lachen jedem auch noch so grimmigen Menschen ein Lächeln entlocken.
Und wie auch seine Mutter schien er auf dem besten Weg, zu einer Miniversion eines Kometen zu werden. Schnell und voller Energie lief er durch die Welt, wuchs, als hätte er wenig Zeit, verharrte nicht lange bei einer Sache, ob bei einem Spiel oder einem Menschen, als hätte er es sich zur Aufgabe gemacht, alles auf der Welt wenigstens einmal zu sehen und zu erkunden.
– Katze, mach etwas mit deinen Haaren, das ist doch keine Frisur, und die Farbe steht dir auch nicht!
Ausgerechnet Rusiko musste das sagen, die sogleich

ihren perlmuttweiß lackierten Fingernagel in den Käse tunkte.
– Gut, schmeckt gut, habt ihr auch schön viel Mozzarella reingemacht? Ich tu ja auch gern etwas Joghurt dazu, unbedingt den griechischen, schmeckt wie unserer, hab ich schon etliche Male eurer Mutter gesagt, aber stur, wie sie ist ... Und schön lange rühren! Nicht vergessen. Was ist denn, mein Kleiner, kannst du schon ein Gedicht aufsagen? Du redest ja aber auch Georgisch mit ihm, Nataliko, oder etwa nicht? Es wäre unverzeihlich, wenn der Kleine seine Muttersprache nicht sprechen würde!
Sie klagte und schmatzte und räusperte sich, hustete, trank Wasser, gab Natalia einen Klaps auf den Po und tätschelte die Schulter von Katze, bis sie die Küche wieder verließ.
– Geh schon, ich sehe sie ständig, dich kriegen sie nicht so oft zu Gesicht. Ich mach das hier alleine fertig, forderte Natalia ihre Schwester auf.
Katze aber drückte sich davor, ins Wohnzimmer zu gehen, wo sie die ganzen »glücklosen Nostalgiker« antreffen würde, wie Großmutter Tinas Salonfreunde bezeichnete und damit den Nagel auf den Kopf traf. Der Begriff »Salon« war ebenfalls treffend. Tina hatte ihn im Laufe der Jahre aufgebaut und kultiviert, er fand mindestens zweimal im Monat in ihrer Wohnung statt, und abwechselnd nahmen alle möglichen Glückssucher an ihm teil, wobei es aber einen harten Kern gab, der auch heute im Wohnzimmer um den üppig gedeckten Tisch saß und Tinas neues männliches Versprechen auf das große Glück begutachtete.
Sie schritt in den Flur, drückte sich gegen die kühle Wand, schloss die Augen und sah bereits das ganze Szenario vor sich: Für alle gut sichtbar, selbstverständlich

am Kopfende, saß Rusiko Pako gegenüber, sie war das exotischste Museumsexponat unter den Anwesenden und vereinte die größtmöglichen Paradoxa in sich: Sie war eine erzkonservative Nationalistin, die einen russischsprachigen Privatkindergarten in Charlottenburg betrieb und Liebesbeziehungen, Affären, Sex und Männer zu ihren Dauerthemen gewählt hatte, ohne einen potenziellen Sexualpartner auch nur ansatzweise in ihre Nähe zu lassen, und das, wie Katze vermutete, mindestens seit der Zeugung ihres Sohnes, die nun über vierundzwanzig Jahre zurücklag. Die frustrierte Mittfünfzigerin, die ebendiesen Sohn bis zur vollkommenen Entmündigung und Kastration liebte, so dass er nicht einmal in den abgelegensten Ecken der Welt – er war bei der Entwicklungshilfe tätig – der Übermacht seiner Mutter entkam, und dem es nicht gestattet war, sich in eine Frau zu verlieben, die eine andere Nationalität besaß als die georgische. Rusiko, die krankhaft Neugierige, bei der Katze das Gefühl nicht loswurde, dass sie hauptsächlich aus dem Grund mit Tina befreundet blieb, weil es in deren Leben stets genug Probleme und – wenn auch oft unschöne – Aufregung gab, was ihr selbst so sehr fehlte.

Rechter Hand von ihr würde wahrscheinlich Vitali sitzen, der Dichter aus Odessa, der ein gestörtes Verhältnis zu seinen jüdischen Wurzeln und seiner Homosexualität hatte. Der ständig über Schwule und gläubige Juden schimpfte, aber sofort auf die Barrikaden ging, falls jemand anderes eine kritische Äußerung über Homosexualität oder orthodoxes Judentum machte. Er war kurz nach der Wende nach Berlin gekommen und hielt sich für eine Art Berlin-Experte, einen intellektuellen Guru dieser Stadt, und das Mindeste, was er von seinen Freunden erwartete, war, dass man ihn anrief, sobald man vor-

hatte, auch nur einen Fuß vor die Tür zu setzen; egal ob es ein Café oder ein Restaurant war, das man aufsuchen wollte, oder ein Konzert, eine Theateraufführung, einen Verein – Vitali konnte die bestmögliche Auskunft erteilen und hielt sich für um Lichtjahre informierter als jeden Stadtführer oder jede Suchmaschine. Seine krude Lyrik, die er auf Russisch verfasste und in kleinen russischsprachigen Stadtteilmagazinen veröffentlichte, ermöglichte ihm natürlich keine finanzielle Unabhängigkeit, und so arbeitete er hauptberuflich (er nannte es nebenberuflich) in einer Stiftung für verfolgte Homosexuelle und erging sich in stundenlangen Monologen über die »Dummheit der Wessis«, die eine »echte Tunte nicht von einem brutalen Kriminellen unterscheiden können, der in verschiedenen Haftanstalten gelernt hat, in den Hintern zu pimpern«. Er war der Meinung, dass viele derjenigen aus der ehemaligen UdSSR, die die Stiftung aufsuchten, nur vorgaben, homosexuell zu sein, um sich bestimmte Vorteile zu sichern und sich »westliches Mitleid« abzuholen.
Vitali konnte Rusiko nicht ausstehen, genauso wie Rusiko ihn nicht ertrug, aber beide machten gute Miene zum bösen Spiel und duldeten einander wegen der gemeinsamen Freundin.
Links von Tina würde ganz bestimmt Katja sitzen, die Erfolgreichste unter den aus der Zeit Gefallenen: die energische Intellektuelle aus Moskau, die eine Slawistikdozentur an der Humboldt-Universität innehatte und obendrein auch noch verdammt gut aussah. Sie war meist bester Laune, rauchte Kette und hatte jeden einzelnen ihrer drei Männer verlassen, was sie in Tinas und Vitalis Augen zu einer richtigen »Emanze« machte. Sie konnte sehr schön über russische Literatur dozieren und

hatte eine beeindruckende Anzahl an wohlklingenden Zitaten parat, passend zu jeder Situation, und gerade in unangenehmen Situationen konnte ein geschickt ausgewähltes Zitat dafür sorgen, dass sich die geladene Stimmung schnell entspannte.

Katjas wunder Punkt war ihre Tochter, Mitte zwanzig, in ihrer Kindheit ein Engel, die sich nach der Adoleszenz in ein regressives, dogmatisches, populistisches Arschloch verwandelt hatte; sie hatte einen neureichen Russen geheiratet und war voriges Jahr, zum großen Schrecken ihrer Mutter, mit ihm nach Moskau gezogen und lebte nun, so sah es ihre Mutter, einen neokapitalistischen Albtraum von elitärem, reaktionärem Leben. Katja konnte es nicht fassen, dass es sich dabei um ihre Tochter, ihr Fleisch und Blut, handeln konnte, wo sie das Kind doch im Sinne der liberalen Ideen, der Freigeistigkeit und der Emanzipation großgezogen hatte.

Verspätet, aber unbedingt dazukommen würde auch Maia, von allen nur mit ihrem kurzen und sich auf den Vornamen reimenden Nachnamen Gvalia angeredet. Sie war eine rassige Südgeorgierin mit wilden, krausen Haaren und den Augenbrauen einer Frida Kahlo, einem ziemlich beeindruckend beweglichen Becken und hohen Wangenknochen, die gerne funkelnden Schmuck trug und unermüdlich schimpfte: über das Wetter, über die Politik, über Georgien, über Europa, über die Preise im Supermarkt, über die Ärzte, die Patienten, über den Straßenverkehr, über das Fehlen feiner Manieren, aber hauptsächlich und vor allem über ihren deutschen Mann Mirko, den sie in den Jahren, seit sie mit ihm verheiratet war, erfolgreich in ein vollkommen willenloses, schwaches, ängstliches, verschrecktes, angespanntes Nervenbündel verwandelt hatte. Seit die zwei gemeinsamen Kin-

der ausgezogen waren und Mirko in Frührente gegangen war, hockte er wie ein Haussklave in ihrer gemeinsamen Wohnung, sortierte ständig seine Briefmarkensammlung oder schaute Fernsehen, trug einen grauen, abgenutzten Pullunder und eilte überstürzt in die Küche, sobald er ihre Schritte im Treppenhaus hörte, um ihr rechtzeitig eine wohltemperierte Mahlzeit auf den Tisch zu stellen – denn sie arbeitete als Altenpflegerin und betreute alte und kranke Menschen, was nicht unbedingt dazu führte, dass ihr ohnehin schweres Gemüt sich aufheiterte.
Katze und auch Natalia war es ein Rätsel, wieso diese Frau solch einen Mann geheiratet hatte und so viele Jahre bei ihm geblieben war – oder eher andersherum, denn Maia schämte sich ihres Mannes und stellte ihre Scham offen zur Schau. Es schien ihr regelrecht Spaß zu bereiten, ihn in aller Öffentlichkeit zu demütigen, und sie nannte ihn abwechselnd einen »Schwächling«, einen »Geizhals«, einen »Spießer« oder einen »Schlappschwanz«. Sie schwärmte in seiner Anwesenheit von anderen Männern (meist von solchen mit südländischem Temperament, die es verstünden, sich wie »richtige Männer« zu geben). Was genau diese Frau mit Tina verband, auch das blieb den Mädchen schleierhaft; vielleicht aber schaffte es Tina als einer der wenigen Menschen in Gvalias Umfeld, ihre Rage, ihren Frust, ihre Wut auf die ganze Welt zu drosseln und sie ihre allumfassende Enttäuschung kurzzeitig vergessen zu lassen.
Und natürlich saß da die Gott weiß wievielte Chance auf die »zweite große Liebe«: Pako. Der Gigolo, wie ihn Natalia gleich getauft hatte, trug eine weiße Jeans und ein Seidentuch um den Hals geschlungen. Er hatte eine fast schon wieder modische Achtzigerjahrebrille auf der Nase und gegelte Haare. Er stank bestialisch nach Eau

de Cologne. Angeblich war Pako ein in Darmstadt ansässiger Bildhauer mit Umzugsambitionen nach Berlin, aber Katze bezweifelte stark, dass Pako – und sah hier durchaus eine Parallele zu ihrer Mutter – in den letzten zehn Jahren auch nur eine Skulptur geschaffen, geschweige denn verkauft hatte.
Katze stand da und lauschte dem Stimmenwirrwarr. Man ließ sich gegenseitig meist nicht ausreden, fiel sich ständig ins Wort, wechselte vom Georgischen ins Deutsche und dann ins Russische. Man sprach über alles und jeden, und das natürlich gleichzeitig. Dieses Durcheinander war Katze mehr als vertraut, diese familiäre Kakophonie bildete die Begleitmusik ihrer Kindheit und Jugend. Und doch fühlte sie sich jetzt, draußen auf dem Flur stehend, auf einmal fremd, ihr gingen diese zu nichts führenden Gespräche auf die Nerven, sie wollte gerne dort sitzen, neben ihrer Mutter, all die Leckereien kosten, sich von den banalen und manchmal auch aberwitzigen Themen mitreißen lassen, für eine kurze Weile ihre bröckelnde Existenz und alle Toten der Welt vergessen – aber sie konnte es nicht, sie schaffte es nicht, sich vom Fleck zu bewegen.
Sie beschloss, zu Sesilia zu gehen, die ebenfalls noch nicht am Tisch Platz genommen hatte. Das Schlafzimmer lag im Dämmerlicht. Sesilia saß in ihrem Rollstuhl und sah aus dem Balkonfenster in die gerade angegangenen Lichter.
– Katze?
Sie erkannte sie an ihren Schritten.
– Ja, Bebo, ich bin's.
– Wo warst du bloß so lange ...
– Katze schlich sich an ihre Großmutter heran und umschloss ihren Oberkörper mit beiden Armen.

– Ach, du weißt doch, wie es ist ... Viel zu tun gehabt, gespielt, hatte ein Vorsprechen.
– Ja, ja, unser vielbeschäftigtes Mädchen. Ist es voll da drüben? Wer ist denn alles da?
– Die üblichen Verdächtigen. Warum kommst du nicht?
– Ich wollte einen Augenblick meine Ruhe haben. Vorhin war Nico die ganze Zeit hier, und ich musste für ihn singen.
– Singen? Aha, das auch noch ...
– Wie geht es dir? Ich meine, wirklich?
– Ich ... ich weiß nicht so richtig. Aber ich glaube, gut.
Die ganze Zeit stand sie hinter der Großmutter und sah ebenfalls in den hereinbrechenden Abend.
– Weißt du, dass Mama sich auf der Torte um zwei Jahre verjüngt hat?
– Wir sprachen gerade von dir ...
– Ich habe ein Angebot bekommen. Es geht um verdammt viel Geld. Ich habe zugesagt, und nun weiß ich nicht, wie ich es finden soll.
– Was für ein Angebot ist es denn?
– Ein merkwürdiges Angebot. Ich soll die Rolle eines toten Mädchens spielen.
– Du magst doch komplizierte Sachen, das wird dir nicht schwerfallen.
– Macht es dir was aus, wenn wir kurz auf den Balkon gehen?
Sie öffnete die Glastür und schob ihre Großmutter leicht an. Kalte Luft strömte ins Zimmer. Dann nahm sie auf dem kleinen Holzhocker Platz und zündete sich eine Zigarette an.
– Du solltest aufhören ..., murmelte Sesilia gedankenversunken.
– Ich sollte einiges.

– Alles hat seine Zeit.
– Da hast du wohl recht.
Dann saßen die beiden Sesilias, die eine mit A und die andere ohne, auf dem winzigen Balkon der Weddinger Wohnung, starrten auf den kahlen Hof hinunter, in dem zwei Jungs Fußball spielten und ein Skater herumfuhr, und ließen den Lärm aus der Wohnung hinter sich, den Lärm aus Worten, teilweise sogar Gesangsfetzen. Tina hatte ihre Gitarre herausgeholt, und das neue Liebesobjekt hatte mit in den georgischen Gesang eingestimmt, der von vielen unterdrückten Sehnsüchten, zu Asche zerfallenen Erwartungen, wankelmütigen Hoffnungen und nach Hustensaft schmeckender Bitterkeit handelte.
Sie genossen das geheimnisvolle Licht der Dämmerung, die Wortlosigkeit und den Ausblick, auch wenn er zugegebenermaßen nicht sonderlich schön war. Katze zog an ihrer Zigarette und tippte mit dem Fuß auf den gekachelten Boden. Sesilia hielt sich mit dem durch endlose Mühen, eisernen Willen, dank eines guten Physiotherapeuten und Tinas angehäufter Schulden wieder funktionierenden Arm am Geländer fest.
Katze fühlte sich in solchen Momenten dieser alten Frau so verbunden, als wäre sie selbst ein Baum und Sesilia dessen Wurzeln. Aber diesmal war auch dieses Gefühl bröckelig, schutzlos, von etwas oder jemandem infrage gestellt, fast bedroht.
Katze wusste, dass es Sesilia sehr schmerzte und sie sich selbst deswegen ununterbrochen Vorwürfe machte, ihrer Tochter zur Last zu fallen; sie konnte sich das mit dem Schlaganfall nicht verzeihen, sie konnte sich vor allem nicht verzeihen, dass sie überlebt hatte, und egal wie sehr Tina betonte, wie glücklich sie sei, ihre Mutter bei sich zu haben, egal wie wenig sie es sich anmerken ließ, welche

Sorgen ihr der Schuldenberg bereitete, Sesilia war davon überzeugt, dass sie in Tbilissi bleiben und niemals in den Westen hätte kommen sollen. Als hätte sie wie Prometheus den Zorn der Götter auf sich gezogen, nur hatte sie nicht das Feuer auf die Erde geholt, sondern hatte sich von ihrem kaukasischen Gebirgspass losgekettet und war in den Westen geflogen.

Sesilia war die ganze Zeit damit beschäftigt, sich etwas einfallen zu lassen, womit sie genug Geld aufbringen konnte, um eine Pflegerin zu bezahlen, die ihre Tochter entlasten würde. Und auch wenn sie sich nicht allzu viele Hoffnungen machen wollte – denn zu viel Hoffnung könnte anfällig machen, anfällig für den erneuten Zorn der Götter –, konnte sie doch nicht aufhören, sich an die beruhigende Vorstellung zu klammern, eines Tages wieder in ihre staubige, zugesperrte, von der Nachbarin wie eine alte Katze umsorgte Wohnung in die Silberstraße zurückzukehren, die man natürlich doch nicht nach europäischem Standard hatte renovieren und an westliche Touristen vermieten können.

Sesilia hatte nach einem Weg gesucht, ihrer Tochter finanziell unter die Arme zu greifen, und diesen anscheinend sogar gefunden. Obwohl Katze jedes Mal, wenn sie davon Zeuge wurde, nicht fassen konnte, dass Sesilia das wirklich tat.

Irgendwann, frisch aus dem Krankenhaus entlassen, noch an den Rollstuhl gefesselt, war Rusiko mit Joghurt, Orangen und türkischem Kaffee vorbeigekommen. Tina war noch auf der Arbeit gewesen, und Rusiko hatte für Sesilia und sich Mokka gekocht, aus einer Art Nostalgie und wegen der vielen süßen Erinnerungen an die Heimat, die alle mit diesem Kaffee in Verbindung standen. Sesilia mochte ihn nicht einmal, und sie persönlich assoziierte auch nichts mit diesem Kaffee, aber sie trank ihn, und Rusiko erwähnte, dass sie es als junge Frau sehr geliebt habe, in Tbilissi die verschiedenen Kaffeesatzleserinnen aufzusuchen, die die Zukunft vorhersagten. Eine Kurdin sei ihr besonders im Gedächtnis geblieben, eine alte Frau mit grünen Augen und bunten Tüchern, die hätte in den Siebzigern vorausgesehen, dass sie das Land verlassen würde, mit einem Sohn, der damals noch nicht einmal in Planung gewesen sei, und dass dieser Sohn ein ganz besonderer Junge werden und die »Welt retten« würde. Sesilia hörte Rusikos Gebrabbel eine Weile zu und riss sich zusammen, um ihr nicht ins Gesicht zu lachen und mitzuteilen, dass dies totaler Quatsch sei, dass es einfach nur Kaffee sei, Linien, Figuren, zufällige Zeichnungen, die jedes Auge beliebig deuten könne, und mit ein wenig Fantasie könnte doch jeder einem die Zukunft »vorhersagen«. Aber stattdessen sagte sie, sie wolle gern spaßeshalber ausprobieren, ob auch sie in die Zukunft blicken könne. Rusiko war Feuer und Flamme und überließ ihr ihre Tasse mit einer dicken schwarzen Schicht Kaffeesatz. Sesilia setzte sich mit ernster Miene die Brille auf und erzählte ihr dann etwas von bösen Blicken einer »hageren Frau«, die ihr gegenüber missgünstig eingestellt sei, in der Rusiko sofort eine Kollegin aus dem Kindergarten zu erkennen glaubte, was sie zu dem Ausruf verleitete: »Wusste ich doch!« Dann behauptete Sesilia, dass ihr Sohn sein Herz an jemanden verloren habe, der »weit weg« sei, woraufhin Rusiko regelrecht hysterisch wurde und umgehend eine ehemalige Kommilitonin von ihm verdächtigte. »Ja, ich habe es geahnt, ich habe es die ganze Zeit geahnt, dass sie hinter ihm her ist!« Und schlussendlich legte Sesilia noch eins drauf und behauptete frech, Rusiko würde in nächster Zeit einen »Mann aus der Vergan-

genheit« wiedersehen, der einen Hut tragen würde, und sie versuchte, ihr Lachen zu unterdrücken.
Sesilia dachte natürlich, dass dieses Spiel bald ein Ende finden und Rusiko aus ihrer irrationalen Trance erwachen würde; schließlich war sie zwar eine typische Georgierin mit einem starken Hang zum Aberglauben, aber eine, die durchaus aufgeklärt war, selbstständig, vor allem eine, die schon viele Jahre in der westlichen Gesellschaft, nach westlichen Regeln lebte. Aber da sollte sich Sesilia gewaltig irren.
Einige Tage später stand Rusiko mit einer Kollegin vor der Tür, wieder zu einer Zeit, zu der Tina noch arbeitete. Sie flehte Sesilia an, ihrer Freundin, die »in einer tiefen Krise« stecke, mit Kaffeesatz einen Weg aus dem dunklen Tunnel ins Licht zu weisen. Sesilia weigerte sich zu Beginn, flüsterte ihr sogar ins Ohr, das sei doch nur Spaß gewesen, sie habe damit nichts am Hut, sie glaube nicht daran, aber Rusiko wollte davon nichts hören.
– Du vielleicht nicht, wir aber!, rief sie enthusiastisch und flüsterte Sesilia zu: – Sie wird zahlen, was du verlangst, sie hat einen reichen Mann.
So kam es, dass die bald achtzigjährige Sesilia im Westen zu einer neuen Berufung kam und ausgerechnet für die aufgeklärten, emanzipierten, selbstständigen Westlerinnen eine wegweisende Prophetin wurde. Rusiko schleppte immer weitere Kundinnen an, oftmals Mütter ihrer Kindergartenkinder oder Bekannte aus den Pilates- und Urban-Gardening-Kursen. Und an manchen Tagen brachte die Prophetin mehr Geld für die Familienkasse ein als ihre dauerschuftende Tochter.
– Darf ich dich etwas fragen?, durchbrach Katze die gemütliche Stille.
– Natürlich, Liebes!

– Würdest du zurückwollen … Ich meine, willst du es immer noch? Nach Hause zurückkehren?
– Natürlich will ich das. Aber das geht doch nicht.
– Und wenn es ginge? Wenn Mama die Schulden nicht hätte?
– Ich wäre immer noch an diesen Stuhl hier gefesselt und … Nun ja, das ist eine irrelevante Frage.
– Antworte bitte.
– Ja, würde ich, aber …
– Aber. Es gibt sehr viele Aber.
All die Zeit hatte sich Sesilia nichts so sehr gewünscht, wie zurück nach Tbilissi zu fliegen, und nun schien etwas zwischen sie und ihren Wunsch gekommen zu sein. Katze aber wagte nicht nachzufragen, sie wollte daran glauben, dass sie das Angebot nur wegen Sesilia und ihrem Traum, zurückzukehren, angenommen hatte.

2016/Der General

Er atmete tief ein und tauchte unter. Das Wasser hatte die perfekte Temperatur. Der dunkle Wald wiegte sich hinter den Glaswänden in den Armen der soeben hereingebrochenen, geheimnisvollen Dunkelheit. Die Außenwelt verstummte für einige Augenblicke. Sogar seine Gedanken ließen für eine kurze Weile von ihm ab.
Aber sobald er wieder an der Wasseroberfläche war, tauchten auch die Gedanken wieder auf, und er gab es auf, ihnen entfliehen zu wollen. Heute war so ein Tag, an

dem er sie nicht würde loswerden können, er kannte diesen Zustand nur allzu gut. Seit Ada nicht mehr war, seit es diesen Krater in seinem Leben gab, glichen seine Gedanken einer Verfolgungsjagd. Er war machtlos gegen den ununterbrochenen Gedankenstrom. Aber vielleicht musste es so sein, vielleicht waren sie Adas Hinterlassenschaft, und er musste sich ihnen kampflos ergeben.

Ihr Tod war ein Schnitt durch das ganze Universum. Etwas, das nicht sein durfte und das doch war, etwas, das jede Gesetzmäßigkeit infrage stellte. So dachte er zu Beginn, in den ersten Tagen nach der Beerdigung, an dem Tag, an dem er zusammenbrach wie eine Felswand, die wegbröckelt. Aber irgendwann, vielleicht Wochen, vielleicht gar Monate danach, kam der Tag, an dem er begriff, dass Adas Ende eine Botschaft war, eine Aufgabe.

Er begriff, dass es keinen Sinn mehr ergab, nach einem Warum zu suchen, denn er kannte die Antwort längst. Und dass er sich stattdessen dem, was seine in Watte gepackte, von der ganzen Welt mit aller Mühe abgeschirmte und doch so absolut schutzlos dem Leben auf Gedeih und Verderb ausgelieferte Tochter getan hatte, stellen musste. So unbegreiflich grausam es auch war, so wusste er, dass ihr Tod ihm galt. Adas Gründe waren bleiern und schwer, schmeckten nach rostiger Schuld und nach schwarzweißer Moral, nach klebriger Ausweglosigkeit und nach jugendlichem Weltschmerz. Für ihn aber waren es Schritte, diktiert von ihrem Tod.

Eine Anleitung des Handelns, eine Skizze des Abschließens, eine Skizze, die alles an den richtigen Platz rücken würde. Denn genau darum war es ihr gegangen. Sie hatte die Welt nicht mehr ertragen können, nachdem sie sich als ein Ort entpuppt hatte, an dem Menschen davonkommen, die zu Monstern geworden waren, ein

Ort, an dem keiner von ihnen zur Rechenschaft gezogen wurde.
Ihr Warum war sein Kompass. Nur der Punkt des Übersehens, des Durchrutschens, an dem seine Aufmerksamkeit für einen Moment etwas anderem, jemand anderem gegolten hatte und an dem ihm Adas Umknicken nicht aufgefallen war, an dem er es verpasst hatte, zu bemerken, wie sich ihr Gesicht verfinsterte und ihre Augenbrauen sich zusammenzogen, wie sie die Orientierung verlor, sie, die immer so gern geradeaus gegangen, niemals vom Weg abgewichen, niemals nach rechts und links gesehen hatte, so davon überzeugt, dass es durchaus ein Leben ohne Umwege geben könnte – dieser Punkt ließ ihm nach wie vor keine Ruhe.
Der unerträgliche Schmerz hinterließ ihm eine gewisse moralische Verantwortung, obwohl er diesen Begriff und die damit verbundenen verlogenen Vorstellungen sein gesamtes Erwachsenenleben über verachtet und vor allem missachtet hatte, da er für ihn nichts weiter als eine hohle Erfindung war, eine politisch korrekte Fassade zum Überpinseln der wahren menschlichen Natur, die – davon war er felsenfest überzeugt – absolut amoralisch war und nicht in Kategorien wie gut oder schlecht eingeteilt werden konnte. So oft hatte er mit Ada diese Diskussionen geführt, so oft hatte er sie in die dunkelsten Abgründe der menschlichen Psyche blicken lassen, so oft hatte er ihr Beispiele gebracht, aber sie hatte ihm niemals zugestimmt, immer hatte sie Gegenbeispiele parat gehabt, immer hatte sie daran glauben wollen, dass er sich irrte. Das war sein Fehler gewesen, der größte seines Lebens: Er hatte fest angenommen, alle Menschen wären am entscheidenden Punkt bereit, jene Grenze zu überschreiten, die das Denkbare vom Undenkbaren trennt,

dass er sogar von seiner unschuldigen und geliebten Tochter angenommen hatte, sie wäre dazu in der Lage, sollte es dazu kommen, sollte sie von den äußeren Umständen dazu genötigt werden.

Aber er hatte sich geirrt, er hatte an seine Prinzipien geglaubt und das Entscheidende übersehen. Denn für einen Gegenbeweis zu seiner Theorie, der Ada am Leben erhalten hätte, hätte er nur an jemand Bestimmtes zu denken brauchen: an Aljoscha, seinen einstigen Freund und Gefährten der dunkelsten Tage, ja, Aljoscha, Dvornjaschka, Straßenköter, genannt, der Junge, der sich nicht einmal vom Krieg hatte verbiegen lassen, der bis zum Äußersten und Letzten daran festgehalten hatte, was er für richtig hielt, und als er zusehen musste, wie man seiner Welt die Gedärme herausriss, die einzig konsequente Entscheidung für sich selbst getroffen hatte ...

Er hätte an ihn denken müssen. Er hätte Aljoscha vor seinem inneren Auge auferstehen lassen müssen, als Warnung, immer dann, wenn er mit Ada gesprochen hatte. Stattdessen war er davon überzeugt gewesen, alles in seiner Macht Stehende tun zu müssen, um Ada vor der Wahrheit zu schützen. Dabei war es die Lüge, mit der er sich maskiert, hinter der er sich versteckt hatte, die ihr den Boden unter den Füßen weggerissen hatte. Er hätte berücksichtigen sollen, dass Ada genau wie Aljoscha zu jenen absoluten Ausnahmen der menschlichen Spezies gehörte, die gut waren, weil sie unbedingt gut sein wollten, und die jede Alternative für einen nicht lebbaren Kompromiss hielten. Sie waren gut, weil sie es sich zum Prinzip gemacht hatten, nicht weil das Gutsein dem Menschen angeboren war, sie kämpften dafür und zahlten einen hohen Preis, sie waren unkorrumpierbar. Er hatte sie so sehr schützen wollen – vor sich, vor dem, der

er war, vor dem, was er getan hatte –, dass er die Entschlossenheit seiner Tochter, stets richtig zu handeln, völlig unterschätzt hatte.
Er war sich zeit seines Lebens sicher gewesen, dass seine Vergangenheit ein Infekt war, gegen den keiner immun wäre. Er hätte sie, statt so selbstvergessen nach einem Impfstoff für seine Tochter zu suchen, infizieren sollen, in der Hoffnung, dass sie diese grausame Krankheit überstehen, dass sie stark genug sein würde.

Er tauchte wieder unter. Das Wasser spülte die ganze Schwere der vergangenen Tage fort. Er war schwerelos, leicht, schwebend. Er schwamm die Bahnen, den Kopf immer wieder nach unten senkend, dann wieder auftauchend, das Tempo haltend. Er genoss es, nur die Geräusche seines Körpers im Kampf mit dem Wasser zu hören, den Wald draußen zu spüren, das gedämpfte Licht im Pool. Evgenia hatte sich den Pool anders gewünscht, hatte Skizzen anfertigen lassen, aber er hatte an diesem Punkt protestiert, es war sein einziger Rückzugsraum neben seinem Arbeitszimmer, sein Reich, und er wollte ihn nach seinem Geschmack gestalten. Keinen Schnickschnack, keine mehrfarbigen Lichter, es sei schließlich ein Schwimmbad und kein Nachtclub; und als er das sagte, fiel ihm ein, dass seine Tochter nie wieder einen würde betreten können …
Evgenia hatte verstanden und nur genickt – so wie sie immer alles an entscheidenden Punkten verstanden hatte. Es tat mehr weh, als er sich vorgestellt hatte, sie so leiden zu sehen. Nach Adas endgültigem Schlussakkord hatte er nicht gedacht, dass es in seinem Leben noch Platz für einen weiteren Schmerz geben könnte, außer dieser ewig pochenden, ewig brennenden, ewig blutenden Wunde.

Er dachte an seine schöne Frau, seinen Anker in dieser neuen Welt, seine Gefährtin und seine Mitspielerin, und er spürte ein Stechen zwischen den Rippen. Er wollte sie wieder lachen sehen, mit ihrem verführerischen Lachen, mit ihrem in den Nacken geworfenen Kopf, ihren zusammengekniffenen Augen. Wann hatte sie das letzte Mal so gelöst und so ansteckend gelacht? War das vor Adas Tod gewesen? War das bei ihrer letzten gemeinsamen Reise nach Venedig gewesen? War das in dem königlichen Bett aus dem 17. Jahrhundert gewesen, auf das sie so stolz war, das sie irgendwo in Nordfrankreich ersteigert und nach Italien hatte verschiffen lassen, als sie in die weißen Laken eingehüllt, eng umschlungen dagelegen und Ada herumpoltern gehört hatten, wie sie den Restauratoren genaueste Anweisungen gegeben hatte, als hätte sie nie im Leben etwas anderes getan, und sie wie kleine Kinder hatten kichern müssen?
Er holte Luft, schloss die Augen, tauchte wieder ab, schwamm eine neue Bahn. Die Schwerelosigkeit war das, was er im Wasser suchte, was er liebte. Und wenn er ehrlich war, wenn er es zuließ, dass er sich selbst aufrichtig begegnete, sei es auch nur für den Bruchteil einer Sekunde, dann wusste er, dass die Schwerelosigkeit in dem Augenblick ein Zustand war, den er auch gut für Schuldlosigkeit hätte halten können.

Sie hatten sich in Venedig damals von einem Fünf-Sterne-Koch bekochen lassen, den man Evgenia empfohlen hatte und den sie für übertrieben viel Geld für eine »private Kochsession«, wie sie es nannte, aus San Francisco nach Venedig hatte einfliegen lassen.
Da waren Adas Gedanken schon befallen, und diese Zeit sollte doch ihrer Rekonvaleszenz gelten, gemeinsam

wollten sie ihr Gesicht wieder aufhellen, die schwarzen Wolken vertreiben, und anfangs schien es zu klappen, schien die Kranke wieder auf die Beine zu kommen. Sie war wie vom Leben geküsst, nachdem er ihr den Palazzo gekauft hatte und sie dort hatte walten und gestalten lassen. Es schien alles wieder in Ordnung zu kommen. Sie schien sich sogar von der verpestenden Beziehung zu diesem Parasiten zu erholen. Sie erwähnte seinen Namen nicht mehr, rief ihn nicht an, schrieb ihm nicht. Und er glaubte oder wollte glauben, dass sie es schaffen würde, dass sie wieder zu sich selbst finden würde.

Manchmal, wenn er auf die Jahre zurücksah, auf die Jahre ihrer Verwandlung von einem Kind in ein Mädchen und dann in eine junge Frau – und dieses »jung« würde ihr immer erhalten bleiben, schoss es ihm durch den Kopf, niemals würde sie eine erwachsene Frau, geschweige denn eine ältere Dame werden können, aber genauso schnell verjagte er den Gedanken wieder, das Wasser mit den Armen durchschneidend –, dann wurde ihm mit zunehmender Deutlichkeit klar, dass genau dieses Richtigseinwollen ihr zum Verhängnis geworden war und sie in eine Zielscheibe verwandelt hatte. Genau das hatte ermöglicht, dass sie in ihrer lang ersehnten und endlich erkämpften Freiheit plötzlich anfing unterzugehen, um schließlich als der beste und wertvollste Fang im Netz eines amoralischen und geltungssüchtigen Mannes zu landen. Sie hatte nach Indizien gesucht, die ihr recht geben würden, mit dem, was sie so unbedingt glauben wollte: dass die Welt gut war, dass sie nach Milchbrötchen mit Himbeermarmelade schmeckte, Versprechen dazu da waren, gehalten zu werden, die Liebe dehnbar, formbar, bereit, sich an jeden Umstand, an jede Veränderung, an jeden Kontext anzupassen, die Kunst eine magische Arznei, die man der Welt zur Heilung verabreichen konnte, sobald sie ins Wanken geriet, und Unvernunft das Beste war, was man gegen Kummer, Zweifel und Sorgen tun konnte, der Leichtsinn jede Grübelei aus dem Weg räumte und Mut jedes Misstrauen zu Asche zerfallen ließ.

Wie ein Spürhund lief sie durch das Leben und suchte nach Beweisen für ihre Weltsicht. Und vor allem den wichtigsten Beweis: Dass ihr Vater, ihr bester Kompass, ihr größter Anker, ihr weisester Berater und Schatzmeister, ein *guter* Mann war. Dass nicht jeder, der Geld angehäuft hatte, zwangsweise ein Halsabschneider sein musste, eine unmoralische Ratte, ein egoistischer Scharlatan und Lügner. Ja, das wollte sie glauben. Immerzu wollte sie ihn dazu überreden, *Gutes* zu tun, bis er sich tatsächlich zu ein paar sich-selbst-auf-die-Schulter-klopfenden Aktionen bereit erklärte und großzügig spendete. Und es tat ihm weh, dass er sie desillusionieren musste, dass er ihr fast nie zustimmte oder recht gab, sie immer wieder daran erinnern musste, dass all die anwesenden Leute, ob nun bei Spendengalas oder Kunstauktionen, gierige Hyänen waren, die sich einen Scheißdreck für die Zwecke ihrer Spenden interessierten, weil es meist ums eigene Image oder um Steuervorteile ging.

Er hatte sich von ihr überreden lassen, zu einer Spendengala nach London zu fliegen. Es war eine ekelerregende Veranstaltung mit falschen Reden, künstlichem Lachen, künstlichen Mienen, mit einstudierten Worten und einer absoluten Leere, die am Ende einen faden Geschmack im Mund hinterließ. Und dennoch hatte sie so glücklich gewirkt, hatte seine Hand gedrückt, als er die höchste Summe für irgendein afrikanisches Dorf bot, für eine Kran-

kenstation und eine Mädchenschule, in einer Region, in der die Beschneidungsrate extrem hoch war. Sie hatte sich so überzeugt gezeigt, sie hatte all die falschen Augen und Münder, all die falschen Worte und das aufgesetzte Gekicher einfach überhört, weil dieser Ort, diese Menschen für sie nur Kulisse waren. Das, worauf es ankam, war auf der Leinwand zu sehen, dorthin flossen die Millionen aus den Taschen all dieser Zombies. Das war, was zählte, das andere im Saal spielte keine Rolle, eine unendliche Anzahl solcher Abende würde sie über sich ergehen lassen, die hohlen Gespräche und das Begutachtetwerden, die verlogene Atmosphäre und den Ekel, den irgendwann der Überdruss in jedes Gesicht schnitzte – Hauptsache, all diese Menschen waren bereit, zu spenden und somit *Gutes* zu tun.
Es schmerzte ihn, er begriff nicht, warum sie so unbedingt beweisen musste, dass sie nichts hatten, weswegen die Welt sie meiden oder sich vor ihnen fürchten musste. Er begriff nicht, warum sie ihre Privilegien nicht zu schätzen wusste, warum sie nicht das Beste aus den sich ihr bietenden Vorteilen herauszog und sie für sich nutzte, warum sie stattdessen die ganze Zeit irgendeine Wiedergutmachung zu leisten schien.
Im Rückblick auf jene Nacht, in der sie beschloss, die Pillen zu schlucken, die sie aus dieser ekelerregenden Welt befördern würden, erkannte er, dass sie klüger war als er. Sie hatte etwas geahnt und gespürt, was sie dazu gezwungen hatte, doppelt gut zu sein, doppelt richtig zu handeln, um es wiedergutzumachen. Da hatte er sich vorgenommen, ihr Testament zu vollstrecken. Ja, seit jener Nacht hatte er die Türen weit aufgerissen, hatte die Vergangenheit mit ausgebreiteten Armen wieder zu sich geholt, sie regelrecht gerufen, nachdem er sich jahre-

lang eingeredet hatte, sie sei vergangen, vollständig ausgelöscht.

Denn er hatte schlagartig begriffen, dass diese albernen, ihm verhassten, ihn zum Teil zur Weißglut bringenden Versuche seiner Tochter einer Wiedergutmachung dienten und schon immer gedient hatten, und er dem nicht entkommen konnte. Und dass er es nicht ihretwegen hasste, sondern seinetwegen, weil er es nicht ertrug, dass sie etwas für ihn, wegen ihm tat und alle Möglichkeiten der Welt, die er ihr bot, nicht ausreichen würden, um ihre Aufmerksamkeit von ihm, von dem schwärzesten Punkt in ihm, abzulenken. Sie tat es intuitiv, sie tat es unwissend, im Dunkeln tappend, ahnte etwas, als würden ihr Nacht für Nacht die Gespenster etwas ins Ohr flüstern, in einer Sprache, die sie nicht verstand, und doch waren die Worte da, sie erinnerte sich an sie jeden Morgen, sie verfolgten sie durch den ganzen Tag. Er hatte es sich nicht eingestehen, blind sein wollen, denn er hatte so viel getan, er hatte so viel gegeben, mit so viel Schweiß und Angst und Knochenarbeit ihre Sicherheit und ihr Wohlergehen erkauft. So hoch war der Preis, den er dafür gezahlt hatte, dass ihrer unerschütterlichen Liebe nichts und niemand etwas anhaben konnte. Damals im Gefängnis, als man ihm das schwarzweiße Bild von ihr, der Neugeborenen, gezeigt hatte, hatte er sich geschworen, dass sie die einzige Heilige seines Lebens bleiben würde. Deswegen waren sie solch ein unzertrennliches Gespann, deswegen hatten sie sich so erbittert aneinander gerieben, denn sie war die einzige Erinnerung an ein Ich, das er einst gewesen war, ein Ich, das er nicht geformt und errichtet hatte wie eines seiner Bauprojekte.

Sie war der einzige Beweis, dass es diesen Mann gegeben hatte, einen vollkommen anderen als den, der seiner

Tochter einfach so ein Palazzo in Venedig kaufen konnte oder dieses Haus hier bauen ließ, der ein Imperium besaß und dessen Wille keine Widerrede duldete, ein König in einem grenzenlosen Reich. Ada aber wollte jenen anderen Mann sehen, den Mann, den er vor fast zwanzig Jahren mit eigenen Händen und durch seine ureigene Entscheidung begraben hatte. Als wäre ihre Identität davon abhängig, aus welcher Perspektive sie ihren Vater betrachten konnte. Als bestimme der Blickwinkel auf ihn das eigene Bildnis. Und vielleicht stimmte es sogar. Vielleicht war es konsequent, so zu denken.
Hätte er gewusst, wie stark sie war, wie viel stärker, als von ihm angenommen, hätte er all seine Angst bezwungen und hätte sich ihr gestellt, hätte versucht, ihren Blick auszuhalten, ihren Fragen standzuhalten. Seit zwanzig Jahren gab es keine Angst in seinem Leben, seit zwanzig Jahren hatte er jede Angst in sich mit unzähligen Schüssen zum Erliegen gebracht, aber diese eine Furcht, die größte vielleicht, die konnte er nicht bezwingen – die Angst, sie zu enttäuschen, ihr nicht gerecht zu werden, sie zu verlieren.

– Also das war der Grund, warum du heute mit mir dorthin gegangen bist, ja? Weil du dich von deiner Schuld reinwaschen willst?
Er ahnte, wie ihr die Röte ins Gesicht gestiegen war, auch wenn im Wagen Dunkelheit herrschte und er auf die weihnachtlich dekorierten Straßen von Mayfair schaute. Aber allein ihre Umrisse, die er aus dem Augenwinkel wahrnahm, machten deutlich, dass sie mit all ihrer Macht gegen die Enttäuschung ankämpfte.
– Ich habe von den Leuten dort, nicht von mir persönlich gesprochen.

– Aber du fühlst dich dazugehörig, nicht wahr? Du zählst dich dazu. Du gibst hiermit zu, dass du dich schuldig fühlst und das Gefühl brauchst, etwas Gutes zu tun, damit es dir bessergeht?
– Nein, so habe ich es nicht gesagt. Dieses *Gutsein*, von dem du ständig sprichst, ist nicht erlernbar, vor allem nicht käuflich, und es wäre naiv anzunehmen, durch diese lächerlichen Spenden auf irgendeine Art und Weise *gut* zu werden.
– Du glaubst also nicht, dass du oder deinesgleichen, um bei deinen Kategorien zu bleiben, dass ihr etwas Gutes bewirken könnt?
– Dieses *Gute*, von dem du andauernd redest, Ada, ist etwas, das man sich erst einmal leisten können muss. Denkst du, dass du so gütig und so großzügig wärst, wenn du selbst nichts zu essen hättest? Wenn du um dein Überleben kämpfen müsstest? Ich glaube nicht, dass die Menschen von heute Abend in irgendeiner Weise *schlechter* oder *böser* sind als die, an die die Spenden gehen. Nicht einmal schlechter als diese Kinder, für deren Schule du mich hast spenden lassen. Nein, ich denke einfach nicht in solchen Kategorien. Jeder ist genauso gut wie schlecht, genauso falsch wie richtig, es sind nur Begriffe, die erschaffen wurden, damit man Menschen besser steuern und kontrollieren kann, ob in gesellschaftlichem, religiösem oder politischem Zusammenhang. Mit diesen Begriffen kann man andere manipulieren, sie sind formbar je nach Kontext und nach Zeit.
– Ja, okay, du glaubst nicht an diese Begriffe, und dennoch hast du vorher von einer Reinwaschung gesprochen? Von Schuld?
Sie sah nun auch auf die bunten Lichter, durch die der Wagen fuhr, als schneide er sie entzwei, blieb reglos mit

dem Kopf gegen das Wagenfenster gelehnt. Aber er spürte, er roch regelrecht ihre Empörung, die etwas Scharfes und zugleich Süßliches ausströmte, als wäre einer Limonade Pfeffer beigemischt worden. Tief im Inneren liebte er sie genau deswegen, genau wegen dieser Fähigkeit, solche Gefühle zuzulassen, aber er verkniff es sich, ihr in solchen Augenblicken mitzuteilen, dass es das Erbe ihrer Mutter war, das in ihr brannte, dieses Zu-viel-Wollen, das sie so quälte und ihr das Leben erschwerte.

Er erinnerte sich an den Tag, an dem er zu dieser Erkenntnis gekommen war, als er seine Tochter beobachtete, ein kleines Mädchen, zum Vergnügen und zum Geliebtwerden geschaffen, aber damals schon wollte sie wissen, wie biegsam die Grenzen der Welt waren, wollte den Grund verstehen, wieso man sich an eine gewisse Ordnung oder an eine bestimmte Regel halten musste, schon damals war jede Steckdose dazu da, um einen Finger dort hineinzubohren, und jede Leiter, um sie zu erklimmen, jede Spitze, um sich an ihr zu schneiden, jede Höhe oder Tiefe, um sie zu überwinden. Und ihn hatte die Angst gepackt, eine nackte, animalische Angst, dass sie das Leben zu sehr herausfordern würde, genau wie ihre Mutter es herausgefordert hatte, bis das Leben ihr schließlich keinen Kredit mehr gewährt hatte.

Er hatte sie auf einem Spielplatz in Moskau beobachtet, wo er mit ihr einen Nachmittag spielend verbracht hatte, einer der seltenen unbeschwerten Momente in jener Zeit, wo er sich noch nicht an die Rolle des alleinerziehenden Vaters gewöhnt hatte, und dann war diese Panik in ihm aufgestiegen. Wie sollte er sie jemals sich selbst überlassen? Und jeden Tag seit jenem verschneiten Nachmittag auf dem Spielplatz irgendwo in der Nähe des Alten Arbat hatte er versucht, seine Tochter vor sich selbst zu schützen.

Und auch damals im Auto durch London fahrend hatte er sie aus den Augenwinkeln beobachtet. Sie war so vollkommen in ihrem Jungsein und so rührend in ihrem Bemühen, erwachsen zu wirken. Schon viel zu früh hatte sie sich bemüht, ihm auf Augenhöhe zu begegnen, kein lästiges Kind für ihn zu sein, sondern eine Partnerin. Und das war ihr über die Jahre geglückt, sie spielte ihm das Schauspiel der unkomplizierten Tochter in einer beeindruckenden Perfektion vor, so gut, dass er selbst vergaß, wie sie in Wirklichkeit war.

Aber dann, ab dem Moment, wo sie das kleine Mädchen endgültig hinter sich ließ und anfing, sich schmetterlingshaft in eine junge Frau zu verwandeln, ständig neue Haarfarben ausprobierte wie ein Chamäleon, wurde sie kompromisslos, konnte nicht verzeihen und war darauf erpicht, wie ein Dackel in seiner Vergangenheit zu wühlen, besessen zu graben, als führte jede Spur seiner vergangenen Taten direkt zu ihr. Er musste sich eingestehen, dass er in jener Zeit anfing, sich an ihrer Seite unwohl zu fühlen, dass er sich fast schon vor ihrer Unnachgiebigkeit und ihren Ansprüchen zu fürchten begann und dass seine Entscheidung, sie für die Abschlussklassen nach Genf zu schicken, durchaus mit der Tatsache zu tun hatte, dass er mit ihr und ihrer Kompromisslosigkeit überfordert war, genauso, wie er einst vor dem Lebenshunger ihrer Mutter hatte kapitulieren müssen.

Aber an diesem Abend in der Limousine war sie wieder friedlich, so friedlich sie halt sein konnte, ihre Zwittrigkeit, ihre Unruhe, das Hektische ihres Wesens so gut es ging unterdrückend. Sie war über die Winterferien nach Hause gekommen, und er hatte sich zwei Wochen freigenommen, gänzlich für sie, gänzlich mit ihr. Und der Londontrip ohne Evgenia gehörte ebenfalls zu seinem

Programm der Wiederherstellung der ins Schwanken geratenen Nähe zwischen Vater und Tochter. Evgenia hatte dem Zweiergespann meist gutgetan, sie war das ausgleichende Element zwischen den beiden, mit ihrer Sanftmut und ihrer Verschwommenheit versöhnte sie die beiden und nahm ihnen die Streitlust. Aber diesmal wollte er es darauf ankommen lassen. Zumal Evgenias letzte erfolglose künstliche Befruchtung nicht lange zurücklag; und dieser Versuch sei definitiv der letzte gewesen, hatte sie gesagt. Sie wolle sich nicht mehr schänden lassen, keine falschen Hoffnungen mehr hegen. Und sosehr er es auch gewollt hätte, er wusste, dass er ihr beim Abschiednehmen von dem Wunsch, ein gemeinsames Kind zu bekommen, nicht helfen konnte.

Aber jene Tage in London waren schön gewesen, ruhig und vertraut; sie hatten wunderbar gespeist, sich in der Tate Modern eine Ausstellung angeschaut – er freute sich, dass Ada seine Leidenschaften nicht aus Prinzip ablehnte, im Gegenteil, mit den Jahren hatte sie einen eigenen, sehr sicheren Geschmack entwickelt, was die Kunst im Allgemeinen und vor allem die bildende Kunst anging –, sie hatten Pläne für die Sommermonate geschmiedet, und sie hatte mit ihm über Politik debattiert, etwas vollkommen Neues, und dann, als sie durch die Kensington Gardens schlenderten, hatte sie gesagt, sie habe dieses Semester den Schwerpunkt Kunst und Politik gewählt und schreibe an einem Referat über die beiden Tschetschenien-Kriege. Und er, er war zusammengezuckt, ließ sich aber nichts anmerken, ging einfach weiter, einen Fuß vor den anderen setzend, die Hände in den Manteltaschen vergraben, als könnten sie ihn verraten. Sie wollte ganz offensichtlich, dass er sie fragte, wie sie auf das Thema gekommen sei, und er wusste, dass sie dann geantwortet hätte: »Na

wegen dir, weil du ja dort gekämpft hast, ich wollte dich schon immer danach fragen.« Und dann hätte er lügen müssen, und er hasste es, sie anzulügen.
Er hatte natürlich alle in der Öffentlichkeit über ihn kursierenden Informationen durch Spezialisten auf ein Minimum reduzieren lassen, hatte seinen Namen überall, wo es möglich war, entfernen lassen. Aber natürlich ließ sich die blutige Spur zurückverfolgen, natürlich war das Gewesene nicht so einfach auszulöschen.
Und so wechselte er das Thema, sagte, sie sollten doch schon morgen nach Venedig fliegen, es finde dort eine interessante Versteigerung statt. Er sei an einem Gemälde interessiert, das auch ihr gefallen würde ... Venedig und die Bilder, das waren zwei unanfechtbare Lieben ihres und seines Lebens.
Sie hatte sich schon als kleines Mädchen in diese Stadt verliebt, war dem Morbiden, dem Labyrinthischen dieses einmaligen Ortes verfallen und hatte ihm seitdem in den Ohren gelegen, sie dorthin zu begleiten, schließlich gar angefangen, Italienisch zu lernen, was sie mittlerweile recht gut beherrschte. Sie hatten gemeinsam unzählige Bilder, Ausstellungen und Versteigerungen dort besucht, bis er ihr schließlich jenen eigenen Palazzo nahe der Volta di Canal gekauft hatte, mit einem nach hinten rausgehenden großen Garten und einer dreibogigen Loggia, in der bei den Restaurierungsarbeiten einige polychrome Wandmalereien freigelegt wurden, die ihn so dermaßen in Verzückung versetzt hatten, dass er sie auch nachts mit einer Taschenlampe studierte.

– Du fragst mich also nicht, wieso ich über Tschetschenien schreibe?, bohrte sie nach und holte ihn ein, sich bei ihm einhakend.

– Ich kenne die Antwort doch bereits.
– Und die lautet?
– Weil ich da war. Und weil du dir einbildest, auf diese Weise etwas über mich und somit über dich in Erfahrung zu bringen.
– Ist es denn nicht so?
– Nein, weil das, was damals war, im Jetzt keine Rolle mehr spielt. Und das, was das Damals überdauert und sich ins Jetzt fortgesetzt hat, das ist dir bekannt, das kannst du anfassen, und das kannst du fühlen, das andere ist irrelevant.
Sie wollte etwas erwidern, er spürte, wie sie sich aufbäumte, wie ihre Nasenflügel zu beben begannen, aber er sah sie an und gab ihr unmissverständlich zu verstehen, dass dieses Thema für ihn beendet war. Sie würde keine Ruhe geben, das Thema erneut anschneiden, und auch wenn er, seit sie das Kindesalter hinter sich gelassen hatte, darauf wartete, dass sie anfangen würde, über die Zeit vor ihrer Geburt, über das kaukasische Bergdorf und das tote Mädchen Fragen zu stellen, war er aufgebracht und sogar zornig, als stünde ihr das Recht zu diesen Fragen nicht zu, als wäre es ihr verboten, zurückzuschauen, in seine Vergangenheit zu blicken, als gliche es einem Verrat. Und er beschloss, dass er seine Kontrolle verstärken musste, damit ihm nichts entginge, was sie hätte auf eine Fährte locken können.
An jenem Abend in London trug sie einen dunkelblauen Mantel über einem goldenen Kleid, das Evgenia ihr für die unsägliche Gala geschenkt hatte und das sie, ausnahmsweise ohne eine Miene zu verziehen, sofort angezogen hatte. Nur die schutzlose Kurzhaarfrisur, die sie sich kürzlich hatte machen lassen, wirkte bei dieser eleganten Aufmachung unpassend.

Sie hatte an jenem Abend gefunkelt wie ein unerreichbarer Stern und alle Blicke auf sich gezogen, und er hatte einen gewissen Stolz empfunden, auch wenn es ein Stolz war, bei dem ihm selbst nicht ganz wohl war. Auch der kleine Belyi war da gewesen und hatte nicht gewusst, wohin mit sich. Aber er hatte ihn verstanden, er erinnerte sich selbst allzu gut daran, wie es war, sechzehn zu sein und sich vor nichts anderem so sehr zu fürchten wie vor den Blicken der gleichaltrigen Mädchen, die meist so viel erfahrener und selbstbewusster schienen und die in der Welt schon so viel besser zurechtkamen als man selbst.
– Wie soll ich dich also verstehen? Willst du dich etwa davon reinwaschen?, fragte sie leise, ohne den Kopf zu drehen.
– Ich sagte doch: Es war eine eher allgemeine Metapher. Sei nicht so penibel mit den Worten. Und lass dir bitte wieder die Haare wachsen. Diese unsägliche Jungenfrisur steht dir nicht.
– Du weichst mir aus. Außerdem haben mich die langen Haare beim Lernen und Denken gestört, sie mussten aus dem Gesicht. Was also ist damals in Tschetschenien passiert, über das du nicht reden willst?
Er hatte nicht damit gerechnet, dass sie ihn direkt darauf ansprechen würde. Obwohl er all die Jahre stets mit der Vorstellung gelebt hatte, dass sie es eines Tages tun würde, verblüffte ihn diese Frage, als passe sie nicht zu ihrem Mund. Als wäre sie zu giftig für ihre Lippen, als müsste sie ihr die Zunge verätzen. Aber jetzt stellte sie sie, kurz vor ihrem Schulabschluss, in der Limousine ihres Vaters, die durch das vorweihnachtliche Mayfair fuhr, nachdem sie dem überfüllten Saal einer klassizistischen Villa in der Charles Street entflohen waren.
Sie fragte ihn, und obwohl er wusste, dass es ein Fehler

war, es richtiger gewesen wäre, den Fahrer zu bitten, anzuhalten, sie aussteigen zu lassen, damit sie einen Spaziergang machen konnten, auf dem er ihr alles erzählen würde, was er vor zwanzig Jahren in sich begraben hatte, blieb er reglos sitzen und ließ den Wagen weiterfahren.

– Du solltest deine Nase nicht in Dinge stecken, die dich nichts angehen, denen du nicht gewachsen bist. Was weißt du schon vom Krieg? Was weißt du schon vom Tod? Du solltest dich freuen, dass du so aufgewachsen bist, wie du aufgewachsen bist, dich über das Meer von Privilegien freuen, die sich dir durch deine bloße Herkunft bieten.

Seine Stimme, anfangs noch brüchig, wurde lauter; und Adas Atem intensivierte sich, aber sie blieb gefasst, den Blick auf die bunten Straßenlichter gerichtet, aufrecht sitzend wie eine Statue.

– Und wie oft habe ich dir gesagt, dass du nichts glauben solltest, was dir andere über mich erzählen?! Wie oft habe ich dich ermahnt, dass du über diesem ganzen Dreck, in den man uns hineinziehen will, stehen solltest? Gut willst du sein? Helfen? Dann tu es. Sei ein guter Mensch. Ich gebe dir alles, alle Türen öffne ich dir, und du, was tust du? Du fällst mir in den Rücken und wühlst im Dreck! Du beschämst mich und deine Mutter ... deine Mutter ...

Er hielt inne. Sie sprachen selten über sie. Als Kind war sie in jedem zweiten Satz, in jeder zweiten Frage anwesend gewesen, später hatte sie die klaffende Wunde, die das Wort »Mutter« in ihrem Leben freilegte, geschlossen, hatte gelernt, mit ihrem Schmerz und ihrer Sehnsucht alleine klarzukommen, hatte es vermieden, über sie zu sprechen.

Für einen Augenblick schien ihm die Luft auszugehen – anhalten, aussteigen, erzählen, ja, aber er war wie erstarrt, gelähmt, die Wut schnürte ihm die Kehle zu. Diese Nacht in diesem gottverlassenen Bergdorf hatte sein Leben in Schutt und Asche gelegt, hatte ihm jegliche Möglichkeit genommen, der zu werden, der er sein wollte. Nein, es gab nichts zu erklären, nichts zu sagen, es gab keine Wahrheit, die irgendwas hätte geradebiegen, heilen können. Die Wahrheit war schmutzig, sie tat noch mehr weh als die Ungewissheit. Und er hasste sie.

– Es war Krieg. Du solltest dich freuen, dass du den Krieg nicht selbst erlebt hast! Du wirst dieses unerfreuliche Kapitel meines Lebens in Ruhe lassen und auch kein Referat darüber schreiben, haben wir uns verstanden?

– Sag mir einfach, was passiert ist ...

Sie war den Tränen nah, aber er empfand kein Mitleid, er war einfach wütend über ihre Sturheit. Er klopfte gegen die Scheibe und ließ das Auto an der nächsten Kreuzung anhalten. Dann stieg er aus und befahl dem Fahrer, Ada ins »Savoy« zu fahren, wo sie bei ihrem Londonbesuch abgestiegen waren.

Er schlug die Tür zu und ging mit eiligen Schritten davon. Er musste wieder einen klaren Kopf kriegen. Er musste Abstand gewinnen, er durfte nicht die Kontrolle verlieren. Nicht einmal wegen ihr, gerade nicht wegen ihr. Aber während er, begleitet von einem Leibwächter, der auf dem Beifahrersitz gesessen hatte und ebenfalls rausgesprungen war, die ihm unbekannte, leuchtende Straße mit den weihnachtlich dekorierten kleinen Häusern entlanglief, ahnte er, nein, spürte er bereits, dass diese Frage einen gefährlichen Riss in ihrer Nähe hatte entstehen lassen, der höchstwahrscheinlich nicht folgenlos bleiben würde.

Ein Jahr später lernte sie den Schreiberling kennen. Und glaubte, ihn zu lieben, glaubte sich von ihm geliebt. Und mit ihm kam auch die Vergangenheit zurück und riss sie in einen tödlichen Strudel aus Verzweiflung, Ungewissheit und Angst.

Der Wald vor der Fensterfront sah ihm gleichgültig zu, wie er die glatte türkise Wasseroberfläche mit den Armen durchschnitt. Die Natur, die eine Brechreiz erzeugende Gleichgültigkeit ausstrahlen konnte, hatte ihm stets Bewunderung abverlangt.
Zuschauen und nicht eingreifen, alles geschehen lassen. Schon immer hatte er von ihr lernen wollen ...
Diese grausige Nacht, als der Anruf kam, der ihm den Boden unter den Füßen weggerissen und ihn in den tiefsten Abgrund seines Lebens hinabgestürzt hatte, rückte alles in eine bestimmte, aber dennoch folgerichtige Ordnung. Sie bestimmte den weiteren Verlauf seines Lebens. Ihr Tod machte ihm vieles schmerzlich klar. Er sah auf einmal den Zusammenhang, begriff, was zu tun war, es gab kein Zaudern mehr. Er würde die Rechnung begleichen, damit sie in Frieden ruhen könnte. An einem Tag zwei Wochen nach ihrer Beerdigung zeichnete sich der gesamte Plan mit einer erschreckenden Klarheit vor seinem inneren Auge ab. Er wusste bis ins kleinste Detail, was zu tun war. Er musste zu Ende bringen, was er damals abgebrochen hatte. Er musste zurückkehren.
Sie alle hatten damals Aufschub bekommen, sich Aufschub erlogen, erpresst, erschummelt, da es niemanden gab, der die Schulden eintrieb, denn alle um sie herum waren selbst Schuldner. Damals hatte er gegen ein System gekämpft, das stärker war als er. Nun aber war er derjenige, der das System beherrschte, er war sein eigenes System, in dem er zugleich als Richter und als Angeklagter fungierte. In dem er bestraft wurde und strafen ließ.

Sie stand in einem schwarzen Badeanzug an die Wand gelehnt und sah ihm zu. Er bemerkte sie erst jetzt und verlangsamte seine Bewegungen, dann schwamm er, aus dem Takt gekommen, zum Beckenrand und sah zu ihr hinauf. Er konnte nicht anders, als sie zu begehren, auch jetzt, in diesem Augenblick, wo er so viel Hass verspürte, Hass auf den Schreiberling, auf den Unglücksbringer, den Verkünder der schwärzesten Botschaft seines Lebens. Er lächelte ihr zu, ihr Gesicht war undurchdringlich, er konnte von ihm nichts ablesen. Sie war einer der wenigen Menschen, die er nicht durchschauen konnte, und das bedeutete, dass er sich niemals in ihrer Nähe langweilen würde. Vielleicht der Grund, warum er sich in sie verliebt hatte.

– Komm rein, sagte er und streckte einen Arm aus. Sie kannte ihn zu gut, um sich Hoffnungen zu machen. Sie wusste, dass sie ihn nicht halten, geschweige denn an etwas binden können würde, sei es an sich oder das Leben. Und er wusste, dass sie gefangen war in ihrer Liebe zu ihm. Und er fragte sich, was wäre, wenn es mit einer Schwangerschaft geklappt hätte, wenn sie ein Kind zusammen bekommen hätten. Ob dieses Kind ihn an die Gegenwart, an Evgenia, hätte binden können. Er hatte keine Antwort darauf und verdrängte die Erinnerungen an die langen und schmerzvollen Jahre dieser Versuche und Qualen. Die Erinnerungen an die unzähligen Kliniken überall auf der Welt, an die ganzen Versuche, die Evgenia über sich hatte ergehen lassen, die Hormontherapien, gefolgt von psychischen Verstimmungen, physischen Nebenwirkungen und ozeanweiten Enttäuschungen. Er hatte es sich gewünscht, obwohl er es für unmöglich gehalten hatte, außer Ada noch ein Kind zu wollen, von jemandem, der nicht Adas Mutter war.

Aber er hatte es nahezu physisch gespürt, als er Evgenia kennenlernte, und sogar Ada hatte damals zu ihm gesagt, dass er bei ihr bleiben müsse. Sie hatte es im Gefühl, dass es sich bei Evgenia nicht um eine seiner flüchtigen Liebschaften handelte, die er stets von seiner Tochter fernzuhalten versucht hatte und die Ada stillschweigend akzeptiert hatte, da sie sich sicher war, dass keine von ihnen ihm wichtig genug war, um sie ihr vorzustellen.
Sie setzte sich an den Beckenrand und ließ die Beine ins Wasser baumeln. Mit einer Hand berührte er ihren Knöchel, der sich glatt und zart anfühlte.
Sie war auch eine Frau, genau wie Adas Mutter, die das Leben in vollen Zügen kosten wollte, aber anders als sie nahm sie es in kleinen Häppchen, gut portioniert zu sich, anders als Adas Mutter, die genau die toxischsten Ingredienzen herausgesucht hatte, als gelte es im Leben, nur das Schädlichste rauszufiltern.
– Ich nehme an, dass es keinen Sinn hat, dir das Ganze auszureden?
Sie befreite ihren Knöchel und winkelte das Knie an. Er spürte auf einmal eine bleierne Müdigkeit von ihm Besitz ergreifen, er würde am liebsten in ihren Armen versinken und tagelang schlafen.
– Das Ganze?
– Verkauf mich nicht für dumm.
– Ich weiß nur nicht, worauf du hinauswillst.
– Du hast diese Schauspielerin engagiert. Du hast Onno Bender wieder in unser Haus gelassen. Und du schickst Schapiro nach Moskau. Du steuerst auf etwas zu.
– Na und?
– Ich bin nicht blind, du willst irgendetwas aufrollen, ich weiß aber nicht, was du dir davon versprichst. Ada wird davon nicht wieder lebendig.

Er zog an ihrem Bein, sie machte eine Handbewegung, wollte sich festhalten oder ihn wegstoßen, so genau wusste er es nicht, aber sie schaffte es nicht und fiel in die blaue Schwerelosigkeit.
– Was soll das?, schrie sie, als sie wieder auftauchte und ihn wutentbrannt ansah. Es war ganz sicher sehr viel, was sich in ihr angestaut hatte. Das letzte Jahr war der Anfang vom Ende gewesen, das hatten beide gewusst. Sie hatte sich keine Illusionen gemacht. In den Tagen nach der Beerdigung, als er sein Zimmer nicht verlassen und reglos die Wand angestarrt hatte, hatte sie ihn direkt gefragt, ob er wolle, dass sie fortgehe. Er hatte nur den Kopf geschüttelt, und sie war geblieben.
– Ich habe dich neulich telefonieren hören. Du hast dein Testament geändert? Was hast du vor, Alex?
Er hatte keine Worte. Er schwamm davon. Er ertrug es nicht, ihr schmerzverzerrtes Gesicht zu sehen. Ja, seine Vergangenheit war toxisch, sie durfte mit ihr nicht in Berührung kommen. Ja, sie waren glücklich gewesen. Und auch wenn er es nicht geschafft hatte – nach ärztlicher Meinung waren sie beide gesund und er zeugungs- und sie gebärfähig –, sie zu einer Mutter zu machen, auch wenn er ihren sehnlichsten Wunsch nicht hatte erfüllen können, so wusste er dennoch, dass sie glücklich gewesen waren.
Und all die Jahre hatte sie sich an seiner Seite meisterlich bewährt. In diese Zweieinigkeit, wie er Adas und seine Verbindung jahrelang insgeheim genannt hatte, war sie vorsichtig, sanft eingetreten. Es hatte nicht viele »Damen« gegeben, die Ada zu Gesicht bekommen hatte, nur manchmal hatte es sich nicht vermeiden lassen, es hatte Frauen gegeben, die etwas länger geblieben waren als nur eine Nacht; die hatte sie stoisch hingenommen, ohne

viele Fragen zu stellen, ohne eine kindliche Eifersucht zu offenbaren. Für jemanden mit seinem Status war es nicht einfach, vorbehaltlos Menschen kennenzulernen. Und Frauen für Sex zu zahlen war ihm stets unter seiner Würde erschienen.

Ada hatte an diesem Punkt ein stillschweigendes, nahezu erwachsenes Verständnis gezeigt. Und das nur, weil sie sich seiner sicher war. Mit einer blinden, eisernen Sicherheit. Aber als diese kleine und in sich ruhende Frau am Horizont auftauchte, änderte sich viel in Adas Leben. Diese Zeit war ohnehin schon geprägt von Veränderungen. Sie wechselte das Land, die Sprache, die Freunde, und alles, was ihr vertraut war, ließ sie zurück. Natürlich war sie es gewöhnt, ihrem Vater und seinen »wichtigen Geschäften« hinterherzureisen, aber mit dem definitiven Umzug in ein anderes Land würde sich das alles ändern. Die Geschäfte hatten ihn schon früher in den Westen geführt, und Ada hatte ihn begleitet. Sie benahm sich wie eine Geschäftspartnerin, hielt still, mischte sich nicht in die Gespräche der Erwachsenen ein, antwortete höflich, wenn sie gefragt wurde. Sie beherrschte die Regeln, die Regeln der großen Scheine.

Bis sie dann auf einmal – sie waren wegen eines geplanten Kaufs einer Werft nach Rostock gefahren und hatten auf dem Rückweg einen Abstecher nach Berlin gemacht – ganz überraschend sagte: »Ich glaube, ich würde gern in dieser Stadt bleiben.«

Das hatte sie nie zuvor gesagt, nicht in New York und nicht in London, nicht in Tokio und nicht einmal in dem von beiden so innig geliebten Venedig. Und dann auf einmal: Berlin und der Wunsch, dortzubleiben.

Sie war damals noch so jung und zugleich schon so erwachsen in ihren Entscheidungen. Als er sie fragte, warum es denn ausgerechnet das graue Berlin sein müsse, antwortete sie, diese Stadt sei so, als würde man ein Stück Osten in den Westen mitnehmen, so habe sie das Gefühl, nicht gänzlich »weg zu sein«. Er wusste, was sie meinte, er verstand sie, auch wenn er selbst niemals mit dem Gedanken gespielt hatte, in Deutschland sesshaft zu werden. Aber er hatte mit seiner Heimat abgerechnet und eine auffallend große Beute gemacht, und viel mehr würde für ihn dort nicht zu holen sein, ohne dabei zwischen die Fronten zu geraten und sich in Lebensgefahr zu begeben. Und so kam ihm ihr Wunsch entgegen.

– Du musst mit mir reden, verdammt noch mal!, rief sie in ihrem von einer leichten Patina überzogenen Russisch und schwamm ihm hinterher.
– Ich weiß, dass ich dir viel abverlange, aber du wirst alles verstehen, ich verspreche es dir, Evgenia, jetzt musst du mir einfach vertrauen, sagte er in bemüht liebevollem Ton. Er wollte sie nicht ansehen, um nicht an ihren Gesichtsausdruck denken zu müssen, als sie ihm den Schreiberling aus den Händen gerissen hatte, den Unglücksraben, der sich in das Leben seiner Tochter geschlichen, ihr die Liebe vorgegaukelt und ihr das Hirn vernebelt hatte. Er wollte ihn zerschmettern, als er ihn in der Empfangshalle zusammengeschlagen hatte. Ja, dieser so hart liebenden und so weich wirkenden Frau verdankte er sein Leben.
– Was hast du vor? Ich will es einfach nur wissen, insistierte sie, ihre Stimme klang auf einmal dumpf und rissig.
Ja, sie hatte es wahrlich gut gemeistert, das Leben an seiner Seite. Die nahezu unmögliche Aufgabe, seine Frau zu sein. Und das sechs Jahre lang. Unzumutbar für die meis-

ten Menschen, für die meisten Frauen. Und doch, er hatte sich nicht in ihr geirrt. Und er wünschte sich, dass sie dies auch glauben möge, es nicht bereute, ihn nicht bereute, ihre unzugängliche, schwer nachvollziehbare Liebe. Ihm imponierten ihre Illusionslosigkeit, ihre kerzengerade Haltung und das Fehlen falscher Ehrfurcht, dass sie angesichts seines Status kein bisschen Duckmäuserei zeigte – etwas, was andere in seiner Gegenwart unweigerlich an den Tag legten. Das Leben, das sie bis zu diesem Zeitpunkt geführt hatte, an dem der Zufall, das Schicksal oder einfach nur eine nüchterne Verkettung von Tatsachen sie in seine neu erworbene Villa geführt hatte, hätte man als ein durchaus gelungenes, wünschenswertes, erfülltes betrachten können. Viele hätten sie um diese Biografie beneidet. Aber irgendetwas Wesentliches, Entscheidendes hatte in diesem Musterleben gefehlt, irgendetwas, das für so viele so selbstverständlich war, dass sie gar nicht auf die Idee kamen, es zu vermissen, und dieses Etwas hatte sie bedürftig werden lassen, und um diese Bedürftigkeit zu überspielen, sich davor zu schützen, hatte sie sich eine kugelsichere Weste zugelegt.

Sie war hart, um nicht weich sein zu müssen. Sie war prinzipientreu, um nicht albern sein zu müssen. Sie war streng, um nicht in die Falle der Naivität zu tappen. Sie war vernünftig, um der Gefahr jedweder Unvernunft widerstehen zu können, und doch erkannte er genau diese Sehnsucht in ihr und begann daran zu rütteln. Anders würde er sie niemals erweichen, niemals für sich gewinnen können, und das nicht, weil sie nicht neugierig, nicht verrückt genug war, um sich auf ihn einzulassen, sondern weil sie sich vorgenommen hatte, niemals ins Netz zu gehen, und er, ja, das wusste er, dass sie das dachte, hatte eines ausgeworfen.

Sie verfügte über eine imposante Bildung, hatte einen recht beeindruckend geradlinigen Weg hinter sich, sie hatte sich keine Fehler geleistet, war diesem Weg pflichtbewusst gefolgt, und doch hatte im goldenen Käfig ihrer Kindheit etwas Entscheidendes gefehlt: Dysfunktionalität, die Aussicht zu scheitern, etwas, was jenseits von Logik und Kontrolle, jenseits jeder Planbarkeit existierte, etwas Unvorhersehbares und somit Menschliches.
Ihr Werdegang war steril, und auch die Liebe ihrer Eltern roch nach Chlor, wie in einer Privatklinik. Sie sehnte sich nach Kontrollverlust, nach Chaos, nach etwas, das sie aus ihrer Routine herausschleudern konnte.
Und als er dies begriff, änderte er seine Taktik der Eroberung. Er ließ es sein, sie mit exklusiven Restaurantbesuchen und Yachtausflügen beeindrucken zu wollen, auch die Lieferungen von betäubend schönen Blumensträußen stellte er ein. Stattdessen überraschte er sie mitten in der Nacht, klingelte etwas angetrunken an ihrer Wohnungstür, alleine, nicht einmal Schapiro wartete unten, und presste sie gleich gegen die Wand und fuhr mit der Zunge über ihren Hals, ergriff ihre Taille und küsste sie atemlos, selbstvergessen, so wie er niemanden geküsst hatte, seit ... Sie protestierte nicht lange, und dann, als sie nachgab, als sie nicht mehr gegen sich und ihre Wünsche ankämpfte, da entfaltete sie eine unglaubliche Kraft, die seine Erwartungen übertraf und ihn in einen Freudentaumel versetzte.
Sie küsste ihn mit einer unerwarteten Gier und krallte sich in seinen Haaren fest, sie machte sich geschmeidig und nahm sich, was sie wollte. Sie knurrte wie ein schwarzes, faules Kätzchen und schmiegte sich noch stärker an ihn. Mit den Beinen umklammerte sie seine Hüften, und vorsichtig rutschten sie an der Wand her-

unter, aneinander festgeklammert, und es war ein berauschendes Gefühl, ein befreiendes. Er legte sie auf den harten Parkettboden, sie nahm ihn in ihre Arme auf, sie ließ sich den Slip ausziehen und sah ihn an. Kein verschämtes Zur-Seite-Schauen, kein ungeschicktes Räuspern, sie sah ihm direkt in die Augen, und er spürte ihre Kraft und wusste, dass es für ihn gefährlich werden würde, dass sein Kontrollverlust ihre unausgesprochene Bedingung war. Und er entsprach ihrem Wunsch und tauchte in sie ein. Sie hatte einen Wirbelwind in sich, einen Sturm in sich gefangen, und während er sich ihren Körper aneignete und sich dem ihren zur Verfügung stellte, dachte er, dass sie vielleicht ein Hafen werden könnte, ein Ort zum Ankommen.

– Alexander, so leicht kommst du mir nicht davon!, schrie sie ihm ins Ohr, und er hörte sie schnaufen, ihn einholen. Es machte keinen Sinn mehr, ihr auszuweichen, er schwamm zum Beckenrand.
– Du hast mir etwas versprochen, und dieses Versprechen wirst du halten müssen!, sagte sie, und er spürte, wie sie ihm mit der nassen Hand über die Brust fuhr. In Sekundenschnelle war sein gesamter Körper mit Gänsehaut überzogen. Sie hasste es, wenn er sich ihr verweigerte. Er ließ sich selten von ihr berühren, weil sie Zauberkräfte besaß, er war süchtig nach ihrem Körper, ihren Berührungen, ihrer Nähe, und nun verweigerte er sich selbst seinen Wünschen, als wollte er sich abhärten für den Kampf, der ihm bevorstand. Aber er brauchte einen klaren Kopf, er brauchte seine Ressourcen, für diesen letzten Kreuzzug musste er stark sein und konnte sich keine Schwächen leisten. Und sie war eine.

– Welches Versprechen habe ich also zu halten?, fragte er in einem sarkastischen Ton, und es tat ihm zugleich leid, dass er so mit ihr sprach. Aber sie würde ihm standhalten, sie war für den Kampf gerüstet in dieses Schwimmbecken gesprungen.
– Dass wir zwei immer zusammenhalten würden, sagte sie, plötzlich kleinlaut geworden. – Ich kann nicht mehr, Alexander. Ich fühle mich so allein. Du musst mit mir reden. Wir müssen miteinander reden, und wir müssen endlich wieder ... ficken! Ich will, dass du mich berührst! Hier, sieh mich an, hier, hier, hier bin ich!
Mit zwei geschickten Bewegungen entledigte sie sich ihres Badeanzuges, ohne das Wasser zu verlassen, und warf ihn auf den gekachelten Boden.
– Hör auf damit!
Er spürte wieder die Wut von ihm Besitz ergreifen. Diese urplötzliche, alles verschlingende Wut, die ihn seit jener Nacht nicht mehr losließ, ihn tagtäglich würgte. Sie ließ sich aber nicht abschütteln, näherte sich ihm, umfasste seinen Hals, presste sich an ihn.
– Küss mich!, fauchte sie ihn an. Er versuchte, sich von ihr zu befreien, gleichzeitig darauf achtend, ihr nicht wehzutun.
– Du musst mich ziehen lassen, es gibt keinen anderen Weg, ich muss die Sache zu Ende bringen, du musst mir vertrauen ... Du kannst mir da nicht helfen.
– Aber das ist doch Schwachsinn! Das ist irgendein fatalistischer Scheiß!, sie hatte auf einmal ins Deutsche gewechselt. Manchmal kam sie ihm wie eine Heimatlose vor, und vielleicht war sie das auch. Ihre Kindheit und Jugend hatte an so vielen Orten stattgefunden, es war schwer zu sagen, welcher Ort ein Zuhause für sie gewesen war, welche Sprache die Muttersprache war.

– Was wirst du damit erreichen? Was soll es dir bringen, diese Vergangenheitsbewältigung führt doch zu nichts …
Sie senkte die Stimme und unternahm einen erneuten Versuch, ihm näher zu kommen, er ließ sie seinen Nacken umschließen, ließ sie einen kalten, feuchten Kuss an seinem Mundwinkel hinterlassen, aber er selbst regte sich nicht, wie eine Statue blieb er stehen, gegen die unbändige Lust auf ihren Körper ankämpfend.
– Hätte ich diese, wie du so schön sagst, Vergangenheitsbewältigung früher betrieben, wäre sie vielleicht noch am Leben!
Ohne es selbst zu wollen, schrie er sie an. Und sie sah ihn fassungslos an.
– Was erwartest du also von mir? Ja, du hast deine Tochter … wir haben sie verloren, aber ich bin noch da, und ich brauche dich!
Tränen schossen ihr in die Augen, aber sie ließ ihnen nicht freien Lauf, sie kontrollierte sie, schluckte sie wieder hinunter und machte einen letzten Versuch, ihn zu einer erzwungenen Nähe zu überreden, die für eine kurze Weile wenigstens die Illusion schaffen könnte, alles wäre in Ordnung.
Sie presste sich an seine Brust und streifte mit der Hand über seinen Schritt. Er war angespannt, jede Zärtlichkeit hätte ihn explodieren lassen können … Und doch, doch wurde er für den Bruchteil einer Sekunde schwach, er ließ sich küssen, seine Zunge drang zwischen ihre Lippen, seine Hände umschlossen ihre Brüste, sie stöhnte auf, sie ließ sich fallen, sie umklammerte seinen Hals, sie drückte ihr Gesicht an seine Wange, er zog sie an sich, sie schob ihm die Badehose hinunter; sie waren leicht, schwerelos. Für den Bruchteil einer Sekunde verwarf er

alles außer seinem Begehren, er vergrub sich in ihren Körper und vergaß sich. Sie saugte sich an ihm fest, während er anfing, mit einem lauten Schrei Besitz von ihrem Körper zu ergreifen. Er brüllte, als er sie gegen die kalten, nassen Kacheln presste, und sie beide wussten, dass es keine Wiedergutmachung war, nur ein weiterer Aufschub vor dem Schlusspunkt, den sie beide nicht hatten setzen wollen und den er sie zu setzen nötigte. Er liebte sie egoistisch, ihren Körper für seinen kurzweiligen Trost missbrauchend, aber es machte ihr nichts aus, sie war bereit, ihn zu halten, ihn auszuhalten. So oft hatten sie sich zweckmäßig geliebt, im Wissen, dass diese Art von Nähe ihnen beiden verhasst war, und so oft hatte es zu der Enttäuschung geführt, nicht schwanger geworden zu sein – als wäre es ihrer Liebe niemals vergönnt, etwas anderes hervorzubringen als die pure Ekstase, als das reine Vergnügen, den Rausch.

Er fiel in sich zusammen, und sich auf dem Beckenrand abstützend, trat er mit dem Fuß gegen die Wand, gab sich einen Ruck und entfernte sich von ihr, alles durchtrennend, was ihn an ihr hielt.

Sie stand da, gegen den Beckenrand gelehnt, das Wasser spiegelte ihre sehnsüchtige und nun zurückgewiesene Nacktheit wieder. Sie öffnete den Mund, versuchte etwas zu sagen, es gelang ihr aber nicht, die Worte waren ihr ausgegangen oder hatten von einer Sekunde auf die andere ihren Sinn verloren. Abrupt schwamm sie zur Leiter und kletterte aus dem Wasser. Er wandte seinen Blick von ihr ab. Es tat weh, ihre verletzte und gerade deswegen so stolze Körperhaltung zu sehen. Sie drehte sich nicht mehr um, mit einer Hand griff sie ihren Badeanzug und verschwand durch die Tür. Er wusste, dass sie bald unter der Last des Ungesagten zusammenbrechen und gehen

würde. Ihr Groll würde anfangen, alles, was sie hatten, was sie verband, zu vergiften.
Aber er konnte ihr nicht helfen, er würde es nicht mehr zulassen, dass er jemanden in Gefahr brachte. Und als er die Augen schloss, erhellte so etwas wie ein Lächeln sein Gesicht.

– Wie seid ihr eigentlich auf meinen komischen Namen gekommen?
Er sah sie vor sich, sie musste acht oder neun gewesen sein und ihr Kopf lag auf seiner Schulter. Sie fuhren mit dem Zug, wohin, daran erinnerte er sich nicht mehr, aber draußen regnete es, das wusste er noch genau, und im Abteil war es warm. Sie waren zu zweit, und es roch nach Tee und nach dem Gebäck, das sie mitgenommen hatten. Vielleicht hatte sie es sich so gewünscht, vielleicht war das einfach eine Laune von ihr gewesen, wie so vieles, dass sie unbedingt hatte Zug fahren wollen, irgendwohin, egal wohin, und er hatte ihr den Wunsch erfüllt.
– Das war meine Idee, sagte er und drückte seinen Kopf an ihr Haar, inhalierte den Geruch nach Shampoo und nach Nüssen. – Du heißt nach einer Romanfigur. In einem verrückten Buch.
– Was für ein Buch?
– Nabokovs *Ada oder das Verlangen*. Noch bis du zu jung dafür, aber eines Tages schenke ich es dir, und du wirst darin genauso eintauchen können wie ich damals.
– Mochte Mama das Buch auch?
– Nein, sie wollte es nicht lesen, sie sagte, ihre Vorstellung von ihrer *eigenen* Ada genüge ihr vollkommen. Sie liebte aber den Namen auf Anhieb.
– Das ist gut, sagte sie nachdenklich und hob ihren Kopf von seiner Schulter.

– Und wann hast du es gelesen, das Buch, meine ich?, bohrte sie nach.
– Als es mir einmal richtig dreckig ging.
– Und hat es dich aufgemuntert?
– Ja. Viel mehr als das.
– Viel mehr als aufgemuntert?
– Ja. Es hat mich die schlimmste Zeit meines Lebens durchstehen lassen.
– War das, bevor ich auf der Welt war?
– Natürlich. Hätte ich dich damals schon gehabt, hätte ich ja das Buch gar nicht gebraucht.
– Stimmt. Jetzt hast du ja mich.
– Genau, jetzt habe ich dich.

ZWEI: KUBIK-RUBIK, DER ZAUBERWÜRFEL

2016/Die Krähe

Ich schlug die Augen auf und schnappte nach Luft. Die stickige Kabinenluft versprach zwar wenig Erleichterung, aber immerhin war ich dem Traum entkommen. Vielmehr ein Albtraum, oder war es eine Erinnerung, die auseinandergerissen, in Fetzen an meinem Gedächtnis klebte? Ich war verschwitzt und mein Kopf schmerzte. Die Bilder waren immer noch sehr präsent, sie wirkten unglaublich real, als hätte ich mir im Schlaf einen Film angeschaut, und nun, wo ich die Augen aufgemacht hatte, war das Bild zu einem Standbild eingefroren.
Ich wusste nicht, warum mich dieses Bild verfolgte. Seit dem Tag, an dem mich Schapiro abgefangen und in meine Wohnung begleitet hatte, tauchte diese eine Szene immer wieder vor meinem inneren Auge auf; manchmal im Schlaf, manchmal sogar im Wachzustand. Als würde in meinem Kopf die Nadel eines Plattenspielers immer wieder in dieselbe Rille springen. Manchmal änderten sich kleine Details, aber es war und blieb die gleiche Situation: Ada mit ihrem Vater vor einem überdimensionalen Gemälde; im letzten Traum war es ein Relief gewesen, das über die ganze Wand reichte. Ada, die ihrem Vater etwas ins Ohr flüsterte. Ich wünschte mir, sie hätte sich zu mir gedreht, mir einen Blick zugeworfen, meine Anwesenheit registriert, aber zwischen uns war eine unsichtbare, schalldichte Wand. Ich fragte mich, warum ich nicht einfach zu ihr hingegangen war, anstatt am Eingang stehen zu bleiben und zu hoffen, dass sie mich bemerkte; aber aus irgendeinem Grund war das nicht möglich gewesen. Ich wusste, dass der General um meine Anwesenheit sehr

wohl Bescheid wusste. Aber er sagte es ihr nicht, er wollte es ihr nicht sagen, nein, im Gegenteil, es war ihm daran gelegen, dass sie mich nicht entdeckte. Er streichelte ihre Schulter, beugte seinen Kopf zu ihr und sagte etwas, was ich nicht verstehen konnte, um anschließend einen verächtlichen Blick in meine Richtung zu werfen.

Das Flugzeug war nicht so voll, der Sitz neben mir war frei geblieben, darauf lagen viele Zettel und mein Notizblock. Die ältere Dame am Gang schlief friedlich und mit leicht geöffneten Lippen.

In weniger als einer Stunde würden wir in Moskau landen. Wie wenig Zeit seit der letzten Begegnung zwischen dieser Stadt und mir lag. Aber diese Zeit war relativ. Ich hatte diese Stadt vor einem Jahr als ein anderer Mensch verlassen. Aber dieser Stadt, in die täglich Millionen hineingespült wurden, um Wochen, Monate, manchmal gar Jahre später wieder ausgespuckt zu werden, war das gleichgültig.

Schapiro würde mich in Empfang nehmen und mir weitere Anweisungen geben. Ich hatte die Aufgabe, die »drei Könige« aufzusuchen, wie ich sie vor einigen Tagen in meinem Notizblock betitelt hatte, ohne genau zu wissen, warum. Vor mir lagen fein säuberlich zusammengetragene Informationen über jeden einzelnen von ihnen, die ich in den letzten, fast schlaflosen Nächten immer wieder durchgegangen war.

Mit jedem Kilometer, den das Flugzeug zurücklegte, fühlte ich, wie ich etwas näher kam, das ich nicht in Worte fassen konnte. Vor lauter Aufregung hatte ich nicht einmal das Flugzeugessen anrühren können, obwohl ich den ganzen Tag nichts zu mir genommen hatte. Der Himmel unter uns war dunkel und mit einzelnen, diffus geformten Wolken geschmückt.

Die Tage vor der Abreise waren hektisch verlaufen. Ich hatte mit dem Kameramann, einem Valeri, der den Eindruck erweckte, dass er nicht in ganzen Sätzen sprechen konnte, stattdessen nur kurze, bellende Befehle erteilte: »Links!«, »Rechts!«, »Kopf aufrichten!«, »Nicht in die Kamera!« und so weiter und den Schapiro uns vor die Nase gesetzt hatte, den Dreh besprochen und Katze immer wieder die gleiche Szene spielen lassen. Schapiro hatte mir mehr als deutlich mitgeteilt, dass es dem General nicht um ein »künstlerisch anspruchsvolles Video« ginge, das würde den von ihm gewünschten Zweck verfehlen, nein, es sollte im Gegenteil möglichst amateurhaft wirken. Schapiro blieb wie ein treuer, leicht reizbarer Wachhund im Hintergrund und ließ mich in Ruhe die Arbeit erledigen. Es schien mir, dass Katze selbst am besten einschätzen konnte, wie wir zu dem richtigen Ergebnis gelangen konnten. Katze war kreativ und entwickelte einen kindlichen Spaß an dem Dreh.

Da ihr Russisch holprig war (sie hatte es seit ihrer Grundschulzeit in Georgien nicht mehr gesprochen) und ihr Akzent nahezu unerträglich, wichen wir auf eine Alternative aus und bastelten ein paar Schilder, auf denen einzelne Sätze in russischen Druckbuchstaben standen, die sie in die Kamera hielt. Die Sätze, die wir übermitteln sollten, diktierte uns Schapiro.

Ich grüße euch. Wie lebt es sich? Alles bestens, nehme ich an? Erinnert ihr euch an mich? Ich tue es nämlich, ich erinnere mich so gut und klar an euch, als wäre es gestern gewesen. Ich überbringe euch eine Botschaft des Soldaten Orlow. Er möchte euch wiedersehen und euch als seine Gäste willkommen heißen. Am 31. Dezember 2016 im Hotelkomplex von Kezenoy am See, in Tschetschenien. Für Essen und Getränke angesichts des anstehenden Silvesterfestes wird selbstverständlich gesorgt. Da es sich um ein

Treffen unter alten Bekannten handelt, werden keine weiteren Gäste dazu geladen werden können. Auf Wunsch kann gerne auch die Anreise organisiert werden. Wir freuen uns auf eine großartige Feier und erwarten eine Bestätigung der Teilnahme bis nächsten Sonntag.

Wir drehten fünf Varianten dieses scheinbar so belanglosen Videos. Die Auswahl traf der General selbst. Welche Variante ich nun bei mir hatte, war nur ihm bekannt.

Er spielte ein Spiel mit ihnen, dessen Ausgang er bereits festgelegt hatte. Meine persönlichen Besuche bei den Männern waren nur eine Inszenierung, und mit jeder Minute, die ich darüber nachdachte, wurde mir deutlicher, dass es einen Plan hinter dem Plan geben musste. Denn wozu brauchte er das ganze Spektakel? Wieso machte er es sich nicht einfacher und stattete selbst jedem Einzelnen von ihnen einen Besuch ab? Ich erkannte das vollständige Bild nicht. Er hatte eine bestimmte Rolle für mich vorgesehen, bloß welche? Aber es war mir einerlei, dieses Mal würde ich die Geschichte schreiben, die zu schreiben ich vor Jahren begonnen und die ich nicht zu Ende gebracht hatte. Ich würde sie schreiben, weil Ada es so gewollt hätte.

Ich ging meine Notizen durch. Eine Mappe voller vergilbter, brüchiger Zeitungsausschnitte über den Prozess aus dem Jahr 1996. Über Stanislaw hatte ich so viel gelesen und so viel gehört, dass ich zuweilen glaubte, ihn persönlich gekannt zu haben. Er, der die Wahrheit über ihren Tod mit dem Leben bezahlt hatte.

Einige Male hatte ich den Versuch unternommen, Nikita, seinen jüngeren Bruder, anzurufen, den Hörer abgenommen oder mich an einer E-Mail versucht, aber es blieb bei dem Versuch. Und auch wenn ich es mir nicht eingestehen wollte, wusste ich, warum: Ich schämte mich, es nicht geschafft zu haben, ihm das Wasser zu reichen. Ich schämte mich, meinen Zielen nicht treu geblieben zu sein, weil mir das Leben und die Zweifel und die Ängste und vielleicht auch die Liebe dazwischengekommen waren. Nikita, den der Tod seines Bruders dazu genötigt hatte, sein ganzes Leben auf den Kopf zu stellen, war für mich schon immer ein Vorbild gewesen, er blieb in jeder Krise eine Orientierungshilfe, eine Art Anhaltspunkt. Der Tod seines Bruders hatte Nikita zu einem fantastischen Journalisten gemacht, der seine Lebensaufgabe darin sah, der Welt möglichst viele Geschichten zugänglich zu machen, vor allem solche, die einige lieber im Verborgenen gelassen hätten.

Wir hatten uns während meiner Arbeit am Buch über Belyi kennengelernt und angefreundet, in jener Zeit hatte er mir viel über Stanislaw und den Prozess erzählt und damit letztlich meine Aufmerksamkeit auf Orlow gelenkt. Er hatte mir damals davon abgeraten, hatte mich gewarnt, gesagt, dass ich noch nicht bereit sei für ihn, dass der General mich zerquetschen würde wie eine Mücke. Ich reagierte gekränkt und beschuldigte ihn der Mutlosigkeit, denn in meiner Überheblichkeit und meinem Größenwahn, die durch meinen damaligen Bucherfolg entstanden waren, glaubte ich mich unverwundbar, glaubte, dass ich es schaffen würde, Goliath zu besiegen.

Und dann, katastrophal in die Schranken gewiesen, erlaubte mir mein Stolz nicht mehr, zu Nikita zurückzugehen und mich bei ihm zu entschuldigen, anzuerkennen, wie sehr ich mich geirrt hatte, wie froh ich war, am Leben zu sein, um wie viel feiger als er selbst oder sein Bruder ich gewesen war.

Vielleicht wäre es aufrichtiger gewesen, mich hinzusetzen, spätestens im letzten Jahr, und ihm alles zu schreiben; vielleicht wäre es sogar entscheidend gewesen, davon zu berichten, damit er mich verstand und mir verzieh, um dann zu diesem Punkt zu kommen, an dem dieses Leben unwissentlich oder wissentlich, ich weiß es nicht mehr, zum Teil einer fremden Geschichte wurde und außer Kontrolle geriet.

Ich ließ mir ein Bier bringen, und während ich das kleine Kabinenlicht über mir ausschaltete und meinen Kopf gegen das runde Fensterglas lehnte, dachte ich an meine ersten Jahre in Moskau, an die kleine Wohnung, in der es aus irgendeinem Grund immer nach Kohlsuppe roch. Die Stadt war damals das Eldorado für jeden, der dem Goldfieber gefolgt war, das Ungewisse liebte, die Schattenwelten, dieses Gefühl, an etwas wirklich Wichtigem, Einmaligem teilzunehmen, die Finger direkt am Puls der Zeit, das Pochen der Zeit unter den Fingerkuppen.

Nach und nach breitete sich unter mir ein Lichterteppich aus, der Riesenmoloch in seiner ganzen Ambivalenz begann unter uns zu funkeln.

Die Unfreundlichkeit der Zöllner ließ mich schmunzeln, denn ich fühlte mich sofort wieder heimisch. Die eisige Luft schnitt mir ins Gesicht, als ich aus dem Flughafengebäude kam, war scharf wie eine Rasierklinge. Noch lag kein Schnee, aber der Himmel war mausgrau, ein Zeichen, dass der Schnee nicht mehr lange auf sich warten lassen würde.

Ein Chauffeur holte mich ab. Auf dem Beifahrersitz hatte bereits Schapiro Platz genommen. Natürlich wurde der Charon vorgeschickt, selbstverständlich sollte er zusehen, dass ich auch ja sicher in das Boot stieg. Der Stau glich

einer überfressenen Schlange, die sich nur millimeterweise vorwärtsbewegen konnte.
– Ich fahre dich jetzt in dein Hotel, du bekommst dort die beiden Adressen. Im Zimmer liegen zwei Umschläge. Jeweils einen wirst du ihnen übergeben.
Es war ein Luxushotel auf der Nikolskaya. Ich war etwas irritiert, dass er sich um die Buchung gekümmert und noch dazu eine so noble Unterkunft ausgewählt hatte, aber wahrscheinlich war die Erklärung dafür relativ simpel: Schapiro hatte dort ebenfalls ein Zimmer und konnte mich so besser im Auge behalten.
Ich hatte gänzlich vergessen, wie viele Gesichter diese Stadt hatte und wie wenigen es vergönnt war, sie alle zu sehen. »St. Regis« mit seiner raffinierten Dekadenz war Lichtjahre von meiner Welt entfernt, aber ich erwiderte nichts und presste stattdessen meinen Kopf gegen die Fensterscheibe. Natürlich war es keine Geste der Freundschaft, mich in einem Luxushotel einzuquartieren. Es war vielmehr eine Erinnerung, dass ich nicht vergessen sollte, bloß die Marionette zu sein, an deren Fäden der General nach Belieben zog. Ich sollte genau das tun, genau das denken, was er für mich vorsah. Denn es ging nur darum, was ich am Ende dieser Reise aus seiner Geschichte machen würde, welche Geschichte genau ich aufschreiben sollte.
Ich schlummerte vor mich hin, während Schapiro fleißig auf seinem Smartphone tippte. Zwischendurch tauchten Bilder auf, zusammenhanglose Bilder, die ich mit dieser Stadt verband.
Ich, der eingebildete Journalist, die Wodkaabende mit Nikita und seinen Freunden von kritischen Blättern und Radiosendern, die sich über Politik stritten, schräge Pullunder trugen, meist Gitarre spielten, sich unentwegt ein-

gelegte Gurken in den Mund schoben und unglaublich gefährliche Reportagen schrieben.
Es waren Bilder aus meiner Wohnung, eine Einzimmerwohnung im sechsten Stock eines ziemlich verwahrlosten Hochhauses an der Sportiwnaja Metrostation. Überall lagen Zettel verteilt, der alte Computer und die Tastatur mit den abgenutzten Buchstaben. Die Bars um den Kitai Gorod, wo ich mich meist mit Nikita verabredet hatte, zusammen mit Freunden, die ich über ihn kennengelernt hatte. Die Mädchen, die wir uns dort anlachten. Meine Recherchen zu Belyi, meine nächtliche Angst, die ich konsequent zu ignorieren versuchte, als gäbe es sie nicht. Der Alkoholiker vom ersten Stock, Valodja oder Valeri, ich wusste es nicht mehr, sein Delirium, wenn er ohne eine Minute Unterbrechung trank und dann, als ihm irgendwann das Gesöff endlich ausging, jegliche Kontrolle verlor: über sein Leben, seine Gedärme und seine Psyche.
Mein Gefühl von damals, *richtig* zu sein, am richtigen Ort, zur richtigen Zeit. Der Ausblick auf die Lichterflut vor meinem Fenster, meine Zigarettenpausen, die ich dort machte, und auf die Stadt runterblickte und nichts vermisste. Ja, solange ich die Angst ignorierte, war alles gut, die Angst, der treueste Begleiter meines Lebens.
Weniger die Angst vor ernstzunehmenden Gefahren, in die ich mich zeit meines Lebens bewusst begab, mit der naiven und zugleich dekadenten Lust, mich zu spüren, sondern vor den Leerstellen und Lücken, vor der Erkenntnis, nichts zu sagen zu haben. Ja, oftmals stellte ich mich blind und taub, eine Haltung, die mir Nikita und viele seiner Freunde vorwarfen, mich deswegen nicht selten einer harschen Kritik unterzogen. Ich tat es, als mich Belyis Leute bedrohten, ich tat es, als ich einmal auf mei-

nen Reisen umzingelt von mit Kalaschnikows behängten Häuptlingen an einem Krater stand, der einst eine Stadt gewesen war, ich tat es, als ich Menschen gegenübersaß, die darüber sprachen, ihren Feinden die Eingeweide rauszureißen, weil sie nur so ihren »Frieden finden« könnten, ich tat es, wie Kinder es tun, die sich die Decke über den Kopf ziehen, in der Hoffnung, dass wenn sie wieder darunter hervorkämen, das, wovor sie sich am meisten fürchteten, verschwunden wäre. Und meist funktionierte der Trick ... Meist hatte er funktioniert, bis ich auf Orlow getroffen war.
Das letzte Bild, das in meinem Kopf auftauchte, war Adas zerzauster grauer Kunstfellmantel, den sie trug, als sie aus Moskau zurückkam. In diesem Jahr hatte Orlow seinen Geburtstag in Moskau gefeiert, und ich war wie eine Pflanze, die man zu gießen vergessen hatte, in ihrer Abwesenheit eingegangen. Unser Wiedersehen in Berlin, nachdem sie dem Gefolge ihres Vaters entkommen war, wie sie auf mich zurannte in diesem Mantel, der mich an die Festkleidung einer Stammeskönigin erinnerte. Wir hatten uns mit billigem Imbissessen vollgestopft, zu *I wanna know what love is* schief gesungen und uns die Sehnsucht aus den Körpern geküsst und gesaugt.

– Du wirst die beiden einzeln aufsuchen und ihnen persönlich die Umschläge mit den Briefen und den USB-Sticks überreichen, auf denen das Video gespeichert ist. Du wirst weiter nichts sagen, nichts erklären. Nur zusehen, dass sie die Umschläge selbst in Empfang nehmen. Nichts weiter. Du bist nur der Bote, vergiss das nicht, erklärte mir Schapiro, nachdem er mich an der Rezeption des »St. Regis« eingecheckt hatte.
– Du wirst mir jeden Abend genauestens Bericht erstat-

ten. Wir treffen uns in der Hotelbar, jeden Abend um zehn Uhr. Verstanden? In drei Tagen fliegen wir nach Marrakesch.
– Ich dachte, Petruschow würde auch hier sein?
– Nein, er lebt in Marrakesch, und laut meinen Informationen steht für ihn in nächster Zeit kein Moskaubesuch an. Wieso? Hast du etwa Flugangst?
Er lachte roboterhaft, als würde er das Lachen nur nachahmen.
– Ich frage mich, was sie sich dabei denken sollen. Dass es nicht Nura sein kann, werden sie ja annehmen. Worauf spekuliert dein Boss?
– Du stellst zu viele unnötige Fragen.
– Na ja, so unnötig nun auch wieder nicht, ich soll schließlich das Ganze einmal zu einem Buch verarbeiten.
Ich zwinkerte ihm zu, aber es hätte mir klar sein müssen, dass es zu nichts führte.
– Alles, was du wissen musst, wird dir zu Verfügung gestellt werden.
– Glaubst du, dass sie der Einladung einfach so folgen werden?
Schapiro sah mich mit einem Gesichtsausdruck an, der mir einen kalten Schauder über den Rücken jagte. Dann entfernte er sich vom Empfangstresen und verschwand in der golden schimmernden Dekadenz, die ich erst jetzt so richtig wahrnahm.
»Sie werden dieser Einladung aber niemals einfach so folgen.« Der Satz des Generals vervollständigte die Sache in meinem Kopf. Der Liftboy, der die ganze Zeit im Hintergrund wartete, nickte mir höflich zu, er war jederzeit bereit, mich zu meiner Suite zu begleiten.
Mein Luxustempel funkelte wie eine Dame, die es mit ihrem Schmuck gewaltig übertrieben hatte. Ich ließ mich

auf mein Kingsize-Bett fallen, und ohne die Jacke auszuziehen, begann ich in meiner Mappe zu blättern. Dann mixte ich mir einen Whisky Soda und stand eine Weile am Fenster und schaute hinaus in die Nacht und auf das Treiben auf der Straße.
»Du bist nur der Bote«, hatte er gesagt. Was bezweckte er mit diesem Video? Er hätte die Männer auch gleich zwingen können, zu ihm zu kommen, er hatte seine Leute, besaß die dafür benötigte Macht. Es war zu offensichtlich, dass diese Männer nichts mehr miteinander und vor allem nichts mit ihrer gemeinsamen Vergangenheit zu tun haben wollten. Was sollte ein Video daran ändern?
Ich kramte in der Mappe nach den zwei Schwarzweißfotos mit den Gesichtern der Männer. Beide waren wohl etwa um die gleiche Zeit entstanden, vielleicht Anfang 1996, ich war mir nicht sicher. Zwei grimmige Gestalten auf dem Weg ins Gerichtsgebäude von Wladikawkas, wo der Prozess stattgefunden hatte. Der gefürchtete, cholerische Oberst Schujew und der naive, manipulierbare Soldat Juritsch.

Schujew

Andrei Schujew war ein Mann mit einem vorherbestimmten Leben.
Er kam aus einfachen Verhältnissen, aus Bokino, einem Nichtort in der Tambower Region, in der Ortschaften nach ihren Funktionen benannt waren: Stroitel, wegen

der Fabrik, Pechatnoe, weil es dort eine Druckerei gegeben hatte, und die »Ewige Flamme«, auch wenn dort schon lange kein Ofen mehr brannte.
Seine Mutter war Kolchosmitarbeiterin und sein Vater ein Mechaniker, der auf Schiffsbau spezialisiert und daher meist abwesend war (in Bokino gab es weder eine Werft noch einen Hafen).
Seine Eltern hatten schon längst aufgegeben, etwas anderes vom Leben zu erwarten als das, was die Partei und ihr sozialer Stand für sie vorsahen. Und so war es auch ihren Kindern vorbestimmt, eine Ausbildung wie zum Beispiel jene zum Mechaniker zu machen, denn Mechaniker waren in Bokino immer gefragt, oder zum Schlosser, Fabriken gab es dort schließlich genug, und vielleicht würden sie irgendwann in eine Kommunalwohnung nach Tambow ziehen können, eine Familie gründen, eine Kolchosmitarbeiterin heiraten und Kinder in die Welt setzen.
Aber Andrei wollte das nicht. Als kleiner Junge träumte er vom Kosmos und der Möglichkeit, ins All zu fliegen. Während sein ältester Bruder schon mit neunzehn dem Alkohol verfallen war, der zweitälteste illegale Boxkämpfe in Obst-und-Gemüse-Lagerhallen organisierte und die jüngere Schwester mit siebzehn schwanger wurde, beschloss er, die nächstbeste Gelegenheit zu ergreifen, um dem vorbestimmten Schicksal zu entfliehen, und bewarb sich bei der Armee.
Und unerwarteterweise erwies sich seine Entscheidung als goldrichtig. Er war ein sportlicher Kerl, der seine mangelnde Bildung mit körperlicher Ausdauer und einem beeindruckenden Schießtalent wettmachte. Und endlich bekam er dort das, was ihm zeit seines Lebens so sehr gefehlt hatte: Respekt. Respekt auch von solchen, die

einen höheren sozialen Stand hatten. Diese unsichtbare Schranke, die ihm trotz der allgegenwärtig propagierten Chancengleichheit und Brüderlichkeit immer im Wege gestanden hatte, öffnete sich auf einmal. Sein ausgeprägter Hass auf Intellektuelle und Akademiker war vielleicht auch auf diese Schranke zurückzuführen. Aber die Armee, ja, das war eine andere Sache. Dort zählte die eigene Stärke, die Disziplin und der feste Wille – und besonders wichtig: die Loyalität. In der Armee konnte man ganz unten anfangen und ganz nach oben kommen. Dass er seinen Weg nach oben nicht selten mit körperlicher Gewalt durchsetzte, vergaß oder verdrängte er liebend gerne. Beim Militär zählten eben die eigenen Fähigkeiten! Er, ein zerlumpter Mechanikersohn aus Bokino, hatte sich mittels seiner eisernen Disziplin, seines stählernen Willens, seiner Heimattreue und seiner heldenhaften Loyalität seinen Status erarbeitet: vom Rjadowoi, einem einfachen Soldaten, zum Sergeanten und schließlich zum Polkownik, einem Oberst. Es war ein langer, steiniger Weg, den Schujew jedoch mit Bravour meisterte und auf dem er gierig Rangabzeichen und Auszeichnungen sammelte, seine Trophäen.

Bewusst bemühte er sich um die Stationierung in den Bezirken, denen der Ruf vorauseilte, zu den härtesten zu gehören. Zu Beginn im Ural, später in Sibirien, wo er sich einen Namen machte, als sich Ende der sechziger Jahre die Rote Armee harte Gefechte mit der chinesischen Volksbefreiungsarmee lieferte. Etwas, was Schujew aber mit den Jahren immer stärker zu verwechseln begann, bis er die beiden Begriffe komplett ausgetauscht hatte, waren Respekt und Macht. Er redete sich zwar ein, es ginge ihm im Leben immer nur um Respekt, sein Lieblingswort, aber nach und nach begriff jeder, der unter ihm diente, dass seine Auffassung von diesem Begriff nichts wert war. Jeder Feldzug, den er unternahm, jeder Schritt, den er ging, jede Entscheidung, die er traf, diente der Befriedigung seiner Sucht, die im Laufe seiner Karriere so immer größere Ausmaße annahm, die Sucht nach mehr Macht. Nichts beglückte ihn mehr als dieses erhebende Gefühl, über jemanden zu bestimmen, jemanden herumzukommandieren, jemandem seinen Willen aufzuzwingen.

Auch außerhalb seines Berufslebens begann er, seine Stellung zu missbrauchen. Er verschaffte sich bestimmte Privilegien, etwa beim Erwerb eines Privatfahrzeugs oder bei der Beschaffung eines ärztlichen Attests, das er für eine Beförderung benötigte. Und als er mit Ende dreißig und kurz vor seinem Afghanistaneinsatz heiratete, machte sich seine Sucht auch recht schnell in seinem Familienleben bemerkbar. Seine Frau, eine Erzieherin und eine milde, versöhnliche, zu übertriebener Nachgiebigkeit neigende Frau, schaffte es tatsächlich, seinen Zorn auf sich zu ziehen, indem sie ihm in allem zustimmte. Und wenn sie es wagte, ihm bei einer Kleinigkeit zu widersprechen, dann zog dies einen regelrechten Hagel von Drohungen und Beschimpfungen nach sich, so dass sie in Nischni Nowgorod, wo sie sich kürzlich niedergelassen und eine Neubauwohnung in einem Hochhaus bezogen hatten, in permanenter Angst lebte.

Während seine Frau nach Moskau fuhr, um der Eröffnung der Olympischen Sommerspiele beizuwohnen, wurde Schujew mit seinem Regiment nach Afghanistan abkommandiert. Nach einem zehn Jahre andauernden und schlussendlich missglückten Versuch der »Annäherung an den Ostblock«, der fast zwei Millionen Zivilisten das Leben kostete, nach etlichen Bombardements, nach knapp 15 000 toten Soldaten der Roten Armee, nach seinen zwei Verwundungen, seiner Tapferkeitsmedaille und seiner Beförderung zum Rang eines Obersts, aber vor allem nach viel Enttäuschung, Verbitterung und dem niederschmetternden Gefühl, keinen Sieg errungen zu haben, kehrte Schujew, mittlerweile zweifacher Familienvater, nach Hause zurück. Aber das vertraute Heim war auch nicht mehr das, was er gewohnt war. Das ganze einst so mächtige Reich war unter diesem reformwilligen Generalsekretär der KPdSU zerfallen, die Reformen verhießen nichts Gutes, und Schujew vertraute nur Autoritäten und nicht dem freien Willen des Volkes, denn der, da war er sich sicher, würde zu nichts Gutem führen.

Mittlerweile zu einem ausgewachsenen Choleriker geworden, lamentierte er ununterbrochen über den »gravierenden Fehler«, die Intervention in Afghanistan vorzeitig beendet zu haben. Ständig erklärte er, wie wichtig es sei, dass die Sowjetunion Stärke zeige und als Großmacht fortbestehe, auch wenn sie bald vielleicht gar nicht mehr existiere. Aber letztlich sei es doch egal, wie man sich nannte, durch das Austauschen der Verpackung ändere sich noch lange nicht der Inhalt.

Nicht einmal die erbitterten Gefechte am Hindukusch oder die Autobomben in Kabul, wo Kameraden vor seinen Augen verbluteten, setzten ihm so zu wie jene Jahre zu Hause, wo er in Nischni Nowgorod als bloßer Ausbilder agierte und ansonsten in seiner Wohnung saß und sich von seiner Frau täglich warme Mahlzeiten servieren ließ. Zu diesen Mahlzeiten ließ er sich gerne auch ein, zwei Gläser guten Wodkas bringen, denn er konnte ja schließlich nicht ohne Alkohol die Nachrichten schauen und tatenlos diesen fürchterlichen Ereignissen zusehen.

Die Nachrichten regten ihn so auf, dass er immer noch ein paar Gläser mehr brauchte und dann immer öfter ganz unerwartet zu brüllen begann, während er auf dem Sofa saß und trank.

– Dieser Bastard, hast du gehört, Galina, hast du gehört, was dieser Bastard von sich gibt?! Dieser Kastrat, diese eierlose Kapitalistensau, alles hat er verkauft, unser ganzes Land verkaufen sie, diese Schweine! Nichts mehr da! Alles an Ehre, alles, wofür wir unser Leben riskiert haben, soll nun für nichtig erklärt werden, hör es dir doch an, verdammt noch mal! Geht dich nichts an, was in diesem verfickten Land vor sich geht, was? Komm her und schau es dir an! Ja klar, die Unionsrepubliken, klar, wieso nicht allen die heiß ersehnte Unabhängigkeit geben, ja bitte schön, warum denn nicht? Und eines Tages stehen wir da und haben alles, wofür wir und unsere Väter und die Väter unserer Väter gekämpft haben, aufgegeben, und wofür?

Galina sah sich immer öfter gezwungen, für diese ohrenbetäubenden Ausfälle ihres Mannes bei den Nachbarn mit selbst gemachten Pirogen und Blinis um Entschuldigung zu bitten.

Das Imperium zerfiel vor Schujews Augen, und diese »kastrierten Versuche«, in bestimmten Regionen, wie zum Beispiel in Bergkarabach oder in Georgien die »Minderheiten zu stärken«, um die russische Einflussnahme in den Territorien zu sichern, waren in seinen Augen beschämend und der einst von allen gefürchteten Roten Armee nicht angemessen. Diese als »Friedensmissionen« getarnten Kriege waren eine Schande für sein Land, das unter der Führung von Weicheiern und westlichen Spionen jegliche Moral, jegliche Ehre und das Allerschlimmste – jegliche Macht eingebüßt hatte.

Er weigerte sich, an einer solchen »Mission« teilzunehmen, schließlich war er ein ehrbarer Militär, ein Mann von Rang und Namen, und er würde nirgendwo hinfahren, wo man so tat, als ob man Frieden stiftete, während man Krieg führte, weil das neuerdings politisch korrekt war. Krieg war Krieg, da gab es nichts zu deuteln, und dazu sollte man stehen und darauf stolz sein, basta! So oder zumindest so ähnlich erklärte er seiner Frau seine Weigerung, sich in den Kaukasus verlegen zu lassen, um sich dort »nützlich« zu machen. Sie war allerdings kurz davor, ihrem Land einen richtigen Krieg zu wünschen, damit ihr Mann endlich abhaute und ihr und ihren Kinder den Frieden zurückgab.

Und wäre ihr Wunsch nicht schnell in Erfüllung gegangen, hätte ihr Mann höchstwahrscheinlich wegen seines ununterbrochenen Alkoholkonsums zwangshospitalisiert werden müssen. Aber zu ihrem Glück wurde der »Schlappschwanz von Reformer« durch einen »handfesteren Mann« im Kreml ersetzt, der nicht lange überlegen musste, um Ende des Jahres 1994 den Befehl zur Intervention in Tschetschenien zu unterzeichnen, diese kleine, aufmüpfige Republik, die jetzt plötzlich, den anderen nacheifernd (»Habe ich doch gleich gesagt, habe ich doch prophezeit, reichst einmal den kleinen Finger, wollen sie gleich die ganze Hand!«), ebenfalls den undankbaren Wunsch nach Unabhängigkeit hegte und es wagte, Forderungen an Russland zu stellen.

– Als Dank dafür, dass Chruschtschow sie am Leben gelassen und zurückgeholt hat! Mit Viehwaggons hat damals Stalin diese Banditen und Halsabschneider nach Mittelasien deportiert, stell dir das mal vor, Galina, und du, Andrjuscha, hör mir mal zu, wo guckst du hin, wenn

ich mit dir rede, du willst ja aber auch gar nichts in die Birne kriegen, was?
Andrjuscha, sein Sohn, mittlerweile ein schweigsamer und nachdenklicher Teenager, sah ihn wie meist mit einer Mischung aus Abscheu und Angst an. Je älter er wurde, desto fremder wurde er seinem Vater. Meist las er oder hörte in seinem Zimmer Musik, prügelte sich nicht, trank keinen Wodka, brachte keine Mädchen nach Hause und hatte merkwürdige Freunde, die nach Schujews Meinung alle wie Schwuchteln aussahen. Am meisten reizte den Vater jedoch die Tatsache zur Weißglut, dass sein Sohn sich durch nichts aus der Ruhe bringen ließ, als drehte sich sein Planet nicht, als wäre er reglos. Und es machte ihn rasend, dass er sich nicht einmal ansatzweise für die Taten seines Vaters interessierte; dass alles, was mit der Armee zu tun hatte, ihn kaltließ, seine Verdienste und Heldentaten, auf die jeder »normale« Sohn unermesslich stolz gewesen wäre; im Gegenteil, er wollte davon nichts wissen.
– Willst du so strohdoof bleiben wie die meisten hier, ja? Warum? Warum hat er das getan? War Stalin ein schlauer Mann, oder war er es nicht? Also? Weil er um ihre Natur Bescheid wusste. Weil er wusste, was das für Menschen sind. Wilde, Barbaren, Banditen, nichts weiter. Anders als die anderen Sowjetvölker besitzen sie keinerlei Respekt vor der Autorität. Seit Jahrhunderten kämpfen sie gegen uns, rotten uns aus, nehmen uns weg, was uns zusteht. Sogar in den Gulags waren sie berühmt für ihre Boshaftigkeit, bildeten auch dort ihre Banden ... Ihre Hauptstadt verdanken sie uns, weißt du, wie sie entstanden ist, wieso sie so heißt, wie sie heißt? Sie wurde im 19. Jahrhundert als russische Festung gebaut, zur Abschreckung sollte sie dienen und wurde Grosnaja, *die Furchtgebietende*, genannt.

– Entschuldige, Papa, aber was heißt denn, sie nehmen uns weg, was uns zusteht?
Andrjuscha war auf einmal aus seinem Dämmerzustand erwacht, hatte seinen Daumennagel, an dem er manisch kaute, aus dem Mund genommen und sah seinem Vater direkt in die Augen.
– Seit dem 18. Jahrhundert kolonialisiert Russland den gesamten Kaukasus, vielleicht solltest du Lermontow lesen oder Tolstoi, da steht alles geschrieben.
Schujew konnte es nicht fassen, wer sprach da aus ihm, welch ein verdorbener, verzogener Intellektuellenabschaum sprach da durch den Mund seines Sohnes? Er war fassungslos, dass Andrjuscha überhaupt fähig war, mehr als drei Sätze zu sagen, und nun auch noch solche, dass er erst einmal nicht wusste, was er antworten sollte. Andrjuscha nutzte die Gelegenheit, holte aus seinem Zimmer ein zerfleddertes Büchlein, schlug es auf und las ihm vor, als wäre Schujew der Sohn und er selbst der Vater.
– 1785 hatte Russland im gesamten Kaukasus bereits ein umfassendes System von Grenzbefestigungen errichtet und begann, sich die Ländereien anzueignen und Zoll auf Handelswaren zu erheben. Und so führte der tschetschenische Scheich Mansur ab 1785 sieben Jahre lang einen Krieg gegen die russische Besatzungsmacht, in dem er eine Streitmacht aus den verbündeten nordkaukasischen Völkern vereinte und anführte, bis man ihn 1791 gefangen nahm und auf die Solowezki-Inseln verbannte. Ein weiterer Nationalheld, der es sich zur Lebensaufgabe machte, Mansurs Kampf gegen die »Ungläubigen« fortzusetzen, war Imam Schamil.
Schujew sah fassungslos auf das hoch konzentrierte Gesicht seines Sohnes und wusste immer noch nicht

so recht, wie er reagieren sollte. War das ein Streich, den Andrjuscha ihm spielte? Sollte das ein Witz sein? Oder war ihm etwas bei der Erziehung seines Sohnes entgangen? Was hatte Galina mit seinem Erbgut gemacht? Andrjuscha, der von den besorgten Gedanken seines Vaters nichts mitbekam, las seelenruhig weiter:

– Anfang des 19. Jahrhunderts hatte Russland und somit der vom Zaren persönlich ernannte kaukasische Statthalter die rücksichtslose Kolonialisierungspolitik weitgehend durchgesetzt und das eigene Imperium bis in den Nordkaukasus ausgedehnt. Die Besatzungskriege zerstörten die Aule und die sozialen Strukturen der tschetschenischen Gemeinschaft, viele Einwohner flohen in die Berge und organisierten sich im Kampf gegen die russischen Repressionen. Der im Jahr 1818 begonnene erste Kaukasische Krieg dauerte mit wenigen Unterbrechungen mehr als vierzig Jahre.

Andrjuscha machte eine bedeutungsschwangere Pause und sah zu seinem Vater.

– Vierzig Jahre, Papa, stell dir das vor!

Und er las weiter:

– Unter Schamils Führung begann der Partisanenkrieg und ging 1840 in einen allgemeinen tschetschenischen Aufstand über. Um diese Zeit wurden auch die ersten Versuche zur Gründung eines eigenen Staates unternommen, doch Russlands Repressalien und Kampfstrategien wurden immer brutaler, und schließlich unterlagen die Partisanen, und Schamil geriet ebenfalls in Gefangenschaft. In diesem Krieg wurde ein Drittel der gesamten tschetschenischen Bevölkerung ausgerottet. In der zweiten Hälfte des 19. Jahrhunderts begann Russland, Kosaken und Bauern aus Zentralrussland umzusiedeln. Und jetzt hör bitte zu, das ist wirklich der Oberknaller: Die russische Regierung zahlte jedem Tschetschenen, der sich bereit erklärte auszuwandern, eine Entschädigung und sorgte für den Transport. Auf diesem Wege, schätzt man heute, gelangten an die 25 000 Tschetschenen außer Landes, die meisten in die heutige Türkei. Und jetzt kommt das Spannendste – Andrjuschas Gesicht bekam Farbe, seine Lethargie schien wie durch einen Zaubertrick in Luft aufgelöst, er wirkte nahezu aufgebracht, als er weiterlas:

– Ab dem Ende des 19. Jahrhunderts begann man mit der Erdölförderung in Grosny. Das brachte viele ausländische Investoren nach Tschetschenien, der Handel begann zu florieren. Im Bürgerkrieg kämpften die Tschetschenen auf der Seite der Roten, sie waren überzeugt, dass der Kampf gegen das Imperium gerichtet war. 1936 erfolgte die Gründung der Tschetscheno-Inguschetischen Autonomen Sozialistischen Sowjetrepublik. Nur ein Jahrzehnt war es den Tschetschenen vergönnt, ein friedliches Leben zu führen, bis ab den vierziger Jahren erneut die stalinistische Terrorwelle über sie hereinbrach. Man geht heute von etwa 250 000 Menschen aus, die den Säuberungen zum Opfer fielen. Und als wäre das nicht genug: An einem einzigen Februartag im Jahr 1944 wurden mehr als 300 000 Tschetschenen und 93 000 Inguschen mit Viehwaggons nach Asien deportiert …

Genau, darauf wollte ich hinaus, denn damit hast du doch angefangen, oder Papa?

Schujew trat einen Schritt auf ihn zu, öffnete den Mund, wollte etwas sagen, stammelte und empfand ein merkwürdiges Unbehagen, das in Sekundenschnelle in blinde Wut umschlug, diese Wut steigerte sich durch den Gedanken, dass dieser kleine Bastard ihn provozierte, indem er es wagte, ihm, seinem Vater, der sein ganzes

Leben in den Dienst des Vaterlandes gestellt hatte, ins Gesicht zu lachen und ihm zu erklären, sein ganzes Leben sei nichtig, sein Kampf sinnlos gewesen. Denn das tat er, ja, das konnte er spüren, mit jeder Faser seines Körpers konnte er spüren, dass für seinen Sohn dieses Land, von dem er sprach, über das er nur dieses nutzlose Bücherwissen besaß, dieses fleisch- und blutlose Wissen, das noch nie jemandem genutzt hatte, ja, dass dieses Land ein Stellvertreter war; wenn er von den Tschetschenen sprach, meinte er all diese verfluchten Länder, die gerade wie im Chor nach ihrer verdammten Unabhängigkeit verlangten und nicht begriffen, dass sie ohne die nördliche Unterstützung, den Schutz der *Allianz*, nichts wert waren, dass sie sich ausrotten und gegenseitig die Köpfe abreißen würden, sollte man sie sich selbst überlassen.
Sein Kinn begann zu zittern, er öffnete und schloss den Mund wie ein Karpfen, unfähig, über seine Empörung, über seine Rage hinwegzusprechen; und so hob er die Hand, holte aus und ließ sie mit voller Kraft gegen Andrjuschas Wange knallen. Der Junge war vollkommen überrascht, sah mit geweiteten Augen auf seinen Vater und taumelte zurück; der Schlag war kräftig gewesen, für einige Sekunden schien er zu schwanken, hielt jedoch das Gleichgewicht. Als er ein Kind gewesen war, hatte es immer wieder ein paar Schläge auf den Hintern gegeben, ein paar nicht allzu wilde Backpfeifen und an den Ohren hatte der Vater ihn auch gezogen, aber das war Jahre her, und er war schon längst kein Kind mehr, diese Ohrfeige hatte eine ganz andere Bedeutung, und Schujew konnte seinem Sohn die Empörung vom Gesicht ablesen.
Gott weiß, wie weit er noch gegangen wäre, denn seine Rage war unermesslich, wenn Galina nicht angerannt ge-

kommen wäre und wie hysterisch geschrien hätte. Aber in dem Augenblick schwor sich Schujew, dass er alles in seiner Macht Stehende dafür tun würde, dass sein Land die Risse überwinden würde, die durch die Perestroika entstanden waren, die gesellschaftlichen Wunden, die die Reformen geschlagen hatten, die Schwächen, die diese kapitalistischen Ratten, von denen es in Russland neuerdings nur so wimmelte und die dabei waren, das ganze Land aufzufressen, und zu denen sich anscheinend sein eigener Sohn gesellen wollte, dass er diese Schwächen und mit ihnen alle Gefahren beseitigen, die Demütigung abwaschen und sich dem Kampf für die Wiederherstellung der einstigen Autorität Russlands widmen würde.

Diese Gelegenheit ließ nicht mehr lange auf sich warten. Nur wenige Wochen später übertrug man ihm die Führung der 56. Division der Motorisierten Infanterie und setzte ihn für die Stationierung in Grosny ein – wo die härtesten Gefechte zu erwarten waren.

In den ersten Wochen seines Kriegseinsatzes musste er erschrocken feststellen, dass die Verrohung und Demoralisierung, die im ganzen Land spürbar waren, auch vor den russischen Streitkräften nicht haltmachte.

Von der Eliteeinheit der Polizei, OMON, bis hin zu den einzelnen Brigaden, alle schienen nur auf eigene Interessen und Selbstbereicherung aus zu sein. Es gab unzählige Kontraktniks, Freiwillige, bezahlte Berufssoldaten, die auf diese Weise Geld machen wollten, Plünderei war daher an der Tagesordnung, weil kein Mensch festgelegt hatte, wie bei einer *satschistka*, einer Säuberung, genau vorzugehen war. Keiner interessierte sich für Konventionen oder Vereinbarungen, die irgendwelche Politiker mit ihren Mont-Blanc-Füllern sonst wo unterschrieben hatten.

Hier gab es nur das Bespredel, das Gesetz der Grenzenlosigkeit, wie man diese Kriegstaktik armeeintern nannte, was absurderweise – oder in bestechender Logik – ein Terminus war, der aus der sowjetischen Unterwelt stammte und die grenzenlose Kultur der Straffreiheit bezeichnete.
Und gerade ein Befehlshaber wie er war plötzlich mit einer ungeahnten Macht ausgestattet und durfte nach eigenem Belieben schalten und walten. Und jeden Tag dieser härtesten zwei Monate seines Lebens, in der die Hauptstadt Zentimeter für Zentimeter eingenommen wurde – bei den lebensgefährlichen Grenzpostenpatrouillen, der Verminung der feindlichen Gebäude, bei den Verhaftungen und »Polizeirevierspielen«, die nichts anderes als Hinrichtungen waren, weil es schlichtweg keine Polizeireviere gab, bei den Säuberungen, an denen er und seine Männer gemeinsam mit den Eliteeinheiten teilnahmen, bei den Luftangriffen und dem ununterbrochenen Artilleriebeschuss der Stadt, bei denen schätzungsweise 25 000 Menschen ihr Leben verloren –, hörte er nie auf, an Andrjuscha zu denken: Immer wenn ihn Zweifel beschlichen, wenn er sich fortwünschte, wenn er sich fragte, was er in dieser verfluchten Landschaft der ausgehöhlten Ruinen zu suchen hatte, in der die Fassaden einfach abrutschten und die Innereien der Häuser nach außen quollen, als wäre allen Häusern zugleich übel geworden, in der Fensterskelette in das Himmelsfleisch schnitten – immer dann dachte er an seinen Sohn und seine verräterischen Worte, und das nagende Warum schwand in Windeseile.

Juritsch/Zaika

Iwan Juritsch, von allen auf zweifach demütigende Weise »Zaika« genannt – zum einen wegen seines Stotterns und zum anderen in Anspielung auf seine Feigheit –, indem man ihn mit einem *sajez*, einem Hasen, verglich, kam aus einem kleinen Dorf am Rande von Moskau, aus sehr armen Verhältnissen. Sein Vater hatte die Familie im Stich gelassen, als er noch nicht ganz drei war, und seine Mutter hatte recht bald einen anderen Mann geheiratet, mit dem sie nach Jekaterinburg zog, um später in die USA auszuwandern.
Zaika wuchs bei seinen Großeltern auf, ehrliche und liebevolle Bauern, die sich weder für die große Welt, noch für die große Politik interessierten, die still der Landarbeit nachgingen und sich über nichts in der Welt so freuten wie über Heimatfilme im Fernsehen, das Gerät hatten sie sich mit mühsamer Arbeit über Jahre hinweg zusammengespart. Sie liebten ihren Wanja und gaben ihm alles, was er ihres Erachtens am meisten benötigte: warme Mahlzeiten, jeden Morgen frische Milch, ein sauberes Bett und ein paar schöne Galoschen. Zaika, der sehr an seinen Großeltern hing, hasste aber das Land, hasste den Matsch und den Frost, wenn er jeden Morgen zu Fuß zur einzigen Ortsschule marschierte, er hasste die Tristesse des Dorfes, das Holzhaus, das sie bewohnten, hasste die Kartoffeln auf dem Feld und die Eier im Stall, hasste den bösen Kettenhund, der ihn dauernd anbellte und der nur auf seinen Großvater hörte. Er hasste die blöden Filme, über die seine Großeltern lachten, und er hasste den Dämmerzustand, in dem die ganze Ortschaft ab Oktober versank und der bis April des kom-

menden Jahres anhielt und in dem das einzige Vergnügen, das Baden im naheliegenden See und der Malzbiertank am Steg, nicht mehr infrage kamen.
Er hasste die Nachbarsjungen, die ihn auslachten, weil er stotterte, und hasste die Mädchen, die durch ihn hindurchsahen, als wäre er Luft. Er wusste nicht, wohin mit sich, wusste nicht, zu wem er gehörte, kannte nichts von der Welt und verfluchte abwechselnd den Vater und die Mutter, die ihn in diesen perspektivlosen Ausschnitt der Welt hineingeworfen hatten.
Das Bedrückende war, dass ihm auch das Lernen nicht sonderlich leichtfiel. Er hätte etwas vollkommen anderes gebraucht als das sowjetische Schulsystem, um die grausame Kette aus Schule-Angst-Scham-Ausgelachtwerden zu durchtrennen, aber von alternativen Lernmethoden ahnte er nicht einmal etwas. Für ihn existierte nur diese eine Realität und die einzige Erkenntnis, die er über die Jahre gewann, lautete, dass er in dieser Realität nichts verloren hatte.
Als Jugendlicher fing er an, merkwürdige Fantasien zu entwickeln. Er, der keiner Fliege etwas zuleide tun und über den Tod einer Taube, die er im Hof gefunden hatte, in Trauer verfallen konnte, träumte davon, all seinen Widersachern und Peinigern die Köpfe einzuschlagen, die Eingeweide rauszureißen und die Fingernägel zu ziehen. Auch schrieb er seiner Mutter Briefe (die er zum Glück nie abschickte, da seine Großeltern und er nach dem Fall des großen Imperiums auf sie und ihre Geldsendungen mehr als angewiesen waren), in denen er sie als »billige Nutte« und »Sau« beschimpfte, die wegen eines »Schwanzes« ihr einziges Kind alleine gelassen habe.
Er träumte von Mädchen aus seiner Klasse, die aus Ehr-

furcht vor ihm auf die Knie fielen und gehorsam seine Genitalien berührten, taten, was er ihnen befahl.
Wie wunderbar wäre es, sinnierte er manchmal, nachts alleine im Bett liegend und sich selbst erkundend, wenn ihm der liebe Gott eine Zauberkraft verleihen könnte, mit der er fähig wäre, ein anderes Leben zu führen. Er wäre stark und muskulös, er wäre sein verdammtes Stottern los, und die Mädchen würden vor ihm kriechen (aus irgendeinem Grund sah er Frauen, sobald er an sie als sexuelle Wesen dachte, stets vor sich knien, entweder mit offenem Mund oder nach vorne gebeugt, ihm ihre nackten Pobacken entgegenstreckend).
In jenen Tagen musste der kurz vor dem Schulabschluss stehende Zaika wieder an das Überraschungsei denken, das sein Großvater vor einem Jahrzehnt von einem Weitgereisten geschenkt bekommen hatte. Er war damals sechs oder sieben Jahre alt, als sein Großvater die einzige westliche Rarität, die sie jemals besitzen würden, nach Hause brachte.
Und obwohl der Bekannte das Paar darüber aufgeklärt hatte, dass dieses Ei zum Verzehr gedacht war, konnten sie sich nicht zu dieser waghalsigen Tat überwinden und das Ei öffnen, ganz zu schweigen davon, es aufzuessen. So wurde das Mitbringsel als ihr wertvollster westlicher Gegenstand in die Wohnzimmervitrine zu dem tschechischen Teeservice gestellt und bestaunt, bewundert, als wäre es ein Ei von Fabergé. Das winzige Souvenir strahlte etwas Magisches aus, jeder, der zu den Bauern ins Haus kam, wurde von diesem undefinierbaren Gegenstand angezogen und starrte unweigerlich hin. Niemand aber litt solche Qualen wegen dieses Eis wie Zaika. Ständig stand er vor der Glasvitrine und schwankte zwischen Gier, Angst, Neugier und Abscheu angesichts dieses kleinen

Eindringlings. Er war eifersüchtig, weil er sich vorstellte, seine Großeltern würden dieses Alien mehr lieben als ihn selbst. Wieso sonst wurde es ihm nicht erlaubt, die Vitrine zu öffnen, das Ei in die Hand zu nehmen, die Verpackung aufzureißen und sich den Inhalt in den Mund zu schieben?
Mit den Jahren, die das Ei in der Vitrine stand, wurde es zu einem Menetekel, zum unweigerlichen Symbol für Zaikas Sein: So wie das Ei, so schien sich auch das Leben zu ihm zu verhalten. Es war da, er konnte es sehen, nur ein paar Zentimeter von ihm entfernt, als müsste er nichts weiter tun, als die Hand auszustrecken, und schon könnte er es berühren. Und doch wusste er nicht, *was* genau es war, was sich in dieser Verpackung verbarg. Dieses winzige Etwas verhöhnte und verschmähte ihn.
Eines nebligen Novembernachmittags, Zaika war gerade vierzehn Jahre alt, kam er heim – die Großeltern waren noch draußen beschäftigt – und setzte sich an den Wohnzimmertisch direkt der Vitrine gegenüber. Am gleichen Morgen war er von zwei Nachbarsjungen vor der Schule angegriffen und bespuckt worden, in Anwesenheit einer Gruppe kichernder Mädchen, die den ungleichen Kampf mit aufgesetzt gleichgültigen Mienen verfolgt und dabei Kürbiskerne gegessen hatten. Und Zaika saß da und sah das Ei an. Er sah hin, reglos, starr, und plötzlich überkam ihn das Gefühl, dass dieses Ei an all seinem Scheitern, seiner Demütigung und seiner Verhöhnung schuld war, dass es genau dieses Ei war, das ihn zum Verlierer machte.
Selten in seinem Leben hatte er auf jemanden oder etwas so viel Hass empfunden, wie in dem Augenblick auf das Schokoladenspielzeug. Nicht einmal seine Eltern, die er allabendlich verfluchte, hatte er jemals so gehasst. Er war

sich sicher: Sein Leben wäre komplett anders verlaufen, hätte er damals, gleich mit sechs oder sieben Jahren, dieses verdammte Ding geöffnet und gegessen, schnell und gierig, ohne Rücksicht auf die Großeltern, ohne diesem Gegenstand diese absurde Macht beizumessen.
Und auf einmal – und doch mit jahrelanger Verspätung – sprang Zaika auf, schob die gläserne Tür der Vitrine zur Seite und ergriff die Reliquie. Und während er sie in die Hand nahm, spürte er bereits den zarten und vor allem überalterten Inhalt in seiner Hand zerbröseln. Wie lächerlich zart und klein sich das Ding doch anfühlte! Und während er die Folie abschälte, verwandelte sich das Ei in schmierigen Schokoladenbrei. Auch das Innere hatte sich verfärbt, die Zeit hatte aus einem appetitlichen Beige ein abstoßendes Grau gemacht. Aber es war ihm alles egal, er zögerte nicht lange, überlegte nicht, hielt nicht inne – sondern schob sich das ganze bröselnde Ding, das mittlerweile eine Handvoll klebriges Pulver war, in den Mund. Ein fader, bitterer Geschmack machte sich auf seiner Zunge breit – und dann biss er auf eine harte Plastikschale und zog das kleine gelbe Ding aus dem Mund. Mit Gewalt schlug er darauf, immer und immer wieder, bis das Teil auseinanderbrach und winzige Teilchen herauskullerten. Der Geschmack in seinem Mund war widerlich. Er merkte, wie Übelkeit in ihm aufkam, ignorierte sie aber und begann stattdessen, die winzigen Einzelteile vor sich auszubreiten, entdeckte das vergilbte Instruktionsblatt und begann mit vollem Eifer, das kleine Spielzeug zusammenzusetzen: Es war ein doofer Frosch mit einer Schaufel in der Hand und einem Bauarbeiterhelm auf dem Kopf.
Zaika saß da und starrte die Figur fast zehn endlose Minuten lang an, ging dann seelenruhig in die Küche, holte

dort einen Stößel und einen Mörser und zermalmte den kleinen Frosch zu Staub. Danach ging er ins Bad und übergab sich.
Als seine Großmutter eine Woche später, nachdem ihr beim Staubwischen aufgefallen war, dass ihr wertvolles Westgeschenk und Symbol der Weltläufigkeit aus der Vitrine verschwunden war, ihm die Frage stellte, was damit passiert sei, zuckte Zaika nur mit den Achseln und stellte sich unwissend. Vielleicht eines der Nachbarskinder, die hier ein und aus gingen? Sie wusste, dass er log, aber sie hatte keine Beweise, und sie wusste auch nichts auf sein Argument zu erwidern, als er meinte: »Wieso sollte ich jetzt auf einmal, nach so vielen Jahren, dieses Ding essen? Wenn ich so scharf darauf gewesen wäre, hätte ich es doch schon längst getan?«

Bis heute erfüllte ihn diese Erinnerung mit einem Prickeln. Er hatte etwas getan, womit er sich selbst überraschen konnte. Und jetzt, kurz vor seinem Schulabschluss, war es ebenfalls Zeit, etwas derart Überraschendes zu vollbringen. So beschloss er, seine Mutter aufzusuchen, etwas, vor dem er sich seit Jahren fürchtete – er konnte sich nicht einmal mehr erinnern, wann er sie das letzte Mal gesehen hatte.
Im Adressbuch seiner Großmutter fand er die Anschrift in Jekaterinburg. Aus dem Versteck seiner Großeltern – ein Kräuterbuch im winzigen Bücherregal im Flur – klaute er das Geld für die Fahrt und brach auf.
Das Schicksal spielte ihm in die Hände, und das nicht, wie erhofft, seine Mutter. Im Schlafwagenabteil des Zuges – für ein Flugticket hatte es nicht gereicht –, das er mit drei weiteren Männern teilte, lernte er Petruschow, einen netten Offizier, kennen, der ihm wie die Verkörpe-

rung von all dem vorkam, wovon er selbst träumte. Er war stattlich und respekteinflößend, gut aussehend, gepflegt, zugleich höflich und gut erzogen, hatte eine wunderbar kultivierte Art zu sprechen. Er stand für eine so ganz andere Welt als die der Grobiane und vorzeitigen Schulabgänger, aus der er selbst stammte. Seine Uniform saß wie angegossen und brachte einen unbewusst dazu, sich in der eigenen Haut unwohl zu fühlen, man schämte sich geradezu für den armseligen Kontrast, den man zu diesem feinen Herrn bildete. Neben Petruschow befanden sich noch zwei andere junge Männer im Schlafwagenabteil. Eher krud sprechende Moskowiter, die man schwer irgendeinem Beruf oder einer bestimmten Gemeinschaft zuordnen konnte. Sie wirkten wie zwei Überlebenskünstler, die sich im Dschungel der Postperestroika durchzuschlagen versuchten.

Man kam ins Gespräch, es wurde Selbstgebranntes herumgereicht, Petruschow steuerte Gebäck und Käse bei. Man verbrachte einen angenehmen, rundum gelungenen Abend, und Zaika fühlte sich auf einmal so wohl, dass er sich wünschte, diese Zugfahrt möge niemals enden. Schon allein die Tatsache, dass man ihn Wanja nannte und nicht Zaika, löste ein reines Glücksgefühl in ihm aus.

Gegen zwei Uhr morgens legten sie sich schlafen. Er lag unten, über ihm Petruschow, und auf den gegenüberliegenden Klapppritschen schnarchten die beiden Moskowiter. Vor lauter Aufregung konnte Zaika nicht einschlafen, so viel ging ihm durch den Kopf, so aufregend war seine Reise bisher gewesen, der Bahnhof in Moskau, die vielen Menschen, das Gewusel und die Hektik, er stand nicht auf der anderen Seite der Vitrine, nein, er war ein Teil dieses Treibens geworden, und das allein schon war ein unbeschreibliches Gefühl.

Plötzlich hörte er Geflüster, darauffolgend ein Geraschel. Die beiden Moskowiter flüsterten sich etwas zu. Zaika wagte nicht, sich zu rühren. Der Kleinere stand plötzlich auf und ging an Petruschows Sachen. Systematisch durchsuchte er die Taschen seines Mantels, das Portemonnaie wurde herausgeholt. Der Größere stand Wache. Zaika stellte sich weiter schlafend. Aber Petruschow im Stich zu lassen, das kam ihm ungerecht vor, niederträchtig. Er hatte ihn so respektvoll behandelt. Er musste irgendetwas tun, wollte er nicht am Ende dieser Nacht wieder derjenige sein, der auf der falschen Seite der Vitrine gestanden hatte.

Er stieß vorsichtig mit der Hand gegen die obere Pritsche, auf der Petruschow lag. Der Stoß war aber zu schwach und Petruschows Schlaf zu fest. Es blieb ihm nichts anderes übrig, als das Risiko einzugehen: Mit einem Ruck setzte er sich auf, stieß dabei einen lauten Schrei aus und schlug erneut gegen Petruschows Liege. Auf einmal spürte er eine kalte, feuchte Hand auf seinem Mund, und er wurde zurück auf seine Matratze gedrückt. Dann hatte er ein Knie an seiner Kehle und konnte sich nicht regen, röchelte nur noch beim Versuch, Alarm zu schlagen. Merkwürdig, trotz der großen Angst, die er in diesem Augenblick empfand, fühlte er sich gut, als würde seine Existenz durch diese Handlung einen tiefergehenden Sinn erhalten. Sein Mut trug Früchte: Petruschow war wach und sprang in Sekundenschnelle von seiner Liege. Zaika hörte einen harten Aufprall, der Große taumelte gegen die Wand.

Es ging so schnell, dass Zaika auf seiner Liege nicht einmal mitbekam, wie genau Petruschow die beiden außer Gefecht setzte. Die Geschicklichkeit, mit der der galante Offizier dabei vorging, erstaunte ihn. Es wirkte alles so mühelos und so routiniert. Doch womit er am allerwenigsten gerechnet hatte, war die Brutalität, mit der Petruschow seine Feinde strafte. Er öffnete die Tür und stieß die beiden in den schmalen Gang, prügelte dort mit solch einer Entschiedenheit, solch einer Kaltblütigkeit auf sie ein, dass es Zaika die Sprache verschlug. Er stand überfordert im Türrahmen und hoffte, dass der Zugbegleiter auftauchen und die beiden Männer dem sicheren Tod entreißen möge. Aber nachdem die beiden Blut spuckend und auf dem Gang kriechend um Gnade zu flehen begannen, ließ Petruschow schlagartig von ihnen ab, als hätte er plötzlich jegliches Interesse verloren. Er kehrte seelenruhig in das Abteil zurück, packte ihre wenigen Habseligkeiten und warf sie ihnen hinterher. Danach schloss er die Tür hinter sich und setzte sich schnaufend auf die nun leere Liege des kleinen Moskowiters.

– Solche Bastarde! Man teilt Brot und Wodka mit ihnen, und dann das ... Das Land hat völlig den Anstand verloren. Seit jegliche Angst vor der Obrigkeit abhandengekommen ist, drehen die Menschen durch, und das ganze Gesindel hebt seine schmutzigen Köpfe und macht, was es will. Aber, wie dem auch sei, ich hoffe, den beiden ist jetzt fürs Erste die Lust vergangen, andere Menschen auszurauben. Aber dir, mein Bruder, muss ich aus tiefstem Herzen danken. Du hast für mich deine Haut riskiert, das weiß ich durchaus zu schätzen!

Als Petruschow diese Worte an ihn richtete, spürte er, wie sich eine noch nie da gewesene Zufriedenheit in ihm ausbreitete. Welch große Worte, welch Zuwendung, und das auch noch von solch einem feinen Mann! Zaika fühlte sich, als ob er um einige Zentimeter in die Höhe wachsen und sein Kopf gegen die Decke stoßen und diese durchbrechen würde, er streckte den Hals in die kalte Nachtluft, noch weiter, noch höher, hinauf zu den Sternen und weiter zu den Galaxien – so groß, so unermesslich groß kam er sich auf einmal vor.

An Schlaf war nun nicht mehr zu denken. Die ganze Nacht saßen sie auf den Pritschen, tranken die Reste Wodka, aßen Schwarzbrot und unterhielten sich über Gott und die Welt, wobei es mehr Petruschow war, der von der Welt erzählte, und Zaika derjenige, der ihm aufmerksam lauschte. Irgendwann fing der Offizier an, ihn auszufragen, wo er herkomme, wohin er denn fahre, und überhaupt, was er im Leben vorhabe. Zaika versuchte auszuweichen, seine Antworten kamen ihm so armselig vor. Er hatte noch nie viel über die Zukunft nachgedacht, weil ihm das Leben diesen Luxus nie erlaubt hatte, seine Zukunft hatte eine Reichweite von einer Woche, maximal einem Monat. Aber Petruschow ließ nicht locker.

– Ich … ich … will einfach nicht, dass jemand auf mir rumhacken kann, ohne dafür eins aufs Maul zu kriegen, rutschte es ihm irgendwann raus, und er stotterte besonders schlimm bei diesem Geständnis. Petruschow musste lachen. Für einen Augenblick war sich Zaika nicht sicher, ob er ihn nicht vielleicht auslachte, aber dann legte Petruschow einen Arm um ihn und hörte auf zu lachen. (Überhaupt schien er von einem Augenblick auf den anderen von einer Stimmung in eine vollkommen andere wechseln zu können, als gäbe es einen unsichtbaren Knopf, den er nur zu drücken bräuchte, und schon konnte er lachen, auch wenn er Sekunden vorher noch gewütet hatte, konnte auf jemanden mit voller Kraft einschlagen und dann, als wäre nichts gewesen, aufhören und einen Toast auf die unendlichen Weiten seiner Heimat ausbringen.)

– Nichts leichter als das, Bruder, sagte Petruschow in ernstem Ton, du musst nur lernen, dich zu wehren. Und das kann ich dir zeigen. Du wirst die Lektion nie vergessen, wenn ich sie dir erst einmal beigebracht habe.

Zaika stieg aus dem Zug als ein anderer Mensch. Auf einmal hatte er Kontakte und Pläne, etwas, wovon er nicht einmal zu träumen gewagt hatte, als er in seinem Dorf die Elektrischka nach Moskau genommen hatte.

Petruschow hatte ihm seine Nummer gegeben und ihm das Versprechen abgenommen, sich zu melden, sobald er wieder in Moskau wäre. Er erzählte, dass er gerade eine Stelle in einem Ausbildungscamp der russischen Streitkräfte angenommen habe, wo er die Rekruten zu »wahren Männern« zu machen gedachte. Und er hatte Zaika vorgeschlagen, sich ebenfalls zur Armee zu melden, zumindest die Grundausbildung könne er machen, das könne nie schaden, er würde sich um ihn kümmern, er, Petruschow persönlich, würde ihn unter seine Fittiche nehmen.

In Jekaterinburg wurde Zaika dann auf den Boden der Tatsachen zurückgeholt. Nach einer vierundzwanzigstündigen Zugfahrt, nach einer zwei Stunden andauernden Suche nach dem richtigen Haus (und das inmitten eines über der ganzen Stadt wütenden Schneesturms) wurde ihm von einer alten Nachbarin mitgeteilt, dass die Familie vor zwei Monaten die Wohnung verkauft habe und in die USA ausgewandert sei, der Mann habe Glück, denn er sei Jude und habe in Amerika *svjazy*, Kontakte.

»Die Jids, die dürfen ja weg, die ganze Welt hat auf einmal ein schlechtes Gewissen denen gegenüber, um uns schert sich ja keiner … Wir können hier in Ruhe verrecken!«, hatte sie ihm noch kopfschüttelnd hinterhergerufen.

Zaika saß eine ganze Weile im Treppenhaus, rauchte eine billige, feucht gewordene Zigarette nach der anderen und wusste nicht weiter.
Er kramte in seiner Tasche nach der Telefonnummer, ging in die nächste Post und tätigte von dort aus das Telefonat.

Die Vorstellung, zur Armee zu gehen, versetzte ihn in Panik, aber er war ohnehin wehrpflichtig, und er besaß nicht genug Geld, um den Dienst umgehen zu können, und vielleicht würde er es – unter Petruschows Obhut – zu etwas bringen.
Er hatte in der Nacht zuvor nur gewonnen, indem er etwas riskiert hatte. Alles andere war keine Alternative. Alles andere war ein trister Albtraum. Und das Wort, das die alte Nachbarin ihm nachgerufen hatte und das in seinem Kopf nachhallte, ließ ihn seine ganze Situation mit noch mehr Bitterkeit wahrnehmen: »die Familie«, welche Familie? Ja, seine Mutter hatte eine Familie, hatte einen Mann und ein anderes Kind, und dieses Kind wurde geliebt, von ihr aufgezogen und wurde jetzt auch noch in die USA mitgenommen.
Petruschow enttäuschte ihn auch dieses Mal nicht. Er lud ihn zu sich ein und bot ihm an, einige Tage in seiner Moskauer Wohnung zu bleiben.
Wie im Rausch verbrachte Zaika die folgenden Tage. Er lernte die Stadt, Petruschows Familie und Freunde kennen und verlor sich in diesem vielversprechenden, anziehenden Strudel. Die Menschen, die er durch seinen Mentor kennenlernte, waren so heiter und selbstsicher, so gebildet und so feingeistig, sie konnten wunderbar reden, konnten mit Frauen flirten und jeden um den Finger wickeln. Und keiner von ihnen – obwohl sie alles

Recht der Welt gehabt hätten, wie Zaika befand – lachte über ihn oder gab ihm das Gefühl, dass er ihrer nicht würdig war. Wie gern er doch alles gegeben hätte, um auch annähernd so weltmännisch, so gewitzt, so selbstsicher zu sein.

Wie ein Schlafwandler folgte er Petruschow überallhin. Er aß, was Petruschow aß, stimmte dem zu, was Petruschow ihm vorschlug, und bewunderte, was Petruschow der Bewunderung wert schien. Wie ein gehorsamer Kranker begab er sich in die Hände eines mächtigen Heilers, im Glauben, dass Petruschow besser wusste, was er zur Rettung bedurfte.

Auch die Tatsache, dass Petruschow ihn nach einigen Tagen mit kleinen Aufgaben betraute, die ihm anfangs etwas merkwürdig erschienen, störte ihn nicht weiter. Zum Beispiel musste er eines Abends die ganze Stadt durchqueren und sich mit dubiosen Männern auf einem verlassenen Fabrikgelände treffen, die ihm merkwürdige bunte Pillen aushändigten, oder er musste nach einer Feier bei einem Freund von Petruschow zwei leicht bekleidete Mädchen nach Hause fahren, die er mit blauen Flecken und tränenüberströmt vor ihrer Tür absetzte. Aber Zaika stellte keine Fragen, und er fand nichts Verwerfliches daran, dass er sich mit diesen kleinen »Erledigungen« für Petruschows Güte bedankte.

Nach einem satten, aufregenden Monat in der Hauptstadt – dem bis dahin wohl aufregendsten in seinem gesamten Leben, denn unter anderem hatte Petruschow dafür gesorgt, dass die Jungfrau Zaika von einer appetitlichen und nicht sonderlich zimperlichen Blondine, die sich Lola nannte, der Unschuld beraubt wurde – meldete ihn Petruschow zur Grundausbildung bei den russischen Streitkräften an. Der Offizier nahm ihn wie versprochen mit nach Nischni Nowgorod, um sich in einem Ausbildungslager um seine »Mannwerdung« zu kümmern. Aber obwohl sich Zaika bemühte, alles versuchte, gelang es ihm nicht, ein anderer zu werden. Und obwohl er dank des Schutzes, den er genoss, nicht offen angefeindet wurde, obwohl ihm die obligatorischen Gewaltorgien erspart blieben, konnte er genau erkennen, mit welchen Blicken man ihn musterte, konnte das Geflüster hinter seinem Rücken hören, konnte es regelrecht auf seiner Haut spüren, dass es nur eine Frage der Zeit und der günstigen Gelegenheit war, bis sie sich auf ihn stürzen würden wie ein ausgehungertes, blutrünstiges Rudel. Egal, wie sehr er sich anstrengte, er blieb der Langsamste, der Schwächste, derjenige, den die meisten Aufgaben überforderten.

Und nicht einmal eine Woche nach seiner Ankunft im Ausbildungslager tauchte auch der Name Zaika wieder auf, als wäre er sein unsichtbarer Schatten, der ihn für immer verfolgen würde. Das Schmerzlichste allerdings war, dass wenige Wochen danach auch Petruschow diesen Namen benutzte. Zaika wollte etwas erwidern, er verzog das Gesicht, wollte sich empört geben, aber er sah bald ein, dass jeder Einwand, jeder Protest seinerseits sich als sinnlos herausstellen würde. Nicht weil Petruschow sich sein Leid nicht zu Herzen nahm, und ganz sicher nicht, weil er ihn verhöhnen wollte, nein, weil dieser Name schlichtweg die Realität widerspiegelte. Er entsprach den Tatsachen: Er war ein Stotterer, und er war ein Feigling, nur dazu imstande, sich hinter Petruschows Rücken zu verstecken. Nein, es war sinnlos, gegen diesen Namen anzukämpfen, solange er derjenige war, der er war. Niemand kann schließlich erwarten, dass in dieser Welt Respekt einfach verschenkt wird.

Nachts lag er in seinem Zimmer – man hatte die Schlafräume in eine ehemalige Turnhalle gebaut –, das er mit drei weiteren Rekruten teilte, in Gedanken irgendwo an der Schwelle von Schlafen und Wachen, und wurde von schwarzen, klebrigen Träumen heimgesucht. In diesen Träumen war er der Oberst, der Befehlshaber, der König von all diesen Männern, sogar Petruschow unterstand ihm, und er schaltete und waltete mit eiserner Hand, und alle zitterten vor Angst, sobald er auftauchte. Und wenn er seiner Fantasie gänzlich freien Lauf ließ, dann betraten diese Männerwelt, über die er so mühelos herrschte, schöne, fügsame Frauen, die ihm alle zu Füßen lagen, ihn bezirzten und schnurrten wie weiche Kätzchen. Sie flüsterten ihm Liebesschwüre ins Ohr und verteilten Luftküsse. Sie kitzelten ihn mit weichen Federn und versuchten, seine Aufmerksamkeit zu erregen, und irgendwann, irgendwann ließ er es zu, ließ sich von seinen Staatsgeschäften ablenken und ließ sie sich alle in einer Reihe aufstellen. Dann befahl er ihnen, sich auszuziehen und sich nach vorne zu bücken.

Ein knappes Jahr nach seinem Ausbildungsbeginn rief ihn Petruschow zu sich. Er saß in seinem Kabinett, dem größten Raum der Sportschule, am besten eingerichtet mit einem Ledersofa und einem Elektroherd in der Ecke, rauchte und blätterte in seinen Papieren.

– Grüß dich, Zaika. Setz dich. Kaffee? Gieß dir ruhig heißes Wasser aus der Kanne ein. Tasse und Löffel findest du im Schrank, rechts oben.

Zaika tat sich einen Löffel des löslichen Kaffees in die Tasse und fügte noch vier Löffel Zucker hinzu, achtete darauf, dass Petruschow ihn nicht kontrollierte, denn er hatte ihn einmal ermahnt, es zeuge von »schlechtem

Geschmack«, so viel Zucker in den Kaffee oder Tee zu tun.
– Ich habe schlechte Nachrichten, Zaika, setzte Petruschow an, sobald Zaika vor ihm Platz genommen hatte, ohne seinen Blick von den Unterlagen zu heben. – Ich muss euch leider verlassen.
Zaika verschluckte sich und musste mehrmals laut husten. Petruschow sah ihn mitleidig an, regte sich aber nicht und unternahm auch keinen Versuch, ihm auf den Rücken zu klopfen.
– Wohin gehst du ... wohin gehen Sie?
Es war gar nicht so einfach, die richtige Haltung Petruschow gegenüber einzunehmen, seit Zaika im Lager war. Denn zuvor war er sein Freund gewesen, und er hatte ihn selbstverständlich geduzt, seit sie in Nischni Nowgorod waren, war er einer seiner Ausbilder und durfte seine Freundschaft mit ihm nicht zeigen.
– Einberufen. An die Front.
– Welche Front?
Zaika war überfordert. Petruschow zog an seiner Zigarette und sah ihn eindringlich an. Zaika fürchtete sich vor diesem Blick. Er war sehr intensiv, und es war unmöglich zu erraten, was dem Offizier in jenem Augenblick durch den Kopf ging.
– Sag, Junge, wo lebst du denn? Welche Front? Unser Land befindet sich im Krieg. Tschetschenien, hä? Klingelt da bei dir etwas?
– Oh Gott, ja, aber ...
– Ich wurde einberufen. Es ist meine Pflicht, und selbstverständlich werde ich ihr folgen.
– Du kannst mich hier nicht alleine zurücklassen!, entfuhr es Zaika, es klang wie ein Winseln. Petruschow sah ihn leicht irritiert an. Und das sollte etwas heißen, Petru-

schow war kein Mensch, den man leicht verwirren oder aus der Fassung bringen konnte.
– Was soll denn das heißen, Zaika? Wovor fürchtest du dich? Du bist in einem Jahr mit deiner Ausbildung fertig. Dann wirst du ein richtiger Soldat sein …
– Ich werde kein Soldat. Das wissen wir beide. Du siehst doch, dass ich nicht für die Armee tauge. Aber ich … ich kann dir weiterhin zuarbeiten. Ich könnte Jobs erledigen, auf die du vielleicht weniger Lust hast.
Zaika wusste, dass Petruschow ihn richtig verstand. Nicht selten hatte Zaika bestimmte Aufträge außerhalb der Kaserne ausgeführt und dabei den Mund gehalten. Hatte dreistündige Autofahrten auf sich genommen, um diese speziellen bunten Pillen zu besorgen. Hatte sich im Stadtzentrum in einem schicken Club unter falschem Namen eingemietet, wo Petruschow mit seinen Moskauer Freunden und einigen sehr leicht bekleideten Mädchen ein ganzes Wochenende lang ein Fest gefeiert hatte. Er hatte den Mund gehalten und in jeder fraglichen Situation versucht, seine Loyalität unter Beweis zu stellen.
– Ja, das sehe ich, das sehe ich und weiß es durchaus zu schätzen, Zaika, aber du darfst nicht vergessen, dass dort, wohin wir fahren, Krieg herrscht, und auch wenn du es dir nicht so recht vorstellen kannst, was genau das heißt, so kannst du mir vertrauen und glauben, dass man dort verdammt gute Nerven, eisenharte Fäuste und eine ruhige Hand braucht. Ich werde dich dort nicht beschützen können, wenn du nicht selbst …
– Ich werde klarkommen. Ich werde dort besser klarkommen als hier ohne dich. Du weißt genau, was ich meine. Du weißt, was passieren wird, wenn du abreist, das weißt du doch?

– Du stehst weiter unter meinem Schutz, keiner wird dir etwas zuleide tun, das verspreche ich dir, und ich werde von Galopow einfordern, dass er ein Auge auf dich hat.
– Das wird nicht funktionieren. Nimm mich mit. Ich werde klarkommen, und wenn nicht, ja, dann ist es mein Pech. Du hast genug für mich getan.
– Zaika, du bist nicht einmal mit der Grundausbildung fertig, wie willst du auf den Schlachtfeldern überleben?
– Wie es alle anderen auch tun oder eben nicht. Die, die jetzt nach Tschetschenien fahren, sind auch nicht alle gute Krieger.
– Das ist doch purer Irrsinn! Wer will denn freiwillig in den Krieg ziehen?
– Ich. Ich will das. Ich bin mir ziemlich sicher, dass ich mich dort nützlicher machen kann, als wenn ich hier zurückbleibe, sprach er und fixierte Petruschow mit seinen kleinen, wässrigen Augen. Und er wusste, dass Petruschow in diesem Augenblick darüber nachdachte, dass er durchaus nützlich sein könnte, egal wo der Offizier sich aufhielt und sich künftig aufhalten sollte – im Krieg, im Frieden, in den kaukasischen Bergen oder in der tatarischen Steppe –, er würde immer Menschen brauchen, die für ihn die Drecksarbeit erledigten; das wussten beide.
– Ich schau mal, was sich machen lässt, sagte Petruschow leise, nahezu zärtlich und drückte seine Zigarette mit einer nervösen Handbewegung im halbvollen Aschenbecher aus. Zaika erhob sich.
– Danke, Borja, murmelte er und ging zur Tür.
Im Korridor blieb er gegen die feuchte Wand gedrückt stehen und atmete tief durch: Besser als die Gewalt und Demütigung, die ihn hier erwartete, besser als die Rückkehr in sein Dorf, die unweigerlich danach bevorstand, besser

als das Rattengift, das er dort fressen müsste, war der Krieg allemal. Zumindest bot er ihm die Chance – vorausgesetzt, er überlebte ihn –, als ein anderer zurückzukehren.

Petruschow

Boris Petruschow stammte aus einer der angesehensten und einflussreichsten Moskauer Intellektuellenfamilien. Seine Großeltern, rehabilitierte Opfer der Stalin-Repressionen, waren namhafte Geologen, seine Mutter war eine Literaturwissenschaftlerin an der Lomonossow-Universität, sein Vater Regisseur beim staatlichen Musiksender und selbst Musiker. Seine beiden Schwestern würden allem Anschein nach ebenfalls eine Akademikerkarriere anstreben. Selbst in den Sommerferien wurde gebüffelt, nicht einmal ein Essen konnte man ohne irgendein Lerntraining zu sich nehmen. Die Eltern machten mit ihren Kindern Ratespiele und stellten sie ständig vor Aufgaben, die es zu lösen galt. Jede Autofahrt ein Wettbewerb, jede Freizeit diente dazu, möglichst viele Bücher zu lesen und möglichst viele Gedichte auswendig zu lernen. Um die klassische Musik, deren große Verehrer seine Eltern waren, wurde nahezu ein sakraler Kult veranstaltet. In dieser Atmosphäre von Hauskonzerten, regelmäßigen Bolschoitheaterbesuchen und Vorlesewettbewerben der Geschwister, zu denen auch Kollegen und Freunde der Eltern eingeladen wurden, wuchs der jüngste und einzige männliche Spross Borja auf.

In diesem Haus gab es keinen Raum für niedere physische Bedürfnisse, dieses Haus lebte und atmete einzig und allein Erhabenheit. Zuweilen kam es Borja so vor, als hätten seine Eltern ihn nur durch das manische Hören von Bach gezeugt, denn die Vorstellung, dass sie etwas solch Animalisches wie Sex hatten, war eine Sache der Unmöglichkeit. Es gab nichts außerhalb der von ihnen kreierten Welt, sie interessierten sich nicht für Belanglosigkeiten wie den Alltag und die Politik. Nach außen hin zeigten sie sich gemäßigt sozialistisch, um keine Schwierigkeiten zu bekommen, aber in ihrer tiefsten Seele waren sie Vollblutbourgeois, die sich weit mehr für Literatur und Poesie interessierten als für das Proletariat. Eigentlich stellte der Sozialismus für sie eine einzige Beleidigung dar, sowohl im ästhetischen als auch im faktischen Sinne. Und je älter Borja wurde, desto verachtenswerter fand er diese verstaubte Haltung. Je älter er wurde, desto rebellischer wurde er allem gegenüber, was für seine Eltern diesen von der Welt abgehobenen Wert besaß. Er nahm nicht mehr an den Vorlesewettbewerben, den Poesieabenden und Hauskonzerten teil. Er erfand Ausreden, warum er die Eltern nicht zu Theaterbesuchen und Lyrikabenden begleiten konnte, und entzog sich ihnen schließlich gänzlich, indem er Verabredungen nicht mehr einhielt und alle gemeinsamen Aktivitäten boykottierte. Man schob es auf die Pubertät. Außerdem gab es ja noch zwei Schwestern, die es zu erziehen galt. Petruschow fing bald an, nach der Schule durch die Stadt zu streunen, merkte schnell, wie sehr ihm seine Herkunft in die Haut eingeritzt war, mehr, als es ihm lieb war. Der Geruch nach Bibliotheken und sein gepflegtes Äußeres verrieten Borja und seinesgleichen. Er war keiner mit zerrissener Schuluniform und Schulverweisen, keiner mit einer Filterlosen zwischen den Lippen, aber schlau genug, um zu wissen, dass er einen Umweg finden musste, um in dieser ihm fremden Welt Fuß zu fassen. Boris Petruschow war zum Erfolg verdammt. Denn etwas Geringeres existierte in seiner Familie nicht, es kam in ihrem Denken nicht vor, eine größere Schande, als sich durch nichts auszuzeichnen, gab es für seine Eltern nicht. Und so zweifelte er auch keine Sekunde daran, dass es ihm gelingen würde, jede Niedertracht und jeden Schmutz, den seine Eltern so vehement von sich wiesen, einzusaugen, jede Brutalität, die seine Eltern so empört verschmähten, möglichst nah an sich heranzulassen, jedes Verbot, das seine Eltern ihm auferlegt hatten, zu brechen.

Recht bald stellte Borja fest, dass ihn zwar die Draufgänger in der Schule nicht zu bemerken schienen, er aber beim anderen Geschlecht Gefallen fand.

Durch seine ihm selbst so verhassten Eigenschaften, die ihn stets verrieten, wie die perfekte Art sich zu artikulieren, seine Allgemeinbildung und die feinen Manieren, gefiel er den Mädchen. Gepaart mit seinem durchaus vorzeigbaren Äußeren, entwickelte sich das eine mit dem anderen zu seiner geheimen Waffe.

Die Stärke seiner Mitschüler basierte auf rein physischer Kraft, aber er spürte das Potenzial, sie zu übertrumpfen. Auch er war physisch stark, aber vor allem besaß er die nötige psychische Kraft, um *Erster* zu werden.

Bald war er derjenige, in den sich die Mädchen reihenweise verliebten, er bekundete allen gleichermaßen sein Interesse, hielt sie sich alle warm, wies keine zurück. Er ging mit ihnen ins Kino, kicherte mit ihnen bei bestimmten Filmszenen und streute kennerhaft beiläufig ein paar Informationen zum Film und zu den Schauspielern ein. Das zeigte natürlich Wirkung. Es wurde nahezu

modisch, sich in Borja Petruschow zu verlieben, den Einzelgänger und -kämpfer. Angesichts dieses Massenverliebens konnten die Draufgänger nur Missgunst und Eifersucht empfinden, sie wollten wissen, wer dieser dahergelaufene Petruschow war, und vor allem, warum alle Mädchen, mit denen sie selbst gerne ausgegangen wären, nur ihn ansahen. Plötzlich konnte man ihn nicht mehr ignorieren, plötzlich war sein Name in aller Munde.
Und als er auf dem Schulklo von Antoschka, dem größten Raufbold der Schule, zur Rede gestellt und von seiner gesamten Mannschaft bedroht wurde, reichte nur ein Satz, um die Situation zu entschärfen:
– Willst du nun mit Katja ausgehen oder willst du nicht?, fragte er Antoschka kühl ins Gesicht. – Weil wenn nicht, nur zu, aber dann wird sie dich niemals auch nur eines Blickes würdigen.
Jetzt war er derjenige, von dessen Gnade sie abhingen.
Nun galt es am nächsten Tag, jene Katja dazu zu bringen, dass sie mit dem hirnlosen, aber dafür sehr muskulösen Antoschka ausging. Katja war in Petruschow verliebt und hatte ihm schon einen nach Rosenwasser duftenden Brief geschrieben. Er fing sie nach der Schule ab und fragte, ob er sie nach Hause begleiten dürfe. Sie brach vor Freude fast in Tränen aus. Unterwegs zeigte er sich von seiner besten Seite. Die Komplimente hörten nicht auf, auch nicht die schmachtenden Blicke und die kleinen, fast beiläufigen Berührungen. Katja wurde mit jedem Schritt, den sie auf dem Nachhauseweg tat, willenloser und gefügiger und Petruschows Selbstbewusstsein größer. Im Treppenhaus angekommen, gab es schließlich den ersten Kuss, und dann geschah etwas, was Petruschow, ein Kind der Sowjetunion, nicht einmal in seinen kühnsten Träumen zu hoffen gewagt hätte – Katja bat

ihn rein. Normalerweise lebte jeder sozialistische Mensch mit mindestens viereinhalb, manchmal gar acht weiteren Familienmitgliedern zusammen. Wollte man ungestört sein, war das Zuhause der Ort, den es als Erstes zu meiden galt. Und dass ein junges sozialistisches Mädchen auf die Idee gekommen wäre, ihren Angebeteten so ungeniert zu sich nach Hause einzuladen, war etwas, was man nur in kapitalistischen Filmen erwartet hätte. Im Sozialismus passierte so etwas nicht, da musste man erst etliche Wochen oder Monate warten, bis man zum Dekolleté der Freundin vordrang, und dies geschah dann in irgendwelchen dunklen Treppenhäusern, verlassenen Gebäuden oder auf Autorücksitzen. Danach, ja, danach folgte in der Regel entweder die Heirat und die Anmeldung der Wohnfläche zur Eigennutzung beim Wohnungskommissariat oder ... gar nichts. Katja war entweder die Ausnahme, oder ihre Liebe zu Boris Petruschow war so umfassend, dass sie alle sozialistischen Grenzen auf einmal überwand.

Borja folgte ihr stumm in den nach Urin riechenden Fahrstuhl in den siebten Stock ihres Hochhauses. Katja sperrte die Wohnung auf und bat ihn, im Wohnzimmer Platz zu nehmen. Die Eltern seien auf der Arbeit, Geschwister und Großeltern gebe es keine, erklärte sie lakonisch und stellte eine Obstschale auf den Tisch. Eine Weile saßen sie nebeneinander auf dem Sofa, vor dem niedrigen Tisch mit der Obstschale, wussten beide nicht so recht, was sie mit der Situation und miteinander anfangen sollten. Dann wagte Borja den ersten Schritt und nahm ihre Hand in seine. Alles danach war einfach und ergab sich wie von allein. Katja zitterte und schien etwas Probleme mit der Atmung zu haben, aber sie leistete keinen Widerstand, im Gegenteil, wie Wasser ergoss sie sich in seine Arme, und so drang Borja in Gebiete vor, in die er sich niemals zuvor gewagt hatte. Kleidungsstücke glitten zu Boden. Katja wurde zunehmend stiller und in sich gekehrter, während er immer lauter und seine Bewegungen immer schneller und dringlicher wurden, aber er hatte auch keine Lust, sich darum zu scheren, Hauptsache, sie ließ ihn gewähren, und er vertraute blind auf seinen Körper, der würde schon Bescheid wissen, was er tat.

Keuchend rollte er zu Seite und griff nach einem Apfel. Auf einmal hatte er großen Appetit. Katja deckte sich mit ihren Kleidungsstücken zu, als sei ihre Scham etwas zeitversetzt zurückgekehrt, und setzte sich auf.

– Ich bin jetzt deine Freundin, sagte sie auf einmal ganz ruhig. Und es war keine Frage gewesen.

– Ja, also, schon klar, aber du musst eine Sache für mich machen, Katjenka, antwortete er mit vollem Mund.

– Die wäre?

– Du musst mit Antoschka ausgehen.

– Welchem Antoschka?

– Na, du weißt schon.

– Wieso denn das?

– Weil er dich vergöttert.

– Aber ich will mit dir zusammen sein!

– Ja, das sind wir doch auch. Aber er hat was bei mir gut, und ich möchte gänzlich frei sein, um mit dir ...

– Was muss ich machen?

– Keine Ahnung. Ins Kino gehen, Eis essen, irgendwas.

Sie zeigte sich beleidigt und wollte nichts davon hören. Er beließ es vorerst dabei und unternahm am nächsten Tag in der Schule einen zweiten Versuch. Als sie ihn weiterhin fassungslos ansah, flüsterte er ihr ins Ohr, dass er sonst allen erzählen würde, dass sie ein Flittchen sei und gleich beim ersten Treffen mit ihm die Beine breit gemacht hätte. Es erstaunte ihn selbst, dass er ihr diese Sätze sagte, darüber hatte er nicht nachgedacht, aber er schien ein Talent dafür zu haben. Aber was war das für ein Talent? Gab es einen Namen dafür? Er wusste es nicht, und es war ihm egal. Auch wenn sich Katjas Augen mit Tränen füllten und sie instinktiv von ihm zurückwich, fühlte er sich trotzdem als Gewinner. Und das war ein verdammt gutes Gefühl.

Katja ging mit Antoschka aus und blieb selbstverständlich dann auch bei ihm, denn Antoschka war besitzergreifend und neigte zu wütenden Eifersuchtsszenen. Nur die empörten Blicke, die sie Petruschow zuweilen auf dem Schulhof zuwarf, störten Borja, aber er lernte schnell, sie zu ignorieren. Die Tatsache, die beiden zusammengeführt zu haben, verlieh ihm eine merkwürdige, unsichtbare, aber einmalige Autorität. Er blieb zwar weiterhin der »Einzelgänger«, aber nun war klar, an ihm führte – zumindest in bestimmten Angelegenheiten – kein Weg vorbei.

Immer wieder, wenn es um Mädchen ging, kamen die Rowdys der Schule zu ihm und baten ihn um den einen oder anderen Gefallen, und fast immer gelang es ihm, ihre Wünsche zu erfüllen.

Vor allem der junge Daniil Lebedew, dessen Vater ein hohes Tier in der KPdSU war und der bereits in einer echten Bluejeans gesichtet worden war, suchte seine Nähe. Daniil war nicht besonders schlau, und die unglaubliche Naivität, die er für sein Alter an den Tag legte, machte es für Petruschow nicht gerade leicht, ihn in seiner Nähe zu dulden. Aber er war ein liebenswerter Kerl und vor allem dank seiner Herkunft ein sehr praktischer Freund. Als eines Tages in der großen Pause auch Antoschka neben

ihm Platz nahm, wusste Petruschow, dass er es geschafft hatte.
Petruschow begann, seinen Körper trainieren. Er war nie besonders sportlich gewesen, und seine psychische Überlegenheit blieb sein Trumpf, aber er brauchte auch eine zu einem *vojak*, einem Anführer, passende körperliche Erscheinung. Er ging mit Antoschka zum Boxtraining und meldete sich bei einem Hockeyverein an. Nach einem Jahr gelang ihm auch die optische Verwandlung: Aus dem groß gewachsenen, etwas schlaksigen Kerl war nun ein athletischer junger Mann geworden – mit einem breiten Kreuz und einem beeindruckenden Bizeps, der die weiblichen Herzen noch höher schlagen ließ. Jetzt war er der erste Gast auf jeder Schulfeier, er hatte sich neu erschaffen, sich in eine neue Form gegossen, und die Selbstzufriedenheit, die mit diesen Schritten einherging, wuchs von Tag zu Tag und mündete in einem regelrechten Narzissmus.
Die Beziehung zu seinen Eltern wurde immer angespannter. Streit war vorprogrammiert. Doch die Vorwürfe prallten an ihm ab, er ließ die Schimpftiraden über sich ergehen, verachtete die Eltern dabei umso mehr, und eines Abends blieb er einfach weg.
Daniil, der ihn in seinen Augen sogar etwas zu sehr bewunderte, war mehr als bereit, ihn bei sich aufzunehmen. Nach etlichen Telefonaten seiner Eltern mit Daniils Familie musste er zwar kurz vor den Abschlussprüfungen wieder nach Hause zurückkehren, aber er wusste, dass dies nicht für lange sein würde.
In den Straßen begann sich zu der Zeit das Chaos auszubreiten, der Sozialismus war nur noch eine Karikatur seiner selbst, und junge Männer, die in die Zukunft zu schauen gelernt hatten und etwas Eigenkapital auf-

brachten, begannen plötzlich, Geld zu verdienen. Boris hatte kein Geld, und weder Puschkin noch Berlioz halfen seinen Eltern, die Perestroika schadlos zu überstehen. Aber er, Boris Petruschow, konnte Leute dazu bringen, zu tun, was er wollte.

Und so brachte er Daniil dazu, in die neu aus dem Boden schießenden Kooperativen zu investieren. Er selbst, zum großen Erstaunen seiner Freunde, die ihm eine akademische Laufbahn prophezeit hatten, und zum Schrecken seiner Eltern meldete sich bei der Moskauer Militärakademie, wobei er die meiste Zeit mit Daniil auf halblegalen Partys herumhing. Daniil, der nur auf dem Papier der Besitzer der Kooperative war, ließ seinen Freund und Mentor gewähren, und Petruschow bewies sein kaufmännisches Händchen, mit der Folge, dass die beiden Freunde stets gut bei Kasse waren.

Mit den Partys kamen auch die bunten Pillen ins Spiel, die dank der offenen Grenzen ins Land gespült wurden. Und Petruschow fand großen Gefallen daran. Eigentlich fiel ihm jeglicher Kontrollverlust schwer, er hatte es verlernt, sich treiben zu lassen, und plötzlich gab es diese kleinen Hilfsmittel, und im Handumdrehen konnte er sich gehenlassen. Es tat ihm gut, sich nicht ständig für alle Handlungen verantwortlich zu fühlen, die Kehrseite seines Erfolgs, doch unter dem Einfluss der Droge wurde jede Schwäche verzeihlich, jeder Fehler entschuldbar, denn das war nicht Petruschow, der diese Schwäche zeigte, das war die Droge, die ihn schwach machte. Es dauerte nicht lange, und Petruschow wurde süchtig nach diesem Zustand, in dem er alle an der Nase herumführen konnte, sogar sich selbst. Nun war er seit geraumer Zeit ein so erfolgreicher Anführer, ein thronloser König, spielte die Rolle des klugen galanten Mannes, den die Frauen anhimmelten, und des begnadeten Manipulators. Manchmal aber sehnte er sich danach, die Zügel aus der Hand zu geben, keine Antwort auf jede Frage parat zu haben, albern zu sein und kindisch, und all das konnte er dank der bunten Pillen.

Daniil folgte ihm wie ein treuer Wachhund auf all seinen Wegen. Seine Eltern kauften ihm einen Platz an der heiß begehrten MGIMO, dem Staatlichen Institut für Internationale Beziehungen, aber er flog nach einem Jahr raus, da er dort kaum auftauchte. Später wurde er in die Lomonossow-Universität verpflanzt und sollte dort Jura studieren. Aber auch da wusste jeder, dass dieses Projekt zum Scheitern verurteilt war.

Der Rausch, den Petruschow und Daniil wie die tägliche Nahrungszufuhr benötigten, befriedigte sie nicht mehr. Die Exzesse mussten immer ausgefallener werden, die Drogen immer stärker. Das weiße Pulver, das die Clubs zu überschwemmen anfing, musste in immer größeren Dosen eingenommen werden. Ihr Geld machte es ihnen möglich, ganze Clubs anzumieten, private Partys nach eigenem Gusto zu schmeißen und vor allem die Mädchen zu bezahlen, die ihnen dann jeden auch noch so ausgefallenen Wunsch von den Lippen ablasen.

Aber dann geschah etwas, das Petruschow zum Umdenken zwang und der Moskauer Partywelt den Rücken kehren ließ. Bei einer ihrer ausgelassenen Feste brannten bei Daniil die Sicherungen durch.

Anders als sein Freund war der schmächtige, kleingewachsene Daniil mit schütterem blondem Haar und mit eingesunkenen Schultern bei den Damen nicht sonderlich beliebt. Seine Rettung waren die Edelprostituierten, die bereit waren, ihm all seine Fantasien zu erfüllen. Offen-

sichtlich wurden seine Wünsche aber von Mal zu Mal exklusiver und ausgefallener. Sogar »mit Zuschlag« weigerten sich die Mädchen, seine Absonderheiten zu befriedigen.
Petruschow befand sich einmal mehr in einem Separee des »Shangri-La«, als die Schreie ertönten, so laut, dass sie trotz der vibrierenden Technobeats deutlich zu hören waren. Als Petruschow hinausstürmte und in das Hinterzimmer kam, sah er dort einen zum Tier mutierten Daniil, der mit roten, zu Schlitzen verengten Augen und einem Flaschenhals in der Hand herumwütete, immer wieder auf einen auf dem Boden in einer Blutlache liegenden Mann in einem karierten Hemd einschlug. Eine Prostituierte stand daneben, auch ihre Oberschenkel waren blutig, sie schrie wie am Spieß. Sie war ein Stammgast auf ihren Feiern, und Petruschow ahnte schon, dass das Mädchen wegen der immer ausgefalleneren Forderungen Daniils ihren Zuhälter alarmiert hatte, den sie aus dem Grund in den Club eingeschleust haben musste. Was Daniil genau von ihr verlangt hatte, wollte Petruschow später gar nicht wissen. Was zählte, waren die Folgen: Vom Koks gänzlich entfesselt, hatte der schwächliche Daniil die Champagnerflasche ergriffen, sie an der Tischkante zerbrochen und den in das Zimmer stürmenden Zuhälter mit dem Flaschenhals abgestochen. Er hatte die Hauptschlagader getroffen, und so war es eine Sache von wenigen Sekunden gewesen, die sein Schicksal besiegelt hatte.
Petruschow wunderte sich im Nachhinein selbst, wieso er in solch einer Ausnahmesituation hatte so ruhig bleiben können. Zum Glück war er in dem Moment nicht high und hatte einen erschreckend klaren Blick und nüchternen Verstand. In Windeseile erfasste er die Situation und

zog die Konsequenzen daraus: die Nutte zum Schweigen bringen, im Club keine Panik aufkommen lassen, die Party nicht unterbrechen. Und er sperrte die Tür mit dem Schlüssel ab. Dem schreienden Mädchen verabreichte er ein überdosiertes Sedativ, und es dauerte nicht lange, bis sie komatös vor sich hinstarrte. Daniil setzte sich neben sie auf das rote Ledersofa und trank die Champagnerreste aus den Gläsern. Da entdeckte Petruschow eine auf dem Boden liegende Polaroidkamera. Einer Intuition folgend, schoss er mehrere Fotos von der Leiche des Zuhälters, dem nackten, blutverschmierten Mädchen und dem halbnackten und geistig abwesenden Daniil, die Fotos ließ er in seine Tasche gleiten.
Daniils Vater besaß die nötigen Kontakte, um seinem Sohn aus der Patsche zu helfen. Petruschow ging zum Telefon und wählte seine Nummer. Man fand einen armen Kasachen, der sich bereit erklärte, für einige tausend Dollar die Schuld auf sich zu nehmen. Wie man die Prostituierte schmierte, vielmehr ob man sie schmierte oder anderweitig zum Schweigen brachte, wollte Petruschow nicht mehr wissen. Daniil wurde die Kooperative entzogen – das eigene Geld hatte ihm nicht gutgetan –, und er wurde für eine Weile nach Westeuropa geschickt. Eine Zeit lang musste auch Petruschow von der Bildfläche verschwinden, und so ließ er sich als Ausbilder nach Nischni Nowgorod versetzen. Kraft seines in der Familie schon immer bestehenden Willens zum Erfolg hatte er die Akademie mit einem Offiziersrang abgeschlossen, trotz bunter Pillen und endlos langer weißer Linien.

Als Gras über die Sache gewachsen war und Petruschow sich außer Gefahr wähnte, stattete er Daniils Vater, der ihn nicht sonderlich leiden konnte und ihm einen schlech-

ten Einfluss auf seinen Sohn zuschrieb, einen Besuch ab. Der Vater war mittlerweile einer der Direktoren der GUSS, der »Hauptverwaltung für Sonderbauvorhaben«, die den Bau von Garnisonen, Militärstützpunkten und Truppenunterkünften beaufsichtigte, wo sich, wie man munkelte, richtig gutes Geld verdienen ließ – zumal kurz zuvor der Tschetschenien-Krieg ausgerufen worden war.
Der Vater empfing ihn mit Widerwillen und signalisierte ihm gleich nach der Begrüßung, dass das Gespräch nicht lange dauern würde. Aber er verstummte, als Petruschow ihm ein Polaroidfoto auf den Tisch legte, auf dem er seinen einzigen Sohn neben der Tatwaffe und der Zuhälterleiche auf einem roten Ledersofa sitzen und Champagner trinken sah. Er zündete sich eine Zigarette an, schaute sich das Foto erneut an und blickte ihm dann direkt in die Augen, voller Hass und Ekel:
– Was willst du?
– Eine gute Position.
– Hier, in der GUSS?
– Genau hier. Ihr Stellvertreter wäre zum Beispiel nicht schlecht.
– Du weißt, dass die GUSS der Militärverwaltung untersteht?
– Ich bin beim Militär.
– Ich werde dich nächste Woche kontaktieren. Verschwinde jetzt!
– Bis Ende dieser Woche!
Dann nahm er in aller Ruhe das Foto vom Tisch, steckte es sich in die Tasche und ging aus der Tür.
Drei Tage später hatte er ein Schreiben zur Einberufung. Er sollte als Teil der 56. Motorisierten Infanteriedivision, Truppenteil 6952, nach Grosny fahren. Er wusste, es war die Rache von Daniils Vater. Würde er dieser Einberufung

nicht folgen, würde er aus der Armee fliegen, seinen Rang verlieren und nicht bei der GUSS einsteigen können.
Aber genauso wusste er, dass er den Krieg überleben, zurückkommen und sich danach alles holen würde, sogar das, was er ursprünglich Daniils Vater anstandshalber hatte lassen wollen.

1995/Malisch

In den vergangenen beiden Wochen hatte sich im Stützpunkt eine merkwürdige Stimmung breitgemacht. Mit der zunehmenden Hitze war das Warten bleiern geworden. Die Schlucht wirkte, als hätte sie in Erwartung von etwas Großem und zugleich Grausigem die Luft angehalten.
Die Stille war kratzig, und der Himmel hing tief und drückte auf die Köpfe. Auch die Bewohner des Auls schienen angespannter und noch misstrauischer zu sein als sonst. Bislang war die Abgelegenheit der Schlucht Malisch zugutegekommen, dort hatte der Krieg noch nicht seine schlimmste Fratze offenbart, war nur ein Echo und zeigte sich vor allem in der Abwesenheit der einheimischen Männer. Die Berge waren eine Schutzmauer. Seit sie ihr Lager hier aufgeschlagen hatten, änderte sich auch das Befinden der Dorfbewohner, jeder schien auf der Hut zu sein, war zwischen Abscheu und Unsicherheit gefangen, schleichend bewegte man sich auf den staubigen Landwegen, in der Hoffnung, keiner der Soldaten

würde einen ansprechen, keiner mit ihnen in Verbindung treten.
Das tägliche Leben aber ging weiter, wenn auch die Zeit hier langsamer verstrich als anderswo. Die Taips regierten unabhängig von der Partei und ZK-Beschlüssen, man hatte eigene Gesetzmäßigkeiten, auch das traditionelle Blutrachegesetz *tschir* schien keineswegs etwas, was in ein anderes Jahrhundert gehörte, anders als in den Städten und Gemeinden des Landes, die weitaus assimilierter waren und in denen die Familienclans und das Adat dem System des Sozialismus untergeordnet waren. Hier oben aber waren es die Taips, die wie schon vor Jahrhunderten das Zusammenleben regelten. Mehrere Familien, die durch die gemeinsame Abstammung miteinander verbunden waren, bildeten einen Taip. Das Leben der Gemeinde wurde von der Versammlung geregelt, in die jede Sippe einen Vertreter entsandte. Ob es um die Nutzung der landwirtschaftlichen Flächen oder um die Vermittlung bei der Schlichtung von Streitigkeiten ging, die Gemeindeversammlung bestimmte die Regeln.
Der Krieg war schleichend, aber unaufhaltsam in das Gemeinschaftsleben eingedrungen. Immer mehr Defizite und Entbehrungen erschienen am Horizont, immer mehr Zivilisten mischten beim Schwarzhandel mit, vor allem, wenn es sich ums »schwarze Gold« handelte, man bohrte Brunnen, verkaufte Erdölquellen an die Apparatschiks, Geheimdienstler oder Regierungsmänner, im Volksmund die »Russennutten« genannt.
Bisher waren die Panzer noch nicht ins Dorf vorgedrungen, und die Bomben waren noch nicht auf die Schlucht gefallen. Trotzdem lebte man mit angehaltenem Atem, in Erwartung von etwas, für das man noch keine Worte besaß.

Die Aulbewohner – meist Frauen, Kinder und Alte – waren nervös und angespannt und dennoch beherrscht. Auch die Kleinsten unter ihnen waren darauf getrimmt, kein Aufsehen zu erregen. Denn die Schreckensnachrichten aus Grosny und Gorty drangen auch bis hierhin durch, Geschichten, die man sich hinter vorgehaltener Hand erzählte und die ihre Wirkung nicht verfehlten.
Von immer mehr Söhnen, Vätern und Brüdern fehlte jede Spur. Immer öfter hörte man von Familien, die verzweifelt auf der Suche nach Geld waren, um ihre Söhne und Ehemänner freizukaufen; manchmal brachte auch das Zusammenkratzen des Lösegeldes nichts mehr.
Aus immer mehr Häusern erklangen *Uzam*-Lieder, die tschetschenischen Totengesänge.
Ja, der Krieg kroch wie eine Schlange durch die Schlucht, den Fluss entlang, immer tiefer in die Aule hinein, in die Häuser und in die Körper und Köpfe der Menschen.

In den letzten zwei Wochen hatte sich die Stimmung spürbar zugespitzt, Malisch konnte die Anspannung mit jeder Faser des Körpers spüren, auch wenn er noch nicht wusste, was der Grund für diese Veränderung war. Aber die Ruhe nach dem Sturm von Grosny hatte das Warten wie durch Hitze verformt, es war keine Atempause mehr, es wurde zur Tortur, zu einem endlosen, tonnenschweren Ausharren.
Der Oberst hatte sich in sein Schweigen zurückgezogen und beantwortete jede Frage seiner Untertanen mit jähzornigen Schreiattacken. Seit sie hier waren, trank er wieder ohne Unterlass. Irgendjemand hatte georgischen Tschatscha organisiert, und er saß mit Petruschow und noch einigen aus dem »inneren Kreis« in seinem Container und grölte rum. Fast jeden Abend hörte man ent-

hemmte Schimpftiraden und wüste Beschimpfungen, sie schienen zu Schujew zu gehören wie seine vor Wut strotzenden Muskeln und seine Halbglatze. Immerzu ließ er seine Jungs wissen, wie dankbar man sein und dass man den Mund halten müsse, weil es ein Privileg sei, das der Truppeneinheit 6952 zuteilgeworden war; ein Dank für die erfolgreiche Operation in der Hauptstadt, die plattgemachten und niedergewalzten Häuser und Leben. Und vielleicht, so dachte sich Malisch, sollte man dieses Glück tatsächlich genießen, solange das Schicksal mild gestimmt war.

Malisch griff zu seinen Büchern, sie waren die beste Hilfe neben den Erinnerungen an jene Stunden in Wladikawkas, an Sonjas Haut und an die Versprechen, die sie sich gegenseitig gegeben hatten.

Aber die Soldaten schienen das friedliche Leben verlernt zu haben wie eine Fremdsprache, die man seit langer Zeit nicht gesprochen hat und die irgendwo in den Tiefen des Gedächtnisses zugeschüttet liegt vom Sand der Zeit. Die Männer wurden unruhig wie Pferde im Stall, die ein Raubtier in der Nähe wittern, ihr Wiehern und Schnaufen drang in den sternenübersäumten Nächten durch die Blechwände der billigen Container, aus ihren blechernen Schlafsälen, eigens für sie hingestellt und vollkommen fremd an diesem urigen Ort, inmitten wilder Natur.

In den frühen Morgenstunden, wenn er zur Küche ging, konnte er noch die Reste ihrer zähen Träume an den Blechwänden kleben sehen, wie übel riechende dunkle Flecken konnte er sie dort erkennen.

Trotzdem waren jene Morgenstunden ihm die liebsten. Er ging zu dem etwas abgelegenen Container, der als Gemeinschaftsküche fungierte, und machte sich mit Aljoscha, von den Soldaten auch Dvornjaschka, Straßenköter, genannt, an die Vorbereitung des Frühstücks. Er war Petruschow mehr als dankbar, dass er ihn für die Küchenarbeit eingeteilt hatte, eine nahezu angenehme Aufgabe für ihn, zumal es bedeutete, dass er den anderen bis auf die Essenszeiten aus dem Weg gehen konnte. Seine Aufgabe war zudem sinnvoll, zumindest nützlich.

Irgendwann schlug Aljoscha vor, die Küche etwas aufzuwerten. Denn das, was auf dem Speiseplan stand, der nach nichts schmeckende Hirse- oder Kartoffelbrei, das trockene Brot, die wässrige Butter und – an Sonntagen – Govjadina, geschmortes Schweinefleisch, eine seit der Sowjetzeit populäre Fleischkonserve, war auf Dauer unerträglich.

Aljoscha versicherte Malisch, wenn man die Nahrung verbessere, würde man auch die Stimmung in der Truppe um einiges lockern können. Und Malisch kam diese Idee nach ein paar Tagen des Zweifelns – da er keinerlei Vorstellung hatte, woher er die besseren Nahrungsmittel holen sollte – ziemlich schlau vor. Besseres Essen könnte zudem durchaus zu ihrer Popularität beitragen, etwas, was sowohl Aljoscha als auch er bitter nötig hatten.

Auch wenn er sich in Grosny durchaus bewährt hatte, sich tapfer geschlagen und vor allem: zugesehen hatte, am Leben zu bleiben und nicht den Verstand zu verlieren, so hatte das nichts an seiner Stellung in der Truppe geändert. Er blieb das Muttersöhnchen, das man nur aus einem einzigen Grund duldete: Er übernahm all jene Aufgaben, die ein Soldat, der etwas auf sich hielt, für unter seiner Würde befinden würde. Aljoschas Vorschlag könnte dazu beitragen, dass man ihm und seinem Kameraden etwas mehr Respekt entgegenbrächte. Die mühsamen Verhandlungen auf dem Schwarzmarkt – Fischkonserven oder Buchweizengrütze gegen Hammel- und Ziegenfleisch einzutauschen, sich mit den Bauern des Auls gutzustellen und etwas Milch und Eier zu besorgen – würden ihnen Ansehen verschaffen und ihr Leben an diesem Ort erträglicher machen.

Aljoscha war der vaterlose Sohn einer Erzieherin aus Nowosibirsk und somit einer der vielen, die aus völliger Perspektivlosigkeit in die Armee eingetreten waren, er und seine Mutter gehörten zu den Restposten der postsowjetischen Gesellschaft, für die die soziale und wirtschaftliche Lage so desolat war, dass sogar ein Krieg ein Licht am Ende des Tunnels bedeutete.

Malisch hätte niemals geglaubt, auf jemanden zu treffen, der noch weniger in die Armee passte als er selbst, doch wurde er im Falle Aljoschas eines Besseren belehrt. Der schmächtige Neunzehnjährige mit seiner feinen Nase und den roten Bäckchen, mit seinen zu allen Seiten abstehenden blonden Struwwelhaaren und seinen viel zu dünnen Beinen sah eher wie ein Mathematikstudent aus als wie ein Soldat und war eine dankbare Zielscheibe für jede Form von Anfeindung und Verhöhnung.

Ihr gemeinsames Los schweißte die beiden zusammen. Malisch fand Aljoscha, der aus einer anderen Infanteriedivision kam, die an einem der heftigsten Gefechte am Schatoy-Gebirgspass beteiligt gewesen war, und der erst kürzlich zu der Truppeneinheit 6952 versetzt worden war, auf Anhieb sympathisch.

Es war eher Glück und weniger seine Geschicklichkeit, das ihn überleben ließ, wie er Malisch später erzählte: Er hatte sich bei den blutigen Kämpfen in ein Hausskelett verkrochen und einfach abgewartet. Er wurde dort prompt von einem russischen Unteroffizier erwischt. Aljoscha, der seit seiner Kindheit davon träumte, ein angesehener Koch zu werden, und für den es kein größeres Glück gab als die Michelin-Sterne, sah sich gezwungen, dem Unteroffizier für sein Schweigen die Essensration abzutreten und ihm die Stiefel zu putzen. Doch die Sache sprach sich herum und sein Oberst stufte ihn als »dienstuntauglich« ein und drohte ihm damit, einen Beschwerdebrief an das Kommissariat zu schicken. Aber da man in diversen Einheiten »Aushilfsjungen« brauchte, wurde Aljoscha zu Schujew geschickt.

Man setzte ihn zuerst als Bestandsverwalter für die Waffen ein, später in der Küche. Vielleicht war es seine devote, gekrümmte Körperhaltung, sein nach unten gerichteter Blick, die Malisch sofort auffielen. Er warf ihm ein paar freundliche Blicke zu, und das reichte aus, dass Aljoscha fortan seine Nähe suchte, und als Malisch sich freiwillig zum Küchendienst meldete, konnte er die endlose Freude und Erleichterung in Aljoschas Augen erkennen.

Es war auch Aljoscha, der Malisch zum ersten Mal von dem roten Restaurant- und Hotelführer erzählte, aber auch von solch exquisiten Gerichten wie: Bouillabaisse, Farce Duxelles, Ragout fin, Bœuf bourguignon, Gratin dauphinois, Pot-au-feu aux légumes oder Crème brûlée, deren Namen, wie er Jahre später feststellte, Aljoscha allesamt falsch aussprach, da er niemals eine Chance gehabt hatte, Französisch zu lernen, die aber trotz der falschen Aussprache auf der Zunge zerschmolzen wie Karamell. (Auch Jahre später, in einem anderen Leben, immer wenn Malisch diese Speisen in den teuersten Lokalen der Welt kostete, sollte er stets an seinen Freund zurückdenken, hören, wie er deren Namen mit einem

Leuchten in den Augen aufsagte, und niemals klangen sie verheißungsvoller und köstlicher als in Aljoschas krummer Aussprache.)

Auch wenn Malisch ihn zu Beginn unterschätzt hatte, diesen schmächtigen Burschen aus Sibirien, der nicht sonderlich gebildet, aber unendlich wissbegierig war, den er zu Beginn nur als eine nette Ablenkung von seinem tristen Lageralltag betrachtet hatte, bei dem er sich etwas wichtiger fühlte, als es normalerweise der Fall war, war er nach den ersten drei Wochen, die sie zusammen im Küchencontainer verbrachten, überrascht, wie sehr er seine Nähe genoss, wie leicht und angenehm sich seine Gesellschaft anfühlte, wie gut sie miteinander harmonierten, wie mühelos es schien, mit ihm Freundschaft zu knüpfen, wie schön es war, jemanden zu haben, der eine andere Sprache sprach als die der Pornohefte und des Krieges.

Malisch lernte von ihm, dass die Lebensmittel ein eigenes Leben führen und in Kombination miteinander die verschiedensten Sprachen sprechen können. Er lernte, nach getaner Arbeit die Füße hochzulegen; er lernte, dass Schönheit nicht im Auge des Betrachters allein liegt, sondern in der Wechselwirkung, er lernte auch, Wodka zu trinken, ohne eine Miene zu verziehen und dem bitteren Geschmack sogar etwas wie Genuss abzugewinnen, er lernte, wie man aus Eiern wahre Gaumenerlebnisse zaubern konnte, und dass Träume sich kneten ließen wie Teig, er lernte, die Natur einzuatmen, er lernte, barfuß durch den Regen zu rennen und Galnasch zu kochen, die tschetschenischen Nudeln, die einen köstlichen Duft verströmten und sogar die brutalsten unter den Männern für einen Augenblick milder stimmten. Und Malisch erzählte Aljoscha im Gegenzug von seinen Büchern,

er brachte ihm Puschkins Geschmeidigkeit und Charms mutige Albernheiten nahe.
Nach einer Weile zeigte sich der sonst unbeugsame Schujew gewillt, die Idee der beiden zu unterstützen, denn nicht nur sein Durst war unstillbar, auch sein Appetit schien keine Grenzen zu kennen. An einem seiner besseren Tage sicherte er ihnen für ihr Vorhaben ein kleines Budget zu.
Malisch und Aljoscha mussten sich in das Aul vorwagen, trauten sich zunächst bis zur Mühle, die jetzt nur noch eine Sorte Brot anbot. Sie wagten es, dem Marktplatz einen Besuch abzustatten, wo ab und zu ältere Omas und Opas ihr Obst und Gemüse zum Verkauf anboten. Etwas mutiger geworden, gingen sie sogar zu dem alten Inguschen, der eine Ziegenherde hatte und Milch und Käse verkaufte. Und obwohl ihnen keiner in die Augen sah, keiner grüßte, bekamen sie meist, was sie brauchten. Aljoscha erwarb sogar ein paar Kräutersamen und beschloss, einen Kräutergarten anzulegen.
Immer mehr Zeit ließen sie sich auf ihren Streifzügen, und immer leichter fiel es ihnen, den allgemeinen Irrsinn auszublenden und auch die Zukunft weitestgehend zu ignorieren, immer mehr ließ sich eine Illusion von Normalität herstellen, die nur ab und zu durch das unruhige Rauschen der Funktelefone gestört wurde.
Malisch nahm Aljoscha mit in seine Höhle. Er bewahrte dort seine Bücher auf und eine stibitzte Taschenlampe. Oft saßen sie da, ließen die Beine über die Felsen baumeln, hörten dem Flussrauschen zu und spielten Karten oder unterhielten sich über die nächste Mahlzeit, die sie aus den vorhandenen Lebensmitteln zaubern könnten.
– Coq au vin! Das wäre was!, rief Aljoscha einmal, nachdem er eine Weile in Gedanken versunken dagesessen

und in die Ferne gestarrt hatte. Sie hatten den Küchenboden gewischt, Geschirr abgewaschen und sich für einen kurzen Augenblick hingesetzt, um Luft zu holen.
– Was ist denn das schon wieder für ein Gericht?, fragte Malisch und schüttelte schmunzelnd den Kopf.
– Oh, das ist etwas ganz Feines, und natürlich französisch! Ein Huhn, nein, am besten ein Hahn, denn der ist besonders fettig und reichhaltig, in Wein- und Kräutermarinade eingelegt. Hühnerfleisch nimmt Kräuter- und Gewürzaromen besonders gut auf, und früher, musst du wissen, als man das Rezept erfand, gab es nicht viele Möglichkeiten zur Konservierung von Lebensmitteln. Wenn man das Gericht richtig zubereiten will, muss man das Tier mindestens vierundzwanzig Stunden in der Marinade ruhen lassen, bis es sich mit den Gewürzen und dem Wein vollgesogen hat.
Und Aljoscha leckte drei Finger seiner Hand ab, um zu demonstrieren, wie lecker das von ihm vorgeschlagene Gericht war.
– Das ist absurd. Wir haben weder Wein noch Huhn.
– Ach, sag das nicht ... Neulich hat der Ingusche erzählt, unten am Dorfeingang gebe es eine Familie mit einer Hühnerzucht. Und der Ingusche sagte, die verkaufen sie auch.
– Trotzdem! So viele Tiere können wir gar nicht kaufen ...
– Ja, ich weiß, aber träumen darf man wohl mal. Eines Tages, eines Tages werde ich den besten Coq au vin der Welt zubereiten.
– Wie bist du auf diesen ganzen französischen Schnickschnack eigentlich gekommen?
– Wir hatten ein Buch zu Hause. Ein Buch über die französische Küche, in dem es nicht nur Rezepte, sondern auch tolle Bilder aller Gerichte gab. Das Buch hat je-

mand meiner Mutter geschenkt, und es lag irgendwo unter alten verstaubten Zeitungen und Büchern. Diese Bilder waren unglaublich. Ich konnte mich nicht losreißen, der Speichel lief mir im Mund zusammen, auch jetzt noch, wenn ich nur daran denke, ich bekomme sogar Gänsehaut allein durch das Darüber-Sprechen. Ich habe dann alles gelesen, was mir in die Hände geriet, und dann irgendwann habe ich auch von dem Michelinführer erfahren, und es war um mich geschehen. Wenn das alles einmal vorbei ist … wenn ich genügend Geld zusammenhabe, dann fahre ich nach Frankreich und werde dort in den Michelin-Restaurants arbeiten, werde von den Besten lernen und eines Tages mein eigenes Restaurant eröffnen … Aljoscha hielt inne und sah in die Ferne, durch die Blechwände des Küchencontainers hindurch, über die ganze Schlucht, bis nach Frankreich reichte sein Blick. Irgendwo in Paris schweifte er umher, durch die majestätischen Straßen und Boulevards. Irgendwas zog sich in Malisch zusammen, etwas an dieser Sehnsucht war ungeheuerlich, etwas daran war bitter. Aber wer wusste schon, es geschahen ja Wunder, vielleicht würde es Aljoscha eines Tages wirklich gelingen, nach Paris zu kommen.

– Aber du, warum eigentlich nicht?, nahm Aljoscha den Faden wieder auf und blies sich eine Locke aus der Stirn.

– Was meinst du jetzt schon wieder?

Malisch hatte schon den feuchten, stinkenden Lappen in der Hand und wollte die Tische für die morgendliche Essensausgabe sauber wischen.

– Ich meine keinen Coq au vin, aber ein Pilaw mit Hühnerfleisch wäre doch eine tolle Idee. Ich kenne ein ganz wunderbares Rezept aus Taschkent.

Und Aljoscha begann die Zutaten aufzuzählen, die man für den Pilaw brauchte.
– Aber das sind noch immer viel zu viele Hühner. Vergiss die Idee. Das ist verrückt, und dann wäre unser ganzes Monatsbudget weg.
– So viele brauchen wir nun auch nicht. Wir improvisieren, und außerdem ist es manchmal wichtiger, einmal zu essen wie ein König als jeden Tag wie ein Bettler …
– Und wenn sie uns ihre Hühner gar nicht verkaufen, was dann?
– Ach komm, wenn sie sehen, dass wir keine Schweine sind, dann werden sie sie schon verkaufen, sie wollen doch auch überleben, und Geld brauchen sie immer.
– Ich weiß nicht …
– Komm schon!
Manchmal dachte Malisch, dass Aljoscha bisher dank dieser einen Eigenschaft überlebt hatte: er war begeisterungsfähig. Egal welche Finsternis um ihn herum herrschte, er fand immer irgendetwas, wofür es sich zu entflammen lohnte. Gestern waren es Brennnesselblätter, aus denen man einen wunderbaren Tee kochen konnte, heute die Hühner, morgen vielleicht ein Ziegenkäse, den sie beim Inguschen bekamen. Seine Träume waren seine Krücken seit seiner Kindheit, und ganz anders als Malisch war Aljoscha auf eine merkwürdige Weise angstfrei. Er musste keine Kraft verschwenden, um gegen etwas aufzubegehren, bei dem er einsah, dass er keine Chance hatte. Auch wenn es Malisch schwerfiel, es sich einzugestehen, beneidete er Aljoscha um diese Eigenschaft. So oft musste er gegen seine Angst aufbegehren, so oft sich innerlich verdammen. Am Ende gab es immer den Punkt, an dem er resignierte.
Am nächsten Morgen, gleich nach Tagesanbruch, weckte

Aljoscha Malisch und überredete ihn, ins Tal und weiter zu der Hühnerzucht zu gehen.
Malisch zögerte, auch war ihm der lange Fußmarsch nicht ganz geheuer, sich so weit vom Lager zu entfernen, bereitete ihm Unbehagen. Aber er wollte nicht auch noch in Aljoschas Augen zum Feigling mutieren, also willigte er ein und trottete – nachdem sie die morgendliche Essensausgabe hinter sich gebracht hatten – mit schleppendem Schritt hinter ihm her.
Aljoscha tat so, als kenne er den Weg genau, und auch wenn Malisch sich sicher war, dass es nicht stimmte, half ihnen die Lüge vorübergehend dabei, eine Brücke ins Ungewisse zu schlagen. Offiziell war es ihnen nicht erlaubt, sich so weit vom Lager zu entfernen, aber seit Schujew ihnen das Budget zur Verfügung gestellt hatte, drückte man bei den beiden ein Auge zu.
Jedes Mal, wenn er in die Schlucht stieg, sich dem Fluss näherte, gab es einen kurzen Augenblick, an dem er die Luft anhielt, so atemberaubend war der Anblick. Vor allem am frühen Morgen, wenn die Sonne noch nicht gnadenlos grell schien und alles in weiches und pudriges Licht gehüllt war. Manchmal stellte er sich vor, wie es wäre, wenn Sonja diesen Ausblick zusammen mit ihm erleben könnte. Auch wenn er sich der Absurdität seines Wunsches durchaus bewusst war, musste er daran denken, es war so tröstlich, so schön. Fernab seiner Mutter und der Moskauer Tristesse, fernab von Sonjas problematischer Familie, fernab vom Dvor, fernab des ganzen Schukino-Viertels, fernab von allem und jedem könnten sie hier nichts als Schönheit genießen und sich selbst genug sein.
Sie passierten die ehemalige Mühle und ignorierten den aggressiven Blick des Bäckers, einer der wenigen jüngeren

Männer, die man im Aul zu Gesicht bekam, sie überquerten den leeren Marktplatz und ließen die ätzenden Blicke der paar Alten, die dort hockten, über sich ergehen, am Brunnen wichen ihnen wortlos die dort spielenden Kinder aus.
Malisch war froh, dass Aljoscha nicht auf die Idee kam, ausgerechnet hier jemanden nach dem Weg zu fragen. Mit gesenkten Köpfen liefen sie die leeren Gassen Richtung Hauptstraße. Die staubigen und windigen Wege schlängelten sich durch die hohen Felsen und Berge. Sie blieben stehen. Aljoscha hatte sich im Lager eine filterlose Zigarette erbettelt, die er jetzt anzündete und an der er zog. Dabei sah er hinauf zu den schneebedeckten Bergen:
– Hier irgendwo müsste ein Weg abgehen, und den sollen wir nehmen ... Und am Ende dieses Weges liegt wohl das Haus.
– Wer hat dir das gesagt? Der alte Ingusche? Ich meine, das könnte auch eine Falle sein. Wir sind hier ganz schön weitab vom Schuss.
– Wir sind wertlos. Niemand wird uns in Gefangenschaft nehmen wollen, da sie wissen, dass sie uns, ohne mit der Wimper zu zucken, zum Abschuss freigeben würden.
Die trockene Art, in der Aljoscha diese Sätze sagte, hatte etwas Schauerliches. Malisch schreckte zusammen, niemals hätte er Dvornjaschka, den er niemals so nannte, diese kalte Nüchternheit zugetraut, musste aber im gleichen Moment fassungslos feststellen, dass Aljoscha völlig recht hatte. Sie waren nichts wert. Also stellte er keine Fragen mehr und folgte ihm still, in sich gekehrt. Ein alter Mann auf einem klapprigen Pferdegespann tauchte vor ihnen auf. Aljoscha setzte sein entwaffnendes Lächeln auf und lief ihm entgegen. Aus der Ferne konnte

er sehen, dass der Mann ihm etwas mit den Händen erklärte, während sein Pferd zum Stehen kam.
– Ja, ich hatte recht, hier entlang!, rief er freudig erregt und setzte seinen Weg unbeirrt fort, als wären ihm die hiesigen Wege so vertraut wie seine Westentasche. Sie erreichten einen schmalen Pfad, der nach rechts abbog. Am Ende des Pfades standen vereinzelt ein paar Häuser. Vor dem letzten lehnte ein kleines Mädchen am Tor und beäugte sie misstrauisch.
– Hallo Kleines, begann Aljoscha, in seine Stimme mischte sich Unsicherheit. – Wir suchen die Hühnerzucht der Gelajews, sie muss irgendwo hier sein, kannst du uns helfen?
Das Mädchen starrte ihn mit ihren pechschwarzen Augen an und zog an ihrem langen Zopf, der an ihrer Schulter herunterhing, als überlegte sie sich, was als Nächstes zu tun sei.
– Wir sind die Gelajews, sagte sie nach einer Weile, ernst und weiterhin unschlüssig, was sie von den beiden Uniformierten halten sollte. Im gleichen Augenblick erschien eine Frau mittleren Alters mit einer dunkelblauen Schürze und einem langen Rock im Hof.
Sie rief ihrer Tochter etwas auf Tschetschenisch zu und eilte zum geöffneten schwarzen Metalltor. Sie stellte sich vor die Kleine und schob sie mit der einen Hand zur Seite.
– Was wollt ihr? Lasst meine Tochter in Ruhe, sie weiß nichts!
– Wir wollen Hühner, wir wollen nur ein paar Hühner kaufen.
– Wir verkaufen keine Tiere an …
Sie hielt inne.
– Wir zahlen gut.

– Nein, nein, wir verkaufen zurzeit überhaupt nicht.
– Aber wir wollen wirklich nur ein paar Hühner kaufen, nichts weiter, wir arbeiten in der Küche oben im Stützpunkt, wir ...
Aljoscha wirkte auf einmal völlig verzweifelt. Als könne er es nicht glauben, dass zwischen ihm und seinem leckeren Pilaw der Krieg stand.
– Ich kann euch nicht weiterhelfen, tut mir leid, sagte die Frau entschieden in ihrem schweren Russisch und lief wieder Richtung Haus, das Mädchen an der Hand hinter sich herziehend.
Auch Malisch unternahm einen halbherzigen Versuch, die Frau umzustimmen, auch wenn er bereits im Vorfeld wusste, dass er nichts bewirken würde, und nickte anschließend zum Abschied. Die Frau schloss die Tür.
– Siehst du ... Habe ich doch gesagt.
Malisch ging in die Hocke, um die müden Beine zu entlasten.
– Aber ... Ich verstehe das nicht!
– Aljoscha, wir sind ihre Feinde. Immer gewesen. Wir sind die, die ihren Mann und ihre Söhne töten wollen, kapier es doch endlich.
– Aber von den anderen kriegen wir doch auch Lebensmittel?!
– Weil sie Angst vor uns haben. Stell dich doch nicht so dumm an!
Malisch war gereizt, er wollte schnell wieder zurück, ihm graute es vor dem langen Fußmarsch hinauf ins Lager, ihm graute es vor den stinkenden Lappen in der Containerküche, vor dem Schweißgeruch der Männer, vor den alkoholisierten Eskapaden des Obersts, vor den devoten Speichelleckern, wie Zaika einer war, ihm graute es vor der ungeheuren Warterei, die jeden Tag um eine Tonne schwe-

rer wurde, es graute ihm vor dem Sadismus eines Petruschow, des vielleicht klügsten und deswegen perfidesten Offiziers in der ganzen Kampftruppe, der einen regelrechten Freudenrausch erlebte, wenn er jemanden demütigen und schikanieren konnte, und der trotz des vorgetäuschten Gehorsams Schujew gegenüber vor nichts zurückschreckte und sich als den wahren Befehlshaber ansah.
Er spürte plötzlich eine undefinierbare Wut in sich aufkommen, als würde er sich erstmals der Sinnlosigkeit ihres ganzen Vorhabens bewusst werden. Mitten in dieser Aussichtslosigkeit Pilaw zu kochen! Für wen und wofür? Was machte es für einen Sinn, wenn sie gleich morgen tot sein könnten? War das die Henkersmahlzeit, die sie sich selbst zubereiteten?
Er stapfte los, ohne auf seinen Kameraden zu warten, er wollte einfach fort, sich am liebsten den ganzen Tag in seiner Höhle verkriechen, im Schatten sitzen, auf die Berge und das Wasser schauen, sich in dem Rauschen verlieren und vergessen, so gut es ging.
– Hey, Malisch, jetzt warte, warte, wo willst du hin? Was ist mit dir los, warte auf mich.
– Lass mich ja in Ruhe! Das ist alles so absurd ...
Malisch war den Tränen nah.
– Aber was ist denn in dich gefahren?
Die großen Kulleraugen von Aljoscha waren geweitet und sahen ihn voller Schrecken an.
– Was soll das Ganze? Ist dir bewusst, wie bescheuert das ist, was wir hier tun!
Mit schnellen Schritten lief er davon, in die Hitze und in den Staub der Landstraße hinein. Man hörte die Grillen zirpen und große, fremdartige Vögel durchstreiften den wolkenlosen, glühenden Himmel.
– Aber was sollen wir tun? Sollen wir einfach nur rum-

sitzen und warten, bis wir abgeknallt werden? Ist das richtiger so? Weniger absurd?
Aljoschas Stimme zitterte. Malisch drehte sich nicht um, immer weiterlaufen, immer weiter, ohne stehen zu bleiben, ohne sich umzudrehen.
– Nein, das ist nicht richtiger. Ich will nicht dasitzen und auf den Tod warten. Ich will überleben, und wenn mir mein Pilaw dabei hilft, dann setze ich alles dran, verdammt noch mal, und koche es! Und ehrlich: Ich sterbe lieber mit frischem Hühnerfleisch im Bauch als mit dem billigen Fraß aus der Konserve!
Den Rest des Weges sagten sie nichts mehr. Ab und an pfiff Aljoscha irgendeine ihm unbekannte Melodie vor sich hin. Kurz bevor sie das Aul erreichten, hörten sie ein Zischen und blieben beide schlagartig stehen. Sie sahen sich vorsichtig um und entdeckten ein Mädchen hinter einer großen Tanne, das sich an dem Baum festhielt und verängstigt um sich blickte.
– Hey, ihr da, ja, ihr zwei!
Ihr Russisch war perfekt. Sie war klein und elegant, aber hatte einen wunderschön geformten, weichen Körper mit perfekt symmetrischen Rundungen. Ihre helle Haut leuchtete in der Sonne, sie wickelte schnell einen dunkelblauen Schal um den Kopf, als solle er etwas tarnen; das dunkle Blau betonte ihren makellosen Teint. Die Augen waren pechschwarz, die Nase war grazil und fein, die Lippen geschwungen, als wären sie aufgemalt.
– Kommt ruhig her. Ich beiße nicht.
Die Art, wie sie ihnen zurief, hatte etwas Freches. Aljoscha stand der Mund weit offen. Schon lange hatte er nichts derartig Schönes mehr zu Gesicht bekommen. Zögerlich traten sie ein paar Schritte nach vorne.
– Hey, das langt, nicht so nah. Wir sind hier nicht in

Russland, ja? Hier hält man Abstand. Ihr wollt doch Hühner kaufen, stimmt's?
Jetzt fiel Malisch auf, dass ihn ihre Augen an das kleine Mädchen erinnerten, das sie gerade vor dem Tor der Hühnerzucht gesehen hatten. Waren sie Schwestern? Hatte das Mädchen sie zu ihnen geschickt?
– Ja. Wollen wir, stammelte Aljoscha.
– Und was könnt ihr bieten?
– Was würdest du denn wollen?
Sie nannte einen dreisten, überteuerten Preis. Aber auch das gehörte zum Krieg, jeder handelte, wo er konnte, und forderte den Preis, den er zu bekommen glaubte, unabhängig vom Wert der Ware.
– Pro Huhn?
– Ja, klar, was denkst du denn?
– Das können wir uns leider nicht leisten.
Aljoscha sprach wie ein Schlafwandler, berauscht von der Schönheit des Mädchens. Er nannte die Summe, die sie noch zur Verfügung hatten.
– Wir brauchen an die fünfzehn Hühner.
– Nein. Das geht nicht, sagte sie streng. Wieder sah sie sich ängstlich um, als wollte sie sichergehen, dass keiner vorbeikam und sie sah.
– Bitte warte, vielleicht können wir uns doch irgendwie einigen? Vielleicht gibst du uns einen Preisnachlass? Oder können wir dir irgendwas anderes bieten, was du brauchen könntest?
Malisch sprach leise, die Worte vorsichtig abwägend, als wären sie heiß und er müsste sie langsam und mit Bedacht sprechen, um sich nicht zu verbrennen. Interessanterweise drehte sie sich um, als hätte sie auf dieses Angebot gewartet und nickte. Aljoscha schnaufte, er war sichtlich erleichtert.

– Na gut, ich würde mir das durch den Kopf gehen lassen, denn da gäbe es etwas.
– Alles, was du willst!, rief Aljoscha erfreut wie ein Schuljunge.
– Da bei euch auf dem Gelände, da gibt es etwas, das ich haben will ...
– Bei uns?
– Ja, hinter eurem Lager steht doch eine alte Scheune. Da gibt es eine Speisekammer hinter einer kleinen grünen Tür, wenn man reinkommt, gleich links, und dort ... dort müssten ein paar alte Metalldosen stehen, wo man Salz und Zucker reintut, diese alten sowjetischen Teile, ihr wisst schon, und da, in der Zuckerdose, ist ein ...
Sie machte eine Pause und sah die beiden direkt an, als wollte sie sichergehen, dass sie ihr aufmerksam zuhörten und jedes ihrer Worte ernst nahmen.
– Da drin ist ein Kubik-Rubik, so ein Zauberwürfel, ihr wisst schon.
– Klar, Kubik-Rubik, kenne ich! Hat ein Ungar erfunden, übrigens.
Aljoscha versuchte mit allen ihm zur Verfügung stehenden Mitteln zu gefallen. Das Mädchen sah ihn etwas mitleidig an.
– Der gehört jedenfalls mir. Ich möchte das Ding wiederhaben, und ich kann es mir leider nicht holen, weil ihr jetzt da seid.
– Kein Problem, wir besorgen es dir!, verkündete Aljoscha, als gelte es, in Feindeslager vorzudringen und eine geheime Waffe zu stehlen.
– Gut. Dann gebe ich euch die Hühner für euren mickrigen Preis. Aber nur zehn.
– Nein, nein, das reicht nicht. Wir müssen immerhin

die ganze Truppe satt kriegen, und sie haben alle einen Mordsappetit!

– Gut, zwölf, aber keins mehr, es geht wirklich nicht. Meine Mutter wird mich umbringen, wenn sie es herausfindet!

Aljoscha wollte etwas erwidern, aber Malisch ging dazwischen.

– Gut. Dann nehmen wir eben zwölf. Wo treffen wir uns zur Übergabe?

– Am Dorfausgang zur Hauptstraße, auf dem Hügel, da steht ein Wehrturm. Morgen um sieben in der Früh!

– Abgemacht!, sagte Aljoscha stolz und streckte seiner neuen Geschäftspartnerin die Hand entgegen, auf die diese etwas angewidert herabsah, bis sie sich schlagartig umdrehte und mit eiligen Schritten davonlief.

Sie verabredeten sich abends nach der letzten Essensausgabe und liefen zur Scheune. Wie von dem Mädchen beschrieben, fanden sie den Zauberwürfel in der staubigen und rostigen Metalldose. Aljoscha wendete ihn aufgeregt in der Hand hin und her, begann bereits, die einzelnen Teile zu drehen, aber Malisch trieb ihn wieder hinaus. An diesem Abend verabschiedeten sie sich mit einer merkwürdigen Euphorie voneinander.

Malisch nahm den Zauberwürfel mit, versteckte ihn in seiner Jacke, die die Nacht über neben seinem Bett an einem Haken hing.

Aljoscha hatte früh Abwaschdienst, und Malisch ging allein zum Treffpunkt. Ein unerklärliches Hochgefühl begleitete ihn auf dem ganzen Weg. Schon das Einschlafen am Vorabend war ihm schwergefallen, als hätte das unbekannte Mädchen mit den pechschwarzen Augen eine neue und wundersame Wendung in ihre triste Geschichte gebracht.

Sie kam etwas verspätet. Malisch hatte sich schon Sorgen gemacht, ob das Mädchen es wirklich ernst gemeint hatte, oder schlimmer: Ob dies vielleicht doch eine Falle war. Und irgendwie erschien ihm der Gedanke vom Vortag paradoxerweise tröstlich, der Gedanke, dass sein Leben nicht wertvoll genug war, um in eine Falle gelockt zu werden. Da tauchte sie aus dem Nirgendwo auf und machte wieder durch ihr Zischen auf sich aufmerksam. Diesmal hatte sie ein schwarzes Tuch um den Kopf gewickelt, anders als bei anderen Frauen dieser Gegend wirkte es bei ihr etwas deplatziert.
Er grüßte leise und zog den Würfel aus der Tasche, legte ihn auf seine Handfläche und näherte sich ihr, als wäre sie ein Raubtier, dessen Vertrauen er mit einem saftigen Fleischstück zu gewinnen versuchte. Wie von einem unsichtbaren Faden gezogen, bewegte sie sich auf den Würfel zu, griff ruckartig nach ihm, drehte ihn hin und her, betrachtete ihn von allen Seiten und hielt ihn einen Moment lang in das morgendliche Licht.
Als wäre sie aus einem Traum erwacht, zog sie plötzlich die dichten Augenbrauen zu einer zornigen Linie zusammen und sah ihn voller Misstrauen an:
– Und wo ist das Geld?
– Hier, sagte er und streckte ihr die mit einem Gummiband zusammengehaltenen Scheine entgegen. Sie riss sie ihm blitzartig aus der Hand, löste das Band und zählte nach.
– Gut. Ihr habt euch also an die Abmachung gehalten.
Jetzt musterte sie ihn von Kopf bis Fuß, als sehe sie ihn das erste Mal, er senkte den Kopf, sie war zu schön, als dass er ihr direkt ins Gesicht blicken konnte.
– Und was ist mit deinem Teil der Abmachung?
Erst jetzt wurde es ihm wieder bang ums Herz, da er rea-

lisierte, dass sie keinerlei Taschen dabeihatte. Und wäre das ganze Geld weg, würden sie es mit Schujews Jähzorn zu tun bekommen, eine Katastrophe mit ungeahnten Folgen.
– *Wir* halten uns immer an unsere Abmachungen, sagte sie auf einmal sehr ernst. – Und hör auf, mich so anzustarren!, zischte sie und zupfte an ihrem Tuch.
– Entschuldige, ich ...
– Sobald es dunkel wird, kommt ihr wieder her, und hinten, in den Turmruinen, findet ihr einen großen Sack mit den Hühnern. Wir haben die besten Viecher in der ganzen Gegend, fügte sie noch sichtlich stolz hinzu. Dann drehte sie sich um und lief auf die Turmruine zu.
– Hey warte, können wir dich wieder kontaktieren? Ich meine, wir brauchen auch Eier. Wir könnten doch Geschäftspartner werden?
– Geschäftspartner?, sie lachte laut und kehlig. Dieses dunkle Lachen hatte er von ihr nicht erwartet. Sie lachte provozierend, nahezu vulgär.
– Na ja, du weißt schon ...
– Nein, weiß ich nicht. Aber ich lasse es mir durch den Kopf gehen.
Aus jedem ihrer Worte klang Verachtung. Ja, genau das war es, es war die Verachtung, die sie so hatte auflachen lassen. Natürlich verachtete sie sie. Es war nahezu ihre Pflicht, dies zu tun. Und doch gab es jenseits der vorgeschriebenen Regeln etwas Aufmüpfiges, etwas Störrisches an ihr, als wollte sie sich weiter vortasten als die anderen hier im Aul, als gäbe es da noch eine andere Kraft, die sie antrieb, eine zittrige Neugier, eine Art Nutzdenken, er wusste es nicht, aber sie wollte etwas. Und dann fiel ihm ein, dass ihre Finger ihn erstaunt hatten, als sie den Würfel in die Hand genommen hatte. Diese

bis aufs Blut abgekauten Nägel, die eine innere Unruhe verrieten.

An der Ware, die sie am Abend abholten, hing ein beschriebener Zettel: Sie sei bereit, für einen fairen Preis auch Eier zu verkaufen.

Fortan trafen sie sich immer hinter dem Wehrturm, tauschten Geld gegen Eier, einigten sich über den nächsten Kauf und gingen davon. Immer kam sie verspätet, immer zischte sie zur Begrüßung. Und jedes Mal, wenn Malisch und Aljoscha sich auf den Weg zu ihrer geheimnisvollen Geschäftspartnerin machten, ergriff sie eine unbeschreibliche Euphorie. Während Malischs Hochgefühl der Vorfreude glich, eine lang ersehnte Freundin wiederzusehen, eine vertraute Person, kam Aljoschas Aufregung schon einer Verliebtheit gleich, einem unbedingten Gefallenwollen. Er putzte seine Stiefel, kämmte sich die Haare, polierte sich die Fingernägel mit einer Nagelfeile, die er in der Küche unter einer der Gasflaschen versteckt hielt.

– Ich würde gern wissen, wie du heißt, sagte er beim nächsten Treffen kaum hörbar. Das Mädchen lachte und trat einen Schritt an ihn heran.

– Wozu willst du das wissen?

– Schließlich sind wir Geschäftspartner, und wir können dir unsere Namen auch gern nennen ...

– Ich will eure Namen ehrlich gesagt gar nicht wissen.

Anders als Aljoscha hatte Malisch nie darüber nachgedacht, ob sie sich jemals namentlich vorgestellt hatten. Sie waren wohl schlichtweg »die Russen« und sie »die Tschetschenin«. Das reichte fürs Geschäft. Waren sie nicht durch ihre Namenlosigkeit besser geschützt? Nein, Aljoscha war anderer Meinung. Ohne zu zögern, verriet er ihr ihre Namen und Dienstgrade. Die dunkeläugige Bergkönigin interessierte das recht wenig:

– Ich habe euch doch gesagt, dass es egal ist, sagte sie gelangweilt.
Am liebsten hätte Malisch sie geschüttelt, ihr diese nonchalante Maske heruntergerissen, in der Hoffnung, dahinter würde sich jemand verbergen, der sich nicht zu schützen bräuchte. Aber im Grunde war das hier schon mehr, als man erwarten durfte. Sie, eine Tschetschenin, alleine mit zwei russischen Soldaten hinter einem verlassenen Wehrturm. Gegen den Willen ihrer Mutter, gegen den Willen ihres Auls, gegen den Willen ihres Landes. Sie riskierte viel.
Und einmal, als er sich nicht mehr zurückhalten konnte, fragte er sie, warum sie es überhaupt wagte. Es war früher Abend, gleich würde die nachmittägliche Hitze von einem kühlen Bergdämmer abgelöst werden und würde allen eine kurzzeitige Erleichterung verschaffen.
– Ich brauche Geld.
– Geld?
– Ja, Geld.
– Wofür?
– Das geht euch nichts an. Also fünfundzwanzig Eier, morgen Abend?
Malisch wusste, dass es sinnlos war, weiter nachzufragen.
Bei einer Geldübergabe Ende Juni war sie erstmals vor ihnen da und saß auf einem Stein, sie war auf ihren Kubik-Rubik-Würfel konzentriert, versuchte fiebrig, das Puzzle zu lösen.
– So ein Mistding! Das wird doch nie was, rief sie entnervt, als Malisch an ihre Seite trat.
– Soll ich dir helfen?, fragte er unsicher.
– Nein!, kam es schroff zurück. – Ich muss es selbst hinkriegen.
Ja, sie verfolgte ein Ziel, ein größeres Ziel, als es der illegale

Hühner- und Eierverkauf darstellte. Sie folgte ihrer Mission, in die sie niemanden einweihte, und er kam nicht umhin, Bewunderung für sie zu empfinden.
Aber um Aljoscha war es längst geschehen. Der Arme schmachtete nach ihr, war bis über beide Ohren verliebt. Verliebt mit einer bedingungslosen und zentnerschweren ersten Liebe. Sogar seine Michelin-Sterne und Coq-au-vin-Gerichte waren auf einmal nicht mehr von Bedeutung, nichts spielte mehr eine Rolle bis auf seine Angebetete. Nur die Aussicht auf das nächste Treffen schien ihn am Leben zu halten.
Malisch versuchte, ihn zur Vernunft zu bringen. Es wurde zunehmend gefährlich, da Aljoscha immer nachlässiger und immer unvorsichtiger vorging. Auch ließen seine Kochkünste nach, als würde seine Kraft nicht mehr ausreichen, um neben der Flamme, die in ihm brannte, auch noch die am Herd aufrechtzuerhalten. Er war zerstreut, wenn ihn die Obrigkeit etwas fragte, immer wirrer erschien er zum Morgenappell. Malisch begann zu ahnen, dass seine Nachlässigkeit ihnen Ärger einbringen könnte. Als Oberst Schujew wieder das berühmt-berüchtigte *zapoi*, das ununterbrochene Trinken, begann, war Malisch alarmiert: Von jetzt an mussten sie doppelt und dreifach auf der Hut sein. Dvornjaschka war aber blind geworden für jede Gefahr. Warum der Spitzname ihn denn nicht aufrege, hatte Malisch ihn einmal gefragt. Er erinnere ihn immer daran, dass er auf sich gestellt sei, hatte er geantwortet, außerdem seien Straßenköter die zähesten und klügsten unter den Hunden.

Das Warten in der Schlucht lastete auf Schujews Schultern wie ein klobiger Granitblock. Er verlor die Kontrolle über sich und über seinen Stützpunkt. Die Ungewissheit

hier glich immer mehr einer Säure, die geruchlos und farblos war und die sich unmerklich in die Haut einbrannte, die Zellen zerstörte, sich der Hirnmasse bemächtigte, einen Wahn auslöste.
Bereits am frühen Morgen fiel Schujew krankhaft aufgedunsen, mit geröteten Wangen, mit geplatzten Äderchen auf der klumpigen Nase und mit seinem gigantischen und gestählten Körper in die Containerküche ein und ließ sich von Malisch und Aljoscha bewirten. Im Schlepptau hatte er wie immer seinen Sklaven Zaika, den Soldaten Juritsch, seinen willenlosen, devoten Untertan. Mit von der Partie war auch der Strippenzieher Petruschow, dieser perverse und kluge Sadist, der dem Oberst ganz offensichtlich Empathie, Kameradschaft, Sympathie, Loyalität vorheuchelte, um ihm bei der erstbesten Gelegenheit ein Messer in den Rücken zu rammen. Es war seine Art, sich als Freund des Obersts zu geben, sich nachsichtig, voller Mitgefühl der Probleme seiner Truppenmänner anzunehmen, alles Tarnung.
Schujew war vom Krieg und von der Sowjetunion gezeichnet. Genau wie sein Vater war er an der Normalität zerbrochen und hatte sich den neuen Krieg herbeigesehnt, Schujew, ein Restposten des Jahrhunderts, zu Hackfleisch verarbeitet von dem von ihm einst so heiß geliebten System, ein kranker Dinosaurier, der wütete und fluchte, weil er keinen Platz fand, wo er sich in aller Ruhe zum Sterben niederlegen konnte; ein alkoholkranker Kämpfer, dem es leichter fiel zu töten, als zu leben. Er war vorhersehbar, man konnte ihn lesen, und diese Mühe machte sich Malisch, weil es ihm eine gewisse Sicherheit garantierte. Petruschow dagegen war der Sumpf, und wie bei allen trüben Gewässern konnte man bei ihm nicht bis auf den Grund sehen. Warum Petruschow in den

Krieg gezogen war, blieb Malisch völlig schleierhaft. Er war ein Mann mit geflickter Seele. Ein stummer Beobachter des Lebens, als hätte man ihm alle Emotionen amputiert, als müssten es stets die anderen sein, die für ihn tanzen, lachen, kämpfen, gar töten sollten, er würde einfach nur dastehen und stumm zusehen. Man munkelte, dass er dem Mohn verfallen sei.

Malisch empfand nichts als Abscheu Petruschow gegenüber, seit dem Vorfall in Grosny, wo er ihn beobachtet hatte, wie er mitten in einem Beschuss einen verstörten Jüngling dazu angestachelt hatte, ins Nebengebäude zu rennen und dort die Lage zu prüfen. Malisch, hinter einem BMP3 versteckt, wollte vor Entsetzen aufschreien und den Soldaten aufhalten, aber er fürchtete, sich eine Kugel einzufangen. Der Soldat fiel keine dreißig Meter vor dem Versteck. Petruschow registrierte den Tod des jungen Mannes, sah einen kurzen Augenblick hinunter zu dem toten Körper und hielt schnellstmöglich nach seinem nächsten Versuchskaninchen Ausschau, das sich als dumm genug erweisen würde, ihm zu gehorchen.

Als Schujews Dauerbesäufnis nicht mehr zu enden schien, begann Malisch zu mutmaßen, dass diese Truppenversetzung nur der Ruhigstellung des Obersts und seiner Gefolgschaft gedient hatte, dass sie nur deswegen hier waren, weil der Oberst in dieser Einöde am wenigsten Schaden anrichten konnte.

Der Alkoholgestank, der von Schujew ausging, die Anstrengung, die es Zaika kostete, niemandem der drei auf die Nerven zu gehen, und die zähe, klebrige Hinterhältigkeit, die an Petruschows leisen Bewegungen haftete, bildeten ein explosives Gemisch, das Malisch einen Schauder über den Rücken jagte.

Stumm deckten sie den Tisch, stumm servierten sie ihnen Frühstück mit den frischen Eierspeisen und dem gezuckerten Tee. Wie Schatten bewegten sie sich in der Küche zwischen Schujews Gegröle, Zaikas hilflosen Witzen und Petruschows Schweigen.
Später zogen die drei dann los auf einen ihrer Streifzüge, meist bestehend aus einem UAZ-Konvoi und zwei Autos, die zum Schutz hinten und vorne mitfuhren. Wohin sie verschwanden, wusste keiner. Die offizielle Version lautete, es handele sich um eine »Anti-Terror-Operation«, mit dem Ziel, kriegswichtige Informationen zu beschaffen und Separatisten und Rebellen aufzuspüren.
Im Laufe des Monats Juni machten in der Schlucht Gerüchte die Runde, dass die Russen die Zivilbevölkerung über alle Maßen schikanierten. Sogar die ärmsten unter den Bauern weigerten sich nun, ihre Waren an sie zu verkaufen. Sie versteckten sich, organisierten den Handel untereinander, der Marktplatz blieb bis auf ein paar Kinder und Alte leer. Aljoscha zeigte sich verwundert, aber Malisch erriet den Grund dieser plötzlichen Verweigerung recht schnell. Natürlich stand sie in direktem Zusammenhang mit den Konvois von Schujew und seiner Gefolgschaft.
Immer mehr Menschen verschanzten sich in ihren Häusern, die Schreckensnachrichten aus den Städten, die sie erreichten, taten ein Übriges. Das Warten erreichte mit der nahenden Julihitze seinen schmerzlichsten Höhepunkt. Es wurde fast schon physisch unerträglich, länger tatenlos rumzusitzen, eine Enklave des illusorischen Friedens inmitten von Menschen, die einen hassten, die sich vor einem fürchteten, die einem den Tod wünschten.
Eines Morgens – noch war es nicht hell, noch rang die kühle Sommernacht mit dem hitzigen Tag – wurde Ma-

lisch durch lautes Gegröle und das Hupen der Autos aus dem Schlaf gerissen. Er sprang hoch, zog sich an und stürmte hinaus. Im Hof sah er ein paar Männer aus seiner Kampftruppe zwei junge Burschen in dunkler Kleidung über den Hof schleifen. Sie zerrten sie über den Boden, schlugen auf sie ein, während Schujew immer enthemmter auf sie einbrüllte und Speichel aus seinem Mund flog.

Was Malisch das Blut in den Adern gefrieren ließ, war, dass die Männer bei all den Schlägen, die sie einstecken mussten, bei all dem Gebrüll stumm blieben, als hätten sie sich an ihren eigenen Zungen verschluckt. Er stand da, wie angewurzelt, wusste nicht, was er tun sollte, und traute sich auch nicht, dazwischenzugehen. Irgendwann stellte sich der flinke Kusnezow neben ihn, der immer als Erster über alles Bescheid wusste, und flüsterte ihm ins Ohr:

– Separatisten. Aus dem Tal. Planten wohl einen Überfall.

Malisch wollte wissen, welche Beweise dafür vorlägen, denn die beiden Männer sahen nicht so dumm aus, als hätten sie beschlossen, zu zweit das ganze Feindeslager voller schwerer Artillerie und Geschütze zu stürmen, aber er wusste, dass die Frage sinnlos war. Sie waren, was Schujew behauptete, dass sie waren. Und nachdem sie wegzerrt worden und ihre stummen Gesichter nicht mehr zu sehen waren, verbot sich Malisch weitere Gedanken.

Drei Tage später war es ein junger Mann aus dem Nachbaraul, den Malisch wegen eines großen Muttermals über der Oberlippe wiedererkannte. Er hatte auf dem Marktplatz mit ein paar Alten Backgammon gespielt. Jetzt saß er an einen Stuhl gefesselt in einem der Containerblocks. Im Unterschied zu den beiden anderen schrie er immer wieder, stieß Flüche aus, redete auf Tschetschenisch auf die Wachen ein, bis er mit einem Gewehrkolben zum Verstummen gebracht wurde. Das Blut spritzte gegen die Fensterscheibe, hinter der Malisch stand. Er wurde beschuldigt, von Wahhabiten finanziert worden zu sein und einen Anschlag auf den Militärstützpunkt in Chankala zu planen.

Am letzten Junitag waren es drei ältere Männer, die Schujew persönlich über das Gelände jagte. Sie seien ins Tal gekommen, um junge Männer zu rekrutieren und zu Terroristen auszubilden. Am gleichen Abend sprach Petruschow vor dem versammelten Trupp von der Notwendigkeit, einen »Filtrationspunkt« einzurichten, um bei den »Befragungen« der Gefangenen methodischer vorzugehen, lautete die offizielle Version.

Für diesen Zweck wurde die halb verfallene Scheune auserkoren, aus der Malisch und Aljoscha vor nicht einmal drei Wochen den Zauberwürfel geholt hatten.

Der Juli brach mit einer flirrenden Hitze in die Schlucht ein, die heiße Luft dampfte über den Tälern, die Sonnenstrahlen glitzerten auf den Bergspitzen, als hätten sie auf einmal Kronen aufgesetzt bekommen.

Das Buch hatte er eher zufällig entdeckt. Es musste aus seinem geheimen Versteck unter der Matratze auf den Boden gerutscht und unter dem Bett gelandet sein. Die letzten Tage hatte er wie im Rausch darin gelesen, jede freie Minute genutzt, um in seine Höhle zu fliehen und sich in das Buch zu vertiefen. Zum Glück war der Schnüffelhund Juritsch nicht auf die Idee gekommen, zwischen Matratze und Bettgestell nachzuschauen; auf

Petruschows Geheiß filzte er alles, Gott weiß, wonach er suchte. Im Zuge von Juritschs »Säuberungen«, wie die Jungs seine Streifzüge nannten, war das eine oder andere Geheimnis aufgeflogen.
In der Küche gab es immer weniger zu tun, da sie kaum mehr an zusätzliche Lebensmittel herankamen.
Auch wenn er allzu gut wusste, was die »Ausflüge« bedeuteten, war er doch heilfroh, dass der Oberst mit seinen Speichelleckern dem Stützpunkt lang genug fernblieb. So konnte er unbehelligt in seine Höhle gehen und lesen. So konnte er die Zeit vergessen und sich fortträumen. So konnte er das einzige Foto, das er von Sonja dabeihatte, bestaunen, immer wieder ungläubig über sein Glück, das ihm dank ihrer Rückkehr zuteilwurde.
Manchmal kam Aljoscha mit, der immer schweigsamer wurde, und setzte sich wortlos neben ihn. Er rauchte dann eine Zigarette und sah in die Ferne.

An jenem Morgen blieb Schujew im Stützpunkt. Es hieß, er fühle sich nicht wohl. Aljoscha hatte ihm zweimal Kohlsuppe und heißen Tee servieren müssen. Der ununterbrochene Alkoholkonsum forderte seinen Tribut.
Malisch hatte die Gelegenheit dankbar genutzt und hatte sich davongeschlichen. Am Eingang der Höhle hatte er die Beine baumeln lassen und sich wieder in sein Buch vertieft. Er war so froh über diesen unerwarteten Fund gewesen und bangte schon, er könnte es zu schnell auslesen. Nabokovs *Ada*, welch eine Irrfahrt, welch ein Fest der Fantasie, welch eine Zumutung! Er verschlang die Zeilen, tauchte zwischen ihnen ein, der Krieg fiel von ihm ab, während *Ada* ihn immer weiter und immer schneller fortriss.
– Malisch, hey, hörst du mich nicht?

Malisch schreckte auf. Unten am Felsen stand Aljoscha und winkte ihm zu. Wie aus dem Schlaf gerissen, rieb er sich die Augen und erhob sich hastig.
– Was ist los?
– Du hast Post bekommen.
– Post?
– Ja, der Hubschrauber war da.
– Bestimmt von meiner Mutter.
– Außerdem müssen wir gleich los, vergessen?
– Wohin denn?
– Es gibt frische Eier heute.
– Oh, ja, hatte ich vergessen, verzeih.

Schon über eine Woche war es her, dass sie sich mit ihr hinter dem Wehrturm getroffen hatten. Dass sie überhaupt noch kam, glich einem Wunder. Anscheinend brauchte sie das Geld wirklich, war ihr ihre Mission lebenswichtig.
– Ich bin gleich bei dir, ich muss nur kurz die Seite fertig lesen.
Ohne hinzuschauen, wusste er, dass Aljoscha den Kopf schüttelte und sich dennoch darüber freute, dass sein Freund so war, wie er war. Er würde geduldig warten, und wenn er jemandem eine Zigarette abgequatscht hatte, würde er sie sich anzünden, auf seine ernste Art erwachsen, als hätte er sich das Rauchen von jemandem abgeguckt.
»Das Pathos der Handwurzel, die Grazie der Fingerglieder verlangten nach hilflosen Kniefällen, einem Schleier überströmender Tränen, nach Agonien unverbrüchlicher Anbetung. Er berührte ihren Puls wie ein sterbender Doktor.« Seine Lippen formten die Worte lautlos, er genoss jedes einzelne von ihnen, dann klappte er das Buch

zu und legte es auf den kühlen Boden. Mit geübten Griffen kletterte er hinunter zu seinem Freund.
Schweigend liefen sie in der weißen Sonne zurück zum Stützpunkt. Im Containerblock 4 saß ein gelangweilter Soldat und sortierte die Briefe nach den Anfangsbuchstaben der Familiennamen. Gleich an der Handschrift erkannte er, dass es nicht seine Mutter war. Sonja! Wie schnell sein Herz sich mit Aufregung, Leichtigkeit, Energie füllte, als er ihre Handschrift erkannte.
Er rannte los, er wollte weg, von allen weg, niemand durfte ihn bei seinem Glück stören, mit niemandem wollte er sein Glück teilen. Sonjas erster Brief an ihn. Sonja, seine Freundin, Sonja – bald seine Verlobte und irgendwann Frau. Sonja, die zu ihm zurückgekehrt war.
Hinter der Küche fand er einen schattigen Platz, an dem er sich ungestört wähnte, und riss mit zittrigen Fingern den Brief auf, sich gleichzeitig dabei unbehaglich fühlend, dass er den Umschlag, den Sonja zugeklebt hatte, auseinanderriss.
»Mein allerliebster Malisch, wie ergeht es dir dort, wo du bist? Bist du auch ja unversehrt, bist du bei guter Gesundheit? Ach, Fragen über Fragen. Mit Schrecken verfolge ich die Nachrichten und zucke jedes Mal zusammen. Ein Glück, dass du nicht mehr in Grosny bist! Immer wieder telefoniere ich mit deiner Mutter, die mich mit Neuigkeiten versorgt. (Das Wort Neuigkeiten war falsch geschrieben, ebenso fehlten einige Kommas, die er beim Lesen gedanklich selbst hinzufügte.) Ja, komisch, oder? Dass deine Mutter und ich telefonieren? Aber ich dachte, das gehört sich nun so, nicht wahr? Immer wieder denke ich an dich, an uns und unser Wiedersehen in Wladikawkas. Wie schön wir es hatten! Und wie schön wir es noch haben werden, oder? Denn ich habe dir eine freudige Nachricht

mitzuteilen, die dich hoffentlich genauso glücklich machen wird wie mich und die dich schnell wieder zu mir nach Hause bringt! Ich bin schwanger, Saschenka! Ja, wir bekommen ein Baby! Laut meinen Berechnungen müsste es im Januar kommen. Kannst du dir das vorstellen, Sascha? Wir werden Eltern, wir werden ein kleines, süßes Baby haben, das krabbelt und brabbelt und das nach Milch und Liebe riecht! Komm bald zu uns, wir warten voller Ungeduld und Sorge! In Liebe, deine Sonja.«

Malisch las die Zeilen immer und immer wieder. Im Hintergrund hörte er Aljoscha in der Küche die Töpfe reinigen. Ein paar Soldaten spielten Karten, aus der Scheune war ein lauter Aufschrei zu hören. Er wollte nicht wissen, was dort vor sich ging. Das Brüllen, das ab und zu zu hören war, versprach nichts Gutes.

Seine Knie waren weich geworden, Schweißtropfen rannen ihm die Stirn herunter, die Hände waren zittrig, der Mund trocken. War es Freude, die ihn so fühlen ließ, oder war es Furcht? Wovor fürchtete er sich denn? Sonja muss in jener Nacht in Wladikawkas schwanger geworden sein. Ein Baby! Noch war das Wort eine bloße Verheißung, aber bald würde es greifbar werden. Ein praller Bauch von Sonja, und dann ein kleiner Mensch mit Händen und Füßen und zusammengekniffenen Augen, als sei die Welt zu viel, um alles auf einmal anzusehen. Er hätte am liebsten aufgeschrien, jemanden umarmt, aber er saß weiterhin wie angewurzelt da und starrte immer wieder auf Sonjas unordentliche Schrift.

Freude mischte sich mit Besorgnis, Zweifel mit Sicherheit, Entschlossenheit mit Zögern. Aber eine klare Erkenntnis zeichnete sich immer deutlicher vor seinem inneren Auge ab: Er musste hier fort. Er hatte hier nichts zu suchen, hatte hier nichts verloren, es war nicht sein

Krieg, es war nicht einmal sein Land. Es ergab überhaupt keinen Sinn, hier zu sein, keinen Sinn, das eigene Leben aufs Spiel zu setzen und von Tag zu Tag mehr abzustumpfen, immer tiefer zu versinken in die sumpfige Beschaffenheit dieses Albtraums. Er musste sich schleunigst einen Plan überlegen, wie er heil wieder nach Hause kommen könnte.

Aus der Küche trat Aljoscha und wischte sich die dreckigen Hände an einer noch dreckigeren Schürze ab. Malisch winkte ihm zu.

– Wir müssen gleich los, sagte Aljoscha leise und holte aus der Hosentasche eine ganze Packung Papirossy. Zum ersten Mal schien er eine eigene Packung zu besitzen.

– Ja, wir müssen weg hier, murmelte Malisch leise und erhob sich, den Brief sorgfältig zusammenfaltend.

Aljoscha legte die Schürze ab, und sie liefen zum Ausgang des Lagers. Die Wache saß mit hochgelegten Beinen da und musterte sie voller Verachtung. Dann nickte sie ihnen zu. Die Schleuse wurde geöffnet, sie traten hinaus. Mit hastigen Schritten ging Malisch voran, Aljoscha folgte, sich an sein Tempo anpassend. Malisch konnte seine Aufregung im Nacken spüren, sein verliebtes Herz schwoll voller Vorfreude an. Da platzte es aus Malisch heraus:

– Wenn es ein Mädchen wird, wird sie Ada heißen!

Dann rannte er voraus. Aljoscha versuchte, ihn einzuholen.

– Was? Was hast du gesagt? Wovon redest du?

– Wir erwarten ein Baby!

Und während er den Satz aussprach, fiel alles von ihm ab wie unnötiger Ballast, den er, ohne es selbst zu ahnen, die ganze Zeit mit sich herumgeschleppt hatte. Der Druck seiner Mutter, die Zukunftssorgen, das Korsett seines Nachnamens, der endlos lange Schatten seines

Vaters, alles schien auf einmal verschwunden, von der weißen Sonne wie weggeblendet, die Sorge um die Zukunft und in ihr nicht bestehen zu können, die Angst vor der eigenen Angst, die Angst vor der eigenen Feigheit war plötzlich wie weggeblasen, ausgelöscht. Unversehens schien es so einfach: bei der nächstbesten Gelegenheit desertieren, zurück in die Stadt, sich mit Sonja zusammen eine eigene Wohnung suchen, Arbeit, endlich studieren. Ja, es war wie ein Puzzle, in dem sich alle Teilchen fügten. Alles war richtig, alles folgerichtig. Er musste nur zusehen, dass er hier lebend rauskam.
Aljoscha schien überfordert, er klopfte ihm ungeschickt auf die Schulter, stellte dumme Fragen, aber zum Glück waren sie bereits hinter dem Wehrturm und sahen das stolze Mädchen auf dem Stein sitzen, sie strahlte sie an und hielt den Zauberwürfel in beiden Händen.
– Ich habe es geschafft!, rief sie voller Begeisterung und sprang auf. Im ersten Moment verstand Malisch nicht, wovon sie sprach, dann hielt sie das bunte Ding in die Höhe wie eine Trophäe.
– Endlich habe ich es geschafft!
Jetzt erst sah Malisch, dass die Aufgabe gelöst war und jede Seite des Zauberwürfels in jeweils einer Farbe schimmerte. Aljoscha freute sich so sehr für seine Angebetete, dass er in die Hände klatschte. Als hätte das Geräusch sie aus ihrem Freudentaumel gerissen und auf den Boden der Tatsachen zurückgeholt, nahm sie plötzlich einen finsteren Gesichtsausdruck an und sagte:
– Diesen Montag noch, da bringe ich euch ein paar Hühner, aber dann muss ich weg ... Ich brauche das Doppelte für die zehn Tiere. Mir fehlt nämlich noch ein bisschen ...
– Weg? Wie weg? Wohin, stotterte Aljoscha.

– Was geht dich das an!, fauchte sie. Im gleichen Augenblick schien sie Mitleid zu bekommen und fügte hinzu: – Schau dich doch um, wir können hier nicht ewig bleiben.

Sie verstummte und wurde wieder ernst.

– Gratuliere!, sagte Malisch und deutete auf den Würfel.

– Danke.

Sie grinste über beide Ohren, und Malisch wunderte sich einmal mehr über ihre schnellen Stimmungswechsel, die so rasch erfolgten und genauso unvorbereitet kamen und gingen wie das Wetter in den Bergen.

– Ich bringe dich in Sicherheit, wohin du auch immer willst. Ich werde mich um dich und deine Familie kümmern, sagte Aljoscha auf einmal und holte seine Papirossypackung aus der Tasche. Das Mädchen sah ihn missbilligend an und schüttelte den Kopf.

– Das ist ausgeschlossen.

– Du kannst nicht so einfach gehen, das ist zu gefährlich.

– Mit dir wird es kein bisschen sicherer, glaub mir.

– Die meisten Flüchtlinge aus den Städten kommen in Aufnahmestellen nach Inguschetien. Das ist der sicherste Weg. Ich kümmere mich um dich!

Malisch bewunderte Aljoschas Entschlossenheit und war auch ein wenig stolz auf den Mut seines Freundes, auch wenn er wusste, dass seine Wünsche sich kaum in die Tat umsetzen ließen.

– Vergiss es!

Sie trat ein wenig zurück und wechselte wieder in den harschen Ton.

– Nehmt jetzt die Eier und haut ab. Ich bleibe noch ein bisschen hier.

Mit der einen Hand umklammerte sie ihren Kubik-Rubik.
– Gut, dann bis nächsten Montag also, sagte Malisch und legte einen Arm um Aljoscha, als Zeichen dafür, dass sie gehorchten und gleich aufbrechen würden.
– Ja. Bis nächsten Montag, und das war's dann mit uns.
Sie drehte ihnen den Rücken zu. Nie grüßte sie, nie sagte sie auf Wiedersehen.
– Ich helfe dir ...
Aljoscha wollte weiterreden, aber Malisch versetzte ihm einen Stoß in die Flanke, griff nach dem Korb, der wie gewohnt neben dem Stein stand, und zog seinen Freund mit sich. Auf den Boden hatte er die vereinbarte Geldsumme in Scheinen hingelegt, ohne Nura dabei anzusehen.
– Was sollte das?, fauchte er Aljoscha an, als sie sich weit genug entfernt hatten.
– Du hast doch selbst gesagt, dass wir von hier wegmüssen ...
– Was redest du da? Doch nicht mit ihr zusammen? Wie stellst du dir das vor? Wach endlich auf!
Er wollte zu einer längeren Litanei ansetzen, in der Hoffnung, endlich zu seinem Freund durchzudringen und seine Besessenheit beenden zu können, aber im gleichen Augenblick hörten sie Autoreifen quietschen, und ein UAZ tauchte auf ihrem Weg auf. Aus dem offenen Verdeck ragte Petruschows rasierter Schädel. Er steuerte den Wagen selbst und schien ohne Begleitung unterwegs zu sein, ein seltener Anblick.
Er verlangsamte das Tempo, als er die beiden erreichte, und fuhr in Schrittgeschwindigkeit neben ihnen auf der leeren Dorfstraße her. Malisch zuckte zusammen. Hatte er sie verfolgt?

– Na ihr zwei Arschgeigen?, fragte er mit einem breiten Grinsen auf den Lippen. – Soll ich euch mitnehmen? Ich nehme an, ihr wollt *nach Hause* oder?
Er gluckste wie ein Idiot. Malisch und Aljoscha liefen mit gesenkten Köpfen weiter, das Tempo haltend.
– Wir laufen gern, sagte Aljoscha.
– Klar, Dvornjaschka läuft gern ... Natürlich.
– Wir haben Eier gekauft.
Die offizielle Version lautete: auf dem Markt, von den Omas, die aber längst nichts mehr anboten, die längst von der Bildfläche verschwunden waren. Doch Schujew hatte sich zum Glück nie groß dafür interessiert, wo das Essen herkam, das ihm täglich auf den Tisch gestellt wurde.
– Oha ja, ihr habt Eier gekauft. Aber der Markt, der ist doch ganz woanders. Was habt ihr in der Gegend zu suchen?
– Wir sind einen Umweg gelaufen, ein wenig die Beine vertreten, schoss es aus Malisch heraus.
– Aha, einen Umweg also. Die Herren langweilen sich. Haben ja auch nichts zu tun außer Kuchen backen, was? Die Herren denken immer noch, wir sind zum Spaß hier?
Seine Stimme kippte ins Eisige. Wie wahrscheinlich war es, dass Petruschow ihnen gefolgt war, und wenn, was hatte er gesehen, was nahm er an?
Schweigend liefen die beiden weiter, er fuhr weiterhin neben ihnen her.
Malisch war angespannt, er fürchtete, dass Aljoscha die Nerven verlieren könnte, schließlich ging es um das Mädchen, das ihm seit Wochen den Schlaf raubte, der er die Qualen der ersten Liebe verdankte.
– Also, wo wart ihr?
Petruschow grinste nicht mehr. Er stellte die Frage ge-

radeheraus, ernst, fast nachdenklich, als sorge er sich wirklich um seine Jungs.
– Wir waren wie immer Lebensmittel kaufen. Eier.
– Es gibt hier keine Lebensmittel mehr. Niemand verkauft etwas. Schon seit einer ganzen Weile ist das so. Haltet ihr mich für einen Idioten? Ihr könnt vielleicht Schujew an der Nase herumführen, aber ich bin nicht er. Ich habe meine Augen überall. Ich sehe und höre alles.
– Aber, Offizier Petruschow, die Leute handeln unter der Hand, sie brauchen ja weiterhin Geld, und wir haben unsere Kontakte.
Malisch bemühte sich um einen freundlichen, besänftigenden Ton. Petruschow würgte den Motor ab. Sie blieben ebenfalls stehen. Er fixierte die beiden mit seinen grauen Augen, die nichts verrieten, die nichts aussagten.
– So so, unser guter Malisch hat also Kontakte. Und die Geschäfte macht ihr mit dem Geld der Armee?
– Wir kaufen Lebensmittel, die wir für die Gemeinschaft verwenden, und Herr Oberst war ja bislang auch sehr zufrieden, fiepte Aljoscha.
Petruschow stieg aus dem Wagen und musterte die beiden mit seinem leeren Blick. Dann machte er eine Kopfbewegung und ließ die beiden den Korbdeckel heben.
– Eier also, kleine, süße Eier für leckere Omeletts und Spiegeleier. Schade drum. Aber leider kann ich euch nicht mehr erlauben, sie in den Stützpunkt zu bringen. Das Risiko ist zu hoch.
Und noch ehe er zu Ende gesprochen hatte, riss er ihnen den Korb aus der Hand und kippte die Eier auf den Boden. Es geschah so schnell, dass weder Malisch noch Aljoscha einen Laut von sich geben konnten. Sie starrten fassungslos auf den weißgelben Matsch, der sich zu ihren Füßen ausbreitete.

Kommentarlos stieg Petruschow wieder in seinen Wagen und fuhr davon.
– Er ist uns gefolgt, sagte Aljoscha, nachdem Petruschow aus ihrem Blickfeld verschwunden war. – Und er hat sie gesehen!
– Das wissen wir nicht. Beruhige dich. Wir hätten ihn doch bemerkt, wenn er uns gefolgt wäre. Wir werden nichts mehr von ihr kaufen, nicht mehr hingehen, beruhige dich, es wird schon alles gutgehen.
Bis zum Stützpunkt hörte Malisch nicht auf, auf seinen Freund einzureden, aber er spürte, wie wenig Überzeugungskraft in seinen Worten lag, wie rissig seine Stimme klang.

Schujew war gegen acht Uhr abends wach geworden, hatte sich von Aljoscha bewirten lassen und war dann mit Petruschow und Zaika davongefahren, wohin, blieb wie immer unklar. Aljoscha hatte sich im Laufe des Nachmittags beruhigt, als hätte er die Episode mit Petruschow aus dem Gedächtnis gelöscht. Nur einmal, beim Bodenwischen, flüsterte er seinem Freund zu, dass er sie niemals »im Stich lassen« werde und sich »etwas einfallen« lasse.
Malisch versuchte, sich auf den Brief in seiner Tasche zu konzentrieren, wies jeden unnötigen, beunruhigenden Gedanken von sich. Er brauchte einen Plan. Abhauen schien keine Option. Er würde es nicht weit schaffen, außerdem war es zu gefährlich, sich alleine durch die Berge zu schlagen, mit Deserteuren war man nicht gerade gnädig, ganz zu schweigen von den Bojewiken, die sich in den Bergen versteckt hielten.
Krankheit oder eine Verletzung oder Verwundung wäre eine Möglichkeit, er musste dienstuntauglich werden.

In dem Fall würde man ihn nach Wladikawkas oder Rostow ins Armeekrankenhaus bringen. Eine ungeahnte Freude ergriff von ihm Besitz. Ja, verwundet würde er mit dem Hubschrauber ausgeflogen werden. Aber als er sich ins Bett legte, Sonjas Brief unter seinem Kopfkissen, die anzüglichen Witzeleien der anderen Soldaten ignorierend, spürte er, wie sich eine merkwürdige Nervosität heranschlich. Als gäbe es etwas, was er übersehen hätte. Er versuchte, seine Unruhe wegzuschieben, konzentrierte sich in Gedanken auf Sonja und das Kind in ihrem Bauch. An Schlaf war nicht zu denken, und so hörte er sofort den Lärm, der sich wie ein Wespenschwarm auf dem Gelände breitmachte, das Reifenquietschen, das Husten von Schujew, Zaikas hastige Schritte, Petruschows aggressive Anweisungen. Er setzte sich im Bett auf, und im gleichen Atemzug hörte er jemanden seinen Namen rufen, es war Zaikas piepsige Stimme. Mit schnellen, geübten Bewegungen zog er sich seine Uniformhose an, warf sich die Jacke über, schlüpfte in die schweren Stiefel und eilte hinaus.

Er war dunkel. Nur die Autoscheinwerfer leuchteten ihm den Weg. Zaika flüsterte etwas zu den Wache haltenden Soldaten am Stützpunkteingang, die anderen beiden Soldaten, die zum Schutz des Konvois mitgefahren waren, waren in ihre Schlafblocks verschwunden.

Schujew war in seinem »Büro«, dem Verwaltungsraum des Stützpunktes, in dem er bekanntlich seine Wodka- und Cognacflaschen hortete. Petruschow war nirgends zu sehen. Malisch sah sich irritiert um, wahrscheinlich hatte er sich geirrt, es war nicht sein Name, den man gerufen hatte. Malisch fühlte sich auf Anhieb erleichtert und wollte schon kehrtmachen, als er wieder Zaikas hohe, piepsige Stimme hörte. Er stand mitten auf dem

Appellplatz und winkte ihn zu sich. Jetzt tauchte auch Aljoscha aus seinem Block auf und lief mit einem verwirrten und verschlafenen Gesichtsausdruck auf die beiden zu.
– Haben Sie mich gerufen?
– Ja, ich habe euch gerufen, macht euch fertig, es wird eine lange Nacht für euch werden, stotterte Zaika bedeutungsschwanger und sah die beiden verschmitzt an.
– Ist was passiert?, wollte Aljoscha wissen.
Er murmelte etwas von einer Aufgabe und ließ Schujews Namen fallen. Dann forderte er die beiden auf, in die Scheune zu gehen.
– Was genau sollen wir tun?, hakte Malisch nach.
– Eure erste Befragung. In der Scheune. Ab mit euch, was starrt ihr mich an?!
Seine Überheblichkeit in Verbindung mit dem Stottern war so dermaßen lächerlich, dass Malisch sich nur mit Mühe zusammenreißen konnte, um nicht loszuprusten.
Die beiden gingen langsam auf die Scheune zu.
– Was soll das? Und mitten in der Nacht?
Aljoscha war noch nicht ganz wach, er rieb sich die Augen, Malisch zuckte mit den Achseln, er versuchte, sich seine Angst nicht anmerken zu lassen. Er wollte nichts mutmaßen, nichts ahnen, aber die Ereignisse des Vormittags ließen sich schwer verdrängen, Petruschow, die zerbrochenen Eier, sein leerer Blick aus dem Wagen. Nein, er durfte sich nichts denken, das war zu abwegig.
– Wieso wir? Ich verstehe das nicht … Ich meine, hast du mitbekommen, wen sie sich diesmal geschnappt haben? Und wieso ist es auf einmal so leer hier? Wo sind die alle hin?

Malisch antwortete nichts, was ihm durch den Kopf ging, war zu monströs, als dass er es vor Aljoscha aussprechen könnte.

Seit die Scheune zum »Filtrationspunkt« deklariert worden war, hatten die beiden sie nicht mehr betreten. Die Scheune stand für sie für den Zauberwürfel, für das stolze und mutige Mädchen, das gegen den Willen ihrer Mutter Hühner und Eier an sie verkaufte und Geld sparte, um vielleicht eines Tages ihr Leben und das Leben ihrer Familie freikaufen zu können.

Sie traten ein. Es war dunkel, und es roch nach Schweiß und Urin. Die Männer, die hier festgehalten worden waren, hatten ihre Spuren der Angst und des Hasses hinterlassen. Ein Scheinwerfer ging an. Das Licht blendete sie, sie blieben wie angewurzelt stehen.

– Nur Mut, kommt rein!

Es war Petruschows Stimme. Aljoscha regte sich nicht, als hätte er das Atmen verlernt. Irgendetwas in seinem Gesicht hatte sich verändert, zog sich zu wie vor einem aufkommenden Gewitter, verfinsterte seinen Blick. Malisch wollte nicht länger warten, er hielt es nicht mehr aus, er wollte wissen, wozu sie gebeten worden waren, und er machte ein paar Schritte nach vorne.

– Warte, nein, nicht!, rief Aljoscha, aber es war zu spät. Malisch folgte dem Licht in die stickige Tiefe.

Sie saß reglos auf dem Stuhl. Ihr Mund war zugeklebt. Die Augen geschwollen. Sie hatte geweint. Einen blutigen Kratzer hatte sie dennoch auf Petruschows Oberlippe hinterlassen können. Ihre Hände waren hinter dem Stuhl festgebunden. Sie trug kein Tuch, und ihre Haare glitzerten im Licht des Bauscheinwerfers, dessen dickes Kabel, das nach außen verlegt war, sich wie eine Schlange um ihre Füße wand. Als sie Malisch erkannte, schien sie

nicht sonderlich erstaunt, als hätte sie ihn erwartet. Was sein Gesicht in dem Augenblick verriet, wusste er nicht. Er hatte es für unvorstellbar halten wollen. Der einzige Gedanke, der sich in seinem Kopf klar und deutlich formte, war die Sorge um seinen Freund, der hinter ihm den Raum betreten würde.
Petruschow hatte sie verfolgt. Er hatte sie beobachtet. Er hatte den betrunkenen Schujew dazu gebracht, die Hetzjagd zu eröffnen. Blieb die Frage, was Petruschows Gründe waren. Keine Sekunde würde er daran gedacht haben, dass sie eine ernsthafte Gefahr darstellte. War es Neugier, ein Spiel, zu deren Hauptfiguren er die beiden machte? War es persönliche Rache? Aber wofür? Sie waren nicht wichtig genug, sie lohnten den ganzen Aufwand nicht. Oder war es sie selbst, die seine Gier entfacht hatte, seine Gelüste geweckt hatte? Hatte ihr Antlitz ihn berauscht, ihre stolze Art ihn provoziert? Aber bevor er fiebrig in seinem Kopf nach einer möglichen Antwort suchen konnte, hörte er bereits ein Aufjaulen in seinem Rücken, einen niederschmetternden Laut, als ob etwas in die Brüche ginge, unwiderruflich, für immer. So hört sich also Endgültigkeit an, dachte er sich in dem Augenblick und drehte sich um. Aljoscha stand wie versteinert da, hielt sich mit beiden Händen den Mund zu, und Tränen liefen seine Wangen herunter.
Sie sah den beiden direkt ins Gesicht, wandte ihren Blick nicht von ihnen ab, als wollte sie sie anprangern und gleichzeitig Trost spenden.
– Ja, wie ich sehe, freut ihr euch, sie wiederzusehen!
Petruschow setzte sich rittlings auf einen Stuhl.
– Nein. Nein, bitte nicht, nein, nein, nein! Sie hat nichts getan, bitte. Sie nicht ... Sie hat ...
Wie ein Gebet spulte Aljoscha die Worte herunter, manisch,

monoton, während die Tränen weiterliefen. Malisch, der mit angehaltenem Atem in der Mitte des Raumes stand, ging auf seinen Freund zu, aber dieser wich zurück. Er krümmte sich und machte eine abweisende Handbewegung. Machte er ihn für das hier verantwortlich, oder war es der pure Schock, der seine Körpersprache einer totalen Verwirrung unterzog? Malisch musste sich zusammenreißen, er musste stark sein, stärker als Aljoscha. Er musste versuchen, die Situation an sich zu reißen, Aljoscha würde, je länger sie sich in diesem Raum aufhielten, immer mehr den Boden unter den Füßen verlieren.
– Was hat sie hier zu suchen, Offizier? Sie hat doch nichts verbrochen, warum haben Sie ...
Seine Stimme überschlug sich. Reiß dich zusammen, reiß dich zusammen, reiß dich zusammen!, wie Stromschläge schossen ihm die Sätze durch den Kopf.
– Wie lange geht das schon so?
Petruschow holte in aller Ruhe eine rote Packung Marlboro aus seiner Jackentasche.
– Wie lange trefft ihr euch schon mit diesem Abschaum?
– Sie ist kein Abschaum!
Kalt und ruhig kam der Satz plötzlich von Aljoscha.
– Ihr seid so dumm, so schwach, dass ihr wegen einer Fotze bereit seid, das Leben unseres ganzen Trupps aufs Spiel zu setzen. Ihr holt den Feind direkt zu uns, füttert sie mit Informationen, gebt ihr unser Geld und kauft Lebensmittel bei ihr, Lebensmittel, dass ich nicht lache! Nahrung, die wir täglich zu uns nehmen! Jeden Augenblick hätte einer von uns tot umfallen können! Ich fasse es nicht, ich fasse es wirklich nicht, dass sich solche Parasiten unsere Soldaten nennen dürfen, solche Schwächlinge, solche ... Ich möchte alles haargenau wissen. Also,

Dvornjaschka, fang an, erzähl mir, wann ihr euch getroffen habt, wie, wo. Ich brauche alle Details.
– Sie hat nichts getan!
Aljoschas Stimme wurde eisig. Petruschow erhob sich. Der Qualm seiner Zigarette stieg nach oben, formierte sich zu einer geheimnisvollen Figur.
– Nichts getan. Verstehe. Nichts getan also ..., wiederholte er ruhig, ruhig ging er auf Aljoscha zu, und ruhig holte er mit der Hand aus, mit der er Aljoscha eine heftige Ohrfeige verpasste, so dass Aljoscha taumelte und beim Versuch, das Gleichgewicht zu halten, gegen die Wand prallte.
– Laut unseren Informationen ist der Vater der Genossin Gelajewa ein Separatist und kämpft im Untergrund. Er wird seit knapp zwei Jahren vermisst.
Sie räusperte sich. Ihre Augen lachten, ihre Brust bebte. Sie lachte, sie lachte ihn allen Ernstes mit zugeklebtem Mund aus. Für eine Sekunde erstarrten alle, alle sahen ungläubig zu ihr hin. Was wohl Aljoscha gerade spürte, ob es ihn mit Furcht oder Stolz erfüllte, fragte sich Malisch. Es war beängstigend, wie beherrscht, wie gefasst sie war, trotz der Tatsache, dass man sie mundtot gemacht hatte, dass man sie der Bewegungsfreiheit beraubt hatte. Was war passiert? Waren sie in dieses abgelegene Haus eingebrochen, hatten ihre kleine Schwester, ihre scheue Mutter aus dem Schlaf gerissen, sie bedroht, hatten sie ihre Waffen auf sie gerichtet? Und hatten sie geschrien? Hatte die Mutter versucht, die Tochter zu schützen, sich vor sie gestellt? Waren die Nachbarn hinausgestürmt, hatte man sie angefleht, diese gebieterische Troika aus einem cholerischen Alkoholiker, einem gebrochenen Sklaven und einem kastrierten Sadisten?
– Also, ich möchte von euch hören, wie ihr mit Nura Gelajewa in Kontakt getreten seid. Die Details bitte!

Aljoscha stand blass an der Wand, als wäre er mit ihr verwachsen, Malisch trat einen Schritt nach vorn. Nura. Welch ein schöner Name, dachte er. Und wie makaber, dass er ihren Namen zum ersten Mal hier, ausgerechnet aus Petruschows Mund hörte.

Mit beherrschten, knappen Sätzen gab Malisch wieder, was er glaubte, wiedergeben zu müssen. Er sparte die Tatsache aus, dass Nuras Mutter sich geweigert hatte, ihnen die Hühner zu verkaufen, und dass Nura sie auf dem Rückweg eingeholt hatte. Dieses Detail hätte schnell zu einer weiteren Waffe in Petruschows Händen werden können.

– Und wie konntet ihr dieses Risiko eingehen? Das Leben der gesamten Truppe aufs Spiel zu setzen? Wie? Welche *Extras* hat sie euch angeboten, damit ihr dieses Risiko in Kauf genommen habt?

Petruschow war ans Fenster getreten und blickte in die Finsternis hinaus. Nichts regte sich. Man hörte nur Aljoscha laut atmen. Jede Farbe war aus seinem Gesicht gewichen, es ging ihm sichtlich schlecht, die ganze Zeit starrte er auf das Mädchen, das nun einen Namen bekommen hatte.

Malisch redete wie um sein Leben, suchte nach Argumenten, wohl wissend, dass das alles sinnlos war. Es gab kein Argument, das für sie sprach, außer dem, dass Schujew ihnen das Budget genehmigt und Geld in die Hand gedrückt hatte, um Lebensmittel zu beschaffen.

– Die Aufforderung des Obersts war schließlich nicht an Auflagen gebunden. Und die Sicherheitsvorkehrungen, die haben wir alle eingehalten!, insistierte Malisch und schielte mit einem Auge zu seinem Freund, der noch stiller geworden war und der seinen Blick nicht von dem Mädchen abwenden konnte, dem er schlaflose Nächte,

die kühnsten Träume und diesen gähnenden Abgrund verdankte, vor dem er stand, in dessen endlose Tiefe er gerade blickte.
Zaika kam herein. Er roch nach Wodka. Anscheinend hatte er Schujew Gesellschaft geleistet. Anders als Petruschow, der selten trank (er stehe eher auf chemische Substanzen, sagte man), musste der Fußabtreter Juritsch immer ein Glas heben, obwohl seine Trinkfestigkeit nicht einmal ansatzweise mit der des Obersts vergleichbar war. Aber er hatte keine Wahl, dies war nun einmal seine Rolle, die das Schicksal und der Krieg für ihn parat hielten, und so trank er nicht selten bis zur Bewusstlosigkeit. Die Vorgesetzten bei Laune zu halten sicherte sein Überleben.
– Ja, das habt ihr uns eingebrockt, ihr Bastarde!
Er schrie sofort los, kaum dass er den Raum betreten hatte, als käme er gerade auf eine Bühne, für die er die ganze Zeit seinen Auftritt geprobt hatte.
– Wenn der Offizier euch nicht dazwischengekommen wäre, wären wir alle draufgegangen. Ihr habt uns den Feind direkt ins Haus geholt, ihr miesen Verräter! Bei lebendigem Leib sollte man euch die Haut abziehen! Das wäre eine angemessene Strafe für euch. Ihr müsst jetzt ...
– Halt den Mund, Zaika!
Petruschow stand immer noch mit dem Rücken zu ihnen. Zaika verstummte schlagartig.
– Hätte sie uns vergiften wollen, hätte sie es schon längst getan! Sie hat uns Hühner und Eier verkauft, für gutes Essen, damit ihr euch eure faulen Bäuche mit etwas anderem vollschlagen konntet als mit Müll!
Malisch erstarrte. Aljoschas Stimme klang, als gehöre sie nicht ihm, als spreche ein anderer zu ihm. Petruschow und Zaika drehten sich zeitgleich zu ihm um. Keiner schien glauben zu können, was sie gerade gehört hatten.

– Ja, was seht ihr mich so an? Ist es etwa nicht so? Ihr wollt doch essen wie Menschen und nicht wie Hunde. Ihr habt uns Geld gegeben, wir haben euch Essen beschafft. Was wollt ihr mehr? Was werft ihr uns vor? Warum habt ihr sie hergebracht? Welche Beweise habt ihr gegen sie in der Hand? Dass sie uns Essen verkauft hat, das ihr verschlungen habt wie Geier? Lasst sie gehen, klärt mit uns, was ihr zu klären habt. Wenn überhaupt, trifft uns die Schuld!
Aljoscha war in die Mitte des Raumes getreten und sprach direkt zu Petruschow, als deklamiere er Verse – mit herausgestreckter Brust, mit erhobenem Haupt. Malisch fragte sich, was es war, die Verliebtheit oder das Grauen, das ihm seine Furcht nahm.
– Was redet dieser Abschaum? Was will diese Ratte?
Zaika zeigte sich theatralisch empört und sah verunsichert zu seinem Vorgesetzten. Spätestens jetzt musste Petruschow handeln, schon allein, um vor Zaika seine Autorität zu wahren.
Erst jetzt bemerkte Malisch, dass ihre linke Schulter ganz leicht zuckte. Diese kleine Bewegung verriet sie, verlieh ihr trotz ihrer unvorstellbaren Beherrschung etwas Menschliches, und zugleich bereitete es Malisch Angst. War das ein Vorzeichen des nahenden Zusammenbruchs? Die Ungewissheit fraß sich durch seine Nerven.
Nachdenklich, mit gesenktem Kopf, näherte sich Petruschow Aljoscha.
– Wir sollen sie also gehen lassen, meinst du, ja?
Die Tür wurde aufgerissen, etwas knallte gegen die Wand, gefolgt von einem schwerfälligen Fluchen. Nun war die Troika vollständig, Schujew trat ein. Seine Fahne hatte ihn angekündigt, bevor er in den Raum gekommen war.

– Und? Hat sie schon gestanden? Hat sie schon gestanden?
Wirr wie ein gefangen genommenes Tier ging er auf und ab und schnaufte. Er suchte nach einem Ort, um seinen schweren, alkoholdurchtränkten Körper abzulegen. Auf dem Stuhl, auf dem Petruschow zuvor gesessen hatte, nahm er schließlich Platz und machte eine Kopfbewegung in Zaikas Richtung, der daraufhin kurz verschwand und mit einer Aluminiumflasche und zwei Metalltassen wiederkam. Der Stuhl knarzte unter der Last von Schujews erdrückendem Leib.
– Nein, aber unser Dvornjaschka gibt hier auf einmal ganz neue Töne von sich.
– So hat er das nicht gemeint …
Malischs Stimme klang mehr wie ein Winseln, er schämte sich, schämte sich seiner Ohnmacht. Diese Scham war bestärkt durch den Brief, der unter seinem Kopfkissen lag. Bald würde ein Kind geboren werden, das er seins nennen durfte, und es würde nur Schmach und Erniedrigung in seinem Vater wiederfinden.
– Halt den Mund, Malisch, ich meinte es so, wie ich es sagte!
Er zuckte zusammen und sah seinen Freund fassungslos an. Was geschah gerade mit Aljoscha, was ging in ihm vor? Welche Kräfte waren in ihm erwacht, worauf steuerte er zu? Und er hatte gehofft, das Ruder an sich zu reißen, um seinen Freund und seine lodernden Gefühle schützen zu können, aber immer mehr schien ihm die Kontrolle zu entgleiten.
– Zieht uns zur Verantwortung und lasst sie gehen. Ihr wisst, dass es lächerlich ist …
– Lächerlich?
Aus der Tiefe des Raumes begann Schujews Stimme zu beben.

– Lächerlich? Unser aller Leben aufs Spiel setzen, wegen einer tschetschenischen Nutte, lächerlich, ja? Den Feind ins Haus holen, der unser aller Tod wünscht? Ihr Vater ist unter den Separatisten. Und meine Informanten bestätigen, dass Genossin Gelajewa Mitglied einer illegal bewaffneten Formation ist und höchstwahrscheinlich eine Ausbildung zur Scharfschützin anstrebt.
Wieder hörte man eine Art Räuspern, und wieder blitzten ihre Augen auf. Wieder sahen alle zu ihr hin. Ja, sie lachte, immer noch lachte sie, und auch Aljoscha lächelte, auf einmal hellte sich sein farbloses Gesicht auf, und er lächelte seiner Angebeteten zu. Sie war es, die ihn mutig machte. Ihre Anwesenheit, ihr Stolz holten das Beste aus ihm heraus. Und wieso konnte nicht einmal der Brief, der unter seinem Kopfkissen lag, ihn dazu bewegen, Mut zu fassen und diesen Widerlingen die Stirn zu bieten? Andererseits musste ja einer die Vernunft wahren, tröstete er sich selbst, er musste die Kontrolle über die Situation behalten, ja, das musste er doch, denn Aljoscha steuerte auf etwas Unsagbares zu, er musste ihn zur Vernunft bringen. Es würde auf eine gewaltige Tracht Prügel hinauslaufen, bestenfalls. Schlimmstenfalls ... Ja, was schlimmstenfalls?
Petruschow befahl Zaika, das Fenster aufzureißen. Frische, kühle Nachtluft drang hinein und verschaffte allen Beteiligten für den Bruchteil einer Sekunde die Illusion von Erleichterung.
– Das ist doch totaler Schwachsinn! Was für eine Formation, was für eine Ausbildung zur Scharfschützin?! Was soll das?, empörte sich Aljoscha, und Schujew leerte seinen Becher, erhob sich, taumelte auf ihn zu und baute sich wie ein Berg vor ihm auf. Aljoscha blieb an die Wand gelehnt stehen, seine Knie wurden weich, aber er bewegte

sich nicht, er senkte nicht den Blick, wie er es sonst getan hatte. Sie sah immer öfter zu ihm hin. Zum ersten Mal schien sie zufrieden mit ihm, zum ersten Mal schien er ihre Aufmerksamkeit zu verdienen. Wie paradox, wie ungerecht, dachte Malisch und spürte, wie ihm der kalte Schweiß die Stirn hinunterlief.

– Du kleiner mieser Schlappschwanz! All meine Mühe, und wofür? Um Verräter aus euch zu machen? Ich habe euch eine Sondergenehmigung erteilt, habe euch Geld anvertraut, habe unser aller Wohl ... Ihr miesen Ratten!

Die Faust war vom Alkohol schwer und träge, aber noch traf sie zielsicher. Aljoscha taumelte, fiel hin. Blut rann aus seiner Nase. Jetzt trat ihm Schujew mit dem Stiefel in die Magengrube. Aljoscha krümmte sich und gab eine Art Wimmern von sich.

– Bitte, nicht, nein ... Er ...

Malisch wollte zu seinem Freund, ihn vor dem Jähzorn des Obersts schützen. Aber Zaika hielt ihn mit einer Handbewegung zurück.

– Ich will alle Einzelheiten. Ich brauche Informationen. Vor allem den Aufenthaltsort ihres Vaters, sagte Petruschow seelenruhig, und diese Ruhe flößte Malisch eisiges Unbehagen ein. Dann trat er an sie heran und riss ihr mit einer blitzschnellen Handbewegung den Klebestreifen vom Mund. Sie schrie auf und spuckte ihn im selben Moment an.

– Du verdammte Nutte!

Er teilte aus, die Wucht der Ohrfeige ließ ihren Kopf nach links schleudern. Aljoscha versuchte sofort nach vorne zu robben, aber Schujew stand zwischen ihm und ihr.

Die Nacht war sternenlos, und sie war schwül, die Feuchtigkeit kroch in jede Ritze, setzte sich in jeder Faser fest, sie machte alles schwerer, drückte, zog in die Tiefe. Er rieb sich die Augen, er musste sich konzentrieren, es musste eine Lösung geben, ein Angebot, einen Tausch, er musste einen Ausweg finden. Aber es fiel ihm nichts ein. Er war in einem Labyrinth ohne Ausgang gefangen. Zwischendurch hörte man das Rauschen aus Schujews Funktelefon; das Eindringen einer anderen Wirklichkeit machte die Situation noch befremdlicher, nahezu unerträglich. Das Rauschen erinnerte daran, dass es da draußen eine Welt gab, in der auch ein Leben ohne Fesseln, ohne Ohrfeigen, Faustschläge, ohne AK-74s, ohne Paranoia, ohne blutende Nasen und Lippen, ohne Hass denkbar war. Eine andere Wirklichkeit, in der es die Schlucht gab, den ewig wilden Fluss, das Grün der himmelnahen Tannen, die ewigen Berge, die Höhle mit einer Taschenlampe und einem Stapel Bücher, den Regen und den Brief, der ein neues Leben ankündigte.

Petruschow hatte mit dem Verhör begonnen. Immer wieder stellte er die gleichen Fragen: Wer noch alles der Formation angehöre, welche Ziele sie verfolge, welche Angriffspunkte sie angepeilt habe und wo ihr Vater sei. Sie schwieg. Mit apathischem Gesichtsausdruck sah sie durch ihn hindurch. Immer wieder senkte sie den Kopf, drehte ihn hin und her, versuchte offenbar, den Nacken zu entspannen.

Schujew ging hinaus und kam wieder zurück. Drinnen goss er sich von dem Klaren nach. Zaika musste mittrinken. Wieso war es draußen so ruhig? Wo waren alle? Schliefen sie? Galt dieses Spektakel nur Aljoscha und ihm? Oder waren es die Nerven von Malisch, die versagten?

Gegen drei Uhr morgens begann Petruschow mit den Schlägen. Er schlug sie immer wieder ins Gesicht, erst mit der flachen Hand, dann mit der Faust. Aljoscha, der zu schreien anfing, wurde von Zaika zurückgehalten und erhielt ebenfalls Schläge mit dem Gewehrkolben. Er brach zusammen, versuchte dann, sich erneut aufzurichten. Malisch begann sie anzuflehen, zu betteln.

– Bitte, bitte, hört auf, nein, nein, er ... Sie ist unschuldig, sie hat nichts getan ... Lasst sie gehen, nein, nicht mit dem Kolben, bitte, das kann doch nicht wahr sein, bitte!

Es schüttelte ihn, der Körper gehorchte ihm nicht mehr, er zitterte am ganzen Leib, ihm war übel.

– Welche Ziele verfolgt ihr? Welche Ziele, du Nutte!, schrie Petruschow, und irgendwo draußen antwortete ein Nachtvogel mit einem Echo. Ein fremdartiger, ein großer Nachtvogel gab der Welt ein Zeichen, das keiner zu deuten wusste.

– Lass sie in Ruhe, du Missgeburt, lass sie in Ruhe, oder ich mache dich fertig, ich mache dich fertig, ich schwöre es dir!, brüllte jetzt Aljoscha. Zaika drückte den Lauf seines Gewehrs gegen seine Stirn.

– Hältst du jetzt endlich den Mund? Hältst du endlich den Mund?!

Tränen liefen ihr die Wangen hinunter, aber sie schwieg, sie sagte nichts. Sie war klug. Sie wusste um die Ausweglosigkeit ihrer Lage. Sie beugte sich nach vorne, ließ den Kopf hängen und erbrach sich. Im gleichen Moment fiel etwas zu Boden. Etwas Buntes. Er sah hin. Es war der Zauberwürfel. Wie glücklich sie am Vortag gewesen war, weil sie sein Rätsel gelöst hatte. Es war widerwärtig. Petruschow sah irritiert zu Boden. Er verstand nicht. Es war ein absurder Gegenstand, der überhaupt nicht zu diesem Ort passte, nicht zu dieser Nacht. Er stand wie angewurzelt da, wollte ihn aufheben, aber da taumelte der Oberst wieder in die Scheune und ging zum Fenster, dann nuschelte er etwas in sein Funktelefon.

Schujew hatte den Frieden nicht länger ertragen, er hatte ihn in den Wahnsinn getrieben, ihm den Schlaf geraubt, ihn an die Flasche gekettet, ihn Nacht für Nacht verpestet, zersetzt. Ein oder zwei Separatisten reichten ihm nicht mehr, sein Hunger nach Vergeltung, nach Niedergang war zu groß, unersättlich. Er hatte das Verderben in die Schlucht geholt. Er hatte die Fackel seiner Paranoia angezündet, und so war es einerlei, was sie sagte oder nicht sagte, was Aljoscha tat oder nicht tat, was Malisch unternahm oder nicht. Es war ein Albtraum ohne Erwachen, er hatte den Krieg herbeigesehnt, hatte den Untergang heraufbeschworen, hatte den Tod gelockt, und nun waren all seine Reiter gekommen, in Reih und Glied, und gleich würden sie ein Fest des Niedergangs feiern. Von nun an würde man ihn nicht mehr aufhalten können, allabendlich würde sein Hunger nach dem Niedergang neue Opfer fordern ...

Der Rauch würde von der Schlucht über die Bergspitzen aufsteigen, in den Himmel, der heidnische, prähistorische Rauch des Feuers, das man beim Blutvergießen anzündete.

Wie weit würden seine Männer gehen?

Auch Aljoscha hob den Kopf. Zum ersten Mal, seit sie die Scheune betreten hatten, begegneten sich ihre Blicke. In seinen Augen lag Verachtung. Er verzieh seinem Freund die Bemühungen um Neutralität nicht. Malisch konnte es ihm nicht einmal verübeln. Er hatte die Kraft gefunden, die anderen ganz offen zu hassen, indem er beschlossen hatte, sie zu lieben, aber Malisch war diese Kraft nicht gegeben, er sah sich um und stellte fest, dass jeder Versuch von Heldentum, jeder vernunftlose Versuch des Entkommens zum Scheitern verurteilt war. Schüsse waren in der Ferne zu hören. Ihr gefesselter Körper zuckte zusammen.

– Welche Ziele verfolgt ihr?, setzte Petruschow wieder an, wo er aufgehört hatte, und stieß mit seinem Fuß gegen ihren Stuhl. Nura kippte samt Stuhl nach hinten um. Ihr Körper verriet nichts anderes als Gleichgültigkeit. Ihr Kopf landete direkt neben dem bunten Zauberwürfel.
– Ich habe es geschafft, sagte sie auf einmal. Ihr Blick richtete sich auf das viereckige Spielzeug.
– Du hast *was* geschafft?, fragte Petruschow sofort scharf. – Was genau hast du geschafft?
– Ich habe es geschafft, wiederholte sie dumpf und schloss die Augen, um sie wieder aufzureißen, als sei ihr in dem Augenblick etwas Entscheidendes eingefallen.
– Wo ist meine Asma!? Wo ist meine Schwester!?
Plötzlich, als hätte man ihr einen Energieschub verabreicht, versuchte sie sich aufzurichten und begann zu schreien:
– Wo ist meine Schwester? Wo ist meine Mutter? Was habt ihr mit ihnen gemacht? Wo ...
Die Unnahbarkeit ihrer Apathie hatte sich in Sekundenschnelle in zittrige und hasserfüllte Sorge verwandelt.
– Ich will meine Schwester sehen, ich will zu meiner Schwester!
In der Ferne unten im Tal breitete sich langsam ein dumpfer, verzerrter Geräuschteppich aus. Malisch wusste nicht, was vor sich ging. Eine weitere Razzia? Eine weitere »Anti-Terror-Operation«? Reifenquietschen gemischt mit hastigen Schritten, das Anklopfen und Verschanzen, das Aufspüren und das Verstecken, Schüsse, Schreie, Drohungen, Angst und Aufbegehren – begleitet von dem immerwährenden und gleichbleibenden Rauschen des Flusses.
Ständig meldete sich jemand über Funk, die Nervosität im Raum wuchs mit jeder Minute, Schujew trank im-

mer schneller, und immer hastiger wischte er sich den Schweiß von der Stirn. Zaika hielt Aljoscha in Schach, der hochzukommen versuchte.
Malisch stand irgendwo im dunklen Teil des Raumes, als hätte man ihn vergessen, und verharrte dort schweigend. Vielleicht war es besser so, vielleicht war es die einzige Strategie, diese Nacht lebend zu überstehen.
Glaubte Schujew allen Ernstes, dass Nura Gelajewa einer »illegalen Formation« angehörte? Vielleicht gehörte sie ihr ja tatsächlich an, vielleicht hatte sie die beiden die ganze Zeit an der Nase herumgeführt? Oder konnte Schujew so wahnsinnig sein, dass er einfach Menschen zum Abschuss freigab, weil er das konnte? Seine Gedanken überschlugen sich, sein Kopf schmerzte. Nura hörte nicht auf zu schreien. Sie wechselte vom Russischen ins Tschetschenische und zurück, stieß die Beine auf den Boden, begann sich zu wehren; ihr auf dem Boden liegender und an den Stuhl gefesselter Körper zuckte wie bei einem epileptischen Anfall, sie versuchte, sich aufzusetzen, und warf ihren Kopf hin und her.
Petruschow riss der Geduldsfaden, er beugte sich zu ihr herunter, griff in ihre Haare und zwang sie, ihm ins Gesicht zu blicken. Dann durchtrennte er die Fessel, die ihre Hände einschnürten. Nura begann sich zu wehren, wie eine Katze ging sie augenblicklich in Angriffshaltung. Ihr ganzer Körper war angespannt, angefüllt mit Hass und Verachtung, hätte sie die Möglichkeit gehabt, sie hätte sofort den Abzug gedrückt, daran gab es keinen Zweifel.
– Na gut, du wolltest es nicht anders, du wolltest es nicht anders ..., murmelte Petruschow und knackte mit seinen Fingern.
Aljoscha war es gelungen, Zaika zu entkommen und zu

Nura zu stürmen, er baute sich vor ihr auf und hielt beide Arme schützend von sich gestreckt, als wäre er kugelsicher. Aljoscha schien zu leuchten. Er war schön, weil er beschlossen hatte, dass seine Liebe zu der Fremden genug war. Genug, derjenige werden zu können, der er immer schon sein wollte.

Wie ein Tiger im Käfig ging Schujew auf und ab, stieß mit dem Fuß gegen etwas, fluchte noch lauter, geriet in Rage, sein Zorn nahm zu, dampfte, kochte, gleich musste er sich entladen. Vielleicht dämmerte es ihm langsam, dass er großen Mist gebaut hatte und zur Verantwortung gezogen werden könnte.

– Komm her, du mieses Stück Scheiße, du hast uns das Ganze hier eingebrockt!

Er schob Petruschow rüde zur Seite, packte Aljoscha am Kragen und stieß ihn, als wäre er ein Nichts, mit voller Wucht beiseite. Aber Aljoscha gab nicht nach, einen Kampfschrei ausstoßend rannte er gegen den Oberst und stieß ihm mit beiden Fäusten in die Flanke. Zaika hob sein Gewehr. Doch der Oberst hatte Aljoscha schon wie eine lästige Fliege weggescheucht und sein Augenmerk auf seine wichtigste Beute gerichtet – auf die wuterfüllte Schönheit, auf das junge Fleisch mit den pechschwarzen Augen und dem zähen Hass zwischen den Zähnen.

Er packte sie an den Armen, zog sie hoch, sie fauchte, kratzte, spuckte, versuchte, ihm die Finger in die Augenhöhlen zu stechen, aber er war größer, stärker, er war es gewöhnt, gehasst zu werden, während ihr Hass sie immer müder und schwächer machte; er lähmte ihren Körper, brannte in der Kehle, juckte auf der Haut, der Hass war kein einfaches Los, und sie ging daran zugrunde.

Aljoscha stieß Zaika zur Seite, Zaika stolperte, fiel, ließ aber sein Gewehr nicht los, Aljoscha sprang auf ihn drauf, schlug immer fester zu, trat ihm sogar mit dem Fuß ins Gesicht, in die Rippen, wohin er nur konnte. Dabei schrie er, als wollte er mit einem heidnischen Gesang einen Kriegsgott anrufen.

Würde der Fluss das Gemetzel an seinen Ufern dulden? Und würden die großen, fremdartigen Vögel alle gleichzeitig vom Himmel fallen, wenn sie den Tod unter sich stolzieren sähen? Würden die Berge zusammenbrechen, einer nach dem anderen, mit ohrenbetäubendem Lärm, laut und verzweifelt? Was würde diese Nacht hinterlassen? Einen Erdrutsch, der sich wie ein schwarzer Fleck in die Landkarte einzeichnen würde?

Etwas Warmes riss ihn aus seiner Starre. Es war Blut, das ihm auf die Hand spritzte. Er blickte wie in Zeitlupe hinunter, dann sah er sich um. Aljoscha, der von Petruschow übermannt und zu Boden gezwungen worden war, Schujew, der Nura mit sich riss, als wollte er sie zerfleischen, Zaika, der sich Blut spuckend erhob. Nura, deren Fußfessel sich gelöst hatte, versuchte, Schujews Gesicht zu erwischen und wurde von ihm in die Ecke gezerrt, sein Zorn schoss zusammen mit dem Speichel aus ihm heraus.

Das Funktelefon fiel zu Boden und sendete ein verwaistes Rauschen in das Halbdunkel der Scheune. In der Ecke, Malisch erkannte es erst jetzt, stand eine Pritsche. Schujew warf sie darauf.

– Du bist dran schuld, du miese Hure!, brüllte er und drückte sie auf das harte Bett. Malisch, der nicht mehr wusste, ob er sich wirklich hier befand oder ob es nicht vielmehr ein etwas zu lang geratener Albtraum war, wollte sich rückwärts zum Ausgang bewegen, aber Petruschow, dem seine Absicht nicht entging, befahl ihm, stehen zu bleiben.

– Orlow, ja, du feige Sau, halt! Tritt vor!
– Vortreten? Wohin?
– Bist du blöd im Kopf, verstehst du mich nicht?
– Wohin?
– Zum Oberst hingehen.
– Aber ...
– Geh endlich hin, verdammte Scheiße!
Zum ersten Mal, seit er ihn kannte, hörte Malisch in Petruschows Stimme so etwas wie Angst. Mit schleppendem Schritt ging Malisch zu der Pritsche. Jetzt näherte sich auch der blutende Zaika seinem Befehlshaber.
– Los, hol ihn her, hol ihn her!, brüllte ihn Schujew an.
Zaika stand einen Augenblick irritiert da und rührte sich nicht vom Fleck, als könnte er es nicht fassen, dass seine Gottheit ihn darum bat, sich die Finger erneut an diesem Mistvieh Aljoscha schmutzig zu machen. Malisch merkte, dass sein Atem immer schneller ging, gleich würde er anfangen zu hyperventilieren und das Bewusstsein verlieren – jetzt und hier –, es wäre das Unverzeihlichste, was ihm passieren könnte.
Plötzlich stand der blutende Aljoscha mit einer aufgeplatzten Lippe und einem geschwollenen Auge neben ihn. Alles an ihm bebte, alles an ihm war voller Spannung, die Knochen wie Strommasten. Nein, wahrscheinlich würde diese Nacht niemals enden ... Alles, bloß nicht auf Nura sehen, bloß nicht in ihre pechschwarzen Augen schauen. Zaika stand direkt hinter Aljoscha und drückte ihm seinen Gewehrlauf in den Rücken.
– Los, festhalten!, brüllte Schujew jetzt und griff mit einer Hand zu der Aluminiumflasche, die sich zu seinen Füßen auf dem Boden befand, als sei sie dort absichtlich abgestellt worden. Mit der anderen Hand zwang er die um sich schlagende Nura auf das Lager zurück.

– Nein, nein, nein!
Aljoscha, der schneller begriff als Malisch, in welches Fegefeuer Schujew ihn hier schicken wollte, wie weit sein Zorn, sein orientierungsloser Wahn ihn zu treiben beabsichtigte, versuchte instinktiv, die Flucht zu ergreifen, er wollte zur Tür rennen, aber Zaika packte ihn am Schopf und schleuderte ihn in die Mitte des Raumes.
– Du hältst die Hände fest und du die Beine!
Die Stimme des Obersts war wieder fest, beherrscht, als spräche er die Wettervorhersage.
– Na, immer noch so stur, willst du uns immer noch nicht sagen, mit welchen Hurensöhnen du unter einer Decke steckst? Welche Ziele ihr hattet? Wo dein verdammter Vater steckt?, fragte sie der Oberst und brachte seinen Kopf nah an ihr Gesicht. Sie war plötzlich ruhig geworden. Als wäre schlagartig alle Kraft aus ihr gewichen. Wie Malisch diese schnellen Stimmungswechsel einst fasziniert hatten, so ohne jegliche Vorwarnung, als bestehe zwischen ihren Gemütslagen eine für alle anderen unsichtbare und geräuschlose Wippe. Jetzt aber fürchtete er sich davor. Sie baute wieder eine Mauer um sich, der einzige Schutz, der ihr blieb: die Abwesenheit, die Gleichgültigkeit.
– Gib uns was, womit wir was anfangen können! Dann lassen wir dich gehen, sagte Petruschow, und Malisch wusste sofort, dass er log, dass sie niemals als freier Mensch von hier entkommen würde.
– Halt ihr die Beine fest!
Zaika stieß Aljoscha mit dem Gewehrkolben zum Fußende der Pritsche. Aljoscha krümmte sich, als hätte er Bauchkrämpfe. Dann richtete er sich schlagartig auf und begann auf sie einzureden:
– Ich hole dich hier raus, ich verspreche es dir, es wird dir

nichts passieren, ich passe auf, ja, bitte hab keine Angst ... Verzeih mir, verzeih mir ... Und deiner Schwester wird auch nichts passieren, ich schwöre es dir ... Es tut mir so leid ... Du schaffst das! Du bist stark!
– Was redet er da?, wollte Schujew wissen.
– Halt den Mund, schrie Zaika mit seiner lächerlich dünnen Stimme.
Nura aber sah niemanden mehr an, sie lag da, als wäre sie nur eine leere Hülle, ein leerer Körper und mit den Gedanken ganz woanders, irgendwo, wo keiner sie festhalten, zu etwas zwingen konnte. Sie wirkte abwesend, nahezu desinteressiert, sie drehte den Kopf zur Seite. Malisch wurde ans Kopfende gestellt. Er sollte ihre Arme festhalten. Aber es war fast unnötig, sie regte sich nicht. Sie regte sich nicht, als Schujew brüllte und seine Spucke auf ihrer Wange landete, sie regte sich nicht, als Petruschow gegen ihre Wade trat, sie regte sich nicht, als Malisch anfing, wie ein Mantra »Bitte nicht, bitte nicht!« zu wiederholen. Sie regte sich nicht, als die Wände immer weiter auf sie zukamen, als der Raum immer enger wurde, die Luft immer dünner, das schattige Halbdunkel immer rissiger, als der Abgrund sein Maul immer weiter aufriss und einen bestialischen Gestank ausstieß. Sie regte sich nicht, als Schujews Rage seinen Höhepunkt erreichte, explodierte und er sich auf sie stürzte.
– Ihr tötet meine Männer, ihr wollt uns alle ausrotten, ihr Schweine seid so hinterhältig, wie Kakerlaken seid ihr, ficken, fressen, scheißen und töten, uns töten, nur dazu seid ihr in der Lage, aber ich lasse es nicht zu!
Er begann sie zu rütteln. Wie eine Puppe lag sie in seinen Händen. Malisch sprang zurück. Auch Zaika regte sich nicht mehr. Als hätte die Zeit alles bisher Dagewesene zu diesem einzigen Augenblick in einem Klumpen zu-

sammengeschmolzen. Schujews Stimme drang nur noch verzerrt zu ihm durch. Alles schien wie in Zeitlupe abzulaufen. Alles dehnte und verformte sich. Gleich, gleich würden die Wände sie alle erdrücken.
Schujew schlug auf sie ein. Mit der Faust in den Magen. Dann ins Gesicht. Sie regte sich nicht. Diesmal war es Petruschow, der seine Waffe an Aljoschas Kopf hielt und Drohungen aussprach. Seine Stimme hörte sich an wie ein Zischen. Alles müsste zusammenbrechen, gleich, gleich, die Erde müsste sich auftun, und diese Scheune, nein, dieses ganze Gelände müsste verschluckt werden.
Noch einmal schlug der Oberst ihr ins Gesicht, dann richtete er sich plötzlich auf, rittlings auf ihr sitzend, nur sein Schnaufen schnitt in die Ruhe, die auf einmal in der Scheune herrschte. Und dann kam dieses metallene Geräusch, Malisch konnte es erst nicht zuordnen, bis er Schujews Handbewegung sah – er öffnete seinen Gürtel, dann folgte der Reißverschluss, und da schlug sie die Augen auf und sah Malisch an. Malisch erstarrte. Nie im Leben sollte er diesen Blick vergessen. Einen Ausdruck, den er bis dahin nicht gekannt hatte und den er später als das Grauen identifizieren sollte. Aber das Grauen – das waren sie, und zwar nicht nur die Troika, wie bisher von ihm geglaubt, sondern auch Aljoscha und er selbst gehörten dazu. Sie sah ihn an, während Schujew die Hose runterzog und schnaufend auf sie fiel.
– Halt ihr die Beine fest!, befahl Petruschow und drückte Aljoscha gegen die Pritsche, hielt ihm sein Gewehr in den Nacken.
Nura begann, mit den Beinen zu zappeln, sie versuchte, sich umzudrehen, sie machte es geräuschlos, was die Unerträglichkeit der Situation nur noch verschärfte, aber Aljoscha, der keinen Laut mehr von sich gab, der durch-

sichtig geworden war, drückte seine Hände auf ihre Beine. Malisch, dem Zaika in den Nacken atmete, hielt ihre Arme umklammert und sah zur Seite.
Sie hielt den Mund zusammengepresst, und alle Wörter, die sie besessen hatte, alle Wörter, die sie je gesprochen oder gedacht hatte, wurden von einem kolossalen Schweigen zerquetscht, das wie ein losgelöster Felsbrocken alles mit einer unermesslichen Wucht unter sich begraben hatte. Und mit den Wörtern starb auch der Glaube an eine Welt jenseits des Speichels und der Gürtel und der Angst, starb der Glaube an die Hilfe und die Rettung, und das führte zu totalem Hass. Sie, eine Schlangenfrau, drehte den Rumpf in eine Richtung, die fixierten Beine in die andere Richtung, sie kratzte und biss, bis Schujew Malisch zur Seite schubste, ihre Arme packte und sie mit voller Wucht zu Seite verdrehte.
Und Malisch stand da und sah zu, wie ihm eine Welt platzte, als wäre sie eine Seifenblase, und sein Kopf setzte aus, aber einen Gedanken konnte er nicht aus dem Kopf verjagen. Den Brief, der unter seinem Kopfkissen lag, und als hätte der Brief einen Herzschlag, hörte er ihn bis hierher klopfen.
Schujews nackter Hintern begann sich auf und ab zu bewegen, und ein Summen durchbrach die Nacht. Nura fing an zu wimmern. Schujew schien die Inbesitznahme ihres unberührten Körpers keine Erleichterung zu verschaffen, im Gegenteil, sie versetzte ihn in noch größere Rage, er stieß immer schneller zu, keuchend, schwitzend, als hätte Nura ihn mit einer unbekannten Krankheit infiziert, einer Krankheit, an dessen Ende ihn das Verderben erwartete.
Petruschow und Zaika wirkten fasziniert von diesem Anblick des totalen Kontrollverlustes, beide Männer hatten

den Atem angehalten und schienen für einen Augenblick ihre Untertanen zu vergessen, die es mit Gewalt zu weiterer Gewalt zu nötigen galt.
Die Zeit verlangsamte sich, als würde eine unsichtbare Hand die Zeiger festhalten. Malischs Blick, der immer wieder zur Seite ging, in dem Versuch, den Bildern zu entfliehen, die sich in seinem Kopf festsetzten wie ein lebensgefährlicher Tumor, traf Aljoscha genau in dem Augenblick, als es diesem im Moment der höchsten Konzentration Petruschows auf das Geschehen gelang, dessen Makarow, die Petruschow immer zur doppelten Absicherung im Land der Feinde am Gürtel trug, aus dem Holster zu lösen und an sich zu reißen. Malisch öffnete den Mund, er wollte etwas sagen, Nein brüllen, aber er konnte nichts mehr wahrnehmen außer Aljoscha und seine toten Augen, als wäre alles Leben bereits aus ihm gewichen. Und vielleicht war es so, dennoch wollte er seinen Freund davon abhalten, von einem Schuss, von einem Versuch, was auch immer. Petruschow schrie etwas, Zaikas Gewehr wurde entsichert, gleich würden die Wände von allen Seiten durchlöchert werden, und vorher würden die Kugeln wahllos die Körper treffen, aber Aljoscha war hellsichtiger: Noch vor Malisch hatte er begriffen, dass es aus dieser Scheune kein Entkommen geben würde, dass kein hinnehmbares Ende für diese Nacht existierte, und so presste er sich den Lauf der Pistole gegen die Schläfe und drückte ab.
Der Schuss war ohrenbetäubend und ließ die ganze Schlucht erzittern, Schujew erstarrte in seiner unnatürlichen Position, mit einem Arm auf Nura abgestützt. Daraufhin schlug etwas Schweres auf dem Boden auf. Es geschah so schnell, dass keiner reagieren konnte. Schließlich regte sich Schujew:

– Das kann doch wohl nicht wahr sein?! Das müssen wir jetzt … das kriegen wir nicht einfach so … verdammter Mist! Wie konnte er an deine Knarre kommen, du Idiot!
Der Anblick von Aljoschas aufgeplatztem Schädel und der herausquellenden Hirnmasse befeuerte das blutige Fest. Aber Nura gelang es, die Pause, die der Tod Aljoschas in die Scheune hineingehaucht hatte, ihrerseits zu nutzen, und stieß Schujew von sich. Sie zerkratzte ihm das Gesicht und begann, ihn zu bespucken. Aber den Oberst entfesselte Aljoschas Tod umso mehr.
– Du hast ihn getötet, du hast ihn getötet!, brüllte er und nahm den ungleichen Ringkampf dankbar und nahezu erleichtert, jetzt, da sie ihm Widerstand leistete, wieder auf.
Er schlug sie, immer wieder und wieder schlug er sie ins Gesicht, das Blut spritzte, er leckte es sich von den Lippen, riss ihr Hemd entzwei, legte ihre Brüste bloß, drang erneut in sie ein, sie jaulte, fluchte, Malisch hatte sie losgelassen, er konnte seinen Blick nicht vom toten Körper seines Freundes abwenden, er bewegte sich auf ihn zu, wie im Halbschlaf taumelte er ihm entgegen, und als Zaika ihn am Rücken packte, drehte er sich um und schlug ihm mit voller Kraft ins Gesicht.
Es war so leicht, Zaika in die Fresse zu schlagen, dass er staunte, wieso er es nicht viel früher getan hatte. Inzwischen war Schujew zu Boden gerutscht, rollte sich in die Ecke und griff zur Flasche, überließ die Arena seinen Untertanen. Dass sie ebenfalls dran waren, dran sein mussten, schien ein unausgesprochenes Gesetz des grausigen Moments zu sein. Das Opferfest war im vollen Gange, es gab kein Zurück mehr, schließlich konnte man niemanden nur *halb* töten. Petruschow öffnete den Reißverschluss seiner Hose.

Wenn es ein Mädchen wird, wird sie Ada heißen … Dieser Satz pochte in Malischs Kopf. Er war lauter als der Schuss, den Aljoscha abgefeuert hatte.
Petruschows Hose rutschte zu Boden.
– Na, kriegst du wenigstens das hin?, hörte er Schujew aus der Ecke höhnen. Dann folgte darauf ein merkwürdiges Klatschen. Petruschow räusperte sich. Schujew lachte.
– Ach Gottchen …
– Halt den Mund!, keuchte Petruschow und vergaß, dass er seine Verachtung Schujew gegenüber niemals offen zu zeigen pflegte.
War sie bewusstlos? Warum gab sie keinen Laut mehr von sich? Malisch wollte sich nicht mehr zu ihr umdrehen. Er sah nur noch das blutige Etwas neben dem Kopf seines Freundes, und als Zaika ihn wieder an der Schulter zu fassen bekam, schaffte er es, ohne selbst zu wissen wie, ihn auf den Boden zu werfen, sich auf ihn zu stürzen und so lange auf ihn einzuschlagen, bis er reglos und blutüberströmt neben Aljoschas für immer erloschenem Körper liegen blieb. Komischerweise kam ihm keiner dazwischen, es schien allen egal zu sein, was er mit Zaika tat.
Petruschow mühte sich mit seinem halbschlaffen Glied ab. Schujews Funktelefon rauschte. Schujew brabbelte vor sich hin. Sein Gesicht war mit roten Kratzspuren überzogen.
Die Nacht wurde vom Tag verdrängt, bald würde die Sonne aufgehen und das Schlachtfeld bis in den letzten Winkel ausleuchten. Plötzlich hörte er Nuras Stimme, es war wieder ihre gewohnte Stimme, nahezu heiter klang sie:
– María Victoria Eugenia Guadalupe Martínez del Río

Moreno-Ruffo, wiederholte sie immer wieder. Er hatte keine Ahnung, was sie da sagte: – María Victoria Eugenia Guadalupe Martínez del Río Moreno-Ruffo …

– Halt den Mund, du Hure!

Dann hörte er Petruschow keuchen.

– Hure, du verdammte Hure, keuchte er mit jedem Stoß.

Er versank in einem grausamen Genuss, der ihn leise und lächerlich werden ließ.

Es interessierte niemanden mehr, dass er Zaika bewusstlos geschlagen hatte. Die Götter des Tötens forderten weitaus größere Opfergaben. Er würde diesen Raum nicht lebend verlassen können, wenn er sich nicht ebenfalls die Hände schmutzig machte. Gleich wäre er dran. Gleich würde er sie schänden müssen und dafür sein Leben freikaufen. Und jetzt verstand er, warum Nura sich nicht mehr regte: weil es keinen Sinn mehr machte, sich zu wehren, weil er sie vergewaltigte und ihr dabei den Lauf an die Stirn drückte oder vielleicht direkt in den Mund, er traute sich nicht, genau hinzusehen. Vielleicht befeuerte es sein schlaffes Glied, vielleicht entfaltete es die Allmachtsfantasien, die für seine Erregung nötig waren.

Nein, unschuldig würde er nicht lebend davonkommen. Es gab nur eine Möglichkeit – er musste aufhören, er selbst zu sein, er musste ein anderer werden.

… als alles vorbei war, als mit den ersten Sonnenstrahlen die Stille einkehrte, die sich in der Kehle kratzig anfühlte, erhob er sich und sagte zu dem zitternden Zaika, dessen Gesicht blutverschmiert war und dem Rotze aus der Nase lief:

– Los, steh auf, du Versager!

– Sie ist tot, sie ist tot, mein Gott, sie ist tot, wiederholte

Zaika stotternd, und als er trotz Malischs Befehl nicht gehorchte, ohrfeigte der ihn mehrfach hintereinander. Schujew war verschwunden, niemand hatte mitbekommen, wann er hinausgetaumelt war. Petruschow stand am Fenster und rauchte. Er sagte bereits seit über einer halben Stunde nichts mehr. Die Sonne war kränklich hell. Malisch griff Zaika an den Schultern:

– Du gehst jetzt raus und holst den Oberst. Wenn es sein muss, auch mit Gewalt. Hast du mich verstanden, du dumme Sau? Schau mich an, hast du mich verstanden? Ja, gut so, gib mir klar und deutlich zu verstehen, dass du das begriffen hast. Dann gehst du zu Kusnezow und meldest zwei Tote. Verstanden?

– Ja, Herr General, antwortete Zaika. Malisch hatte keine Erklärung dafür, wieso Zaika ihm auf einmal diesen Rang verlieh, aber es war ihm auch egal. Dann beugte er sich zum Boden und hob den bunten Zauberwürfel auf, steckte ihn in die Jackentasche. Als er sich den Sonnenstrahlen näherte, die durch das offene Fenster in die Scheune fielen, spürte er, dass etwas von ihm gewichen war, endgültig, unwiderruflich – er war vollkommen angstfrei, und nichts und niemand konnte sich ihm in den Weg stellen.

DREI: PERO

2016/Der General

Er hatte von seiner Tochter geträumt, und der Traum war so real gewesen, so echt, dass er das Aufwachen als Zumutung empfand. Automatisch tastete er nach Evgenias Körper, bis ihm einfiel, dass sie schon lange nicht mehr das Bett miteinander teilten. Dann kehrte auch die Erinnerung an den Vorabend zurück, seine grausame Zurückweisung im Schwimmbad. Sie hatte die Sachen gepackt und dann das Haus verlassen, sie musste auch die Hunde mitgenommen haben, die Stille im Haus war ungewöhnlich.

Er hatte das Erdbeben ausgelöst, es selbst herbeigesehnt, und sosehr ihn das auch schmerzte, sosehr er sich auch nach ihr sehnte, wusste er, dass es keinen anderen Weg gab, als sie gehen zu lassen.

Evgenia verdiente einen Neuanfang, er vertraute ihr blind, ihr und ihrem Durchsetzungsvermögen, ihrem Überlebenswillen und ihrer Stärke. Sie war besser dran ohne ihn. Er dachte dies ohne jede Reue, ohne jedes Selbstmitleid.

»Ich weiß nicht mehr, wer du bist«, hatte sie ihn angeklagt, und er hatte darauf erwidert: »Du musst stark sein, bis das alles vorbei ist. Du musst für uns beide stark sein.«

Er hatte alles durchdacht. Er war sich über jeden einzelnen Schritt bewusst, nichts durfte dem Zufall überlassen werden. Er las bereits das Buch, das noch nicht geschrieben war, und kannte jeden Satz darin, jeden Absatz. Das war die einzige Genugtuung, die ihm blieb, und es war ein ganz passabler Glücksersatz.

Er stand auf, ging hinunter, horchte in die Eingeweide des Hauses hinein.

Der Augenblick, an dem Malisch aufhörte zu existieren und stattdessen der General zum Vorschein kam, war kurz, ja winzig klein und doch bleiern schwer, entschieden wie ein Schuss aus einem Gewehr. Er hatte bereits in dem Augenblick, als Zaika sich an ihn wandte, ihm diesen absurden Namen gebend, gewusst, dass nichts mehr so sein würde wie zuvor und dass das Ich, das er kurz zuvor noch geglaubt hatte, zu sein, in jenem Moment zu Staub zerfiel.
In diesem Augenblick, in dem der Tod zweier unschuldiger Menschen ihn und seine Mittäter zu Mördern gemacht hatte, zählte der Krieg nichts mehr, er war nur noch die Kulisse für ihre Tat, nichts weiter. Der Krieg mündete in der Auslöschung eines Lebens, eines Lebens, das so sehr gelebt werden wollte.
Denn in einigen Monaten würde er Vater werden, gegen diese Tatsache war er machtlos, er konnte sie nicht ändern. Schon daher musste alles andere ausgelöscht werden.
Trotz der Erschöpfung, der Schlaflosigkeit und des Todes zweier Menschen, der auf seinen Lidern und seinen Schultern lastete, war er selten in seinem Leben so klar gewesen wie in der Minute, als er aus der Scheune ins Tageslicht trat. Die Berge empfingen ihn stoisch und alles erduldend, das morgendliche Sonnenlicht durchbohrte seine Stirn, wärmte ihn auf. Sonnendurchflutet und vollkommen still stand er da und sah auf seine Hand hinunter, die krampfhaft etwas umschloss, so fest, dass er sie fast nicht mehr spürte. Er sah verwundert auf den bunten Zauberwürfel, dessen Rätsel sie gelöst hatte, so wie sie wahrscheinlich alles in ihrem Leben hätte lösen

können, wenn man ihr das Leben nicht von einem Moment auf den anderen gewaltsam genommen hätte – indem man ihr den Hals so lange zugedrückt hatte, bis sie sich nicht mehr regte. Er steckte sich den Würfel in die Jackentasche und setzte seinen Weg Richtung Stützpunkt fort.
Er wusste, dass das, was er tat, keinen Sinn ergeben würde, überhaupt keinen, aber es fiel ihm nichts Besseres ein. Er marschierte direkt in den Container von Schujew und suchte in einem staubigen Aktenordner nach der Nummer, er wurde schnell fündig. Er rief den Befehlshaber der gesamten Region an, dem auch Schujew und seine Truppe unterstellt waren, an seinen Namen erinnerte er sich nicht mehr, aber an die Worte, die er zu ihm sagte. Die verschlafene Stimme klang genervt.
– Was zum Teufel ist denn los? Wisst ihr nicht, wie spät es ist?
– Hier ist Soldat Orlow. Ich rufe von der persönlichen Leitung des Obersts an.
– Wer hat dir die Befugnis dazu erteilt, diese Leitung zu nutzen? Was ist los?
– Wir haben einen Menschen umgebracht. Vergewaltigt und umgebracht. Und es gab einen Suizid. Wir müssen zur Rechenschaft gezogen werden.
Es folgte eine lange Stille in der Leitung. Dann ein Räuspern.
– Ich möchte umgehend mit deinem Oberst sprechen.
– Ich nehme an, er ist nicht gesprächsbereit. Er schläft gerade seinen Rausch aus.
– Wie war dein Name?
– Orlow. Alexander Orlow.
– Ist dir eigentlich klar, welche Anschuldigungen du da gerade vorbringst?

– Ja, vollkommen klar.
– Du legst jetzt sofort auf. Und wir tun so, als hätte dieses Telefonat nie stattgefunden. Und Schujew soll dir eine Lektion erteilen. Du gehörst nicht in die Armee, du kleine Ratte, du nicht.
Dann wurde die Verbindung unterbrochen. Er hätte nicht geglaubt, dass ihn an diesem Tag noch etwas in Staunen versetzen würde, aber das Telefonat schaffte es, ihn sprachlos zurückzulassen.
Auf dem Weg zu seinem Schlafcontainer begegnete ihm ein Soldat, der gerade von der Essensausgabe zurückkam und sich verwundert zeigte, dass keiner dort war.
– Aljoscha ist tot, sagte Alexander vollkommen ruhig.
– Wie, tot?
– Hat sich eine Kugel in den Kopf gejagt.
– Was erzählst du da für einen kranken Scheiß, Dvornjaschka hätte doch gar nicht den Mut dazu, sagte der andere, und da geschah es: Er oder vielmehr sein Körper erinnerte sich an diese somnambule Erkenntnis jenes Augenblicks, als er aus der Scheune getreten war und mit jeder Faser seines Körpers gespürt hatte, wie die Angst, der ständige Begleiter seines Lebens, abgerissen war. Wie eine rostige Feder war sie abgerissen, und es war ihm, als hätte sie nie existiert. Er überlegte für den Bruchteil einer Sekunde, ob stellvertretend für diese Angst etwas an ihren Platz getreten war, aber nein, nichts, sie war einfach verschwunden. Und als er das begriff, schlug er dem Soldaten seine Faust ins Gesicht. Er wusste nicht, woher die Kraft kam, aber sie war gewaltig, im Bruchteil einer Sekunde lag der Soldat vor ihm im Staub, während er seine Stiefelspitze auf dessen Kehle gedrückt hielt.
– Noch einmal eine abfällige Äußerung über Aljoscha, und du bist tot!, sagte er ruhig und wunderte sich über

die Gefasstheit und Kälte in seiner Stimme. Dann schritt er über ihn hinweg und betrat den Schlafraum.
Im Schlafcontainer warf er hastig seine Habseligkeiten in den Seesack, von den Büchern fand er auf die Schnelle nur *Antigone* und *Ada oder das Verlangen*, und ging wieder hinaus. Er hörte bereits, wie Autos sich näherten, und aus der Ferne ein Stimmengewirr, es war Petruschow, der Anweisungen gab. Schujew war anscheinend noch außer Gefecht gesetzt.
Er lief und lief, er wusste nicht, wie lange, er wusste nicht, wohin, aber seine Füße trugen ihn unentwegt weiter. Nur die Berge dienten ihm als die Orientierung, und der Fluss, das Rauschen in seinem Rücken. Irgendwann erreichte er ein Nachbardorf, er erinnerte sich, dass es dort ein besetztes Postamt gab. Von dort rief er in Moskau an und bat seine Mutter, auf der Stelle alles in ihrer Macht Stehende zu tun, alle Bekannten und Freunde des Vaters in Alarmbereitschaft zu versetzen und zuallererst General Makarow zu erreichen, den Afghanistanhelden mit dem Ruf eines unbestechlichen Mannes, der seinen Ruhestand irgendwo in einer Datscha bei St. Petersburg genoss. Er bat sie um einen Rückruf. Tatsächlich klingelte nach einer Stunde das fleckige und nach Speichel riechende Telefon in der beschmierten Telefonzelle des Postamtes. Dass eine Stunde verstrichen war, sah er an den Zeigern der Wanduhr und staunte. Er hätte nicht sagen können, ob er bereits seit einer Stunde oder erst seit einer Minute in der Kabine saß. Zum ersten Mal in seinem Leben war er froh, der Sohn seines Vaters zu sein, der mit Makarow befreundet gewesen war. Er schilderte dem fremden Mann die Situation und bat ihn, ihm dabei zu helfen, sich selbst und seine Mittäter anzuzeigen.

– Bist du dir sicher, dass du das willst?, fragte der alte Mann am anderen Ende der Leitung.
– Ja. Ich bin mir sicher.
– Dann bleib, wo du bist. Ich werde jemanden schicken. Du wirst abgeholt. Wir treffen uns übermorgen in Mosdok. Ich werde persönlich anreisen. Du redest mit niemandem sonst, verstanden? Von nun an giltst du als Deserteur und musst achtsam sein.
Er war ihm unendlich dankbar, dass er keine weiteren Fragen stellte, dass er ihm stattdessen konkrete Anweisungen gab, an die er sich liebend gern halten wollte.
Ein Oberst des Panzerregiments holte ihn nach drei Stunden in dem Dorf ab.
Er stellte ebenfalls keine Fragen, rauchte eine Zigarette nach der anderen und ließ einen Arm aus dem Geländewagen hängen, den er steuerte.
– Wir warten, bis es dunkel ist, dann werde ich dich bei der Grenzkontrolle meinen Leuten übergeben. Sie bringen Fracht nach Mosdok, Buntmetall. Den Rest erledigen die Jungs. Nicht labern, wenn sie oder ich reden, klar?
Malisch nickte und fiel dann in einen tonnenschweren Schlaf, aus dem ihn der Fahrer erst riss, als sie sich bereits dem Grenzposten näherten. Dort wartete ein vollgeladener Lastwagen auf ihn, in dessen Frachtraum man ihm einen Platz zuwies. Es war ein offenes Geheimnis, dass nachts der Schwarzhandel zum Leben erwachte. Er hatte bereits aus Grosny vollbeladene Lastwagen abfahren sehen, meist transportierten sie Tonnen mit Benzin und fuhren Richtung Dagestan oder nach Mosdok, in die Garnisonsstadt, das Hauptquartier der russischen Streitkräfte im Kaukasus. In dem Fall war es Buntmetall, er wusste nicht einmal, was genau Buntmetall bedeutete, aber es war ihm egal. Er befolgte die Anweisungen der drei

Soldaten, die auf den Vordersitzen Platz genommen hatten. Er hielt den Mund. Bei der Grenzkontrolle gab es ein kurzes Gespräch, man warf einen schnellen Blick auf ihn im Frachtraum, danach gab es keine weiteren Probleme. Es glich einem Wunder. Als er auf das Bett einer heruntergekommenen Pension fiel, staunte er, wie er so aus dem Krieg hatte hinausspazieren können, als wäre es ein Kinderspiel. Es war ihm gelungen, weil er sich keine einzige Frage gestellt, keine einzige Alternative, keinen Plan B zurechtgelegt hatte, es gab keinen anderen Weg, und diese Entscheidung war so eindeutig, so zielsicher, dass er jeden niedergeschossen hätte, der ihn davon hätte abbringen wollen. Die Aussicht, auf einen Menschen zu schießen, empfand er jetzt gar nicht mehr so abschreckend.

Ohne sich auszuziehen, fiel er in einen komatösen Schlaf. In der Mitte der Nacht wachte er auf und wurde vom Hunger auf die Straße getrieben. Es gab nur einen kleinen Kiosk, der um die Uhrzeit geöffnet hatte. Erst als er sich an allerlei Keksen, Schokolade, Chips und Bonbons überfressen hatte, kehrte der Gedanke an Sonja und ihr gemeinsames Kind zurück. Der Gedanke verursachte ihm Übelkeit, er eilte wieder in sein Zimmer und übergab sich, ohne es zur Toilettenschüssel zu schaffen, direkt auf den Boden des Badezimmers.

Am nächsten Tag traf Makarow ein. Sie saßen in einem Imbiss, aßen Kohlsuppe, und Alexander schilderte ihm detailgetreu die Geschehnisse jener Nacht. Ebenfalls erzählte er von seinem Telefonat mit dem Befehlshaber. Makarow, ein stämmiger, gedrungener Mann mit einem weißen üppigen Bart, nickte nur stumm und ließ ihn darauf für eine halbe Stunde allein, er müsse ein paar Telefonate tätigen.

– Ich weiß nicht, ob dir die Regel bekannt ist, aber in den

Streitkräften der Russischen Föderation können Militärangehörige nur mit Genehmigung und auf Anforderung ihrer Vorgesetzten verhaftet werden. Das heißt, wir müssen den Oberbefehlshaber dazu bringen, dass er Schujew ausliefert, wir müssen Druck ausüben. Sie werden alle zusammenhalten, und sie werden dich drangsalieren, dich schikanieren, bist du zu all dem bereit?
Er nickte, ohne seinen Blick von der Suppe zu heben.
– Gut. Du musst es wissen. Wir brauchen einen mutigen Richter und einen noch besseren Anwalt, der die Familie der Toten vertreten wird. Ich werde mich darum kümmern.
Wieder nickte er und sah ihm diesmal direkt ins Gesicht.
Makarow hielt sein Wort. Es gelang ihm tatsächlich, einen nicht käuflichen Richter in Rostow aufzutreiben, und er setzte sich mit Stanislaw Pasternak in Moskau in Verbindung, der sich zu dem Zeitpunkt auf dem Höhepunkt seiner Anwaltskarriere befand.
Aber vor allem schaffte er es, den Oberbefehlshaber und somit Schujews Vorgesetzten zu überzeugen, dessen Auslieferung zuzustimmen. Wie genau er das erreichte, wollte der General nicht wissen.
Man war bereit, einen Präzedenzfall zu schaffen, man schickte eine Untersuchungskommission der Militärverwaltung in die Berge, zum Stützpunkt, und ordnete an, nach der Leiche Nuras zu suchen, die, wie Alexander vermutete, irgendwo wenige Meter im Umkreis der Scheune vergraben sein müsste. Er hatte recht: Man fand sie in eine Plastikplane gewickelt, offenbar hastig, da nicht einmal sonderlich tief, hinter der Scheune verscharrt. Wahrscheinlich hatte der arme Zaika das Loch buddeln müssen. (Aljoschas Leiche war in einem Zinksarg per Frachttransport ausgeflogen worden.)

Die Angeklagten Schujew und Petruschow plädierten zuerst auf nicht schuldig und stellten sich unwissend, noch nie war ein Militärangehöriger in diesem Krieg zur Verantwortung für irgendwas gezogen worden, ein Gerichtsverfahren, das war doch lächerlich, und Schujew unterhielt gute Kontakte nach oben, auf die er setzte. Er war sich sicher, dass er niemals ausgeliefert werden würde, auch für das Verteidigungsministerium wäre solch ein Fall eine Schmach, nein, das war ausgeschlossen.
Aber die Kommission vor Ort rückte nicht ab: Makarow, mit seiner altmodischen Aufrichtigkeit und seinem klaren Wertesystem, ein Richter, der bereit war, sich gegen die gesamte Militärkaste zu stellen, und ein Anwalt, der sich durch sein Engagement in Menschenrechtsfällen einen Namen gemacht hatte, der weit über die russischen Grenzen hinweg reichte – das zusammengenommen führte zu einem Ergebnis.
Er solle nach Hause fahren, sagte ihm Makarow, so schnell würde man ihn nicht verhaften, noch sei er ein freier Mann. Er flog nach Moskau.
Das entsetzte Gesicht seiner Mutter, als sie ihm die Tür öffnete, ließ ihn einen Augenblick überlegen, ob er nicht auf der Stelle kehrtmachen und verschwinden sollte.
– Hast du Heimaturlaub bekommen?, fragte sie noch in der Tür. Was war das für eine Geschichte, wegen der du angerufen hast?
– Nein, ich habe keinen Heimaturlaub bekommen.
Er ließ sich von ihr umarmen, blieb aber wie versteinert im Türrahmen stehen. Es fühlte sich so unwirklich an, hier zu sein, an diesem Ort, der einst sein Zuhause war.
– Ich bin abgehauen. Und bald, bald werde ich ins Gefängnis müssen ...
Das Gespräch fortzusetzen wäre sinnlos gewesen. Wie

ein kleines Hündchen folgte sie ihm von einem Zimmer ins nächste, überfordert, hin- und hergerissen, im Unverständnis für die ganze Aktion. (Dass sie später, als sie glaubte, er schlafe, etliche Telefonate führen würde, um in Erfahrung zu bringen, was genau vorgefallen war, daran bestand kein Zweifel.) Sie deckte ihm den Tisch, unentschieden, ob sie überglücklich oder todtraurig sein sollte, dass ihr Sohn nun hier war, lebendig, gesund. Und sie wusste nicht, was sie von seiner Verwandlung halten sollte, denn er schien ein anderer zu sein, er ging anders, er sprach anders, er roch sogar anders. Sie drückte ihm einen Kuss auf die Stirn und stellte ihm das Essen auf den Tisch. Er aß gierig, ständig Nachschub fordernd.

Sie war diejenige, die ihn dazu verdammt hatte, der zu sein, als der er ihr nun gegenübersaß. Sie hatte ihn gezwungen, einem Gespenst zu folgen, hatte ihm dieses nach Mottenpapier und Illusionen riechende Erbe aufgezwungen, das er so sehr hasste, ihn dazu verdammt, in ein Totenreich einzufahren. Hatte ihm seine eigenen Wünsche, seine eigenen Träume gestohlen und ihm stattdessen ihre verseuchten, todgeweihten eingepflanzt.

– Sonja kommt häufig vorbei, ich habe sie darum gebeten, ich wollte in deiner Abwesenheit ein Auge auf sie haben, du weißt ja, wie ungestüm sie ist, kein Wunder bei der Familie.

Als sie diese Sätze sagte, wurde ihm schlagartig etwas klar: Sie durfte ihre moosumwickelten Krallen unter keinen Umständen auch noch nach seinem Kind und Sonja ausstrecken und sie mit ihren kranken Träumen verpesten. Er musste alles tun, um die beiden von ihr fernzuhalten. Jeder Alkoholiker und jeder Asoziale wäre besser als sie, dachte er, während er sich die nächste Frikadelle in den Mund schob. Sie sah ihn mit ihren

wässrigen Augen an, und die Tatsache, dass sich in ihre Freude vor allem die Sorge mischte, er könnte es erneut vermasselt haben und dem Andenken seines Vaters nicht gerecht geworden sein, erzeugte einen Brechreiz in ihm.
– Du wirst sie nicht mehr sehen, sagte er auf einmal ruhig, als diktiere er ihr einen Einkaufszettel.
– Saschenka, was ist bloß mit dir los? Ich erkenne dich gar nicht wieder … Ich meine … wovon redest du überhaupt?
– Das spielt keine Rolle mehr. Du wirst Sonja und unser Kind in Ruhe lassen.

Er brauchte frische Luft. Es war noch dunkel, das Haus war in einer behaglichen Stille versunken, der See schlief, und sogar die Vögel schienen noch nicht wach zu sein.
– Kann ich dir etwas bringen, Alexander?, fragte Asja mit einer verschlafenen Stimme, sie war im Türrahmen aufgetaucht.
– Wenn du schon fragst, mach mir einen Kaffee. Ich gehe auf die Terrasse. Deck mir dort den Tisch.
– Aber es ist doch kalt.
– Asja!
Sie hatte viele Fragen, das konnte er ihr ansehen, aber sie kannte ihn gut genug, um zu wissen, dass es nicht die Zeit dafür war.
Sie gehörte so sehr zu seinem Leben, dass er sich gar nicht mehr vorstellen konnte, wie es ohne sie gewesen war, und wenn sie auch beide wussten, dass ihre Anwesenheit seit Adas Tod eigentlich sinnlos geworden war, dass es keinerlei Grund mehr für sie gab, bei ihm zu bleiben, trauten sie sich nicht, diese Tatsache auszusprechen. Nach Adas Tod hatte er sie bewundert für ihr stilles Leiden. Als habe sie sich das Versprechen abgenommen, sich

nichts anmerken zu lassen, um nicht mit seinem Schmerz konkurrieren zu müssen, aber er kannte das Ausmaß der Leere, das Adas Verschwinden bei dieser korpulenten, robusten Frau hinterlassen hatte. Dieser Schmerz kettete sie aneinander.

Sonja schmeckte nach Leben und nach einer süßen, reifen Frucht, sie schmeckte nach all dem, was hätte sein können und nicht mehr sein würde, und in ihren Armen – sie standen mitten auf dem Hof, zwischen den Wohnhäusern – spürte er, dass er schwach wurde, und dieses Gefühl war gefährlich, dieses Gefühl durfte er nicht zulassen. Sie küsste ihn und sprang ihn immer wieder an wie ein wildes Äffchen. Das Bäuchlein zeichnete sich erst sehr zaghaft unter ihrer engen Bluse ab, als wolle sich das Kind der Welt noch nicht offenbaren.
Er befreite sich aus ihren Armen, ergriff ihre Hände, hielt sie fest und sah sie direkt an.
– Wir müssen reden.
– Aber wir reden doch, Malisch, wir reden doch ...
– Und nenn mich nicht mehr so.
– Wieso denn das? Was ist ... was ist los mit dir?
– Wo können wir hin, wo es ruhig ist, wo wir ungestört sind?
Sie nahm ihn an der Hand und führte ihn durch die Treppenhäuser, durch die anonymen Hinterhöfe und feuchten Durchgangsräume des Schukino-Bezirks, die sie besser kannte als irgendwer, und sie landeten in einem verlassenen Kabuff, einer Art Wachhäuschen, das voller Zigarettenstummel und Wodkaflaschen war. Dort stand eine Bank, die man vollgesprayt und in die man Namen eingeritzt hatte, aus irgendeinem Grund fragte er sich, ob auch ihr Name dort zu finden war.

Er schilderte ihr alles in einem sachlichen Ton, er achtete darauf, dass er sich nicht zu sehr in Details verlor und gleichzeitig auch nichts Wichtiges ausließ. Sie stand an die feuchte Wand gelehnt und atmete etwas schwerer als sonst, er saß auf der Bank und hielt den Blick gesenkt. Ihr in die Augen zu schauen, das konnte er sich nicht erlauben.

– Ich weiß nicht, wann sie kommen, aber irgendwann werden sie kommen, sagte er zum Abschluss und spuckte auf den Boden, als wollte er sich nach all den gesagten Worten den Mund reinigen. – Aber bis dahin werde ich zusehen, dass ihr versorgt seid. Vielleicht finde ich eine Wohnung für uns. Ich werde dafür sorgen, dass es euch an nichts mangelt.

– Es wird mir aber an einem Mann und an einem Vater mangeln, sagte sie auf einmal und klang dabei wie ein trotziges Kind.

– Der Tag wird kommen, an dem es vorbei sein wird. Dann komme ich wieder. Ich werde nicht von dir erwarten, dass du auf mich wartest, aber …

– Es war Krieg, Sascha, unterbrach sie ihn, und dieser Satz verwirrte ihn.

– Was soll das heißen?

– Das heißt, dass im Krieg solche Dinge passieren.

Er wollte es nicht gehört haben und hatte keine Kraft, darauf einzugehen, er wollte mit ihr nicht diskutieren. Das Gefühl, dass ihm nicht viel Zeit blieb, machte sein Denken klarer und effizienter. Er wollte alles erledigen, was ihm wichtig erschien, bevor man ihn holte.

– Es tut mir leid, Saschenka, aber du musst jetzt doch an uns denken. Es tut mir leid, dass du all das erleiden musstest, aber es war Krieg. Ich meine, es war nicht deine Schuld, was passiert ist, es war nicht deine Schuld …

– Doch, es war meine Schuld, verdammt!
Er war aufgesprungen und sah sie hasserfüllt an. Sie wich zurück, und in ihren Augen zeichnete sich Angst ab. Er schämte sich, er wollte nicht, dass sie sich vor ihm fürchtete, aber er ertrug ihre Worte nicht, er wünschte sich andere Sätze, ein anderes Verständnis, schob es auf die Schwangerschaft, wahrscheinlich waren es ihre Instinkte, wahrscheinlich musste sie so reden, so handeln, das Interesse ihres Kindes verteidigen.
– Das ist nicht fair, das alles ist nicht fair, Ma... Alexander! Ich habe die ganze Zeit gewartet, um dich gebangt, ich wusste nicht einmal, ob du lebend zu mir zurückkommst, ich meine ... Das darf jetzt nicht wahr sein! Ich muss doch endlich wieder dran sein, endlich wieder glücklich sein dürfen! Ich ertrage das nicht länger, und wir kriegen bald ein Baby, verdammte Scheiße! Wie konntest du dich selbst anzeigen? Wieso hast du keine Sekunde an mich, an uns gedacht? Wird sie davon wieder lebendig? Mein Gott, sie hat sich auf euch eingelassen, ging das Risiko ein, was weiß ich ...
– Halt den Mund, Sonja! Halt einfach den Mund, du weißt nicht, wovon du da sprichst!
– Ja, das mag sein, aber ich will einfach nur, dass mein Mann bei mir ist, dass wir endlich ein normales Leben beginnen können, dass wir ... Jeder verdient es, dass er irgendwann im Leben glücklich wird, auch ich! Es tut mir leid, ja, ich kann es mir nicht vorstellen, wie beschissen das Ganze sein muss, aber ...
Sie war verstört, sein Ton, seine Kälte, seine Gefasstheit, sie konnte das sichtlich nicht mit ihrem Geliebten in Verbindung bringen. Er spürte es körperlich, wie ein Stechen, aber er konnte nichts daran ändern, er konnte ihr nicht der Mann sein, den sie sich wünschte.

Er ertrug den Gestank in dem Kabuff nicht länger und trat wieder hinaus. Das Gespräch war beendet, die Zeit lief, er musste schnell handeln.
Als sie den Innenhof ihres Wohnblocks erreichten, bog ein silberner Mercedes in den Hof ein, die Fensterscheibe glitt geräuschlos herunter, und jemand rief Sonjas Namen. Sie ging zum Auto, er konnte denjenigen, der dort mit ihr sprach, nicht erkennen, nach zwei Minuten wurde die Scheibe wieder hochgekurbelt, und Sonja kehrte zu ihm zurück.
– Wer war das?, wollte er wissen.
– Der Kassierer ist jetzt ein richtig hohes Tier, verdient fett Kohle.

Nuras Leiche wurde exhumiert. Bei der Untersuchung wurden folgende Verletzungen festgestellt: punktförmige Blutungen, Hautabschürfungen, Blutergüsse im Pleuraraum, Ekchymosen in der linken Unteraugenhöhlengegend, auf dem Oberschenkel, Blutergüsse im Mundvorraum, Zyanose, aufgedunsenes Gesicht, Hämatome an den Oberschenkelinnenseiten, sogenannte Spreizverletzungen, das Perineum im Bereich der äußeren Genitalien blutverschmiert, das Hymen wies eine kreisförmige Öffnung von ca. 0,6 cm Durchmesser auf, dort wurden strahlenförmig verlaufende Risse festgestellt, weiterhin Griffspuren an den Oberarminnenseiten. Todesursache Asphyxie durch die Kompression des Halses. Die Leiche war unbekleidet gewesen.
Schujew wurde verhaftet und nach Mosdok gebracht. Bei seiner ersten Vernehmung – zunächst wurde er als Zeuge vernommen – erklärte er, von einem Informanten eine Fotografie erhalten zu haben, auf der Nura Gelajewa abgebildet war. Laut Informant habe sie einer bewaffneten

Formation angehört und eine Ausbildung zur Scharfschützin erhalten. Ihr Vater habe sich, so der Informant, einer terroristischen Gruppierung angeschlossen und im April dieses Jahres dreizehn russische Soldaten erschossen. Er betonte, dass es Nura Gelajewa mit einer List gelungen war, sich das Vertrauen zweier seiner Soldaten zu erschleichen und mit ihnen Lebensmittelgeschäfte zu machen, um dadurch möglichst viele Details über ihr Lager in Erfahrung zu bringen.

Am nächsten Tag – als er bereits als Beschuldigter befragt wurde – legte er auf Anraten seines Verteidigers ein Teilgeständnis ab, wobei er sich im Wesentlichen an seine Aussage vom Vortag hielt, sich aber der vorsätzlichen Vergewaltigung und Ermordung Nura Gelajewas ausdrücklich für nicht schuldig bekannte, denn er habe keine Absicht gehegt, ihren Tod herbeizuführen, »die Befragung« sei »aus dem Ruder gelaufen«, warum auch immer, seine Männer hätten die Fassung verloren, und er wisse nicht genau, wie es dazu kommen konnte, dass sie erstickt war.

Am gleichen Tag wurden auch Petruschow und Juritsch verhaftet, allerdings kam Petruschow gegen Kaution frei.

Petruschow flog umgehend nach Moskau und fing Alexander vor seinem Treppenhaus ab.

– Wir müssen reden, *General*.

Das letzte Wort zog er ironisch in die Länge wie einen Kaugummi. Bevor Alexander sich umdrehte, wusste er bereits, um wen es sich handelte. Diese Stimme würde er sein ganzes Leben lang im Ohr behalten.

– Was gibt's?

– Was du da tust, ist ein riesengroßer Fehler.

– Ach ja, ist das so?

– Du verrätst deine Freunde.

– Meine Freunde. Wir sind also jetzt Freunde. Das wusste ich nicht.
– Außerdem wird es zu nichts führen. Das, was passiert ist, hätte nicht passieren dürfen, aber es ist nun mal so gekommen, und glaub mir, sie war nicht das unschuldige Mädchen, für das sie sich ausgab. Wären wir euch nicht in die Quere gekommen, hätte es weitaus schlimmere Folgen haben können.
– Schlimmere Folgen. Schlimmere Folgen also. Verstehe ...
Erst jetzt bemerkte er Petruschows glasige Augen, er wirkte wie ferngesteuert, als sei er nicht ganz bei sich, als lenke ihn etwas, als spreche er einen auswendig gelernten Text.
– Ja, weitaus schlimmere Folgen!
– Wir haben nichts zu bereden. Wir sehen uns im Gerichtssaal wieder. Ich muss jetzt los.
– Ja, dann wärst du nämlich derjenige, der jetzt in einem Zinksarg liegen würde.
– Kann sein. Aber ich wäre ein Mensch geblieben.
– Hör auf mit diesem Gesülze. Das ist ja nicht zum Aushalten! Und hör auch mit diesem ewigen Selbstmitleid auf. Du kannst es nicht wiedergutmachen.
Er roch merkwürdig chemisch, als wäre er in einer Autowaschanlage gereinigt worden.
– Ich habe dir nichts mehr zu sagen, wenn du jetzt zur Seite gehen könntest, ich habe es eilig.
– Hast du eigentlich völlig den Verstand verloren?!
Auf einmal brüllte Petruschow aus voller Kehle. Ein Mann, der gerade mit einem Einkaufsnetz in der Hand den Hof überquerte, schreckte zusammen und ließ das Netz fallen. Ein paar kleine Äpfel rollten über den Boden.
– Du schreist mich nicht an, hörst du, du wirst mich nie wieder anbrüllen!

Er baute sich vor Petruschow auf, er wunderte sich, wie leicht es war, fragte sich, was ihn all die Monate davor hatte zurückschrecken lassen, wovor er sich gefürchtet hatte, es war so lächerlich. Nichts hielt ihn mehr zurück, hätte Petruschow noch ein Wort in der gleichen Lautstärke an ihn gerichtet, hätte er ihm ins Gesicht geschlagen, mit voller Wucht. Der Gedanke bereitete ihm sogar eine gewisse Genugtuung, etwas in ihm wünschte sich, dass Petruschow die Grenze überschritt, hier und jetzt, er sehnte sich danach, dass er seiner Natur gemäß handelte. Aber Petruschow riss sich zusammen und senkte die Stimme:

– Weißt du, was die GUSS ist? Schon mal etwas von der Hauptverwaltung für Sonderbauvorhaben gehört? Sie ist dem Apparat für die Wohnungshauptverwaltung unterstellt, davon müsstest du doch schon gehört haben, oder?

– Und? Worauf willst du hinaus?

– Man kann dort gutes Geld machen. Kosmodrome, Raketenschächte, militärische Geheimobjekte, Truppenunterkünfte – alles liegt in der Hand der GUSS. Ich habe dort eine ziemlich hohe Stelle sicher. Du hältst den Mund, und ich mache dich zu meinem Stellvertreter.

Für einen Augenblick musste er sich überlegen, was Petruschow ihm da genau zu sagen versuchte, die Worte drangen nicht zu ihm durch. Doch dann musste er plötzlich lachen, es war die einzig angemessene Reaktion auf dieses Angebot. Petruschow verstörte sein Gelächter sichtlich, er wich zurück und legte die Stirn in Falten. Seine ganze Verachtung für ihn stand ihm ins Gesicht geschrieben: für seine idiotische Moral, seine memmenhafte Schwäche, seinen Vertrauensbruch, seine kindische Sentimentalität, am meisten aber für seinen lächerlichen Versuch, irgendeine Gerechtigkeit zu erlangen, da, wo dieser Begriff schlichtweg nicht existierte.

Er sah Petruschow direkt in die Augen.
– Soll das ein Witz sein?
– Sehe ich so aus, als ob ich Witze machen würde, du Schwanzlutscher?
In dem Augenblick drehte er sich langsam zu ihm um, holte mit der Faust aus und traf Petruschows Nase mit einer solchen Wucht, dass seine Hand schlagartig taub wurde. Petruschow taumelte, gab ein tierisches Geräusch von sich und kniete sich auf den versifften Boden des Treppenhauses, hielt sich mit beiden Händen die Nase.
Er drehte sich nicht mehr um, setzte stattdessen seelenruhig und unterbrochen seinen Weg fort. Als er an der Ampel der nächsten Kreuzung stehen blieb, sich mit der anderen Hand die taube Faust massierend, holte ihn Sonja ein. Immer tauchte sie aus dem Nichts auf, immer verschwand sie ins Nichts, es war ihm seit jeher ein Rätsel, wie sie das machte. Sie küsste ihn auf die Nasenspitze und hakte sich bei ihm unter.
– Wo kommst du auf einmal her? Ich dachte, dass wir uns vor dem Gastronom treffen wollten.
– Ich hab es mir anders überlegt, ich wollte dich abholen kommen.
– Bist du mir hierher gefolgt? Warum?
Plötzlich hielt er inne. Sie war im Treppenhaus gewesen, sie musste das Gespräch mitbekommen haben.
– Du hast unser Gespräch gehört, ja?
Sie nickte mit einem beschämten Gesichtsausdruck, sah ihn dann prüfend an.
– Willst du dich dümmer stellen, als du bist? Was willst du? Du willst doch irgendwas ... Ich sehe es dir an.
– Willige ein. Sascha, bitte, willige ein. Dieser Prozess wird dir, uns, nichts bringen, er wird alles nur noch

schlimmer machen, aber wir ... wir können neu anfangen. Du wirst Geld verdienen, wir können endlich ein Leben zusammen führen, wir und das Baby. Ich meine, es ist eine richtige Chance in einem Moment, wo im Land doch eh alles verrottet und verfault, wieso glaubst du, dass du damit überhaupt durchkommst? Diese Männer haben Macht und Geld und das Militär auf ihrer Seite. Du bist ein Niemand, und wenn du glaubst, dass du mit deinem Prozess etwas wie Gerechtigkeit bewirken kannst, dann bist du blind oder dumm oder naiver, als ich dachte. Mach es anders wieder gut. Mach es für uns wieder gut. Ich bin es so leid, auf das Leben zu warten, darauf, dass es eines Tages losgeht – falls es dann losgeht. Ich bin es leid, hier herumzusitzen und zu wissen, dass ich und meinesgleichen niemals eine Chance bekommen werden. Was erwartest du von mir? Du kommst für Jahre in irgendein Gefängnis, und ich warte hier auf dich, bete, dass dir nichts passiert, träume von unserer Zukunft, denke: Verdammt, endlich gab es mal etwas Helles, Heiles in meinem verfluchten Leben, ich werde es diesmal nicht vermasseln, ich werde es gut machen, eine verdammt gute Mutter werden, mein Kind wird es besser haben, viel besser als ich! Und dann kommst du mir mit deiner blöden Gerechtigkeit! Die alles kaputt macht! Schau dich doch um! Ich könnte kotzen. Du stehst vor mir und erzählst mir irgendwas von Schuld und Sühne ... Verzeih mir, aber ich bin nicht solch ein Gutmensch, um mich mehr um die Toten zu scheren als um mich selbst oder mein ungeborenes Kind. Ich weiß, dass es ein Albtraum gewesen sein muss, ich weiß, dass du niemals hättest dort hinfahren dürfen, aber jetzt kann dir niemand diese Last abnehmen, aber unser Kind kann nichts dafür, dass seine Eltern Verlierer sind. Es soll eine Chance haben, und du hast gerade eine bekommen, ergreif sie und hör endlich auf mit diesem Saubermannding. Jeder Mensch in diesem Land hat Dreck am Stecken, und die, bei denen man es am wenigsten sieht, sogar am meisten, und es bringt nichts, du wirst nichts bewirken, indem du dort hinrennst und ihnen sagst, dass sie alle böse und verdorben sind, am Ende wirst du verlieren ... und dein Kind, unser Baby – sie umschloss ihren Bauch mit dem linken Arm – wird keine Chance haben, etwas aus seinem Leben zu machen!

Er wusste nicht, ob es Entsetzen war, das sich in ihm breitmachte, oder Trauer. Er fühlte sich auf einmal gelähmt, er blieb auf der Stelle an der Kreuzung stehen und holte tief Atem.

– Sonja ... du machst mir Angst, sagte er dann leise, und um ein Haar hätte er angefangen zu weinen, wollte schon ein lautes »Nein!« herausschreien, alles an Schrecken und Unverdautem und Unsagbarem herausbrüllen, aber dann wandte er den Blick ab und konzentrierte sich auf seine Atmung.

– Wieso, mein Liebling, mache ich dir Angst, was redest du da?

– Das, was du von mir verlangst ... was du willst, dass ich tue, das macht mir Angst.

Sie wollte etwas sagen, sich erklären, aber er setzte sich plötzlich in Bewegung und zwang sie, ihm hinterherzulaufen, er ging schnell, rannte schon fast, ertrug ihre Nähe nicht.

Er lieh sich Geld von seinem Onkel und sah sich mehrere Mietwohnungen an, aber Sonja weigerte sich, in seiner Abwesenheit dort alleine zu leben, sie wollte nicht ohne ihn eine Wohnung beziehen. Und er spürte, dass ihm die

Kraft ausging, dass er nicht weiterkämpfen konnte, nicht mit ihr. Er willigte ein, einige Tage zusammen mit ihr in der Wohnung seiner Mutter zu verbringen.

Die meiste Zeit starrte Sonja mit ihren Händen auf dem Bauch zum Fernseher und warf ihm vorwurfsvolle Blicke zu. Er ignorierte seine Mutter, die immer hysterischer wurde und es nicht fassen konnte, dass er ihr jedes Gespräch verweigerte. Im Schnelldurchlauf erledigte er, was ihm wichtig erschien, er war atemlos, ruhelos, fand nicht in den Schlaf. Sonjas einziger Versuch, eine nächtliche Nähe heraufzubeschwören, scheiterte kläglich. Er fühlte sich wie von seinem Körper amputiert, er konnte sie nicht berühren, wie Stromschläge tauchten Bilder vor seinem inneren Auge auf, Bilder aus der Scheune ...

Am Tag vor seiner Überführung nach Rostow, in die Stadt, wo er in Untersuchungshaft kommen und in der auch der Prozess stattfinden sollte, stattete er einem groß gewachsenen, schlaksigen jungen Mann im Stadtzentrum einen Besuch ab. Er hatte seinen Namen von Makarow.

Er wartete fast zwei Stunden, um den Mann abzupassen, der endlich am frühen Abend aus dem schönen alten Haus direkt am Alten Arbat in die Schar der Straßenmusiker und Kunsthändler hinaustrat.

– Darf ich Sie stören. Es wird nicht allzu viel Ihrer Zeit beanspruchen. Alexander, Alexander Orlow ist mein Name.

Es war ihm unangenehm, vor diesem Mann zu stehen, der etwas verkörperte, was er nie mehr für sich würde beanspruchen dürfen: Ehrbarkeit und Gerechtigkeitssinn. Alles an ihm wirkte aufrichtig, korrekt, in sich ruhend. Wie sehr er ihn für einen Augenblick lang um all das beneidete ...

– Orlow? Kennen wir uns?

Der Anwalt reichte ihm mit einem freundlichen Lächeln die Hand und nahm den Faden gleich auf:
– Ich sterbe vor Hunger, wenn Sie mich zu dem Blini-Laden begleiten mögen, dort hätten wir Gelegenheit zu sprechen.
– General Makarow muss Ihnen von mir erzählt haben. Es geht um den Fall Nura Gelajewa.
Jetzt blieb der schlaksige Mann wie angewurzelt stehen und starrte ihn mit geweiteten Augen an.
– Oh mein Gott, ja, natürlich, daher kenne ich Ihren Namen! Wir dürfen nicht reden, wir dürfen nicht einmal miteinander gesehen werden. Sie wissen doch, dass ich die Gegenseite vertreten werde?
– Ja, ich weiß es, und ich bin froh darum. Aber es ist sehr wichtig, ich kann mich nur Ihnen anvertrauen, und ich muss ein Geständnis ablegen … Ich werde in wenigen Tagen in Untersuchungshaft gehen, und ich weiß nicht, ob ich danach wieder die Gelegenheit dazu haben werde.
Der Anwalt überlegte kurz, nickte dann und sagte:
– Dann gehen wir besser in mein Büro, das ist sicherer, ich werde mir später etwas zu essen holen. Die Mitarbeiter sind schon alle heimgegangen.
Sie betraten eine Altbauwohnung mit Holzdielen und hohen Decken. Auf der Tür, die er aufsperrte, stand mit kleinen Druckbuchstaben »Anwaltskanzlei Pasternak und Partner«. Am Ende des Flurs traten sie in einen weitläufigen Raum voller Aktenschränke und mit einem breiten Schreibtisch, auf dem sich Mappen und Papiere stapelten. Alexander nahm in einem Drehstuhl ihm gegenüber Platz.
– Ich danke Ihnen für Ihre Zeit …
– Der einzige Grund, warum ich jetzt mit Ihnen spreche, ist, dass Sie derjenige sind, der den Fall zu einem Fall ge-

macht hat, und das zeugt von einem Menschen, der, nun ja, ein Gewissen zu haben scheint, und davon finden sich heutzutage nicht viele in den Streitkräften. Es war mutig, was Sie getan haben ...

– Bitte sagen Sie jetzt so etwas nicht. Sonst muss ich mich auf der Stelle übergeben. Sie haben keine Vorstellung davon. Haben Sie sich bereits mit den Angehörigen in Verbindung gesetzt?

– Selbstverständlich.

– Wie geht es ihnen?

– Wie soll es ihnen gehen. Das ganze Dorf ist wohl in einer Art Schockstarre, ich weiß nicht, ob Sie die tschetschenischen Traditionen kennen, aber eine Vergewaltigung bedeutet die Entehrung einer ganzen Familie, eines ganzen Dorfs. Die Mutter spricht nicht mehr. Aber die Leiche konnte von der Gerichtsmedizin an die Familie übergeben werden. Sie können jetzt trauern. Ich werde Mittwoch nach Mosdok fliegen, man hat mir versprochen, mich von dort nach Tschetschenien zu bringen, es ist, wie Sie ja wissen, nicht so einfach. Aber nun zu Ihnen, warum sind Sie hier?

– Ihre Schwester, ihre kleine Schwester hat uns gesehen. Sie wird mich identifizieren können. Sie ist minderjährig, aber ich wollte, dass Sie das wissen.

– Wer ist *uns*?

– Aljoscha und mich. Aber Aljoscha ...

– Ja, es tut mir leid.

– Haben wir eine Chance?

– *Wir?*

– Sie? Haben *Sie* eine Chance?

– Eine kleine, aber es gibt eine. Wir haben Glück, wir haben einen guten Richter an unserer Seite. Es ist und bleibt ein Präzedenzfall, das muss uns bewusst sein.

– Geben Sie mir bitte einen Stift und einen Zettel.
– Wofür?
– Ich schreibe Ihnen alle Namen unserer Truppenangehörigen auf, die etwas aussagen können. Ich habe alles genauestens rekonstruiert, habe mich erinnert, wer an jenem Tag wo war, wer wen gesehen hat. Es könnte nützlich sein. Wir alle müssen zur Verantwortung gezogen werden. Keiner von uns darf davonkommen.
Nachdem er akribisch alles aufgeschrieben hatte, wovon er glaubte, dass es dem Anwalt nützlich sein könnte, holte er tief Luft und sprach zum ersten Mal aus, was außer Schujew, Petruschow und Juritsch niemand wusste, was er bis dahin nicht einmal in seinen Gedanken auszuformulieren gewagt hatte. Dann ließ er sich in seinem Stuhl zurückfallen.
– Ich möchte, dass Sie mich in den Zeugenstand rufen. Dort werde ich all das, was ich Ihnen gerade mitgeteilt habe, wiederholen. Ich lege dort mein Geständnis ab.
Stas schwieg und drehte einen Kugelschreiber in der Hand hin und her. Es fiel ihm anscheinend schwer, ihn anzusehen. Irgendwann legte er den Kugelschreiber auf den Tisch, blickte ihn an und fragte:
– Warum machen Sie das?
– Weil es der einzige Weg für mich ist, mir keine Kugel in den Kopf zu jagen, und ich muss am Leben bleiben, ich werde im Januar Vater, sagte er nüchtern und erhob sich.
– Ich weiß nicht, ob man es zulassen wird, dass ich Sie als Zeugen aufrufe.
– Bitte versuchen Sie Ihr Bestes. Und tun Sie alles, damit wir bekommen, was wir verdienen.
– Ich tue, was ich kann.
Kurz bevor er das Straßenende erreicht hatte, setzte er

sich auf eine Bank, legte das Gesicht in die Hände und stieß ein Geräusch aus, das ihn selbst befremdete, es schien aus einer Urzeit zu stammen, aus der Zeit der Götzen und der Sonnengötter, aus der Zeit, in der man Auge um Auge, Zahn um Zahn vergelten konnte, was es zu vergelten galt.

Der General trank den starken, dampfenden Kaffee, die Tasse mit beiden Händen umklammert, sog er den feuchten Dampf ein. Er sah das Gesicht des Mädchens vor sich. Die Schauspielerin, Nuras Erbin, ihr Gesicht verstörte ihn, aber zugleich beruhigte es ihn, wie ihn seit Langem nichts mehr beruhigt hatte. Er wollte in diesem Gesicht versinken, tiefer und tiefer tauchen, als gelte es, dort etwas zu finden, etwas zu entdecken, das überlebenswichtig war.
Es war die Sehnsucht, die auf seiner Haut brannte. Es war die Sehnsucht nach allem, was er losließ, was er so vorsätzlich in Schutt und Asche legte, aber er war es ihr schuldig. Seiner Tochter, seiner treuesten Gefährtin und Mitstreiterin, dem einzigen Menschen auf der Welt, der in ihm hatte lesen können wie in einem Buch.
Nun war er mächtig genug, brauchte keine Gerichte und keine Staatsanwälte, keine Richter und keine Zeugen mehr, er war jetzt sein eigenes Gericht. All das, was damals versäumt wurde, hatte er nun selbst in der Hand.
Aus jetziger Sicht erschien es ihm nahezu kindlich naiv, dass er sich einmal an die Illusion von Gerechtigkeit geklammert hatte. Das Leben, oder das, was vom Leben übrig geblieben war, als er an jenem Tag im Morgengrauen aus der Scheune in die kristallklare Bergluft, in die gleißenden Sonnenstrahlen getreten war, war für ihn so viel leichter zu ertragen gewesen, indem er die Moral als zivi-

lisatorische Erscheinung für nichtig befunden und die Regeln dagegen zum Teil der menschlichen Natur erklärt hatte. Diese Erkenntnis hatte ihn zum General werden lassen, zum Vollstrecker seiner Worte und seines Willens. Er war die Sonne seiner eigenen Galaxie, das hatte ihm das Leben leichter gemacht. Ab und zu verbrannte sich einer, wenn er ihm zu nahe kam, aber das war nun mal der Preis, den man zahlen musste, wenn man die Gewissheit brauchte, dass Dinge erledigt werden. Man musste bereit sein, einen Schritt weiter zu gehen als die anderen.

In der Haft fand er so etwas wie Ruhe. Als hätte die Außenwelt die Stimme verloren, als wäre sie von heute auf morgen verstummt. Und merkwürdigerweise fehlte sie ihm nicht. Nur der Gedanke an Sonja und ihr gemeinsames Kind, das unter ihrem an Ärgernis und Wut geschwollenen Herzen heranwuchs, störte die Monotonie des Militärgefängnisses. Die Versuche der Zellengenossen, ihn zu unterjochen, unterband er schnell, und er staunte schon wieder, wie leicht es ihm fiel, wenn die Angst den Körper nicht mehr als Geisel hielt, zorniger, animalischer, wilder zu sein als sein Gegenüber und seinen Platz in der Rangordnung zu behaupten. Juritsch saß in einer der Nebenzellen, begegnete ihm mit verschrecktem Gesicht und zittrigen Fingern im Speiseraum, wechselte aber kein Wort mit ihm. Schujew und Petruschow waren in einem anderen Trakt untergebracht.
Manchmal, wenn Alexander nachts wach lag, ging er in Gedanken sein Geständnis durch, malte sich den Tag aus, an dem alles zu seinem richtigen Ende finden, an dem so etwas wie Frieden einkehren würde. Manchmal überkamen ihn Zweifel, und er wurde von einer krankhaften Unruhe erfasst, die ihn nächtelang wach liegen

ließ, Nächte, in denen er versuchte, sein Zittern unter Kontrolle zu bekommen.

Sie befanden sich in Rostow, wo der Stab des Militärbezirks seinen Sitz hatte und das Armeelazarett lag, hier lebten unzählige Familien von Militärangehörigen, diese Stadt ernährte sich vom Militär, diese Stadt war dem Militär verpflichtet. Auch die Tatsache, dass er bei jeder Vernehmung, für die er lange vor dem Prozessbeginn zum Gericht gefahren wurde, Menschenansammlungen mit Transparenten sah, die »Freiheit für die Helden Russlands« einforderten, stimmte ihn nicht gerade zuversichtlich, dass er die Möglichkeit erhalten würde, zu sagen, was er unbedingt sagen musste.

Aber er hoffte, dass es dem Moskauer Anwalt gelingen würde, ihn in den Zeugenstand zu rufen, denn seine Aussage wäre endgültig und käme einem Urteilsspruch gleich.

Sonja saß mit ihrem spitzen Bauch auf der anderen Seite der Glasscheibe und sah ihn mit kalten Fischaugen an. Sie verzieh ihm nicht, dass er hier war und nicht bei ihr in Moskau, sie verzieh ihm nicht seinen Kampf gegen Windmühlen, sie harrte aus und wirkte von Mal zu Mal schweigsamer, trug einen nach innen gekehrten Zorn in sich, als wäre sie von ihrem eigenen Körper in Geiselhaft genommen worden. Vielleicht wäre sie gern wieder abgehauen wie damals, wäre da nicht der täglich wachsende Bauch, um ihm zu beweisen, dass sie recht hatte, dass sein Kampf um irgendeine nicht existente Gerechtigkeit zu absolut nichts führte. Aber sie hatte nur sich und den Bauch, sie musste warten, bis das Kind auf die Welt kam, sie war von ihm abhängig, von dem Geld, das seine Mutter ihr monatlich aushändigte, damit sie über die Runden kam, bis Lydia Nikolaewna Sonja eines Tages gegen

den Willen ihres Sohnes zu sich holte, in ein frisch gestrichenes Zimmer, in das sie ein Kinderbett stellte und in dem sie bunte Vorhänge aufhängte.
Und wenn Sonja dann ihren Bauch an das Glas presste, damit er ihm näher kommen konnte, war er kurz davor, all seine Geständnisse über Bord zu werfen, ihr zuzustimmen in allem, was sie sich wünschte, und alles wieder rückgängig zu machen, all seine belastenden Aussagen, seine bereits auswendig gelernte Rede zu vergessen, die er sich für Stas Pasternak und den Richter aufgespart hatte.
Lydia Nikolaewna hatte ihm mit der großzügigen Unterstützung ihres Bruders einen gewieften Militäranwalt zur Seite gestellt, Alexander allerdings weigerte sich, mit ihm zu kooperieren. Er sprach nicht mit ihm, er gab ihm nichts an die Hand, was er hätte zu seinem Schutz verwenden können. Und der Anwalt wurde von einem Besuch zum anderen gereizter, nahezu aggressiv, und er drohte und wütete.
Der Prozess begann Anfang Dezember, einen Monat vor der Geburt seines ersten Kindes, von der er hinter Gittern würde erfahren müssen, das Kind, das er nicht würde im Arm halten dürfen, dessen ersten Schrei zu hören ihm nicht vergönnt wäre. Die Verhandlung lief besser an, als er zu hoffen gewagt hatte, und das war in erster Linie dem Militärrichter zu verdanken, der kurz vor seiner Pensionierung stand und wahrscheinlich daraus Mut schöpfte.
Obwohl das Diktat von oben vorgab, dass der Prozess der Reinwaschung Schujews und seiner Untertanen dienen sollte, und obwohl die Staatsanwaltschaft so weit ging, dass sie ihre verfassungsmäßige Rolle umdeutete und nicht als Vertreter der Anklage und demnach im Interesse

der Geschädigten agierte, sondern im Sinne eines Verteidigers der Angeklagten, gelang es Pasternak, einige Zeugen in den Zeugenstand zu rufen, die dem Prozess ganz offensichtlich eine für die Angeklagten gefährliche Wendung hätten geben können. In den ersten Wochen der Verhandlung wurden zwei verschiedene psychologisch-psychiatrische Gutachten vorgelegt, die Oberst Schujew und Offizier Petruschow betrafen. Laut dem zweiten Gutachten, erstellt im Armeelazarett des Nordkaukasischen Militärbezirks, leide Oberst Schujew an einer »organischen Persönlichkeits- und Verhaltensstörung«. Petruschow, der im ersten Gutachten für »zurechnungs-, orientierungs- und kontaktfähig« befunden worden war, wurde in diesem Gutachten ein »Suchtproblem« bescheinigt, und es hieß, er habe zum Zeitpunkt der Tat in einem »traumatischen Affekt« gehandelt. Für Juritsch und Alexander interessierte sich zu dem Zeitpunkt noch niemand, sie wurden zu Prozessbeginn als Handlanger und ausführende Kraft des Oberst und des Offiziers behandelt.
Im Gerichtssaal, in dem Alexander zwischen zwei Sicherheitsmännern hinter den Gittern auf der Anklagebank Platz nehmen durfte, suchte er Blickkontakt mit Stas, aber der mied ihn sichtlich, war nicht bereit, sich in die Karten schauen zu lassen. So blieb Alexander nichts anderes als die Hoffnung, dass es dem Anwalt gelingen möge, das Ruder an sich zu reißen.
Bald sprach sich herum, dass die Vorladung des Oberbefehlshabers – Schujews Vorgesetzter, der Alexanders erstem Versuch am Telefon, sich selbst anzuzeigen, mit unverhohlener Verachtung begegnet war – als Zeuge ohne Begründung zurückgewiesen worden war.
Ein drittes Gutachten wurde angefordert. Die beiden bis-

herigen hatten Schujew und Petruschow in kein sonderlich gutes Licht gestellt, was der Obrigkeit nicht besonders gut gefallen haben dürfte, da sie den Schluss nahelegten, dass in den Streitkräften Männer mit organischen Störungen des Gehirns und Drogenabhängige dienten, denen es oblag, Hundertschaften zu befehligen und Verantwortung für schwere Artillerie und Waffen zu tragen. Das neue Gutachten sollte aus Moskau kommen, direkt vom Institut für soziale und forensische Psychiatrie, ein Institut, das zur Sowjetzeit berühmt-berüchtigt dafür war, politisch aktive Dissidenten für verrückt zu erklären. Dieses Institut attestierte den beiden Hauptangeklagten, zum Zeitpunkt der Tat unzurechnungsfähig gewesen zu sein, ihre Taten seien als direkte Reaktion auf die Handlungen Nura Gelajewas zu verstehen, ihre Beschimpfungen, ihre Aggression, ihre Weigerung zu kooperieren. Laut dem Gutachten hätte das Verhalten Nura Gelajewas eine temporäre Störung der Psyche der beiden Männer ausgelöst, somit seien die beiden Angeklagten nach fachärztlicher Meinung zum Zeitpunkt der Tat für den militärischen Dienst untauglich gewesen.
Bei der Verlesung dieses Gutachtens durch den als Zeugen aufgerufenen medizinischen Experten wurde Alexander übel, und er musste in Begleitung der Wache aus dem Gerichtssaal geführt werden.
Die scheußlichste Seite des Falls – die Vergewaltigung – wurde vor Gericht vehement bestritten. Obwohl zwei vorliegende gerichtsmedizinische Befunde keinen Zweifel am Tatbestand der Vergewaltigung ließen, forderte die Staatsanwaltschaft auch hier einen dritten Befund an, der die eindeutig auf eine sexuelle Nötigung hindeutenden Blutergüsse in ein »Vorhandensein von Blutmarkierungen im Bereich der äußeren Genitalien« verwandelte,

was die Annahme einer postmortalen Schädigung nahelegte. Nützlich war, dass der gerichtsmedizinische Gutachter kein Material für eine forensisch-histologische Untersuchung entnommen hatte und eine Vergewaltigung ohne histologisches Material nicht nachzuweisen war. Das Gericht gab zu Protokoll: »Es gibt keine Anhaltspunkte für die Vermutung, dass die postmortalen Schädigungen von einem oder mehreren sich im erigierten Zustand befindenden männlichen Geschlechtsteilen stammen. Die Ergebnisse der gerichtsmedizinischen Untersuchung der Leiche sowie die Beweisstücke bieten keine Grundlage für den Schluss, dass an Nura Gelajewa ein oder mehrere gewaltsame Geschlechtsakte verübt wurden.«
Die Vergewaltigung war mit einem Streich vom Tisch und die Verlesung war der einzige Moment im Prozess, an dem Stanislaw Pasternak mit Schweißperlen auf der Stirn im Gerichtssaal einen lauten Fluch ausstieß.

Am folgenden Tag kam Alexanders Mutter zu Besuch. Er empfing sie mit gewohnter Apathie, sie dagegen wirkte vollkommen euphorisiert und strahlte ihn durch die Glasscheibe an.
– Du bist am Dienstag Vater einer Tochter geworden, sagte sie dann leise, fast schon entschuldigend. Er spürte, wie sich etwas Warmes in seinem Körper ausbreitete, ihn weich machte und wie seine Unterlippe zu zucken anfing.
– Wie geht es ihr? Wie geht es Sonja?
– Es geht beiden gut. Es war eine normale Geburt ohne Komplikationen. Ihre Schwester und ich, wir waren bei ihr. Das Mädchen ist kerngesund und wunderschön. Ich schicke dir ein Foto, sobald ich wieder in Moskau bin und der Film entwickelt ist.

– Wie heißt sie?
– So wie du sie anscheinend nennen wolltest: Ada.
Er schwieg, und Tränen flossen über seine Wangen. Er unternahm nicht einmal einen Versuch, sie wegzuwischen. Er hatte den leisen Vorwurf, dem Kind nicht den Namen seiner Großmutter vererbt zu haben, zwar durchaus wahrgenommen, ging aber nicht darauf ein. Er hatte gelernt, eine Mauer zwischen sich und ihren Wünschen zu errichten.
Beim abendlichen Spaziergang über den Hof blieb er in einer Ecke stehen und las den Zettel, den ihm einer der Wachmänner im Vorbeigehen in die Hand gedrückt hatte.
»Man will mit allen Mitteln verhindern, dass Sie zu Wort kommen. Aber ich werde mein Versprechen halten, Sie werden erzählen dürfen, was Sie erzählen müssen.«
Er zerknüllte das kleine karierte Blatt und schob es sich in den Mund.
Zwei Tage später bei der morgendlichen Essensausgabe kam ein groß gewachsener Mann auf ihn zu, mit schütterem Haar und einem Gesicht, das an einen Vogel erinnerte, eindeutig ein Einzelgänger, er hatte ihn niemals in Gesellschaft gesehen. Er war gerade dabei, sich Buchweizen auf den Teller zu tun, da beugte der Vogelmann sich zu ihm und flüsterte schnell: »Heute Nacht werden sie jemanden schicken, sie wollen dich ausschalten. Du scheinst einigen Typen viel Kopfgeld wert zu sein. Also gib acht. Später auf dem Hof werde ich dir ein Messer geben, danach bist du auf dich allein gestellt.« Ohne eine Reaktion abzuwarten, entfernte er sich mit seinem vollen Teller und setzte sich allein an einen der hintersten Tische.
Alexander war für einen Augenblick wie versteinert. Er wusste nicht, was er empfinden oder denken sollte. Diese

Information, die ihm wie im Vorbeigehen mitgeteilt worden war, hatte ihn erschüttert. Für den Bruchteil einer Sekunde dachte er, dass er das Messer nicht annehmen und sich dem Schicksal ergeben sollte, dem Leben oder den Petruschows und Schujews dieser Welt, aber dann wanderten seine Gedanken zu dem winzigen Mädchen, das nun den Namen Ada trug und seine Tochter war, das viele Hunderte von Kilometern von ihm entfernt wahrscheinlich gerade an der Brust seiner Mutter lag und sich in Sicherheit wähnte. Und ihm wurde klar, dass er sich niemals mehr jemandem oder etwas ergeben würde.

Wer hatte ihn zum Abschuss freigegeben? Wer hatte das Geld gezahlt? Waren es Schujew und Petruschow gewesen? Oder jemand noch Wichtigeres, dem seine Aussage nicht in den Kram passte? Es spielte keine Rolle, es war einerlei, sie alle hingen zusammen. Aber wieso half ihm dieser Fremde? Wer war er überhaupt, und warum war er hier?

Abends in der Zelle wartete er auf die Angst, aber sie blieb aus. Als hätte sein Körper dieses Gefühl verlernt, als hätte er etwas Wesentliches verloren, das für diese Empfindung notwendig war. Er war ruhig und wartete auf die Dunkelheit.

Zuvor auf dem Hof hatte er den Vogelmann in der Raucherecke entdeckt und war auf ihn zugegangen. Danach hatten beide gemeinsam ihre Runden über den kahlen Hof gedreht.

– Wieso hilfst du mir?, flüsterte Alexander ihm bei der dritten Runde zu.

– Du scheinst kein schlechter Kerl zu sein.

– Wieso bist du hier?

– Ich bin wegen des Geldes in den Krieg. Ich komme aus der Ukraine, bin dort mit ein paar nicht so netten Jungs mit Draht in die oberen Etagen in Konflikt geraten und musste verschwinden. Ich bin dann als Kontraktnik in den Krieg, aber es geschahen ein paar unsaubere, *sehr* unsaubere Dinge, das passte mir nicht. Ich habe daraufhin Armeeangehörige krankenhausreif geprügelt.

Er schwieg, aber was mit »unsaubere Dinge« gemeint sein könnte, davon hatte Alexander eine sehr klare und lebhafte Vorstellung.

– Wie heißt du?

– Schapiro.

– Und dein Vorname?

– Einfach nur Schapiro.

– Wie kann ich dir danken, Schapiro?

– Du musst mir nicht danken. Bei der letzten Runde nimmst du das Messer und lässt es in der Unterhose verschwinden, am besten steckst du es dir zwischen die Arschbacken. Und nachdem du es benutzt hast, wirfst du es in die Toilette. Sie dürfen es nicht finden.

Es war ein kleines Armeeklappmesser, eines, wie es Aljoscha immer unter seinem Kopfkissen aufbewahrt hatte. So könne er besser einschlafen, wenn auch seitdem seine Träume durchaus aggressiver geworden seien, hatte er ihm damals erzählt und dann über seinen eigenen Witz gelacht. Dieses Lachen hallte nun in Alexanders Kopf nach, er konnte seinen toten Freund so deutlich hören, als stünde er neben ihm. Vielleicht war es aber auch einfach so, dass er ihn von nun an immer begleiten und, unsichtbar für andere, jede seiner Handlungen und Entscheidungen kommentieren würde.

Alexander legte das Messer unters Kopfkissen und wartete. Gegen vier Uhr morgens hörte er ein Rascheln. Die Zellentür wurde aufgeschlossen, jemand kam herein, es gab Geflüster. Er hielt die Augen weiter geschlossen und

harrte aus. Die Wachen waren also ebenfalls eingeweiht. Er hatte mit einem Zellengenossen gerechnet, aber anscheinend fehlte seinen Mitbewohnern der nötige Mumm. Nein, es war der tätowierte Halsabschneider, dem man vier Morde nachsagte und der im Speiseraum den Ton angab. Alexander erkannte ihn aus den Augenwinkeln, er schob die rechte Hand unter das Kissen. Als er bereits den heißen Atem des Mannes auf seinem Gesicht spürte, zückte er sein Messer und stieß es ihm mit aller Kraft in den Oberschenkel. Der Mann brüllte überrascht auf, wollte sich auf ihn stürzen, aber er war bereits aufgesprungen, wich aus und stach ihm das Messer in die Leistengegend. Der Mann brüllte erneut, fluchte und fiel auf die Knie. Alexander spürte, wie ihm sein Zellengenosse von der oberen Pritsche aus die Hände um den Hals legen wollte, er holte mit dem Messer aus und fühlte die warme Flüssigkeit auf sein Gesicht spritzen. Der devote Dreiundzwanzigjährige, der wegen Konterbande einsaß und stets darum bemüht war, sich den richtigen *krischa*, Schutz, zu organisieren, fing panisch an zu schreien, und schon ging das Licht im Flur an. Der Tätowierte jedoch hatte bereits das Weite gesucht.
Wie ihm Schapiro geraten hatte, warf er das Messer in die Toilette und sah zu, wie es in der braunen Tiefe des Plumpsklos verschwand.
Am nächsten Tag kam er in Einzelhaft.
In der endlosen Monotonie und Stille seiner Zelle begann er zu halluzinieren. Manchmal sah er Sonja vor sich, die es sich wie eine anschmiegsame Katze auf seinem Schoß gemütlich machte. Manchmal verwandelte sich Sonja in Nura und überreichte ihm gerupfte, tote Hühner und lachte dabei. Manchmal sah er Aljoscha in seiner Zelle stehen, der ihm etwas über Coq au vin er-

zählte, manchmal stand er schweigend neben ihm und sah ihn einfach nur an, drehte dabei den Zauberwürfel in seiner Hand. Dann aber hielt er selbst ein kleines Baby im Arm, er beugte sich zu ihm und konnte sein Gesicht nicht erkennen, es war entweder zugedeckt oder abgewandt, bis er am Ende zu schreien anfing, aus Verzweiflung über das gesichtslose Kind.

Als er jegliches Zeitgefühl verloren hatte, durfte er wieder ans Tageslicht. Er ging direkt zu Schapiro.

– Ich bin froh, dass du nicht abgemurkst wurdest, sagte Schapiro grinsend. – Sie werden sich so schnell nicht wieder trauen. Aber länger als nötig würde ich an deiner Stelle nicht hier bleiben. Du kannst sicher sein, sie werden einen zweiten Versuch unternehmen und die Sache dann besser vorbereiten. Glaub mir. Jemand da draußen scheut keine Kosten, dich tot zu sehen. Warum bist du denen so wichtig?

– Sie wollen nicht, dass ich aussage.

– Und wirst du aussagen?

– Ja.

– Dann solltest du dich um eine Verlegung bemühen.

– Ich glaube nicht, dass es woanders für mich sicherer wäre.

Schapiro warf ihm ein schiefes Lächeln zu und entfernte sich ein paar Schritte. Alexander holte ihn wieder ein.

– He, danke, du hast mir das Leben gerettet.

– Brauchst dich nicht bedanken ... Nun geh schon.

– Ich hoffe, ich kann mich irgendwann revanchieren ...

– Verschwinde jetzt endlich.

Damit ließ er ihn stehen und setzte seinen Hofgang allein fort.

Schapiro wurde zu seinem einzigen Halt in jener Zeit, seiner Anleitung zum Überleben verdankte er alles. Schapiro erteilte ihm Ratschläge und steckte ihm ab und zu ein paar Informationen zu, die ihm zu Ohren gekommen waren.

Erst viel später war es ihm möglich, Schapiros Geschichte als ein vollständiges Puzzle zusammenzusetzen, denn wenn dieser alterslose Mensch etwas nicht liebte, so war es reden, als halte er es für eine lästige und vollkommen unnötige Fähigkeit des Menschen. In der Hoffnung, seinen Bruder aus dem kriminellen Sumpf in Odessa, seiner Geburtsstadt, herauszuholen, war er selbst in die Schattenwelt jener berühmten Stadt abgerutscht, und anders als sein Bruder, der an Drogen und Alkohol zugrunde gegangen war, hatte er ein beeindruckendes Talent für illegale Machenschaften bewiesen. In der aufblühenden Kriminalität der Perestroika-Zeit hatte Schapiro von illegalen Kämpfen bis hin zu neu eröffneten Spielhöllen alles kontrolliert und alle abkassiert. Und schließlich war Schapiro zum Diener des Königs der Unterwelt geworden. Schapiro war seine rechte Hand, sein bestes Pferd im Stall und frönte auch dem guten Leben, bis er eines Tages feststellte, dass der Unterweltkönig und seine Männer »zu weit gingen«, etwas, was dieser wortkarge Mann anscheinend weder in der Unterwelt noch in der Armee duldete. Nach ein paar unschönen Auseinandersetzungen blieb ihm nichts anderes übrig, als die Stadt und das Land zu verlassen. Der General fand es faszinierend, auf einen Menschen zu treffen, der stets nur seine eigenen Gesetze befolgte und immun zu sein schien gegen alles Grauen, aber bei Dingen, die andere vielleicht eher in Kauf genommen hätten, mit Empörung und Wut reagierte. Es half Alexander, die Zeit im Gefängnis, in diesem Kosmos voller ungeschriebener Gesetze, damit zu verbringen, von ihm zu lernen. Und obwohl sie nicht son-

derlich viel miteinander sprachen, verschaffte ihm die Nähe Schapiros ebenfalls eine gewisse Unantastbarkeit. Er spürte, wie die anderen anfingen, die beiden zu meiden, wie sie einen Bogen um sie machten.
Ende Februar setzte sich auf einmal Juritsch zu ihm an den Tisch. Der völlig von Angst zerfressene Zaika schlurfte wie ein alter Mann durch die Betonkorridore und stotterte nach wie vor.
– Ich muss dich um was bitten. Du musst deine Entscheidung auszusagen noch einmal überdenken, sprach er in seiner abgehackten Art in sein Essen, ohne den Blick von seinem Teller zu heben.
– Es gibt nichts zu überdenken.
– Aber ...
– Richte ihnen aus, dass ich dabei bleibe, und jeder Versuch ihrerseits, mich davon abzuhalten, mich in meiner Entscheidung nur noch bestärken wird.
Alexander erhob sich, klopfte Zaika leicht auf die Schulter und brachte sein Tablett mit dem schmutzigen Geschirr zum Speisewagen.
Zwei Wochen später teilte ihm sein Anwalt mit, dass Stanislaw Pasternak auf einem Parkplatz vor einer Bar mit drei Schüssen niedergestreckt worden sei. Er habe sich dort mit einem Mann treffen wollen, der Schujews Informant gewesen sei und der nun plötzlich aussagen wollte, niemals Informationen über Nura Gelajewa an den Oberst weitergegeben und sie niemals bezichtigt zu haben, »Mitglied einer bewaffneten Formation« gewesen zu sein. Er hätte am kommenden Mittwoch im Prozess aussagen sollen.
Da wurde Alexander klar, dass er verloren hatte. Es gab keinen Verbündeten mehr da draußen, mit dem er den Krieg hätte gewinnen können.

Am nächsten Morgen sah er seine Tochter das erste Mal durch das schmutzige Glas der Besucherzelle. Sonja saß ihm mit dunklen Augenringen und zusammengepressten Lippen gegenüber und hielt das winzige Bündel Mensch in die Höhe. Er konnte sich nicht rühren, er konnte vor Aufregung kaum atmen, er hatte die ganze Nacht kein Auge zugetan, sein Körper schmerzte, seine Augenlider waren tonnenschwer, aber dieses winzige Etwas verlieh ihm auf einmal Flügel. Er fühlte sich unverwundbar, leicht, und er begriff in jenem Moment, dass er nichts so sehr wollte, wie bei ihr zu sein, jeden Tag und jede Stunde.

– Ich muss mir eine Arbeit suchen, sagte Sonja und steckte sich einen Kaugummi in den Mund.

– Wieso denn das?

– Dein Onkel ist gefeuert worden. Wir sind pleite.

– Wie konnte das passieren?

– Keine Ahnung. Er hat sich da mit irgendeinem neuen Vorgesetzten nicht mehr so gut verstanden.

– Aber das geht doch nicht ... Sie ist noch so winzig, sie braucht dich.

– Darüber hättest du dir vor diesem ganzen Mist Gedanken machen sollen, sagte sie, demonstrativ mit den Schultern zuckend.

– Sonja, warum sagst du das? Das bist nicht du ... Du bist so nicht.

– Und wie ich das bin! Egal, ich möchte nicht länger mit dir diskutieren. Ich wollte nur, dass du dein Kind siehst. Und ich kann dir nicht sagen, wann ich das nächste Mal wiederkommen kann. Das kostet ja alles Geld.

– Sonja, ich schwöre dir, ich werde mir etwas einfallen lassen!

– Du – hier? Von hier aus, ja?

– Erzähl mir, wie sie so ist …
– Sie schreit und will die ganze Zeit an die Brust, und die Nächte sind anstrengend. Ich weiß ehrlich nicht, wie ich das alleine durchstehen werde.
Sonja zitterte, sie war ein Nervenbündel, er sah, dass es nicht mehr lange dauern würde, ihre ganze Körpersprache deutete den Kurzschluss an, der sich in ihr anbahnte.
Als sie gegangen war, rief er seinen Anwalt an und bat ihn, zu ihm zu kommen.
– Ich möchte, dass Sie Petruschow ausrichten, dass ich auf seinen Deal eingehe. Aber nur unter einer Bedingung, und die wird er nicht gerne hören. Er muss mir seine Position überlassen, ich bin nicht bereit zu teilen. Richten Sie ihm das genau so aus, Wort für Wort, er wird Bescheid wissen. Damit Sie es verstehen: Er ist dann komplett raus aus der Sache. Vorausgesetzt, er geht darauf ein. Und ich verzichte auf das Geständnis.
– Braver Junge, endlich bist du zur Besinnung gekommen, sagte der Anwalt, die Erleichterung war ihm anzusehen. Er reichte ihm die Hand, die er nicht ergriff.
An jenem Tag beschloss er, sämtliche Verbindungen zu bestimmten Kapiteln seiner Vergangenheit zu kappen, auszulöschen, was ihm einst heilig gewesen war. Und er beschloss, weiter zu gehen als andere.
Wenn es möglich war, dass sie taten, was sie taten, wenn es möglich war, dass er tat, was er tat, dass niemand ihn daran hinderte, dass keiner sie zurückhielt; wenn es möglich war, dass Aljoscha einfach so den Abzug betätigte und dass man Nura die Kehle so lange zudrückte, bis der letzte Atemzug aus ihr gewichen war; wenn es möglich war, dass sie alle Herrscher waren über Leben und Tod, ohne dass sie dafür einen Preis zahlen mussten, wenn es möglich war, das Menschsein von einer Sekunde

auf die andere abzulegen wie einen alten Mantel, dann war das Menschsein nichts wert. Ein Mensch, der nach der Wahrheit suchte, wurde auf einem Parkplatz mit drei Kugeln auf die hinterhältigste Weise niedergestreckt, jeder Versuch von Moral oder einer moralischen Handlung war nichts weiter als lächerlich. Jeder Schritt, den er bislang in seinem Leben unternommen hatte, weil er der Meinung war, er wäre *richtig*, war einfach nur Zeitverschwendung gewesen. In einer Welt, in der man vor die Wahl gestellt wurde, entweder zum Mörder zu werden oder sich selbst eine Kugel in den Kopf zu jagen, in einer Welt, in der man vergewaltigte, weil sich die Möglichkeit ergab, gab es kein *Richtig* mehr. Dann blieb nur noch ein einziges Streben, das Streben nach Macht. Einer Macht, die weder Gnade noch Mitgefühl kannte und die reiner Selbstzweck war.

Von nun an gab es nur noch den einen, den einzigen Weg, der geradeaus in eine Richtung führte, und diese Richtung war die falsche, die aber in dieser Welt die einzig mögliche zu sein schien.

2016/Die Katze

Ihr Leben war nun vollständig verpackt, die Wohnung leergeräumt. Sie hatte die Kisten und die paar Möbelstücke, die sie besaß, in die Mitte des Schlafzimmers gestellt und strich nun die Wände. Seit Tagen hatte sie die Wohnung nicht mehr verlassen, war nur rausgegangen,

um sich vom chinesischen Schnellimbiss an der Ecke billiges Essen und Zigaretten zu holen. Aber es fehlte ihr an nichts. Sie hatte das Gefühl, nicht allein zu sein. Das tote Mädchen begleitete sie Tag und Nacht in ihren Gedanken und in ihren fast schon zu einer Serie gewordenen Träumen. Letzte Woche hatte ihre umtriebige und streitlustige Agentin Vera angerufen und sie gedrängt, unbedingt zur zweiten Runde des Castings zu gehen. Sie sei zum Vorsprechen eingeladen – »nur« noch dreißig Bewerberinnen stünden zur Diskussion –, und sie drohte, sie umzubringen, wenn sie dort nicht erscheine.
Sie erklärte der Castingjury ihre dunkle Haarfarbe mit einer »neuen Rolle am Theater«, und während sie vor der Kamera die auswendig gelernten Textzeilen sprach, dachte sie an Nura und spielte, sprach und bewegte sich, wie es Nura in ihrer Vorstellung getan hätte. Es bereitete ihr eine unbeschreibliche Freude, es fiel ihr plötzlich gar nicht mehr schwer, sich in dieser uninspirierenden Umgebung zu öffnen, sich zu zeigen, ohne sich zu versteifen, ohne Angst zu haben, den Grat der Lächerlichkeit zu überschreiten. Mit Nuras Maske, mit ihrer Haarfarbe und ihrer Körpersprache fühlte sie sich geschützt und war sich ihrer absolut sicher.
Vera schien zufrieden und ließ sie in Ruhe. »Spätestens in drei Wochen wird die Besetzung stehen!«, hatte sie mit ihrem typischen Krächzen in den Hörer gerufen und aufgelegt.
Die Nächte zogen vorbei wie ein Vogelschwarm. Die nächtliche Sehnsucht nach *ihm* war so gewaltig, dass sie einen eigenen Namen verdiente, ein eigenes Wort.
Siebenmal hatte sie schon das Telefon in der Hand gehalten, hatte einen Hilferuf absetzen wollen, hätte am liebsten in den Hörer hineingeschrien, dass sie gerade dabei

war, aus ihrem Leben auszusteigen wie aus einem Zug, der in die falsche Richtung fährt. Sie war kurz davor, ihm zu erzählen, dass sie in etwas hineingeraten war und drauf und dran war, sich ihr Leben von einer Toten diktieren zu lassen. Aber sie hielt sich zurück. Es würde nichts ändern.

Die Küche war nun auch weiß gestrichen, jede Spur ihres Daseins hier ausgelöscht. Als hätte sie an diesem Ort nie existiert, und es fühlte sich gar nicht schlimm an, im Gegenteil, es hatte etwas Befreiendes. Nur die Tatsache, dass sie bald auf der Straße stehen würde mit ihren Kartons, machte ihr zu schaffen. Aber sie konnte sich nicht überwinden, etwas Neues zu suchen. Die Vorstellung, irgendwelche idiotischen Vorstellungsgespräche in Wohngemeinschaften zu führen oder mit unzähligen anderen Mitbewerbern in der Schlange zu stehen, um zu dem geldgierigen Makler vorzudringen, erzeugte in ihr eine nahezu körperliche Aversion.

Sie saß in der mit etlichen Teelichtern beleuchteten Küche auf dem Boden und sah sich um. Sie war zufrieden.

– Das haben wir gut gemacht!, sagte sie und schreckte zusammen. Wir. Sie hatte »wir« gesagt. Fing es so an, wenn man verrückt wurde? Aber sie war klar, so klar und nüchtern wie selten in ihrem Leben. Sie sah alles um sich herum mit einer fast übertriebenen Deutlichkeit.

Was wollte die Tote von ihr? Warum hatte sie sich in ihrem Kopf eingenistet? Wusste sie, dass sie, Katze, noch einige Leben abzugeben hatte, dass sie ihr eines schenken konnte, wo sie ihres eigenen doch so früh und so grausam beraubt worden war?

Sie zog sich um und stolperte in die nächtliche Stadt. Sie musste hinaus. Das blendende Weiß der Wände würde sie noch gänzlich um den Verstand bringen.

Sie suchte die Bar in der Parallelstraße auf, in die sie bisher noch nie gegangen war, weil sie voller Touristen war, trank ein Glas Wodka, unterhielt sich mit einem Spanier über den Berliner Verkehr und flüchtete wieder in die Nacht. Auf einer Bank trank sie lauwarmes Bier aus der Dose, das sie in einem Kiosk gekauft hatte. Dann griff sie zu ihrem Rad und fuhr ziellos durch die Nacht.
Sie dachte an den Russen. Er hatte wie jemand gewirkt, der aufräumt. Plötzlich fielen ihr ihre Kisten ein. Tat sie nicht gerade das Gleiche? Er wollte alle Brücken hinter sich sprengen, sie aber suchte nach einem neuen Anfang. Tat sie das? Tat sie das wirklich? Schlich sie sich nicht ebenfalls wie ein Dieb aus ihrem Leben davon?
War er ein Mörder? Hatte er das Mädchen vergewaltigt und danach getötet? Hatte er zugesehen, wie andere es taten? Hatte er versucht, sie zu beschützen, hatte er mit den anderen gerungen? Oder hatte er tatenlos danebengestanden, hatte hingenommen, dass dieses Mädchen die Nacht nicht überleben würde?
Sie wusste immer noch nicht, ob sie dem Journalisten trauen konnte. Er war so schwer greifbar, zwar aufmerksam und stets hilfsbereit, aber er verfolgte seine eigenen Ziele, so viel war sicher. Sein beruflicher Ehrgeiz war ihr unangenehm, ja schwer erträglich. Sie zweifelte auch, ob diese angeblich sensationelle Geschichte, der er nachjagte, wirklich am Ende zu einem preiswürdigen Artikel oder einem enthüllenden Buch führen würde. Was beabsichtigte er?
Andererseits war er der einzige Mensch, mit dem sie seit Wochen Kontakt hielt. Er war ihr Kompass. Er fütterte sie mit Informationen, schrieb ihr regelmäßig.
Das Geld in dem weißen Briefumschlag schien in ihrer Handtasche zu beben. Sie hatte es bisher nicht angetas-

tet, aber es würde sich nicht mehr lange vermeiden lassen, sie war seit Wochen nicht mehr als Stadtführerin unterwegs gewesen, und Ismene war fürs Erste abgespielt. Sie wunderte sich, wo die Existenzangst geblieben war, die sie ihr gesamtes Berufsleben begleitet hatte.

Und das Geld, das viele Geld, das sie so unverblümt verlangt und das man ihr so umstandslos zugesichert hatte, das würde sie ihrer Mutter geben. Es würde sie aus ihrem Schuldengefängnis befreien. Und sie würde Sesilia ein Flugticket kaufen. Und vielleicht, vielleicht sollte sie ebenfalls mit in den Flieger steigen. Doch Sesilia hatte »aber« gesagt, es schien sich ganz offensichtlich etwas zwischen sie und ihre Rückkehrsehnsucht geschoben zu haben. Würde sie notfalls allein fliegen und dort weitermachen, wo sie einst aufgehört hatte, nachdem sie aus dem cremefarbenen Lada ausgestiegen war? In der Silberstraße, zwischen flatternder Wäsche und spielenden Kindern, den Autoabgasen und dem verschwenderisch tropfenden Wasserhahn im Hof, zwischen den bunten Touristencafés und den stillen Nöten der Einwohner in den morschen Pawlatschen?

Es war so verlockend, einfach der Sehnsucht zu folgen, mit dem Rad zu dem großen Holztor zu fahren, zu klingeln, ohne sagen zu müssen »Ich bin's« – denn er würde sie bereits an ihrem Atem erkennen –, die Stufen hochzurennen und sich von ihm mitreißen zu lassen, in eine Nacht ohne Erinnerung und ohne Morgen, in ein gewaltvolleres und extremeres Jetzt als alles bisher Dagewesene. Dann würde sie das tote Mädchen vielleicht für ein paar Stunden vergessen. Aber wollte sie das?

Sie war vom Rad gestiegen und schob es neben sich her.

Hatte sie einen Rest von sich selbst bei ihm gelassen?

Und war diese Trennung auf Raten eine Trennung ohne Verfallsdatum?
Sie sah sich um und erkannte, dass sie in der Nähe des Lokals war, in dem ihre Mutter arbeitete. Sie schaute auf die Uhr. Es war kurz nach elf. Bald dürfte sie Feierabend haben. Sie stieg wieder aufs Rad und fuhr zu dem Restaurant.
Das »Kaukasus« war wie immer voll. Die Kellnerinnen trugen weiße Blusen und schwarze Röcke, diese Uniform hatte Katze an dem Laden schon immer gehasst. Aber der aserbaidschanische Inhaber stand auf ihre Mutter und gewährte ihr Sonderrechte: Sie durfte ihre Schichten nach Belieben einteilen, und wenn es sein musste, früher gehen und später kommen, und wenn ein Ukrainer nach etlichen Wodkas mal übergriffig wurde, durfte sie ihm auch gerne ein Glas Wasser über den Kopf gießen, ohne dass ihr gekündigt wurde.
Tina stand vor einem Tisch mit Frauen in kurzen Röcken und Männern in Trainingsanzügen, die wild durcheinandersprachen und sich gegenseitig ins Wort fielen, sie hatten eindeutig einiges an Alkohol intus und lachten idiotisch.
Sie setzte sich an einen Zweiertisch in die Ecke. Es dauerte eine Weile, bis Tina sie bemerkte. Erst zeichnete sich Sorge, dann Freude in ihrem Gesicht ab, sie winkte ihr übertrieben zu und deutete an, dass sie gleich bei ihr wäre.
– Was machst du hier?
Tina drückte ihr zwei schmatzende Küsse auf die Wange und strich ihr das Haar aus dem Gesicht.
– Welch eine Überraschung. Hast du Hunger?
– Nein. Aber ich trinke einen Wodka.
– Wodka? Ist etwas passiert?
– Nein. Trinkst du einen mit mir?

– Ich arbeite noch.
– Sag ihm, dass du früher Schluss machen willst. Ich habe dich so lange nicht mehr für mich alleine gehabt. Ich fände es schön, wenn wir etwas zusammen trinken.
– Zu Hause wartet ein Berg Arbeit auf mich …
– *Deda!*
– Ja, gut, ich schau mal, ob ich mich eine Weile zu dir setzen kann. Komm doch einfach nachher mit zu uns. Oma freut sich auch und Natalia …
– Ich wollte dich sehen.
– Irgendwie gefällst du mir nicht. Es ist doch irgendwas? Los … sag schon.
– Was macht deine neue Liebe? Benimmt er sich gut?
– Er sucht nach einer Stelle und wird nächsten Monat herziehen, er ist ja eh die meiste Zeit in Berlin, und wir wollen auf keinen Fall eine Fernbeziehung. Er ist sehr süß zu mir, zu uns allen. Auch um Nico kümmert er sich rührend.
– Irgendwas muss er ja schließlich machen.
– Ich habe mich, soweit ich weiß, nicht bei dir über ihn beschwert, oder? Außerdem kommt er mich jeden Abend abholen, damit ich nachts nicht alleine mit der Bahn fahren muss. Ein richtiger Gentleman, oder?
Und schon wieder grinste sie über beide Ohren wie eine Sechzehnjährige.
– Entschuldige. Ich weiß auch nicht, was mit mir los ist …
– Warte kurz. Ich bitte Natia, dass sie übernimmt. Dann trinken wir eine Runde.
Tina verschwand mit ihren schwebenden, tippelnden Schritten in die Tiefe des Raumes. Sie war schnell und machte ihre Arbeit gut, sie blieb stets bei Laune, und das charmante Lächeln verschwand niemals von ihren Lippen.

Nach einer Viertelstunde kam sie mit einer kleinen Karaffe und zwei Gläsern zurück an den Tisch und setzte sich seufzend, streckte ihren Rücken durch.

– Wir haben einen tollen Wodka aus Polen reinbekommen, soll ganz köstlich sein. Ich habe schon lange keinen Wodka mehr getrunken, ist eigentlich eine ganz gute Idee, sagte sie und setzte wieder ihr Profilächeln auf. Katze schenkte ihnen beiden von der klaren Flüssigkeit ein und hob ihr Glas.

– Ich möchte auf dich trinken. Du tust so viel für uns alle. Prost!

Sie sagte es auf Georgisch und lächelte ihr von der Seite zu. Tina schien sichtlich überrascht.

– Danke, mein Kätzchen, danke dir! Ich bin so froh, dass du gekommen bist. Wir sehen uns viel zu selten! Ich sehe sogar Rusiko öfter als dich.

– Na ja, Rusiko würde ja auch am liebsten bei dir einziehen und von morgens bis abends dein Leben analysieren.

– Sei nicht so gehässig.

– Bin ich nicht. Ich möchte dir etwas sagen.

– Oha, jetzt werde ich aber nervös. Du hast einen neuen Freund?

– Nein.

– Du bist doch nicht etwa schwanger?

– *Deda!*

– Dann bin ich ja erleichtert. Also, ich meine, du sollst unbedingt einmal ... und dann am liebsten gleich drei Kinder, aber nur, wenn alles um dich herum stimmt, und nicht wie bei deiner Schwester ... Ich wollte früher immer drei Kinder, aber na ja, die Zeiten damals ...

– Ende des Jahres kann Sesilia nach Hause fliegen.

– Wie meinst du das?

– Ich habe gerade einen sehr gut bezahlten Job angenommen. Wir können die Schulden abbezahlen.
– Was für einen Job?
– So ein Dreh, Werbung im weitesten Sinne … Und ich fände es schön, wenn wir dann alle zusammen fahren würden. Also – die Oma nach Hause bringen.
– Aber das ist verdammt viel Geld!
– Ich weiß. Ist ja auch, ich sage mal, so was wie Kommerzscheiße.
– Du weißt, was du tust?
– Wir alle zusammen. Wir fahren dorthin und bleiben da ein bisschen. Ist schon lange her, dass wir zusammen dort waren.
– Warte, warte, warte …
– Prost! Auf dich!
– Katze, ich mache mir Sorgen um dich. Du redest wirr und bist … bist hier einfach so aufgetaucht. Irgendwas stimmt doch nicht.
– Doch. Wir zahlen die Scheiße und fangen von vorne an, ja? Du musst mir versprechen, dass du dir auch Mühe gibst. Dass du Dinge machst, die du schon immer machen wolltest. Natalia zieht aus. Der Kleine kommt dann in den Kindergarten und …
Sie war außer Atem geraten, als wäre sie die Strecke ins Lokal gerannt.
– Aber du bekommst doch nicht zweiundvierzigtausend Euro für einen Dreh?!
– Das ist ein besonderer Dreh.
– Sesili!
– Bitte, sag einfach ja.
– Oma wird nicht mehr nach Hause fahren, Seso …
– Wieso nicht?
– Sie würde nicht alleine zurechtkommen. Außerdem

haben wir uns hier alle so schön eingelebt, dieses Kaffeesatzding von ihr läuft gar nicht schlecht und ... die Schulden, weißt du, nach und nach werde ich alles abbezahlen ... Hey, sachte, sachte, du trinkst zu schnell!

– Wir fahren hin!

– Es ist alles in Ordnung, mein Kätzchen. Du machst dir viel zu viele Sorgen um uns, uns geht es aber gut. Sogar besser als je zuvor. Ich meine ...

– Aber du könntest dir endlich ein Atelier mieten, und Großmutter, sie wollte doch die ganze Zeit, all die Monate ...

– Die Dinge haben sich verändert. Und Pako greift mir auch unter die Arme.

– Aber ...

– Nein, wirklich, sorge dich nicht. Und die Sache mit Natalia ... Du kennst uns doch.

Ich habe sie gerne bei mir, auch den Kleinen. Und die Oma, was soll sie alleine in Tbilissi? Ilo ist ja noch in Griechenland.

– Du glaubst doch selbst nicht, dass er da noch lange bleiben wird!

– Katze, du bist diejenige, die mit allem ein Problem hat, nicht wir. Du solltest dich um dich selbst kümmern, konzentrier dich auf deine Arbeit, auf dein Privatleben. Du bist einfach zu viel alleine und hast zu viel Zeit zum Grübeln. Und Natalia, weißt du, ich versteh ja, dass du es aus Liebe machst, aber der Druck, der tut ihr nicht gut. Sie braucht ihre Zeit, und irgendwann wird sie schon aufhören, sich vor der Welt zu verkriechen, wird hinausgehen und tun, was sie glaubt, tun zu müssen. Lass sie ihr Leben leben, auch wenn es dir nicht passt. Aber stattdessen stehst du irgendwo dazwischen und taumelst unentschlossen hin und her.

– Ich dachte, dass du dich freust.
– Worüber?
– Schuldenfrei zu sein.
– Das werde ich, Seso, irgendwann werde ich das sein. Ich habe es ja auf meine Art schon immer hingekriegt, weißt du doch, aber ich will nicht, dass du das für mich tust. Tu lieber was für dich. Nur für dich und für niemanden sonst. Menschen sind verschieden. Nicht alle sind so wie du. Ich kann nicht alles über Bord werfen und ...
– Aber du kannst jedem erstbesten Idioten dein Monatsgehalt abliefern!
– Es ist immer noch *mein* Monatsgehalt, nicht?
– Entschuldige.
– Ich verstehe dich nicht. Was genau willst du? Was willst du von mir hören?
– Ich möchte einfach wissen, wofür das alles ... wofür das alles gut war?
– Was alles? Wofür was?
»Wofür haben wir überlebt? Wofür habe ich das Lenkrad herumgerissen? Wofür habe ich seinen grausigen Plan durchkreuzt? Für das, was danach kam? Für die Zweizimmerwohnung im Wedding? Für deine gescheiterten Beziehungen? Für das vaterlose Kind von Natalia? Für die Kaffeesatzleserei von Sesilia? Für das tote Mädchen, dessen Doppelgänger ich werden soll? Für irgendeinen Gigolo in deinem Bett, den du für einen Gentleman hältst, weil er sich die Mühe macht, dich von der Arbeit abzuholen? Für das Warten, das wir alle unser Leben nennen?«
Aber nichts davon sagte sie. Stattdessen sah sie nur stumm in ihr Glas und spülte die ungesagten Worte mit Wodka herunter.
– Ich würde, glaube ich, gerne sein Grab besuchen, sagte sie dann leise, kaum hörbar.

– Wessen Grab?
– Das von Vater.
Tina räusperte sich und leerte ihr Glas.

Es war ein sonniger Tag. Ja, in ihrer Erinnerung war es sogar ein sonnendurchfluteter Tag. So wie in den kindischen Zeichnungen der Zeugen Jehovas, die den Garten Eden zeigen, mit glücklich grinsenden Familien, die mit Löwen und Affen zusammen auf der Wiese kuscheln. Tina weckte die beiden mit einer ansteckenden Euphorie.
– Wir machen einen Ausflug! Papa holt das Auto! Wir machen einen Ausflug zum Lisi-See, dort werden wir baden und ein Picknick machen. Kommt, steht auf, helft Mama!
Und angesteckt von der überbordenden Freude sprangen die beiden hoch und fingen an, in ihren Pyjamas, die nach Schlaf und süßlichen Träumen rochen, ihrer Mutter beim Packen zu helfen. Ein geflochtener Korb wie aus den Filmen mit den intakten Familien wurde mit Obst und geschmierten Broten gefüllt, hinzu kamen Wasser und ein Wein für die Erwachsenen, den Tina von ihrem Bruder geschenkt bekommen hatte und der eigentlich für einen besonderen Anlass aufbewahrt wurde. Badeanzüge für die Mädchen, deren Existenz sie fast schon vergessen hatten, Handtücher und eine karierte Decke zum Ausbreiten und Darauf-Herumtoben wurden zusammengeschnürt.
Das Auto stand schon abfahrbereit vor dem Haus – welch eine Freude! Sie hatten es so lange nicht mehr benutzt. Meist wegen des Benzinmangels, oder auch weil sie befürchteten, es könnte, in einer fremden Gegend abgestellt, geklaut werden, denn in den wirren Zeiten wurden normale Bürger zu Dieben. Und er, der auf einmal

kein Riese mehr war, sondern der Vater von früher, vor dem Krieg, war gut gelaunt, verschenkte großzügig sein breites und helles Lachen, fuhr den Mädchen mit der Hand durch die Haare, klopfte ihnen auf die Schultern, ließ die Erwartungen an den glücklichen Tag am See ins Unermessliche wachsen.
Beim Einsteigen entbrannte eine hitzige Diskussion zwischen den beiden Mädchen, wer vorne sitzen durfte. Der tränenreiche Konflikt konnte nur gelöst werden, indem Tina Natalia das Versprechen gab, dass sie auf der Rückfahrt tauschen würden. So nahm Natalia schicksalsergeben hinter ihrer älteren Schwester Platz, die sich triumphierend auf den Beifahrersitz fallen ließ.
Die Fensterscheiben wurden heruntergekurbelt. Es war warm und staubig. Sobald sie die Nutsubidze-Hochhäuser hinter sich gelassen hatten, frischte die Luft auf, wurde reiner und verheißungsvoller. Sie folgten der kurvigen Straße immer weiter nach oben. Vater tätschelte ihr das Knie, und diese Geste, die es schon so lange nicht mehr gegeben hatte, war wie ein Versprechen auf eine Heilung. Als besage sie, dass alle dunklen Wolken nun endlich vorübergezogen und stattdessen nur noch lichtdurchflutete, glückliche Tage im Anmarsch waren.
Tina plapperte irgendetwas von einem Tretboot, das sie am See mieten könnten, und Natalia fragte ständig, wann sie endlich da wären. Sie selbst aber, groß und stolz, weil sie diejenige war, die vorne sitzen durfte, genoss jeden Meter, den sie zurücklegten, und wünschte, die Fahrt möge niemals enden.
Bald bogen sie von der Hauptstraße auf eine nicht asphaltierte, staubige Landstraße, die von sattgrünen Platanen gesäumt war. Eine Armee von Grün zog an ihnen vorbei, sie versuchte anfangs, die Bäume zu zählen,

gab aber recht schnell auf und konzentrierte sich stattdessen auf die Hände ihres Vaters, die geschickt und selbstsicher wirkten. Er lenkte das Auto so beiläufig, so geübt, wahrscheinlich genauso, wie er Menschen aufschnitt und wieder zusammennähte, mit einer schwindelerregenden Leichtigkeit. In dem Augenblick dachte sie darüber nach, dass sie selbst ebenfalls gerne etwas so gekonnt tun würde, wenn sie einmal erwachsen wäre, dass sie etwas mit der gleichen Grazilität und Sicherheit beherrschen wollen würde. Und ohne richtig zu verstehen, was genau das hieß, spürte sie, dass man dafür viel Liebe brauchte, eine Liebe zu dem, was man tat. In dem Augenblick liebte er diesen Wagen, dieses Lenkrad und die Menschen, die er zu einem See fuhr, dessen war sie sich nach wie vor ganz sicher. Aber damals wusste sie noch nicht, dass die Liebe von einer Sekunde auf die andere reißen konnte wie ein morsches Seil.
An der Kreuzung bog er nach links in eine schmalere Straße, die direkt zum See führte. Sie spürte die Nähe zum Wasser und hatte ein Kribbeln im Bauch, das erste Anzeichen ihrer Vorfreude aufs Schwimmen. Der Weg war voller Kieselsteine, die unter den Reifen hin und her hüpften, am Wegrand lag ein schmaler Graben.
Plötzlich spürte sie etwas neben sich kippen. Es war, als hätte jemand ein Glas Essig umgeworfen und der saure Geruch würde sich überall ausbreiten. Sie wusste nicht, was es war, aber sie sah ihn aus den Augenwinkeln und begriff, dass etwas geschehen war, dass ihr Vater verschwunden und der Riese zurückgekommen war und dass der Riese niemals so geschickt ein Auto lenken würde, denn der Riese hatte zwei linke Hände und konnte seine Kraft nicht kontrollieren. Weder Tina noch Natalia schienen die Veränderung wahrzunehmen, sie plapper-

ten ungezwungen weiter, aber sie selbst spannte sich an, ihr ganzer Körper war wie ein Drahtseil. Etwas stimmte nicht. Er gab immer mehr Gas und umklammerte das Lenkrad mit solch einer Gewalt, als wollte er es gleich entzweibrechen. Sie sah in den Rückspiegel, sie suchte Tinas Blick, wollte sie warnen, aber es war vergeblich. Tina lachte ausgelassen und kitzelte Natalia. Sein vernebelter Blick, seine zu Klauen gewordenen Hände, seine unbändige, nicht zähmbare Kraft, seine Abwesenheit, als hätte sein Geist seinen Körper verlassen und er ganz andere Dinge vor Augen, als die Realität sie bot – all das schien außer ihr keiner zu bemerken.
Sie hielt den Atem an, und da drückte er das Gaspedal durch und steuerte direkt auf eine Platane am Wegrand zu. Endlich blickte auch Tina auf und erstarrte. Sie riss den Mund auf, aber es kam kein Laut heraus, sie blieb mit vor Furcht geweiteten Augen sitzen, als wollte sie nicht glauben, was sie ahnte, worauf alles hindeutete. Das Ende der Geschichte schien schon geschrieben, und sie wusste, dass es *sein* Ende war, das Ende, das er sich wünschte – sie hätte in dem Augenblick alles dafür gegeben, zu erfahren, ob er schlichtweg vergessen hatte, dass in dem Wagen außer ihm noch seine gesamte Familie saß, oder ob ihm vollkommen bewusst war, was er da tat –, aber es war nicht *ihr* Ende, nicht das Ende von Tina und Natalia, das durfte es nicht sein. Sie verstand nicht viel, aber das begriff sie mit einer fast erwachsenen Klarheit. Sie schnellte von ihrem Sitz, umklammerte das Lenkrad mit beiden Händen, mit der ganzen Kraft ihres kleinen Körpers riss sie es, den Zusammenprall mit dem Baum schon vor Augen, in ihre Richtung.
Wie aus einem bösen Traum erwacht, sah der Vater zu seiner kleinen Tochter und verstand nicht, was geschah,

was genau sie tat, aber er unternahm auch nichts, hinderte sie nicht daran, nahm den Fuß vom Pedal, und so rasten sie in den Graben und blieben dort mit der Motorhaube im Matsch stecken.
Er krachte mit dem Gesicht gegen die Windschutzscheibe, da er als Einziger nicht angeschnallt war, sie selbst wurde nach vorne geschleudert, blieb aber fest in ihrem Sitz –, was hinten passierte, konnte sie nicht sehen.
Der Vater musste mit ein paar Schnittwunden ins Krankenhaus, Natalia mit zwei Brüchen, am Oberschenkel und am rechten Arm, Tina hatte etliche Prellungen. Sie selbst trug bis auf ein paar blaue Flecken keinerlei Schaden davon, nur der weiße Fleck in ihrem kupferroten Haar, direkt an der Stirn am Haaransatz, musste auf wundersame Weise bei dem Unfall entstanden sein.
Als die Kinder irgendwann anfingen, sie wegen der Geschicklichkeit, mit der sie über die Mauern des Hofes kletterte, Katze zu nennen, wussten sie nicht, wie recht sie damit hatten, sie so zu taufen. Dies wurde ihr erst an jenem Tag am Lisi-See bewusst.
Es war der letzte Tag, das letzte Mal, dass sie mit ihrem Vater gesprochen hatte.
Zwei Jahre später, es war kurz nach ihrer Ankunft in Deutschland, klingelte nachts das Telefon. Vom Läuten geweckt, wachte Katze auf. Sie sah Tina auf dem Bett, wie sie sich den Mund zuhielt und sich krümmte.
Katze wusste, dass etwas mit dem Riesen passiert sein musste, der einst ihr Vater gewesen war. Es schien nahezu konsequent, dass er sein Leben bei einem Unfall ließ. Diesmal saß er betrunken am Steuer, und so nahmen die meisten an, dass er auf der gewundenen Strecke von Zkneti nach Tbilissi die Kontrolle über das Fahrzeug verloren hatte und den Abhang hinuntergestürzt war. Aber

sie kannte die Wahrheit. Sie sah vor sich, wie sich sein Blick von einem Augenblick zum anderen sumpfig trübte, wie er erstarrte, als wäre er aus der Zeit gefallen, sie sah, wie er den Wagen beschleunigte, als sehe er etwas vor sich, etwas Schönes, Friedliches, Beruhigendes, das ihn aufnehmen und beheimaten könnte, sie sah, wie er das Gaspedal immer weiter durchdrückte und vollkommen halt- und furchtlos den Abhang hinunterflog, wie sich der Wagen immer und immer wieder überschlug, bis er im wilden Gebüsch liegen blieb.

– Wie kommst du jetzt *darauf*?, fragte Tina und strich sich die Haare aus dem Gesicht.
– Ich weiß nicht ...
– Gut. Wenn du es willst.
Sie wollte noch etwas hinzufügen, und Katze hätte gern gehört, was, aber da kam Pako in das Lokal und stürmte auf die beiden zu.
Tina fiel ihm um den Hals und bat ihn, sich zu ihnen zu setzen. Er trug eine alberne Lederjacke und eine indianische Kette, die völlig deplatziert an ihm aussah.
– Katze, du hier, das ist ja eine Ehre!, sagte er und grinste dämlich. Sie lächelte mechanisch und schob ihm ihr Glas rüber.
– Ihr könnt weitertrinken, ich muss eh los.
– Aber Katze, bleib doch noch ein bisschen. Wir können uns auf dem Heimweg etwas Kleines zu essen holen.
– Nein, es ist schon spät, ich muss echt los.
Sie erhob sich und spürte, dass der Alkohol ihren Körper diffuser und weicher hatte werden lassen. Es war ein schönes Gefühl, ein Gefühl, das zu ihrem »Abhandensein« passte.
– Habe ich dich verschreckt, oder was?

Wie sie diese idiotischen Sprüche hasste. Natalia war geübter darin, Tinas Verehrern gegenüber die nette, kleine Tochter zu spielen, aber sie war aus der Übung, und außerdem sah sie längst keinen Sinn mehr darin, etwas vorzugeben, was nicht der Wahrheit entsprach.
Der Letzte hatte Tina ausgenutzt und ausgeraubt, und wenige Monate später war sie schon wieder verliebt in ihre Verliebtheit und berauschte sich an hohlen Versprechen, an hochfliegenden Plänen, die niemals in Erfüllung gingen, an abgedroschenen Komplimenten. Und Katze begriff, dass die Dinge sich auch für sie selbst nicht änderten, nur weil ihr jemand Geld in die Hand drückte. Dass ihr Gefühl von Kontrolle nichts weiter als eine Illusion war, nicht minder illusorisch als Tinas verzweifelter Versuch, an ihre heile Welt zu glauben, gerade weil sie am eigenen Leib erleben musste, wie die Welt, die sie einst für die ihre gehalten hatte, in tausend Stücke zersprang.
Die zweiundvierzigtausend Euro waren nicht die Lösung und nicht die Antwort. Es war ein Vorwand, die ganze Zeit hatte sie sich an diese komische Summe geklammert. Hatte sich eingeredet, dass dieses Geld die Dinge geradebiegen und alles an seinen Platz rücken würde, aber es war eine falsche Hoffnung. Einmal hatte sie es geschafft, hatte etwas Fatales abwenden können, und seitdem lebte sie in einer Angststarre, dass sie, wenn es erneut so weit wäre, nicht auf ihrem Platz sein würde, um das Lenkrad in die andere Richtung zu reißen.
Sie musste gehen. Das verstand sie, als sie sich ihren Parka überstreifte und einen letzten Blick auf ihre Mutter und Pako warf. Es war nicht der Mann mit einem Buchstaben und einem Punkt, den sie hinter sich lassen musste, es war sie selbst, die immer noch im Wagen saß und sich nicht regte, weil sie glaubte, ihr würde sonst

etwas entgehen und sie würde das Unglück nicht abwenden können. Sie musste aus dem Wagen aussteigen. Sie musste gehen. Einen Schritt vor den anderen setzen, bis die Füße leicht und schnell, bis sie frei würden, bis sie immer weiter nach vorne schreiten würden und sie aufhören könnte, sich im Kreis zu drehen.

Tina war glücklich, so wie sie war. In ihrer weißen Bluse und ihrem schwarzen Rock, mit ihren beneidenswert schönen Beinen, neben sich einen Pako, der ihr Blumen kaufte und sie von der Arbeit abholte. Und Natalia würde noch viele Male mit dem Kopf durch die Wand müssen, bis sie ihren Frieden finden würde. Und Tina hatte recht, Sesilia hatte sich hier eingelebt.

Sie drückte ihrer Mutter einen Kuss auf die Wange, klopfte Pako mit der Hand auf die Schulter und stürzte in die Dunkelheit hinaus.

Die Nacht war frostig. Sie zündete sich eine Zigarette an und stieg aufs Rad. Sie fuhr durch die Lichter und durch die Menschengruppen, die immer weiterzogen, von einer Bar in die nächste, von einem Club in den nächsten.

Am liebsten hätte sie sich ihnen angeschlossen, wäre für eine Nacht eine andere gewesen, sehnsuchtsfrei und ausgelassen, und nicht so widerborstig, wie R. sie immer genannt hatte.

Und auf einmal blieb sie wie angewurzelt stehen. Deswegen und nur deswegen hatte sie sich die Haare gefärbt, deswegen war sie in die Geschichte eingetaucht, deswegen dachte sie unentwegt an den Russen und seine abgehobenen Worte: Sie konnte aussteigen. Sie konnte jederzeit einfach aussteigen und weggehen. Sie konnte eines ihrer Katzenleben an das tote Mädchen verschenken und sie vielleicht, und sei es nur für einen kurzen Moment, für wenige Stunden, zum Leben erwecken.

Sie konnte, auf ihren Spuren wandelnd, selbst frei werden …
Sie griff zum Handy. Es war zwei Uhr morgens.
»Glaubst du, dass er es gewesen ist?«, schrieb sie an Onno.
»Weiß nicht, kann nicht schlafen. Heute in Moskau angekommen. Bin in einem absurden Luxushotel an der Nikolskaya, ein verrücktes Gefühl, nach so vielen Jahren wieder hier zu sein.«
»Wow, das Ganze ist also schon ins Rollen gekommen?«
»Ja, ist es, ich werde übermorgen anfangen, die Männer aufzusuchen. Von hier aus geht es nach Marrakesch.«
»Wieso Marrakesch?«
»Dort lebt Petruschow, der Dritte im Bunde.«
»Hast du Angst?«
»Nein. Nicht mehr. Du?«
»Ich glaube nicht. Darf ich dich etwas fragen?«
»Klar.«
»Du hast sie geliebt oder …?«
Die Antwort ließ einen endlosen Augenblick lang auf sich warten.
»Ich wollte sie ausnutzen, bis ich mich in sie verliebt habe.«
»Hat sie sich wegen dieser Sache umgebracht?«
»Ich denke schon, aber ich werde den Grund niemals erfahren.«
»Es dürfen in dieser Geschichte keine Falschen mehr sterben.«
Sie wunderte sich selbst über ihren Satz und antwortete auf sein kurzes Fragezeichen mit einem albernen Smiley. Auf einmal wusste sie mit einer erschreckenden Klarheit, was zu tun war.
In der gleichen Nacht buchte sie einen Flug nach Moskau. Nura würde wissen, was zu tun war. *Es durften keine*

Falschen mehr sterben. Aber wer waren denn die *Richtigen* für den Tod? Sie verwarf die Frage und begann, verschiedene Kleidungsstücke in die Sporttasche zu stopfen.
Es war nur konsequent, einmal in Bewegung gesetzt, auch den Ort zu wechseln.
Am nächsten Morgen brachte sie ihr verpacktes Hab und Gut in den Keller zu Tina und stieg am Nachmittag in den Flieger.

2016/Die Krähe

Ich wurde das Gefühl nicht los, verfolgt zu werden, auch wenn von Schapiro den ganzen Tag über jede Spur fehlte. Ich hatte die beiden Adressen am Tag zuvor bekommen und war, nachdem ich ausgeschlafen und königlich gefrühstückt hatte, in die Stadt hinausgestürmt. Der graue Himmel hatte sich weiter verfinstert, der Schnee würde bald einen erneuten, millionenfachen Versuch wagen, die Stadt zu reinigen, aber am Ende würde nur grauer Matsch übrig bleiben. Wie immer begegnete mir die Stadt mit ihrer eisigen Gleichgültigkeit, und wie immer verlor ich mich in Sekundenschnelle in ihr. Nur dass sie mich diesmal auf westliche Art weihnachtlich geschmückt und bunt leuchtend empfing, eine Irritation, denn die Lichter lösten in mir keine festliche Stimmung, sondern eher ein misstrauisches Gefühl aus, als versuche die Stadt mit diesem Funkeln etwas zu überspielen.
Ich hatte keine Lust auf die Metro, keine Lust auf un-

nötig viele Menschen, ich wollte bei mir und meinen Gedanken bleiben: meinen Gedanken an das Puzzle, das ich seit Jahren zu vervollständigen versuchte. Damals war ich mit dem Namen Orlow in Berührung gekommen. An Nikitas Küchentisch, seine Wohnung lag in der Nähe der Patriarchenteiche, bei vielen eingelegten Gurken und viel Wodka. Damals ahnte ich noch nicht, dass dieser Name mein Leben verändern würde. Ich ahnte damals noch vieles nicht. Die erste Adresse, die ich aufsuchen sollte, war nicht weit von dort entfernt, ich brauchte zu Fuß nur etwas mehr als eine halbe Stunde. Dort wohnte Schujew.

Ich beschloss, meinem Rendezvous mit dieser für mich so schicksalhaften Stadt noch eine Chance zu geben, vielleicht würde sie mich ja doch wiedererkennen? Aber die Stadt war eine andere geworden. Und die Ideologie, die diese Stadt nun beherrschte, auch. Eine Ideologie, die aus verschiedenen Einzelteilen bestand, eine Ansammlung aus Vergangenem und Gegenwärtigem, Altkleidern und neuester Ware, ein vollkommen widersprüchlicher Mix. Sie ließ die Türen da zuschnappen, wo man sie offen wähnte. Sie frönte der Zukunft und besang die Sowjetunion, sie predigte Frieden und unterstützte Rechtsextreme, sie besang sich selbst und raubte sich doch selbst am maßlosesten aus, sie verdammte den Krieg und führte ihn unentwegt, natürlich mit dem allgegenwärtigen Segen der russisch-orthodoxen Kirche, man sprach unentwegt von der Großen Rus und hielt gleichzeitig die Stalin-Porträts hoch. Diese Ideologie war biegsam und anpassungsfähig, zäh und perfekt in ihrer Tarnung. Ich kannte ihre Codes nicht mehr, ihre Benimmregeln waren mir schleierhaft, ich war nicht mehr im Spiel. Meine Zeit war die der dunklen Ritter, die Zeit des Chaos und der

Regeln, die das Chaos schrieb. Meine Zeit war die der Gier nach dem Geld, nicht die der Geldherrschaft.
Ich bog auf den Sretensky-Boulevard ab und setzte dann meinen Weg auf der Myasnitsky Proyezd fort. Die Fassaden hatten sich verändert. Die Gesichter auch. Am meisten fehlten mir die sowjetischen Autos. Das Fehlen der Shigulis und Saporoschez schmerzte mich nahezu physisch. Ich konnte mich nur schwer an so viele Mercedes, Volkswagen, BMWs und Toyotas gewöhnen. Sie störten mein persönliches Stadtbild, mein Gefühl für den Ort, der mir neben allem Ärger, allem Furchtbaren auch Ada geschenkt hatte. Auch wenn sie selten in Moskau gewesen war und nichts an dieser Stadt vermisst hatte, war sie dennoch ein Abkömmling dieser Stadt, ein Erbe von ihr lebte auch in ihr fort, auch wenn dieses Erbe ihr gar nicht bewusst gewesen war und sie es gar nicht so gesehen hatte. Aber ich tat es und hatte mich in diese grau-beige Stadt verliebt, die nie etwas anderes sein wollte als ein Machtsymbol.
Es war ein schönes klassizistisches Haus, einer der typischen Bauten des vorletzten Jahrhunderts, nur der Türsummer war neu. Hier sollte also der Oberst aus Nischni Nowgorod wohnen.
Nach dem Prozess war er frühpensioniert worden und von einem Tag auf den anderen von der Bildfläche verschwunden. Nur dass seine Frau kurz nach dem Prozess die Scheidung einreichte, war mir noch bekannt. Mittlerweile dürfte er ein alter Mann sein. Aber wie konnte er sich bloß diese Wohnung leisten, in einem der zentralen Viertel der Stadt? Wohnte er dort alleine? Unterstützten ihn seine Kinder? Ich drückte auf die Klingel. Es dauerte, bis ein krächzendes »Ich höre« aus der Sprechanlage kam.
– Ich habe Post für Sie.

– Post?
– Ja, ich muss sie Ihnen persönlich überbringen.
Erst folgte eine längere Pause, dann ging die Eingangstür auf. Ich hätte gedacht, dass der alte Mann misstrauischer sein würde. In der zweiten Etage stand ein alter, kahler, beleibter Mann, der nach abgestandener Luft und Nikotin roch, in der nur einen Spalt breit geöffneten Tür.
– Was soll das für eine Post sein?
Er beäugte mich mit zu Schlitzen verengten Augen hinter einer schief sitzenden Brille.
– Post von Alexander Orlow.
– Von wem?
– Von Alexander Orlow!
Er starrte mich irritiert an. Die Irritation ging nach einer Weile in Fassungslosigkeit und schlussendlich in Wut über.
– Was will er von mir?!, bellte er mich auf einmal an und bekam sofort einen Hustenanfall.
– Ich überbringe nur den Umschlag, der Inhalt wird Auskunft geben.
– Nur den Umschlag, nur den Umschlag … Sind Sie dumm? Wissen Sie nicht, was da drin ist, was er von mir will? Warum er Sie zu mir schickt?
– Nein, bedaure, leider nicht.
Er beäugte mich eine Weile, und auf einmal, obwohl ich mir sicher war, dass er hinter der Tür verschwinden und sie vor meiner Nase zuknallen würde, öffnete er sie und bat mich herein. Verdutzt folgte ich ihm in die Wohnung. Das Innere glich seinem Besitzer: verwahrlost und unsaniert. Die großen Räume mit Eichenparkett waren mit alten Möbeln vollgestellt, überall lagen Zeitungen, und um den Fernseher im Wohnzimmer stapelte sich ungewaschenes Geschirr. Hätte ich nicht gewusst, um wen

es sich hier handelte, hätte ich um ein Haar Mitleid bekommen.

– Wie heißen Sie?

– Onno, Onno Bender.

– Bender. Was ist das für ein Name? Deutscher?

– Ja.

– Arbeiten Sie für Orlow?

– Nein ... Das heißt, nicht wirklich. Also, ich schreibe über ihn.

– Sie schreiben über ihn?

– Ja, er will, dass ich ein Buch über ihn schreibe.

– Das ist ja absurd ... Er lebt jetzt in Deutschland, ja?

– Ja.

– So reich, so reich ist er geworden, wer hätte das gedacht.

– Ja, das ist wohl so.

Der alte Mann holte eine Cognacflasche aus einer Glasvitrine und stellte zwei Wodkagläser hin.

– Trinken wir einen.

Ich erwiderte nichts. Zum Glück hatte ich gut gefrühstückt.

– Haben Sie einen Rechner?

– Warum wollen Sie das wissen?

Schujew sah mich misstrauisch an.

– Ich glaube, in dem Umschlag ist ein Videofilm drin.

– Ein Videofilm?

– Ja.

– Was für ein Videofilm?

– Darüber kann ich leider nichts sagen.

– Sie sind wirklich dumm, oder was?

Plötzlich wurde er erneut wütend, und wieder rechnete ich damit, dass er mich hinauswerfen würde, aber er beruhigte sich in Sekundenschnelle und schenkte uns Cognac ein.

– Ich habe einen Computer, ja. Habe ich von meiner Tochter bekommen. Nutze ich aber nicht.
– Verstehe. Wohnen Sie alleine hier?
– Ja. Meine Frau ist vor zwei Jahren gestorben. Aber die hatte mich eh verlassen, die Schlampe. Mein Sohn ... mein armer Junge ... Er bekam sofort feuchte Augen. – Er hat Probleme, und ich kann ihm nicht helfen, es ist furchtbar, sich so nutzlos zu fühlen. Sie müssen wissen, nach der Sache mit Orlow ... Mein Sohn kam mit all dem nicht klar, mit diesem scheußlichen Prozess, und dann, als seine Mutter wegging ... Das hat er nicht verkraftet. Ein sensibler Kerl. Schon immer gewesen. Ich habe zu ihm gesagt: Arbeite an einer harten Schale, Junge, sonst kommst du nicht weit, aber ... Meine Tochter ist Angestellte bei einer Versicherung, sie ist Papas *maladchina*, mein Prachtexemplar!
Ich wunderte mich über seine plötzliche Redseligkeit, als hätte er vergessen, wer ich war und warum ich gekommen war.
– Sie kümmert sich um mich, weil die Armeerente, die ist ja gestrichen. All die Jahre für die Armee, und am Ende, am Ende wird man wie Müll entsorgt. Und das Schlimmste ist dieser Rufmord. Erst wird man durch den Dreck gezogen, und dann meiden einen alle.
Ich staunte über die Verdrängungskunst der menschlichen Psyche. Aber Schujew war noch nicht fertig.
– Keine Spur von Loyalität und Brüderlichkeit, von allen vergessen, und mein armer Junge. Wäre da nicht Nadja, würde ich verhungern! Und das nach all den Orden, all den Tapferkeitsmedaillen! Nach Afghanistan und Tschetschenien! Ja, so ist das beschissene Leben. Sein Zorn war zurückgekommen:
– Wieso schickt er Sie zu mir? Was will er von mir? Wenn

es um die alte Sache geht, die ist ewig her. Aus und vorbei. Ein für alle Mal vorbei.
Er sprach eher mit sich selbst als mit mir.
– Ich habe den Auftrag, Petruschow und Juritsch ebenfalls aufzusuchen.
– Ach wirklich?
– Ja.
– Aber Petruschow ... ich weiß gar nicht, wo er lebt, nicht in Moskau jedenfalls.
– In Marokko.
– Ma... wo?
– Marokko.
– Das ist alles sehr absonderlich.
– Wahrscheinlich, ja.
Ich wusste nicht, was ich ihm antworten sollte.
– Sehen Sie, wir haben alle zusammen im ersten Tschetschenien-Krieg gekämpft. Ich war ihr Oberst, und Orlow ... Orlow ...
Er begann plötzlich laut zu lachen, Speichel flog von seinen Lippen, und er schlug sich immer wieder auf die Oberschenkel.
– Er war Küchengehilfe, ein Junge für alles, können Sie sich das vorstellen? Trinken wir, Prost!
– Prost!
– Unglaublich, wenn man es sich überlegt, ein feiger Idiot war das, nichts weiter ... Ich habe einen Mann aus ihm gemacht, er sollte mir bis ans Ende seiner Tage dankbar sein!
Ich spürte Übelkeit in mir aufkommen, ich wusste nicht, ob sie dem Alkohol oder seinen Worten geschuldet war.
– Und wenn Petruschow nicht gewesen wäre, wäre er nie so reich geworden, auch ihm sollte er dankbar sein.
Meine Knie wurden weich. Ich betete, dass es keine Panik-

attacke war, die sich da ankündigte. Wann hatte ich das letzte Mal eine gehabt? Wie hatte sich ihr Herannahen angefühlt? Es war eine Weile her. An diese Tatsache klammerte ich mich jetzt. Notfalls eine Oxazepam, die ich in der Tasche hatte, ich musste es schaffen, ich würde ruhig bleiben.

Diese Panikattacken hatte mir Adas Tod als eine Art grausames Andenken hinterlassen. Ich versuchte, an Adas Felljacke zu denken, an Grömitz, an die Ostsee, an meine geflickten bunten Socken, an Katzes Hände mit den abgekauten Fingernägeln. Es würde schon gehen. Ich spürte, wie die Ruhe sich wieder in mir auszubreiten begann, kühlend, als hätte jemand ein kaltes Glas Wasser in mich hineingekippt.

– Was genau meinen Sie?

– Wie?

– Dass Orlow Petruschow sein Vermögen verdankt?

– Hören Sie! Ich weiß nicht, was Sie von mir wollen.

– Ich kann wieder gehen, ich wollte Sie nicht weiter stören.

Der Mann schien jetzt sichtlich durcheinander und überfordert, und ich fühlte mich völlig fehl am Platz.

– Wissen Sie, warum man ihn den *General* nennt?

– Nein, weiß ich nicht.

– Juritsch, Zaika, diese feige Sau, der hat ihn so genannt, nachdem ... Nach einem Vorfall damals. Da hat Orlow plötzlich das Ruder an sich gerissen. Er machte Ansagen, gab Befehle, er war irgendwie so klar, und Zaika, der sagte das auf einmal: Ja, Herr General, wie aus dem Nichts, und dann blieb er, der Name blieb. Was will er noch von mir? Das Ganze ist schon so lange her. Vorbei, alles vorbei. Ich konnte nicht mehr zur Armee, ich wäre so gern in den Zweiten Krieg, hätte so gerne für mein

Land um den Sieg gekämpft, aber alles verbaut, alles weg, wegen dieses Vorfalls, habe ja schließlich bezahlt dafür. Was kommt er jetzt auf einmal, was soll das, ich will diese Post nicht, er soll uns hier in Ruhe lassen. Ich bin alt, und ich bin nicht gesund, ich will meine Ruhe!

Er redete sich ein weiteres Mal in Rage, wiederholte zusammenhanglos irgendwelche Sätze, beteuerte seine Unschuld, sprach von dem hohen Preis, den er gezahlt habe, und wurde immer lauter und aggressiver. Ich beschloss, das Gespräch abzubrechen, und erhob mich. Der Alte blieb sitzen, nur seine aufgeregte Litanei begleitete mich nach draußen. Ich schlug die Tür hinter mir zu. Ich rannte die Stufen hinunter, und auch auf der Straße hörte ich nicht auf zu rennen. Aus der Puste gekommen, blieb ich an der Straßenecke stehen und holte tief Luft. Ich hatte das Gefühl gehabt zu ersticken.

Ja, er schickte mich an diese Orte, um mir nichts erzählen zu müssen, davon hielt er nichts, das war ihm zuwider, er glaubte nicht an die Wahrheit. Er glaubte an die vielen Bruchstücke einer Wahrheit, das hatte Ada mir einmal mit vollem Mund erzählt. (Wo waren wir gewesen, was hatten wir gegessen?) Und er wollte mir erlauben, alle Versatzstücke zu finden. Vielleicht kannte er sie selbst nicht, vielleicht hatte er sie vergessen?

Wer hatte Nura getötet? Wer hatte seine Hände um ihren Hals gelegt und nicht mehr losgelassen, bis alles Leben aus ihr gewichen war?

Nikita hatte mir damals eine Theorie aufgetischt. Er war sich sicher, dass Petruschow, der aus einem dubiosen Grund einen Posten in der GUSS innehatte, seine Anteile an Orlow abgetreten hatte, damit dieser den Mund hielt. So habe er dem General den Weg zu seinen ersten Millionen geebnet. Nikita war sich sicher gewesen, dass Petru-

schow der Mörder war und dass er Orlow deswegen diesen Vorschlag gemacht hatte.
So viele Jahre hatte ich mich mit den Biografien dieser Männer beschäftigt, die zur richtigen Zeit am richtigen Ort waren und den Mumm besaßen, weiter zu gehen, als man ihnen ansah. Manchmal waren es pure Zufälle, manchmal ein besonders ausgeprägtes Talent oder die Umstände gepaart mit speziellen Fähigkeiten, mit zähen Charakteren, mit jahrzehntelang verborgenen Sehnsüchten nach neuen Möglichkeiten und Perspektiven, an denen diese Menschen erkrankt waren, eine Krankheit, die sie geheim zu halten verstanden. Krankhafter Ehrgeiz war auch eine Motivation, mit der sie ihren Weg in die halboffiziellen, unsicheren Strukturen und Netzwerke der Übergangsära bahnten, als könnten sie nicht anders, als immer geradeaus zu marschieren, ihren Willen gegen alle Widrigkeiten durchzusetzen.
Aber der General passte in keines dieser Schemata, seine Biografie hätte eigentlich in einen anderen Werdegang münden müssen. Er war keinen Wünschen, keinen Zufällen, keinen Umständen gefolgt, sondern einem zielsicheren, rationalen, pragmatischen Plan, der absurderweise im genauen Gegensatz zu allem stand, was sein Leben zuvor bestimmt hatte. Als habe er ab einem bestimmten Punkt beschlossen, ein anderer zu werden, wiedergeboren, ganz der Phönix, erstanden aus schwarzen Albträumen, die er in den tschetschenischen Bergen gesammelt hatte. Als gelte es, das Leben, wie es ihm vorbestimmt war, zu eliminieren und stattdessen eines zu erfinden, das ferner und fremder nicht hätte sein können.

Ich nahm die Metro und fuhr zum Stadtrand. Dort wohnte Juritsch in einem der grauen fünfstöckigen Bauten aus der Chruschtschow-Ära. Ich musste mich lange durchfragen, bis ich das richtige Haus und den richtigen Eingang gefunden hatte – alles glich einander und alles versank in der Anonymität.

Ich hatte mir Kaugummi gekauft und in den Mund geschoben, um nicht den Anschein zu erwecken, ich hätte mir Mut angetrunken. Außerdem wollte ich jede Spur des vorherigen Besuchs wegwischen, etwas Ekelerregendes hatte mich aus der Wohnung des Alten verfolgt.

Eine russische Dame mittleren Alters, mit einer Schürze und zu einem Dutt hochgesteckten, platinblond gefärbten Haaren, öffnete mir die Tür.

– Ich möchte Iwan Juritsch sprechen, sagte ich ohne Umschweife.

– Und wer möchte das, wenn ich fragen darf?, wollte sie etwas unfreundlich wissen.

– Ich habe ihm etwas auszuhändigen.

Ich deutete mit dem Kopf auf den Umschlag in meiner Hand. Im Flur tauchte ein acht- oder neunjähriger Junge auf und begann, mich interessiert zu begutachten.

– Wanja ist unten im Hof, spielt Domino, sagte die Dame etwas abfällig, und aus ihrer Stimme konnte man die Unzufriedenheit darüber heraushören. – Kommen Sie rein. Ich lasse ihn rufen. Geh, hol deinen Vater!, rief sie ihrem Sohn zu.

– Ich kann selbst runtergehen, ich will Ihnen keine Umstände machen.

– Schon gut, kommen Sie rein.

Sie führte mich ins Wohnzimmer. Es roch nach Essen und frischer Wäsche. In einem der abgenutzten Sessel durfte ich Platz nehmen. Sie ließ mich alleine. Die Möbel waren alt und die Vorhänge löchrig. In der Ecke stand eine Vitrine mit ein paar einzelnen Porzellantassen und

bunten Vasen. Im mittleren Fach lagen zwei Pralinenschachteln, die sie wahrscheinlich geschenkt bekommen und aus lauter Ehrfurcht nicht geöffnet hatten – ich kannte solche absurden Reliquien aus meiner Moskauer Zeit. Die Wände des Zimmers hingen voller orthodoxer Ikonen. Die Frau bot mir Tee an. Ich lehnte dankend ab. Es dauerte nicht lang, und ein kleiner, magerer Mann mit schütterem Haar und einer breiten Nase trat in das Zimmer. Seine Hände waren die eines Bauarbeiters, sein Körper verriet Demütigung und Unbehagen, als schäme er sich, auf der Welt zu sein, und als versuche er sich mit allen Mitteln unsichtbar zu machen. Geduckt kam er auf mich zu, musterte mich verunsichert, er hatte wohl jemanden erwartet, den er kannte. Er nahm mir gegenüber Platz.
– Alexander Orlow schickt mich. Ich soll Ihnen diesen Umschlag persönlich überbringen.
– Alexander ...?
Er verstummte und starrte auf den Umschlag, den ich vor ihn auf den kleinen Tisch gelegt hatte.
– Woher ... woher weiß ... woher haben Sie meine Adresse?
Sein stark ausgeprägtes Stottern überraschte mich für einen kurzen Augenblick.
– Wie schon gesagt, ich bin beauftragt worden, Ihnen diesen Umschlag auszuhändigen.
– Sind Sie aus Deutschland?
– Ja, bin ich.
– Und sprechen Russisch, fügte er hinzu, als wäre es eine Sache der Unmöglichkeit, dass ein Deutscher Russisch sprach.
– Ich habe lange hier gelebt.
– Was will er von mir?
Jetzt wurde er nervös, griff fahrig zu dem Umschlag und

klammerte sich an ihn wie ein Untergehender an ein Holzstück.
– Es tut mir leid, aber ich kann Ihnen nichts weiter sagen, Sie finden alles da drin.
– Ich habe keinen Kontakt, seit Jahren, mit niemandem. Sagen Sie ihm das, ich habe niemanden wiedergesehen, von Petruschow habe ich seit Jahren nichts mehr gehört, eine Ewigkeit, und den Oberst, na ja, ich weiß nicht einmal, ob er noch lebt ...
– Das tut er. Ich komme gerade von ihm.
– Sie haben auch Schujew besucht? Und Petruschow?
– Ich fliege morgen nach Marokko. Dort lebt Petruschow.
– Ja, ja, dort lebt er ... aber wieso? Was hat der General vor? Gott behüte, ich habe nichts mehr mit der Sache zu tun, auch mit der Armee habe ich gebrochen, ich habe ...
Er fing an sich zu bekreuzigen. Seine Frömmigkeit erklärte auch die Unzahl an Ikonen.
– Ich habe eine Frau, zwei Söhne, ich arbeite in einer Fabrik, wir stellen Eingelegtes her, natürliche Zutaten, alles sehr hochwertig ... Wie beliefern sogar russische Supermärkte in Deutschland. Unter anderem in Darmstadt, kennen Sie Darmstadt?
– Ich kenne Darmstadt, ja.
– Aber ich verstehe nicht ... Ich möchte keinen Ärger.
– Da drin ist eine Videobotschaft. Der können Sie alles entnehmen. Ich wünschte, ich könnte Ihnen mehr Informationen geben, aber ich habe keine. Am besten, ich lasse Sie alleine und ...
– Richten Sie ihm aus, dass ich raus bin, dass ich komplett raus bin, ich habe nichts mehr mit der Armee oder den Männern am Hut, ich lebe mein Leben, ich bin in der Gemeinde, ich ... Was passiert ist, war schrecklich, ist

schrecklich, aber es war Krieg, und dieser Prozess, der hätte niemanden ...
Sein Stottern wurde immer schlimmer. Seine Frau stand an der Tür und wischte sich die Hände an der Schürze ab.
– Alles gut, Täubchen, alles in Ordnung, wir unterhalten uns nur, ein alter Bekannter aus Armeezeiten, ich komme gleich ...
Sie warf uns einen mürrischen Blick zu und verschwand wieder in die Küche.
– Sagen Sie es ihm, sagen Sie ihm, dass ich ein ruhiges Leben führe und nichts mehr mit all dem zu tun haben möchte ... Es sind eh verdammt schwierige Zeiten für uns, wissen Sie? Unser Wohnblock hier, die ganze Gegend wurde von einem Investor gekauft, und die Häuser sollen abgerissen werden, und die Gemeinde und die Nachbarschaft ... Wir tun alles, damit wir hier wohnen bleiben dürfen. Die mickrige Entschädigung, wissen Sie ... Die Wohnung gehört meiner Frau und ... Video? Was für ein Video?, sagte er plötzlich, als sei ihm zeitverzögert der Sinn meiner Worte klar geworden.
– Schauen Sie es sich doch am besten an.
Ich wollte gehen. Natürlich wollten diese Männer ihre Sorgen und ihren Ärger bei mir abladen. Und natürlich hatte der General beabsichtigt, dass ich ihnen zuhören musste, aber ich fühlte mich fehl am Platz, ich durchschaute Orlows Plan nicht, noch nicht, verstand nicht, warum er diesen Umweg gewählt hatte, warum er sich das Ganze nicht einfacher machte, indem er die Männer zu sich bringen ließ, ohne irgendwelche dubiosen Botschaften und Irritationen, das Video mit dem Mädchen, das Nuras Kopie hätte sein können. Und wieso auf einmal auch ich? Ich fühlte mich manipuliert, in eine Richtung gelenkt, die ich nicht durchschaute. Ich ärgerte

mich über meine Naivität, wieso hatte ich das nicht vorhergesehen?
Juritschs Hände hatten angefangen zu zittern, Schweißperlen traten ihm auf die Stirn, und er biss sich auf die Unterlippe. Es war merkwürdig, ich kam nicht umhin, Mitleid für ihn zu empfinden. Er schien mir so fernab jeder Armee, jeder Waffe, das passte nicht zusammen. Aber ich hatte im Laufe meines Berufslebens gelernt, nicht zu schnell Schlüsse zu ziehen, mich niemals auf Äußerlichkeiten zu verlassen.
– Ich glaube, Sie haben nichts zu befürchten.
Ich wusste selbst nicht, wieso ich ihm das sagte.
– Ich denke, alles, was Sie zu wissen brauchen, ist in der Videobotschaft enthalten.
Ich erhob mich vom Sessel. Er blieb sitzen, vollkommen versunken in sich und seine Gedanken, zurückkatapultiert in eine lang zurückliegende Zeit.
Die Frau kam kurz in den Flur, nickte mir zu und begleitete mich mit ihrem misstrauischen Blick bis ins Treppenhaus.

Ich war Anfang zwanzig, als ich nach Moskau kam. Ich war da, wo das Leben sich selbst neu schrieb. Und ich wollte mitschreiben. Ich fühlte mich zugehörig zu diesem Eldorado, zu diesem Wahn, den die Nach-Perestroika-Jahre entfacht hatten. Ich stand am Lagerfeuer und sah den Flammen zu, die alles verschlangen und ungeahnte Kräfte, infernalische Energien freisetzten.
Ich lernte Leute kennen, Suchende, Verlorene, auch sich beim Suchen Verlierende. Mein Selbstbewusstsein war unerschütterlich, die Stadt trug mich auf ihren schmutzigen Händen und verlieh mir ein Gefühl der Unverwundbarkeit, ich war kein Beobachter mehr, ich war mit-

tendrin. Ich schrieb über die Sprengstoffanschläge, die damals Moskau erschütterten, ich schrieb über die Verlierer und die Gewinner des Goldfiebers, ich schrieb über die Fratzen, die das neue Leben zu zeigen begann, und doch schrieb ich immer über mich, über meine Sehnsucht nach einem Platz in dieser Welt. Und man klatschte mir Beifall. Man applaudierte mir und lobte meinen Mut und meinen scharfen Blick. Ich schrieb über Belyi, ich schrieb über sein Geld, sein Imperium, ich machte dem Westen klar, aus welchem Stoff diese ostigen Westernhelden gemacht waren. Belyi unternahm den einen oder anderen Versuch, mich einzuschüchtern, aber ich denke, letztlich war es ihm einerlei, dass irgendein dahergelaufener Deutscher ein Buch über ihn schrieb. Er interessierte sich damals noch nicht für den Westen, fühlte sich in seiner Haut und seiner Heimat mehr als wohl und war kein Mann, der an die Macht der Worte glaubte. Und selbst nach dem Erfolg meines Buches in Deutschland empfand er, glaube ich, sogar eine gewisse Genugtuung, dass sich im Westen so viele Menschen für ihn interessierten. Ich hatte Glück, wie mir Nikita damals bescheinigte, Glück, an einen der Ritter geraten zu sein, die es recht wenig juckte, was man über sie erzählte. Aber das Glück, so Nikita, würde nicht lange währen, das Glück sei in Russland schon immer von kurzer Dauer gewesen. Aber ich wollte nach Höherem greifen.

Orlows kometenhafter Aufstieg, der kurz nach dem Prozess begann, erschien mir meiner Höhe angemessen.

Er hatte binnen nur vier Jahren etwas geschaffen, das für die meisten im ganzen Leben nie möglich gewesen wäre. Der Verlag gab mir für mein Buchprojekt über Orlow einen imposanten Vorschuss, und nun war die Bahn frei. Damals war der General gerade in ein sehr riskantes

Immobilienprojekt eingestiegen, riskant, weil er das Projekt wie aus dem Nichts dem damals führenden Immobilienmogul vor der Nase weggeschnappt hatte.
Wie ein Raubtier wartete ich stundenlang im Gebüsch, bereit, zum richtigen Zeitpunkt den entscheidenden Sprung zu wagen. Ich suchte nach ehemaligen Weggefährten, trieb alte Klassenkameraden auf, fand Leute, die für ihn gearbeitet hatten, sogar ehemalige Nachbarn und Freunde seiner verstorbenen Frau. Und irgendwann geriet ich in sein Visier. Mein Name fiel, er ließ Informationen einholen.
Dann tauchte Schapiro bei mir auf. Er fing mich vor einer Metrostation ab und nahm mich zur Seite, er sagte mir nur zwei Sätze, die mir etwas übertrieben theatral erschienen.
– Du wirst jede Recherche zu Alexander Orlow auf der Stelle einstellen. Es wird kein Buch über ihn geben.
Er hatte mich mit seinen Vogelaugen etwas länger fixiert als nötig und war dann ohne ein weiteres Wort in der Menschenmenge verschwunden. Natürlich zähmte ich meine Angst, natürlich wollte ich mir nicht eingestehen, dass ich schon längst begriffen hatte, dass ich es hier mit einem Mann zu tun hatte, dem ich nicht gewachsen war.
Ich grub weiter, ignorierte die Warnung Schapiros. Die zweite Warnung kam prompt, per E-Mail. Sie war nicht unterzeichnet: »Es wird unschöne Konsequenzen haben, wenn du dein Vorhaben nicht auf der Stelle aufgibst.«
Ich ging zu Nikita. Wir saßen in seiner Küche und tranken Wodka.
– Für dich wird es jetzt gefährlich, sagte er nachdenklich. – Nichts an ihm und seinem Leben ist berechenbar, du musst das Ganze sein lassen, Onno, da kann man nichts machen, vermute ich, sagte er und zuckte mit den

Schultern. Ich wurde wütend. Ich beschuldigte ihn, mich zu unterschätzen. Ich warf ihm Feigheit vor.
Drei Tage später lag ich auf der Intensivstation und rang mit mir, der Welt, den Schmerzen und der Ungewissheit, wie ich aus der Sache wieder rauskommen sollte. Schädeltrauma, Milzriss, vier gebrochene Rippen, ein gebrochener Arm, Gehörverlust auf einem Ohr. Am Tag zuvor war ich vor meiner Wohnung von drei Männern in schwarzen Skimasken abgefangen und zusammengeschlagen worden, es war knapp gewesen.
Als ich aus dem Krankenhaus entlassen wurde, verkroch ich mich in meiner Wohnung und schloss mich dort für zwei Wochen ein. Ich rief den Verlag an, sagte das Projekt ab und versteckte mich vor meiner eigenen Scham. Tief im Inneren wusste ich, dass nicht nur die Geschichte von Orlow, sondern auch die Geschichte dieser Stadt auserzählt war, dass ich gescheitert war und hier nichts mehr verloren hatte. Ich packte meine Sachen und flog zurück.
Für einige Jahre gelang es mir, den General aus meinem Leben fernzuhalten, aber ich behielt stets ein Auge auf ihn. Mein Aktenordner mit Informationen über ihn quoll im Laufe der Jahre fast über und provozierte mich immer mehr.
Es war wie ein Schicksalswink, als ich hörte, dass Orlow seine Zelte in Russland abgebrochen und seiner Heimat endgültig den Rücken gekehrt hatte, dass er in den Westen und ausgerechnet nach Deutschland und noch dazu in die gleiche Stadt gezogen war, die ich zu meiner Wahlheimat gemacht hatte. Die Dämme waren wieder gebrochen, meine Besessenheit erwachte erneut zum Leben.
Evgenia, die er recht schnell nach seinem Umzug geheiratet hatte, bot mir wenig Möglichkeiten, mich an ihn

heranzuschleichen, aber seine Tochter, überlegte ich, könnte durchaus ein Schlüssel sein.
Etwa vier Jahre nach seinem Umzug nach Berlin kam die Gelegenheit, das Schicksal beschloss, mich für meine schmerzenden Glieder, für mein Warten, für meine Schmach zu entschädigen, ich bekam die Konzertkarte neben Ada Orlowa.

Aber jetzt saß ich in einem Moskauer Nirgendwo, auf einem Blechtisch zwischen gesichtslosen Wohnblocks der Sowjetära, die den Menschen nichts anderes mitteilen wollte, als dass sie bloß austauschbare Vehikel eines Systems waren, zündete mir eine Zigarette an und begann zu schluchzen wie ein Kind. Ich wusste nicht, warum ich mich wieder so hilflos und verloren fühlte, warum mir dieser Weg, dieser offizielle Status, endlich ganz offen an Orlows Geschichte mitzuschreiben, keinerlei Befriedigung verschaffte. Um mich herum war es grau und kalt, meine Hände waren vor Kälte gerötet, meine Füße zwei Eisblöcke, und doch war mir alles einerlei, auch die Tatsache, dass mich jemand dasitzen und schluchzen sehen könnte.
Nichts hatte den General zu einem Nebenstrang meines Lebens werden zu lassen können. Nicht einmal die andauernde Angst, in der ich lebte, seitdem die drei maskierten Männer mich in einen Brei aus Blut und Knochen verwandelt hatten. Aber Ada, sie hätte es schaffen können. Wieso hatte ich es nicht rechtzeitig bemerkt, wieso hatte ich nicht rechtzeitig die Notbremse gezogen? Ich hätte es wissen müssen, ich hätte den Abgrund sehen müssen, auf den wir so zielsicher zurasten.
Ich wollte es mir nicht eingestehen, und ich schämte mich dafür, dass ein neunzehnjähriges Mädchen mein

Lebensthema ersetzt hatte – mit ihren schmatzenden Küssen, ihrer Neugier auf das Leben, mit ihrer Euphorie, mit ihren Plänen und ihrer Kunstbegeisterung, mit ihrer albernen Verliebtheit und ihren Cornflakes mit Melonenstücken, die sie jeden Morgen im Bett aß. Ich konnte es mir nicht eingestehen, dass *sie* zu meinem Lebensthema geworden war und dass das Jahr, das mir mit ihr vergönnt war, das schönste Geschenk war, das mir das Leben je gemacht hatte. Sobald sie aus meiner Wohnungstür ging, versuchte ich zu dem zu werden, der ich glaubte, ohne sie zu sein, mir weismachend, dass unsere Liebelei eine vorübergehende Phase war, dass sie meiner bald überdrüssig werden und ich wieder zu meinem großen Plan, zu meinem Masterplan, zurückkehren würde. Aber unerwartet rief sie mich wieder an und verkündete mir, dass uns der heutige Abend, der kommende Tag oder gar das Wochenende zur Verfügung stehen würde, und ich verlor wieder den Verstand und begab mich bereitwillig in ihre Hände, wurde zu ihrem Spielzeug, dem geduldigen, alles hinnehmenden Jungen, der für einen Kuss, nur ein Zeichen ihrer Zuwendung, alles getan hätte.

Das Jahr war löchrig und dennoch so voll wie kein anderes zuvor. Manchmal denke ich, wir hätten dieses ganze Versteckspiel nicht nötig gehabt, uns nach Lust und Laune sehen können, ohne die permanente Angst vor ihrem übermächtigen Vater, von ihm erwischt zu werden. Das regelmäßige Abtauchen, zu dem sie ihre Herkunft zwang, gewährte mir Atempausen, Möglichkeiten zum Luftholen, Zeit, meinen Aufgaben nachzugehen, aber auch zum Aufrechterhalten der Illusion, weiterhin alles unter Kontrolle zu haben. Längst gab es keinen Plan mehr. Längst war ich abhängig von ihrem Wohlwollen, ihrer Verliebtheit, ihren Berührungen. Längst bestand ich nur noch aus der Sehnsucht, sie für mich zu gewinnen, und aus dem utopischen Wunsch, mit ihr eines Tages eine echte Beziehung führen zu können, die alles andere in den Hintergrund rücken würde.

Anders als sie war ich alt genug zu wissen, dass unserer Nähe von Anfang an ein Ende innewohnte, eine *Sanduhrnähe*, wie ich sie insgeheim nannte. Sie konnte nichts anderes sein als eine vorübergehende. Ich redete mir unentwegt ein, dass es keine Wunder gebe, dass der Altersunterschied, die kurios unterschiedlichen Hintergründe, die unüberwindbar erscheinenden Distanzen, die zwischen uns lagen, und vor allem ihr Vater es niemals zulassen würden, dass wir eine normale Beziehung führen könnten. Und wir bewiesen uns mit jedem Moment, den wir miteinander verbrachten, aufs Neue das Gegenteil.

Sie war alt in ihrem Jungsein. Sie wusste erschreckend viel über das Leben und über sich selbst. Manchmal jagte sie mir Angst ein mit ihrem sezierend nüchternen Blick auf sich selbst und auf die Menschen. Sie schien aus zwei Polen zu bestehen, entweder jubelte sie, oder sie fand alles nur »zum Kotzen«, entweder beschloss sie, dass die Welt uns zu Füßen liege, oder sie behauptete, dass dieses »Versteckspiel« niemals enden würde. Aber ihre Verliebtheit machte sie von Woche zu Woche mutiger, übermütiger, ich ahnte schon Ungutes, ich wollte sie unentwegt warnen, auch vor sich selbst, aber ich sah, dass es unmöglich war.

In den Augenblicken, in denen sie mir von einem Musikstück oder einem Kunstwerk erzählte, das sie gerade für sich entdeckt hatte, war sie wieder ganz Kind. In den Momenten, wenn sie von ihrem Studium sprach, das sie im folgenden Jahr aufnehmen wollte, um die Kunst noch besser zu verstehen, um sie noch besser fühlen zu können und damit auch den Traum ihres Vaters wahrzumachen, dem es nicht vergönnt gewesen war, Literatur oder Kunstgeschichte zu studieren, weil ihm der Krieg dazwischengekommen war. Und dann wieder war sie so ganz Frau, so erwachsen und nahezu pragmatisch, wenn sie mich ermahnte, mich zu gedulden, ihr nicht so viele Nachrichten zu schicken, wenn sie mit ihrem Vater unterwegs war, mich in Acht zu nehmen.

Ich wollte mir einreden, dass ich weiter meinen Plan verfolgte, dass es mir eigentlich um ihren Vater ging, dabei hatte sie ihn längst in ein Schattendasein gedrängt, hatte ihm jedes Gewicht entzogen, hatte seine Schwere mit ihrer Leichtigkeit, seine verborgene Vergangenheit mit ihrer hellen Gegenwart ersetzt.

Was also spielte diese Geschichte noch für eine Rolle? Wieso war ich mir so sicher, dass sie es wert war, zu Ende erzählt zu werden? Und für wen? Die beiden, für die sie von existenzieller Bedeutung wäre, waren tot. Eine Endgültigkeit lag über ihren Namen, und weder ich noch ein allmächtiger General konnten daran etwas ändern.

Sie wollte die Wahrheit so unbedingt kennen. Und dass sie danach so süchtig wurde, das hatte ich verschuldet. Und wenn ich versuchte, aufrichtig zu sein, so aufrichtig, dass es schmerzte, so dass ich mich selbst kaum noch ertrug, musste ich zugeben, dass ich mich verpflichtet fühlte, die Geschichte ihretwegen zu Ende zu bringen. Ihr Tod hatte mir schwarze Flügel der Schuld wachsen lassen, ihr Tod hatte mein Blut zu Teer werden lassen, ich war der Unheilsverkünder, ich war die Krähe. Jede Weigerung, diese Rolle zu erfüllen, wäre feige gewesen. Dem Leben den Rücken zu kehren und in die Nichtigkeit abzutauchen, funktionierte nur für eine gewisse Zeit, danach musste ich mich stellen.

Der Vogelmann hatte mich ins Leben zurückgestoßen, und nun musste ich diesem Weg folgen, ich musste ihn zu Ende gehen, mein Selbstmitleid war so belanglos angesichts ihres Todes. Ich wischte mir die Tränen mit dem Jackenärmel ab. Dann zündete ich mir eine Zigarette an und erhob mich von dem rostigen Tisch. Ich setzte meinen Weg fort.

– Angelogen hast du mich, kein Fünkchen besser bist du als die anderen, du bist ein verlogenes Arschloch, ich habe dir vertraut, ich habe dich ... Ich habe dir alles erzählt, gedacht, dass es dir um mich geht ... Wie blöd ich war, wie bescheuert!
Sie schrie mir die Worte ins Gesicht, und plötzlich fing sie an, sich zu ohrfeigen. Ich versuchte, ihre Hände festzuhalten, um sie daran zu hindern, sich zu verletzen, aber sie fauchte mich an wie ein tollwütiges Tier und zerkratzte mir mit den Fingernägeln die Wange.
– Wag es ja nicht, näher zu kommen! Du bist so ein Abschaum ... du bist Dreck, nichts weiter als Dreck! Wie konnte ich nur ... Mein Vater hatte recht, leider hatte er recht, man darf niemandem vertrauen!
Und wieder schlug sie sich ins Gesicht, mit solch einer Kraft, dass ich den Schmerz, den der Schlag verursacht haben musste, unweigerlich im eigenen Gesicht spürte.
Unangekündigt war sie morgens um zwei vor meiner Haustür aufgetaucht und hatte Sturm geklingelt. Tränenüberströmt war sie hereingerannt und hatte angefangen zu schreien. Bevor ich den Sinn ihrer Worte begriffen hatte, wusste ich schon, worum es ging. Ich wusste nur nicht, wie sie es herausgefunden hatte.
– Ich werde dir niemals verzeihen, was du mit mir gemacht hast, dabei habe ich dich doch so ...

Plötzlich ging ihre Aggression in herzzerreißende Verzweiflung über. Alles in mir zog sich zu einem Klumpen zusammen. Auf der Stelle wäre ich auf die Knie gefallen, hätte mir die Seele aus dem Leib geschrien, um ihre Gnade und ihre Zuversicht gebettelt, wenn es irgendwas gebracht hätte.
– Wie willst du es mir erklären? Du hast mich benutzt. Du bist ein verlogenes Schwein!
Sie rutschte an der Wand zu Boden und blieb dort sitzen, das Gesicht in die Hände vergraben.
– Wer hat es dir erzählt?
– Mein Vater hat uns beschatten lassen, ich glaube, er hat Schapiro auf mich angesetzt. Er wusste, dass ich jemanden habe, er wusste es schon lange. Ich wusste, dass er es ahnt, aber ich habe nichts unternommen und habe nur den Securities gedroht, sie sollen ihren Mund halten. Jemand ist mir letzten Dienstag gefolgt, als wir ins Kino sind.
Plötzlich war sie ruhig, sie schien nicht mehr zu weinen. Vollkommen kraftlos saß sie da und gab wie mechanisch wieder, was sie selbst in Erfahrung gebracht hatte.
– Was hat er gesagt?
Ich versuchte, einen Schritt auf sie zuzugehen.
– Was spielt das noch für eine Rolle? Was zählt, ist, dass er gewonnen hat, wie er immer gewinnt. Er hatte recht. Voilà!
Sie zwang sich zu einem Lächeln.
Ich betete alles runter, was mir zu meiner Verteidigung einfiel, und nichts daran war gelogen. Ich sagte ihr, was ich ihr hätte schon vor Monaten sagen sollen. Ich erzählte von meiner Besessenheit vom General, erzählte von meinem aufgegebenen Buchprojekt, von meinem Krankenhausaufenthalt, von meinem erneut entfachten Interesse durch seinen Umzug nach Berlin, ich erzählte von mei-

nem Versuch, an ihn heranzukommen, indem ich eine Konzertkarte für den Platz neben ihr ergatterte. Und von meinem Scheitern, an ihr, an ihrer Aufrichtigkeit, an ihren Gefühlen. Ich erzählte von meinem Ausgeliefertsein und meiner Angst, von meinem Kontrollverlust und meinem Durst nach Glück, das durch nichts anderes mehr zu stillen war als durch sie.

Sie war ruhig, sie hörte mir zu, aber ich konnte ihrem Gesicht nichts entnehmen, weder Freude noch Wut, weder Misstrauen noch Milde, sie war wie versteinert, wie am Boden festgeklebt, sich gegen die Wand lehnend. Ich traute mich nicht, sie zu berühren, nichts wäre schmerzlicher als ihre Zurückweisung in jenem Moment meiner größten Schutzlosigkeit.

– Ich liebe dich, Ada. Und wenn es sein muss, gehe ich zu deinem Vater und sage ihm das.

Ich schämte mich für diesen Satz, schämte mich für mein mickriges Pathos, schämte mich meines Alters, schämte mich, dass ich kein Besserer für sie war. Aber es gab keinen Weg mehr zurück, ich musste mich ihr gänzlich ausliefern, denn nur so bestand eine winzige Chance, ich wollte ihr Urteil empfangen, ich wollte, dass sie mich begnadigte oder aufs Schafott schickte, dieses Warten hielt ich nicht länger aus.

– Ada, bitte sag was ..., flüsterte ich und sank ebenfalls zu Boden.

– Warum er? Was hat dich an ihm so brennend interessiert?

Mit dieser Frage hatte ich nicht gerechnet.

– Ich ... ich weiß es nicht. Der Werdegang, ja, sein Werdegang ist sehr untypisch für ...

– Für die Ausbeuter und Halsabschneider? Ist er zu nett für den Job, ja? So was in der Art?

– Du verstehst mich falsch.
– Genau, ich verstehe es nicht und würde es gerne verstehen.
– Ich erkläre dir alles, sage dir alles, was du von mir wissen möchtest.
Ich verfluchte mich im gleichen Augenblick dafür, dass ich ihr dieses Versprechen gab. Denn dieses Versprechen zu halten, hieß, ihren Vater auszuliefern. Ihr das Versprechen nicht zu geben, hieß aber, sie unwiderruflich zu verlieren.
– Es geht um die Kriegsgeschichte, oder?
Ich war perplex. Ich hatte angenommen, dass er alles dafür getan hatte, dass sie von ihr unberührt bliebe, dass kein Dreck, kein Blut, kein Schrecken seiner Vergangenheit sie beschmutzen, sie einholen könnte. Er hatte so viel Mühe aufgewendet, diese Geschichte verschwinden zu lassen, so viele Menschen geschmiert, damit es eine Sache der Unmöglichkeit wurde, in seiner Vergangenheit zu graben. Stanislaw Pasternaks Tod, der nie aufgeklärt wurde, war zugleich auch das Schließen der Büchse der Pandora. Ich horchte auf. Was genau wusste sie, wie viel? Was hatte er ihr erzählt?
– Ja. Unter anderem, sagte ich vorsichtig.
– Aber er ist unschuldig. Ich weiß es.
Dieser Satz entwaffnete mich. Ich wäre ihr um ein Haar um den Hals gefallen. So herzzerreißend entschieden und kompromisslos naiv war er. Er hatte ihr also nichts gesagt, natürlich nicht. Das hatte er ihr nicht zugemutet, das schien angesichts seiner Fürsorge für sie auch vollkommen unpassend. Sie musste sich die Dinge selbst zusammengereimt und anschließend ihr eigenes Urteil gebildet haben. Und da beging ich den Fehler, der mich alles kosten sollte, ich sagte die lapidarsten und zugleich bedeutungsvollsten zwei Wörter meines Lebens:

– Na ja …

Damit steckte ich sie an, infizierte sie mit Zweifel, rückte ihren allmächtigen und für sie unschuldigen Vater in eine andere Perspektive. Ich tat es reflexhaft, unüberlegt, in der Hoffnung, diese Worte würden sie halten, würden uns erhalten, mir war nicht im Geringsten bewusst, was ich damit anrichtete.

– Was weißt du?

Plötzlich schien sie ganz ruhig, vollkommen klar. Sie wischte sich die Tränen mit dem Ärmel weg und sah mich direkt an.

– Nicht viel … Ich habe zwar einige Jahre versucht, zur Wahrheit vorzudringen, aber sie ist sehr, sehr gut versteckt worden.

– Erzählst du mir alles, was du weißt?

Ich hatte ihr das Versprechen gegeben und wusste, dass ich sie in etwas hineinzog, dem sie nicht gewachsen sein würde. Das Versprechen, an dessen Ende sie der Tod erwarten würde.

Ich fuhr mit dem Taxi ins Hotel zurück. Es war, als käme ich in eine andere Stadt, als ich die graue Vorstadt hinter mir ließ und in den dekadenten Luxustempel zurückkehrte, aber auch diese Brüche gehörten zu Moskau wie die Basilius-Kathedrale oder der Kreml.

Ich verkroch mich ins Hotelzimmer und breitete alle Notizen, alle Zettel, alle meine Anmerkungen vor mir aus.

Gegen elf Uhr klopfte Schapiro an meine Zimmertür. Er händigte mir ein Flugticket nach Marrakesch aus, es galt dort, den dritten Mann aufzusuchen, den perfidesten und gewieftesten von den dreien, wie ich wusste. Wie mir mitgeteilt wurde, betrieb er dort ein Hotel. Die Adresse des Hotels bekam ich in Form einer Streichholzschachtel überreicht, ein Ruhetempel, der inmitten eines Palmengartens versunken lag.

2016/Die Katze

Sie mietete sich in ein winziges Hostelzimmer mit einem Gemeinschaftsbad in der Nähe des Alten Arbat ein und studierte den Stadtplan. Er hatte von der Nikolskaya erzählt, dort gab es ein Hotel namens »St. Regis«, das nach Luxus aussah. Von dort aus würde er also losgehen. Es war nur die Frage, ob alleine oder in Begleitung von Schapiro, im letzteren Falle wäre es komplizierter, ihm zu folgen, aber sie würde sich die größte Mühe geben. Sie würde es schaffen. Sie musste es. Sie musste diese Männer mit eigenen Augen sehen. Mit Nuras Augen. Aber eine direkte Konfrontation war ausgeschlossen, das würde das Ganze zu sehr gefährden, die Reaktionen waren nicht kalkulierbar, sie durfte nicht zu viel riskieren. Nur in die Nähe kommen, spüren, was sie spüren würde, was Nura gespürt haben könnte ... Zum Glück fand sie direkt gegenüber vom Hotel ein Einkaufszentrum, an dessen Eingang sich ein Laden einer amerikanischen Kaffeehauskette befand. Das Café hatte gerade geöffnet, sie nahm dort Platz und bestellte auf Russisch. Ihre passive Sprachkenntnis war aktiviert worden, all ihre Sinne wirkten geschärft. Sie fühlte sich wach und klar. Sie nahm an einem der Fenstertische Platz und behielt den Hoteleingang im Auge.

Es dauerte lange, sie glaubte schon, dass er doch in einem anderen Hotel untergekommen war, aber gegen elf sah sie ihn aus dem Haupteingang treten, sie sprang auf und rannte ebenfalls auf die belebte Straße. Zwischen ihnen befand sich ein nie abreißender Verkehrsstrom, der sie vor seinem Blick schützte. Er ging zu Fuß, was ihre Verfolgung um einiges erleichterte, sie hatte genügend Raum, sich zwischen den Gebäuden, Autos und Menschen zu verstecken.

Eine halbe Stunde lief sie hinter ihm her. Nur einmal sah er sich um, als hätte er etwas gespürt, und sie bückte sich, wie eine Figur aus einem Film noir, und musste selbst dabei kichern.

Irgendwann blieb er vor einem alten Haus in einer ruhigen Straße stehen. Eine Weile ging er die Namen auf den Klingelschildern durch, bis er auf einen der Knöpfe drückte. Erst nachdem er ins Haus getreten war, wechselte sie die Seite und untersuchte ebenfalls die Namensschilder. Hier wohnte also der Oberst.

Sie notierte sich die Adresse, machte sicherheitshalber mit dem Handy noch ein paar Fotos von dem Haus und stellte sich wieder auf die gegenüberliegende Straßenseite zwischen die parkenden Autos und zündete sich eine Zigarette an. Sie fühlte sich voller Tatendrang, auch wenn sie selbst noch nicht wusste, was genau sie da tat. Aber sie zweifelte nicht daran, dass die Entscheidung, hier zu sein, absolut richtig war.

Sie wusste nicht, wie viel Zeit vergangen war, als Onno wieder vor der Tür erschien. Ihr kam es kurz vor. Wieder duckte sie sich, aber er stürmte regelrecht hinaus, sah sich nicht um und rannte los. Sie setzte sich ebenfalls hastig in Bewegung.

Er nahm die Metro, die beste Tarnung für sie. Sie konnte

problemlos in der endlosen Menschenmasse untertauchen. Sie wagte sich sogar, aus Angst, sie könnte ihn aus den Augen verlieren, in den gleichen Wagen, presste sich durch die Traube aus Körpern zum anderen Ende und setzte sich auf eine Bank. Sie fuhren lange. Sie hatte keine Ahnung, in welche Richtung. Bei der letzten Station stieg er aus. Sie wartete einige Sekunden, bis er die Rolltreppe erreicht hatte, und schlüpfte dann ebenfalls aus dem Wagen. Er musste sich lange durchfragen, es dauerte eine Weile, bis er in dem Meer der grauen gesichtslosen Häuser und Plattenbauten die richtige Adresse gefunden hatte.

Als er im Treppenhaus verschwunden war, begann sie, ums Haus herumzulaufen. Im Hof saßen einige Männer um einen Blechtisch und spielten, sie hörte ihre Stimmen, einer von ihnen stotterte. Plötzlich hielt sie inne und trat ein paar Schritte zurück, Zaika, das war er, das musste er sein, dieser kleine, unscheinbare Mann. Sie entfernte sich von der Männerrunde. Sie hatte jeweils zwei Schwarzweißfotos der Männer gesehen, aus zwei verschiedenen Zeitungen, die Onno ihr eingescannt und per E-Mail geschickt hatte.

»Wozu brauchst du das?«, hatte er wissen wollen.

»Ich möchte einfach ihre Gesichter sehen«, hatte sie geantwortet.

Ja, sie wollte ihre Gesichter sehen. Sie aber sollten Nuras Gesicht vor Augen haben, wenn sie sie anblicken würden.

Kurze Zeit später wurde Zaika von einem kleinen Jungen gerufen, er erhob sich, streckte den Rücken durch und ging mit schleppenden Schritten ins Haus.

Wie sahen Mörder aus? Sah man den Menschen das Töten an? Was hatte Nura gespürt, als sie feststellte, dass es

eine Falle war, der sie nicht mehr entkommen könnte? Hatte sie geschrien oder war sie ruhig geblieben?
Sie notierte sich die Adresse und ging durch den grauen Betondschungel zurück zur Metro. Es war kalt, Schnee lag in der Luft, sie zog ihre Mütze über beide Ohren und huschte in den warmen, mit unterschiedlichen Gerüchen erfüllten Metrozug.
Im Hostel legte sie sich aufs Bett und versuchte zu schlafen, aber der Schlaf wurde von einer inneren Rastlosigkeit vertrieben.
»Und wie ist es in Moskau?«, schrieb sie Onno.
»Ich weiß es noch nicht, so viele Eindrücke«, folgte prompt die Antwort. Das hieß, dass er nicht mehr bei Juritsch war.
»Hast du sie ausfindig machen können?«
»Ja. Waren nicht gerade erfreut, als ich seinen Namen sagte.«
»Meinst du, dass dieses Video irgendwas bringt?«
»Wie meinst du das?«
»Dass sie seiner Einladung folgen werden?«
»Ich habe keine Ahnung. Aber er will erfahren, wie sie darauf reagieren.«
»Es erscheint mir unlogisch, keiner von denen fährt doch freiwillig nach Tschetschenien?«
»Du bist ja richtig angefixt!«
»Was soll denn das bitte heißen? Vielleicht hat diese Geschichte mittlerweile auch etwas mit mir zu tun?«
»Sorry, so war das nicht gemeint.«
Sie fragte sich, während sie die Nachrichten tippte, ob sie noch als Katze oder schon als Nura schrieb.
»Dieses Video ist ein Test. Er will ihre Reaktionen sehen. Und anhand dieser Reaktionen wird er entscheiden, wie er vorgeht«, schickte er prompt hinterher. Sie fragte sich,

was er sagen würde, wenn er wüsste, dass nur wenige Kilometer sie voneinander trennten.

»Nein, ich glaube, das hat er längst beschlossen«, antwortete sie und fragte ihn weiter über seine Besuche bei Juritsch und Schujew aus. Er gab ihr bereitwillig Auskunft. Er hatte etwas Hingebungsvolles an sich, das war die Eigenschaft, die sie an ihm auf Anhieb gemocht hatte, sei es auch, dass seine Hingabe diesem kruden Mann und seiner Vergangenheit galt. Sie notierte sich alles, was sie wissen musste. Was Nura wissen musste.

»Wann geht es nach Marrakesch?«

»Ich weiß es noch nicht. Ich warte auf Schapiros Anweisungen.«

»Ist er auch in der Stadt?«

»Ja. Und er hat ein Auge auf mich.«

Also auch auf mich, dachte sie sich im gleichen Atemzug.

»Dann ist es eine Falle«, schrieb sie.

»Wie meinst du das?«

»Das Video ist eine Falle.«

Wieder schickte er ein irritiertes Fragezeichen zurück. Aber sie antwortete nicht mehr, stattdessen gab sie »Moskau, Nachtleben« in die Suchmaschine ein. Und nachdem sie sich ein paar Nachtclubs aufgeschrieben hatte, die für sie infrage kamen, suchte sie nach dem günstigsten Flug nach Marrakesch.

Der Inhalt des Umschlags war nun auf ihrem Bankkonto und wollte bar jeder Vernunft ausgegeben werden. Es war Nuras Geld. Es war das Geld, das sie für Nura ausgeben musste.

Sie ging zurück zum Einkaufszentrum gegenüber Onnos Hotel, in dem sie ihre Verfolgung am frühen Morgen aufgenommen hatte, und streifte durch die Geschäfte, auf der Suche nach einem Kleid, das Nura gefallen hätte. Sie war sich sicher, es musste etwas Buntes sein. Sie selbst hatte das letzte Mal ein Kleid angezogen, als R. sie eines Nachts mit der Ansage überrascht hatte, er wolle sie ausführen. Das Kleid war schwarz gewesen und schlicht. Nura aber, die für immer achtzehn geblieben war, hätte das Kleid zu düster gefunden. Sie brauchte etwas Luftiges, etwas Junges. Nach zwei Stunden wurde sie fündig und zahlte einen übertriebenen Preis für ein mädchenhaft geschnittenes Kleid, das leicht über die Knie ging und das mit einem schmalen Band um die Taille geschnürt war. Es hatte einen blassen Rotton mit kleinen Blumenverzierungen. Sie fand es perfekt ... für Nuras Nacht.

Sie ging in den Club, den ihr die Suchmaschine zuerst ausgespuckt hatte und den sie selbst niemals ausgewählt hätte: zu poppig, zu touristisch, zu laut. Aber sie trug Nuras Kleid und ging für Nura tanzen. Nura hätte Pop bestimmt gemocht. Für andere, alternativere musikalische Entdeckungen hatte ihr kurzes Leben nicht ausgereicht.

Sie war schon lange nicht mehr so durstig nach Leben gewesen. Sie stürzte sich in die grelle Musik und ließ sich fallen. Es war so leicht, achtzehn zu sein, sich von den Erstbesten ansprechen zu lassen – die zwei Jungs erwiesen sich als überforderte australische Touristen –, es war so leicht, mit ihnen danach um die Häuser zu ziehen und zu glauben, man wäre auf dem Gipfel der Welt. Als sie sie irgendwann fragten, wo sie herkomme, antwortete sie fast schon lapidar »Tschetschenien« und grinste über beide Ohren. Die Gesichter der Australier verfinsterten sich, sie konnte sich vorstellen, welch grauenvolle Szenarien ihnen durch den Kopf gingen, welche Assoziationsketten der Name des Landes bei ihnen auslöste, aber es war ihr egal, ihre Welt sollte ruhig ins Wanken kommen.

Als sie dann gegen drei Uhr morgens in einem Pub landeten und der eine der beiden ihr seine Hand unter das Kleid schob, erhob sie sich und verließ kommentarlos den Laden. Nura war eine stolze Bewohnerin der Berge gewesen, sie hätte sich niemals so leicht auf den ersten Dahergelaufenen eingelassen.
Am nächsten Morgen entdeckte sie Onnos Nachricht auf ihrem Telefon:
»Ich wünschte, du wärst dabei.«
Sie grinste, antwortete aber vorerst nichts.
»Wann geht es weiter?«, schrieb sie, nachdem sie im Café nebenan ausgiebig gefrühstückt hatte.
»Morgen.«
»Und wie lange bleibst du?«
Sie musste ihn vor Ort erwischen, andererseits hatte er ihr erzählt, dass Petruschow ein Hotel betrieb, das erleichterte die Suche um einiges. Notfalls würde sie ihn auch ohne Onnos Hilfe auftreiben. Sie musste vorsichtig sein. Nichts riskieren, was sie, was Nura in Gefahr bringen könnte.
Der General hatte einen bis ins letzte Detail durchdachten Plan, dessen war sie sich sicher, und das Video war eine Falle, vielleicht auch ein Warnschuss. Aber sie würden nicht freiwillig an diesen gottverlassenen See in die tschetschenischen Berge fahren, an einen Ort, den sie alle ganz sicher mit allen ihnen zur Verfügung stehenden Mitteln aus der Erinnerung zu löschen versucht hatten und über den sie noch in Berlin, nach der Videoaufzeichnung, im Internet Informationen eingeholt hatte.
Sie hatte sich gewundert, dass Onno die Ansagen des Generals so wenig hinterfragte, gerade wegen ihrer gemeinsamen Vorgeschichte. Aber vielleicht lag es daran, dass er nichts zu verlieren hatte. Nur so konnte sie seine stumme

Folgsamkeit verstehen. Es war doch naiv von ihm zu glauben, dass der General ihm so ohne Weiteres seine Geschichte überließ. Es ging ums Bezahlen, resümierte sie, als sie später durch die Straßen streifte. Orlow wollte abkassieren. Und von allen, die ihm noch etwas schuldeten, waren Onnos Schulden sicherlich mit am höchsten.
Menschen, die vom Krieg verfolgt wurden, das hatte sie früh genug gelernt, waren die Ausdauerndsten und Zähesten im Umsetzen ihrer Obsessionen. Sie alle würden zahlen müssen. Das war gewiss. Und was war der Preis, den sie selbst würde zahlen müssen, wenn sie weiter in diesem Spiel bliebe? War sie ebenfalls eine Schachfigur für ihn? Aber eines dürfte er nicht mit einberechnet haben: den Faktor Nura. Er hatte nicht damit rechnen können, dass sie sich Nuras Leben aneignen würde. Und wenn sie als Nura agierte, dann wäre sie die Einzige auf Augenhöhe – nein, sie wäre die Einzige, die sogar Macht über ihn hätte, wie sie es bei ihrer letzten Begegnung gespürt hatte. Diese Macht war ein Schutz, den sie besaß und mit dem sie klug umzugehen hatte. Die Macht eines Opfers über ihren Peiniger.
Sie ließ sich treiben, ließ sich von der fremden Stadt in die Arme schließen, auch wenn die Umarmung eisig war und etwas zu fest. Sie sog alle Eindrücke mit einer verschärften Aufmerksamkeit ein, sie tat es für Nura. Sie horchte in sich hinein, sie horchte auf *ihre* Botschaften. Was würde *sie* tun, wäre sie hier, war die Frage, die sie sich jeden Tag stellte. Sie beschloss, ihre Abreise nach Marrakesch aufzuschieben, erst wollte sie diesem Ort mitsamt seinen Bewohnern näher kommen. Die Frage war nur: wie nah.
Sie schrieb weiter an Onno, der sie im fernen Berlin wähnte. Es machte ihr Freude, dieses Spiel zu spielen. Sie

staunte, wie leicht dieser Schritt gewesen war, die Entschiedenheit, mit der sie dem Vertrauten den Rücken gekehrt und ins Ungewisse gereist war.
Am nächsten Tag folgte sie Onnos Spuren. Sie lief den Sretensky-Boulevard hinunter und setzte dann ihren Weg auf der Myasnitsky Pereulok fort, bis sie in der ruhigen Straße mit den schönen Häusern landete. Sie begann, vor dem Haus auf und ab zu gehen. Er wohnte im dritten Stock, sie sah unentwegt zu den staubigen Fenstern hinauf. Aber es war kaum etwas zu erkennen, nur nachmittags ging dort ein kleines Licht an. Was hatte dieser Mann mit Nura gemacht? Was waren Nuras letzte Gedanken gewesen? Was würde sie tun, wäre sie hier? Sie würde sie sehen wollen, ihre Peiniger, sie mit ihrer Schande konfrontieren. Sie musste weiterhin ausharren, musste Mut fassen, musste der Kälte mit Tee im Pappbecher trotzen, den sie aus einem Eckladen holte.
Eine Familie kam heraus, das Kind trug eine rote Mütze und schob einen Puppenkinderwagen vor sich her. Später folgte eine ältere Dame mit einem Rauhaardackel. Zwei Jugendliche lungerten vor der Eingangstür herum, zeigten sich gegenseitig etwas auf ihren Handys, dann verschwanden auch sie. Vom Oberst keine Spur. Dass sie ihn sofort erkennen würde, dessen war sie sich absolut sicher. Der Zustand war quälend. Das Ausharren, das Warten.
Am nächsten Tag kaufte sie sich warme Handschuhe und eine Mütze, und mit einem großen Becher Tee ausgestattet, bezog sie erneut ihren Posten. Nach drei Stunden des Wartens ging dic Tür auf, und ein alter Mann in einer Armeejacke und mit einer Schapka auf dem Kopf trat auf die Straße. Sein Gang wirkte gebrechlich, seine Hände zittrig, aber der Nacken war der eines Bullen. Sie wusste, dass er es war. Sie wusste es, weil Nura es wusste und sie

gelernt hatte, mit ihren Augen zu sehen. Sie folgte ihm auf der anderen Straßenseite. Er blieb stehen, schnaufte, sah sich verwirrt um, als überlege er, ob er etwas vergessen hatte, dann setzte er seinen einsamen Weg fort. Hätte sie nicht gewusst, um wen es sich handelte, hätte sie Mitleid empfunden.

Er überquerte die Kreuzung und steuerte auf einen kleinen Lebensmittelladen zu. Er nahm die Stufen in den Keller und verschwand dort für einige Augenblicke. Dann kehrte er mit einer Plastiktüte in der Hand zurück und ging weiter seinen Weg gen Norden. Sie wechselte die Seite und folgte ihm nun mehr oder weniger direkt. Er schien nichts zu ahnen, die Außenwelt nicht wahrzunehmen. Er war in sich versunken. Nach zwei Blocks erreichte er einen Park und nahm dort auf einer grünen Bank Platz. Die ältere Dame mit Dackel, die sie gestern aus dem Haus hatte kommen sehen, zog an ihm vorbei und grüßte ihn, er erkannte sie nicht oder wollte sie nicht erkennen, holte nur eine kleine Wodkaflasche aus seiner Tüte. Dann zündete er sich mit zittriger Hand eine Zigarette an. Beim ersten Zug hellte sich sein Gesicht auf. Katze blieb hinter einem Baum stehen. Er wirkte auf einmal erleichtert, im nächsten Moment griff er zu der Flasche und nahm einen großen Schluck, als wäre das bittere Getränk Wasser; er trank seine tägliche Dosis Vergessen.

Würde es Nura Genugtuung verschaffen, wenn sie ihn so sähe? Oder wäre sie kaltblütig und gleichgültig und würde ihn, ohne zu zögern, vor einen Wagen stoßen, seinem mickrigen Leben ein schnelles Ende bereiten? Würde Nura das können? Sie wusste es nicht. Aber sie wusste, dass sie ihn sehen wollte, seine Augen, sein Gesicht. Und so trat sie hervor und lief auf ihn zu. Er sah durch sie hindurch, er nahm sie nicht wahr, war nur mit den Resten seines Lebens und seiner Flasche beschäftigt, aber sie steuerte direkt auf ihn zu, so dass es ihm unmöglich wurde, sie nicht anzusehen. Sie blieb nur ein paar Schritte vor ihm stehen. Er sah sie an, wandte sich dann ab, nahm einen weiteren Schluck und wollte die Flasche langsam wegstellen, kniff die Augen fest zusammen, beugte sich mit dem Oberkörper leicht nach vorne und gab ein merkwürdiges, pfeifendes Geräusch von sich. Dann sprang er auf, als wäre er ein kleiner Junge, als hätte er all seine Gebrechen die ganze Zeit nur vorgetäuscht, und blieb vor ihr stehen.

– *Kto vi, kto vi?* Wer sind Sie, wer sind Sie?, wiederholte er zweimal auf Russisch und wusste nicht weiter. Er sah noch einmal zu ihr hin, als sei er sich nicht sicher, ob sein vernebelter Kopf ihm nicht doch einen Streich spielte. Aber wahrscheinlich fiel ihm im gleichen Augenblick das Video ein, das er mittlerweile gesehen haben musste.

– Kommen Sie von Orlow? Lassen Sie mich in Ruhe!

Seine Stimme zitterte. Katze aber stand nur da und sah ihn an. Ununterbrochen fixierte sie ihn, und in jenem Augenblick war sie so vollkommen hinter Nura verschwunden, dass sie sich selbst nicht einmal mehr an ihre eigene Existenz erinnerte. Schlagartig packte er seine Flasche und setzte sich in Bewegung. Ohne groß zu überlegen, ging sie hinter ihm her. Anders als erwartet war sie gänzlich angstfrei. Von diesem alten, hilflosen Mann mochte keinerlei Gefahr ausgehen, aber Nura hatte in dem Moment, in dem sie ihr Leben ließ, mit dem letzten Atemzug auch jede Angst ausgehaucht. Für immer. Nie mehr würde sie sich fürchten müssen, vor nichts und niemandem.

– Lassen Sie mich in Ruhe, lassen Sie mich in Ruhe, ich

werde nirgendwohin ... Richten Sie ihm das aus! Wer sind Sie? Was wollt ihr alle von mir?
Der Mann schrie und beschleunigte den Schritt. Der Park war zum Glück leer, und so holte Katze ihn schnell wieder ein. Fast auf gleicher Höhe lief sie neben ihm her. Furcht und so etwas wie Ekel zeichneten sich in seinem Gesicht ab.
– Verschwinde! ... Hure, Hure, verschwinde! Du bist seine Hure, du bist Orlows Hure ...! Verschwinde!, rief er außer Atem. Sie aber kam ihm immer näher.
– Hilfe!, schrie er nun verzweifelt und ließ die Flasche fallen. Mit aller Kraft, die sich noch in ihm befand, begann er zu rennen, als renne er um sein Leben; sie nahm die Verfolgung auf, darauf bedacht, ihn nicht zu überholen, immer genau so viel Abstand wahrend, wie nötig war, damit er glaubte, er könne sich noch retten.
Der Park endete abrupt hinter einer Biegung, sie konnte noch abbremsen und das Gleichgewicht halten, während er bereits über den hohen Bordstein stürzte, mit dem Gesicht voraus auf die Straße. Im selben Moment hörte sie das Quietschen von Reifen, ein silberner Renault kam mit Vollbremsung gerade noch vor seinen ausgebreiteten Armen zum Stehen. Sie wandte sich schnell ab und verschwand hinter einem Baum.
Eine Frau war sofort zu Hilfe gekommen und redete auf ihn ein. Er hob den Kopf und sah sich mit weit aufgerissenen Augen um, er zeigte immer wieder mit dem Finger in die Richtung des Parks, dort aber war niemand zu sehen. Die Frau versuchte, ihn zu beruhigen und ihn auf die Beine zu stellen, aber er schien wie mit dem Asphalt verwachsen, er wollte oder konnte sich nicht mehr regen, immer wieder schüttelte er den Kopf und zeigte in den Park.

Auf dem Rückweg, den sie zu Fuß zurücklegte, musste sie weinen, Tränen liefen ihr über die Wangen. Geräuschlos ging sie immer weiter und ließ zu, dass die Tränen wie Regentropfen von ihrem Gesicht perlten.
Als sie sich weit genug von ihm entfernt glaubte, setzte sie sich auf den Bürgersteig und holte tief Luft. Jetzt, wo Nura wieder etwas weiter nach hinten gerückt und sie selbst nach vorne getreten war, spürte sie, wie Angst von ihr Besitz ergriff. Ihre Knie waren weich und ihr Mund trocken. Der Gedanke, den sie bereits auf dem Weg zu Schujew gehabt hatte, durchfuhr sie erneut und ließ sie für einen kurzen Augenblick erstarren: *Würde sie ihn, ohne zu zögern, vor einen Wagen stoßen, würde sie seinem mickrigen Leben ein schnelles Ende bereiten?* Sie saß noch eine Weile reglos auf dem Bürgersteig, erschrocken über ihre eigene Tat oder vielmehr ihren eigenen Wunsch, den sie glaubte mit Nura zu teilen, den Wunsch, dem alten Mann zu schaden.
Sie fand eine zerknüllte Packung Zigaretten in ihrer Jackentasche und zündete sich eine an.

– Du solltest nicht rauchen. Trinken steht dir mehr, hatte er ihr damals gesagt, als sie die erste Nacht bei ihm verbracht hatte und am Morgen unbekleidet auf der Fensterbank gesessen und geraucht hatte. Er hatte darauf bestanden, dass sie, nachdem sie nochmals miteinander geschlafen hatten, nackt blieben. Ebenfalls splitterfasernackt lief er durch die Küche und brühte ihr einen Kaffee. Es war ihr unangenehm, sie zog die Beine an ihren Körper und umklammerte sie mit den Armen, sie wollte sich nicht im gnadenlosen Tageslicht vor ihm preisgeben. Aber ihm schien es nichts auszumachen. Sosehr er seine Gefühle versteckte, so offenherzig ging er mit seinem

Körper um, er stellte ihn regelrecht zur Schau, ließ sich von ihr im unbarmherzigen Sonnenlicht studieren, als wollte er ihr sagen: Hier bin ich mit allem, was ich habe, schau mich genau an, überlege dir, ob du bereit bist, es mit mir aufzunehmen, ob du bereit bist, mich zu ertragen.

– Und du kriegst eine fahle Haut, wenn du rauchst, hatte er seinem Satz noch hinterhergeworfen und ihr den köstlich duftenden Kaffee vor die Nase gehalten.

– Was wird das hier eigentlich?, hatte sie gefragt.

– Was soll das denn werden?

– Ich denke, es liegt in unserer Hand, was wir daraus machen.

– Und was möchtest du gerne daraus machen?

– Ich weiß es noch nicht.

– Das klingt doch schon mal gut. Zumindest bist du nicht gleich in mich verliebt und willst, dass wir zusammen einen Bauernhof kaufen und einen Haufen kleine Kinder in die Welt setzen.

– Bauernhöfe hasse ich, und ob ich überhaupt Kinder will, das habe ich noch lange nicht entschieden.

– Das gefällt mir so an dir.

– Was genau?

– Dass du frei von Zwangsvorstellungen bist.

– Was heißt denn Zwangsvorstellungen?

– Wie man zu sein hat. Wie man zu leben hat. Wie man zusammen sein sollte, damit man es Liebe nennen darf.

– Oha, du nimmst aber schon ziemlich drastische Worte in den Mund.

Sie spielte die Coole, dabei machte es ihr einfach nur Angst, dass er etwas aussprach, das sie glaubte bereits zu spüren, wogegen sie sich aber mit allen Sinnen wehrte, in dem Wissen, dass er keiner war, mit dem man über so etwas reden sollte. Und nun sprach er diese Worte selbst aus. Es überraschte sie und erschreckte sie zugleich. Aber sie genoss den warmen Kaffee, die warmen Sonnenstrahlen auf ihrer nackten Haut und seine Nähe, die sich so irritierend und gleichzeitig so selbstverständlich anfühlte.

– Drastische Worte? Wieso denn drastisch? Hast du andere? *Zuneigung* etwa? *Partnerschaft*? *Lebensabschnittsgefährte*?

– Ich dachte nur, dass du Schubladen hasst.

– Liebe ist keine Schublade!

Auf einmal schien er verärgert. Als hätte sie etwas gesagt, was ihn zutiefst kränkte und beleidigte; und vielleicht war es so. Sie brauchte Monate, um zu begreifen, wie felsenfest er davon überzeugt war, anderen unerhört viel zu geben und seine Zuneigung mehr als großzügig zu verteilen. Es war ihm nicht einmal bewusst, hinter wie vielen Türen er sich verschanzte, wie viele Barrikaden er zum Schutz seines Egos zwischen sich und den anderen errichtet hatte.

– Lassen wir das Thema, okay? Lass uns einfach zusammen frühstücken.

Sie kam sich zwar blöd vor, auf solch eine demonstrative Weise das Thema zu wechseln, aber was sollte sie sagen, jetzt, wo sie befürchtete, er könnte ihr etwas ansehen, ihre Fassade durchschauen.

– Ich liebe deine Brüste. Das darf ich wohl noch sagen, oder?, sagte er auf einmal und ging aus dem Raum, während sie perplex und mit angezogenen Beinen auf dem Fensterbrett saß und ihr Herz Marathon lief.

Am nächsten Tag fuhr sie zu dem unscheinbaren fünfstöckigen Haus mit dem von Häuserfronten umschlossenen Hof, wo Juritsch wohnte. Sie hatte, während sie mit der Metro zum Stadtrand gefahren war, mehrere Szenarien durchgespielt. Juritsch mochte harmlos aussehen, aber er war nicht so gebrechlich und alt wie Schujew. Nein, sie durfte nichts machen, was einem Risiko nahekam. Sie musste nur auftauchen, sich zeigen und wieder verschwinden. Sie würde die notwendige Distanz wahren. Das war in Nuras Sinne. Oder?

Die Zweifel, die sie seit dem von ihr provozierten Unfall von Schujew plagten, wollte sie nicht die Oberhand gewinnen lassen. Sie war sich so sicher, so klar gewesen die letzten Tage, und nun durfte sie nicht ins Wanken geraten. Sie musste ihren Weg, Nuras Weg, unbeirrt fortsetzen.

Sich durch die Betonwüste kämpfend, schrieb sie Onno eine Nachricht:

»Was glaubst du, wird in Tschetschenien passieren, vorausgesetzt, sie kommen?«

Es dauerte eine Weile, aber eine Antwort folgte:

»Ich bin mir sicher, dass er Geständnisse erzwingen und sie an die Öffentlichkeit weitergeben will. Er hat mittlerweile so viel Einfluss, so viel Macht, genug, um einen neuen Prozess anzustrengen.«

Nie ließen seine Antworten lange auf sich warten, nie schien er etwas vor ihr zurückzuhalten. Er war allein. Er war jemand, der zu lange allein gewesen war und nun alles Angesammelte, alles Angestaute hinausschreien wollte – in seinem Fall hinausschreiben. Seine Theorie schien ihr plausibel, und doch war sie sich nicht sicher. Es kam ihr zu naheliegend vor.

Der Blechtisch im Hof war leer. Die Lichter in den Fenstern brannten in allen Farben; unzählige kleine bunte Vierecke in einem endlosen Meer aus Beton. Das Treppenhaus hatte sie sich gemerkt, aber das Stockwerk kannte sie nicht. Sie setzte sich auf den Tisch, wo Juritsch gesessen und Domino gespielt hatte. Was hatte er empfunden, als er sich das Video angesehen hatte? Hatte er eine Familie, und wenn ja, hatte er seiner Frau etwas davon erzählt, seinen Kindern? Sie rauchte drei Zigaretten, ohne sich die Handschuhe abzustreifen. Die Dekolichter aus der Innenstadt reichten nicht bis hierhin. Alles schien so trostlos und verlassen in diesem Hof.

Was würde Nuras Gesicht in diesem kleinen Mann auslösen, der so aussah, als könnte er keiner Fliege etwas zuleide tun? Aber manchmal war das Zusehen beim Töten schwieriger, überlegte sie sich und sah sofort den glasigen Blick ihres Vaters vor sich, der den Lada auf den Punkt lenkte, der ihm endgültigen Frieden versprach.

Zwei ältere Männer in Jogginghosen traten in den Hof, unterhielten sich, aber Juritsch war nicht dabei. Anders als beim General verriet sein Spitzname mehr, als ihr lieb gewesen wäre. Er verriet all die Verhöhnungen und all die Demütigungen, die er jahrein, jahraus über sich hatte ergehen lassen und die sich in seine Mundwinkel und in seinen Gang eingeschrieben hatten. Ein kleines Mädchen hüpfte an der Hand ihrer Großmutter über den Hof und verschwand in einem der Hauseingänge. Sie fror und wartete. Ja, auf was eigentlich?

Auf einmal trat er heraus. An der Hand hielt er einen kleinen Jungen mit Ohrenwärmern, der ihm munter etwas erzählte. Damit hatte sie nicht gerechnet. Wie alt mochte er sein? Was wusste er über seinen Vater? Und was würde er wissen wollen, wenn er alt genug für die Wahrheit wäre?

Sie hatte keine Zeit, sich zu verstecken, sie sprang vom Blechtisch auf und blieb wie angewurzelt stehen, denn er hatte sie bereits gesehen und starrte zu ihr herüber. Dann bewegte er sich langsam, wie ferngesteuert, wie in einem Traum auf sie zu. Der Junge redete auf ihn ein, erzählte weiterhin etwas, was ihm auf der Zunge brannte. Für den Bruchteil einer Sekunde überlegte sie loszurennen, aber sie war jetzt die Verfolgerin und nicht mehr die Gejagte.

– Bist du ... bist du ihre Schwester?

Es trennten sie nur noch wenige Schritte voneinander. Vielleicht war sie das: eine zu spät geborene Schwester. Sie sagte nichts, er verdiente keine Aufklärung. Er beugte sich zu seinem Kind und flüsterte ihm etwas zu. Der Junge wollte protestieren, aber Juritsch erhob die Stimme, und der Junge rannte wie von der Tarantel gestochen los, zurück in sein Treppenhaus.

Sein Gesicht verriet keinen Ekel, auch keine Furcht, es war eher eine irgendwo eingeklemmte und nie befreite Trauer. Vor ihr stand ein zutiefst trauriger Mensch und sah sie mit wässrigen Augen an. Er machte zum Glück keine Anstalten, die notwendige Distanz zu durchbrechen.

– Ich ... ich ... Es tut mir so leid. Ich bin ... Ich habe selbst Kinder. Zwei Jungs. Sie sind acht und sechs Jahre alt. Und meine Frau ... wir gehen in die Kirche. Er machte sich lächerlich, und das wusste er selbst, aber er musste sich in irgendeiner Weise erklären.

– Sagen Sie ihm, ich hätte damals alles erzählt, wäre es so weit gekommen, wissen Sie ... ich hätte alles erzählt, aber Petruschow und Schu... Sagen Sie ihm ... Ich kann nicht kommen. Ich kann nicht nach Tsche... was soll ich meiner Frau sagen? Ich ...

Plötzlich fing er an zu schluchzen. Wie ein kleines Kind schluchzte er, dabei lief ihm Rotz aus der Nase, den er mit dem Mantelärmel abwischte.

– Ich, ich ... Es war ja Krieg. Ich habe sie nicht getö... Ich habe sie nicht ...
Seine Worte verschluckten sich gegenseitig, fielen sich gegenseitig in den Rücken. Sie aber stand da und sah ihm nur ins Gesicht, suchte den direkten Blickkontakt.
– Was soll diese blöde Idee? Ihre Schwester wird davon ja nicht lebendig, und Sie, Sie können doch nicht mit dem Mann kooperieren, der Ihre Schwester ...
Er verstummte. Wollte er den Mord etwa dem General unterschieben? Seine eigene Haut retten?
– Ich ... ich werde nicht kommen. Es ist eine sehr schwierige Zeit für meine Familie und mich. Die Wohnblocks hier sollen abgerissen werden, und wir kämpfen, kämpfen um den ... Ach, das interessiert Sie sicher nicht, sagte er, plötzlich um Fassung ringend. – Ich muss arbeiten, und es ist ja Neujahr, wissen Sie und die Kinder ... Sagen Sie doch endlich was!, schrie er plötzlich auf. – Sagen Sie endlich was!
Er war laut geworden. Interessanterweise stotterte er nicht mehr, sobald er schrie, als verleihe ihm die Wut die nötige Selbstsicherheit, um das zu sagen, was er in Wirklichkeit dachte.
– Ich habe sie nicht ... Ich habe sie nicht ... Ich habe nichts mehr mit der Sache zu tun! Hören Sie? Hören Sie?!
Sie stieg über die Bank und ging an ihm vorbei, streifte ihn nahezu mit der Schulter. Auch er setzte sich in Bewegung, vielleicht wollte er ihr nachlaufen, eine Reaktion von ihr bekommen, die Bestätigung, dass sie ihn verstanden hatte, dass er nicht kommen würde. Aber sie beschleunigte den Schritt, hörte noch, wie er stehen blieb, sich der Sinnlosigkeit seines Vorhabens bewusst wurde.
Jetzt war sie sich sicher, keiner von ihnen würde freiwillig seiner Einladung folgen. Dass das Video eine Vergewisse-

rung war, dass er recht in der Annahme hatte, dass die zwanzig Jahre, die seither vergangen waren, nichts in ihnen verändert hatten. Und somit hatte er seine Legitimation, *die Jagd* zu eröffnen. Und dass es zu einer Jagd kommen würde, davon war sie mittlerweile überzeugt.

2016/Der General

– Der Pilot wartet auf deine Anweisung, wann du fliegen willst.
Schapiro hatte vorsichtig geklopft und war dann nach seinem kurz angebundenen Ja in das Arbeitszimmer getreten. Jetzt stand er vor ihm und wartete auf eine Antwort.
– Komm, stoß mit mir an. Ich gieße dir etwas von meinem Tonic-Wasser ein, sagte er stattdessen zu seinem loyalsten Gefährten und dem größten Mysterium in Menschengestalt, das ihm je begegnet war. Nach all den Jahren, die sie Seite an Seite verbracht, gekämpft und gewonnen hatten, war dieser wortkarge und emotionslose Mann ihm immer noch ein Rätsel.
– Du kannst ihm ausrichten, dass wir um sieben fliegen, sie sollen die Cessna fertig machen.
– Er dachte, wir nehmen die Gulfstream ... Die steht nämlich bereit.
– Ich sagte die Cessna. Punkt.
– Ich gebe es weiter.
Er telefonierte kurz und nahm dann ihm gegenüber in

einem Ledersessel Platz. Er reichte ihm das Tonic, das er mit dem gleichen Gesichtsausdruck entgegennahm, mit dem er jemanden zu Brei schlug oder seiner Tochter die Einkaufstaschen getragen hatte.
– Prost!
Er hielt ihm sein Gin-Tonic-Glas entgegen. Schapiro prostete ihm stumm zu.
Ob er sich selbst daran erinnerte, wann er zuletzt etwas getrunken hatte? Bestimmt. Schapiro hatte ein phänomenales Gedächtnis.
Der General erinnerte sich sehr genau, wie sie sich nach der Zeit im Gefängnis wiederbegegnet waren. Es war ein knappes Jahr nach Adas Geburt, als er Schapiro aufgesucht hatte. Bei seiner Entlassung hatte der General ihn um seine Nummer gebeten, damals war er sich schon sicher gewesen, dass er ihn wiedersehen würde, genauso wie Schapiro davon ausgegangen war, ihn nie wieder zu Gesicht zu bekommen. Schapiro schrieb ihm die Nummer seiner Tante in Moskau auf, bei der er nach seiner Entlassung unterkommen konnte.
Er hatte dann in Erfahrung bringen können, dass Schapiro sechs Monate nach ihm entlassen worden war, und wählte die Nummer. Eine alte, fast taube Frau verstand nichts, fragte immer wieder, wer er sei, bis ihr irgendwann der Hörer aus der Hand gerissen wurde.
Schapiro hatte eine alkoholisierte, benebelte Stimme. Damals brauchte Schapiro einige Sekunden, um sich zu erinnern. Dieses Detail, daran musste er jetzt wieder denken, als er diesen rätselhaften Mann ansah, hatte ihm gefallen. Es bestätigte seine Annahme, dass Schapiro ihm damals keineswegs aus irgendeiner Berechnung heraus geholfen hatte.
Auch die schroffe, unfreundliche Art, mit der er ihn be-

grüßte, gefiel ihm, er hatte es nicht nötig, jemandem etwas vorzumachen.

– Ich bin froh, dass du draußen bist. Und in Moskau. Ich will dich sehen. Ich habe da vielleicht ein Angebot für dich.

Schapiro antwortete ihm mit derselben Gleichgültigkeit, mit der er ihm das Leben gerettet hatte, ein kurzes »Gut, wie du willst« musste genügen.

Sie verabredeten sich in einem klinisch-westlich aufgehübschten Café in der Nähe des Künstlertheaters. Schapiro kam zu spät und hatte eine ziemlich beeindruckende Fahne. Da jeglicher Smalltalk mit ihm ausgeschlossen war, kam der General direkt zur Sache.

– Ich habe einen Job bei der GUSS. Ich nehme an, du weißt, was die GUSS ist?

– Ja, sagte Schapiro und kratzte sich am Unterarm.

– Ich habe den Posten bekommen, damit ich den Mund halte.

Er wunderte sich über sich selbst, dass er es ihm so direkt sagte, aber etwas in ihm wusste ganz klar, dass er sich mit diesem Sonderling keinerlei Spielchen und noch weniger Lügen erlauben durfte.

– Das habe ich vermutet.

– Nach dem Tod des Anwalts war es aussichtslos geworden ...

– Du musst mir nichts erklären.

– Dann ist ja gut. Du kannst dir also auch denken, dass man mich dort nicht unbedingt haben will. Ich habe aber vor, dort zu bleiben. Ich habe vor, sie bis auf die letzte Kopeke auszunehmen, und ich brauche jemanden, der mir den Rücken freihält.

– Mich wird man dort wohl noch weniger haben wollen. Die haben mich nur aus dem Gefängnis entlassen – Hey,

Mädchen, komm mal her, bring uns eine Flasche Wodka, irgendeine, egal! –, weil sie keine Scherereien wollten. Die Drohungen hörten nicht auf. Und jetzt sind ein paar nicht allzu nette Kerle hinter mir her. Ich bin keine saubere Rückendeckung für dich, glaub mir.
– Nein, du bist genau der Richtige.
Schapiro hielt auf einmal inne. Er sah ihm direkt in die Augen, als liege dort eine Antwort. Und er wurde fündig. Er öffnete leicht den Mund, verzog ihn zur Andeutung eines Lächelns, dann schüttelte er den Kopf.
– Ich verstehe ... Du willst es ihnen zeigen, was? Das System hat dich gefickt, und jetzt willst du das System ficken. Gut ... Aber bist du denn hart genug für die Jungs da draußen?
Schapiro sah ihn erneut an. Eine überteuerte Wodkaflasche wurde gebracht, er schenkte beiden jeweils ein großes Glas ein, ohne ihn zu fragen, ob er trinken wollte. Es war erst kurz nach Mittag.
– Wenn du es so willst ... meinetwegen. Ich bin bereit, ja.
– Bist du also dabei?
– Was verstehst du denn unter *Rücken freihalten*?
– Sag du es mir doch.
– Du willst die schmutzige Tour, ja?
– Ich denke schon.
– Unterschätz die nicht, das sind immer noch Militärarschlöcher und keine Taschendiebe, ja?
– Ist mir durchaus bewusst, ja.
– Und du denkst, du schaffst es, die von der GUSS Blut und Galle kotzen zu lassen? Bisher warst du nicht gerade auf der Gewinnerseite.
Es gefiel dem General nicht, welchen Verlauf das Gespräch nahm, und doch fühlte er sich zur Ehrlichkeit verpflichtet. Schapiro brauchte den Job, das war mehr als

offensichtlich, und er machte ihm ein Angebot. Aber nun saß er ihm gegenüber wie ein Schüler, der nachsitzen musste, und beantwortete brav seine Fragen. Schapiro leerte mittlerweile das dritte Glas.

– Ich würde sagen, dass ich eine verdammt gute Lektion erhalten habe.

– Hey, sachte, du bist ein dahergelaufenes Bürschchen, sie sind eine Armee.

– Ich dachte, dass du und ich eine ähnliche Sichtweise teilen?

– Es geht nicht um dich oder mich, es interessiert hier keinen, wer wen lieb hat und wen wir zum Kotzen finden. Wenn du den Helden spielen willst, musst du wissen, welche Waffe du in der Hand hast. Mit einem Schwert gegen eine Kalaschnikow zu kämpfen wird nicht funktionieren.

– Es gibt zwei große Fische in der Verwaltung für Sonderbauvorhaben. Unter diesen beiden wird der Großteil des Gewinns aufgeteilt. Nennen wir sie Dick und Dünn. Der Dicke kassiert regelmäßig seinen Anteil an den Garnisonsbauten und der Dünne aus den Geheimobjekten und Truppenunterkünften. Nur, was der Dicke nicht weiß: Der Dünne bescheißt ihn. Er hat nämlich neuerdings ohne Absprache auch die Raketenschächte an sich gerissen und hintergeht den Dicken. Ich habe Beweise dafür, und die wird der Dicke in Bälde zugesteckt bekommen.

– Gut. Das klingt nach einem handfesten Plan. Und was weiter? Dann bekriegen sich die beiden, und derjenige, der den besseren Schutz hat, wird bleiben. Und du bekommst den Platz von dem, der geflogen ist, richtig?

– Richtig.

– Dann gibt es immer noch den Dicken oder den Dünnen, je nachdem, wer bleibt?

– Und da kommst du ins Spiel.
– Du willst an seine schmutzige Wäsche?
– Du hast es genau erfasst.
– Hast du einen Tipp?
– Der Dünne vögelt mit der Frau des Generalobersts, dem die GUSS unterstellt ist.
– Gut, gut, die Sache gefällt mir immer besser. Was ist mit dem Dicken?
– Der hat Freunde, die mit den Erdölguerillas von Grosny kooperieren. Immerhin vierzehn Tonnen pro Jahr, die außer Landes geschmuggelt werden.
– Braver Junge. Du hast deine Arbeit gründlich gemacht, gut, gut. Prost.
– Bist du also im Spiel?
– Und du? Was willst du dann? Den Chefsessel?
– Ja, den Chefsessel.
– Klare Ansage. Wenn du den Krieg schon nicht beenden kannst, willst du Geld an ihm verdienen? Ist das deine Logik?
– Verzeih mir die Bemerkung, aber du siehst mir nicht gerade nach jemandem aus, der sein Leben nach *moralischen* Kriterien ausrichtet.
– Ich nicht, aber du. Alles, was du getan oder, sagen wir es mal so, bisher versucht hast, stank geradezu bestialisch nach Moral!
– Alles, was ich getan habe, zählt jetzt nicht mehr.
– Gut. Wie du meinst. Ich bin im Spiel.
– Dann ist ja gut, wir haben uns geeinigt. Aber eine Sache wäre da noch ...
– Die wäre?
– Keinen Alkohol. Ich kann mir keine Fehler leisten. Du wirst bei der Arbeit nicht trinken.
Schapiro sah ihn von der Seite an. Einige Augenblicke

glaubte er, dass er ihm eine reinhauen würde. Aber er trank ruhig sein Glas aus, stellte es ab und nickte.
– Keinen Alkohol? Okay, dann keinen Alkohol.

Er hatte sein Wort gehalten. Jetzt sah der General ihn auf dem Ledersessel sitzen und fragte sich, ob Schapiro die Entscheidung, für ihn zu arbeiten, bereute, ob er sich jemals ein anderes Leben gewünscht hatte. Das einzige Laster, das er sich seit ihrem Gespräch in jenem unpassenden Café leistete, waren heitere, überdrehte, meist nicht sonderlich gebildete Frauen, die er aushielt und in deren Betten er tagelang abtauchte, wenn der General ihn wieder einmal dazu zwang, sich freizunehmen. Die einzige Bindung, die er zuließ, war die finanzielle Unterstützung seines Neffen und seiner Nichte, die beide im Ausland studierten und die er aus der Ferne mit seiner ihm eigenen Akribie überwachte und kontrollierte. Keiner der beiden durfte vom Weg abkommen und den selbstzerstörerischen Genen ihres Vaters die Kontrolle überlassen.
Er selbst hatte es nie bereut, mit Schapiro in dieses irre Karussell gestiegen zu sein. Sie hatten sich von Anfang an erschreckend gut ergänzt. Alles, was ihm fehlte, brachte Schapiro mit, alles, was Schapiro brauchte, steuerte er bei.
Im Laufe der Jahre waren ihre ohnehin wortkargen Unterhaltungen noch wortkarger geworden. Sie brauchten nicht viel zu sagen. Sie wussten stets, was der andere im Schilde führte, brachten die Gedanken des anderen zu Ende. Und aus der anfänglichen Überheblichkeit Schapiros ihm gegenüber war im Laufe der Jahre ein erstaunlicher, für manche Außenstehende fast devot wirkender Respekt geworden.

Er war der Entscheidungsträger, Schapiro war der Vollstrecker. Das Wichtigste war jedoch, dass ihrem Handeln jeweils ein ähnliches Gefühl zugrunde lag. Sie handelten aus einer Art Ekel heraus, der sich in einer zurückliegenden Zeit aus einem Schockzustand herauskristallisiert hatte und der ihnen den Mut verlieh, immer einen Schritt weiter zu gehen, als ihre Gegner es vermuteten.
Der Dicke und der Dünne, wie sie die Leiter der GUSS-Verwaltung nannten, waren ihre erste Härteprobe gewesen, die sie vorzüglich gemeistert hatten. Schapiro hatte eigens eine Wohnung angemietet, die der gegenüberlag, in der sich der Dünne mit seiner Geliebten traf. Die Fotos, die er von ihren Fleischesfreuden mitbrachte, waren von überwältigender Schärfe, ein unwiderlegbarer Beweis, der tags darauf auf dem Schreibtisch des Generalobersts landete. Der General selbst schreckte nicht davor zurück, zwei Mittelsmänner zu schmieren und zu dem verlassenen Fabrikgelände zu fahren, wo er sich mit der als »terroristische Gruppierung« gesuchten Bande traf und Informationen kaufte, die die Verstrickung des Dicken in die illegalen Erdölgeschäfte im Kriegsgebiet bewiesen. Binnen fünf Monaten waren beide aus dem Weg geräumt, und der General übernahm ihre Posten. Am Bau eines geheim zu haltenden Kosmodroms verdiente er seine erste Million. Er hatte keinerlei Freude gespürt, keinerlei Erleichterung, da war eine Leerstelle in ihm, die sich weder mit Rache noch Schadenfreude füllen ließ.
Schapiro sah ihn mitleidig an und sagte:
– Vergiss die Moral, Alexander, vergiss sie. Vergiss Dostojewski und vergiss jede Fabel von den am Ende immer siegreichen Guten. Das ist alles Schrott. So läuft es nicht. Zumindest hier bei uns nicht.
Und in jenem Augenblick hatte er für den Bruchteil einer

Sekunde bereut, Schapiro seine Vorliebe für Alkohol ausgeredet und ihn zu dieser grausigen Nüchternheit verdammt zu haben.

Er kaufte Sonja und sich eine Wohnung in der Leningradsky Pereulok. Bei gutem Wetter, wenn die Fenster geöffnet waren, konnten sie die Klänge klassischer Musik aus dem Moskauer Konservatorium hören. Wenn er mit Ada in den Armen dann am Fenster saß, vergaß er für einen Moment die GUSS, vergaß die ganze Armee voller korrupter und geldgieriger, alles in Kauf nehmender Männer, die sich das Land Stück für Stück unter den Nagel rissen. Er vergaß die finstere Miene von Sonja, der ihr neu erworbener Wohlstand wider Erwarten keine Genugtuung und vor allem nicht die ersehnte Ruhe brachte. Er vergaß, dass er seit Monaten seine Mutter nicht mehr besucht hatte und sich trotz ihrer Bitten und ihres Flehens weigerte, ihr mehr zu bieten als die Umschläge mit Geld, die Schapiro regelmäßig überbrachte. Er vergaß die Tatsache, dass er ständig auf der Hut sein musste vor den Feinden, die er in Windeseile anhäufte. Er vergaß und horchte in die Möglichkeit eines anderen Lebens hinein, in die Klänge von Tschaikowsky und Rimski-Korsakow, und wähnte sich in einem Leben, das er sich erträumt und erhofft hatte, bevor er den Seesack seines Vaters packen musste, um dort hinzugehen, wohin er niemals hätte gehen dürfen.
Er sah sich mit Sonja und Ada an einem schönen, sicheren Ort, er sah sie alle drei als Familie zu einem feinen Konzert gehen und sich in der Musik verlieren wie in einem Kellergewölbe, tiefer und tiefer hinabsteigend in den alles umfassenden Klang. Er sah sie gemeinsam zu Abend essen, hörte sie lachen, Scherze machen, einen

Kuchen backen; die ganze Küche voller Mehl. Er sah sich selbst in einem Museum stehen, ein imposantes Gemälde studieren und eine Abhandlung darüber schreiben. Er hörte sich selbst, wie er Ada in die Welt der schönen Künste einführte, und sah sie an einem Ort aufwachsen, an dem die Menschen nicht gezwungen waren, sich zwischen Mord und Selbstmord zu entscheiden. Aber diese Augenblicke währten nicht lang, meist wurde er von einem Anruf aus seinen Träumen gestoßen, meist ging es um den nächsten großen Coup, um die nächste Beute, denn die Macht musste sich stets aufs Neue beweisen, die Feinde mussten stets aufs Neue besiegt werden; dann drückte er Ada einen Kuss auf die Stirn, setzte sie ab, rief Sonja zu, er müsse los, und schlug beim Gehen die Tür mit lautem Knall hinter sich zu.

Er ahnte, nein, er wusste von Anfang an, dass sie sich nicht lange halten können würde. Das einsame, eingesperrte Leben, das Sonja an seiner Seite führte, würde sie nicht lange ertragen. Und das Schlimmste war, dass sie es ihm nicht vorwerfen konnte, das musste ihr überdeutlich klar sein, sie hatte ja von ihm verlangt, die Entscheidung zu treffen, die er getroffen hatte. Sie hatte dabei nicht in Erwägung gezogen, dass sie neben der teuren Wohnung und all den teuren neuen Möbeln, neben der Haushälterin und der Kinderfrau, die sie engagierten, nicht den Mann zurückbekommen würde, den sie liebte. Sie hatte gehofft, dass sich die dunklen Erinnerungen so schnell wie schwarze Wolken verflüchtigen würden, hatte gehofft, dass er mit einem sicheren Posten Stabilität finden und wieder zu dem unsicheren, schüchternen, in sie verliebten Jungen werden würde, der er einst in Schukino gewesen war. Stattdessen wurde er der wortlose, in sich gekehrte, unter Dauerstrom stehende, leicht reizbare

Mann, der ihr von Tag zu Tag fremder wurde, der sich nicht selten kalt und aggressiv zeigte und der vor allem – und damit hatte sie gar nicht gerechnet – von Tag zu Tag machtbesessener wurde. Mehr als das Geld schien ihn die Macht, die er in die Hände gespielt bekommen hatte, zu faszinieren. Und darunter litt sie am meisten: ihr stillschweigendes Wissen, dass sie diese Entwicklung befürwortet, gar gefördert hatte.

Ihre Welt war Schukino gewesen, die anonymen Höfe und Hochhäuser. Die nach Urin stinkenden Durchgänge und Hausskelette. Die Arbeiter und die Säufer. Die Straßengangs und die streunenden Köter. Die Arbeitslosen und Pfandleiher. Ihr Alltag war die Trostlosigkeit, der man gelegentlich einen schönen Tag abtrotzen konnte, und die raue, pöbelnde Art des Vororts. In diesem herausgeputzten, intellektuellen Zentrum des alten Moskau dagegen fühlte sie sich fremd, deplatziert, geradezu durchschaut. Sie verstand die ungeschriebenen Gesetze des Orts nicht, wie sie sich benehmen, was sie sagen, was sie tragen sollte. Sie hatte das Gefühl, sich unentwegt auf einem zugefrorenen See zu bewegen, jederzeit einbrechen zu können. Und derjenige, der sie an die Hand nehmen, der mit ihr dieses neue Leben hätte einstudieren können wie einen eleganten Walzer, war fort. Und auch wenn er da war, war Ada der einzige Mensch, mit dem er sich unterhielt, bei der er körperliche Nähe zuließ, der er ein Fünkchen Liebe entgegenbrachte. Sie selbst war für ihn unsichtbar geworden. Egal, was sie tat, was sie sagte, ob sie ihn bezirzte oder provozierte, ob sie ihm schmeichelte oder ihn anschrie, nichts schien eine Wirkung zu zeigen. Der einzige Satz, den er wie besessen wiederholte, war: »Du hast es so gewollt!«

Und dieser Satz machte sie mundtot, nahm ihr jedes Recht weiterzusprechen, etwas einzufordern.

Heimlich fuhr sie einmal die Woche zu Lydia Nikolaewna, um ihr ihr Enkelkind zu zeigen. Auch wenn die Frauen unterschiedlicher nicht sein konnten, war während der monatelangen Abwesenheit von Alexander zwischen ihnen eine traurige Nähe entstanden. Sie hatten sich nicht viel zu sagen, aber es gab sonst niemanden, und sie teilten schließlich die Liebe zu den gleichen Menschen. In der Zeit ihrer Schwangerschaft hatte sich Lydia Nikolaewna schützend vor sie gestellt und sich um sie gekümmert, war ihr ein Muttersatz geworden. Nun ließ Sonja sie – um die grausame Strafe, die ihr ihr Sohn auferlegt hatte, zu mildern – im Geheimen an Adas Leben teilhaben.

Die zierliche, mittlerweile bedrohlich gebrechlich wirkende Frau mit feuchten Augen liebte ihre »beiden Goldmädchen«. Lydia Nikolaewna konnte mit der Kleinen unermüdlich spielen und ihr vorlesen, sie genoss jede Sekunde mit ihrer Enkelin, die ihm ihr Sohn vorenthielt. Sonja ging dann immer in den Hof, ein Ort, den sie im alten Moskau schmerzlich vermisste. Sie saß da, rauchte und beobachtete die Nachbarn, die alten und die neuen Gesichter, schlichtete Streits unter den Jugendlichen und erteilte Ratschläge. Jetzt war hier eine neue Generation herangewachsen, in der es jedoch genau wie zu ihrer Zeit Gewinner und Verlierer gab. Sie beobachtete das Treiben, während Lydia Nikolaewna einige Stockwerke höher mit ihrer Tochter *Nu, pogodi!* schaute oder ihr ein Märchen vorlas.

Es war reiner Zufall – sie hatten seit ihrem Umzug keinerlei Kontakt mehr –, dass der Kassierer an einem dieser Tage in den Hof bog. Er wohnte nicht mehr hier, war mit Drogenhandel und Erpressungen zu einer lokalen kriminellen Größe aufgestiegen. Als er sie entdeckte, war er

überrascht, hob sie freudig hoch und wirbelte sie herum.
– Und wo ist deine Schwuchtel von Mann?, fragte er sie.
– Man sagt, er sei jetzt ein hohes Tier in der Bauverwaltung oder so.
– Er ist nicht in Moskau. Schön, dich zu sehen, Kassierer.
– Was machst du hier?
– Oma besuchen. Die Kleine ist oben.
– Du siehst irgendwie ... weiß nicht, nicht so besonders aus. Besorgt er es dir nicht richtig? Habe ich dir schon immer gesagt, lass die Finger von dem Muttersöhnchen, hier bin ich, dein Schicksal!
– Lass das. Ich bin nicht in der Stimmung.
– Gut, gut, gut, in welcher Stimmung bist du denn? Wir müssen doch unser Wiedersehen feiern, Kleines.
– Ich habe bis heute Abend Zeit. Lass uns doch irgendwo was trinken gehen!
– Das ist gut, sehr gut sogar. Ich muss hier nur eine kleine Sache abwickeln, und dann führe ich dich aus, wie es einer Königin gebührt, nicht diese langweilige Scheiße von deinem Mann. Du bist ein Schukino-Mädchen, du brauchst was Echtes, was Derbes, ja?
Zwei Stunden später saßen sie in seinem Auto, das er am Straßenrand vor einer Einbahnstraße geparkt hatte, und zogen sich weißes Pulver durch die Nase. Er war von Heroin- auf Kokainhandel umgestiegen und schwor, dass »der weiße Scheiß« die Zukunft sei.
Sie tranken noch ein paar durstige Schlucke aus der Cognacflasche und fuhren danach drei Stunden ununterbrochen Auto, hörten dabei laute »Knastmusik«, die der Kassierer so liebte und die stets von Männern handelte, die ihre Ehre und ihre Männlichkeit verteidigten und die meist mit dem Gesetz auf Kriegsfuß standen.

Nun begannen sich Sonjas Besuche bei Lydia Nikolaewna zu häufen. Sobald ihr Mann aus der Wohnung ging, nahm sie ein Taxi nach Schukino und wartete, bis der Kassierer mit seinem Angeberauto in den Hof einbog. Sie hingen ab, wie in den guten, alten Zeiten, und zum ersten Mal seit Monaten fühlte sich Sonja wieder lebendig. Sie rauchten, tranken, erzählten sich dreckige Witze, spielten mit den anderen Jungs Karten und zogen meist noch ein paar Linien. Lydia Nikolaewna, glücklich über mehr Zeit mit Ada, stellte keine Fragen, die diese Besuche in irgendeiner Form hätten gefährden können.
Und meist war Sonja auch rechtzeitig wieder zu Hause, bevor ihr Mann zurückkehrte, der allerdings selten vor Mitternacht heimkam.

Natürlich merkte er das eine oder andere Mal ihre unnatürliche Euphorie, ihre Alkoholfahne, ihre überbordende Energie, aber er hatte gelernt, durch sie hindurchzusehen, und erschwerte die ohnehin desolate Lage nicht weiter durch unnötige Fragen. Manchmal wünschte sie sich, er würde sie verfolgen oder ihr einen seiner Mitarbeiter auf den Hals hetzen, dann würde er sehen, was sie in seiner Abwesenheit tat, würde sehen, dass sie ihm abhandenkam, würde anfangen, sie wieder anzusehen, würde anfangen, für sie und ihre gemeinsame Familie zu kämpfen.
Vielleicht wäre er eifersüchtig, hoffte sie, vielleicht würde ihm das Ganze die Augen öffnen. Aber er wollte nichts sehen, also ließ sie ihn in Ruhe.
Mit der Zeit wurde sie unvorsichtiger, sie blieb immer länger in Schukino, immer seltener schärfte sie Ada ein, sie solle ja bloß nicht ihrem Papa sagen, dass sie bei der Großmutter waren, ihr Drang nach mehr Freude und

Selbstvergessenheit wurde größer, und es verlangte sie nach jenem teuren Pulver, mit dem der Kassierer die neu eröffneten und sündhaft teuren Clubs belieferte. Sie ertrug die Nüchternheit immer weniger, immer öfter rief sie ihn von ihrer Wohnung aus an und bat ihn, sie abzuholen. Es war ihr von Anfang an klar gewesen, dass der Kassierer seine Schulden immer einforderte, und so würde sie den Preis für die manische Heiterkeit, die er ihr ermöglichte, irgendwann bezahlen müssen.

Es war bereits dunkel, und sie hatten sich unter der vollgesprayten Brücke an der Moskwa das Pulver aufs Zahnfleisch geschmiert, als er ihr die Hand zwischen die Beine schob. Sie hatte keinerlei Lust, schon die Vorstellung, mit ihm wieder körperlich zu werden, widerte sie an. Aber sie wusste, was die Absage zur Folge haben würde, und das ertrug sie noch viel weniger. Sie ließ ihn die Hose öffnen, ließ ihn ihre Hand nehmen, massierte seinen Schwanz, bis er so weit war und sich auf sie legte.

Ada, die mittlerweile einzelne Sätze sagen konnte, verriet es ihm. Sie erzählte etwas von einem Zeichentrickfilm, den sie bei der Oma gesehen habe. Der Satz reichte aus. Er ließ Schapiro der Sache auf den Grund gehen, und nach einer Woche berichtete er ihm detailliert von ihrem Tagesablauf: Sie fuhr nach Schukino, ließ das Kind bei Lydia Nikolaewna und verschwand dann selbst für Stunden im Wagen des Kassierers.

Wenn er heute zurückblickte, wusste er nicht mehr, was genau er damals empfunden hatte. Hatte er überhaupt noch etwas empfunden? Seine Rage richtete sich zuerst gegen die Tatsache, dass die Kleine gegen seinen Willen und ohne sein Wissen Zeit mit seiner Mutter verbrachte. Dann erst folgte der Ekel bei der Vorstellung, dass Sonja mit diesem widerwärtigen Neandertaler schlief.

Aber er wusste auch, dass es die Folge seines eigenen Handelns war, er hatte nichts unternommen, um dieses Szenario gar nicht erst entstehen zu lassen, und war auch angesichts der auseinanderfallenden Ehe nicht dazu fähig.
Seine Liebe zu ihr schien wie betäubt, wie in Narkose. Irgendein tief in ihm verborgener Teil erinnerte sich zwar noch an das grelle, starke, kraftvolle Gefühl, das ihn einst mit ihr verbunden hatte, aber es war nur eine Erinnerung.
Zu diesem Zeitpunkt war er gerade dabei, sich ein großes Bauprojekt unter den Nagel zu reißen. Er hatte genug Geld angehäuft, um das ganz große Spielfeld zu betreten und die begrenzten Möglichkeiten des militärischen Bauamtes hinter sich zu lassen. Er hatte sich genommen, was er nehmen konnte, und nun wollte er weiterziehen, den kleinen Teich verlassen, aufbrechen in große Gewässer.
Er hatte eine Baufirma gegründet und brauchte den entscheidenden Auftrag, der ihm weitere Türen öffnen würde, und als solcher bot sich ihm der Bau eines Luxuseinkaufszentrums an, das einem der bekanntesten Moskauer Immobilienhaie zugesagt worden war. Er brauchte einen handfesten Plan, der funktionieren und ihm den Auftrag garantieren würde. Mittlerweile hatte er ein recht breitgefächertes Netzwerk an Informanten und Mittelsmännern aufgebaut, und es gelang ihm, der Presse Informationen zuzuschanzen, die belegten, dass der Immobilienhai in der Vergangenheit beim Einkauf von Bau material enorme Summen in die eigene Tasche gesteckt hatte. Im Prinzip tat das zwar jeder, aber in dem Fall wurde es dem Mann zum Verhängnis. Der Skandal wurde zu groß, so dass sich die Regierung gezwungen sah, den

Auftrag neu zu vergeben. Er war im Spiel. Und ausgerechnet da beschloss Sonja, gegen ihn und sich selbst in den Krieg zu ziehen, vorsätzlich alles zu zerstören, was ihr lieb und teuer war. Er mutmaßte, sie wolle seine Aufmerksamkeit auf sich ziehen, aber andererseits entsprach es ihrer Natur, die nach Chaos verlangte, nachdem sich die so sehnlichst erwünschte und erhoffte *Normalität* der Familie für sie als Falle erwiesen hatte. Hier waren Worte sinnlos, nicht mächtig genug, um die bebenden und alles erschütternden Gefühle in ihm und ihr zum Ausdruck zu bringen und noch weniger, um etwas wieder geradezubiegen.
Er saß in seinem neu bezogenen Büro in einem der Türme der Moskau City, einem damals noch im Bau befindlichen Stadtteil, der das Aushängeschild einer neuen Kaste Mensch, der »Neuen Russen«, werden sollte. Er sah aus dem Fenster auf die Moskwa und überlegte, was er tun sollte. Er war so wütend auf ihre Schwäche, ihren Selbstzerstörungsdrang, ihre Verantwortungslosigkeit als Mutter. Er war fassungslos angesichts ihres Egoismus, und doch konnte es nur eine einzige Lösung geben, eine Entscheidung, die beide gleichermaßen treffen mussten: zusammenzubleiben oder sich zu trennen. Zusammenzubleiben würde aber bedeuten, sich gegenseitig verzeihen zu müssen. Wenn er in sich hineinhorchte, ehrlich mit sich war, so war die Entscheidung, auf Petruschows Angebot einzugehen, nicht wirklich auf Sonjas Druck entstanden, sondern der Tatsache geschuldet, dass man Stas Pasternak ermordet hatte und somit jede Hoffnung auf einen gerechten Prozess, auf eine angemessene Strafe für die Täter unrealistisch geworden war. Dennoch hatte ihn Sonjas Wunsch, er möge sich darauf einlassen, getroffen, und er konnte es nicht mit ihr in Einklang brin-

gen, nicht begreifen und auch nicht akzeptieren, wie die Frau, die er so selbstvergessen geliebt hatte, diesen Wunsch äußern konnte. Sie, die ihr ganzes Leben gegen den Strom geschwommen war, die sich alles mit Fäusten erkämpft hatte, die trotz ihrer Vergangenheit nicht hart und verbittert geworden war, die ihre Träume und Hoffnungen mit allen ihr zur Verfügung stehenden Mitteln verteidigt hatte. Sonja war am Ende diejenige gewesen, die von ihm verlangt hatte, dass er alles vergaß und alles verleugnete, woran er geglaubt hatte. Zusammenzubleiben hieße, ihr diesen Betrug zu verzeihen. Er glaubte nicht, dass ihm das möglich war.

Auf dem Schreibtisch türmten sich die Unterlagen für den neuen Auftrag, der kurz vor dem Vertragsabschluss stand. Sein Telefon hörte nicht auf zu läuten. Schapiro hatte zwei Sekretärinnen angeschleppt, und trotzdem kamen sie mit der Arbeit kaum hinterher. Würde er diese Türen jetzt öffnen, würde alles den Bach runtergehen, davon war er überzeugt. Das, was in den letzten Monaten nicht gesagt, nicht getan, nicht geschrien, nicht geliebt, nicht gehasst, nicht verkraftet worden war, würde an die Oberfläche gespült werden und alles mit sich reißen wie ein übermächtiger Tsunami. Er war einfach noch nicht bereit dafür. Er brauchte Zeit. Er brauchte die nötige Ruhe, um seine Entscheidung zu durchdenken, sich der Frage zu stellen, ob er für einen Neuanfang mit ihr bereit wäre. Aber zuallererst musste er sich Gedanken darüber machen, was er mit diesem Abschaum von Mensch, der seit seinen Kindertagen nichts als Demütigung und Verzweiflung, Scham und Schmerz über ihn und die Welt gebracht hatte, anstellen würde. Der Kassierer musste ein für alle Mal aus seinem Leben verschwinden.

Er vermied es, vor Mitternacht zu Hause zu sein. So bestand kaum Gefahr, dass sie sich in die Quere kamen und ein falsches Wort dazu führen würde, dass er die Fassung verlöre und instinktiv handelte. Meist schlief sie schon ihren Rausch aus, wenn er heimkam.

Aber ausgerechnet an jenem Abend war sie wach, als hätte sie etwas gespürt, und ausnahmsweise nüchtern saß sie, in einen Schal gewickelt, mit angezogenen Beinen und geröteten Augen vor dem Fernseher und sah sich einen Schwarzweißfilm an, von dem sicherlich nicht viel zu ihr durchdrang. Er grüßte sie kurz und wollte ins Badezimmer verschwinden, aber sie lief ihm wie ein Haustier nach und blieb in der Tür stehen. Als er sich die Hände wusch, sagte sie auf einmal leise, kaum hörbar:

– Ich kann so nicht mehr weitermachen, Alex.

– Was soll denn das heißen?, fragte er kurz angebunden. Er musste alles tun, um dieses Gespräch schnellstmöglich zu unterbinden.

– Du weißt ganz genau, was das heißt. Verkauf mich nicht für dumm. Es geht so nicht mehr weiter.

– Ich bin müde, Sonja. Ich muss morgen früh raus. Ich habe dir erklärt, wie schwierig die jetzige Phase für mich und die Firma ist, und vor allem wie wichtig. Alles andere kann warten, oder?

– Nein, es kann nicht warten, ich kann nicht mehr warten, keine Sekunde länger!

Sie schrie mit einem Mal in voller Lautstärke, und er sah sich erschrocken um, als wollte er sichergehen, dass Ada nicht geweckt worden war.

– Senk die Stimme!, sagte er streng und ging an ihr vorbei in das Schlafzimmer, in dem sie seit ein paar Monaten wie zwei Fremde Seite an Seite schliefen, ohne sich zu berühren.

– Liebst du mich noch? Empfindest du noch etwas für mich?
– Das ist jetzt wirklich der falsche Zeitpunkt!
– Beantworte mir doch die Frage, verdammte Scheiße!
Die alte Sonja war plötzlich wieder da. Die Schukino-Sonja, die sich mit Ellenbogen erkämpfte, was sie wollte. Wie hatte er diese Kraft an ihr geliebt, doch jetzt erzeugte sie in ihm nur noch Abscheu. Er fand sie vulgär und würdelos.
»Du liebst mich, aber lutschst den Schwanz dieses Abschaums, ja?« Um ein Haar hätte er ihr die Frage ins Gesicht geschleudert, stattdessen drehte er ihr den Rücken zu und fing an, sich auszuziehen, schnaufte seinen Zorn weg.
– Wann ist denn bitte der richtige Zeitpunkt? Wann? Du bist nie da. Nie! Ich bin vollkommen allein …!
Sie begann zu weinen. Er zuckte zusammen. Früher hätte er alles getan, um sie bloß nicht weinen zu sehen, etwas, was sie zumindest in Anwesenheit anderer Menschen äußerst selten tat. Nun spürte er lediglich eine gähnende Leere in sich, kein Fünkchen Mitleid hatte er für sie übrig.
– Du hast es doch so gewollt!
– Wieder, schon wieder, ich halte es nicht aus. Ja, ja, sag es! Ich bin an allem schuld, ich habe dich dazu gezwungen, zu diesem ekelhaften Arschloch zu werden, das mir jetzt gegenübersteht. Dabei wollte ich nur, dass wir eine Chance bekommen, weil ich dich so sehr geliebt habe! Weil ich schwanger war, weil ich als Mutter …
»Als was für eine Mutter? Die das Kind mit seiner bekloppten und im Totenreich lebenden Großmutter allein lässt, damit sie selbst saufen und vögeln kann?« Dieser Gedanke lag ihm ebenfalls auf der Zunge, bereit, sofort

herauszuspringen, sobald er die Lippen leicht öffnen würde, aber auch diesen Satz schluckte er herunter. Er wollte nichts fühlen, er wollte nichts klären, er wollte einfach nur schlafen. Lange und traumlos. Und dann von den kleinen, feuchten Händen seiner Tochter geweckt werden, die im Morgengrauen zu ihm ins Bett gekrochen kam.

– Es tut mir so leid, Alex, es tut mir so unendlich leid … Wenn ich gewusst hätte … Ich würde, wenn ich könnte, alles sofort rückgängig machen … Ich will nicht, dass es das Ende ist, ich würde so viel dafür geben.

»Was denn? Was würdest du dafür geben? Was tätest du dafür?« Nein, er würde auch diese Stichelei nicht äußern. Er würde schweigen.

Er legte sich ins Bett und schaltete die kleine Nachttischlampe aus. Noch einige Sekunden hörte er ihr Entsetzen durch den Raum wandern, hörte ihre Empörung und ihren Schmerz, ihre Fassungslosigkeit angesichts seiner Gleichgültigkeit; dann verließ sie das Zimmer.

Am nächsten Morgen traf er sie nicht an. Ada saß auf dem Wohnzimmerboden und spielte mit kleinen Holzklötzen.

– Wo ist Mama?, fragte er sie und drückte ihr einen Kuss auf die nach Schlaf und Wärme riechende Wange.

– Mama weg, sagte sie seelenruhig und vertiefte sich wieder in ihre bunte Welt.

Er rief Schapiro an und bat ihn, schnellstmöglich eine Kinderbetreuung zu organisieren, es hatte keinen Sinn, nach Sonja zu suchen. Er überprüfte die Schränke, ihre Sachen waren noch da, aber trotzdem fühlte sich ihre Abwesenheit auf eine beängstigende Weise endgültig an. Eine Stunde später stand Schapiro mit Asja im Wohnzimmer. Asja war damals eine Dame mittleren Alters mit

einem beeindruckenden Becken. Sie sah sich unsicher um. Es war offensichtlich, dass sie bis dahin noch nie eine Wohnung betreten hatte, die so sehr nach Wohlstand roch.
– Die ist mit meiner Tante befreundet. Sie hat's drauf mit Kindern, war sein einziger Kommentar. Dann sah er auf die Armbanduhr, ein Zeichen dafür, dass sie losmussten.
Drei Tage später kam der Anruf. Sie hatte anscheinend drei Tage lang ununterbrochen getrunken, auch »chemische Substanzen« sollten sich in ihrem Blut befunden haben. Sie war mit dem ebenfalls ziemlich benebelten Kassierer ein Rennen gefahren. Aus der Stadt raus auf die kaputten Landstraßen – der Wagen prallte frontal in einen entgegenkommenden Lastwagen, der Baumstämme transportierte. Sie war auf der Stelle tot. Der Kassierer lag im Koma.
Der General stieg die Treppen hoch in das letzte noch nicht fertige Stockwerk des Bürohochhauses und schrie aus voller Kehle die Stadt an, schrie seine tote Frau an, seine beängstigende Zukunft, den am Vortag endlich unterzeichneten Vertrag, der ihn in eine andere Welt katapultieren sollte, schrie vor allem sich selbst an.
Die Stadt regte sich nicht. Seine tote Frau ebenso wenig. Und so blieb ihm nichts anderes übrig, als wieder hinunterzulaufen – durch das staubige Treppenhaus ohne Geländer – und sich dem zu stellen, was Sonjas radikales Ende ihm hinterließ.

Asja blieb. Ada wuchs. Ebenso seine Bankkonten. Er baute und expandierte. Er erpresste und drohte. Er kaufte und veranlasste Übernahmen. Er häufte Aktien in Konkurs gegangener und brachliegender sowjetischer Fabriken an, die Baumaterial herstellten und die sich noch keiner seiner Mitspieler unter den Nagel gerissen hatte. Die Aktien kosteten zum Teil nur wenige Dollars. Vor einigen Jahren waren sie auf dem Gipfel der Privatisierung bei öffentlichen Auktionen für ein paar Kopeken verschleudert worden. Jetzt spürte er alleinerziehende Mütter, kaum zurechnungsfähige Alkoholiker, überforderte Rentner, die auf den neuen Staat und die Wirtschaftskrise wütenden Arbeiter auf und kaufte ihnen die Aktien und Obligationen ab, die bei ihnen in irgendwelche Schubladen gewandert waren und die, völlig entgegen den Versprechungen der damaligen Auktionatoren, keinerlei Gewinne abwarfen: Er sicherte sich die Mehrheit an darniederliegenden Fabriken oder Unternehmen, die er binnen kürzester Zeit zu Geldmaschinen machte.

Er kaufte die Zementfabrik in Rjasan, er kaufte die Fabrik für Trockenbaustoffe und Asphaltbeton in Uljanowsk, er kaufte die heruntergewirtschaftete Keramikfabrik in Brjansk, er kaufte die Stahlbetonfabrik im Ural. Er modernisierte sie, setzte sie wieder instand, er erschuf sich ein Monopol, um von niemandem mehr abhängig zu sein, um sein Königreich selbst ernähren und erweitern zu können.

Er unterschrieb Verträge zum Bau von Einkaufszentren, Hotelketten, Wohn- und Bürohochhäusern. Er schottete sich und seine Geschäfte ab wie in einem Hochsicherheitstrakt, er machte sich unangreifbar, indem er nichts nach außen durchsickern ließ, das ihn hätte kompromittieren können, Feinde, alle Gegner wurden zum Schweigen gebracht. Entweder, indem er Schapiro auf sie ansetzte, ihre Achillesferse zu finden – und die fand er immer –, oder indem er sich ihr Schweigen erkaufte.

Das Geld brachte noch mehr Geld, wie von selbst expandierte sein Königreich und wuchs zu einem wahren Imperium heran. Er achtete darauf, es sich mit den Männern vom Roten Platz nicht zu verscherzen, und überschritt nie die unausgesprochen festgelegte Grenze der Gier. Er kam ihnen nicht in die Quere und leistete sich für den einen oder anderen ein teures Präsent, was ihm ihre Zustimmung sicherte und die Garantie, dass sich ihm keiner in den Weg stellen würde.
Auch nachdem der Trinker das vom Kurs abgekommene Schiff verlassen hatte und ein Mann mit makelloser Geheimdienstvergangenheit das Steuer übernahm und den Kurs sofort radikal neu bestimmte, gelang es ihm, sich diesem Mann anzupassen, und anders als viele seiner Mitspieler erregte er so nicht die Missgunst des obersten Befehlshabers. Er blieb ein autonomer Staat auf dem Gebiet des größten Staates der Welt.
Er sah im Fernsehen, wie der zweite Tschetschenien-Krieg ausbrach, sah auf dem Bildschirm die Orte, an denen er gewesen war, und wandte seinen Blick ab.
Ada wuchs weiter heran, und er schwor sich, sie von allem fernzuhalten, das ihre offene, helle Sicht trüben und ihrer Fantasie Grenzen setzen könnte. Er leistete sich immer mehr Freiheiten. Entdeckte neue Leidenschaften. Er besuchte Ausstellungen und Auktionen, um seine Tochter für die Möglichkeiten der menschlichen Fantasie und deren Ausdrucksformen zu begeistern. Sie wuchsen zusammen wie eine unerschütterliche kleine Armee.
Seine Mutter, der er regelmäßig Geld zukommen ließ, sah er nur noch einmal, bevor sie starb. Ein knappes Jahr nach Sonjas Tod erlitt sie einen zweiten Schlaganfall, und er besuchte sie im Krankenhaus. Sie konnte nicht sprechen, ihr Entsetzen, ihren Schmerz, ihr Bedauern

konnte er von ihren Augen ablesen. Eine merkwürdige Taubheit machte sich in seinem Körper breit und lähmte ihn für wenige Augenblicke. Er hatte das Bedürfnis, ihr alles zu sagen, was er ihr nie gesagt hatte, aber es war so viel, dass ihr restliches Leben dafür nicht mehr ausreichen würde. Und so schwieg er und sagte nur: »Es wird schon. Es wird schon alles wieder gut.« Und beide wussten, dass er log.

Sie starb zwei Monate später in einem Privatkrankenhaus, das seine Baufirma gebaut hatte.

Ada wurde zu seinem einzigen Stern an seinem schwarzen Himmel, zu der einzigen Instanz, die er noch gelten ließ. Er war ihr ausgeliefert, ihrer Unbekümmertheit und ihrer Ehrlichkeit, ihren sprudelnden Emotionen und ihrer endlosen Neugier. Sie war es, die ihn mit ihrer Begeisterung anstecken konnte, bei anderen Menschen blieb er immun, sie war sein schieres, pures, uneingeschränktes Glück.

Sie bereisten die Welt und unterhielten sich über Caravaggios Licht und Rembrandts Schatten, Rodins Plastik, später auch über Duchamps Readymades und Bacons Zersetzungswut. Sie sahen sich gemeinsam Orte an, die ihnen Tränen in die Augen trieben, und stritten sich über die Beschaffenheit der Welt. Er liebte es, sich an ihrer Seite leisten zu können, der Romantiker zu sein, der er einst werden wollte. Sie waren unzertrennliche Gefährten, und nur der Gedanke, dass die Welt ihrem Gespann einmal einen Hieb versetzen und ihr Gleichgewicht ins Wanken bringen würde, trieb ihn in den Wahnsinn.

Nur über eines sprachen sie nicht. Über Sonja. Anfangs ließ sich Ada mit Antworten wie »Mama ist bei den Engeln« zufriedenstellen, und später, als ihr das nicht mehr ausreichte und sie ihn mit Fragen löcherte, die ihn

unruhig machten, fand er Ausreden und Wege, ihnen auszuweichen. Und viel später, als Ada schon kein Kind mehr war, war sie es, die nicht mehr darüber reden wollte, als ahnte sie den Abgrund, der sich zwischen ihnen auftun könnte, sollte er alles sagen, was ihr die fehlenden Erinnerungen ersetzen würde.
Er war nicht unglücklich darüber. Es war einfacher so. Und so würde er ihr auch niemals erzählen müssen, dass der Mann, der Sonjas Tod mitverschuldet hatte, von einem seiner Leute in einem Wagen mit drei Schüssen niedergestreckt wurde; nicht einmal eine Woche nach seiner Entlassung aus dem Krankenhaus.

– Du weißt, was vor sich geht, nicht wahr?
Er trank sein Glas leer und sah Schapiro direkt an.
– Ich nehme an, ja.
– Und was denkst du?
– Es spielt keine Rolle, was ich denke.
– Doch, sonst hätte ich dich ja nicht gefragt.
– Du tust, was du tun musst.
– Und du heißt es nicht gut?
– Du hast nie aufgehört, die Welt in Schwarz und Weiß einzuteilen. Das ist nun mal so.
– Was willst du mir damit sagen?
– Ich will damit sagen, dass Adas Tod und das, was in Tschetschenien passiert ist, zwei Paar Schuhe sind. Zumindest für die meisten wären sie das.
– Ada wäre noch am Leben, wenn nicht ...
– Das weiß man nicht. Das weiß keiner.
– Doch, ich weiß es, erhob er die Stimme. Er setzte an, wollte noch etwas sagen, aber dann ließ er es sein und wechselte zurück in den geschäftlichen Ton.
– Wir fliegen. Jetzt. Und, ach ja, ich will, dass du Asja in

Moskau eine Wohnung kaufst. Irgendwas Feines. Sie wird in Rente gehen müssen.
– Wird erledigt. Und willst du dir die Videos im Flieger anschauen?
– Du hast sie schon alle beisammen?
– Petruschow wird der Besuch erst morgen abgestattet. Er war auf einer Geschäftsreise und kommt dann nach Marrakesch zurück. Der Deutsche weiß Bescheid und wartet.
– Gut. Gut. Ja. Also schaue ich mir die beiden anderen an.
– Du wolltest eine Bestätigung, hier ..., und er holte einen kleinen USB-Stick aus seiner Jacketttasche hervor, – ... hast du sie.
– Du weißt, was die nächsten Schritte sind?
– Natürlich.
– Gut, dann sollten wir das Ganze nicht weiter aufschieben. In zwei Wochen fliegen wir nach Grosny. Ich will vor Ort noch ein paar Sachen vorbereiten.
– Dann treffe ich die Vorkehrungen.
Einen Augenblick blieb er noch stehen, als sei er in seine eigenen Gedanken abgetaucht, und dann, wieder wach geworden, eilte er aus der Tür.

2016/Die Krähe

Es war heiß, die grelle Sonne traf mich nach dem Moskauer Grau so unerwartet, dass ich mich erst wieder an ihre Existenz gewöhnen musste. Zu meiner großen

Freude war Schapiro nicht mehr in Erscheinung getreten. Per E-Mail gab man mir die Adresse meiner Unterkunft durch.
Es war ein märchenhafter Riad mitten in der Medina, versteckt in einer winzigen Seitengasse, durch die nicht einmal ein Auto passte. Mit türkisfarbenen Wänden und silberverzierten Serviertischen, mit orangeroten Baldachins, mit mosaikgeschmückten Böden und einem pflanzenüberwucherten Innenhof, dessen Mitte ein kleines ebenfalls türkisfarbenes Bassin bildete. Mein Zimmer lag im zweiten Stock, mit den Fenstern zum Innenhof.
Ich fiel auf das große Bett, auf dem Rosenblätter verteilt lagen, und spürte eine merkwürdige Aufregung von mir Besitz ergreifen. Mein Telefon meldete den Eingang einer SMS.
»Angekommen?«
»Ja. Herrlich hier. Neidisch?«
»Wo genau bist du? Will deine Unterkunft googeln.«
Ich gab die Adresse durch. In den letzten Wochen war sie meine einzige feste Verbindung zur Außenwelt geworden, ich hatte mich an ihre Nachrichten so gewöhnt, dass ich mir fast Sorgen machte, sobald sie sich länger als zwei, drei Stunden nicht meldete. Von Belanglosigkeiten bis über unsere Situation tauschten wir uns über alles aus. Ihre unkomplizierte Art hatte eine erfrischende Wirkung auf mich. Als schickte sie mir mit ihren Worten auch eine geheime Energie, die ausschließlich mir galt und die ich auch dringend benötigte.
Petruschows Besuch stand für den Folgetag an. Er betrieb in Marrakesch und Tanger luxuriöse Riads und schien erfolgreich damit zu sein. Es war ein eigenartiger Werdegang, wie ich fand, aber Petruschow war vom General so

entschieden von seiner Geldquelle abgedrängt worden, dass er sich nach anderen Wegen umsehen musste. Ich wusste, dass er eine reiche Frau geheiratet hatte und mit ihr nach Nordafrika ausgewandert war.
Petruschow war der Gerissenste von den dreien, die Begegnung mit ihm bereitete mir von Anfang an Kopfschmerzen. Vielleicht war er der einzige wirkliche Gegenspieler Orlows. So waren es auch die beiden gewesen, die den Prozessverlauf entschieden hatten, indem sie sich untereinander geeinigt hatten. In meinem Kopf spukte nach wie vor Pasternaks Theorie herum, Petruschow sei der Mörder des Mädchens gewesen. Der Mord an Stas, auch davon war sein Bruder überzeugt, gehe ebenfalls auf sein Konto. Schujew sei höchstwahrscheinlich involviert, die ausführende Kraft aber sei Petruschow gewesen. Er besaß die nötigen Kontakte zur Unterwelt, um jemanden zu finden, der bereit war, einen unschuldigen Mann für eine angemessene »Aufwandsentschädigung« mit drei Schüssen niederzustrecken.
Ich schlief ein und wurde drei Stunden später vom Durst geweckt. Ich ging hinunter. Der Innenhof war bis auf ein französisches Paar menschenleer. Ich setzte mich in das hauseigene Restaurant und bestellte frischen Minztee. In der Ferne hörte man den Muezzin zum Gebet rufen. Ich versank in der warmen und fremden Stimmung, ließ meine Gedanken treiben und mir einen köstlichen Vorspeisenteller servieren. Ich fühlte mich auf eine verlockende Art verloren, ergab mich der Fremde und den grellen Farben, die mir jedes Mal ins Auge stachen, sobald ich mich umsah.
Als ich nach der Rechnung verlangte, trat sie auf einmal in den stillen abgeschiedenen Innenhof, eine ausgebeulte Sporttasche über der Schulter und eine viel zu warme

Jacke um die Hüften gewickelt. Ich musste zweimal hinschauen, um mich zu vergewissern, denn ich glaubte im ersten Augenblick, mir ihre Anwesenheit nur einzubilden. Sie kam mit einem strahlenden Lächeln auf mich zu und breitete zur Begrüßung die Arme aus. Bevor ich etwas sagen konnte, setzte sie sich an meinen Tisch.
– Ich sterbe vor Hunger!
– Was zum Teufel was machst du hier?
– Ich dachte, du könntest ein wenig Gesellschaft gebrauchen, und immerhin habe ich ziemlich viel Geld für Spesen bekommen. Ich glaube, es war seine Absicht, dass ich herkomme. Ich habe mir einfach freigenommen.
– Was? Wie?
– Oh, es klingt alles so lecker!, sagte sie, vertieft in die Karte.
– Aber ... Katze, das kann Schwierigkeiten nach sich ziehen. Alles, was er will, das sagt er auch. Wir könnten Ärger bekommen, und außerdem darf dich Petruschow auf keinen Fall sehen!
– Das ist naiv von dir, das anzunehmen, Onno!, sagte sie mit einem nüchternen Ton und winkte den Kellner herbei.
– Was meinst du damit?
– Er sagt nicht einmal die Hälfte von dem, was er tut oder plant. Das müsstest du doch am besten wissen.
Ich war auf einmal gereizt. Ihre Anwesenheit passte mir überhaupt nicht, auch wenn ich mich wunderte, wie groß meine Freude war, sie so unerwartet wiederzusehen. Aber sie stellte einen *unberechenbaren Faktor* dar, wie ich es früher als investigativer Journalist genannt hätte. Sie war nicht kalkulierbar, und das bedeutete eine große Gefahr. Ich konnte mir kein Risiko leisten. Nicht jetzt. Nicht hier. Es blieben knapp zwei Wochen bis zum großen Finale,

und dann ... dann würde die Geschichte endlich mir gehören.
– Ja, eben, deswegen sage ich es dir, es wird ihm nicht passen, dass du einfach so hier reinspazierst.
– Er hat mir einen Umschlag mit Geld in den Briefkasten werfen lassen. »Spesen« stand drauf. Hallo? Spesen wofür, überleg doch mal? Er spielt ein Spiel, Onno. Er hat alles bis ins kleinste Detail berechnet. Wir übersehen da etwas. *Du* übersiehst etwas.
– Du willst mir etwas über Orlow erzählen, ich meine, das ist ja lächerlich?! Natürlich spielt er ein Spiel, verdammt noch mal, genau das versuche ich dir ja zu sagen. Und du kennst die Regeln nicht, du machst dir immer noch keine Vorstellung davon, wozu er fähig ist!
– Ja, das mag sein, aber du hinterfragst zu wenig ... Ich meine, es muss dir doch klar sein, dass er dir nicht einfach verzeiht und dir kostenlos seine Geschichte anbietet?
– Kostenlos?
– Ja. Kostenlos.
– Davon war nie die Rede.
– Und was ist der Preis, den du glaubst, zahlen zu müssen?
– Ich weiß es nicht, aber ich bin auf jeden Fall bereit, ihn zu zahlen.
– Das willst du wirklich?
– Ich habe nichts zu verlieren, Katze. Ich meine, ich kann mich zwischen einer Baustelle und all dem hier entscheiden ...
Plötzlich fühlte ich sämtliche Kraft aus mir weichen, ich wollte mich nicht streiten und weder ihr noch sonst jemandem auf der Welt etwas beweisen müssen. Sie spürte meinen Stimmungswechsel und rang sich ein Lächeln ab.

– Schon gut, entspann dich, vielleicht geht mich das alles nichts an, ich will dir nur sagen, dass wir im selben Boot sitzen. Außerdem können wir beide ein wenig Ablenkung vertragen, oder? Ein wenig Spaß haben? Es ist doch herrlich hier, warum nutzen wir nicht die Gelegenheit?
– Katze, das ist doch kein Pauschalurlaub!
– Wer hat denn bitte von der ödesten Sorte Spaß gesprochen?
Sie strahlte mich an und zwinkerte mir zu, und wieder fühlte ich mich von ihr entwaffnet. Natürlich war es eine Schnapsidee, aber je länger ich es mir durch den Kopf gehen ließ, desto weniger hatte ich ihr entgegenzusetzen. Wir würden gemeinsam Zeit verbringen, ich würde sie genauer unter die Lupe nehmen können, sie besser begreifen, den unberechenbaren Faktor auf ein Minimum reduzieren. Die Bombe entschärfen, quasi. Aus der Ferne wäre sie unkontrollierbar, hier, in meiner unmittelbaren Nähe, wäre es einfacher, sie im Blick zu behalten. Zumindest redete ich mir das ein.
Ihre Euphorie, die sie seit geraumer Zeit an den Tag legte, befremdete mich zwar nach wie vor, ich misstraute ihrer so radikalen Verwandlung von einer grimmigen Skeptikerin in diesen berauschenden Freudenquell, aber ich schrieb es ihrem beruflichen Ehrgeiz zu. Immerhin war sie Schauspielerin und Nura eine neue Rolle, die sie herauszufordern schien.
Nach und nach entspannte ich mich und bestellte Weißwein, um mich abzukühlen und die Sache ruhen zu lassen.
– Hast du eine Bleibe?, fragte ich sie, während sie sich auf ihr Essen stürzte. Sie zuckte mit den Schultern.
– Ich finde schon was.
Ich ließ sie alleine zurück und ging zur Rezeption. Ich

fragte das Mädchen mit feuerrotem Kopftuch auf Französisch nach einem Zimmer, aber sie teilte mir mit einem übertrieben traurigen Gesicht mit, dass sie ausgebucht seien, und bot mir ein Gästebett an. Ich willigte ein, in der Hoffnung, dass Katze nicht groß protestieren würde.
– Klar, kein Problem, sagte sie, ihren Blick nicht von ihrem Teller hebend. – Es sei denn, du fühlst dich damit unwohl ...
Ehrlich gesagt hatte ich keine Ahnung, wie ich mich fühlen sollte, aber ich dachte nicht weiter darüber nach, sondern wollte lieber mit ihr gemeinsam in den Abend stürmen. Im Zimmer legte sie ihre Sachen ab, duschte kurz, zog sich um, und wir gingen los. Erst liefen wir ziellos durch die engen Gassen der Altstadt, die alle kreuz und quer ineinander zu führen schienen und ein undurchdringliches rötliches Labyrinth bildeten. Wir sahen uns die Souks an, stöberten in den unendlichen Ständen voller Lederwaren, Tücher und Tongeschirr, drängten uns zwischen den uns in allen Sprachen anquatschenden Händlern und Touristengruppen hindurch.
Katze schien von einem auffallenden Hochgefühl erfasst, ich hatte sie bislang noch nicht in dieser Feierstimmung erlebt und ließ mich von ihr mitreißen.
Mittlerweile hatte ich wieder Hunger bekommen, und wir landeten in einem winzigen Laden, der in Cumingeruch eingehüllt war, und aßen Tajine. Ich fragte sie, warum sie auf einmal so heiter sei, sie zuckte mit den Achseln und gab mir eine merkwürdige Antwort, von der ich nicht wusste, was ich von ihr halten sollte: »Ich glaube, dass sie ein lebensfroher Mensch war.«
Ich wollte mich von ihr anstecken lassen. Seit Ada hatte mich niemand mehr so an die Hand genommen und mich an einem Fest teilhaben lassen, bei dem man das

pure Leben feierte. Der Abend versprach in einer feuerwerksartigen Nacht zu münden, und ich wollte nicht an den Morgen denken.
Ich hüpfte mit ihr durch die winzigen Gassen auf der Suche nach einer Bar mit einer halbwegs passablen Auswahl an Alkoholika. Wir verließen die Medina und wechselten in die Neustadt, wo wir in einer aufgemotzten Bar mit Loungemusik und horrenden Preisen landeten. Wir hatten uns für eine Nacht andere Identitäten geliehen, und es war schön, unverhofft eine Auszeit von den eigenen Ängsten und Zweifeln zu bekommen.
Sie war eine heitere, redselige, ansteckend gut gelaunte junge Frau auf der Suche nach Vergnügen und Rausch, ich war ihr selbstsicherer und in sich ruhender Begleiter, leicht verliebt in die Nacht, in die Stadt und in meine besondere Gefährtin. Wir brachen aus unseren Ich-Kerkern aus, ganz unmerklich waren wir in das Leben hineinspaziert, das für uns so lange verschlossen gewesen war. Nun stürmten wir es, nahmen es ein.
Die Cocktails waren süß und wärmten den Magen. Sie lockerten die Zungen und machten unsere Körper geschmeidiger.
Sie erzählte von kuriosen Situationen, die sie während ihrer diversen Vorsprechen erlebt hatte, und ich erzählte Anekdoten aus meinem früheren Berufsleben. Wir lachten und vergaßen, was wir hier suchten, den wahren Grund unseres Aufenthaltes. Von außen betrachtet waren wir ein ausgelassenes Paar, das sich gerade kennengelernt hatte und sich gegenseitig mit schönen Geschichten übertrumpfen wollte.
Wir fragten den Barmann nach dem nächsten Tanzlokal. Er zeichnete uns den Weg auf eine Serviette.
Die Rue des Banques passierend, zogen wir weiter, ver-

liefen uns, nahmen ein Taxi, das uns auf Umwegen zu einem Spielkasino fuhr, in dem sich ein kleiner Club versteckte, der irgendwo zwischen Tausendundeine Nacht und einem Mystery Thriller lag. Auf der kleinen Bühne stand eine stolze, dunkelhäutige Frau und hauchte Songs in ein Mikro, die etwas von einem LSD-Trip hatten. Wir tranken weiter und ließen uns von der Musik überwältigen und forttragen.
Später zog sie mich auf die Tanzfläche. Es lag sehr lange zurück, seit ich mich das letzte Mal zu Musik bewegt hatte; es war mit Ada gewesen. Ich war misstrauisch meinem Körper gegenüber, was konnte ein Körper alles verlernen, was blieb für immer in den Zellen gespeichert? Sie war ausgelassen, nahezu frivol, ich wusste, dass jener Blick, mit dem sie mich in dieser Nacht ansah, nicht der ihre war, dass ich diesem Blick, den sie der Nacht entliehen hatte, nicht vertrauen durfte. Aber er war wohltuend frei von jedweder Kritik, unvoreingenommen und offen, als blickten diese Augen auf all das zum ersten Mal. Sie zog mich hinter sich her, und ich folgte ihr. Wir tauchten ein in die Enge der schwitzenden und zuckenden Körper. Der Gesang – in einer Sprache, die ich nicht zuordnen konnte – war einlullend, einladend. Katze bewegte sich geschmeidig, sie schien zäh und wendig, ihr Körper war so ganz anders als der, den ich zuletzt umklammert hatte ... Sie schien keine Ansprüche an mich zu stellen, außer denen des Moments, es war ein befreiendes Gefühl, dass nichts von mir erwartet wurde, ich wurde von Minute zu Minute gelöster. Mein Körper – als wäre er aus einem ein Jahrzehnt andauernden Winterschlaf erwacht – begann, sich immer schneller und wilder zu bewegen, als wäre es ein ritueller Tanz, als würde ich alle Dämonen austreiben wollen, die mich befallen hatten.

Sie klatschte in die Hände und ihre Berührungen wurden immer mutiger. Irgendwann hing sie an meinem Hals, und ich wirbelte sie herum. Und in jenem Augenblick hatte ich vergessen, dass ich der Unheilsverkünder war, der Bote finsterer Nachrichten, dass ich besessen war von einem Mann, der mich schon zweimal fast das Leben gekostet hatte, dass ich als Spielball eingesetzt wurde, dass ich das geduldig hinnahm, weil ich so sehr wünschte, mir die schweren schwarzen Flügel der Schuld ein für alle Mal abreißen zu können.
Während meine Hände einen fremden, weiblichen Körper umschlangen, der vorbereitet schien für alles, was da kommen würde, erinnerte ich mich, wie ich in Adas Körper versunken war und vor Glück Tränen hatte unterdrücken müssen – so ungläubig über das Wunder, das mir zuteilgeworden war. Und ich erinnerte mich daran, wie sich nicht nur ihr Wesen, sondern auch ihr Körper verändert hatte, nachdem sie mich zur Rede gestellt hatte. Nachdem sie in jener Nacht in meine Wohnung gestürmt war.

Das erste Anzeichen einer schier endlosen Reihe an Veränderungen, die unserem Gespräch folgen würden, das ich bereits als unheilvoll deutete, war die Tatsache, dass sie ihre Haare nicht länger pink färbte. Sie ließ ihr natürliches Blond nachwachsen, weizenblonde Strähnen durchbrachen nach und nach ihr pinkfarbenes Feuerwerk, und auf einmal wirkte sie wie eine Blume, die im Begriff war zu welken.
Sie gab mir eine zweite Chance, aber es war eine kränkliche, bereits im Vergehen begriffene, kraft- und mutlose Chance. Und sie tat es nur, weil Schapiro drei Tage nach ihrem nächtlichen Besuch vor meiner Tür gestanden und

mich wortlos aufgefordert hatte, in den Wagen zu steigen, um mich zu seinem Vorgesetzten zu chauffieren. Ich hatte keine Wahl – ich stieg ein. Die Fahrt endete an der überdimensionalen Villa in Zehlendorf, die eine ganze Armee von Kunstschätzen beherbergte, die der General kurz darauf zum größten Teil nach Venedig verschiffte, um seine Tochter aufzuheitern, ihr erneut ein Lächeln auf die Lippen zu zaubern. Ich hatte ihn noch nie getroffen, jetzt stand er mir leibhaftig gegenüber. Es war ein merkwürdiges Gefühl, denn im Grunde kannten wir uns bereits so viele Jahre, ohne uns je persönlich begegnet zu sein.

– War es also doch ein Fehler, dich damals am Leben gelassen zu haben, ja?

Mit diesem Satz wandte sich der General an mich.

– Geben Sie mir die Möglichkeit, es Ihnen zu erklären, ich weiß, welchen Eindruck das alles erweckt haben muss, aber ... Aber es stimmt nicht. Ich liebe sie, ich liebe Ada, wirklich!

In dem Augenblick traf mich seine Faust irgendwo zwischen Kinn und Wangenknochen. Mir wurde schwindelig. Ich taumelte zurück und gab ein winselndes Geräusch von mir, für das ich mich im selben Moment schämte.

Schapiro und zwei Bodyguards machten ein paar Schritte in unsere Richtung, aber er schickte sie mit einer Handbewegung aus dem Raum.

– Ich liebe sie wirklich!, brüllte ich.

– Wag es ja nicht, ihren Namen noch einmal in den Mund zu nehmen! Hätte ich es geahnt, hätte ich es doch bloß geahnt, dass du es bist, mit dem sie sich herumtreibt. Ich hätte es verhindert, bevor diese Krankheit sich hätte ausbreiten können, ich hätte sie im Keim erstickt.

Du, du wagst es, dich an meine Tochter heranzuschleichen, sie zu benutzen. Sie ist neunzehn, ist dir das klar, erst neunzehn! Du kranker, perverser Bastard!
Diesmal traf mich sein Schlag in die Magengrube, und ich fiel auf die Knie.
– Du lässt die Finger von ihr, sonst bringe ich dich um, ich bringe dich um, du Abschaum!, brüllte er und sein Speichel traf mich ins Auge.
Ich erinnerte mich, dass ich von seiner metallischen Stimme irritiert war. Ich hatte sie vorher noch nie gehört. Und sie hatte etwas Unpassendes an sich, sie klang, als hätte er zu viel Eisen im Blut, klirrend, magnetisch, nahezu künstlich.
Aber er machte sich seine Finger an mir schmutzig. Ich war wichtig genug, dass er mich persönlich strafte. Ich sah Schweißperlen auf seiner Stirn, es war anstrengend für ihn, jemanden zu schlagen.
– Ich kann es erklären, ich kann ..., stammelte ich, und mir war bewusst, dass jeder Versuch, etwas zu erklären, völlig sinnlos war.
– Halt deinen kranken Mund, halt den Mund!, schrie er und schubste mich mit voller Kraft zur Seite, ich fiel, und er trat mir mit dem Fuß in die Seite. Es war sonderbar, aber der Schmerz machte mir nichts aus, als hätte ich ihn erwartet, als wäre er eine logische Konsequenz, als hätte ich ihn verdient. Verdient für das Leid, dass ich seinem Kind angetan hatte. Ihr Vertrauen missbraucht, ihren Glauben zerstört, ihre Weltanschauung ins Wanken gebracht.
Er aber schien nach jeder Pause erneut Wut zu schöpfen. Immer wenn ich dachte, er ließe von mir ab, er wäre mit mir durch, wandte er sich zu mir, um erneut auszuholen, zorniger, kräftiger, gnadenloser. Ich lag auf dem Boden

in Erwartung des nächsten Tritts, mit beiden Händen nur noch meinen Kopf schützend, als seine geschmeidige und sich geräuschlos bewegende Frau den Raum betrat und zu schreien anfing.
– Hör auf, Alexander, hör sofort auf!, rief sie ihm auf Russisch zu. – Bitte hör auf!
Sie umklammerte seinen Rumpf und versuchte, ihn von mir fortzureißen. Er aber hörte nicht auf zu fluchen. Wie ein kleines Äffchen hing sie an ihm, mit ihrer ganzen Kraft hielt sie ihren Mann davon ab, mich totzuschlagen. Sie rief nach Schapiro.
– Hilf mir, hilf mir, verdammt, du siehst doch, was er macht, er wird ihn umbringen, hilf mir, was stehst du wie angewurzelt da?
Der Vogelmann war hin- und hergerissen zwischen seinem Zaren und seiner Zarin, wusste für einen Augenblick nicht recht, wem er gehorchen und wessen Befehl er ignorieren sollte. Am Ende – und wahrscheinlich war das mein Glück – entschied er sich für Evgenia und drängte den außer sich geratenen General von mir weg.
Wahrscheinlich war diese Prügelei der Grund, warum Ada sich meiner erbarmte und mir und vor allem sich selbst einen zweiten Versuch schenkte. Sie war wütend auf ihren Vater und weigerte sich tagelang, mit ihm zu sprechen.
Sie wollte sich an etwas klammern, an das sie nicht mehr glaubte. Sie hatte uns aufgegeben, und doch wollte sie es nicht zugeben, wollte mir beweisen, dass sie genauso gut war, genauso unerschrocken, genauso frei, genauso unvoreingenommen, genauso aufgeschlossen der Welt und den Menschen gegenüber wie zu Beginn unserer Beziehung. Es war ein atemloser Versuch, sich selbst etwas zu beweisen, aber das Vertrauen, so wenig sie sich das auch

eingestehen wollte, war verschwunden. Und sie wollte trotzdem so unbedingt recht haben, sie wollte so unbedingt, dass ihr Vater unrecht hatte, als er sie in dem Glauben erzog, dass man den Menschen nicht über den Weg trauen dürfe, dass die meisten sie ausnutzen und missbrauchen würden – wegen ihrer Herkunft, wegen seines Geldes. Sie hatte mit ihm darüber diskutiert, ihm stets beweisen wollen, dass es nicht so war, dass man den Menschen Vertrauen und Wohlwollen entgegenbringen müsse, und dann würden sie sich schon als ehrbar erweisen.

Aber die Risse waren bereits zu groß, und sie konnte das Gerüst nicht mehr stabil halten, sie ahnte, dass ihr Gebäude zu bröckeln anfing und eines Tages mit voller Wucht einstürzen würde. Und sie war machtlos gegen diesen Sturm der Zerstörung, den ich heraufbeschworen hatte.

Der zweite unheilvolle Hinweis war, dass sie kaum mehr hinausgehen wollte und sich oft tagelang in ihrem Loft verschanzte. Sie mauerte sich regelrecht ein und schien sich von Tag zu Tag immer mehr an dieser Geschichte anzustecken. Sie wurde wortkarg und grimmig, nahezu jeder Satz von mir löste bei ihr eine diffuse Gereiztheit aus. Jeder Vorschlag von mir, etwas zu unternehmen, wurde vehement abgelehnt. Nur ab und zu durfte ich sie leicht berühren, ihr einen Kuss auf die Lippen drücken, ihr eine Haarsträhne aus der Stirn streichen, meist saßen wir schweigend nebeneinander an ihrem langen Tisch und verschlangen bestelltes Essen.

Nachts war sie rastlos, wanderte in der Wohnung umher, schlief nicht und schickte mich nach Hause, sie erfand Ausreden, warum sie mich nicht in ihrer Nähe haben wollte.

Fragte sie mich etwas, dann ging es nur um Nura Gelajewa und ihre Mörder. Sie konnte über nichts anderes mehr sprechen. Ich verlor nach und nach die Geduld. Von einem Menschen, der aufopferungsvoll einen Kranken pflegt, verwandelte ich mich in einen unruhigen, nervösen, gereizten Mann, der seine Geliebte kontrollieren will, weil er sich sicher ist, dass ihm etwas Wesentliches entgeht. Ich errichtete die Sandburg jeden Tag aufs Neue, nur um am Ende des Tages festzustellen, dass die Welle doch gekommen war.

Ihrem Vater hatte sie gedroht, ihn aus ihrem Leben zu streichen, sollte er sich mir noch einmal nähern. Er ließ sich nicht mehr bei mir blicken, aber an der Häufigkeit seiner Anrufe, an der verstärkten Armada von Sicherheitsleuten in Adas Nähe, an den Kontrollbesuchen Schapiros merkte ich, dass er ebenfalls rat- und ahnungslos war, wie er sein geliebtes Mädchen wieder heilen, wieder zum Lachen und Strahlen bringen, wieder in das mutige, freche, kluge, neugierige, kunstbesessene Kind zurückverwandeln sollte, das es einst gewesen war.

Anfang Sommer überraschte er sie mit einer Venedigreise, eine Stadt, die sie von klein auf faszinierte und die sie – es war ein festes Ritual – mit ihrem Vater regelmäßig besuchte. Dort angekommen, schickte sie mir die letzten freudendurchsetzten Nachrichten ihres Lebens: »Ich bin stolze Besitzerin eines Traums! Es ist das Schönste, was ich je im Leben gesehen habe, ich könnte vor Glück weinen.« Und sie schickte mir ein Foto eines verwunschenen Palazzo, der direkt an einem Kanal stand und ein traumhaftes Innenleben vermuten ließ.

»Er heißt Palazzo delle Laterne, allein der Name reicht aus, um sich in ihn zu verlieben. Onno, ich möchte hierbleiben. Hier gibt es Frieden und Schönheit. Du musst herkommen …« Das schrieb sie zwei Wochen später. In bestimmter Hinsicht war ich erleichtert und dem General fast dankbar, dass er es geschafft hatte, was mir nicht gelungen war: sie auf andere Gedanken zu bringen, in Freudentaumel zu versetzen, ihren stets nach Schönheit suchenden Blick auf das für sie Wesentliche zu lenken.

»Ich komme, sobald du mich rufst! Ich sterbe vor Sehnsucht. Ich bin so froh, dass es dir bessergeht, Ada«, schrieb ich ihr. Auf meine SMS erhielt ich keine Antwort. Stattdessen schickte sie mir eine Woche später ein Flugticket. Anscheinend hatten Geschäfte ihren Vater nach Berlin zurückgerufen, und sie nutzte die Möglichkeit, mich in ihrem neuen Reich zu empfangen.

Ich flog nach Venedig, obwohl mich diese Stadt mit ihren Touristenscharen, den dunklen, feuchten Gassen und den aus der Zeit gefallenen Palazzi schon immer auf eine Art abgestoßen hatte, als wäre die ganze Stadt nur eine Attrappe, eine Lüge, eine Sirene, die mit ihrer Schönheit lockte, um das Verderben über einen zu bringen.

Die Sängerin hatte aufgehört zu singen, stattdessen legte jetzt ein schmächtiger DJ mit schwarzen krausen Locken von harten Beats durchsetzten Electro auf. Ich brauchte eine Pause, ich ließ ihre Taille los und taumelte auf die Toilette. Als ich rauskam, stand Katze an die Wand gelehnt vor mir und forderte mich auf zu gehen. Ich erwiderte nichts, und wir torkelten hinaus in die feuchtwarme Nacht. Wir liefen zu Fuß und schwiegen, als wären uns die Worte alle auf einmal ausgegangen. Als hätten wir alles gesagt. Als wären unsere Fassaden schlagartig eingestürzt. Wir waren wieder wir, mit Eisketten an unsere Biografien gefesselt, und ich dachte, dass es in

dem Augenblick auch ihr bewusst war, dass dieser Gedanke uns gleichermaßen bedrückte.
– Erzähl mir etwas über die drei Männer, bat sie mich, und den ganzen Heimweg redete ich ununterbrochen über Schujew, Juritsch und Petruschow. Erzählte ihr, was ich wusste, als hänge mein Morgen davon ab.
Im Hotelzimmer verschwand sie wieder unter der Dusche. Ich hatte meinen Laptop hochgefahren und im Internet nach marokkanischer Musik gesucht und fand sogar irgendeine maghrebinische Zusammenstellung, die ich leise im Hintergrund laufen ließ. Sie kam in ein überdimensionales Handtuch gewickelt zurück ins Zimmer, nass und schutzlos. Ich stellte ihr ein Wasser hin, das ich aus der Minibar geholt hatte. Sie trank die Flasche leer, und plötzlich drehte sie sich zu mir und küsste mich. Es war ein verzweifelter Kuss, ein Versuch, da anzudocken, wo unsere Heiterkeit abgerissen war. Ich hatte keine Zeit nachzudenken, ich hatte ohnehin beschlossen, ihr zu folgen, ich hinderte sie nicht daran, mich zu benutzen. Ich dachte nicht darüber nach, wogegen ich ein Mittel war, aber es war mir auch einerlei. Sie bot mir ihren Körper, ich war ihr dankbar dafür.
Wir fielen auf das weiche, breite Bett. Das Gästebett blieb nutzlos und etwas vorwurfsvoll in der Ecke stehen. Ich warf meine Kleider von mir, sie half mir dabei, sie hielt meine Hand zurück, als ich ihr das Handtuch abstreifen wollte, sie wollte noch nicht alle ihre Geheimnisse lüften. Unser Zueinanderfinden war von vornherein begrenzt, aber auch das war uns egal. Sie suchte jemand anderen in mir, ich suchte jemand anderen in ihr. Wir folgten den Spuren dieser Geister auf der Haut des anderen. Wir zeichneten dort unsere Landkarten, beseitigten dabei unsere Spuren. Wir kannten die Sehnsüchte und Wün-

sche des anderen nicht, und so agierten wir blind, folgten dem Instinkt. Sie warf ihr Handtuch ab und setzte sich auf mich. Sie wollte eine andere sein, aber ihre Gewohnheiten, ihre Körpersprache verrieten sie, brachten sie immer wieder zurück zu sich selbst. Sie hatte kein Skript, das sie leitete, ihr blieb nichts anderes als ihr Gefühl, und dieses Gefühl war brüchig, misstrauisch, falsch.

Ich suchte auf ihren Oberschenkeln nach Adas Muttermalen, ich suchte nach Adas kleinen Härchen auf ihren Unterarmen, ich suchte nach Adas Hingabe in ihrer Unfähigkeit, sich fallenzulassen, ich suchte nach Adas rosa Brustwarzen auf ihren schweren Brüsten, ich suchte nach meinen Antworten zwischen ihren Rippen und unter ihrem Schlüsselbein, zwischen ihren mich umschließenden Schenkeln und in ihrem leicht nach vorne gestülpten Bauchnabel. Sie wollte verlorengehen, und ich half ihr dabei. Ich wollte das Vergessen, und sie bot mir ihre Hilfe an. Sie suchte nach Anerkennung auf meiner Wirbelsäule und in meinem Mund, sie suchte nach einem Bekenntnis in meinen Kniekehlen und meinen Ohrmuscheln.

Und dennoch liebten wir uns bis zur totalen Verausgabung, hastig, außer Atem, uns nicht schonend und nicht beschönigend, wir wollten uns zeigen, in unserer ganzen Nacktheit und unserer ganzen Brüchigkeit. Sie verlangte, dass ich ihre Körpersprache entziffern lernte, und ich, dass sie meine Anpassungsfähigkeit nutzte. Ich verlangte, dass sie verstand, dass ich sie nicht bewertete und sie frei sein konnte. Und sie, dass ich begriff, dass es ihr einerlei war, welche Vorlieben ich hatte, welche krummen Wege ich mit ihrem Körper gehen wollte, dass sie für alles zur Verfügung stand. Ich nahm ihr Angebot dankend an, ich saugte und schmeckte sie, ich liebte sie wie ein ausgehungertes Tier, ein letztes Exemplar seiner Rasse. Sie liebte mich ihre Süchte offenlegend. Sie kratzte und riss an mir. Wir durchquerten uns mit Händen und Füßen und Lenden und Köpfen und Ellenbogen und Fingernägeln, wir lösten uns ineinander auf.

Ich ließ sie im Bett zurück. Sie lag auf dem Bauch und schlief mit leicht geöffneten Lippen, in dem Moment wirkte sie sehr kindlich und rührend. Ich duschte, zog mich an, griff nach dem Umschlag und verschwand aus dem Zimmer. Schapiro hatte mir die Nachricht hinterlassen, dass ich einen Wagen brauchte; der Riad befinde sich außerhalb der Stadt in einer Palmenanlage, im Schatten des Atlasgebirges. Ich zahlte einen übertriebenen Preis, es war mir egal, der Alkohol der letzten Nacht floss noch durch meine Adern. Ich hatte eine Kopfschmerztablette genommen und hoffte, dass ich während der Fahrt mit zwei Flaschen Wasser etwas klarer werden würde. Wir ließen die Medina hinter uns, die Rufe der Muezzins, die Katzen und die engen, gewundenen Gassen mit den lästigen Händlern und Kinderscharen. Der Riad hieß Dar-Bagh, und die Bilder, die ich im Netz gefunden hatte, versprachen eine Perle des maurischen Baustils. Die Sonne gewann von Minute zu Minute an Kraft, und ich merkte bereits, dass ich durchgeschwitzt ankommen würde. Ich trank die Flaschen leer und döste vor mich hin, für die Explosion an Farben, die mir durch die Fenster ins Auge sprang, besaß ich keine Kraft.

Ich zahlte und stieg aus. In der E-Mail von Schapiro hatte gestanden, dass ich mich in die Hotelbar setzen und auf ihn warten solle, es war anscheinend schwer, ihn abzufangen. Ich betrat, begleitet vom aufgesetzten Lächeln

der Hotelboys, die von Palmen umzäunte Oase und landete auf einem quadratischen begrünten Vorplatz, in dessen Mitte sich ein mit dunkelblauen Fliesen ausgelegter Pool befand, umringt von weißen Liegen mit zahlungskräftiger Klientel darauf. Die Bar lag direkt am Pool und war mit Schalen voller exotischer Früchte dekoriert. Dort nahm ich Platz und begann zu warten. Auf der anderen Seite der Theke saßen zwei langbeinige Russinnen und besprachen ihren Ausflug nach Essaouira.
Ich blätterte durch die internationale Presse. Mein Kreislauf machte mir weiterhin zu schaffen. Ich bestellte einen Kaffee nach dem anderen und trank literweise Wasser. Ich spürte ein Unbehagen, als ich mich an die vergangene Nacht erinnerte, ich wollte dort nichts entdecken, was sich für die Fortsetzung meiner Geschichte als hinderlich erweisen könnte, und wusste, es lauerte dort die eine oder andere Gefahr.
Erst gegen drei Uhr nachmittags betrat er in einem weißen Leinenanzug den Vorplatz. Im Hintergrund hielt sich ein Muskelpaket auf – anscheinend sein Bodyguard –, neben ihm lief ein blonder, junger Mann mit einer übergroßen Sonnenbrille, der zerstreut auf seinem Handy tippte.
Er überquerte den Vorplatz mit schnellen Schritten und ging an mir vorbei, im Begriff, den Riad zu betreten. Ich sprang vom Hocker und stürmte auf ihn zu, das Muskelpaket sagte etwas wie »Hey, hey«, aber ich rief schon seinen Namen und zwang ihn, sich umzudrehen. Der Blonde musterte mich angewidert.
– Ja?, fragte Petruschow auf Russisch.
Der ehemalige Offizier war ein mittelgroßer, sportlicher und gut aussehender Mann mit grünen Augen und feinen Gesichtszügen. Er hätte auch Universitätsprofessor

sein können, nur dass seine Bräune nicht ganz zu diesem Bild passte. Er deutete dem Muskelpaket an, dass es stehen bleiben solle.
– Ljonja, geh schon mal vor. Ich komme gleich nach.
Ljonja war also der mit der Sonnenbrille. Er schien nicht ganz überzeugt von dieser Anweisung und wollte etwas erwidern, aber wurde nochmals, diesmal mit Nachdruck, aufgefordert, uns allein zu lassen. Diesmal gehorchte er.
– Ich habe Post für Sie, sagte ich und musste erst einmal nach den russischen Wörtern im Kopf kramen.
– Post? Was für eine Post?
– Von Alexander Orlow.
Sein Gesicht verfinsterte sich im wahrsten Sinne des Wortes, auf einmal schienen seine Augen dunkler zu werden.
– Orlow? Was zum Teufel ...
Ich reichte ihm den Umschlag.
– Alles steht da drin.
Der Bodyguard wollte mir den Umschlag schon aus der Hand reißen, aber Petruschow rief ihn zurück und ergriff das gewölbte Kuvert mit beiden Händen.
– Das ist ja wohl nicht sein Ernst, oder?
Er sah mich mit zornigen Augen an. Die Augenbrauen waren zusammengezogen wie zu einem Gewitter, das gleich über uns hereinbrechen würde.
– Ich bin nur der Überbringer, ich habe die Aufgabe, Ihnen diesen Umschlag auszuhändigen.
– Er kann sich ins Knie ficken, das kannst du ihm ausrichten! Was will dieses miese Schwein von mir?
– Dazu kann ich Ihnen, wie gesagt, nichts mitteilen.
Ich entschuldigte mich und drehte mich um, im Begriff, den Heimweg anzutreten.

– Hey, warte, wer zum Teufel bist du?
– Ich bin nur der Bote.
– Wie heißt du?
– Bender. Onno Bender. Aber das spielt keine Rolle.
– Bender was?
– Onno.
– Da klingelt was bei mir ... Bist du nicht dieser Typ, der das Buch über Belyi geschrieben hat?
Diese Wendung überraschte mich und gefiel mir ganz und gar nicht.
– Ja. Der bin ich.
– Hetzt er jetzt Journalisten auf mich, oder was zum Teufel soll dieser Scheiß?
Ich begann, mich vorsichtig Richtung Ausgang zu bewegen. Er stand da wie angewurzelt und starrte abwechselnd mich und den Umschlag an.
– Dann auf Wiedersehen!, sagte ich schnell und beschleunigte den Schritt. Ich spürte, wie das Muskelpaket sich ebenfalls rührte, aber im selben Moment hörte ich Petruschow rufen, er solle mich gehen lassen.
– Richte ihm aus, dass er mich am Arsch lecken kann, hörst du, Deutscher? Richte ihm aus, dass er mir nichts kann, gar nichts ...
Seine Stimme hallte noch in meinen Ohren nach, als ich schon auf der großen Straße angekommen war, die mit billigen Werbebannern gepflastert war, und ein Taxi anhielt.

Sie war fiebrig, erkrankt an etwas Unsichtbaren, das ihre Augen glänzen und ihre Stimme heiser klingen ließ, das sie ruhelos machte, das sie zwang, die ganze Zeit etwas zu tun, etwas zu gestalten, etwas zu verändern. Sie empfing mich in einer grauen Latzhose. Sie beaufsichtigte ein

Team von Restauratoren und Bauarbeitern, die ihr neues Traumdomizil nach ihren Wünschen gestalten und verändern sollten. Es war ein Prachtstück, um das Jahr 1630 errichtet. Der Balkon war im Barockstil gehalten, aber die traditionelle Fassadengestaltung war durch einen anscheinend mutigen Architekten durchbrochen worden und mit kannelierten Säulen verziert. Auch eine Vorhalle mit acht Säulen und Stichkappen machte den Palazzo einzigartig in seiner besonderen Architektur. Rundbögen öffneten den Blick auf den zur Rückseite gelegenen Hof. Eine schön geschwungene Freitreppe führte nach oben, an einigen Wänden war die originale Bemalung erhalten, in verblassten, berauschenden Pastelltönen. Ich kam nicht dazu, die Zimmer zu zählen, die zum Teil auch noch nicht betreten werden durften. Als akribische Bauherrin wanderte Ada durch die von ihr befehligte Armee von Handwerkern, die ihre Oase verschönerten, und gab hier und dort genaue Anweisungen auf Englisch und Italienisch, das sie im Internat perfektioniert hatte. Aber etwas an ihrem Treiben verriet ihre Rastlosigkeit, eine manische Konzentration, eine Ungeduld, hinter der sich etwas anderes verbarg.
Ich trottete ihr wie ein zugelaufener Hund hinterher und hoffte auf eine Möglichkeit, mit ihr unter vier Augen reden zu können. Wir mussten Fehler beseitigen, Ungeklärtes klären, aber nach etwa einer Stunde musste ich mir eingestehen, dass ihr die Aussicht darauf, mit mir alleine zu bleiben, wohl nicht behagte, sie vielmehr das Gespräch, das ich verlangte, zu vermeiden versuchte.
Schnell fühlte ich mich an diesem Ort überflüssig, fehl am Platz, ich drang nicht zu ihr durch, und mein Unmut wuchs von Stunde zu Stunde. Irgendwann verschwand sie in einem der Zimmer und bat mich, mich um sieben

Uhr im größten Saal einzufinden. Wir würden gemeinsam essen.
In der Mitte des mächtigen Saals, der bis auf die noch nicht ausgepackten Kisten und Bilder, die schweren Baldachinvorhänge und einen enormen, viele Jahre nicht entstaubten Kronleuchter, leer war – was die Größe des Raumes umso mehr unterstrich –, stand ein Tisch mit weißem Tischtuch, auf dem ein Blumenstrauß von beängstigender Schönheit und einige schwere Kerzenleuchter prangten. Der Tisch war für zwei Personen gedeckt. Ich setzte mich auf die linke Seite und richtete meinen Blick auf die große Holztür. Sie erschien in einem prachtvollen smaragdgrünen Kleid, das ihre schmale Figur so betörend umspielte, als wäre es nur für sie geschaffen. Sie hatte die Haare zurückgekämmt und trug sogar kleine wertvoll aussehende Ohrringe, die sie noch mehr funkeln ließen, als sie es ohnehin schon tat; so aufgeräumt und schön hatte ich sie noch nie gesehen. In ihrer Kleidung war sie stets ganz Mädchen gewesen, Jeans mit aufgerissenen Knien, Shirts mit coolen Sprüchen, Lederarmbänder, zerzauste Haare und Sneakers – das war die Ada, die ich kannte. Und nun saß eine Dame vor mir, ganz diesem Ambiente und ihrem Erbe angemessen, sie schien gänzlich in ihrem Venedigprojekt aufgegangen zu sein, und ich wusste auf einmal nicht, ob es ein gutes oder schlechtes Omen war.
Zwei Kellner mit silbernen Tabletts mit Servierhauben betraten den Raum. Gleichzeitig erklang eine Opernarie, die ich nicht kannte. Ich fühlte mich wie in einem Theaterstück.
Mit den Kellnern war ein ganz in Weiß gekleideter Koch eingetreten, der uns das Menü präsentierte. Ungefähr die Hälfte der angepriesenen Köstlichkeiten hörte ich zum

ersten Mal. Ada hatte es geliebt, mit mir die neuesten Geheimtipps, kleine Imbisse und winzige Restaurants, auszuprobieren, nicht selten hatten wir lachend, Bier trinkend Asia-Nudeln aus Pappboxen gegessen und uns wie die Könige der Welt gefühlt. Ich verstand nicht, was sie mit dieser Inszenierung bezweckte. Der Wein wurde eingeschenkt – ebenfalls irgendeine krankhaft teure Sorte. Ich achtete nicht einmal darauf, was auf den Tellern hereinkam, ich starrte die ganze Zeit zu Ada, in der Hoffnung, ihr Kostüm, ihre Maske möge für einen Augenblick verrutschen und etwas Wahres, mir Vertrautes zum Vorschein kommen. Nach den Vorspeisen – ich erinnere mich nur an das rote, im Mund schmelzende Soufflé, das zum Vitello tonnato serviert wurde und für einen kurzen Augenblick meinen Gaumen berauschte – sprach sie mich direkt an.

– Und jetzt möchte ich, dass du meine Fragen ohne Umschweife beantwortest.

– Was für Fragen, Ada, findest du das alles hier nicht ein wenig merkwürdig?

– Wer von den vieren war es, wer hat sie erwürgt? Keine Meinungen, nur Fakten.

Ich hatte damit gerechnet, gehofft, dass wir über unsere schiffbrüchige Beziehung reden würden, stattdessen unterzog sie mich einem Verhör, in dem es ausschließlich um ihren Vater und den Fall Nura Gelajewa ging. Und die Gefasstheit, die Gradlinigkeit, mit der sie das tat, ließen mich erschaudern. Mir saß eine fremde Person gegenüber, und ich wusste nicht, wohin mit mir. Aber es war, das sah ich plötzlich in aller Deutlichkeit vor mir, meine letzte Chance, sie mir zu erhalten.

Die Arie ging mir auf die Nerven, ich schwitzte, ich wollte ihr entfliehen, wünschte, dieses Verhör würde nicht stattfinden und diese Tortur bald vorüber sein. Mich machten die herumwuselnden weiß gekleideten Kellner wahnsinnig, diese merkwürdig aufgesetzte Stimmung, die falsche Theatralik unseres Zusammenseins. Ich hatte den dringenden Impuls zu fliehen, und zugleich klammerte ich mich an die Vorstellung, meine Antwort könnte unsere Beziehung retten.

– Es gibt keine belastbaren Fakten, Ada. Und du musst langsam aufhören damit. Lass los. Es gibt keine Beweise.

– Dann will ich wissen, was du glaubst. Was glaubst du, wer hat ihr den Hals zugedrückt?

Ihre Wortwahl fand ich grausig. Ich versank mit meinem Blick in dem kunstvoll angerichteten Essen.

– Wenn du mich fragst, war es Petruschow. Eine Meinung, die übrigens auch Nikita teilte, Stas' Bruder.

Sie nickte und nippte an dem Wein.

– Danke dir, sagte sie und wechselte plötzlich das Thema. Ich war erleichtert und legte meine Hand auf ihre. Sie zog sie nicht weg, und das kam mir wie das erste Zeichen einer zweiten Chance vor. Sie fing an, über den Palazzo zu reden, über die Besonderheiten seiner Architektur, über die Geschichte und die Wandmalereien, die unbedingt restauriert werden mussten. Dann erzählte sie von ihren Plänen, wo sie die Gemälde aufhängen wollte, die ihr Vater im Laufe der Jahre ersteigert oder erworben hatte. Ich kannte mich mit bildender Kunst nicht besonders aus, aber mir war klar, ihre Sammlung hätte jeden Kunstkenner vor Neid erblassen lassen. Ich hatte es immer geliebt, wenn sie mir begeistert von einem der Bilder erzählte, das sie oder ihr Vater kaufen wollten. Meist blieb bei mir wenig vom Inhalt der Erzählung hängen, ihre Begeisterung und Aufregung waren ausreichend, damit ich ihr stundenlang zuhören konnte. Jetzt aber glaubte ich, das Schlimmste sei überstanden und das Pompöse unserer Zweisamkeit gelte unserem Neubeginn. Bevor das Dessert serviert wurde, bat sie mich, aufzustehen und sie zu begleiten. Sie nahm mich bei der Hand und führte mich zu den teils an den Wänden lehnenden, teils gestapelten, sorgfältig verpackten Bildern. Sie kramte dort eine Weile und holte ein viereckiges Paket hervor, das sie von seiner Hülle befreite. Dann legte sie ein kleines, gerahmtes Bild vor mich auf das Parkett und bat mich, mich neben sie zu setzen. Es herrschte ein schummriges Licht, also stand sie nochmals auf und holte einen der schweren Kerzenständer und stellte ihn neben uns auf den Boden.

Das Bild zeigte eine halbnackte, füllige junge Frau mit einem kupferfarbenen Umhang über den Knien, die ihre entblößte rechte Brust einem alten, hageren, zerlumpten Mann anbot, der dankbar an ihr saugte. Es war ein verstörendes, offenbar sehr altes Motiv, das ich nicht kannte. Die junge Frau hielt mit der einen Hand den kahlen Kopf des alten Mannes umklammert, als leite sie ihn an, und blickte zum Betrachter, als wollte sie jeden Vorwurf, jede Irritation von vornherein aus dem Weg räumen, indem sie die Vorwürfe und Verwirrung an den Betrachter zurückgab.

– Caritas romana. Eine römische Sage, sagte Ada, ohne ihren Blick von dem Gemälde abzuwenden. – Du magst doch Sagen, oder?

– Ja, aber ich habe noch nie von dieser gehört.

– Der Seher Cimon wurde zum Tod durch Verhungern verurteilt. Niemand durfte ihn besuchen, außer seiner Tochter Pero. Man durchsuchte sie bei jedem Besuch, damit sie kein Essen in den Kerker schmuggelte. Aber Cimon starb nicht. Irgendwann wurde den Richtern und

Wachen klar: Pero, als stillende Mutter, gab ihm die Brust und erhielt so ihren Vater am Leben. Laut der Überlieferung waren die Richter von Peros Barmherzigkeit so gerührt, dass sie Cimon begnadigten. Das eigentlich Interessante ist aber nicht, wie zumeist von Kunsthistorikern und der Kirche hervorgehoben, Peros Barmherzigkeit, sondern ihre Bereitschaft, Grenzen zu überschreiten, ihre Bereitschaft, Tabus zu brechen.
Plötzlich verstummte sie, als wäre ihr die Luft ausgegangen.
– Es ist mein erstes eigenständig erworbenes Bild, fügte sie nach einem Moment nachdenklich hinzu. – Nicht genau datiert, etwa Mitte des 17. Jahrhunderts. Ein maltesischer Maler. Mich hat diese Version sehr beeindruckt, mehr noch als die von Rubens oder gar Caravaggio.
Mir war nicht bekannt, dass es zu dieser Sage so viele Bilder gab. Ich fühlte mich schon wieder überfordert. Dieses Bild hatte etwas grundsätzlich Verstörendes an sich – vor allem in Hinblick auf unser vorheriges Gespräch oder vielmehr die Befragung, der ich vor wenigen Minuten unterzogen worden war. Worauf wollte sie hinaus, warum zeigte sie es mir?
– Ja, es ist durchaus ein Thema, das viele Maler beschäftigt hat, sagte sie und vertiefte sich wieder in das Bild.
– Nun ja, ziemlich ungewöhnlich.
Eigentlich wollte ich »abstoßend« sagen, war mir aber unsicher, wie sie darauf reagieren würde, und da ich ohnehin unentwegt das Gefühl hatte, mich auf vermintem Gebiet zu bewegen, ließ ich es sein.
– Findest du?
Sie war irgendwo weit weg, nicht mehr da, in ihren Gedanken durchstreifte sie das Mittelalter oder vielleicht auch nur die neunziger Jahre des letzten Jahrhunderts.

– Er war es, Onno, sagte sie auf einmal und schob das Bild beiseite. Ich brauchte einen Augenblick, um zu begreifen, was sie meinte.
– Nein, nein, das darfst du nicht denken. Ich meine … alles spricht dafür, dass er es nicht war und …
– Er war es. Und jetzt entschuldige mich, ich habe Kopfweh, ich muss mich zurückziehen. Das Dessert schaffe ich nicht mehr. Bleib du noch eine Weile hier und genieße das sündhaft gute Baiser. Wir sehen uns dann morgen.
Sie beugte sich zu mir und küsste mich unerwartet leidenschaftlich. Dann stand sie auf.
– Ada … Nein, warte, wir müssen …
– Bis morgen, okay? Ich bin sehr müde.
Und ohne meinen Widerspruch abzuwarten, schwebte sie aus dem Saal. Ich wusste damals nicht, dass es unser letzter Kuss gewesen war.

In jener Nacht weckte mich ein Geräusch, das ich nicht zuordnen konnte. Es war nicht auszumachen, ob es zur Traumwelt oder zur Realität gehörte. Ich war in einem Zimmer mit einem Himmelbett untergebracht, am Ende des langen und mit Holz getäfelten Korridors. Die ganze Zeit hatte ich mit mir gerungen, ob ich zu ihr gehen sollte, mich schlussendlich aber nicht getraut. Der Abend hatte mir zugesetzt, und ich hatte keine Kraft mehr für eine weitere Enttäuschung.
Ich sah auf die Uhr und stellte fest, dass es erst kurz vor drei war. Ich war dennoch hellwach und wusste, es würde ewig dauern, bis ich wieder einschlafen könnte. Ich beschloss, aufzustehen und mein Glück zu versuchen. In Unterhemd und Jeans ging ich barfuß durch den Korridor. Man hörte das Wasser des Kanals gegen die Wände

klatschen, aber sonst herrschte gespenstisch bedrückende Stille. Der Korridor war nur mit einer kleinen Lampe erleuchtet, anscheinend hatte Elektrizität keine Priorität bei Adas Umbauplänen. Der Korridor mündete auf die breite Treppe, die hinunter in den Empfangsraum führte.

Schon auf der Mitte der Treppe blieb ich stehen, denn ich erkannte unten zwei Schatten und ein kleines Licht. Ich hielt den Atem an. Es war der General. Er stand neben seiner Tochter, beide waren vollständig bekleidet, als hätten sie ihren Tag noch nicht beendet. Sie unterhielten sich im Flüsterton und starrten dabei auf die Wand vor ihnen. Da fiel mir ein, dass dort die Wandmalereien sein müssten, die mir Ada am Vortag im Vorbeigehen gezeigt hatte. Ich erinnerte mich nur an die zarten Pastelltöne, nicht an die Motive. Der General hielt eine Taschenlampe in der Hand und leuchtete mit ihr verschiedene Stellen aus.

War er überraschend eingetroffen, oder verfolgte sie irgendeinen Plan? Wieso hatte sie mich hierherbestellt, wenn sie wusste, dass er kommen würde? Suchte sie die Konfrontation? Ich fühlte mich ausgeliefert und wurde wütend. Aber etwas an diesem Anblick ließ mich wie gebannt hinsehen. Ich konnte mich nicht von der Stelle bewegen. Sie standen da, als gehörten sie zusammen wie zwei Puzzleteile, die zusammen ein Bild ergaben, das außer ihnen keiner entschlüsseln konnte, in einer fatalen Unzertrennlichkeit vereint. Erst jetzt fiel mir auf, wie sich ihre Körper und ihre Haltung glichen. Als wären sie ein Ganzes in zwei verschiedene Geschlechter aufgeteilt. Sie hatte ihren Kopf gesenkt und berührte mit ihren Haaren seine Schulter, während er seinen linken Arm liebevoll um ihre Taille geschlungen hatte. Mich erfasste eine

brennende Neugier, ich wollte auch sehen, was sie sahen, aber vor allem wollte ich ihre Gesichter erkennen. Zeigte sie ihm das gleiche Bild, das sie auch mir gezeigt hatte? Hatte sie es vielleicht an diese Wand gehängt, das Bild mit der provokant zum Betrachter blickenden Frau und ihrem hungrigen Vater? Oder waren es die unerwartet freigelegten Wandmalereien? Was zog die beiden so in den Bann? Was sagte sie ihm, was antwortete er ihr?
»Er war es.« Der Gedanke an ihren Satz jagte mir einen kalten Schauer über den Rücken. Ich begann, mich rückwärts und möglichst geräuschlos zu entfernen. Ich musste hier weg. Er durfte mich nicht sehen. Was auch immer Ada mit meinem Besuch beabsichtigt hatte, ich wollte daran nicht teilhaben. Nicht mehr. Auf einmal stellte sie sich auf die Zehenspitzen und flüsterte ihm etwas ins Ohr. Trotz der Dunkelheit konnte ich erkennen, wie er erstarrte. Sein Körper gefror, als hätte man ihn mit Eis überzogen. Sie wandte sich zu ihm und sah ihn an, in dem Augenblick drehte er sich in meine Richtung, und ich bin mir sicher, dass er mich sah, er musste mich gesehen haben. Aber er ließ sich nichts anmerken, dann taumelte er ein wenig zurück, brachte sein Gesicht ganz nah an das seiner Tochter, seine Lippen formten ein einziges Wort, das ich nicht hörte, und er schüttelte vehement den Kopf, immer und immer wieder. Ich lief zurück in mein Zimmer.
Nachdem ich meine Sachen gepackt und mich vergewissert hatte, dass der Korridor wieder frei war, verließ ich den Palazzo und lief durch die verschachtelten Gassen des nächtlichen Venedig. Auf einmal erschien mir die Stadt wie ein Gefängnis, ich rannte und rannte und fand keinen Ausgang. Immer und immer wieder lief ich im Kreis, bis mir irgendwann klar wurde, dass ich über den

Wasserweg entkommen musste. Ich fand einen verschlafenen Gondoliere, der gerade ein betrunkenes Pärchen an ihrem Hotel abgesetzt hatte, und sprang, ohne seine Antwort abzuwarten, in die Gondel.
»Weg, fahren Sie weg«, murmelte ich.

2016/Die Katze

Sie war sich nicht sicher, wer das nächtliche Vergessen nötiger gehabt hatte, Nura oder sie. Aber vielleicht spielte es mittlerweile auch keine Rolle mehr. Das Wichtigste war, dass sie, als Onno am Morgen duschte und den Laptop offen ließ, in seinen E-Mails die Adresse gefunden hatte, zu der er fahren würde, um die letzte Botschaft zu überbringen. Sie bestellte sich ein majestätisches Frühstück aufs Zimmer. Es gab Ananassaft, den sie normalerweise nicht ausstehen konnte, aber sie trank ihn aus, weil sie davon ausging, dass Nura ihn gerne trinken würde – als sowjetisches Kind aus den Bergen war sie sicherlich nicht mit exotischen Früchten verwöhnt worden.
Nach dem Frühstück machte sie einen Ausflug zum Jardin Majorelle und ließ sich für eine Weile von der Pracht und den Farben des Gartens forttragen. Sie hatte Nuras Blumenkleid angezogen, das in die milde Wärme der »Roten Stadt« viel besser passte als in Moskaus gnadenlose Kälte, und ließ sich durch die Pflanzen und Bäume treiben. Und sie wusste, Nura wäre mehr als glücklich gewesen an solch einem paradiesischen Ort.

Nachdem sie ihren Spaziergang beendet hatte, nahm sie ein Taxi zum Dar-Bagh-Riad. Sie würde heute nichts unternehmen, ihn nur aus der Ferne beobachten, studieren. Sie wollte ihn auskundschaften, und an seinem Aussehen würde sie erkennen, wie sie vorzugehen hatte, denn bis dahin hatte sie sich nicht entscheiden können, wie ihre Begegnung genau auszusehen hatte.
Der Taxifahrer verfuhr sich und setzte sie zwei Blocks entfernt vom Hotel ab. Die Sonne drückte ihr auf den Schädel, und der Restalkohol im Blut machte sich bemerkbar. Trotz Kopfschmerzen und der Unbehaglichkeit in den Gliedern fühlte sie sich unendlich frei. Das Kleid verlieh ihr eine Art zauberhafte Leichtigkeit, als gehe sie nicht, sondern schwebe. Alles Schwere der letzten Monate schien wie weggeblasen, und die stürmische Selbstvergessenheit der vergangenen Nacht verlieh ihr die nötige Prise Selbstbewusstsein. War es Nuras erste Liebesnacht gewesen? Hätte sie die Partnerwahl befürwortet? Immerhin gab es eine Verbindung zwischen ihnen beiden, auch wenn es nicht, wie sie es sich für Nura gewünscht hätte, die große, alles relativierende Liebe war. Sie fragte einen jugendlichen Straßenhändler nach dem Weg, statt einer Antwort bot er ihr seine Waren an, Kleinkram, den weder sie noch Nura brauchten, und begleitete sie dann bis zum Hotel. Ihr war seine Gesellschaft lästig, zumal sie kein Französisch und er kein Englisch sprach, aber sie amüsierte sich über seine unglaubliche Zähigkeit und die Gabe, ihr den letzten Dreck als wahres Gold anzupreisen. Immerhin führte er sie direkt vor das schicke von Palmen und einer Golfanlage umgebene Hotel. Sie erhaschte einen Blick durch das offenstehende Tor der Umfassungsmauer, aus dem gerade ein Geländewagen mit verspiegelten Scheiben kam, dahinter erstreckte sich eine Grün-

fläche mit Liegestühlen und einem langen Pool. Sie war unentschieden, sollte sie hineingehen oder erst einmal abwarten?
Hatte Onno ihm den Umschlag bereits ausgehändigt? Hatte er das Video gesehen? Wie hatte er darauf reagiert? Diese Fragen brannten ihr auf der Zunge, aber es gab niemanden, an den sie sie hätte richten können.
Plötzlich hörte sie hinter sich Reifen auf heißem Sand. Der Geländewagen, den sie davongefahren glaubte, kam zurück und blieb in ihrer unmittelbaren Nähe vor dem inzwischen wieder geschlossenen Eingangstor stehen.
Aus dem geöffneten Fenster kam eine sonnengebräunte Männerhand, die ein Handy in einer albernen Hülle festhielt.
– Borja, nein, ich brauche das Ding nicht, komm, lass uns schnell los ..., hörte sie eine junge Männerstimme auf Russisch sagen. – Ich will hier nicht noch mal rein. Sie kommt heute zurück, Borja, was machst du da, nein, lass mich los ...
Borja, ja, Borja, Boris! Sie erstarrte und begann in ihrer Handtasche zu kramen, sie hatten sie nicht gesehen, sie durfte sich nicht umdrehen, es wäre zu verdächtig gewesen, sie war zu nah dran.
– Aber Ljonja, das ist doch keine große Sache, sie kommt heute erst spät, wir holen die Brille und fahren dann los, okay? Wir haben alle Zeit der Welt, antwortete eine ziemlich tiefe Männerstimme.
Und während sie aufgeregt in ihrer Tasche kramte, wusste sie, dass sie einen Fehler gemacht hatte.
– Diese verdammten Bastarde, schon wieder sitzt keiner an der Sprechanlage, ich werde sie umbringen, sagte der mit der tiefen Stimme und riss die Wagentür auf. In dem Moment ging sie auf ihn zu, mit gesenktem Kopf wollte

sie an ihm vorbei, und es schien ihr sogar zu gelingen, sie hatte sich schon ein paar Schritte von ihm entfernt, aber dann hörte sie ihn rufen:
– Hey! Hey, du!
Seine Stimme direkt in ihrem Nacken, er sprach sie auf Russisch an. Sie erstarrte, unter keinen Umständen durfte sie sich jetzt umdrehen.
– Was machst du hier, ich spreche mit dir, du Drecksstück!, brüllte nun der Mann. In dem Augenblick stürmte sie los, in die Richtung, aus der sie mit dem Straßenhändler gekommen war, den sie sich jetzt sehnlichst herbeiwünschte.
– He, halt! Du kommst mir nicht einfach so davon! Ihr wollt Spielchen spielen, dann komm her, wir spielen Spielchen!, brüllte er wieder, und sie konnte nicht einschätzen, ob er einen halben oder fünfzig Meter hinter ihr war. Sie rannte, so schnell sie konnte. Sie rannte um ihr Leben, nein, um Nuras Leben. Sie rannte, weil sie noch einige Leben in petto hatte und Nura nicht mehr wegrennen konnte. Sie rannte durch menschenleere Gassen, durch das blasse Rot des Viertels, vorbei an Gebetshäusern, durch auffliegende Taubenschwärme, vorbei an den blendenden Farben der Färber, vorbei an aufgehängter Wäsche und durch verfallene, mosaikverzierte Bögen, plötzlich waren da Menschen und Stände mit unzähligen Lederpantoffeln, Teppichen und Tongefäßen, sie rannte und sah sich nicht um, denn sie befürchtete, dass sein Anblick sie erstarren lassen würde. Ja, sie war sich sicher, dass in dem Gesicht dieses Mannes all das eingezeichnet sein würde, was Nura die Augen hatte schließen lassen. Verfolgten sie sie überhaupt noch? War er vielleicht beim Wagen geblieben, hatte er ihr jemanden hinterhergeschickt?

Ihr war der Atem ausgegangen, und sie hatte sich auf einen Gehsteig auf den heißen Asphalt gesetzt. Sie konnte sich nicht mehr bewegen. Da sah sie sich um. Aber von ihren Verfolgern keine Spur.
Sowie sich ihr Atem beruhigte, stieg eine animalische Wut in ihr auf, wieso war sie weggerannt? Wieso hatte sie sich nicht mit seiner hässlichen Fratze konfrontiert? Sie war diejenige, vor der er sich hüten musste. Was hätte er ihr schon tun können? Hätte er sie mitgenommen, sie ausgefragt, sie als Druckmittel gegen den General eingesetzt? Nein, das war unrealistisch. Immerhin gehörten die gesetzlosen neunziger Jahre der Vergangenheit an, auch befanden sie sich nicht auf den Trümmern der Sowjetunion. Aber solche Menschen schrieben ihre eigenen Gesetze. Es war naiv anzunehmen, dass Petruschow hier nicht so weit hätte gehen können.
Sie kaufte sich ein Wasser. Eine unglaubliche Trägheit breitete sich in ihrem Körper aus. Sie konnte sich kaum bewegen, alles schmerzte. Ihre Knie waren weich. Sie schleppte sich zu einer Bushaltestelle und fuhr in die Altstadt. Sie durfte noch nicht zum Hotel zurück, sie durfte Onno nicht in Gefahr bringen, denn sollte Petruschow doch noch hinter ihr her sein, durfte sie ihn nicht zu Onno führen.
Im schneidend blauen Abendlicht des Himmels, der mit rosa Streifen durchzogen war, landete sie auf dem überfüllten Djemaa-el-Fna-Platz mit seinen offenen Garküchen und Essensständen, den Feuerschluckern, Schlangenbeschwörern, Musikern und Wahrsagern. Menschenmassen strömten wie eine zielsichere Ameisenarmee durch die flackernden Lichter.
Sie setzte sich auf den Boden neben einen Schuhputzer und beobachtete das Treiben. Wie aus dem Nichts, voll-

kommen unvorbereitet, traf sie der Gedanke an R. Für einen kurzen Augenblick wünschte sie sich ihn herbei, wünschte sich, diesen Anblick mit ihm teilen zu können. Der Gedanke an ihn an diesem Ort erschien ihr nach den sich überschlagenden Ereignissen in jüngster Zeit nahezu absurd. Mit Lichtgeschwindigkeit hatte sie alles hinter sich gelassen. Sogar Berlin und ihre vollgepackten Kartons, die Sorgen ihrer Familie, das Vorsprechen und die Jagd nach der richtigen Chance, all das schien nahezu unwirklich. Als hätte sie noch nie ein anderes Leben gelebt als das von Nura. Als hätte sie schon immer diese luftigen bunten Kleider getragen und dunkle Haare gehabt, als hätte sie schon immer freudig, selbstvergessen, alkoholisiert nächtelang gefeiert – mit einem Mann, mit dem sie unter normalen Umständen nicht einmal eine Freundschaft angefangen, geschweige denn eine Liebesnacht verbracht hätte –, als hätte sie schon immer in dieser farbig leuchtenden Stadt gelebt, die nach Sand, Couscous, nach Gewürzen und heißem Fett, nach Eseln, Schweiß und nach vertrockneten Wünschen roch.

Aber jetzt, in diesem wirren Treiben untergetaucht, war der Gedanke wieder da. Für einen Augenblick spürte sie einen Kloß in ihrem Hals stecken, der sie würgte, und sie spürte, wie sich ihr der Magen umdrehte. Sie schloss die Augen und erinnerte sich an eine Berührung an ihrem Schambein, eine vorsichtige, zarte Berührung, die zugleich aber eine Erwartung weckte, sie hungrig machte. Es war Onno gewesen, der sie letzte Nacht so berührt hatte, und sie hatte sich für einen Augenblick vorgestellt, es wäre R. gewesen, er und sein unstillbarer Hunger nach ihrem Körper. Und für den Bruchteil einer Sekunde hatte sie sich gewünscht, R. hätte sie nie so berührt, da-

mit sie in den Umarmungen anderer diese Berührung nicht hätte suchen müssen.
Während sie auf die Feuerschlucker und Wahrsagerinnen schaute und auf die Massen der nach einem exotischen Kick gierenden Touristen und die explosiven Düfte inhalierte, dachte sie daran, dass es sein Blick war, der sie so süchtig gemacht hatte, der sie Jahre an seiner Seite hatte warten und hoffen lassen. Denn in seinem Blick, in der Art, wie er sie sah, konnte sie sich ebenfalls lieben.
Ein alter Mann in einem weißen Gewand und mit einem Gelehrtenbart sprach sie an, sie verstand ihn nicht, er war ihr lästig, sie schrie ihn an und wunderte sich über die Entschiedenheit in ihrer Stimme. Der Alte zog davon. Sie wanderte umher, schleppte sich vorbei an den Ständen mit einem Überangebot verschiedenster Waren und lauten Händlern, mit feilschenden Touristen und Eselskarren. Sie wartete ab, bis die Dunkelheit die Stadt gänzlich umarmt hatte, und machte sich dann auf den Weg zu ihrem Riad. Sie fragte sich, ob sie sich auf Onno freute oder ob sie sich lieber auf das ungenutzte Gästebett schlafen legen sollte, in der Hoffnung, der nächste Morgen würde mehr Klarheit und Ruhe bringen.
Schon im Hof sah sie ihn an einem der Restauranttische sitzen. Er redete auf Onno ein, der mit gesenktem Kopf wie ein bestrafter Schüler dasaß und alles abnickte, als gestehe er im Minutentakt seine Schuld. Der Vogelmann, der ihr stets Unbehagen einflößte, konnte nichts Gutes verheißen. Sie hatte zu viel riskiert, und die Gefahr, jetzt aus dem Spiel geworfen und auf die Auswechselbank verbannt zu werden, war ziemlich groß. Sie musste sich *nützlich* machen, musste ihr Handeln legitimieren, sie musste am besten ein Gespräch mit dem General suchen, denn auf ihn, dessen war sie sich sicher, hatte sie mehr

Einfluss als auf diesen emotionskastrierten Mann. Es war jetzt an der Zeit, dass sie von ihrem Talent profitierte, dass sie sich *unentbehrlich* machte.
Onno sah ihr mit finsterer Miene entgegen. Sie trat unschuldig blickend an den Tisch heran und grüßte die beiden übertrieben herzlich.
– Wie konntest du nur?, fauchte Onno sie an. – Du hast mich belogen und bist mir zu Petruschow gefolgt!
– Ich bin dir nicht gefolgt. Ich habe mir nur die Adresse aus deinen Mails notiert.
– Das ist doch so was von dumm, was hast du dir dabei gedacht?, brüllte Onno, und sie staunte, dass diese Stimme aus ihm kam.
– Nicht so laut, wir sind hier nicht auf dem Basar!, wandte sich Schapiro an ihn. Onno verstummte. Sie überlegte, welcher Teil ihrer Handlungen aufgeflogen war. Wer hatte sie bei Petruschow gesehen? Wussten sie auch von ihrer Moskaureise?
– Es tut mir leid, ich wusste nicht, dass ich dadurch jemanden ...
Sie gab sich als das naive, unschuldige Blumenkleidmädchen.
– Sie dürften gar nicht hier sein, sagte der Vogelmann.
– Ich dachte, die Spesen ...
– ... waren nicht dafür vorgesehen, dass Sie hier aufkreuzen und die ..., er suchte nach dem richtigen Wort, – dass Sie Alexanders Pläne gefährden. Was haben Sie sich von dieser kindischen Aktion heute Mittag erhofft? Das hier ist kein Spiel, das ist eine verdammt ernste Angelegenheit, und ich dulde nicht, dass Alexanders Vorhaben in diesem Stadium gefährdet wird. Haben wir uns verstanden?
Sein Ton blieb gefasst, aber er war kälter als sonst.

– Aber ich wusste wirklich nichts von ihr, wirklich ..., setzte Onno an.
– Er verlangt übrigens nach euch, er möchte euch sehen, jetzt gleich, fügte Schapiro wie beiläufig hinzu und trank sein Wasserglas aus.
– Er ist in der Stadt?, fragte Onno nach. Man sah ihm seinen Schrecken an.
– Er ist hier?, fragte auch Katze, sie war erleichtert, die Chance, dass sie im Spiel blieb, steigerte sich durch die Aussicht auf ein Wiedersehen mit ihm.
– Ja, ich bringe euch zu ihm. Macht euch fertig, sagte er und schaute dann Katze an: – Wir mussten schon lange genug auf Sie warten.
Er war sichtlich gereizt und versuchte, diese Gereiztheit zu unterdrücken, und das verlieh seinem Ton eine klirrende Feindseligkeit. Sie standen zeitgleich auf, wie kleine eingeschüchterte Kinder, und folgten ihm zu einem wartenden Wagen. Schapiro setzte sich nach vorne auf den Beifahrersitz, sie nahmen auf der Rückbank Platz. Er nannte dem Fahrer nur einen exotisch klingenden Namen und verstummte.
Die Fahrt nach Palmeraie verlief schweigend. Es ging zu einer Lehmziegelvilla, die inmitten eines Parks lag und ansonsten vollkommen vom Rest des Orts abgeschnitten schien. Ein Olivenhain und ein Heer von Orangenbäumen umgaben das Gebäude. Man hörte Grillenzirpen, aus dem Haus drang Musik. Onno schien mit jeder Minute nervöser zu werden, und als er die Klänge hörte, zuckte er leicht zusammen und wischte sich den Schweiß von der Stirn.
– Es tut mir leid, aber ich kriege das wieder hin, sorge dich nicht, flüsterte sie ihm beim Aussteigen ins Ohr.
– Wenn die Sache wegen dir jetzt abgeblasen wird, dann bringe ich dich um, ich schwöre es dir!

Plötzlich war aus dem einsamen Wikinger ein zorniger Boxer geworden, der sie beim Hineingehen ins Haus mit der Schulter anrempelte. Sie musste sich etwas einfallen lassen, sie würde nicht zulassen, dass man sie rauswarf wie einen zwecklos gewordenen Gegenstand.
Sie wurden in ein großes Zimmer geführt, mit einem gigantischen kupferroten Wandteppich und einem Flügel. Aus Lautsprechern drang die Arie aus *Lucia di Lammermoor*, die »Wahnsinnsarie«, wie R. sie immer genannt hatte. Wie oft hatte er sie genötigt, sich die verschiedenen Interpretationen der Oper anzuhören, um die Feinheiten der jeweiligen Auslegungen des Wahnsinns zu erkennen. Onno bereitete die Musik offensichtliches Unwohlsein, er machte sich klein, duckte sich und wandte sein Gesicht ab, sah durch die riesigen Glastüren in den zugewucherten Garten. Auf die leere Wand dem Wandteppich gegenüber war ein Beamer gerichtet, man sah eine Projektion, die gerade zu einem Still eingefroren war. Es war Schujew, der mit zusammengekniffenen Augen auf einem Sessel vor einem Laptop saß und rauchte. Sowohl Katze als auch Onno starrten die Wand an, beide irritiert von dem Bildausschnitt, der dort gezeigt wurde.
– Was ist das?, fragte Onno, der Schujew erkannt hatte.
– Das ist doch …
Plötzlich begriff sie. Natürlich, es war klar, er hatte sie ausspioniert! Er hatte sie dabei gefilmt, wie sie sich das Video ansahen.
– Er sieht sich gerade das Video an.
– Dein Video?
– Ja.
– Aber wozu?
Bevor sie ihm eine Antwort geben konnte, betrat Schapiro den Raum, gefolgt vom General. Der General wirkte

hagerer als in ihrer Erinnerung, und er schien Mühe zu haben, seine Augen offen zu halten. Er grüßte die beiden mit einem Nicken und ließ sich auf den dunkelgrünen Diwan fallen. Die beiden nahmen Platz auf bereitstehenden Hockern.
– Ich würde Ihnen gerne etwas erklären, begann Katze, nachdem sich eine unangenehme Stille im Raum breitgemacht hatte, alle vier hatten ihre Augen auf die Wand gerichtet.
– Es gibt nichts zu erklären. Ich bedanke mich für Ihre Dienste und wünsche Ihnen alles Gute. Morgen werden Sie mit Schapiro nach Berlin zurückfliegen. Sie beide. Und die Auszahlung können wir gleich vornehmen.
– Sie haben sie filmen lassen, während sie sich das Video ansehen, sagte Katze, es war eher eine Feststellung als eine Frage. Wie bei ihrem ersten Treffen vermied er, sie direkt anzusehen. Sie musste ihn dazu bringen, dass er es tat.
– Ja, das habe ich, sagte er schroff.
– Und? Sind die Reaktionen wie erhofft?
– Wie erhofft? Was soll das heißen: *wie erhofft*?
Er schien von der Wendung, die das Gespräch genommen hatte, überrascht. Seine Stimme klang merkwürdig fern, als rede er von einem anderen Raum aus mit ihnen. Die Platte war zu Onnos Erleichterung zu Ende. Die Arie verstummt. Onnos Körpersprache verriet seine Überforderung, er wollte, dass sie den Mund hielt, befürchtete, jedes zusätzliche Wort von ihr könnte die Lage nur verschlimmern. Sie musste den General aus der Reserve locken, musste mit ihrem, mit Nuras Aussehen punkten, so dass er ihr nicht mehr ausweichen könnte.
– Die drei haben also geflucht, gewütet, das Video abgeschaltet, so etwas in der Art?

Onno räusperte sich, das Räuspern galt ihr, was sie erfolgreich ignorierte.
– Und das, meinen Sie, habe ich mir als Reaktion auf das Video erhofft?
– Der Wagen steht bereit, ich kann sie wieder ..., mischte sich Schapiro irgendwo aus dem Hintergrund in das Gespräch ein, anscheinend ebenfalls in Sorge um dessen weiteren Verlauf.
– Ja. Das nehme ich an. Sie wollten ihre Reaktion mit eigenen Augen sehen.
– Und wenn das so wäre, was glauben Sie, wer von den dreien hat was getan? Sie haben sie doch selbst in der Zwischenzeit kennengelernt.
Er schien von einer Sekunde auf die andere von seinem fernen Planeten auf die Erde zurückkatapultiert worden zu sein.
– Ich nehme mal an, dass Schujew gewütet hat, geflucht, vielleicht hat er den Film vorzeitig abgebrochen. Juritsch, das wäre meine Vermutung, wird geflennt haben wie ein Schlosshund und den USB-Stick am Ende vernichtet haben, aus Angst, seine Frau könnte ihn entdecken. Petruschow ... nein, er wird es sich sicher nicht zu Ende angesehen haben. Vielleicht auch gar nicht. Ich weiß es nicht.
– Gar nicht mal so schlecht. Ja, nicht schlecht, rief der General und sprang begeistert auf, als hätte sie bei einer Wette auf das richtige Ergebnis getippt, und forderte Schapiro auf, jemanden mit Getränken zu schicken. Onno blickte verunsichert zwischen den beiden hin und her.
Schapiro, der alles andere als begeistert war, gehorchte erst bei der zweiten Aufforderung und verließ mit hastigen Schritten den Raum.

– Und sagen Sie mir auch, warum ich mir solche Reaktionen erhofft habe?
Jetzt blieb ihm nichts anderes übrig, und er sah sie an, er sah sie direkt an, und sie, in Nuras Körpersprache geübt, setzte alle Mittel ein, damit er seinen Blick nicht mehr von ihr abwenden konnte, sah ihm offen ins Gesicht, fixierte seine Augen. Er musste sich erst an sie gewöhnen, sein Blick suchte das Weite, die Flucht, aber sie ließ ihm keine Möglichkeit, sie erhob sich, machte einen Schritt auf ihn zu, begann dann, im Raum auf und ab zu gehen, dabei stets mit dem Gesicht zu ihm.
– Sie wollten die Bestätigung, dass Sie recht haben.
– Recht? Womit denn?
Etwas an ihrer Unterhaltung schien ihn zu faszinieren. Entweder war es die Tatsache, dass sie ihn durchschaute – jemand, der nicht nur den Ausgangspunkt seiner Geschichte, sondern zugleich deren Ende markierte und dadurch der Einsamkeit seines Plans in kürzester Zeit ein Ende setzte –, oder es faszinierte ihn, dass sie es *wagte*, sich auf Augenhöhe zu begeben, indem sie behauptete, seine Absichten zu kennen.
– Nun, Sie wollen diese Männer Ende des Monats an einem Ort versammeln. Aber Sie wissen, dass keiner von ihnen dem freiwillig Folge leisten wird. Sie wussten das von Anfang an. Aber ein Teil von Ihnen wünschte sich, Sie hätten unrecht, Sie würden sich irren. Ein Teil von Ihnen möchte glauben, die drei hätten sich in der Zwischenzeit geändert, und dass, wenn sie mein Gesicht, also *ihr* Gesicht, sehen, es etwas mit ihnen macht. Dass sie ... ich weiß nicht, wie ich es sagen soll: dass es sie vielleicht nicht vollkommen kaltlässt. Vielleicht nicht direkt Reue, das wäre womöglich zu viel verlangt, so sehr ändern sich Menschen nun doch nicht, aber wenigstens ... Ja, das

hofften Sie ... das hoffte ein Teil von Ihnen. Sie wollten sich vergewissern, dass Sie richtigliegen werden, wenn Sie das tun, was Sie zu tun beabsichtigen.
– All das klingt sehr ... nun ja, dramatisch. Aber ich höre Ihnen gerne zu, erzählen Sie weiter.
Sie war nun in seine Nähe gekommen, gefährlich nah, vielleicht zu nah. Sie blieb vor ihm stehen und zwang ihn, sie von unten anzusehen.
– Ich weiß nicht, was Sie tun werden, aber nun *dürfen* Sie es tun. Weil sich in den dreien gar nichts verändert hat, rein gar nichts. Weil sie alle nach wie vor glauben, getan zu haben, was in diesem Moment getan werden musste, und sich weiterhin frei von jeder Schuld fühlen. Und jetzt werden Sie sie nicht mehr nur in das Hotel irgendwo in den tschetschenischen Bergen *bitten*. Jetzt werden Sie sie dorthin *befördern*.
– Befördern. Welch eine Wortwahl! Herrlich! Und dann verraten Sie mir doch auch gleich, wie ich sie dorthin *befördere*, um bei Ihrer schönen Ausdrucksweise zu bleiben?
Onno saß wie ein Stein auf seinem Hocker und wagte nicht, sich zu rühren, lediglich seinen Kopf drehte er, als beobachtete er ein Pingpongspiel.
Ein junger Mann schob einen Getränkewagen mit verschiedenen Alkoholika herein. Kurz sahen alle in seine Richtung, als seien sie erleichtert über die Ablenkung. Er goss dem General einen Whisky ein. Katze verzichtete auf Alkohol, sie musste einen klaren Kopf behalten. Onno bat um einen Gin Tonic, er brauchte etwas Starkes, um das Ganze zu überstehen.
– Ich nehme an, Sie haben etwas gegen sie in der Hand.
– Was hätte ich getan, wäre ich im Unrecht und das Video hätte nicht die von mir erwarteten Reaktionen hervorgerufen?

– Ich denke, das wussten Sie selbst nicht. Sie haben es darauf ankommen lassen, aber nun ist es ja nicht dazu gekommen. Vielleicht hätten Sie es sogar abgebrochen oder ...
– Abgebrochen also. Abgebrochen, wiederholte er das Wort, als wollte er den Sinn erst schmecken. – Und nun, wo es nicht so gekommen ist, mit welchen *Mitteln*, meinen Sie, werde ich die Herrschaften zum verabredeten Ort bringen lassen?
Bringen lassen: diese beiden Wörter betonte er auf eine merkwürdig vergnügte Art. Sie musste auf der Hut sein, durfte sich keinen Fehler erlauben, zu viel hing davon ab. Aber sie zweifelte keine Sekunde, dass Nura es schaffen würde, am letzten Tag des Jahres in ihren heimatlichen Bergen bei dem Fest dabei zu sein.
– Sie wollen, dass ich es errate?
– Nun ja, Sie scheinen ja über einen fantastischen Überblick zu verfügen.
Aus der Ecke hörte man Schapiro schnaufen. Ihm passte diese Entwicklung sichtlich am allerwenigsten. Doch Katze hatte den General aus seinem Versteck gelockt. Er schien regelrecht Freude an ihrem Spiel zu entwickeln. Solche Pläne, davon ging sie aus, machten einsam. Sie verdammten einen zum Schweigen, zum Aushalten, zum Ausharren, und nun schien er in ihr eine ebenbürtige Mitspielerin gefunden zu haben, und sie musste mithalten.
– Ich gehe stark davon aus, dass Sie von Anfang an bestimmte Druckmittel gegen diese Männer in der Hand hatten.
Onno blickte sie mit offenem Mund an. Hatte er sie unterschätzt, oder hielt er sie gerade jetzt für vollkommen verrückt? Sie versuchte, ihn zu ignorieren, genauso wie

Schapiro. Es gab nur sie beide in diesem Raum, der vor Spannung zu vibrieren schien. Der General nippte an seinem Whisky und fixierte sie mit seinem Blick, gut so, er war aus der neutralen Sicherheit seines Verstecks herausgelockt worden, er biss an. Ihr Köder musste nun zielsicher ausgeworfen werden.

– Druckmittel. So, so. Und welcher Art?

– Wenn ich mit hohen Einsätzen kommen soll, muss ich wissen, worum wir spielen.

Jetzt war genau der richtige Zeitpunkt, um die erste vage Forderung zu stellen. Noch durfte sie nicht zu direkt sein. Er musste nach wie vor das Gefühl haben, dass er die Spielregeln diktierte.

– Mir war bisher nicht bekannt, dass wir miteinander spielen.

Er lachte auf. Dieses Lachen kam unerwartet und war ziemlich heftig. Sie hatte ihn noch nie lachen hören. Sein Lachen entsprang seiner Brust, war rau, dreckig, nahezu einnehmend kumpelhaft.

– So meint sie das nicht ..., versuchte Onno dazwischenzufunken, davon ausgehend, dass Katzes Dreistigkeit die beiden ins Abseits katapultieren würde.

– Pst, sagte der General nur, ohne den Blick von ihr abzuwenden.

– Nun, wir spielen doch, oder liege ich damit vollkommen falsch?

Ja, sie musste das aussprechen, was beiden bereits längst klar war.

– Gut, wenn Sie es so wollen, dann nennen wir unsere Unterhaltung ein Spiel.

– Ja, und bei einem richtigen Spiel sollte es immer um etwas gehen, nicht wahr? Erst dann ergibt ein Spiel richtig Sinn.

– Und je höher die Einsätze, desto besser. Spielen Sie Karten?
– Ich habe früher gespielt, ja. Ist aber schon eine Weile her.
– Ich habe mit meiner Tochter oft Karten gespielt. Sie war ein richtiges Spielkind.
War es das erste Mal, dass er vor ihr und vor allem vor Onno von seiner Tochter sprach? War es ein gutes oder ein schlechtes Zeichen? Oder diente ihre Erwähnung einem ganz anderen Ziel? War es ein Warnsignal?
– Ja, es gibt nichts Schlimmeres als Leute, die halbherzig spielen, sagte sie und schob ihre Frage schnell hinterher:
– Worum spielen wir also?
– Ich glaube, Sie gehen hier eindeutig zu weit ..., hörte sie Schapiro sagen.
– Halt den Mund, Schapiro, fuhr er dazwischen, und sie sah ihn schmunzeln.
– Worum möchten Sie denn spielen?
– Wir möchten dabei sein. Wir möchten in die Berge, sagte sie atemlos. Onno trank mit einem Zug sein Glas leer. Einen Moment lang herrschte eine unangenehme Stille. Er war aufgestanden und blickte durch die Glastüren auf den im Dunkeln versunkenen Garten.
– Welche Druckmittel, meinen Sie, habe ich gegen die Männer in der Hand?
Er hatte ihr keine Antwort gegeben, aber da er eine weitere Frage stellte, konnte sie davon ausgehen, dass er ihre Forderung akzeptierte.
– Beginnen wir mit Schujew. Er wohnt in einem recht komfortablen Stadtteil von Moskau.
– Du bist mir gefolgt ... verdammte Scheiße, Katze!, Onno schlug sich mit der Hand aufs Knie und schüttelte den Kopf.

– Er wirkt aber nicht gerade so, als würde sich jemand um ihn kümmern. Er könnte Geld gebrauchen. Aber er ist zu alt, er selbst würde mit dem Geld nicht viel anzufangen wissen, außerdem ist die Hemmschwelle zu hoch, Geld alleine würde nicht reichen, es sei denn, es wäre nicht er selbst, der das Geld braucht ... Soweit ich weiß, hat er Kinder, aber sie scheinen nicht allzu präsent.
Er drehte sich um, sein Gesicht verriet Staunen. Sie befand sich auf dem richtigen Pfad. Eins zu null. Sie hatte bis dahin nicht darüber nachgedacht, welche Druckmittel es genau sein könnten, aber jetzt, laut denkend, erschien ihr vieles geradezu logisch. Die Zusammenhänge waren da, man musste nur das Gesamtbild erkennen.
– Ich höre ...
Er gönnte ihr keine Atempause. Sie fragte, ob sie eine rauchen könne.
– Nein!, ertönte es aus der Ecke.
– Doch, rauchen Sie, rauchen Sie ruhig ...
Er warf einen strengen Blick in Richtung Schapiro.
Sie musste sich konzentrieren. Die letzte Nacht kratzte noch auf ihren Lidern, sie durfte nicht vom Weg abkommen. Die Zigarette half, Zeit zu schinden. Die Kinder also. Er hatte zwei, wenn sie sich richtig erinnerte. Einen Sohn allemal. Das wusste sie noch.
– Nun ja, entweder hat er es mit seinen Kindern richtig verschissen, Pardon für die Ausdrucksweise, oder sie haben es nicht sonderlich gut und können ihrem Vater nicht helfen ...
– Im ersten Fall würde ihm das Geld nicht allzu viel nützen?
Half er ihr jetzt, oder lockte er sie auf eine falsche Spur?
– Nun, doch, er könnte sie damit wieder für sich gewinnen.
– Ja, aber sie würden Fragen stellen ...

Unglaublich, er wollte, dass sie es erriet, er führte sie sogar auf die richtige Fährte! – ... und er möchte diese Fragen sicherlich nicht beantworten.
– Dann haben wir es! Die Kinder haben finanzielle Sorgen. Am Ende ist es doch immer das Geld ...
– Ja, ist es so?
– Ja, die Kinder brauchen Geld.
– Sie brauchen Geld. Aha!
Die Art, wie er »brauchen« aussprach, öffnete ihr die Augen. Nein, die brauchten es nicht, sie steckten richtig in der Scheiße.
– Sie haben ... einer, nein, beide haben Schulden!
Er lachte. Wieder lachte er und rieb sich die Hände. Sie zog an ihrer Zigarette. Sie fühlte sich auf einmal um einen Kopf größer. Sie musste ihm voraus sein, seine Freude nutzen und sich schnellstmöglich Gedanken machen, was es bei Juritsch sein könnte. Geld, ja, auch er schien Geld zu brauchen – seine Umgebung und seine Erscheinung hatten nicht gerade von Wohlstand gezeugt, aber *wofür* brauchte er Geld? Geld brauchten schließlich alle. Er hatte mit ihr gesprochen, was hatte er erzählt? Ihr Hirn schien zu dampfen, ihre Schläfen würden gleich platzen, sie inhalierte einen letzten tiefen Zug. Was hatte er verraten, was ihr nützlich sein konnte? Einzelne Sätze tauchten wie Stakkato in ihrem Kopf auf: »... Was soll das bringen? ... Sie können doch nicht mit dem Mann kooperieren, der Ihre Schwester ... Ich kann nicht kommen ... Ich muss arbeiten ... Es ist ja Neujahr, wissen Sie, und die Kinder ...«
Was hatte er noch gesagt? Sie musste in ihrem Gedächtnis kramen wie in einer Schatztruhe, die sie seit Jahren nicht mehr geöffnet hatte, und sich detailgetreu an den Inhalt erinnern: »... Es ist eine sehr schwierige Zeit für

meine Familie und mich …« Ja, das war schon ein Anhaltspunkt. Aber wieso war es noch mal eine schwierige Zeit? Bingo! Sie hatte es: »… die Wohnblocks hier sollen abgerissen werden, und wir kämpfen …« Wohnblocks! Natürlich, es lag auf der Hand: *Er* war derjenige, der sie abreißen ließ! Natürlich! Lampenfieber breitete sich in ihr aus, als wäre sie kurz davor, eine Bühne zu betreten.
– Ein Punkt für Sie. Schujews Sohn ist hoch verschuldet. So hoch, dass er sich vor seinen Gläubigern verstecken muss. Ein Spieler übrigens, sagte er und ging sich einen weiteren Whisky einschenken. – Er lag wegen seiner Spielsucht bereits zweimal auf Intensiv, aber er scheint nicht sonderlich lernfähig zu sein, fügte er lächelnd hinzu und ließ sich wieder auf den Diwan fallen.
– Was bieten Sie mir bei Juritsch an?
Onno mixte sich einen weiteren Gin Tonic. Als er zum Getränketisch schlich, sah sie, dass er vollkommen durchgeschwitzt war und die Kleidung an ihm klebte, als hätte er vor dem Duschen vergessen, sich auszuziehen.
– Sie sind es, oder? Ich meine, Sie sind der Mann, der die Wohnblocks abreißen lässt?
– Du hast mit ihm gesprochen?!, Onno entfuhr die Frage als ein Schrei, aber niemand kümmerte sich um ihn. Wie ein Raubtier seine Beute umkreisten sie sich, nur dass bisher nicht ganz klar war, wer von den beiden das Raubtier und wer die Beute war.
– Das erstaunt mich jetzt auch.
– Es war eher ein Selbstgespräch, würde ich sagen.
Sie musste etwas sagen, aber nicht zu viel verraten. Sie durfte sich noch nicht in die Karten blicken lassen.
– Sie werden ihn und seine Familie auf die Straße setzen, wenn er nicht mitmacht. Ich sag's doch. Es ist immer das Geld.

– Und bei Ihnen? Ist es auch das Geld?
– Nun ja, natürlich, in gewisser Weise schon.
Er räusperte sich, als wollte er ihr sagen, dass er ihr diese Antwort nicht ganz abkaufte. Mittlerweile glaubte sie ja selbst nicht mehr daran. Aber es war am einfachsten, sich daran zu halten. Es war leicht. Es war entschieden und klar. Alles andere, was sie dazu zwang, immer tiefer in diese Geschichte einzudringen, ließ sich weder kategorisieren noch erklären.
– Liege ich richtig?, hakte sie nach.
– Womit? Mit meinen Druckmitteln?
– Ja.
– Bei Ihnen muss etwas anderes hinzugekommen sein, zweiundvierzigtausend Euro nach Hause mitzunehmen, scheint nicht Ihre einzige Motivation zu sein, sagte er nachdenklich und streckte den Rücken durch.
– Bleibt noch Petruschow.
Sie durfte nicht lockerlassen, das Spiel nicht erschlaffen lassen. Sie musste die Spannung bis zur letzten Sekunde aufrechterhalten, wie sie es in der Ausbildung gelernt und schon unzählige Male auf der Bühne beherzigt hatte.
– Ja, bleibt Petruschow.
– Geld hat er selbst. Vielleicht nicht so viel, aber genug, um sich ein gutes Leben leisten zu können, und er scheint die größte Abneigung gegen Sie zu hegen.
– Was veranlasst Sie dazu, dies zu denken? Mit ihm haben Sie schließlich ja nicht plaudern können, nehme ich an.
– Weil Sie hier sind.
– Und?
– Nach Moskau sind Sie nicht gekommen. Zumindest nicht offiziell.

– Offiziell! Das ist amüsant. Wirklich amüsant.
Er klang verärgert, er schien sich ertappt zu fühlen, sie musste einen Gang zurückschalten. Er musste die Kontrolle behalten oder zumindest die Illusion von Kontrolle.
– Und die Tatsache, dass ich hier bin, sagt Ihnen, dass Petruschow mich nicht ausstehen kann? Die Logik scheint mir, nun ja, etwas abwegig.
Sie musste sich verunsichert zeigen. Er fühlte sich durchschaut, und dieses Gefühl konnten Männer wie er nicht ertragen.
– Nun ja, er muss für Sie einen besonderen Stellenwert haben. Bei den beiden anderen ist es nicht so schwer für Sie, Druck auszuüben. Sie hatten sie von Anfang an in der Hand, hier ... hier wollten Sie persönlich sichergehen, dass alles gut läuft.
Schon besser, sein Körper entspannte sich, sie musste ihm weiterhin suggerieren, dass er die Fäden des Spiels und seines Verlaufs in der Hand behielt.
– Gut, Petruschow also ... Wo waren wir stehengeblieben?
Sie musste ihn erneut für sich gewinnen. Ihn überraschen, ihm aber dabei das Gefühl geben, immer einen Schritt voraus zu sein.
– Da bin ich noch am Überlegen. Es fehlt mir an Hintergrundwissen. Auf jeden Fall ist er eine äußerst aggressive Person, so viel kann ich sagen. Und solche wie er haben es nicht gern, wenn man sie zu etwas nötigt. Aber vielleicht, vielleicht funktioniert bei ihm die Einschüchterung als Druckmittel.
– Ich dachte, das Geld sei stets die Lösung?
Er wähnte sich wieder als Gewinner. Er lächelte selbstzufrieden und nippte an seinem Glas.
– Ja, es wird schon irgendwie aufs Geld hinauslaufen, nur

in welcher Form, das weiß ich noch nicht. Vielleicht ist es die Angst vor der Scheidung?
– Scheidung? Wieso denn Scheidung?
Er spitzte die Ohren und beugte sich leicht nach vorne. Diese Reaktion war nicht gespielt. Wusste er es etwa nicht? Hatte er Petruschows Achillesferse etwa noch nicht ausfindig gemacht, war er genau deswegen hier? Wenn sie damit richtiglag, dann hatte sie gewonnen. Aber sie durfte ihm dabei nicht das Gefühl geben, sie wisse etwas, was ihm vorenthalten wurde.
– Nun ja, Ljonja, seine Begleitung, ist keineswegs seine Ehefrau.
– Ljonja?, er warf einen Blick nach hinten zu Schapiro.
– Ja, so ein junger Bursche, den er im Schlepptau hatte, mischte sich plötzlich Onno ein, auch er begriff langsam, dass die beiden dem General eine entscheidende Information voraushatten.
– Ja, Ljonja, nun ...
Petruschow musste eine Unvorsichtigkeit unterlaufen sein, ein klitzekleines Nachlassen der Kontrolle, und es erwies sich im Nachhinein als Onnos und ihr Glück, dass es just an dem Tag geschah, wo die beiden ihn aufgesucht hatten.
Sie war sich sicher, dass Schapiro ihn längst im Visier hatte. Aber Petruschow war nicht Juritsch, und er wusste, wie man die Spuren hinter sich beseitigte. Er würde sich nicht so leicht ausspionieren und seine schmutzige Wäsche durchwühlen lassen wie die beiden anderen. Er hatte seine sexuelle Orientierung und seine Affäre anscheinend gut im Verborgenen gehalten, doch dann hatte die Fensterscheibe für einen kurzen Augenblick offen gestanden, und Katze war gescheit genug gewesen, einen Blick hineinzuwerfen.

– Natürlich ist Ljonja nicht seine Frau. Seine Frau ist Lena Kalugina, die Tochter von Mischa Kalugin, murmelte der General, und sie war sich sicher, dass diese Worte Schapiro galten und einen Vorwurf erhielten.
– Mischa Kalugin, *der* Mischa Kalugin?, fragte Onno, der sich nicht länger beherrschen konnte, seine Stimme überschlug sich fast vor Anspannung und Aufregung zugleich.
– Wer soll das sein?
Onnos Aufregung spielte ihr in die Hände. Sie konnte sich ahnungsloser geben, als sie tatsächlich war, zumal sie wirklich nicht genau wusste, um wen es sich hier handelte.
– Kennst du ihn nicht? Er ist einer der führenden Köpfe bei der GASKOM.
Er sah Katze ungläubig an.
– Nein, tut mir leid.
– Verdammte Scheiße, daher kommt also die Kohle?, sinnierte Onno und lieferte ihr somit den fehlenden Baustein.
– Dumm für ihn. Das macht die Sache einfach! Ich verwette meinen Arsch drauf, dass die Gattin von seinem netten Ljonja nichts weiß und er alles dafür tun würde, dass es so bleibt. Er hat bestimmt keine Lust, aus der warmen Sonne in die graue, kalte Heimat zurückzumüssen, ohne auch nur die Aussicht auf eine Abfindung. Und das würde schließlich passieren, wenn diese Lena Wind von seiner blonden Liebe bekommt. Auch wird in Russland die Liebe zum gleichen Geschlecht nicht unbedingt geschätzt. Aber ... herrlich!
Sie zündete sich eine weitere Zigarette an und begann erneut im Zimmer auf und ab zu gehen. – Hier haben wir es doch! Sie brauchen bloß ein paar Beweise, am besten

Foto- oder Videomaterial, die seine Liebschaft belegen, und schon wird er der Einladung folgen!, rief sie aus, als handele es sich um einen erfolgreich gelösten Fall. Sie wagte sogar, zu Schapiro zu blicken und ihm zuzulächeln.
Der General wirkte auf einmal nachdenklich, er schaute in sein Glas und verfolgte sie nicht mehr mit seinem Blick. Sie hatte gewonnen! Sie hatte haushoch gewonnen! Denn sie hatte, nein, Nura hatte die fehlende Antwort geliefert, mit der er nun auch Petruschow knacken konnte, ihn dazu bringen konnte, zu tun, was er wollte.
Als sie sich erneut umsah, stand Schapiro nicht mehr in der Tür. Die Anspannung wich von ihr, sie ging zum Getränkewagen, und ohne nachzufragen, goss sie sich ein wenig von dem Wodka ein, den sie dort fand. Sie durfte feiern. Jetzt durfte sie das.
– Sind wir also wieder im Spiel?, fragte sie nach einer erneut entstandenen Pause.
– Entschuldigt mich bitte für einen Augenblick.
Der General erhob sich und entfernte sich aus dem Raum, sein Glas auf dem Diwan zurücklassend.
– Hast du vollkommen den Verstand verloren? Ist dir klar, was du alles hättest vermasseln können!, zischte Onno sie an, sobald er sich mit ihr alleine wusste.
– Ich habe es aber nicht vermasselt, verkündete sie lachend und tätschelte ihm die Schulter. – Sei nicht so ein Angsthase.
– Du bist zu weit gegangen, und du hast mich belogen. Ich dachte, wir wären ein Team.
– Sind wir auch. Gut, ich entschuldige mich, wenn ich etwas leichtsinnig vorgegangen bin, aber du hättest mich nicht mitgenommen … und ich wollte, ich musste un-

bedingt ... Ich habe es wiedergutgemacht. Habe ich doch, komm, bitte nimm meine Entschuldigung an.
Sie verdrängte den gerade aufkommenden Gedanken, dass sie die letzte Nacht das Bett mit ihm geteilt hatte. Verwarf ihn augenblicklich, entschuldigte sich damit, dass es eine Nura-Nacht gewesen war, eine Nacht für Nura, und redete sich ein, zwischen ihnen würde sich schnell wieder die harmlose freundschaftliche Neutralität einstellen.
– Du bist eindeutig zu weit gegangen. Ich weiß nicht, wie er sich entscheiden wird. Aber wenn wir raus sind, raus aus der Sache, und das wegen dir, dann werde ich dich umbringen, Katze!
Aus seinem Gesicht sprang sie pure Verachtung an, die weiche Gemütlichkeit, die er sonst ausstrahlte, schien schlagartig verschwunden. Er wollte noch etwas sagen, vielleicht weitere Drohungen aussprechen, aber der General erschien wieder im Türrahmen.
– Ich bitte darum, mich zu entschuldigen. Schapiro wird euch gleich wieder zum Hotel zurückbringen.
Wieder sah er sie nicht an. Blieb stattdessen mit dem Rücken zu ihr stehen.
– Sind wir also nach Tschetschenien eingeladen?
Diesmal stellte sie die Frage leiser und zögerlicher. Er wirkte ermattet, als hätte ihr Gespräch ihm den letzten Rest an Kraft geraubt.
– Sie haben es nicht anders gewollt.
Diese Antwort machte sie stutzig, aber sie würde später darüber nachdenken, das Einzige, auf das es jetzt ankam, war, dass sie dabei waren, wenn die Geschichte zu Ende erzählt wurde.

VIER: IM SCHNEE

2016/Die Krähe

Die Pässe seien noch befahrbar, hieß es bereits im Flugzeug, sie könnten also die Autos nehmen, meinte Schapiro.
Während des Flugs waren wir überwiegend still gewesen. Katze und ich hatten noch nie in einem Privatjet gesessen. Jeder war in Gedanken und dunklen Vorahnungen versunken.
Der General hatte sich nach hinten in eine Art Büro zurückgezogen, und auch Schapiro ließ sich erst kurz vor der Landung bei uns blicken. Wir bekamen Getränke serviert und starrten auf die Wolken.
Ich war immer noch wütend auf sie, und doch konnte ich nicht anders, als ihr Respekt zu zollen. Sie hatte eine beeindruckende Zähigkeit bewiesen, es war letztlich ihr Verdienst, dass wir mitfliegen konnten. Ich hatte sie unterschätzt, aber auch diese Erkenntnis machte mir jetzt hier über den Wolken im Jet sitzend Angst. Wir flogen ins Ungewisse, und sie blieb ein unberechenbarer Faktor. Ich spürte eine diffuse Wut auf mich selbst, dass ich meiner Sympathie für sie nachgegeben und ihre Motive nicht genauer studiert, sie im Vorfeld nicht besser *kalkuliert* hatte.
Nachdem sie unsere Tickets mit ihrem verbalen Pingpong-Match erkämpft hatte, war ich zunächst zurück nach Berlin geflogen. Sie blieb in Marrakesch, nahm sich ein günstiges Zimmer in einem französischen Hostel und schrieb mir weiterhin fröhlich-aufmunternde Nachrichten, so als wäre nichts gewesen. Dann fuhr sie in die Wüste. Als ich sie fragte, was sie dort zu suchen habe,

schrieb sie: »Wir wollten schon immer die Wüste sehen.« Ich ersparte mir die Nachfrage, wen sie mit »wir« meinte. Ich hatte genug eigene Sorgen. Zwei Tage vor unserem Abflug nach Tschetschenien kehrte sie dann ebenfalls nach Berlin zurück.

Ich ging auf Distanz zu ihr. Unsere gemeinsame Nacht verhinderte, dass sich die einstige Leichtigkeit zwischen uns wiederherstellte.

Sie trieb ihr eigenes Spiel, auch wenn es mir nicht in den Kopf ging, was sie sich von dem Einsatz erwartete, was sie davon erhoffen durfte. Sie hätte ihr Geld nehmen und in ihr Leben zurückkehren sollen, aber dieses Leben schien weder Klarheit noch Sicherheit zu bieten, als erwartete sie dort niemand, als gäbe es nichts, was sie zurückriefe. Vielleicht floh sie vor irgendetwas oder irgendjemanden. Ich wusste es nicht und war müde vom Rätseln. Meinen mehr oder minder direkten Fragen, die ich ihr in Kurznachrichten schickte, ging sie geschickt aus dem Weg. Ich musste mich aber auf das Wesentliche konzentrieren: Katze hatte mir von Anfang an vorgeworfen, ich ginge zu blauäugig an die Sache heran, es sei naiv von mir anzunehmen, dass der General mir seine Geschichte einfach so überlassen würde. Aber die Frage nach dem Preis, den er mir abverlangen würde, führte zu nichts, denn ich fand keine Antworten, und er, er würde sie mir bis zuletzt nicht geben.

Natürlich würde ich einen Preis zahlen müssen, aber genauso klar war mir, dass mir kein Preis zu hoch wäre, dass ich bereit wäre, zu zahlen. Jetzt, wo wir uns dem Ausgangspunkt unserer Geschichte näherten, fragte ich mich dennoch, ob das tatsächlich stimmte: War ich wirklich bereit, zu zahlen?

Der Flughafen war düster und kahl. Er erinnerte mich an ein Überbleibsel aus der Sowjetära, als wäre dort ein Stück vergangener Zeit konserviert: die gleichen Uniformen, der gleiche Gesichtsausdruck, der gleiche Umgangston. Ich hielt mich im Hintergrund und befolgte die Anweisungen, die Schapiro uns gab. Man hatte uns unsere Pässe abgenommen, wir mussten im Flugzeug sitzen bleiben, bis sie uns nach einer halben Stunde von einem grimmigen russischen Beamten wieder ausgehändigt wurden.
Erst dann durften wir das Flugzeug verlassen. Eisige Kälte schlug uns entgegen. Katze setzte ihre Kapuze auf, und auch ich musste meinen Kopf sofort unter einer Mütze verstecken. Ein großes, über das Empfangsgebäude gespanntes Banner fiel mir ins Auge, ein Spruch des Präsidentensohns: »Meine Waffe ist die Wahrheit und jede Armee ist machtlos gegen sie«. Ich schluckte die Worte herunter und ignorierte den ekelhaften Geschmack, den sie auf der Zunge hinterließen.
Um die Mittagszeit verließen wir den Flughafen. Draußen wartete ein schwarzer Jeep auf uns. Zwei uniformierte Soldaten mit imposanten Waffen nahmen uns in Empfang. Auch Katze schien es bei ihrem Anblick etwas mulmig zu werden, aber sie sagte nichts, schon den ganzen Flug über war sie schweigsam gewesen. Schapiro setzte sich ans Steuer und startete den Wagen. Ein zweiter, identischer Jeep folgte uns mit den beiden Uniformierten.
– Wir werden erst etwas zu uns nehmen und unseren Weg dann fortsetzen, sagte Schapiro. Wir fuhren über eine breite menschenleere Straße nach Grosny. Sowohl Katze als auch ich spähten unentwegt aus dem Fenster. Von überall blickten uns der Präsidentensprössling oder

der zum ewigen Leben verdammte tote Vater von überlebensgroßen Bannern und Plakatwänden entgegen. Egal ob es sich um einen Jugendsportwettbewerb oder um eine Universität handelte, alles trug ihre Namen. Meist waren auf den Plakaten ermahnende, demagogische Ratschläge oder patriotische Slogans abgebildet, die genauso gut aus den Sechzigern in Moskau hätten stammen können. Und dann wieder sah man darauf eine winkende Kinderschar oder eine Gruppe fröhlicher Studenten, die dem Vater oder wahlweise dem Sohn dankten – für den Aufbau und den Wohlstand, für die neuen Gebäude, für eine glanzvolle Zukunft. Und alle gemeinsam dankten wiederum dem russischen Häuptling, dessen veraltete Konterfeis und Fotos fast jede Straßenecke schmückten.
Der General saß auf dem Beifahrersitz und regte sich nicht. Er sah sich auch nicht um. Entweder, weil er das alles bereits kannte, oder weil er von all dem nichts wissen wollte. Wir erreichten das Stadtzentrum und bogen auf den breiten Boulevard, der den Namen des russischen Staatsoberhaupts trug. Dort gab es einzelne Modegeschäfte, die ebenfalls aus der Zeit gefallen schienen, daneben Cafés und Restaurants, die allesamt an amerikanische Diner erinnerten. Und an jedem zweiten Gebäude hing das Porträt des bei einem Anschlag ums Leben gekommenen Präsidentenvaters.
Überall standen martialisch bewaffnete Männer, von denen man nicht wusste, ob sie etwas beschützen oder einem einfach nur Angst einjagen sollten. Junge Frauen mit Kopftüchern, in bodenlange bunte Gewänder gehüllt, und Männer mit Bärten und traditionellen Kappen auf den Köpfen schlichen an ihnen vorbei. Dazwischen liefen herausgeputzte hübsche Kinder und ältere Frauen, die es mit den religiösen Standards weniger genau zu nehmen

schienen und meist nur ein Tuch auf dem Kopf hatten, wie es Bauersfrauen trugen. Alle bewegten sich leise und graziös, als dürften sie keine unvorsichtigen Bewegungen machen, als würden sie alles, was sie sagten, auf die Goldwaage legen. Paare hielten einen festgelegten Abstand zueinander ein, und sogar Ehepartner mit Kindern schienen jede Berührung in der Öffentlichkeit zu vermeiden.
Ich suchte nach den Spuren der vergangenen beiden Kriege. Aber nicht ein einziges Haus zeugte davon, kein Gebäude, keine Gedenktafel, kein Mahnmal erinnerte an sie, obwohl der letzte nicht einmal zehn Jahre zurücklag. Zwei Kriege mit unzähligen Toten, Verstümmelten, Vermissten, Entwürdigten, Verstörten, Hoffnungslosen, Verstummten, Gebrochenen und Hassenden. Stattdessen sah man herausgeputzte Fassaden, die unbelebt wirkten, als sei das alles eine Filmkulisse und das Leben spiele sich ganz woanders ab. Auf dem größten Hotelgebäude prangte in übergroßen bunten Buchstaben eine Laufschrift, die die große Dankbarkeit des tschetschenischen Volkes für den Präsidentenfilius zum Ausdruck brachte. Dahinter lag ein künstlich angelegter Park mit Barockelementen eines Versailles, davor eine einschüchternd große Moschee. Alle Schilder und Straßennamen waren auf Russisch. Manche Straßennamen, wie zum Beispiel die Troschew-Straße, ließen mich zusammenzucken: Viele trugen die Namen derjenigen, die diese Stadt und dieses Land dem Erdboden gleichgemacht hatten, als wollte man die Zurückgebliebenen verhöhnen.
Wir verließen das Zentrum und fuhren durch eine breite Straße mit Wohnblocks auf beiden Seiten, mit kleinen Kiosken, Gemüseläden und Straßenhändlern. Aus den Cafés erklang laute russische Popmusik. Vor einer Schule fand eine Versammlung statt, Kinder in weißen Hemden

und dunklen Röcken oder Hosen, die Mäntel und Jacken über die Schultern geworfen, als wären sie eilig nach draußen getrieben worden, standen dort in Anwesenheit ihrer Lehrer und lobpriesen mit gleichgültigen und gelangweilten Gesichtern irgendetwas. Im Hintergrund erklang ein Lied, und wieder schnappte ich den Namen des Präsidentensohnes und des russischen Häuptlings auf.

– Es ist so verdammt unwirklich …, murmelte ich vor mich hin, in der Hoffnung, mit Katze eine Unterhaltung anfangen zu können und die drückende Stille zu durchbrechen. Aber Katze sah mich nur entgeistert an, ihre Augen waren geweitet, und sie schien voller Schreck und voller Staunen. Ich fühlte für einen Augenblick Mitleid mit ihr, ich wollte sie in den Arm nehmen und sie trösten. Aber es wäre vollkommen unpassend gewesen, es hatte sich eine Kluft zwischen uns aufgetan, mit der ich nicht umgehen konnte.

Wir hielten in einer schmalen Gasse, an einer Ecke befand sich eine Autowerkstatt, vor der ein reges Treiben herrschte. Ältere Männer diskutierten vor einem ebenfalls älteren Mercedes auf Tschetschenisch. Auf einer Bank saß eine junge Mutter mit einem bodenlangen Kleid und einem Wollschal um den Kopf und ermahnte einen kleinen Jungen, der gerade dabei war, etwas vom Boden aufzuheben. Alles schien wie in Zeitlupe abzulaufen. Ich fragte mich, was in diesen Menschen vorgehen musste, die Tag für Tag dazu verdammt waren, ihre Feinde zu ehren und ihnen die verordnete Dankbarkeit zu zollen, wie es in diesen Menschen aussah, die ihre Kinder und Brüder, Schwestern und Eltern in zwei schrecklichen Kriegen verloren hatten und nun dazu genötigt wurden, so zu tun, als hätte es diese Kriege nie gegeben. Was machte das mit der Psyche von Kindern,

die mit dem giftigen Schweigen über ihre Verstorbenen und mit dem aufgezwungenen Kult um die Verhassten aufwuchsen?
Ein Polizeiwagen fuhr an uns vorbei, und ein Mann in einer sowjetisch anmutenden Milizuniform versuchte, einen Blick in unseren Wagen zu werfen. Aus irgendeinem Grund hielt ich die Luft an, wofür ich mich einen Augenblick später schämte. Ging es so schnell? War es so leicht, sich einzuschüchtern zu lassen? Alles aufzugeben, woran man glaubte, weil man sich nun an einem Ort befand, wo all das nichts zu zählen schien, ja, sogar verpönt oder verboten war? War das der natürliche Mechanismus in einem Staat, der seine eigene Geschichte neu schrieb, in der man Lügen für Wahrheit und Wahrheit für Lüge verkaufte?

Ada war für etwas gestorben, woran sie so fest geglaubt hatte, dass ihr ein Leben ohne diesen Glauben undenkbar erschienen war. Ich fragte mich, ob sie damit richtiggelegen hatte, ob ein Leben auch jenseits moralischer Kategorien lebenswert war und ob sie sich nicht doch anders entschieden hätte, wenn sie zehn oder zwanzig Jahre älter gewesen wäre. War diese Unbedingtheit nicht der Kompromisslosigkeit ihrer Jugend geschuldet gewesen? Ich fragte mich, was sie mir hinterlassen hatte. Was sie mir mit ihrer Entscheidung sagen wollte. Ja, ihr Tod galt ihrem Vater, aber zum Überbringer dieser verheerenden Nachricht hatte sie mich bestimmt. Sie hatte mir diese unsägliche Rolle zugewiesen, indem sie mich am Tag zuvor angerufen und zu sich bestellt hatte, in dem Wissen, dass ich derjenige sein würde, der ihren leblosen Körper finden würde und damit würde leben müssen. Warum hatte sie mich auf diese Weise gestraft? Wofür gab sie mir die Schuld? Dafür, dass ich mein Wissen über ihren Vater mit ihr geteilt hatte oder es eben so lange nicht getan hatte? Ich war es leid, nach einer Antwort suchen zu müssen, war in Selbstmitleid und Psychopharmaka ersoffen, im festen Wissen, dass alles, was mir bliebe, die schwarzen Flügel der Schuld und die absolute Sinnlosigkeit waren.

Sie verbrachte den ganzen Sommer in Venedig, und wir hatten uns während der Zeit immer mal wieder geschrieben, aber nach meiner hastigen Flucht in jener Nacht, als ich ihre Silhouetten im Halbdunkel hatte stehen sehen und sie offenbar etwas Entscheidendes, Unsagbares ausgesprochen hatte, begriff ich, dass ich verloren hatte. Ich schrieb ihr täglich glühende E-Mails und Nachrichten, ich signalisierte ihr, dass ich auf sie wartete, dass sie sich die Zeit nehmen könnte, die sie brauchte, aber es war nichts mehr zu retten. Sie antwortete meist knapp und ging niemals auf meine Gefühlsäußerungen ein. Sie schrieb über ihre Bilder und die Fortschritte bei der Restaurierung ihres Palasts, sie erzählte von den Schönheiten der Stadt und pries die dortigen Köstlichkeiten. Das, was uns einst vereint hatte, existierte nicht mehr.

In jenen Tagen wartete ich schon fast sehnsüchtig darauf, dass sie das Wort Trennung aussprechen möge. Ich wartete darauf, weil es so offensichtlich war. Ich hielt dieses Warten nicht mehr aus. Ich hielt es nicht mehr aus, von ihrer Gnade abhängig zu sein, ich hielt es nicht länger aus, meine Zukunft davon abhängig zu machen, dass sie mir verzeihen möge. Ich hatte das in meiner Macht Stehende getan, damit sie mir vergab, aber musste mit ansehen, dass ihre Milde nur vorgetäuscht war.

Und dann, es war Ende September, ihr plötzlicher Anruf. Ich saß über einem Artikel für ein größeres Blatt, bei

dem ich eine feste Stelle zu ergattern hoffte, und da hörte ich sie in den Hörer rufen:
– Ich bin wieder da. Ich freue mich so, dich zu sehen, Onno! Komm morgen gegen Mittag zu mir, ja? Ich werde auf dich warten!
Mein Herz schlug wie wild, ich konnte mich den ganzen Tag auf nichts anderes mehr konzentrieren. Ich tigerte herum und stopfte mich mit Essen voll, ich spielte ein Videospiel, ging spazieren, ich wollte, dass die Zeit möglichst schnell verging.
Am nächsten Morgen wachte ich gegen acht auf und konnte nicht mehr einschlafen, ich stürzte aus meiner Wohnung und durchquerte die Stadt zu Fuß. Vollkommen erschöpft kam ich an ihrem Loft an, vor dem mich nicht einmal ein Sicherheitsmann empfing, was ungewöhnlich war, denn laut Abmachung zwischen Vater und Tochter durfte sie nur unter der Bedingung alleine wohnen, dass sie seine Wachhunde in ihrer Nähe duldete. Ich fuhr mit dem großen Gewerbeaufzug hinauf und tippte den Code ein. Die überdimensionale Metalltür zu ihrer Wohnung sprang auf, und ich trat ein. Ich erinnere mich, dass mich die Stille, die dort herrschte, sofort erschauern ließ. Diese Stille gehörte nicht zu diesem Ort, und sie passte nicht zu Ada. Ich rief nach ihr, aus irgendeinem Grund ging ich als Erstes ins Badezimmer, rief erneut, weiterhin kam keine Antwort. Ins Schlafzimmer traute ich mich erst, nachdem ich in allen anderen Räumen vergeblich nach ihr gesucht hatte, unbewusst wappnete ich mich vielleicht bereits gegen etwas Schreckliches, ich weiß es nicht mehr …
Und da lag sie. So jung und schön, mit den blonden Haaren, aus denen das Pink gänzlich verschwunden war. Sie lag da, fast friedlich, als ruhe sie sich nach etwas sehr

Anstrengendem aus. Aber ihre Blässe verriet sie. Der Tod musste bereits vor einigen Stunden eingetreten sein. Das Blut war aus ihrem Gesicht gewichen. Bei genauem Hinsehen wirkte sie wie eine Wachsfigur, eine Kopie ihrer selbst. Ich weiß, dass ich nicht geschrien habe. Ihr Tod hatte mir die Stimme genommen, ich blieb stumm. Ich setzte mich zu ihr aufs Bett und berührte ihre kalte Hand. Ich suchte ihren Puls. Ich wusste, dass es bereits zu spät war, ich wählte trotzdem mechanisch die Notrufnummer, in der Hoffnung, ich könnte mich irren.
Erst dann bemerkte ich die leere Pillendose mit polnischem Schriftzug, Schlaftabletten, die sie Gott weiß woher hatte. Ich saß da, regte mich nicht und studierte ihr Gesicht. Die Augen waren sanft geschlossen, als könnte sie sie jede Sekunde wieder öffnen, die Arme entlang des Oberkörpers ausgestreckt, das rechte Bein leicht angewinkelt. Ich dachte nichts mehr, ich fühlte nichts mehr. Die einzige Gewissheit, die ich in diesem Moment besaß, war, dass sie mein Leben ebenfalls mitgenommen hatte und dass das, was jetzt folgen würde, nur der billige Versuch einer Nachahmung wäre. Von nun an wäre es nur noch ein Als-ob.

Wir stiegen vor einem kleinen Holzhaus aus. Es gab kein Schild, das auf ein Lokal hingewiesen hätte. Der General ging voraus, gefolgt von Schapiro. Wir landeten in einem geräumigen Laden mit weiß gedeckten Tischen und künstlichen Blumen an den Wänden. Aus einer Ecke drang ein russisches Chanson, hinter einer Vitrine stand eine schwarz gekleidete Frau, die gerade dabei war, Gemüse zu schneiden.
Der Laden war leer. Sie kniff die Augen fest zusammen, als sie uns sah, und erstarrte.

– Alexander, mein Junge, Alexander!, rief sie begeistert in lupenreinem Russisch. Beim Näherkommen erkannte ich das slawische Gesicht. Ihre hohen Wangenknochen, ihre kristallklaren blauen Augen, die Stupsnase, die hochgewachsene Statur verrieten, sie war keine von hier. Das »mein Junge« in Kombination mit dem General erschien mir allerdings sehr unpassend, aber etwas an ihrer Herzlichkeit nahm auch mich gefangen. Mit ausgebreiteten Armen kam sie auf den General zu und schloss ihn in ihre Arme. Er küsste sie auf die Stirn und setzte sich dann an einen der Tische.
– Du hättest mir doch Bescheid geben müssen!, empörte sie sich. – Ich hätte mich vorbereitet. Mein Gott, ich habe dich gar nicht erwartet! Hallo allerseits!
Sie reichte uns die Hand und stellte sich als Galina vor.
– Wir sterben hier alle vor Hunger!, rief jetzt der General und erkundigte sich mit Blick auf die leeren Tische nach der Kundschaft.
– Nun ja, die Tschetschenen sind noch nicht so ganz überzeugt, sie trauen uns nicht so richtig über den Weg, sie sind ja auch ziemlich nationalistisch, was das Essen angeht, aber langsam … Wir haben es auf irgendwelche westlichen Blogs und Webseiten geschafft, und langsam wird es.
Erst jetzt bemerkte ich ein winziges Schild über der Eingangstür, auf der mit lateinischen Buchstaben Coq au vin geschrieben stand, und einige Reiseblogsticker auf der Glastür.
– Wir nehmen die Empfehlung des Hauses!, beschloss Orlow für uns alle, und Galina eilte ins Nebenzimmer, das anscheinend als Küche diente, man hörte sie dort auf Russisch Anweisungen geben.
– Ich empfehle die Soupe à l'oignon gratinée und natür-

lich den Coq au vin de Bourgogne. Als Dessert könnt ihr zwischen Crêpes au citron oder den Cassis-Macarons wählen, rief Galina aus der Ferne.
– Herrlich! Nehmen wir alles!, rief der General. Auch Schapiro schien von so viel unerwarteter Herzlichkeit seines Herrn überrascht. Später kam Galina zu uns an den Tisch und erzählte, dass dieses Restaurant nur dank des Generals eröffnet werden konnte.
– Mein Sohn und dieser gut aussehende junge Mann hier – und sie klopfte dem General auf die Schulter – waren gute Freunde, sie haben zusammen in Tschetschenien gekämpft, mein Sohn ... hat den Krieg nicht überlebt. Mein Aljoscha war ein großer Verehrer der französischen Küche, er wollte Koch werden und in Frankreich seine Ausbildung machen, immer hat er von diesen exotisch klingenden Rezepten gesprochen, uns allen damit in den Ohren gelegen, weißt du noch, Alexander?
Der General schmunzelte und trank seinen türkischen Kaffee, den ihm ein schüchternes Mädchen mit Kopftuch serviert hatte. Galina überhäufte den General mit Lobeshymnen, wie er ihr geholfen, wie er sie unterstützt hatte.
– Bitte, komm, lassen wir das, Galina ..., protestierte er und wandte sein Gesicht ab.
– Nein, deine Freunde müssen wissen, mit wem sie es zu tun haben! Welch ein großzügiger Mensch du bist! Nach Aljoschas Tod ... Ich weiß nicht, ob ich es ohne seine Hilfe geschafft hätte. Aljoscha war mein einziger Sohn.
Für einen Augenblick verstummte sie und sah zu Boden. Dann, als wäre sie erneut zum Leben erwacht, fuhr sie im gleichen heiteren Ton fort:
– Es gab damals eine Organisation, NGO oder wie die alle heißen, da wollten ein paar nette Leute russische

Mütter mit tschetschenischen Müttern zusammenbringen, deren Kinder im Krieg gefallen waren, und ich bin damals hierhergekommen und ... bin geblieben. Ich habe wunderbare Menschen kennengelernt, und ich weiß, das klingt merkwürdig, aber so habe ich das Gefühl, meinem Sohn näher zu sein. Hier war er zuletzt am Leben ...
Wieder sah sie irgendwohin, wo für uns nichts zu erkennen war.
– Und Alexander hat mich all die Jahre unterstützt. Und dann sagte er zu mir: Warum machst du nicht das, was dein Sohn machen wollte? Warum lernst du nicht, all diese wunderbaren Rezepte zu kochen, und eröffnest ein eigenes Restaurant? Ich war am Anfang skeptisch, ich bin ja auch nicht mehr die Jüngste, aber er, dieser hartnäckige Kerl, hat mich schließlich überzeugt, und nun kann ich es mir gar nicht mehr anders vorstellen ... Dieser Laden ist mein ganzer Stolz. Ich habe es nicht bis nach Frankreich geschafft, aber ich habe mich in einem sehr feinen Moskauer Hotel von einem Franzosen ausbilden lassen, und voilà, hier bin ich!
– Und sie ist die Beste, sage ich euch!, sagte Orlow und tätschelte ihre Schulter.
– Ja, wir haben vor drei Jahren eröffnet. Die Tschetschenen sind zwar nicht so die Restaurantgänger, und wenn, dann finden sie diese abscheulichen Fast-Food-Ketten toll, aber langsam ... Ja, langsam kommt Leben in die Bude. Wir sind mittlerweile ein internationaler Geheimtipp. Letzte Woche war eine Gruppe aus Dagestan da. Sie meinten, sie hätten viel über uns gehört, und wollten nun speisen wie die Könige in Frankreich. Aber es ist natürlich eine Schande, dass ich euch keinen französischen Wein anbieten kann. Wie Sie vielleicht bereits wissen, ist Alkohol hierzulande verboten.

Niemals hätte man an solch einem Ort ein solches Essen vermutet. Das Ambiente passte überhaupt nicht zu diesem erlesenen Essen, aber die Dekoration sollte wohl den ortsansässigen Gästen Vertrautes suggerieren. Katze schien fasziniert von der Frau und beobachtete sie ununterbrochen. Als sie rauchen ging, folgte ich ihr auf Aufforderung der Restaurantbesitzerin nach draußen.
– Ich soll dir von Galina ausrichten, dass Frauen hier nicht rauchen. Zumindest nicht öffentlich. Falls wer vorbeikommt, kann ich dir die Kippe abnehmen.
Die Gasse lag in einem grauen Nachmittagslicht. Von fern drangen Stimmen von der Autowerkstatt zu uns.
– Quatsch! Ich rauche, wann und wo ich will.
– Sei nicht albern ... Wir wollen Galina keinen Ärger machen, oder?
Sie sah mich nachdenklich an, dann nickte sie etwas enttäuscht, als sei sie noch nicht ganz von meinem Argument überzeugt. – Wahnsinn, oder?
Ich versuchte, ein Gespräch anzufangen und das Eis zwischen uns zu brechen.
– Wer war er?, fragte sie mich.
– Wen meinst du?
– Diesen Aljoscha.
– Er war bei Nuras Ermordung dabei. Und hat sich das Leben genommen. Aus irgendeinem Grund haben ihn die Medien damals gänzlich aus der Sache rausgehalten. Wahrscheinlich, weil es kein sonderlich gutes Licht auf die russischen Streitkräfte geworfen hätte.
– Findest du das Ganze nicht auch etwas merkwürdig? Wieso bringt er uns hierher?
– Wieso ist das schon wieder merkwürdig? Du hast ihr doch zugehört.

– Mann, Onno, wach doch auf … Er räumt auf. Er räumt richtig auf.
– Katze, du hast schon vieles in die Sache reininterpretiert und dich genug da hineingesteigert, meinst du nicht auch?
Ich sah ihre klaren Augen, erkannte die Entschlossenheit in ihrem Gesicht und spürte eine verwirrende Nähe zu ihr, die mir nicht passte, die mich fast schon abschreckte, aber sie war mein einziger Halt, mein einziger Begleiter auf dieser obskuren Reise.
– Er … er …, stammelte sie und drückte ihre Zigarette mit dem Fuß aus.
– Beruhige dich, ist ja gut.
Ich drückte sie an mich. Sie wirkte auf einmal so verloren, angespannt, schutzbedürftig an diesem fremden Ort. Sie ließ sich umarmen, sie harrte an meiner Brust aus, die Anspannung ließ nach, ich hätte noch Stunden so stehen bleiben können.
– Wir kriegen das schon hin. Heute Nacht sind wir bereits in diesem Hotel, und morgen ist das Ganze vorbei.
– Eben.
– Was meinst du?
– Er wird nicht mehr zurückfahren. Er bleibt hier.
– Er bleibt hier?
– Ich verstehe dich nicht. Du hast dich dein halbes Leben mit diesem Mann beschäftigt, du bist ihm so nah gekommen, du warst mit seiner Tochter zusammen, und du fragst dich kein einziges Mal, was hier gerade passiert?
– Er wird sie nicht umbringen. Er ist ja kein Psychopath. Falls du das meinst. Es ist ein Spiel!
– Und was heißt hier *Spiel*?
– Ich schätze, es geht um eine Form von Erkenntnis.

Oder was denkst du? Knallt er uns alle ab, ja? Warum warst du dann so scharf drauf, mitzukommen, hä?
Langsam ging mir ihre Besserwisserei auf die Nerven. Natürlich hatte sie recht, dem Ganzen mit Misstrauen zu begegnen, aber ich durfte keine Zweifel zulassen, ich durfte nicht zurückschrecken, ich war fast am Ziel. Doch ich konnte ihr nicht sagen, dass ich mich schon längst entschieden hatte und es für mich keine Alternative gab.
– Er räumt hinter sich auf. Als ob er sich auf seinen eigenen Tod vorbereiten würde.
– Hätte er sich umbringen wollen, hätte er das schon längst getan, glaub mir. So einer wie Orlow knallt sich nicht einfach so ab.
– Kommt wieder rein, das Dessert ist da.
Schapiro winkte uns in das Lokal.
Eine Stunde später brachen wir auf. Orlow war noch kurz mit Galina in die Küche verschwunden, und sie kamen strahlend und Arm in Arm zurück.
– Gott segne euch!, rief sie in der Tür stehend und winkte uns allen zum Abschied zu.
– Das wird schon alles, Galina! Und es wird keine Hausdurchsuchungen mehr geben, Schapiro kümmert sich darum, ermutigte der General sie noch aus dem Wagen heraus.
Das andere Auto mit den zwei Uniformierten hatte die ganze Zeit auf der gegenüberliegenden Straßenseite auf uns gewartet.
Auf der Weiterfahrt ließ Schapiro einen russischen Radiosender mit schlechter Musik laufen, und wir alle spürten eine Erleichterung darüber, nicht reden zu müssen.
Die Fahrt dauerte fast drei Stunden, ich spürte Katzes Anspannung, die mich ebenfalls nervös machte. Sie rutschte auf dem Sitz hin und her, rieb sich die Hände,

schnaufte, versank dann wieder in eine unnatürliche Reglosigkeit. Ich wusste, dass Fragen sie umtrieben, auf die sie keine Antwort fand. Aber für Antworten war es zu spät, wir waren bereits hier.

Die Pässe waren noch nicht eingeschneit, wir ließen aufgeräumt wirkende Dörfer hinter uns und mit ihnen unzählige Banner und Plakate des Vaters, des Sohnes und des Häuptlings. Wir ließen Kinder und ihre Mütter an Wegrändern zurück, wir passierten mit Porträts der »heiligen Dreifaltigkeit« geschmückte Schulen und Jugendzentren, wir kamen an Hirten und ihren Schafherden vorbei, wir drangen weiter in die raue und karge Berglandschaft vor, die sich immer mehr zu schmalen Pfaden neben schwindelerregenden Abhängen verjüngte, den Blick auf die Berge, deren Gipfel vom Schnee bedeckt waren, als schliefen sie alle unter einer weißen Decke, und die unendlich weit in den Himmel zu ragen schienen, der uns wolkenreich in ein pudriges Licht getaucht immer näher kam. Die Luft war eisig und kristallklar. Immer langsamer und vorsichtiger fuhren die Wagen durch die sich in die Höhe schraubenden Serpentinen. Die Landschaft raubte uns den Atem, und das Licht der untergehenden Sonne ließ die Schneedecke in einem satten Orangeton erstrahlen. Nur die synthetische, geschmacklose Musik aus dem Autoradio zerstörte die Erhabenheit des Moments. Eine offensichtlich talentfreie Frau sang so etwas wie, dass sie den Autopiloten einschalten und den Honig deiner Lippen anfliegen wolle, und verabschiedete sich im Refrain von ihrem Lippenstift. Als mir der Sinn der Worte schließlich klar wurde, musste ich laut auflachen, aber keiner schien mein Lachen zu registrieren, jeder blieb in sich gekehrt und gefangen von der Aussicht, die sich vor unseren Augen ent-

faltete, als lüftete hier die Natur ein Geheimnis, als zeigte sie etwas, was nicht für unsere Augen bestimmt war.
Auf halber Strecke fing es an zu schneien, und die Flocken fielen immer dichter, immer schneller. Wir mussten unser Tempo verlangsamen, obwohl es kaum Autos gab, die uns entgegenkamen, Anzeichen von menschlichem Leben wurden immer seltener, es gab keine Siedlungen, keine Dörfer, nur vereinzelt ein paar verwaiste Wehrtürme auf den Hügeln.
Die einbrechende Dunkelheit schien sogar das Scheinwerferlicht der Autos zu schlucken, im Schneckentempo bahnten wir uns unseren Weg. Ich spürte eine angenehme Schwere auf meiner Schulter, Katze war eingenickt und ihr Kopf schlaftrunken auf meine Schulter gesunken.
Irgendwann, als ich bereits dachte, unsere Fahrt würde niemals enden und unser Ziel wäre es, einfach immer weiterzufahren, wurde es plötzlich wieder heller, und ein magischer Ausblick öffnete sich auf einen öligen, reglosen See, an dessen Rändern wilde Berghänge emporragten und um den herum ein paar Laternen Licht spendeten. In die Mitte des Sees ragte ein langer Holzsteg, an dem vereinzelte, verlassen wirkende Boote vertäut waren.
– Die Tschetschenen erzählen gern davon, dass niemand die genaue Tiefe des Kezenoy-Sees kenne. Sie lieben wie fast alle Bergvölker die Mystifizierung der eigenen Geschichte.
Seit unserem Aufbruch in Grosny hatte der General kein Wort verloren, jetzt war es, als wäre gerade ein endloser Winterschlaf zu Ende gegangen. Nun hob auch Katze den Kopf und sah sich irritiert um.
– Hier lebte, so erzählt man sich, vor Urzeiten ein Volk,

das den Göttern abgeschworen hatte. Sie lebten ohne Gottesfurcht und frönten nur ihren eigenen Gelüsten, und eines Tages, wie konnte es anders kommen, ereilte sie die Strafe der Götter. Sie ließen den Boden sich auftun und das ganze Dorf verschlucken. Am nächsten Tag lag an der Stelle, wo zuvor das Dorf gewesen war, der See, in dessen Tiefen die Überreste dieses Volkes ruhen.
Ich versuchte, es mir vorzustellen, aber statt des urzeitlichen Götterzorns sah ich eher eine actionreiche Szene aus einem Hollywood-Katastrophenfilm vor mir. Plötzlich tauchte inmitten dieser faszinierenden Wildnis ein imposantes Holzgebäude auf, das auf einem der Hügel thronte wie ein Fremdkörper, es hatte etwas von einem Cottage in einem Skigebiet.
– Wir sind da, das ist das Hotel, sagte Schapiro.
Wir folgten einem asphaltierten Weg, bis wir einen Parkplatz erreichten, der Wagen hinter uns kam ebenfalls zum Stehen. Das Hotel lag im schummrigen Licht einiger Laternen und strahlte eine nicht zu dieser wilden Natur passende Gemütlichkeit aus. Es hatte etwas Skandinavisches mit den breiten Holzbalkonen und dem bis zum Boden reichenden Satteldach. Außer den Wagen, mit denen wir gekommen waren, war der Parkplatz leer. Um uns herum herrschte eine ungewohnte, fast schon unwirkliche Stille. Die frostige Kälte schlug uns sofort nach dem Aussteigen wie eine Ohrfeige ins Gesicht und ließ die Wangen brennen.
Am Eingang erwartete uns ein groß gewachsener Mann mit dichtem Bart und einem Norwegerpullover.
– Maschallah! Herzlich willkommen, ich bin Achmad, ich stehe für alle Ihre Fragen und Wünsche jederzeit zur Verfügung!, sagte er in einem schwerfälligen Russisch mit kaukasischem Akzent und reichte uns allen

die Hand. – Die anderen Gäste sind bereits gestern angekommen und ruhen sich in ihren Zimmern aus, fügte er in Richtung des Generals hinzu und verneigte sich leicht.

– Haben Sie normalerweise viele Gäste?, wollte Katze sofort wissen, als wir die geräumige, menschenleere Lobby mit dem schönen Steinfußboden betraten. Wahrscheinlich wollte sie in Erfahrung bringen, ob es überhaupt ein normales Hotel an einem besonders schönen und abgelegenen Erholungsort war oder wieder irgendeine Attrappe.

– Bald werden wir welche haben. Sie sind unsere ersten Gäste. Das Hotel ist noch nicht in Betrieb.

Mir brannte die Frage auf der Zunge, ob Orlow der Eigentümer war, aber ich verkniff sie mir. Letztlich war so ein Detail jetzt auch vollkommen irrelevant. Was zählte, war die Information, dass »die anderen Gäste« bereits anwesend waren. Also war bis hierhin alles nach Plan verlaufen.

Schapiro und der General verschwanden augenblicklich. Achmad wies uns unsere Zimmer zu. Katze und ich waren im zweiten Stock direkt nebeneinander untergebracht. Die Zimmer waren schlicht und gemütlich eingerichtet, alles roch neu und unbenutzt, nach frischem Holz. Ich fiel aufs Bett und verharrte ziemlich lange in einer Position, als könnte ich mich nicht mehr bewegen. Es war die Müdigkeit, die Angespanntheit, die Überforderung angesichts dieses isolierten Fleckchens Erde, angesichts der unberührten Natur und ihrer angsteinflößenden Erhabenheit, aber vor allem angesichts dessen, was uns bevorstand. Morgen endete das Jahr, morgen endete Orlows Geschichte, und ich würde endlich erfahren, welches Ende er für sie vorgesehen hatte.

Man hatte uns gegen neun Uhr in das Hotelrestaurant zum Abendessen gebeten. Ich zwang mich unter die Dusche und blieb dort eine Ewigkeit unter dem heißen Wasserstrahl stehen. Ich versuchte, durch die Wand zu horchen, wollte wissen, was sie tat, wie es ihr ging. Ich sehnte mich nach der völlig irrationalen Bindung, die sich in den letzten Wochen zwischen uns angebahnt hatte und für die ich keine genaue Bezeichnung hatte. Als fühlte ich mich für sie verantwortlich, weil ich sie bestärkt hatte, in diesen Wahnsinn einzusteigen. Und viel mehr als die Frage nach dem Urteil, das Orlow über uns fällen würde, beschäftigte mich die Frage, warum er es ihr erlaubt hatte, ihn hierher zu begleiten.
Wir trafen uns im Flur. Sie hatte sich umgezogen und trug ein dunkelblaues, knielanges Kleid, das ihrer Figur sehr schmeichelte und ihre Mädchenhaftigkeit betonte. Überhaupt, stellte ich fest, hatte sie sich in den letzten Wochen auch äußerlich verändert. Die dunklen Haare und der veränderte Kleidungsstil hatten einen ganz anderen Typ Frau aus ihr gemacht. Sie wirkte jünger, verspielter, verletzlicher, als hätte sie den Panzer ihres geschützten Großstadtlebens abgeworfen und suchte nun ausgehungert nach Erlebnissen, die sie an ihre Grenzen bringen oder gar verletzen könnten. Sie lächelte mir zu und hakte sich bei mir unter.
– Was für ein unglaublicher Ort!, rief sie und zwickte mich in den Arm.
– Ja, so völlig unwirklich.
– Morgen ist Silvester! Meinst du, wir werden groß feiern?, sagte sie und lachte auf ihre kehlige, provokante Art und schüttelte gleich darauf den Kopf. – Was wirst du tun, wenn das alles vorbei ist?
– Schreiben. Das Buch schreiben. Und damit das Kapitel

ein für alle Mal abschließen. Und dann ... dann vielleicht den Beruf wechseln und einen kaukasischen Schnellimbiss in Kreuzberg eröffnen. Das wäre doch was? Du könntest Rezepte beisteuern.

– Ich habe Angst, Onno, sagte sie plötzlich, als wir bereits im Treppenhaus waren, und eilte mir ein paar Schritte voraus.

– Ich auch, antwortete ich in einem möglichst neutralen Tonfall. – Aber ich denke, das ist normal.

– Diese Männer mit den Waffen, was soll das?

– Wir sind immerhin in Tschetschenien, der General braucht hier einen gewissen Schutz.

– Nein, ich denke, sie sollen Druck ausüben.

– Dann wird er von ihnen eben die Geständnisse erzwingen, sagte ich in einem tröstenden Ton und fragte mich, ob ich an diese Version selbst glaubte.

Wir traten in das Halbdunkel eines Raums, der hauptsächlich durch ein flackerndes Kaminfeuer beleuchtet wurde und in dem es nach Köstlichkeiten duftete. In der Mitte befand sich ein langer Holztisch, üppig gedeckt mit verschiedenen Käse- und Wurstplatten, Teigwaren, von denen ich die meisten nicht kannte, daneben eine dampfende Suppe, und auf einem kleinen Beistelltisch standen alkoholische Getränke aufgereiht. Vor dem Kamin hatte der alte Schujew in einem Ledersessel Platz genommen und wärmte sich die Hände. Juritsch saß mit einem verschreckten Gesichtsausdruck am Tisch und aß die letzten Reste von seinem Teller.

Beide hatten sich ängstlich zu uns umgedreht. Juritsch sprang auf, als hätte er einen Geist gesehen, und Schujew fluchte. Wir waren ganz offensichtlich nicht allzu willkommen, und vor allem: Wir wurden nicht erwartet. Dann betrat Schapiro den Raum, gefolgt vom General,

der einen schwarzen Rollkragenpullover und eine dunkelgrüne Hose trug.
– Guten Abend, meine Herren, ich hoffe, Sie hatten eine angenehme Reise und fühlen sich gut aufgehoben und bewirtet. Ich habe Achmad gebeten, Ihnen alle Wünsche von den Lippen abzulesen, und wie ich sehe, habe ich den einen oder anderen Wunsch durchaus befriedigen können, nicht wahr, Zaika?
Er sah mit einem schelmischen Lächeln zu Juritsch.
– Guten Abend, General ... Alex ..., stammelte dieser ehrfürchtig und hatte in dem Augenblick etwas furchtbar Mitleiderregendes an sich, in seiner viel zu großen, ausgebleichten beigen Hose und seinem ausgefransten Sweatshirt.
Schujew fixierte Orlow mit blutunterlaufenen Augen. So viel Hass in einem Blick hatte ich selten gesehen. Der General nickte ihm neutral freundlich zu, als sähe er einen alten Arbeitskollegen wieder, mit dem man zwar nie viel zu tun gehabt hatte, der einem aber keineswegs unsympathisch war. Und wieder einmal staunte ich über seine Fähigkeit, Masken an- und abzulegen. Seine Gefühle so eisern seinem Willen unterzuordnen zeugte von einer beängstigenden, übermenschlichen Selbstbeherrschung und einer selbstverständlichen Annahme, dass jeder um ihn herum seine Macht akzeptierte und sich ihr fügte.
– Boris lässt sich entschuldigen, er ist, wie ich höre, in seinem Zimmer geblieben und möchte sich unserer illustren Runde noch nicht anschließen, sagte er und nahm direkt gegenüber von Juritsch Platz. Auch wir ließen uns auf etwas weiter entfernt stehende Stühle sinken.
– Ach was, rückt doch alle näher, kommt, es ist doch viel

gemütlicher so. Und Herr Oberst, Sie möchten wir ebenfalls zu Tisch bitten, wenn Sie so nett wären. Leisten Sie uns doch bitte Gesellschaft.
Unwillig und etwas vor sich hin brummend stand Schujew auf und schleppte sich zu uns, setzte sich neben Juritsch. Immer wieder starrten die beiden zu Katze hinüber, die sie stoisch ignorierte. Aber keiner wagte die Frage zu stellen, wer sie war und was sie hier zu suchen hatte. In Juritschs Blick konnte ich so etwas wie Schmerz erkennen. Schujews Blick verriet blanken Zorn.
– Du hast uns erpresst, du hast es gewagt, unsere Kinder und Familien zu bedrohen ... Ich möchte wissen, was das soll! Ich möchte wissen, wozu ich hier bin!, stieß Schujew wütend aus und knallte die flache Hand auf den Tisch. Im Hintergrund hörte ich Schapiro laut ausatmen, er hielt sich anscheinend schon für alle Eventualitäten bereit.
– Sachte, sachte, alles zu seiner Zeit. Wir hatten eine lange Anreise. Wir werden in Ruhe essen, und wenn sich uns dann der werte Offizier Petruschow angeschlossen hat, werden wir über alles reden. Achmad, schenk uns allen bitte Wodka ein. Das ist das Schöne an bestimmten Privilegien: Nicht alle Verbote gelten für einen, nicht wahr?, sagte er und lachte übertrieben laut. Achmad schenkte uns allen von der klaren Flüssigkeit ein. Wir prosteten uns zu und begannen zu essen.
– Wanja, guter, alter Wanja! So lange her, nicht wahr?
Der General sah Juritsch auf einmal mit nahezu sentimentalen Augen an und stieß erneut mit ihm an. – Ich weiß, du hast Sorgen ... Aber alles wird gut. Deine Familie wird eine solide Entschädigung erhalten, ihr könnt euch viel mehr Wohnraum leisten, vielleicht etwas zentraler ziehen. Deine Kinder werden es gut haben.

– Danke, danke, Gene... Alex! Du weißt, wir können uns keine teure Wohnung leisten ...
Und Juritsch, als hätte er vergessen, wo er sich befand und wem er gegenübersaß, plauderte unverfänglich und frei von der Leber weg über seine tägliche Arbeit und die geringe Bezahlung und von den Privatstunden der Kinder, die so viel kosteten, und dass die Wohnung seiner Frau gehöre und sie das einzig Wertvolle sei, was sie besitze. Und nach der erneuten Zusicherung des Generals, dass ihm eine angemessene Entschädigung zukommen würde, fing er sogar an, ihm überschwänglich zu danken, woraufhin er einen demütigenden Kommentar vom Oberst erntete.
Nach etwa einer Stunde wurde Petruschow in den Raum gestoßen. Zwei Männer in Camouflageuniform beförderten ihn mit Schwung in Richtung des Tisches, er taumelte, verlor das Gleichgewicht, fing sich aber doch noch im letzten Augenblick, fluchte und blieb außer sich vor uns stehen.
– Du Bastard!, stieß er hervor, den General ansehend, aber einer der bewaffneten Männer machte bereits einen Schritt zu ihm hin, und so blieb ihm nichts anderes übrig, als in einem ziemlich großen Abstand zu uns am Tisch Platz zu nehmen.
– Du miese kleine Ratte! Was soll die Scheiße!
Erst jetzt bemerkte ich sein blaues Auge. Anscheinend hatte es bereits ein Vorspiel gegeben. Sein Blick wanderte zu Katze. Er starrte sie schamlos an.
– Und wer ist diese Nutte?
– Hey, Borja, wir mögen es nicht, wenn man hier Damen beleidigt. Ich muss dich um einen höflicheren Ton bitten. Hier, trink erst mal einen!
– Ich werde einen Scheißdreck tun! Du bist von Sinnen,

und du wirst mich nicht einschüchtern. Und diese billige Kopie! Du bist wirklich so was von krank! Engagierst irgendein billiges Double und erhoffst dir … was? Ja, was eigentlich? Was soll diese Show? Was machen wir hier?
– Ja, das möchten wir gern wissen!, rief Schujew.
– Aber das ist doch ihre Schwester, dachte ich …, murmelte Juritsch, aber niemand hörte ihm zu.
– Du kriegst mich nicht klein! Ich bin nicht einer deiner Speichellecker!, brüllte Petruschow.
– Diese Dame, nennen wir sie doch für die Zeit des Aufenthalts hier Nura, ist mein Gast, und ich bitte euch alle, euch ihr gegenüber anständig zu benehmen! Komm, Petruschow, iss, trink, entspann dich ein wenig. Deine Aggressivität hat, wie ich sehe, in den letzten zwanzig Jahren kein Stück abgenommen!
Der General bewahrte den freundlich-kulanten Ton, der Petruschow umso mehr zu reizen schien, und tat sich etwas auf den Teller.
– Köstlich, danke, Achmad!, rief er in die Tiefe des halbdunklen Raums. Schapiro hatte am unteren Tischende Platz genommen und gab den Waffenträgern Anweisung, sich zu entfernen. Er aß Suppe und traktierte alle mit seinen aufmerksamen Adleraugen.
– Ich heiße euch alle willkommen, ihr seid hier meine Gäste!
Der General erhob sich und hielt sein Glas vor sich wie einen Schutzschild.
– Ich freue mich, dass wir uns nach so vielen Jahren endlich wiedersehen. Und ich hoffe, dass ihr die Zeit an diesem herrlichen Ort in vollen Zügen genießen werdet!
– Hör endlich auf mit diesem Zirkus, komm zur Sache!, rief Petruschow verächtlich und trank auf ex, knallte das leere Glas auf den Tisch. – Du wirst diese Erpressungs-

nummer nicht lange durchhalten können. Ich habe bereits meine Kontakte informiert, man wird mich abholen kommen ...
– Nun ja, du hast meine Einladung angenommen, deine Kontakte scheinen dir insofern nicht viel genutzt zu haben. Handelt es sich um Kontakte deiner werten Gattin, ist es so?
– Du bist der Letzte, mit dem ich darüber diskutieren werde, wen ich ficke! Petruschows Stimme hatte einen Grad an Aggressivität erreicht, der nicht mehr zumutbar war. Katze, die ganze Zeit auf ihren Teller blickend, als wollte sie sich unsichtbar machen, war zusammengeschreckt. Im gleichen Augenblick sprang der General auf, sein Stuhl flog zu Boden, und in Windeseile hatte er Petruschow am Kragen gepackt und seinen Kopf auf den Tisch geschlagen.
– Ich habe dir gesagt, du wirst höflich sein, du Abschaum!, zischte er, und das Zischen war weitaus furchteinflößender als das Brüllen von Petruschow. Wie mit Lichtgeschwindigkeit war Schapiro herbeigeeilt und stand nun hinter ihm, und auch die Waffenträger erschienen wieder im Türrahmen.
– Raus, raus, ich habe euch nicht gerufen, und du, Schapiro, setz dich! Alles in Ordnung, Borja wird ein braver Junge sein, nicht wahr?
Petruschow hielt sich die Nase, von ihm kam kein Laut mehr.
– Fein, gut so ... Geht doch! Borja kann nämlich ein Charmeur vor dem Herrn sein, wenn er will, nicht wahr?
Der General wischte die Hände an seiner Hose ab, als hätte er etwas Ekliges berührt, und nahm wieder am Tisch Platz.

– Entschuldigt uns bitte, wird nicht wieder vorkommen! Versprochen, Borja?
Und als von Petruschow keine Antwort folgte, fragte er etwas lauter nach:
– Versprochen?
– Ja, schon gut.
– Sag ich doch. Wo waren wir stehengeblieben? Ich bedanke mich sehr herzlich, dass ihr meine Einladung angenommen habt – ich muss zugeben, dass ich in der Sache etwas nachhelfen musste, ein Umstand, den ich bedaure. Aber die Hauptsache ist, dass ihr alle hier seid. Denn mit euch allen verbindet mich eine sehr besondere Beziehung, das wird wohl keiner von euch leugnen!
Seine Stimme schien von einer Minute auf die andere heller, seine Stimmung fröhlicher geworden zu sein.
– Deswegen möchte ich dieses Jahr mit euch gemeinsam ausklingen lassen. Wir werden morgen fürstlich speisen und können nach Lust und Laune ein Feuerwerk zünden, das habe ich schon so lange nicht mehr gemacht. Ja, es ist für alles gesorgt. Tagsüber stehen der Fitnessraum und die Sauna zur Verfügung, auch ein Spaziergang ist sehr zu empfehlen, wer sich auf die Waldwege traut ... Und sollte der See nicht über Nacht zufrieren, kann man auch zu Boot die herrliche Aussicht auf das Hotel vom Wasser aus genießen. Alle Aktivitäten außerhalb des Hauses, das müsst ihr mir nachsehen, werden in Begleitung meiner Leute erfolgen müssen. Zu eurer eigenen Sicherheit, versteht sich. Ja, was glaubt ihr, wie schnell wir unerwünschten Besuch bekämen, würde sich unsere Anwesenheit hier herumsprechen? In Tschetschenien, das wisst ihr, Brüder, vergisst man gewisse Dinge nicht so schnell. *Tschir*, Blutrache – was meint ihr, wie lange so etwas Gültigkeit hat? Also, schön hiergeblieben.

Wieder lachte er unpassend laut und ließ sich von Achmad das Glas nachfüllen.
– Zur späten Stunde dann, wenn das neue Jahr naht, werden wir uns alle oben im Dachzimmer versammeln. Es ist ein wunderschöner Raum, ein Raum mit Billard- und Spieltisch, sehr einladend. Und vor allem hat man von dort oben einen gigantischen Ausblick. Wir werden ein Spiel spielen. Nur die Herren, versteht sich. Unser deutscher Gast muss sich entscheiden, ob er dazukommen möchte oder uns vorzeitig verlässt. Der Dame ist es selbstverständlich überlassen, zu bleiben und uns zuzusehen oder ebenfalls abzureisen. Wir aber, wir *werden* spielen.
– Und was für ein verdammtes Spiel spielen wir?, brummte Schujew missmutig.
– Wir spielen das Schicksalsspiel. Schon davon gehört?
Petruschow saß mit demonstrativ abgewandtem Gesicht auf seinem Platz und starrte aus dem Fenster. Beim Wort »Spiel« zuckte er leicht zusammen, ließ sich aber nichts anmerken.
– Oh, ich spiele gerne, General, meine Jungs und ich wir spielen ständig Domino oder auch Schach und Karten ab und an ...
Juritsch, der vom Wodka aufgeheitert war, grinste über beide Ohren. Schujew blickte ihn verächtlich an.
– Dann ist es ja gut, Wanja. Das ist sehr gut sogar. Ich habe nämlich lange nicht mehr gespielt.
– Was soll das?, Schujew ließ nicht locker.
– Vor einem Jahr und drei Monaten hat sich meine Tochter das Leben genommen, sagte er auf einmal und senkte seine Stimme. Er winkte Achmad herbei, der ihm eine Zigarre in die Hand drückte. – Vielleicht hat jemand davon etwas mitbekommen. Keine Angst, ich habe keine Kondolenzschreiben und Trauerkränze erwartet.

– Wie furchtbar!, stotterte Zaika.
– Ja, in der Tat, es ist furchtbar, Wanja, es ist die Hölle, mein Lieber. Aber nun ja, ich wollte auf etwas anderes hinaus. Ada, mein Augenstern, hat sich das Leben genommen, weil dieser Herr, darf ich vorstellen, Onno Bender, ihr hattet bereits das Vergnügen, ihr Liebe vorgeheuchelt hat. Er ist einer dieser Drecksjournalisten, die mich schon seit Jahren verfolgen. Will sogar ein Buch über mich schreiben und eben auch über unser kleines Intermezzo in Tschetschenien berichten. So oder so ...
Ich wollte etwas erwidern, aber ich wusste, dass es sinnlos war. Stattdessen trank ich mein Glas leer. Unter dem Tisch wanderte Katzes Hand zu mir und ergriff meine.
– Ich habe ihn mehrfach gewarnt, die Finger von mir zu lassen, aber das hat ihn nicht abgehalten. Nun, meine neunzehnjährige Tochter hat sich in diesen Herrn verliebt, wie es in dem Alter nun mal so passiert, und irgendwann herausgefunden, dass er das Blaue vom Himmel heruntergelogen hat, nur um an mich ranzukommen, und dann, ja, was dann kam, das erspare ich euch an dieser Stelle. Er jedenfalls, weil er glaubte, seine armselige Haut so zu retten, hat ihr Dinge erzählt, die nicht für ihre Ohren bestimmt waren. Am Ende entschied sie, dass sie nicht an der Seite eines Vergewaltigers und Mörders leben wollte.
Eine merkwürdige Stille war aufgekommen. Alle Männer saßen starr da, Katzes Hand drückte die meine immer fester. Man hörte nur das Holz im Kamin knistern und eine Uhr an der Wand ticken. Ich fühlte, wie Panik sich in mir ausbreitete, aber Katzes Hand gab mir Halt, ich konzentrierte mich auf sie und ignorierte das laute Pochen meines Herzens, meine weichen Knie.
– Seit sie sich das Leben genommen hat, hatte ich viel

Zeit, meine Herrschaften, viel Zeit, darüber nachzudenken, wie mein Leben war und wie es jetzt ist. Was ich alles falsch und was ich alles richtig gemacht habe. Ich hatte Zeit, einiges zu überdenken, und bin zu dem Schluss gekommen, dass es ein Irrtum war, anzunehmen, gewisse Dinge würden durch Vergessen verschwinden, ihre Existenz würde ausgelöscht werden. Aber nichts auf der Welt verschwindet, nichts verschwindet *einfach so*. Nicht wahr? Prost!

Er kippte das klare Getränk in sich hinein. Niemand tat es ihm nach, niemand traute sich, ihn zu unterbrechen. Sogar Petruschow schien ihm aufmerksam zu folgen.

– Wir haben das Mädchen vergewaltigt, und wir haben es getötet, und gut, ein wenig hat dieser Herr hier auch nachgeholfen – er sah mich an und lächelte mir zu –, und dafür hat meine Tochter die Strafe ereilt, die uns verwehrt geblieben ist. Diese freundliche Dame, die wir nun für die paar Stunden Nura nennen, hat mir mit einem Schlag die Augen geöffnet. Oder besser, es war ihr Gesicht, das ich zufällig auf einem Plakat gesehen habe. Ich sagte doch: Nichts verschwindet spurlos. Hätten wir damals bekommen, was wir verdienten, wäre meine Tochter jetzt noch am Leben. Ich finde, es wird Zeit, dass wir alle den Preis zahlen, den wir schon längst hätten zahlen müssen! Wir spielen ein Spiel. Die Gewinner, die dürfen nach Hause gehen. Die Verlierer ... die bleiben hier.

– Was soll das heißen? Was soll das bedeuten? Herr Oberst, was heißt das: hierbleiben?

Juritsch geriet außer sich.

– Was heißt, einige von uns bleiben hier?, wollte auch Schujew wissen.

– Er wird uns den Tschetschenen ausliefern. Seid doch nicht blöd! Seid doch nicht so dämlich! Er wird einen von ihrer Sippe unterrichten, und wir kommen hier nicht mehr weg, schrie Petruschow auf, als wäre er vom Blitz getroffen worden. – Er wird irgendeinen verdammten Bruder oder Cousin anrufen, und schon sind sie hier! Seid ihr wirklich so dämlich ... verdammte Scheiße! Aber dazu wird es nicht kommen! Ich habe meinen Leuten Bescheid gegeben. Deswegen hat er uns die Handys abnehmen lassen. Als wäre er ein verdammter Gott! Du bist aber kein Gott, Orlow, du bist ein kranker Masochist, du bist ein Mörder, du hast uns den ganzen Scheiß eingebrockt, du ... Er wird diese Terroristen hierherholen, wie er letztlich auch das Mädchen ins Lager gebracht hat, er wird sie uns auf den Hals hetzen, sie murksen uns ab, wie sie diesen Anwalt damals abgemurkst haben ...

– Was? Nein, nein, das glaubst du doch nicht, flüsterte Schujew.

Von Juritsch kam nur so etwas wie ein Winseln.

Der General, der lächelnd seine Zigarre rauchte und in die Ferne sah, drehte sich auf einmal um und sah Petruschow streng an.

– Was hast du gesagt?

– Es stimmt doch, es stimmt! Du bist ein krankes Schwein, Orlow, und ich ...

– Wer hat den Anwalt abgemurkst? Was meinst du damit?

– Na, diesen Helden von dir, diesen Juden Pasternak. Tu jetzt nicht so scheinheilig.

– Willst du behaupten, dass Schujew und du da nicht eure Finger im Spiel hattet?

– Nein, um Gottes willen! Orlow, du irrst dich gewaltig, Schujew schien aufrichtig bestürzt zu sein.

– Es war einer von hier, begreif endlich, es war einer von diesen Terroristen!

Speichel flog aus Petruschows Mund.
– Und wer soll das gewesen sein?, fragte der General, und die Überraschung war ihm anzusehen.
– Er hieß Musa ... Musa irgendwas. Wie hieß er verdammt noch mal, Schujew war vom Alkohol und von der Überanstrengung rot wie eine Tomate.
– Osmajew. Musa Osmajew. Er stammte aus demselben Dorf wie sie. Du willst doch nicht behaupten, du hättest es nicht gewusst?, hakte Petruschow nach, leicht über den Tisch gebeugt, in Angriffshaltung.
– Es kamen Gerüchte in Umlauf, dass der Anwalt sich mit uns einigen würde, da er sowieso keine Chance hatte. Und so begannen die Leute zu reden.
– Du willst sagen, *ihr* habt angefangen zu reden?
In die Stimme des Generals mischte sich auf einmal etwas Frostiges, seine aufgesetzte Freundlichkeit schien von einem Augenblick auf den anderen verschwunden zu sein.
– Die Leute haben halt geredet, und dann muss es bis hierher durchgedrungen sein, fuhr Schujew fort.
– Es kursierte das Gerücht, dass Pasternak ein Verräter sei und der Prozess ohnehin für'n Arsch. Und so haben sie ihm diesen Terroristen auf den Hals gehetzt, Musa Osmajew, so hieß der Kerl. Er ist in den Untergrund gegangen. Mittlerweile wird er irgendwo in Afghanistan oder in Syrien bei seinen Brüdern sein und für Allah die Köpfe rollen lassen, schob Schujew hinterher.
– Verzeiht, meine Herrschaften, guten Abend euch noch, wir sehen uns morgen! Der General erhob sich abrupt. Sein Gesicht hatte sich zugezogen, seine Beschwingtheit war schlagartig verschwunden.
Ein lautes Stimmengewirr begleitete ihn nach draußen. Juritsch bettelte, Petruschow drohte, Schujew wütete.

Auch Katze, die es anscheinend nicht länger aushielt, sprang hoch und rannte aus dem Raum. Ich blieb noch einen Augenblick sitzen und versuchte, alles Gehörte zu begreifen.
In der Nacht, ich musste gerade eingeschlafen sein, klopfte es an meiner Tür. In einem ausgeleierten Shirt, das ihr über die Hüfte reichte, stand sie vor meiner Tür und sah mich mit einem entsetzten Gesichtsausdruck an. Ich bat sie rein. Wir setzten uns auf mein Bett.
– Bitte, Onno, das darf nicht sein ... Komm bloß nicht auf die Idee, in das beschissene Spiel einzusteigen, was auch immer er da plant, du darfst nicht mitmachen! Wir könnten ... Ich meine, wir könnten doch ...
– Pst, komm her, alles wird gut. Ich weiß doch noch gar nichts. Er wird mich jedenfalls nicht irgendwelchen Bojewiken ausliefern, die haben ja schließlich mit mir keine Rechnung offen, lass uns schlafen gehen, morgen wissen wir mehr.
– Du darfst da nicht mitmachen. Du musst es mir versprechen.
– Ist ja gut, ist schon gut. Ich mache nichts, was eine ernste Gefahr für mich darstellen würde.
– Ich weiß, wie sehr du an dieser Geschichte hängst, aber wir ...
Sie sprach den Satz nicht zu Ende. Stattdessen sank sie aufs Bett und zog mich in ihre Arme. Ich drückte sie fest an mich. Ich wollte ihr die Angst nehmen, ich musste zusehen, dass sie hier rechtzeitig wegkam.

2016/Der General

Der See war schwarz und matt, er lag so reglos da, als wäre er von einer übernatürlichen Macht in ein Gemälde verwandelt worden. Der Morgen war gerade angebrochen, in eine warme Jacke gewickelt und mit Handschuhen und Mütze ausgestattet lief er zum Steg hinunter. Die Hügel waren mit frisch gefallenem Schnee bedeckt, der aufsteigende Nebel umhüllte den See, dann die Hügel, das im Schlaf versunkene Hotel, die Berge und die Schluchten.

– Ich weiß nicht, ob das so eine gute Idee ist!, rief ihm Schapiro hinterher, als er bemerkte, wie der General eines der Boote vom Steg löste. Er sagte nichts, das sollte Schapiro als Antwort reichen. Als er sich noch einmal umdrehte, sah er sie nur wenige Meter höher vor dem Hotel stehen und ihn beobachten. Er winkte ihr zu. Eingemummelt in einen schwarzen Parka wie ein kleines Mädchen lief sie zu ihm hinunter.

– Guten Morgen!, begrüßte sie ihn und lächelte ihn an, als wären sie gute Bekannte, die sich zu einer Bootsfahrt verabredet hatten.

– Guten Morgen. Möchten Sie mich begleiten? Ich mache einen Bootsausflug.

– Oh ja, gerne, sagte sie und sprang von einem Fuß auf den anderen, um sich warmzuhalten. Schapiro, sichtlich unzufrieden mit dem törichten Vorhaben, entfernte sich vom Steg, demonstrierte seinen Unwillen.

– Der See ist zum Glück noch nicht zugefroren. Eigentlich ungewöhnlich für diese Jahreszeit, sagte er und half ihr ins wankende Boot. Dann kletterte er selbst hinein, darauf bedacht, das Gleichgewicht zu halten.

– Warum so früh schon wach?, fragte er und griff nach den Rudern, bewegte sie prüfend hin und her, seine Hände suchten nach der besten Position.
– Ich bin aufgewacht und konnte nicht mehr einschlafen, und dann dachte ich, dass es das Beste wäre, einen Spaziergang zu machen, es ist so atemberaubend schön hier, sagte sie und sah sich um, das Ufer verschwand bereits im Nebel, der eine Wand über das Wasser gezogen hatte.
– Ich habe nicht wirklich viel über das Land gewusst, bevor ...
– Bevor wir mit unserem Irrsinn auf Sie zukamen, wollten Sie sagen?
Er ruderte mit gleichmäßigen Schlägen, seiner Sache gewiss, auch wenn es unmöglich war zu erkennen, ob er ein bestimmtes Ziel ansteuerte. Der Nebel war so dicht, dass man kaum erkennen konnte, was vor einem lag. Die absolute Stille, die nur ab und zu von einem fremdartigen Vogelschrei durchbrochen wurde, war unwirklich.
– Als Sie in das Alter kamen, wo Sie sich für andere Länder hätten interessieren können, war von diesem Land nicht mehr viel übrig, sagte er nachdenklich und ruderte weiter.
– Warum haben Sie mir erlaubt, bei diesem Treffen hier dabei zu sein?, fragte sie, nachdem eine kurze Pause entstanden war, die viele Wendungen offenließ.
– Sie haben es doch darauf angelegt? Ich dachte, das wollten Sie so.
– Ja, natürlich, aber warum wollten *Sie* es?
– Sie sehen ihr so erschreckend ähnlich ...
Er wandte seinen Blick von ihr ab und ließ für einen Moment die Ruder los, um sie im nächsten Augenblick wieder gleichmäßig durchzuziehen.
– Wie war sie so?

Sie schien lange abgewägt zu haben, ob sie die Frage stellen sollte. Er war sich nicht sicher, warum sie das wissen wollte.
– Mutig. Sie hatte Träume. Sie hatte feste Ziele, denke ich. Wir haben nicht oft gesprochen, über Persönliches schon gar nicht, aber sie verkaufte uns Hühner von ihrer Hühnerfarm, heimlich …
– Hühner?
– Ja, Hühner.
– Ich denke, sie sparte für etwas, wollte vielleicht irgendwohin, ich weiß es nicht. Sie traute sich was mit diesem Schritt, gegen ihre Familie, gegen ihre Sippe, gegen das ganze Dorf vorzugehen, das ist eine unfassbare Tat hierzulande.
– Ihr kanntet sie also?
– Aljoscha und ich kannten sie, ja.
– Aljoscha ist der Sohn von der …
– Ja.
Die nächste Frage, die ihr wahrscheinlich auf der Zunge brannte, stellte sie zu seiner großen Erleichterung nicht.
– Sie wollte viel. Das ist, was mir in Erinnerung geblieben ist. Dieser sehr starke, sehr ausgeprägte Wille und der Mut.
Katze versank in ihren Gedanken, eingehüllt in einen Nebelmantel. Er musste an den Kubik-Rubik-Würfel denken, der ihm stets als Erstes in den Sinn kam, sobald er sich an sie erinnerte, und den er eingesteckt hatte und nun in seiner Jackentasche trug. Er hatte ihn aufgehoben, ihn in all den Zeiten und all die Wendungen des Lebens hindurch bewahrt wie den teuersten Schatz seiner Kunstsammlung, ihn immer in seiner Nähe gehabt. Dieses einst von ihr perfekt gelöste Drehpuzzle war ihr einziges Erbe.

Noch in Moskau – er hatte gerade die größte Stahlfabrik des Landes gekauft, da musste Ada zehn oder elf gewesen sein – war sie, obwohl sie sich nie für sein Arbeitszimmer interessiert hatte, aus irgendeinem Grund in seinen privaten Bereich eingedrungen und hatte dort herumgeschnüffelt, Schubladen geöffnet, in Schränke gespäht. Und irgendwann hatte sie dort den Zauberwürfel entdeckt und angefangen mit ihm zu spielen. Als er sie entdeckt hatte, hatte er sie wie von Sinnen angebrüllt, etwas, was er eigentlich niemals tat, nicht bei ihr, nicht bei seinem treuesten und wertvollsten Musketier. Sie war zusammengeschreckt, hatte den Würfel fallen gelassen und ihn mit einem entsetzten Gesichtsausdruck angesehen.
– Ich wollte doch nur spielen …, murmelte sie und fing an zu schluchzen.
Es tat ihm bereits leid, dass er sich so vergessen hatte, aber zugleich konnte er den Blick nicht von dem Würfel abwenden. Die zuvor perfekt ineinander übergehende Farbsymmetrie war zerstört. Nuras Mühe war durch Adas kleine Hände zunichtegemacht worden, und er konnte es nicht mehr rückgängig machen.
Er sperrte den Würfel in seinen Safe, zu dem keiner außer ihm den Zugangscode besaß.
– Nie mehr, nie, nie mehr darfst du, ohne zu fragen, in mein Zimmer gehen, und nie wieder darfst du diesen Würfel anfassen! Du kannst Tausende von Zauberwürfeln haben, diesen einen lässt du aber gefälligst in Ruhe!, hatte er ihr hinterhergerufen, als sie in Tränen aufgelöst aus dem Zimmer gestürmt war.

Der Nebel stieg auf, und die Wolken schienen immer tiefer zu sinken. Der Himmel ging in den See über und der See in den Himmel. Die Grenze zwischen Erde und

Wasser war verwischt, die Grenzen zwischen damals und jetzt, zwischen hier und dort verschwammen. Er ließ die Ruder los und blickte sich um, sog dabei die kalte und feuchte Luft in seine Lungen. Über ihr Gesicht huschte ein Anflug von Angst. Fürchtete sie sich vor ihm? War ihr der Ort, an dem sie sich gerade befanden, war ihr die Situation unheimlich? Sie war geübt darin, Gefühle vorzutäuschen, vielleicht spielte sie ihm die Angst nur vor und empfand im selben Augenblick etwas vollkommen Gegensätzliches?

Mit Sicherheit wusste er, dass sie es erfahren wollte. Aber sie fragte nichts. Sie hielt die Stille aus.

– Zuerst war Schujew dran. Er war besoffen. Es war ein endloses Verhör voller Schläge und voller körperlicher Gewalt. Alles geriet außer Kontrolle. Und irgendwann war klar, musste es ihm klar gewesen sein, dass es kein Zurück mehr gab.

Die Worte, die er langsam und bedacht aussprach, schienen ein Echo zu erzeugen, wie ein Kieselstein hüpfte es über die Wasseroberfläche, hinterließ kleine Kreise und versank dann in den Untiefen des schwarzen Sees wie einst das Volk, das die Götter nicht mehr fürchtete.

Sie sah ihn erst gar nicht an, als könnte sie nicht glauben, was er ihr da erzählte, aber ihr ganzer Körper spannte sich, und ein Schaudern schien ihr durch die Adern zu laufen.

– Und bei ihm, beim Oberst, da kämpfte sie noch, sie wehrte sich, kratzte und biss. Und als sich dann Aljoscha das Hirn wegschoss, da hörte sie auf ... bewegte sich nicht mehr, sah durch uns alle hindurch, war nicht mehr da, sie war nur noch eine Hülle, nur noch ein Körper, vielleicht machte das die anderen noch wilder. Dann kam Petruschow an die Reihe. Und in seinem Blick lag so etwas wie eine tiefe Erregung. Sein Blick war abstoßender als jeder Schlag in jener Nacht. Zaika, der vom Leben vergewaltigte Zaika, der stand Wache, seine Aufgabe bestand darin, es den anderen recht zu machen, sie festzuhalten ... Dann wurde ich zu ihr gestoßen. Und als ich mich ihr näherte, da erwachte sie, kehrte zurück, sie sah mich an, sah nicht mehr durch mich hindurch, und ich verstand, worum sie mich mit ihrem Blick bat. Ich verstand es sofort. Jemand riss mir die Hose herunter, ich weiß nicht mehr, wer es war. Ich hatte das Zeitgefühl, jegliches Gefühl verloren für das, was da geschah. Es überstieg mein Aufnahmevermögen. Auch der dumpfste Mensch wäre dort irrsinnig geworden, vorausgesetzt, er war noch ein Mensch. Ich fühlte ihren halbnackten Körper unter mir, ich spürte ihren Ekel und ihre Erschöpfung, ich konnte sie nicht berühren, sie schlugen auf mich ein, und dann ... tat ich alles wie automatisch. Als wäre es nicht mein Körper, als wären es nicht meine Hände. Diese Erniedrigung, das Fürchterlichste für eine Frau aus diesem Land, wollte sie nicht mehr aushalten müssen. Nicht noch zwei weitere Männer ihren Körper schänden lassen. Als ich auf ihr lag, umschloss ich mit meinen Händen ihren Hals und drückte zu. Sie wehrte sich nicht, sie schaute mir fest in die Augen, sie erlaubte mir, ihr Leid zu beenden. Wie ein angeschossenes Tier, das ahnt, dass es keine Chance mehr hat, das den Tod sogar herbeisehnt. Die anderen begriffen erst nicht, was ich da tat, und als sie es erkannt hatten, hielten sie mich nicht davon ab. Fasziniert standen sie um mich herum und sahen zu, wie ich sie würgte, um sie ... Ich drückte immer fester zu, und sie regte sich nicht, es war unglaublich, wie entschlossen sie dem Tod entgegenstrebte. Wir hatten ihr alles genommen, alles, was sie war, sie war nicht mehr sie selbst, und das, was wir von ihr übrig gelassen hätten, das wollte sie nicht sein. Ich brüllte, ja, ich glaube, ich brüllte immer lauter und drückte immer fester zu. Es kam ein Röcheln aus ihrer Kehle, daran erinnere ich mich, ihre Beine zuckten, ihre Arme zitterten, aber sie wehrte sich nicht. Ich habe sie umgebracht.

Der General griff wieder zu den Rudern und beschleunigte die Vorwärtsbewegung des Boots.

Ihr liefen Tränen die Wangen herunter. Sie wischte sie nicht einmal ab. Sie sah ihn an, sah ihn einfach nur an. Und niemals war sie ihr ähnlicher gewesen als in jenem Augenblick, als sie über den nebelverhangenen See schwebten, in Kälte und Dunst eingehüllt, irgendwo an der Grenze zur Vergangenheit, an der Grenze zu einer anderen Welt, an der Grenze zwischen Himmel und Erde, an der Grenze zwischen dem entsetzlichsten Grauen und der gnädigsten Zärtlichkeit.

– *Deswegen* habe ich dir erlaubt mitzukommen, sagte er und wunderte sich über die Klarheit und Gefasstheit seiner Stimme. – Und weil ich weiß, dass du mich nicht daran hindern wirst zu tun, was ich tun werde, fügte er hinzu.

Der unheilverkündende Vogel, der in jener Nacht mit seinen spitzen Flügeln und seinem ohrenbetäubenden Gekreisch den Himmel durchschnitten hatte, flog auch jetzt im dichten Nebelschleier über ihre Köpfe hinweg, nur konnten sie ihn nicht sehen, wie sie ihn auch damals nicht hatten sehen können.

Er wendete langsam das Boot, das Aufschlagen der Ruderblätter auf dem Wasser erzeugte ein Geräusch, das an Jaulen erinnerte.

– Werde ich nicht?, fragte sie mit belegter Stimme und mit einer ziemlich langen Verzögerung.

– Nein, wirst du nicht.
– Woher wissen Sie das?
– Weil *du* es auch willst.
– Was will ich? Was soll ich denn wollen?
– Du willst, dass wir bekommen, was wir verdienen.
Sie sagte nichts mehr und holte stattdessen mit zittrigen Händen eine Zigarettenpackung aus der Tasche. Etwas eisiges Wasser spritzte ins Boot, und sie zog instinktiv die Füße an sich heran. Das Aufleuchten des Feuers löste für einen Augenblick den Dunst auf und machte die Sicht zwischen ihnen klarer. Sie blickten sich an. Und für einen Augenblick wusste er nicht, wen er da vor sich hatte – Nura oder ihre zufällige Doppelgängerin.
– Es ist besser, wenn wir jetzt langsam umkehren. Es ist Frühstückszeit, und ich sollte nach meinen werten Gästen sehen.
Er wechselte zum Ton eines freundlichen Hoteliers und steuerte das unsichtbare Ufer an. Sie konzentrierte sich auf ihre Zigarette, als rauchte sie zum ersten Mal, völlig überfordert von diesem sekundenschnellen Umschalten. Schweigend erreichten sie das Ufer. Schapiro wartete mit einer überdimensionalen Lampe auf dem Steg und leuchtete ihnen den Weg. Auch Achmad war am Ufer aufgetaucht und schien erleichtert, als sie wieder auf festem Boden standen.
Katze eilte mit schnellen Schritten hinauf, er holte sie ein und bat sie, noch einen Augenblick zu warten.
– Ich möchte dir etwas geben.
– Mir?
– Ja, das hat ihr gehört.
Er holte den Zauberwürfel aus der Tasche, der ihr unweigerlich ein Lächeln entlockte.

– Ihr?, staunte sie und nahm das Puzzle ehrfürchtig in die Hand.
– Ja, er hat ihr gehört. Sie hat sein Rätsel gelöst und war unheimlich stolz darauf. Aber meine Tochter hat ihn verdreht ...
– Es tut mir sehr leid, was mit Ihrer Tochter passiert ist. Das hätte sie nicht *betreffen* dürfen.
Sie sah zu Boden, drehte dabei den Kubik-Rubik in ihrer Hand.
– Musa Osmajew war ein Nachbarsjunge von ihr. Ich habe mich erkundigt. Jetzt ist er in Syrien. Ihn hätte es auch nicht betreffen dürfen. Genauso wenig wie den aufrichtigsten Menschen, den ich je getroffen habe, Stanislaw Pasternak. Auch zwei Cousins von Nura, Osman und Avlur, hätte es nicht betreffen dürfen. Sie sind nach dem ersten Krieg in den Untergrund und haben sich in Terrorcamps ausbilden lassen. Es hätte auch die Mutter nicht betreffen dürfen und ihre jüngere Schwester vor allem, die Nura besonders geliebt hat, die mit knapp elf Jahren zum Flüchtling wurde und nach Inguschetien fliehen musste, weil sich die Familie nach dem Prozess vor Racheakten und Überfällen fürchtete ... Und meine Tochter hätte es auch nicht betreffen dürfen. Du hast vollkommen recht! Aber danke ... Ach, da sehe ich schon unseren Freund.
Onno stand mit einem besorgten Gesichtsausdruck ohne Mantel, nur im Pullover, am Hoteleingang und spähte in ihre Richtung.
– Er hat sie wirklich geliebt. Er hat sie nicht bloß ausgenutzt.
Die Worte aus ihrem Mund klangen unbeholfen, als glaubte sie selbst nicht daran, aber sie fühlte sich verpflichtet, ihn in Schutz zu nehmen.

– Ach wirklich?, sagte der General kalt und wartete ihre Antwort nicht mehr ab, er verschwand an Onno vorbei in die Lobby.

Er zog sich in das Konferenzzimmer zurück. Er setzte sich an den Rechner und ging seine Nachrichten durch. Hatte er wirklich alles geklärt, beendet, abgeschlossen? Eigentlich ja. Aber er prüfte es sicherheitshalber noch einmal nach. Die Dokumente waren in einem Ordner auf dem Schreibtisch fein säuberlich sortiert. Schapiro würde sich darum kümmern. Er hätte so gerne noch einmal Evgenias Stimme gehört. Hätte so gerne noch einmal einen Blick auf sie geworfen. Wie sie mit der nur ihr eigenen Sanftmut durch die Räume schritt, die Hunde, ihre treuen Gefährten, die ihr brav folgten. Er hätte gerne ihre Hand genommen und ihre Handinnenflächen geküsst. Die Sehnsucht nach ihr war, was ihn noch mit dem Leben verbunden hatte, die Nabelschnur zu allem, was pochte und suchte und wollte. Evgenia, mit ihren funkelnden Augen und ihrem Willen, der Welt zu beweisen, dass es sich mit ihm gut leben, dass er sich leicht lieben ließe, dass sie glücklich sein könnten, trotz allem … Und ihre Wut, ihre Rage angesichts des schleichenden Ausgeschlossenwerdens aus seinem Leben. Er hatte sich ihr so lange verweigert, bis sie ging, gehen musste. Und doch, so hoffte er, kannte sie ihn gut genug, um anzunehmen, dass er es nicht aus dem banalen Grund tat, dass er sie nicht mehr liebte. Manchmal, ja, das hatte er sich in den letzten Wochen durchaus öfter gefragt, ging ihm die Vorstellung durch den Kopf, was gewesen wäre, wenn er ihr ihren sehnlichsten Wunsch hätte erfüllen und sie hätte schwängern können. Würde er trotzdem hier sitzen? Würde er Adas Erbe der Zukunft des ungeborenen Kindes vorziehen? Aber letztlich war diese Frage irrelevant, wie die meisten, die ihm noch durch den Kopf geisterten. Das, was jetzt noch zählte, war der heutige Tag. Der letzte Tag des Jahres. Wahrscheinlich auch der letzte Tag seines Lebens – denn das Schicksal konnte nicht so töricht sein und ausgerechnet ihn am Leben lassen!

Entgegen seiner Erwartung stellte sich bei ihm keine feierliche Stimmung ein. Das Pompöse, das Opernhafte zu zelebrieren schien ihm unnatürlich, vielleicht lag es aber auch an diesem Ort. An dieser Stille, dem alles dämpfenden Nebel, der vollkommenen Ruhe. Es gab wenige Orte auf der Welt, die solch eine Gleichgültigkeit allem Menschlichen gegenüber ausstrahlten wie dieser. Als wäre der Mensch ein Irrtum der Natur, eine Fehlleistung, ein Störenfried und die Natur mit ihren Bergen und ihrem Wasser wäre in perfektem Einklang ohne ihn. Und wahrscheinlich war es auch so. Niemals hätte er hierherkommen dürfen. An diesen Ort der Götter und der strengen Adat-Gesetze, die teils mündlich überliefert wurden, teils mithilfe der Tjaptare, den Pergamentrollen, die die tschetschenische Chronik festhielten und somit die Geschichte konservierten. Nicht nur er, niemand hatte hier etwas zu suchen, seit Urzeiten hatten sie hier gelebt und ihren Göttern Gaben gebracht und ihren Ahnen gehuldigt, hatten ihre Helden gepriesen und ihre Feinde gnadenlos bestraft. So waren sie, die in dieser von Bergen und Hügeln umstellten Welt lebten und sich selbst genug waren. Die sich nicht für die Errungenschaften der westlichen Zivilisation interessierten und stattdessen ihren *sikr*, ihren Märtyrertanz, tanzten und ihre Totenlieder sangen. Sie waren unter sich, für sich, genauso wie die

Natur. Sie griffen so wenig in sie ein wie nur möglich, vielleicht mit dem Wissen, das ihnen die Ahnen hinterlassen hatten, dass diejenigen, die die Götter nicht mehr fürchteten, in die Untiefen des Sees versenkt würden. Nur wenige, nur ein paar einzelne Mutige wagten es, sich auf den Weg zu machen, diese Pässe, diese Berge zu überwinden und in andere Welten aufzubrechen. Das Mädchen mit den kupferschwarzen Augen war so eine Mutige gewesen, und vielleicht, vielleicht hätte sie es geschafft und wäre dieser selbstgenügsamen Welt entflohen, in der das Vergangene nie aufhörte, vergangen zu sein. Vielleicht wäre sie dort angekommen, wo sie anzukommen wünschte – indem sie ihm und Aljoscha tote Hühner verkauft und das Rätsel des Zauberwürfels gelöst hatte.

Schapiro klopfte gegen die Tür.
– Achmad möchte wissen, wann das Essen serviert werden soll.
– Ich denke, gegen acht wäre gut. Ja, um acht Uhr.
– Es gab da einen kleinen Zwischenfall.
– Was für einen Zwischenfall?
– Petruschow hat versucht abzuhauen.
– Verstehe. Wo wurde er aufgegriffen?
– Erst hat er versucht, an sein Handy zu kommen, und dann ... er war im Wald. Die Männer haben ihn zurückgeholt. Sollen Maßnahmen ergriffen werden?
– Nein. Ist schon in Ordnung.
Zum Glück ersparte Schapiro sich weitere Kommentare. Sie kannten sich für solche Banalitäten zu gut. Das schätzte er an ihm.
– Hast du dir schon Gedanken gemacht, was du tun willst? Ich meine, *danach*?, fragte der General.
– Ich werde zurück nach Odessa gehen. Werde mich um

meinen Neffen und meine Nichte kümmern. Nichts Besonderes.

– Ja, das ist gut, das ist sehr gut, sagte er gedankenversunken. Für Schapiro war dies Zeichen genug, sich wieder aus dem Türrahmen zu entfernen.

– Ich kümmere mich um alles. Es wird so gemacht, wie du es angeordnet hast, sagte Schapiro und murmelte ein leises Danke, nachdem die Tür ins Schloss gefallen war.

So fühlte es sich also an. So unspektakulär und so leise. So fühlte es sich an, Dinge zurechtzurücken, alles an seinen Platz, so fühlte es sich an, loszulassen, so fühlte es sich an, abzuschließen. So völlig undramatisch. Manchmal wunderte er sich, ob die Angst, der ständige Begleiter seiner Jugendtage, nicht jetzt, am Ende seines Lebens doch noch zurückkehren könnte, aber sie blieb aus. Anscheinend konnte man sie sich nicht wieder aneignen, wenn sie einmal aus dem Körper herausgeschnitten worden war, und es war nicht nur die Angst, von der er sich auf diese Art und Weise getrennt hatte, sondern auch von einem Teil seiner selbst.

Er hätte so gerne Sonja wiedergesehen. In ihren leichten Tagen, bevor alles unwiderruflich eingerissen worden war wie von einem gewaltigen Erdrutsch. Er hätte sie so gerne gesehen und festgehalten, am Leben erhalten. Hätte so gerne mit ihr in irgendeinem heruntergekommenen, leerstehenden Häuschen in Schukino gesessen, ihr beim Rauchen zugesehen und ihr versichert, dass alles gut werden würde, weil sie sich wiedergefunden und beschlossen hatten, von nun an Hand in Hand zu gehen, eine unbesiegbare Armee aus zwei Menschen, geschützt durch die Illusion ihrer unzerstörbaren Liebe, die es so nur in der grausamsten Jugend geben kann. Er hätte ihr gerne gesagt, dass es nicht ihre Schuld war, überleben zu wollen, denn letztlich war die Moral ebenfalls eine Tugend, die sich nur die Jugend leisten konnte. Er hätte ihr gerne gesagt, dass sie sich nicht hätte zerfleischen müssen, dass Ada ihr Halt genug hätte sein können, als er versagte ... Er hätte gerne mit Ada in einem russischen Zug die endlosen Weiten eines verwaisten Landes durchquert, hätte Tee aus dem Samowar getrunken und Piroggen gegessen, hätte ihr zugeschaut, wie sie las, wie sie spielte, wie sie aus dem Fenster sah, und hätte nachts, im Schlaf, ihrem Atem gelauscht – ihrem Atem, der sich mit dem schleppenden Geräusch des Zuges vermischt und die schönste Melodie der Welt ergeben hätte.

Er hätte gerne seiner Mutter die Vorhänge aufgezogen, hätte Tageslicht in ihr schattiges Dasein gelassen, hätte die alten Tapeten und Porträts seines Vaters heruntergerissen, die Orden und die Briefe aus dem schweren Eichenschrank in den Müll geworfen oder irgendwo auf dem Hof ein Feuer gemacht und dort alles verbrannt. Hätte ihr alle Türen zur Vergangenheit verrammelt, sie millionenfach enttäuscht, bis sie eines Tages eingesehen hätte, dass er nicht sein Vater war, dass Panzer fahren und Menschen im Namen des Vaterlandes töten nicht der einzige Weg war, der Ruhm und Ehre versprach. Hätte ihr Europa gezeigt, das sie nur aus Büchern kannte, hätte ihr die Atlantikküste gezeigt, in der Hoffnung, dass die andere Welt ihr die Augen geöffnet und ihre Besessenheit kuriert hätte. Er hätte gerne ... Aber das alles war jetzt pure Sentimentalität, nichts weiter. Sein Leben war all das nicht. Sein Leben war das Gegenteil gewesen, es hatte sich nicht im Konjunktiv abgespielt. Alles, was er hatte tun können, hatte er getan, auf seine Weise, und es war trotzdem ein gutes Leben gewesen – ein Leben mit vielen Privilegien, ein Leben gemäß seinen eigenen Gesetzmäßigkeiten.

In einer Welt, in der die Götter so grausam waren, dass sie ganze Dörfer fluteten, ständig Opfer und Opfergaben einforderten, wollte er doch lieber selbst ein Gott sein und kein Mensch.
Er hatte sich die Bilder nicht nur angeschaut, die ihn verzückt und ins Staunen versetzt hatten, sondern er hatte sie besessen. Er hatte Menschen dazu gebracht, das zu tun, was *er* für richtig hielt. Er hatte die Welt bereist und seiner Tochter Dinge gezeigt, die den meisten verwehrt blieben. Er hatte ein Imperium aufgebaut und irgendwann den Punkt erreicht, an dem das Geld zur Abstraktion wurde. Er hatte Gipfel bestiegen, von denen sich eine vollkommen andere Perspektive auf die Welt öffnete. Und nun war er im Begriff, über Menschen ein Urteil zu fällen, ganz so, wie es einst die enttäuschten Götter mit dem ungläubigen Volk getan hatten.
Er war Richter und Angeklagter zugleich, und das alles konnte er sich leisten, weil er der war, der er war. Weil er Sonja nicht gehalten, weil er seiner Mutter die Vorhänge nicht aufgerissen und Ada nicht vor sich selbst geschützt hatte, weil er Evgenia mit Verachtung gestraft und fortgeschickt hatte. Und weil er an einem verhängnisvollen Sommertag, hier in diesen Bergen, einem Menschen so lange den Hals zugedrückt hatte, bis alles Leben und alle Hoffnungen, alle Liebe, aller Schmerz aus ihm gewichen waren. Und mit all dem blieb er zurück und nahm es an, als seine Bürde, seine gerechte Bürde.
Nur eines wünschte er sich, anders gemacht zu haben. Er wünschte sich, erneut mit Ada vor diesem Wandgemälde in Venedig zu stehen, das ihm Tränen in die Augen getrieben hatte in jener Nacht, als sie, bereits von Schuld und Wahn befallen, rastlos umhergewandert war. Hätte er nochmals die Möglichkeit, neben ihr zu stehen, Schul-

ter an Schulter, sie in solch einem festlichen Kleid, so schön und stolz, und hätte sie sich erneut leicht auf die Zehenspitzen gestellt und ihm die Frage ins Ohr geflüstert:

– Papa, hast du sie getötet?

Dann hätte er ihr eine andere Antwort gegeben, und er hätte nicht Nein gesagt.

Dann hätte er ihr alles erzählt, hätte alles gestanden, und dann noch hinzugefügt, dass er von diesem Morgen an alles doppelt und dreifach getan hatte. Seine Gier nach mehr war in jenem Morgengrauen, im Dämmerlicht erwacht, als er die Scheune als Mörder verlassen hatte. Seine Gier, alles zu bekommen, dabei alles zu vernichten, was sich ihm in den Weg stellte, alles zu besitzen, was er sah, alles zu schmecken, zu erforschen und über jede Grenze hinwegzuschreiten. Dass ihr Tod ihm die Furcht genommen und ihn stattdessen dazu verdammt hatte, sich ihre Furchtlosigkeit zu eigen zu machen, auch wenn das bedeutete, dass er alles verriet, was ihm bis zu jenem Tag heilig gewesen war.

Und vielleicht, vielleicht hätte sie ihn dann verstanden und hätte ihm dann verzeihen können ... Vielleicht aber hätte auch dieses Geständnis nichts mehr genutzt. Vielleicht wäre es schon zu spät gewesen, weil er das Leben bereits so gelebt hatte, wie er es nun mal gelebt hatte.

Er sah auf die Uhr. Der Nachmittag brach an. Er ging noch einmal die Dokumente durch. Alles war ordentlich aufgeteilt, alles war auf dem richtigen Weg. Er sah aus dem Fenster. Der Nebel hatte sich gelichtet.

Die weißen Bergspitzen, unter denen ein paar vereinzelte Tannen hervorblickten, ruhten in sich und schmückten sich mit dichten Wolken. Einen Augenblick lang vertiefte er sich in ihren Anblick und vergaß die Dokumente, das

Testament, die Aufgaben, die Schapiro erledigen würde, und die Trauer über alles, was nicht war.

»Warum gibt es Dunkelheit und Licht?«, hörte er seine Tochter fragen, damals gerade fünfjährig. Sie standen in ihrem neuen Prachthaus, das sie nach Sonjas Tod und seinem ersten Großprojekt bezogen hatten, inmitten von noch nicht ausgepackten Kartons. Nach Sonjas Tod hatte Ada angefangen, sich vor dem Dunkel zu fürchten, und wollte nur noch bei hellem Licht schlafen, sich dabei ein Kissen über die Augen haltend.

– Weil wir ohne Dunkelheit das Licht nicht sehen würden und ohne Licht nicht die Dunkelheit, antwortete er ihr und kam sich irgendwie unglaubwürdig vor.

– Aber wieso muss ich die Dunkelheit überhaupt sehen?

– Immerzu alles nur hell, das wäre doch langweilig!, sagte er und legte seinen Arm um ihre schmale Schulter. Er spürte die Angst in ihrem winzigen Hals, in ihren Wirbeln, spürte, wie sie wie ein geräuschloses Tier an ihrem Körper hochkroch und von ihr Besitz ergriff. Er musste sie trösten, ihr Kraft geben, musste ihr Mut machen.

– Weißt du was, du musst dich vor der Dunkelheit nicht fürchten. Die Dunkelheit ist doch nichts weiter eine Tarnung für das Licht!

Sie sah ihn lange an, schien sich seinen Satz durch ihr kleines Köpfchen gehen zu lassen, dann nickte sie und lächelte. Sie war zufrieden.

2016/Die Katze

Man hatte im Restaurant einen deckenhohen Weihnachtsbaum aufgestellt. Der ganze Raum war mit goldenem Lametta geschmückt. Sie wunderte sich, wie Achmad das in der Kürze der Zeit bewerkstelligt hatte. Aus unsichtbaren Boxen drang von überallher Musik. Im Raum brannten Kerzen, es roch nach Braten und Wein. Sie hatte den ganzen Nachmittag nach Onno gesucht, aber er schien wie vom Erdboden verschluckt. Sie konnte sich seit ihrem morgendlichen Bootsausflug nicht mehr beruhigen. Ihr Herz pochte wild, und sie zerbrach sich den Kopf darüber, welche Möglichkeiten ihr zur Verfügung standen, Onno dazu zu bringen, dass er noch rechtzeitig mit ihr das Weite suchte.

Falls die Theorie von Petruschow stimmte und er wirklich die rachedurstigen Bewohner des Auls auf sie ansetzen würde, so wäre Onno nicht deren Zielscheibe, also würde der General seine Rechnung mit ihm auf *persönliche* Art und Weise begleichen. Aber wie sähe das aus? Was hatte er gemeint, als er sagte, sie würde ihn nicht daran hindern, so urplötzlich das distanzierte »Sie« gegen das vertraute »Du« tauschend? Woran hindern? Sie hatte sich ertappt gefühlt, und es hatte ihr Angst gemacht, dass er sie durchschaut hatte, ein ähnliches Gefühl hatte sie gehabt, als Schujew um ein Haar von dem Auto erfasst worden wäre. Eine Mischung aus Übelkeit und Panik stieg in ihr auf. War das wirklich Nura, in deren Sinn sie zu handeln glaubte? Wollte sie das wirklich? Wollte sie, dass diese Männer in die Hände der Menschen gerieten, die sie am allermeisten hassten? Was würde es Nura nutzen? Aber sie konnte nicht umhin, sich ein-

zugestehen, dass die Vorstellung, er würde sie einfach so wieder laufen lassen, ihr genauso wenig behagte.
Sie hatte über eine Stunde lang mit dem Zauberwürfel auf dem Bett gesessen und versucht, die Farben in die richtige Ordnung zu bringen, aber es war ihr nicht gelungen, entnervt hatte sie das Ding aufs Bett geworfen. Immer wieder hatte sie dieses veraltete Spielzeug angesehen und sich Gedanken darüber gemacht, welchen Stellenwert es für Nura gehabt haben könnte. Sie jedenfalls würde das blöde Ding so oder so lösen. Wenn nicht heute, so doch irgendwann später.
Onno sei spazieren gegangen, hieß es dann. Warum meldete er sich nicht? Immerhin hatten sie beide ihre Telefone behalten dürfen. Sie hatte fünf verpasste Anrufe und etliche Kurznachrichten, die sie schnell überflog, bevor sie zum Abendessen hinunterging. Natalia und Mutter machten sich Sorgen, sie solle sich gefälligst melden. Ihre Agentin hatte mehrfach angerufen und dann, gefolgt von einer Armee von Ausrufezeichen »Melde dich verdammt, es ist wichtig!«, geschrieben. Der Vermieter wollte wissen, ob die Wohnung nun leer sei und wann die Schlüsselübergabe stattfinden könne. Eine Kollegin aus dem Theater fragte an, ob sie für sie eine Rolle an einem Stadttheater übernehmen könne, ihre Mutter sei schwer erkrankt. Und dazwischen eine Nachricht, die sie am meisten überraschte, denn er schien seit Tagen, Wochen in dieser Welt, die Nuras Welt geworden war, nicht mehr existent. Sein Auftauchen in dieser neuen Realität wirkte deplatziert, vollkommen unpassend: »Bitte schau in deinem Posteingang nach. Ich habe eine Komposition geschrieben, die deinen Namen trägt!« Als sie die Nachricht las, musste sie laut auflachen. Eine Komposition! Als Ersatz für alles, was er nicht bereit war zu geben. Sie lachte

und staunte selbst über ihre Fröhlichkeit. Daraufhin löschte sie den gesamten Nachrichtenverlauf. Jahre an Liebesbekundungen, der Bitten, der Drohungen, der Verletzungen, des Tauziehens, Jahre an Sehnsüchten, Jahre an Erwartungen waren damit ebenfalls gelöscht.

»Ich komme morgen nach Berlin und melde mich, sobald ich kann. Macht euch keine Sorgen. Es geht mir gut«, schrieb sie auf Georgisch an ihre Mutter.

»Was gibt's? Kann gerade nicht tel. Bitte schreiben«, schrieb sie schnell an ihre Agentin und überlegte kurz, ob es nicht klüger gewesen wäre, irgendein SOS an die Welt zu senden, einen Notruf, aber an wen, und vor allem, mit welcher Erklärung? Stattdessen schrieb sie ihre fünfte Nachricht an Onno: »Bitte melde dich! Wir müssen reden!«

Sie warf noch einen letzten Blick in den Spiegel. Eine ungebärdige Locke war aus dem kurzen Pferdeschwanz herausgesprungen und hing auf der Stirn. Sie stopfte sie wieder zurück. Der weiße Fleck machte sich auch im dunklen Haar bemerkbar, als wachse er am schnellsten heraus, als sei er nicht wegzumachen, Färbung hin oder her. Vielleicht war es gut so, vielleicht musste sie diese Stelle gerade jetzt sehen, um sich zu vergewissern, dass sie wirklich Katze war und noch nicht alle Leben aufgebraucht hatte, dass sie auch dieser Nacht lebend entwischen würde. Sie legte etwas Lippenstift auf und ging aus dem Zimmer.

Die meisten saßen schon um den langen Holztisch versammelt, der bereits reich gedeckt war. Es gab russische und tschetschenische Gerichte, aber auch einen europäischen Braten in Weinsauce, Wachteln und Lammeintopf, es gab Rote-Bete-Salat und Fisch in Senfsauce,

Berge an Obst und Champagnerflaschen, die selbst so schön waren, dass sie durchaus als Tischdekoration durchgehen konnten. In der Ecke stand eine Theke, auf der sündhafte Süßigkeiten angerichtet waren: Trüffelschokolade und bunte Macarons, traditionelle Apfelkuchen und Nougattorten mit Kondensmilchcreme. Sie betrachtete diese Opulenz mit angehaltenem Atem. Die rötlichen Kerzen der Lichterketten, mit denen der große Tannenbaum geschmückt war, tauchten das Ganze in ein theatralisches Licht und verstärkten die inszenierte Stimmung. Die Festlichkeit des Ortes und die Überfülle des Essens bildeten einen provokanten Kontrast zu den düsteren Gesichtern der Anwesenden.

– Kommen Sie rein, unsere einzige Dame im Haus, ich habe den Herren gerade die Geschichte dieser Champagnerflaschen erzählt, es ist nämlich eine ganz besondere Geschichte, und vielleicht könnte sie auch für Sie von Interesse sein.

Sie fragte sich, ob das Du, zu dem er auf dem Boot übergegangen war, nur der Beichte geschuldet gewesen war, ob die Intimität, das Zerbrechliche und Nackte des Moments ihn dazu genötigt hatte – oder hatte vielleicht sein Du vielmehr Nura gegolten? Jetzt war er wieder zu dem förmlich-distanzierten Sie zurückgekehrt und katapultierte sie somit sofort wieder zurück in die Rolle der Außenstehenden.

Vor allem aber wunderte sie sich über seinen fröhlich-neutralen Ton, als handele es sich um zwei vollkommen verschiedene Menschen – derjenige, der in der Frühe mit ihr das Boot über den nebelbedeckten See gesteuert hatte, und derjenige, der jetzt den unbeschwerten Gastgeber gab, für den das Wohl seiner Gäste über allem stand.

– Im Ersten Weltkrieg wurde durch einen U-Boot-Angriff der deutschen Marine vor der finnischen Küste das Schiff »Jönköping« versenkt, das unter anderem eine exklusive Fracht geladen hatte, nämlich mehrere Kisten Piper-Heidsieck-Champagner von 1907. Die Flaschen waren ursprünglich für die russische Zarenfamilie gedacht gewesen, aber wie das Schicksal es wollte, kamen sie nie am Ort ihrer Bestimmung an. Ich glaube, es war 1997, als die rund zweitausend Flaschen geborgen werden konnten. Die kühle Lagerung sorgte dafür, dass die Qualität des Champagners erhalten geblieben war. Das Ritz-Carlton in Moskau kaufte einige davon ... und ich auch. Bedient euch! Lasst uns feiern. Einen besseren Anlass wird es wohl kaum noch geben!

Er entkorkte eine Flasche, das goldige Perlwasser schäumte heraus, lief über den Flaschenhals, über seine Hände, er goss den Champagner in die hohen Kristallgläser.

Sie nahm neben Onno Platz. Ihr gegenüber saß Juritsch und starrte mit entgeistertem Gesichtsausdruck auf den üppig gedeckten Tisch. Schujew saß neben Petruschow und rauchte mit zittrigen Fingern eine Zigarette nach der anderen. Petruschow hatte den Blick in eine unbestimmte Ferne gerichtet und sah ziemlich mitgenommen aus. Was dachten sie? Was erhofften sie? Sollte das ihrer aller Henkersmahlzeit werden? Onno hatte dunkle Augenringe und wirkte abwesend.

– Ich habe dich überall gesucht, flüsterte sie ihm zu.

– Tut mir leid, ich musste allein sein, musste nachdenken, antwortete er ebenfalls im Flüsterton und lud sich seinen Teller voll.

Der General bewirtete sie, schenkte Getränke nach, forderte sie dazu auf, sich zu bedienen, und blieb doch der

Einzige, der in Silvesterstimmung zu sein schien. Die anderen wurden sichtlich von ihren schlimmen Vorahnungen gequält.
Plötzlich fing Juritsch an zu flehen und zu jammern und wandte sich direkt an sie. Es war ihr unangenehm, dass er sie so direkt ansprach, dass er sie um Gnade bat, die Tatsache, dass er sie weiterhin für Nuras Schwester hielt oder halten wollte, schmeichelte ihr auf eine unheimliche Art.
– Belästige die Dame bitte nicht, Wanja, mein Lieber, das ist jetzt der falsche Zeitpunkt. Wir wollen doch feiern. Achmad, kannst du bitte die Musik etwas lauter stellen, ja, danke schön! Lasst uns auf einen Neuanfang trinken, darauf, dass das nächste Jahr zumindest für manch einen von uns einen ehrlichen Neubeginn mit sich bringt!
Orlow stand mit dem erhobenen Champagnerglas am Tisch. Die am Tisch Sitzenden überlegten: »Für manch einen von uns«, was sollte das heißen? Sollte dieser Satz ihnen Hoffnung machen? Lag Petruschow mit seiner Theorie falsch? Ging es dem General doch, wie von Onno behauptet, nur darum, Geständnisse und Erkenntnisse zu erpressen, um sie nach dieser Nacht dann geläutert zurück in ihr Leben zu schicken?
Auch Katze spürte, wie die Angst sich immer weiter in ihr ausbreitete, wie sie ihr die Kehle zuschnürte, sich in ihren Kniekehlen einnistete und in ihren Ohrmuscheln rauschte. Es war unmöglich, diesem Mann zu trauen, dazu trug er zu viel Verzweiflung, zu viel Selbsthass, zu viel Verachtung in sich. Er würde sich gewaltvoll entladen müssen, und niemand wäre vor dieser Explosion sicher. Was hatte er gemeint, als er ihr sagte, sie würde ihn nicht daran hindern? Woran nicht hindern? Würde

sein Zorn sie alle treffen? Aber warum sie? Wollte er sie als seine Zeugin?

Die Berge um sie herum schienen den Atem angehalten zu haben, in Erwartung von etwas Großem. Die kleinen Luftblasen in dem goldenen Getränk aus einem versunkenen Schiff mischten sich mit der Angst und der Ausweglosigkeit der Gäste, die zugleich Gefangene waren. Die Musik übertönte die in den Mündern zurückgehaltenen und nicht herausgelassenen Schreie. Die Wanduhr hörte nicht auf zu ticken und verwandelte sich immer mehr zu einer Zeitbombe. Der Schnee dämpfte die Seufzer, und das Kaminfeuer schluckte alles Zittern. Der Hass klebte an den Händen und am Silberbesteck, das die Männer zaghaft hielten.

Sie dachte an die Wüste, durch die sie vor ihrer Reise hierher gefahren war, sie versuchte, sich auf die goldenen Dünen zu konzentrieren, die so atemberaubend schön waren und die ihr Ruhe geschenkt hatten. Nura und ihr. Sie musste sich beherrschen, sie beide gab es nur noch für heute. Heute Nacht. Und sie musste es schaffen, Onno zu schützen. Denn Onno war Nuras erste Liebesnacht, ihr erster Mann, in einem anderen Leben, in einem, in dem sie nicht vergewaltigt und nicht ermordet worden war. In einem Leben, in dem kein Krieg zu ihr gekommen war, in dem sie mit ihren Hühnern genug Geld gespart hatte und hinausgerannt war in die große weite Welt jenseits der Berge. In eine Welt, die sie, Katze, für sie bereitgehalten und mit bunten Farben ausgemalt, mit allerlei Erlebnissen vollgepackt hatte, in eine Welt, in der sie den Spuren ihrer Träume folgen und glücklich werden könnte. In diesem Leben hatte Nura Onno getroffen und ihn lieben gelernt. Ein Mann, der ihr Freude bereitete und keine Schmerzen, der sanft und liebevoll zu ihr gewesen

war, ein guter Freund, ein loyaler Begleiter. Nura würde es nicht zulassen, dass ihm etwas passierte. Sie würde ihn schützen ... In diesem neuen Leben, das Katze an Nura abgegeben hatte, hatte sie die Wüste kennengelernt und hatte zu weinen begonnen angesichts der unerträglichen Schönheit, die sich ihr bot. Über die Straße der Tausend Kashabs, vorbei an Millionen von Dattelpalmen, dann in die goldenen Paläste aus Sand. In diesem Leben hatte Nura Freiheit erlangt und war vielleicht ... ja, wer weiß, Bauchtänzerin geworden, in einem verwunschenen, orientalischen Laden, zum Fluch jedes Touristen, der sich kopfüber in ihre Tausendundeine-Nacht-Versprechen gestürzt und sich darin verloren hatte, oder eine Weltreisende, eine Kartographin der Welt und ihrer Schönheiten, eine Architektin, eine Fotografin, eine Pilotin, die die Welt von oben aus den Wolken erkundete, oder vielleicht sogar Schauspielerin, ja, warum eigentlich nicht.
In diesem Leben, das Katze ihr geliehen hatte, gab es Glück und Aufregung, es gab Musik und rauschende Feste, bunte Kleider und hohe Schuhe, die Blasen an den Füßen hinterließen, in denen man aber einen stolzen Gang hatte, es gab dort Liebe, so etwas wie Ankommen, ein Zuhause, einen oder mehrere Menschen, die immer für einen da waren, bereit, einen zu erinnern, wer man war, es gab lebenslange Verbundenheit und Versprechen, die gehalten wurden, es gab schöne, aber sinnlose Dinge wie silberne, auf einem Markt in Ouarzazate ersteigerte Krüge, es gab Berührungen, die auch Jahre später, durch bloßes Erinnern, Gänsehaut provozierten, und es gab unvergessliche Küsse, die nach Melonen und nach Hummus schmeckten. Es gab freilebende Ziegen und Dromedare, es gab Beduinen mit sandverklebten Augen und Tausenden von Jahren Weisheit auf den Handinnen-

flächen, es gab Liebe, die manchmal wie eine Sanddüne verweht wurde, sich aber mit der Zeit erneut und sogar noch höher aufbauen konnte. All das gab es in Nuras anderem Leben, und in dieses andere Leben durfte kein Schrecken hereinbrechen, keine Gewalt Einzug halten, all diese Schönheit durfte nicht bedroht werden, dieses Leben durch nichts in Gefahr geraten.
Sie atmete tief durch und konzentrierte sich auf die Musik. Die Panik wich der Selbstbeherrschung und der Klarheit der letzten Wochen.

Schujew, der seinen Teller weggeschoben hatte und sich ein großes Glas Cognac einschenkte, sprang plötzlich auf und war schon im Begriff, sich auf sie zu stürzen.
– Es ist alles wegen dieser Hure, wegen dieser Hure sind wir hier, komm her, du dreckige Schlampe!
Gleich, gleich würde er sie zu fassen bekommen und mit den Haaren über den Boden schleifen, aber bevor Onno eingreifen konnte, hatte sich schon Schapiro vor dem alten Mann aufgebaut, ihn am Nacken gepackt und ihn in die Knie gezwungen. Er flüsterte ihm etwas ins Ohr, woraufhin Schujew erblasste und zurück an seinen Platz taumelte.
– Alles in Ordnung?, fragte der General in besorgtem Ton. Sie nickte, auch wenn nichts in Ordnung war.
– Wir müssen reden, flüsterte sie in Onnos Richtung. Onno, der geistesabwesend an seinem Essen kaute, nickte ihr zu.
– Ja, müssen wir, gehen wir vor die Tür, eine rauchen, sobald sich die Gelegenheit bietet.
– Okay.
Der General, der jetzt an der Tafel Platz genommen hatte, redete ununterbrochen. Zumeist erzählte er banale Anek-

doten über die Bräuche und Traditionen der Region, dann wieder hielt er Monologe über das Musikstück, das gerade gespielt wurde, oder rezitierte Lermontow und sprach von Tolstois Zeit im Kaukasus, während die anderen Anwesenden immer mehr in sich zusammensackten, regloser und leiser wurden, aussahen wie Wachsfiguren in einem schaurigen Kabinett.

– Wisst ihr, dass es in diesem Land noch nie ein Waisenhaus oder ein Altersheim gegeben hat? Noch nie!, sagte er und goss sich armenischen Cognac nach. – Hey, Petruschow, wusstest du das?

– Wie bitte?

Petruschow, als wäre er aus einem Traum erwacht, sah ihn verwirrt an.

– Keine Waisenhäuser und keine Altersheime gibt's hierzulande. Schon mal darüber nachgedacht? Hier ist es eine Schande, ein Kind, das keine Eltern mehr hat, nicht in die eigene Familie aufzunehmen oder seine Eltern nicht selbst zu pflegen.

Niemand verstand, wie er ausgerechnet jetzt darauf kam, ausgerechnet jetzt von so etwas erzählte, aber es wollte ihm auch niemand folgen, denn die Gedanken am Tisch galten der säurehaltigen Ungewissheit, die die Nacht in sich barg und die alles zu zersetzen drohte.

– Ich denke, das sagt viel aus über dieses Land, über diese Menschen, meint ihr nicht?, schwadronierte der General gut gelaunt weiter. Nur Schapiro, der am Tischende saß und Wasser trank, schien ihm zuzuhören. – Komm schon, Petruschow, sag du was, früher warst du doch ein guter Redner!

– Ja, das bin ich immer noch, soweit es mein freier Wille ist. Ich rede gerne als freier Mann, aber nicht, wenn ich gegen meinen Willen irgendwo festgehalten werde.

– Da irrst du dich aber gewaltig, Borja. Dein ganzes Leben, so wie das vom Herrn Oberst oder dem Soldaten Juritsch wie auch meines, ist ein einziger Zwang. Wir sind an Orte gekommen, an denen wir nichts zu suchen hatten, und wir haben Dinge getan, die wir nicht hätten tun dürfen. Wir haben uns stets dem Willen anderer gebeugt und uns vorgemacht, es wäre unsere eigene Entscheidung. Meinst du, du wärst auch nur eine einzige Sekunde im Leben frei gewesen? Glaubst du, es gibt einen Russen auf der Welt, der frei ist? Der es jemals war? Unsere Freiheit ist erkauft durch Unsichtbarkeit und Schweigen, oder sie mündet in einem Arbeitslager oder bestenfalls in einer Neunquadratmeterzelle. Unsere Freiheit ist entweder Stillstand und Apathie oder Angst. Und deswegen müssen wir unentwegt jemand anderes Freiheit rauben, müssen als ungebetene Gäste irgendwo reinplatzen und sie uns aneignen. Weil wir es nicht ertragen, wenn jemand nicht so ist wie wir. Weil wir es nicht ertragen, wenn jemand das hat, was wir niemals hatten und niemals haben werden, und weißt du warum, Borja, warum das so ist? Weil wir uns alle gegenseitig umbringen würden – so wie es damals der Fall war, als man uns für eine kurze Zeit die lang ersehnte Freiheit gewährt hat. Wir können gar nicht frei sein. Wir wollen nicht frei sein. Komm schon, du bist ein gebildeter Mann, du wirst dir doch Gedanken darüber gemacht haben, warum bestimmte Dinge so sind, wie sie sind, oder?
– Jetzt willst du meine Meinung wissen, ja, auf einmal willst du wissen, was ich denke? Was ich von dir halte? Von dem Ganzen halte? Wir müssen irgendwo reinplatzen, damit nicht jemand zu uns reinplatzen kann. Jemand, der die eigenen Leute verrät, weil er glaubt, dadurch etwas Besonderes, etwas *Besseres* zu sein. Jemand wie du.

Und du willst mir etwas von Moral erzählen? Ernsthaft, ja? Und die in dem Tal damals, die waren *besser*, ja? Und wir, wir sind dorthingekommen und haben aus vorbildlichen Menschen Bestien gemacht? Ist das deine Wahrheit, ja? Dein Ernst? Diese kriegsversessenen Primitiven? Die heute noch an Blutrache glauben und die unsere Frauen und Kinder in die Luft jagen? Du hast sie getötet, Orlow. Du und niemand sonst!
Sie sah aus dem Augenwinkel, wie Onno das Besteck vorsichtig aus der Hand legte und sich wie in Zeitlupe zum General umdrehte. Er starrte ihn an, als hätte er ein Gespenst gesehen, die Farbe wich aus seinem Gesicht, die dunklen Augenringe hatten sich mittlerweile in schwarze Flecken verwandelt.
– Ja, du bist und bleibst der Mörder, Orlow! Und egal, wen du uns auch immer auf den Hals hetzen willst, es wird nichts an dieser Tatsache ändern. Und du hast mein Angebot damals angenommen, du hast meine Anteile genommen und dich bereichert wie ein Schwein, und jetzt sitzt du hier und erzählst uns etwas von Opfern und Tätern? Erzählst etwas von Schuld? Wessen Schuld? Ich fühle mich nicht schuldig. Weder Schujew noch Zaika tun das. Wir können sie dir nicht nehmen, deine Schuld. Wir haben getan, was getan werden musste, wir haben eine Terroristin mitgenommen und haben versucht, an Informationen zu kommen. Es mag sein, dass unsere Mittel nicht gerade gentlemanlike waren, aber wir waren im Krieg, verdammte Scheiße, und hätten wir es nicht getan, wer weiß es schon, dann hätten sie oder einer ihrer psychopathischen Brüder uns in die Luft gejagt.
Orlow wischte sich seelenruhig den Mund an einer weißen Stoffserviette ab und richtete den Blick auf Petruschow.
– Ich habe sie getötet, weil es für sie kein anderes Ende

hätte geben können, geben dürfen, weil sie, nach all dem, was ihr getan hattet, was wir getan hatten, niemals freigekommen wäre. Ihr hättet es niemals zugelassen, nicht wahr? Ich habe ihr Leid verkürzt. Ja, das habe ich. Und dann habe ich Verantwortung übernehmen wollen. Dieses Recht gestand mir niemand zu. Weder ihr noch mein Vaterland. Deswegen sitzen wir hier. Und ja, ich danke dir, Borja, dass du mir die Möglichkeit gegeben hast, so viel Geld zu scheffeln, dass ich euch alle kaufen konnte. Ich danke dir, Borja, von ganzem Herzen danke ich dir, dass du mir die Möglichkeit gegeben hast, dieses unglaubliche Talent in mir zu entdecken. Es sind nicht eure Schuldgefühle, die euch hierhergebracht haben, nicht einmal Nura und ihr Tod, nicht der Krieg, nicht die Vergangenheit – es ist das Geld. Und nein, ich habe mir keine Illusionen gemacht, dass sich etwas in euch verändert haben könnte. Aber vielleicht hat ein winzig kleiner Teil von mir doch die Hoffnung nicht aufgeben wollen, dass das, was hinter uns liegt, stärker ist als das Geld, aber nein, natürlich war das ein Irrtum. Aber, nun ja, kürzen wir diesen unangenehmen Teil des Abends lieber ab. Ich merke, keiner will so richtig mit mir feiern, dann kann ich es auch nicht erzwingen. Wir lassen dementsprechend das Feuerwerk aus, und ich schlage vor, dass wir uns alle Punkt halb zwölf oben im Billardzimmer treffen.

Ihre Hände zitterten, als sie nur wenige Minuten später mit Onno auf der Terrasse stand und ihn zu umarmen versuchte.

– Ich habe es ihr nicht geglaubt, ich habe es selbst nach ihrem Tod nicht geglaubt. Ich war mir so sicher, dass es einer von den dreien war, murmelte Onno, in ihrer Umklammerung erstarrt.

– Es spielt keine Rolle mehr, Onno. Du musst diese ganze Sache jetzt abbrechen. Wir müssen fahren. Ich glaube, Petruschow hat recht, ich glaube, er wird sie in seinem Wahn alle zum Abschuss freigeben, ich denke, er wird so weit gehen. Es ist jetzt egal. Es spielt keine Rolle mehr. Lass uns fahren. Wir nehmen uns einen Wagen und fahren weg. Ich habe nichts getrunken, ich finde schon den Weg. Onno, sieh mich an, sieh mich an und sag, dass du mich verstanden hast!
– Wovon redest du?
– Du hast mir versprochen, du würdest nichts tun, was dich in ernsthafte Gefahr bringt. Es ist ernst, verdammt ernst. Ich will, dass wir zurückfahren.
– Zurück wohin? Was ist mit dir los, verdammt?!
Er sah sie an, aber sah durch sie hindurch. Er war nicht wirklich da, er war nicht greifbar.
– Ich kann hier nicht weg. Nicht mehr.
– Natürlich kannst du das. Wir werden in Berlin von vorne anfangen, wir werden ...
Sie redete atemlos, umschloss seinen Oberkörper fest mit ihren Armen. Plötzlich fing sie an zu schluchzen. Es war nicht mehr Nura, es war wieder sie, sie war wieder Katze, mit ihren Ängsten und ihrer Ohnmacht angesichts des Bevorstehenden, sie hatte blanke, animalische Angst, so wie damals, als ihr Vater im beigen Lada das Gaspedal durchdrückte. Es war die Angst um das eigene Leben. Sie flehte ihn an, bettelte ihn an, auf den Zehenspitzen stehend und ihn küssend, um ihn irgendwie zurückzuholen ins Jetzt, zu sich. Nach und nach schien er aus seiner Apathie zu erwachen, sie spürte, wie sein Körper immer fester wurde, wie sich seine Arme um ihren Rumpf zusammenschlossen.
– Ich werde die richtige Entscheidung treffen. Vertrau mir.

– Nein, du musst es mir versprechen. Lass uns einen Treffpunkt ausmachen. Er hat gesagt: Du hast die Wahl. Ich habe sie auch. Wir fahren. Ich fahre nicht ohne dich.
– Gut, gut, ich habe es verstanden.
– Keine Geschichte der Welt ist es wert, dass dir etwas passiert.
– Mir wird nichts passieren.
– Gut, dann sag mir, wann und wo wir uns treffen.
– Ich ... weiß nicht.
– Wir können jetzt gleich los. Er wird dich nicht zwingen hierzubleiben, wir reden mit ihm und ...
– Das bin ich ihr schuldig, sagte er auf einmal und löste sich aus der Umarmung.
– Gut, dann nicht jetzt gleich, wie du willst. Aber sag mir, wo und wann wir uns treffen.
– Halb eins. Am Eingang.
– Abgemacht. Halb eins am Eingang. Du wirst pünktlich sein. Wir fahren zusammen zurück.
Bevor er wieder reinging, drehte er sich noch einmal zu ihr um, zwinkerte ihr zu und sagte: – Danke!
Sie wusste nicht, wofür er sich bedankte, sie streckte ihm frech die Zunge raus. Plötzlich hatte sie den starken Wunsch, ihn zu küssen, aber er war bereits durch die Tür verschwunden.
Das Fest war beendet. Das Feuerwerk blieb aus. Der See wurde von der Schwärze der Nacht eingesogen.
Sie ging auf ihr Zimmer. Versuchte, sich zu beruhigen. Sie unterdrückte ihren Wunsch, bei Onno zu klopfen. Sie stellte sich wieder vor die Tür, rauchte, ging dann in das leere Esszimmer und kippte die halbvollen Gläser in sich hinein, alles durcheinander, alles schnell. Wieder ging sie hinauf auf ihr Zimmer, rauchte auf ihrem Balkon eine weitere Zigarette und strengte sich an, in der

Finsternis irgendwo ein Licht zu erkennen, ein Zeichen, ein Warnsignal, einen Hoffnungsschimmer, aber es war nichts zu sehen. Das Hotel war wieder von einer unnatürlichen Stille umhüllt. Sie hörte sich selbst atmen. Sie versuchte, an das goldene Wüstenleben von Nura zu denken. Sie packte ihre Sachen zusammen.
Kurz vor halb zwölf klopfte Schapiro an ihrer Tür und bat sie mitzukommen. Sie gingen nach oben, in die oberste Etage und traten in ein tannengrün gestrichenes Zimmer, das mit dem großen Billardtisch und dem mit grünem Stoff bezogenen runden Holztisch für Kartenspiele an einen englischen Herrenclub erinnerte. In der Ecke gab es eine kleine Bar mit einer großen Getränkeauswahl und mehrere lederbezogene Barhocker. An der Wand hing ein etwas verloren wirkendes Gemälde, auf dem eine sommerliche Allee zu sehen war.
Am anderen Ende des Raums war ein in die Wand eingelassener Spiegel.
Der General saß mit dem Gesicht zur Balkontür und blickte in die Nacht. Von den anderen fehlte noch jede Spur. Als sie eintrat, erhob er sich und ging auf sie zu.
– Ich möchte Sie bitten, jetzt eine Entscheidung zu treffen. Gleich werden die drei Herren kommen, und Sie können entweder sofort gehen oder sich in den Nebenraum begeben und zusehen, wie wir unser Spiel zu Ende spielen. Dieser Spiegel da vorne, sehen Sie, das ist ein Einwegspiegel. Auf der anderen Seite befindet sich ein Raum, der einen guten Einblick in dieses Zimmer bietet.
– Was haben Sie vor?
– Das kann ich leider nicht verraten, ich bin doch kein Spielverderber. Aber so viel darf vielleicht gesagt werden: Es könnte etwas sein, das Sie nicht sehen wollen. Die Entscheidung liegt bei Ihnen.

– Aber wenn ich nicht weiß, was Sie vorhaben, wie soll ich diese Entscheidung treffen?
– Ich glaube, Sie wissen, was hier gleich passieren könnte.
Er sah sie mit seinen durchdringenden, wasserklaren Augen an. Sie hielt seinem Blick stand.
– Was ist mit Onno?
– Es ist Onno überlassen, ob er am Spiel teilnimmt oder nicht. Das Angebot steht. Entweder er erhält die exklusiven Rechte an meinem Leben, was er sich ja offenbar sehnlichst wünscht, dann muss er mitspielen, oder er lässt es sein und vergisst das Ganze.
Sie wusste nicht, was sie sagen sollte.
Er schmunzelte und berührte ganz leicht ihre Schulter.
– Er ist kein Gefangener. Er hat die Wahl.
– Wo ist er jetzt?
– Das weiß ich nicht. Er kommt gleich, oder aber Sie finden ihn und nehmen ihn mit. Also?
– Ich … ich gehe ins andere Zimmer und dann … Ich würde gerne gegen halb eins eines der Autos nehmen.
– Natürlich. Ich gebe die Anweisung. Sie werden nach Grosny gefahren und von dort aus mit dem Flieger nach Berlin gebracht. Ich danke Ihnen für alles. Sie sind ein mutiger Mensch. Das Geld wird Schapiro in den nächsten Tagen auf Ihr Konto überweisen.
Ihr Mund war trocken, sie konnte kaum gerade stehen, sie wusste nicht, wie ihr geschah, sie wusste nicht, was wirklich war und was nur in ihrem Kopf stattfand. Bevor sie etwas sagen konnte, kam der bewaffnete Roboter und führte sie ins Nebenzimmer.
Es war ein kleiner fensterloser Raum, dessen eine Seite von dem breiten Spiegel ausgefüllt wurde, durch den sie vollen Einblick in das Nebenzimmer hatte. Sie setzte sich auf einen knarzenden Stuhl und versuchte, ihren

Atem unter Kontrolle zu bekommen. Sie kramte ihr Telefon heraus und wählte Onnos Nummer. Sein Telefon war ausgeschaltet. Die richtige Entscheidung. Was war die richtige Entscheidung, die er zu treffen versprach?
Sie mussten hier weg. Sie war sich mittlerweile sicher, dass das bunte Leben Nuras, zusammengesetzt aus Sanddünen und aus Versprechen, dem, was sich hier vor ihren Augen gleich ereignen würde, nicht standhielte. Sie hörte nichts, aber sah genau, wie die Waffenträger die drei Männer in den Raum bugsierten, als wären sie Teil einer Schafherde und sie selbst ihre Hirten. Verängstigt versuchte Juritsch irgendetwas zu erklären, Schujew wedelte mit den Armen, Petruschow war still und in sich gekehrt. Die Tür nach außen stand noch offen. Auch die Tür des Nebenzimmers, in dem sie sich befand, war noch nicht ins Schloss gefallen.
Sie musste weg. Sie musste bleiben. Sie musste weg. Sie musste auf Onno warten. Sie musste Nuras Geschichte ein anderes Ende geben. Ein anderes Ende für sie finden. Sie musste rennen, um ihr Leben rennen. Sie musste Nuras anderes Leben weiterführen. Sie musste sich um sich selbst kümmern. Sie musste zusehen, wie Nuras Peiniger bestraft wurden. Sie musste fliehen. Sie musste Onno finden. Sie musste mit ihm fliehen. Für Nura. Oder für sich. Das spielte keine Rolle mehr.
Die Männer platzierten sich um den runden Tisch. Die Tür stand unverändert offen. Wieder wählte sie Onnos Nummer. Das Telefon war noch immer ausgeschaltet. Er hatte es ihr versprochen. Er hatte es ihr versprochen, verdammt noch mal!
Der General holte einen an einen Westernfilm erinnernden Revolver mit einem langen silberglänzenden Lauf aus einer Ledertasche und legte ihn vor sich auf den

Tisch. Juritsch machte Anstalten zu fliehen, aber er wurde festgehalten und wieder zurück auf seinen Stuhl gedrückt, Schujew schüttelte ohne Unterlass den Kopf. Der General redete mit ernster Miene auf die Männer ein, er schien ihnen etwas zu erklären, sie sahen ihn mit versteinerten Gesichtern an. Nur Zaika zuckte immer wieder zusammen, anscheinend wurde er von Tränen gewürgt.
Ein runder Holztisch. Ein Revolver darauf. Er ... er ... er würde Russisch Roulette spielen! Sie taumelte zurück, presste sich gegen die Wand. Ihr Blick fiel auf den niedrigen Zeitungstisch, der in der Ecke ihres Raums stand und auf dem Mobiltelefone lagen. Wie ferngesteuert ging sie auf diesen Tisch zu, um nicht in das Herrenclubzimmer schauen zu müssen. Ihr Blick fiel auf die dunklen Displays. Es waren vier Geräte. Vier und nicht fünf. Um den runden Tisch standen fünf Stühle, aber es saßen nur vier am Tisch. Zum Glück. Ja, er hatte sicherlich die richtige Entscheidung getroffen. Er würde mit ihr kommen, um halb eins würde er unten vor dem Eingang sein. Bestimmt. Bald. Gleich. Er würde diese grausamen Menschen sich selbst und ihrem Schicksal überlassen.
Verdammt, Russisch Roulette! Es erschien im Nachhinein so logisch. Natürlich, er hatte von einem Spiel gesprochen. Warum war sie nicht schon früher darauf gekommen? Aber wer tat so etwas? Wer spielte so etwas? Wie konnte das alles real sein? Ihr Kopf explodierte, ihr Körper war schweißgebadet. Und in ihr wie Hammerschläge: Onno, Onno, Onno ... Wo war er? Hatte er Angst bekommen und war schon abgehauen? Hatte er nicht auf sie gewartet? Alles besser, als ...
Plötzlich piepte ihr Handy. Aus lauter Nervosität ließ sie es fallen, sie stürzte auf die Knie, griff danach und las die Nachricht:

»Du hast die Rolle, verdammte Scheiße! Die Hauptrolle in der Serie! Du hast dich gegen Hunderte von Konkurrentinnen durchgesetzt! Wo steckst du, meld dich, mein Gott, wir müssen so was von feiern! Deine bombastische Agentin!«

Was sie da las, schien so fernab von ihr, als hätte diese Nachricht nichts mit ihr zu tun, so wenig gehörte diese Meldung hierhin, sie drückte sie weg. Sie wählte noch einmal Onnos Nummer, aber brach den Anruf rasch ab, er wollte oder konnte nicht sprechen, es hatte keinen Sinn, sie würde noch eine Minute, ja, eine Minute noch bleiben, dann würde sie ... Sie spähte in das andere Zimmer. Juritsch weinte. Der General trank eine braune Flüssigkeit aus einem viereckigen Glas. Der Revolver lag unverändert zwischen ihnen, wie ein Mahnmal und eine Bedrohung zugleich. Ihr Herz raste, sie hatte das Gefühl, gleich in Ohnmacht zu fallen.

Plötzlich hörte sie erneut ein leises Piepen. Zuerst dachte sie, es wäre ihr Telefon, aber dann sah sie auf dem Zeitungstisch etwas aufleuchten. Wie magisch angezogen ging sie darauf zu und starrte auf die leuchtende Fläche.

»Alex, es ist ein Wunder, ein Wunder, das wir gerade jetzt so sehr gebraucht haben! Es hat geklappt, ich bin schwanger, ich liebe ...« Weiter konnte sie nicht lesen. Als sie auf das Display tippte, poppte das Eingabefeld für den Entsperrcode auf. Es war tatsächlich *sein* Telefon. Wie versteinert stand sie da und sah auf das wieder in den Ruhemodus übergegangene Telefon. War das ihre Rettung? War das ihrer aller Rettung? Sollte sie hinüberrennen und ihm mitteilen, dass sein Spiel aus war, vorbei, bevor es richtig angefangen hatte, dass es jetzt ernst würde, weil er ... ja, weil er wieder Vater werden würde?

Sollte sie das Ganze jäh zu Ende bringen? Aber Nura … Nuras buntes Leben. Nura und das andere Leben, das nur möglich war, wenn diese Vergangenheit ein für alle Mal abgeschlossen würde. Wenn *dieses* Leben zu Ende wäre?

Sie stand da, wie gelähmt, in einer unnatürlichen Haltung, den einen Fuß leicht angehoben, wie im Begriff, gleich loszurennen, der andere Fuß jedoch wie festgewachsen an diesem Ort, sie, der perfekte Zeuge, der menschliche Beweis, dass das alles hier wirklich geschah. Onno, wieder tauchte dieser Name wie ein Warnsignal in ihrem Kopf auf. Langsam, wie in einem Traum, der zu sehr an die Wirklichkeit erinnerte, ging sie zur Glasscheibe und hob den Blick. Der General hatte eine Hand hochgestreckt, drei Finger erhoben. Galt das ihr? Was sollte das heißen? Waren in diesem Revolver drei Kugeln? Drei Kugeln gegen vier Menschen? Wem wäre das Überleben vergönnt? Sie kannte die Regeln dieses tödlichen Spiels nicht. An diesem Ort schienen alle Regeln ohnehin aufgehoben.

Sie griff zu seinem Handy und hielt es umklammert. Die Tür ihres Raumes stand noch immer offen. Sie könnte hinübergehen, ihn bitten, für eine Sekunde rauszukommen. Könnte ihm sagen, dass seine Frau ein Kind erwartete, dass er das scheußliche Spiel abbrechen, alles beenden sollte. Kurz und schmerzlos. Ein anderes Ende, ein unvorhergesehenes Happy End für alle Beteiligten, denen dank eines Embryos ein neues Leben geschenkt würde. Aber was wäre mit Nura, mit ihrem anderen Leben, das sie seit Wochen für sie so emsig zusammenbastelte, zusammenflickte? Würde dann alles zu Staub zerfallen?

Die Uhr im Nebenzimmer zeigte fünf vor zwölf. Gleich würde er das Spiel eröffnen. Sie sollte gehen. Sie sollte

bleiben. Sie sollte das Ganze beenden. Sie schaute noch einmal auf das Telefon, auf die freudige Nachricht, von der ihr nur die Hälfte zugänglich war.
Immerhin hatte sich Onno für das Leben entschieden. Er war nicht gekommen. Er wartete irgendwo da unten auf sie, und gleich würden sie das Auto nehmen und durch die Finsternis fahren, bis sie irgendwann das alles hinter sich gelassen und irgendwo angekommen wären, wo es Lichter gab und Feuerwerk, wo den Menschen nach Feiern zumute war, und sie würden auf das neue Jahr anstoßen und auf das Überleben. Und sie würden ...
Nein, sie konnte sich nicht von der Stelle bewegen. Sie konnte Nura das Leben nicht entziehen, das sie ihr aus freiem Willen geschenkt hatte. Eines der ihr übrig gebliebenen Leben. Er wollte sie zur Zeugin machen, und sie musste es aushalten, es durchhalten, sie musste dem Tod ins Auge sehen, wie damals in dem ins Verderben rasenden Wagen. Sie würde nicht rübergehen, nicht versuchen, etwas zu verhindern, was wie eine Lawine bereits ins Rollen gekommen war. Sie würde nicht zulassen, dass sie ungeschoren davonkamen. Sie konnte ihnen nicht verzeihen, es lag nicht in ihrer Macht. Sie würde es aushalten, wenn die Kugeln die Schädeldecken durchbohrten. Danach würde sie runtergehen, würde sich mit Onno in den Wagen setzen und davonfahren.
Sie legte das Telefon wieder auf den kleinen Tisch. Und plötzlich stockte sie. Sie erkannte Onnos Handyhülle. Seine silberne Handyhülle mit einem albernen Autosticker darauf. Wieso lag das Telefon hier? Wieso hatte er ...
Sie richtete sich auf. Streckte den Rücken durch. Holte Luft. Strich sich die Haare aus dem Gesicht. Trat einen Schritt näher an den Spanischen Spiegel und blieb dort

stehen. Der General hatte sich mit dem Rücken zu ihr gesetzt, als hätte er ihr bereits alles gesagt, was es zu sagen gab. Neben ihm Schujew und Petruschow, und ihm gegenüber, ein in Tränen aufgelöster Juritsch. Wie wäre die Reihenfolge? Wie damals bei der Vergewaltigung? Erst der Oberst, dann Petruschow, gefolgt vom General und am Ende, falls nicht alle Kugeln verschossen wären, der vor Furcht zitternde Zaika? Ja, das wäre nur gerecht, dachte sie sich und schluckte, ihr Mund war furchtbar trocken. Aber keine Zeit, um etwas zu trinken, keine Zeit für gar nichts. Der Minutenzeiger rückte näher an die Zwölf. Jetzt verabschiedete sich Schapiro aus dem Raum, die Waffenträger postierten sich um den Tisch. Die Tür des Spielzimmers fiel ins Schloss. Sie atmete auf. Onno war nicht gekommen. Onno wartete am Hoteleingang auf sie.

Nun war sie zur Zeugenschaft verurteilt.

Katze kramte in ihrer Handtasche und fand, was sie suchte, den Zauberwürfel. Sie umklammerte ihn wie einen Glücksbringer und fixierte mit ihrem Blick den Nacken des Generals, der gerade dabei war, den Revolver in die Hand zu nehmen. Nein, sie würde ihn nicht daran hindern ... *Punktförmige Blutungen, Hautabschürfungen, Blutergüsse im Pleuraraum, Ekchymosen in der linken Unteraugenhöhlengegend, auf dem Oberschenkel, Blutergüsse im Mundvorraum, Zyanose, aufgedunsenes Gesicht, Hämatome an den Oberschenkelinnenseiten*, nein, sie würde ihn nicht daran hindern!

Sogenannte Spreizverletzungen. Nein, sie würde ihn nicht daran hindern! *Das Perineum im Bereich der äußeren Genitalien ... Griffspuren an den Oberarminnenseiten.* Nein, sie würde ihn nicht daran hindern!

In dem Augenblick, als der General Schujew den Revolver

in die Hand drückte, sprang die Tür auf, und Onno, leichenblass und offensichtlich betrunken, taumelte in den Raum.
Dann wurde die Tür wieder geschlossen.
Sie stieß einen stummen Schrei aus. Sie schlug mit den flachen Händen gegen die Glasscheibe. Sie rief seinen Namen. Sie brüllte, so laut sie konnte. Dann rannte sie hinaus, zur Tür des Herrenclubzimmers, rüttelte an ihr, schlug und hämmerte dagegen, rief immer und immer wieder seinen Namen, aber es schien kein Laut durchzudringen, niemand reagierte, niemand öffnete ihr, und sie begriff, dass es aussichtslos war. Sie eilte wieder zurück in das kleine Zimmer. Das Zeugenzimmer. Sie sprang gegen das Glas, sie schlug mit den Fäusten darauf ein, bis sie ihre Hände nicht mehr spürte. Es hatte keinen Sinn. Sie sahen und hörten sie nicht. Vielleicht sollte sie nach Schapiro suchen, vielleicht nach ihm rufen, wo war er, wo war er, verdammt noch mal? Sie könnte ihm sagen, dass sein König einen Kronprinzen erwartete, er hätte bestimmt einen zweiten Schlüssel, er könnte sich sicherlich Zugang verschaffen und diesem blutigen Spiel ein Ende machen, aber das hieße, sie müsste hinausgehen und würde das Wesentliche, Eigentliche und Endgültige verpassen.
Die Uhr zeigte zwölf. Das Spiel war eröffnet.
Der General erhob sich und wies Onno seinen Platz zu. Onno wirkte wie ferngesteuert, er tat willenlos, was man ihm sagte. Er sah sich nicht um. Er sah sich nicht um zu ihr. Wahrscheinlich ahnte er nichts von ihrer Existenz hinter der Spiegelwand. Der General flüsterte ihm etwas ins Ohr, er nickte stumm. Sie kratzte an der Glasscheibe. Sie schmetterte den Zauberwürfel gegen sie. Dann verstummte sie, regte sich nicht mehr, das Gesicht gegen das Glas gepresst.

Die Waffenträger traten synchron einen Schritt zurück und stellten sich in einer Reihe vor der Tür auf, niemand würde dieses Zimmer verlassen können, bevor das Spiel nicht zu Ende gespielt wäre.
Der Oberst nahm die Waffe in die Hand, die nicht mehr zitterte, im Gegenteil, er führte den Lauf zielsicher und entschieden zur Schläfe und – drückte ab.

Die Autorin dankt der Robert Bosch Stiftung und der Kulturakademie Tarabya für die Unterstützung.

FSC
www.fsc.org
MIX
Papier aus verantwortungsvollen Quellen
FSC® C014496

2. Auflage 2018

Herstellung: Laura J Gerlach
Umschlaggestaltung: © Julia B. Nowikowa
»Kosakisches Wiegenlied« in der Übersetzung von Richard Pietraß,
aus: Michail Lermontow. Gedichte und Poeme. Nachdichtungen
von Andreas Ascharin u. a. Rütten & Loening,
Berlin 1987 © Aufbau Verlag GmbH & Co. KG, Berlin 1987, 2008
Satz: psb, Berlin
Druck und Bindung: GGP Media GmbH, Pößneck
Printed in Germany
ISBN 978-3-627-00254-1